吉林文史出版社
国学普及文库

昭明文选译注

第六册

主编　陈宏天　赵福海　陈复兴
阴法鲁　审订

目录

论

连珠

箴

铭

诔

哀

碑文

过秦论一首

贾谊

题解

《过秦论》即论秦之过。原文为上中下三篇，萧统只选了上篇。贾谊是一位早熟的政治家，十九岁即步入政界，奉召议政，侃侃而谈，析理透辟，见解超迈，深得文帝赏识，成为当时朝廷最年轻的“高参”。《过秦论》即作于刚步入政坛的春风得意之时。

秦“兴之勃而亡之忽”，不能不引起继秦而汉的开国皇帝刘邦的重视。他称帝不久便对陆贾说：“试为我著秦所以失天下，我所以得之者，何?”陆贾说，天下可以马上得之，却不能马上治之。应该“逆取顺守”，文武并用。“乡使(倘使)秦已并天下，行仁义，法先圣，陛下安得而有之?”(《史记·郦生陆贾列传》)陆贾之论，正是贾谊此文反复论述的宗旨。如《文章精义》所云：“文字有终篇不见主意，结句见主意者，贾生《过秦》：‘仁义不施，而攻守之势异也。’”

《过秦论》在《贾子新书》中题目无论字，应劭称之《贾谊书》第一篇。《吴志》始目为“论”，左思、萧统皆因之。刘勰虽未称之为论，然作为论之范文举例《论说》之中，说“陆机《辩亡》，效《过秦》而不及”。文章以“据殽函之固，拥雍州之地”开篇，以“仁义不施，攻守之势异也”煞尾，“开阖起伏，精深雄大”。有三个突出特点：

第一，“弥纶群言，研精一理”。这是刘勰在《文心雕龙·论说》

中给论文下的定义。就是说作为优秀之论,既要广博,又要专精。要收集各方面的意见加以研究,然后再提出自己的见解。显然贾谊广泛收集了陆贾等人对秦之得失天下的看法,以及秦从诸侯到霸主,到帝国,到灭亡的全过程的史料,经过研精而得出一理:"仁义不施,而攻守之势异也。"贾谊认为,秦始皇吞并六国,一统天下,那是处于攻势,靠权术靠暴力便可得到天下;夺取天下之后,要行仁义,施教化,方可安天下,保天下,这是守势。攻守之势不同,方针策略亦应不同,秦一味施行暴力,终于落得"一夫作难而七庙隳,身死人手,为天下笑"的下场。这是秦之过,也是汉王朝应该吸取的历史教训。贾谊虽然旁引博喻,得出的还是"一理"。离开群言,不易研精;离开一理,不成论文。"适辨一理为论。"(《文心雕龙·诸子》)

第二,对比夸张,以宾衬主。文章论兴述亡,主角是秦,六国和陈涉皆为陪衬。为反衬秦国"攻势"时之强大,极力夸张其对手六国势力之强大:有"四君",有谋士,有强将,土地十倍于秦,联军百万之众,叩关攻秦;"秦人开关而延敌,九国之师遁逃而不敢进。秦无亡矢遗镞之费,而天下诸侯已困矣。""强国请伏,弱国入朝。"以夸张的笔法,描绘六国之强,而六国不攻自破,反衬出秦国的强大威力。为反衬秦国"守势"之时的脆弱,极力贬斥陈涉出身之卑贱,才能之平庸,德行之低下,戍卒之疲散,其"转而攻秦,斩木为兵,揭竿为旗,天下云集而响应,赢粮而景从,山东豪俊,遂并起而亡秦族矣"。贬斥攻秦之力弱,为反衬秦已不堪一击。

第三,排比复沓,以壮文势。《项氏家说》云:"贾谊之《过秦》、陆机之《辩亡》,皆赋体也。"钱钟书教授认为此论"洵识曲听真之言也"。《过秦》虽谓之论,却有赋之特点。赋者,铺也。作者铺张扬厉,甚至为造气势而不避重复。钱钟书先生云:"席卷天下,包举宇内,囊括四海,并吞八荒,四者一意,任举其二,似已畅足,今乃堆叠成句,词肥义瘠。"有"关门闭户掩柴扉"之讥。然"此论自是佳文,小眚不掩大好"。(引文均见《管椎编·全汉文卷十六》)试想如无开篇之排比，无史实之罗列，便难有此文雄肆之势。诵读全篇，气势磅礴，雄辩滔滔，挟带战国纵横家之遗风。方展卿评其“如长河巨浪汹汹，当其纡折停顿，又若回风生澜，文事之壮观也”。

原文

秦孝公据殽函之固〔1〕，拥雍州之地〔2〕，君臣固守，以窥周室〔3〕，有席卷天下〔4〕，包举宇内〔5〕，囊括四海之意〔6〕，并吞八荒之心〔7〕。当是时也，商君佐之〔8〕，内立法度，务耕织，修守战之具〔9〕，外连衡而斗诸侯〔10〕。于是秦人拱手而取西河之外〔11〕。孝公既没〔12〕，惠文、武昭〔13〕，蒙故业〔14〕，因遗策〔15〕，南取汉中〔16〕，西举巴蜀〔17〕，东割膏腴之地〔18〕，收要害之郡〔19〕。诸侯恐惧，会盟而谋弱秦〔20〕，不爱珍器重宝肥饶之地〔21〕，以致天下之士〔22〕，合从缔交〔23〕，相与为一〔24〕。当此之时，齐有孟尝，赵有平原，楚有春申，魏有信陵〔25〕，此四君者，皆明智而忠信〔26〕，宽厚而爱人，尊贤而重士，约从离横〔27〕，兼韩魏燕赵宋卫中山之众〔28〕。于是六国之士，有宁越、徐尚、苏秦、杜赫之属为之谋〔29〕，齐明、周最、陈轸、召滑、楼缓、翟景、苏厉、乐毅之徒通其意〔30〕，吴起、孙膑、带佗、兒良、王廖、田忌、廉颇、赵奢之伦制其兵〔31〕。尝以十倍之地，百万之众，叩关而攻秦〔32〕。秦人开关而延敌〔33〕，九国之师遁逃而不敢进〔34〕。秦无亡矢遗镞之费〔35〕，而天下诸侯已困矣〔36〕。于是从散约解〔37〕，争割地而赂秦〔38〕。秦有余力而制其弊〔39〕，追亡逐北〔40〕，伏尸百万〔41〕，流血漂橹〔42〕，因利乘便〔43〕，宰割天下，分裂河山，强国请伏〔44〕，弱国入朝〔45〕。施及孝文王庄襄王〔46〕，享国之日浅，国家无事。

及至始皇〔47〕，奋六世之余烈〔48〕，振长策而御宇内〔49〕，吞二周而亡诸侯[50]，履至尊而制六合[51]，执敲扑以鞭笞天下[52]，威振四海。南取百越之地[53]，以为桂林、象郡[54]。百越之君，俯首系颈[55]，委命下吏[56]。乃使蒙恬北筑长城而守蕃篱[57]，却匈奴七百余里[58]，胡人不敢南下而牧马[59]，士不敢弯弓而报怨[60]。于是废先王之道[61]，燔百家之言[62]，以愚黔首[63]。隳名城[64]，杀豪俊[65]，收天下之兵聚之咸阳[66]，销锋鍉铸以为金人十二[67]，以弱天下之民[68]。然后践华为城[69]，因河为池[70]，据亿丈之城[71]，临不测之溪以为固[72]，良将劲弩[73]，守要害之处，信臣精卒[74]，陈利兵而谁何[75]。天下已定，始皇之心，自以为关中之固[76]，金城千里[77]，子孙帝王[78]，万世之业[79]。

始皇既没[80]，余威震于殊俗[81]。然而陈涉[82]，瓮牖绳枢之子[83]，氓隶之人[84]，而迁徙之徒也[85]，材能不及中庸，非有仲尼墨翟之贤[86]，陶朱猗顿之富[87]，蹑足行伍之间[88]，俛起阡陌之中[89]，率罢散之卒[90]，将数百之众，转而攻秦，斩木为兵[91]，揭竿为旗[92]，天下云集而响应，赢粮而景从[93]，山东豪俊，遂并起而亡秦族矣[94]。

且夫天下非小弱也[95]，雍州之地，殽函之固自若也[90]。陈涉之位，非尊于齐楚燕赵韩魏宋卫中山之君也[97]，锄耰棘矜[98]，非铦于钩戟长铩也[99]；谪戍之众[100]，非抗于九国之师也[101]，深谋远虑，行军用兵之道，非及曩时之士也[102]。然而成败异变，功业相反。试使山东之国与陈涉度长絜大〔103〕，比权量力，则不可同年而语矣[104]。然秦以区区之地[105]，致万乘之权[106]，招八州而朝同列[107]，百有余年矣。然后以六合为家[108]，殽函为宫，一夫作难而七庙隳[109]，身死人手[110]，为天下笑者，何也？仁义不施，而攻守之势异也[111]。

注释

〔1〕秦孝公:嬴渠梁,秦穆公第十四代孙。公元前361至前338年在位。 殽(yáo 姚):山名,在今河南西部。又作“崤”。 函:函谷关,在今河南灵宝县境。殽函乃为秦时险要关隘。李善注引《史记》:“张良曰:关中左殽函,右陇蜀。”

〔2〕雍州:古九州之一。指秦统治的主要地区,当包括陕西的东部、北部,以及甘肃的部分地区。

〔3〕窥:偷偷察看,有所图谋。 周室:指周王朝政权。

〔4〕席卷:如席卷起,形容夺取天下之快之易。

〔5〕包举:包容获取。举,收取。 宇内:天下。

〔6〕囊括:把东西装入口袋,比喻全部占有。 四海:指整个中国。古人认为中国四面环海,故称中国疆域为四海。

〔7〕八荒:八方荒远之地。《说苑》:“八荒之内有四海,四海之内有九州。”席卷、囊括、包举、并吞,皆义近,含迅速、全部占有之意;天下、宇内、四海、八荒,皆指整个中国,排比用之,以突显秦国君臣之气概。

〔8〕商君:商鞅。战国政治家,改革家。卫国人,姓公孙,名鞅,也叫卫鞅。因功封于商,故称商君,亦称商鞅。入秦后说秦孝公以强国之术,提出“治世不一道,便国不法古”的主张,被孝公任为左庶长开始变法。推行法制,注重耕战,对外破坏六国联合,执政十年,使秦一跃而成为当时的强国。 佐:辅佐。

〔9〕守战之具:指攻守的器械。

〔10〕连衡:亦作“连横”。秦与东方六国即齐、楚、燕、韩、赵、魏分别定立盟约,以期利用六国矛盾各个击破。是破坏“合纵”的策略。 斗:使之斗。

〔11〕拱手:两手合抱,此指轻而易举。 西河:指当时秦、魏交界的黄河西岸地区。原属魏国,商鞅攻魏,割让于秦。《上秦始皇书》言孝公用商鞅之法,“获楚、魏之师,举地千里”,即指此。

〔12〕没:同“殁”。

〔13〕惠文:秦惠文君,名驷,孝公之子,公元前337年至前331年在位。 武:秦武王,名荡,惠文之子。公元前311至前307年在位。 昭:秦昭襄王,又称昭王,名则,武王异母弟。公元前307至前251年在位。李善注引《史记》:“孝公卒,子惠文王立;卒,子武王立;卒,立异母弟,是曰昭襄王也。”

〔14〕蒙:承受。

〔15〕因:袭,沿用。

〔16〕汉中:今陕西汉中一带。

〔17〕举:收取。　巴、蜀:皆今四川之地。巴,即今以重庆为中心的川东地带;蜀,即今以成都为中心的川西地带。

〔18〕膏腴(yú 鱼):肥沃。指六国之地。李善注引李斯《上秦始皇书》:“惠王用张仪之计,西并巴蜀,南取汉中,东据成皋之险,割膏腴之壤。”

〔19〕要害之郡:指山川险要之地。

〔20〕会盟:集会建盟。　弱秦:削弱秦国。

〔21〕不爱:不惜。

〔22〕致:招来。

〔23〕合从(zòng):六国联合抗秦曰“从”。合从与“连衡”相对,是一种策略。从,同“纵”。　缔交:缔结同盟。

〔24〕相与:互相结交。

〔25〕孟尝:孟尝君田文,齐国贵族田婴之子。为齐相,名闻天下。　平原:平原君赵胜,战国赵武灵王之子,封于平原,故号平原君,相赵。　春申:春申君黄歇,楚国贵族,相楚二十余年。　信陵:信陵君无忌。战国魏昭王之少子,信陵是其封号。以上四人,号称战国四大公子,各招养食客几千人。其中魏公子信陵君最有名。

〔26〕忠信:忠诚而守信义。

〔27〕约从:相约“合从”。　离横:拆散“连横”。　李善注:“言诸侯结约为从,欲以分离秦横也。”

〔28〕兼:聚合。　韩:建国于平阳,今山西临汾地区,后徙都郑,即今河南新郑一带。　魏:建国于安邑,今山西夏县,后徙都大梁,即今河南开封地区。　燕:建国于蓟,今北京大兴地区。　赵:建国于邯郸,今河北邯郸地区。　齐:建国于临淄,即今山东淄博地区。　楚:建国于郢,今湖北江陵县地。　宋、卫、中山:皆当时小国,分别属于齐、魏、赵。宋,在今河南商丘一带;卫,在今河北濮阳一带;中山,在今河北定县一带。

〔29〕宁越:战国赵国中牟人,发愤读书十三年,周威公曾召为师。　徐尚:战国宋国人。　苏秦:东周洛阳人,主张合纵抗秦,当时佩六国相印,为“纵约长”。　杜赫:周人,以安天下说周昭文君。李善注引《吕氏春秋》:“杜赫以安

天下说周昭文君。昭文君谓杜赫曰:愿学所以安周。”

〔30〕齐明:东周朝臣,后出仕秦、楚、韩三国,与周最、楼缓等人合纵结交。周最:东周成君之子,仕于齐。 陈轸(zhěn 诊):夏人,仕秦亦仕楚。李善注引《战国策》:“秦王谓陈轸曰:吾闻子欲去秦而之楚,信乎?轸曰:然。” 召(shào 邵)滑:楚人,为楚王治理越地。李善注引《韩子》:“于象谓楚王曰:前时王使召滑之越,五年而能成之。” 楼缓:魏国丞相。李善注引《战国策》:“秦王伐楚,魏王不欲。楼缓谓魏王曰:不与秦攻楚,楚且与秦攻王。王不如令秦、楚战,王交制之。” 翟景:魏国人,事迹不详。 苏厉:苏秦之弟,仕于齐。李善注引《史记》:“苏秦之弟厉,因燕子而求见齐王,齐王怨苏秦,欲囚苏厉,燕子为谢,遂委质为齐臣。” 乐毅:战国魏将乐羊之后,贤明而精通兵法。先仕魏,后仕燕。李善注引《史记》:“乐毅贤而好兵,为魏昭王使于燕,燕昭王以客礼待之,乐毅遂委质(臣向君表献忠)为臣,燕昭王以为亚卿。”后拜为上将军,率赵、楚、韩、魏、燕五国军队伐齐,连拔七十余城,以功封于昌国,号昌国君。

〔31〕吴起:卫国人,战国著名军事家。李善注引《史记》:“吴起,卫人也。闻魏侯贤,事魏文侯,以为将。” 孙膑(bìn 鬓):齐国人,孙武之后,战国中期著名军事家。 带佗(tuó 驼):楚国大将。 兒(ní 泥)良、王廖:皆为军事家。李善注引《吕氏春秋》:“王廖贵先,兒良贵后,此二人者,皆天下之豪士也。”兒,通“倪”。 田忌:齐国大将。李善注引《战国策》:“韩魏之君朝田侯(宣王),邹忌为齐相,田忌为将。使田忌伐魏,三战三胜。”大败魏军于马陵,庞涓死于此次战役。 廉颇:赵国大将。李善注引《史记》:“廉颇者,赵之良将也。赵惠文王廉颇为赵将,伐齐,大破之。” 赵奢:赵国大将。李善注引《史记》:“秦伐韩,赵王令赵奢将而救之。”大破秦军。 伦:类。“之伦”,与上文“之属”、“之徒”义近,皆之辈、之流的意思,然无贬义。 制:统治,指挥。

〔32〕叩关:攻击函谷关。叩,击。

〔33〕延敌:迎击敌人。《史记·楚世家》载:“怀王十一年,苏秦约从山东六国兵攻秦,楚怀王为从长。至函谷关,秦出兵击六国,六国兵皆引而归。”盖即指此事。

〔34〕九国之师:即前文之韩、魏、燕、楚、齐、赵、宋、卫、中山等。

〔35〕矢:箭杆之全部称矢。 镞(zú 族):金属箭头。

〔36〕困:疲乏无力。

〔37〕从散约解:指六国“合从”抗秦联盟瓦解。

〔38〕赂(lù 路):贿赂。

〔39〕制其弊:利用六国衰败而分别控制之。

〔40〕逐北:追击败北之敌。军队吃败仗谓败北。

〔41〕伏尸:倒在地上的尸体。

〔42〕橹(lǔ 鲁):大盾牌。

〔43〕因利乘便:抓住有利时机。

〔44〕请伏:请求臣服。伏,通“服”。

〔45〕朝:朝拜。

〔46〕施及:延续到。　孝文王:据《史记·秦本纪》载,孝文王,昭襄王之子,名柱,即位三日而死。　庄襄王:孝文王之子,名子楚,即位三年而死,“享国日浅”指此。

〔47〕始皇:嬴政。公元前 246 年至前 210 年在位。始皇为后期称号,前期称秦王。

〔48〕奋:发扬。　六世:李善注引张晏曰:“孝公、惠文王、武王、昭王、孝文王、庄襄王。”　余烈:遗留的功业。

〔49〕振长策而御宇内:以牧马喻统治天下。振,挥动。长策,长鞭。御,驾御,控制。

〔50〕二周:西周、东周。战国时两个小国,西周建都河南(今洛阳西),前 256 年为秦所灭;东周建都巩(今河南巩县西),前 249 年为秦所灭。李善注引《史记》:“始皇灭二周,置三川郡。”　亡诸侯:指六国皆亡,此为前 223 年之前。

〔51〕履:足登其位。　至尊:皇帝宝座。履至尊即登帝位,改称皇帝。制:控制。　六合:天地与四方,泛指天下。

〔52〕敲扑:棍棒。李善注引臣瓒言:“短曰敲,长曰扑。”　鞭笞(chī 吃):鞭打。笞,竹板。此用如动词。

〔53〕百越:越族部落之总称。散居在今浙江、福建、广东、广西等地。越族繁多,除越国外,尚有瓯越、闽越、南越、骆越等,故称百越。南取百越,主要指今两广与越南北部。

〔54〕桂林:郡名。在今广西壮族自治区北。　象郡:郡名。在今广西南部、广东西南部。二郡为秦新开置。

〔55〕俯首系颈:古人表示降服,自以绳束颈。

〔56〕委命:把性命交出去。此指听命。　下吏:指秦的地方小官吏。

〔57〕蒙恬(tián 田):秦始皇的大将。《史记·匈奴传》:“使蒙恬将十万之众北击胡,悉收河(黄河)南地,因河为塞。……因边山险,堑溪谷,可缮者治之,西起临洮,东至辽东,万余里。”此即万里长城。　藩篱:篱笆,边塞。

〔58〕却匈奴:匈奴首领冒顿畏秦,率部北徙。却,退。

〔59〕牧马:比喻骚扰,侵略。

〔60〕士:指匈奴军士。　报怨:指报被驱赶之仇。

〔61〕先王:先圣王。《孝经》:“先王有至德要道。”

〔62〕燔(fán 烦):烧。　百家:指诸子百家。李善注引《史记》:“李斯曰:请废博士官所职,天下敢有藏《诗》、《书》百家语者,诣守尉杂烧之。”于公元前 213 年,秦始皇下令焚烧除农、占卜等以外的一切典籍。

〔63〕愚:使之愚。　黔首:百姓。黔,黑色。《史记·秦始皇本纪》:“更名民曰黔首。”

〔64〕隳(huī 灰):毁。

〔65〕豪俊:英雄豪杰。

〔66〕兵:兵器。　咸阳:秦都。(在今陕西咸阳市东北)

〔67〕销:毁。　锋、镝(dí 迪):兵刃、箭矢,泛指一切兵器。　铸金人:李善注引《史记·秦始皇本纪》:“始皇收天下兵,聚之咸阳,以销锋镝为钟鐻(乐器),金人十二,各重千石,置宫庭中。”

〔68〕弱天下民:削弱人民反抗力量。

〔69〕践:登。　华:华山。践华,意为据守华山作为帝都东城。

〔70〕河:黄河。　池:护城河。因河为池,谓以黄河为护城河。

〔71〕亿丈之城:指华山。

〔72〕不测之溪:指黄河。

〔73〕劲弩(nǔ 努):强有力的弓。弩,用机栝发箭的弓。

〔74〕信臣:忠诚可靠之臣。

〔75〕谁何:呵问是谁,即盘问。是古词汇中的成语。何,通“呵”。

〔76〕关中:秦以函谷关为门户。关中指秦雍州之地。

〔77〕金城:比喻城廓坚不可摧。《史记·留侯世家》:“关中所谓金城千里,天府之国也。”

〔78〕帝王:称帝称王。用如动词。

〔79〕万世之业:《史记·秦始皇本纪》:“朕为始皇帝,后世以计数,二世三

世至于万世,传之无穷。"

〔80〕没:同"殁"。死去。

〔81〕殊俗:指风俗不同的边远地区。

〔82〕陈涉:即陈胜。中国历史上第一次大规模农民起义的领袖。公元前209年,陈胜、吴广率戍卒九百人起义,反抗暴秦,震撼全国。

〔83〕瓮牖(yǒu 有):用破瓮做窗。　绳枢:用绳子拴门轴。瓮牖绳枢,形容出身卑贱。

〔84〕氓(máng 忙)隶:雇农。

〔85〕迁徙:罚以戍边的士卒。迁,谪罚。《史记·陈涉世家》:"二世元年七月,发闾左谪戍渔阳。"陈涉即此次征之士卒。

〔86〕仲尼:孔子,字仲尼。　墨翟(dí 敌):春秋后期思想家,墨家创始人。

〔87〕陶朱:范蠡,辅佐越王勾践灭吴后,辞官至陶(今山东定陶)经商,自号陶朱公。李善注引《史记》:"范蠡之陶,为朱公,以为陶天下之中,皆诸侯四通,货物所交易也。乃治产积十九年之间,三致千金。"　猗(yī 衣)顿:鲁国人。李善注引《孔丛子》:"猗顿,鲁之穷士也,耕则常饥,桑则常寒,闻朱公富,往而问术焉。公告之曰:子欲速富,当畜五牸(指雌畜)。乃适河东,大畜牛羊于猗氏之南,其滋息(繁殖)不可计。以兴富猗氏,故曰猗顿也。"

〔88〕蹑足:涉足,参加。　行伍:军队。

〔89〕俛起:俯仰,指劳作。　阡陌:田间小路,此指农田。

〔90〕罢(pí 皮)散:疲惫而涣散。罢,通"疲"。五臣本作"疲"。

〔91〕斩:砍断。　兵:兵器。

〔92〕揭竿:举竿。斩木为兵,揭竿为旗。刘良注:"斩木为兵器而无锋刃,举竿为旗而无旌幡。"揭,举。

〔93〕赢粮:担粮。李善注引《方言》:"赢,担也。"　景从:影从。景,同"影"。如影随身。　云集:像云一般聚拢。与响应、景从,皆名词做状语。

〔94〕秦族:指嬴氏之族。

〔95〕天下非小弱:指秦之天下并未减少疆土削弱力量。

〔96〕自若:自如。

〔97〕尊:指地位或辈分高。此用如动词。

〔98〕耰(yōu 优):碎土的工具。　棘矜:带刺的木棒。

〔99〕铦(xiān 先):锋利。　钩戟:带钩的戟。一说似剑而弯的兵器。长铩

(shā 杀):大矛。

〔100〕谪戍之众:指陈涉吴广所率的九百戍卒。谪,贬官或流放。谪戍,指征发戍边。

〔101〕抗:高出之意。

〔102〕曩(nǎng)时之士:指上文所言宁越、徐尚等六国之士。曩,从前。

〔103〕度(duó 夺)长:量长短。 絜(xié 协)大:比粗细。絜,帀。引申为比量。李善注引《庄子》:"大树其絜百围。"

〔104〕同年而语:相提并论,犹"同日而语"。

〔105〕区区:小小的样子。

〔106〕万乘之权:帝王之权。周制,天子兵车万乘,诸侯兵车千乘,因以万乘称帝王。

〔107〕招:招令,即"招之即来,挥之即去"之招。一说攻取。 八州:指秦雍州以外的各州。古时中国为九州。《尔雅·释地》:"两河间曰冀州。河南曰豫州。河西曰雍州。汉南曰荆州。江南曰扬州。济、河间曰衮州。燕曰幽州。齐曰营州。" 朝同列:指朝秦。原秦与六国同为诸侯,地位相同(同列),而今六国对秦称臣,故云"朝同列"。

〔108〕六合为家:把天地四方皆作为自己的家产,即率土之滨莫非王土。

〔109〕作难:发难。指一举反抗。 七庙:指天子宗庙。周制,天子宗庙奉祀七代祖先。

〔110〕身死人手:指自己为人所杀。秦二世为赵高所害,子婴为项羽所杀。

〔111〕攻守之势异:当年进攻与现在防守的形势不同。攻,指进攻诸侯,夺取天下。守,指秦始皇统一六国,保守皇权。

今译

秦孝公占据殽函之险阻,拥有雍州之地域,君臣固守,以窥测周朝王权,有席卷天下,征服诸侯之心,控制四海,并吞八方之意。在那时,商鞅辅佐孝公,对内建立法制,发展农业纺织,修造攻守器械;对外分别联合山东六国,使其互相争斗。于是秦唾手而得西河两岸之地。孝公死后,惠、文、武、昭四君,继承故业,因袭前策,南取汉中,西夺巴蜀,东掠肥沃之地,占据要害之郡。诸侯恐惧,结盟谋划

削弱秦国势力，不惜付出珍宝沃土，以招致天下贤士，建立“合纵”之约，六国结为一体。在这个时候，齐国有孟尝君，赵国有平原君，楚国有春申君，魏国有信陵君。此四君，皆有聪明才智，忠实可靠，宽厚爱人，尊重人才，订“合纵”之约，折“连横”之策，集合韩、魏、燕、赵、宋、卫、中山之力量。这时六国之士，有宁越、徐尚、苏秦、杜赫一类人为之出谋划策，有齐明、周最、陈轸、召滑、楼缓、翟景、苏厉、乐毅这一班人为之沟通意见，有吴起、孙膑、带佗、皃良、王廖、田忌、廉颇、赵奢这一批人为之统帅军队。他们曾以十倍于秦的土地和百万大军，直逼函谷关攻打秦国。秦人开关迎敌，九国之军却纷纷后退，不敢入关。秦没费一枝箭杆，没射一个箭头，而诸侯之兵疲惫不堪。于是“合纵”土崩瓦解，争相割地赂秦。秦乘胜追击，击毙百万，血流漂橹。秦乘机宰割诸侯，分其河山，强国请求臣服，弱国前来朝拜。延至孝文、襄王，二君在位时间短，国家无事。

到了秦始皇，扩六君开创之功业，挥舞长鞭驾驭天下，吞并“二周”，灭亡诸侯，登上至高无上的皇帝宝座，统治四面八方，残酷镇压百姓，威震四海。南取百越之地，在那创建桂林郡和象郡。百越君长，以绳束颈，表示伏首听秦下官之命。于是派大将蒙恬北筑长城并固守屏障，致使匈奴后退七百余里，牧民不敢南下牧马，兵士不敢动武报复。于是废弃先王仁义之道，焚烧诸子百家之书，以使人民愚昧。拆毁牢固城防，屠杀英雄豪杰，收缴天下兵器集中咸阳，熔化销毁，铸成十二个金人，以削弱百姓的反抗力量。然后以华山为城墙，以黄河为城壕，上据亿丈之高墙，下临莫测之深渊，作为防线。又派良将，备强弩，戍守要害之地，让忠信之臣，精锐之卒，手持锐利武器，盘查过往行人。天下已经平定，始皇的心理，自以为有关中险固之地利，千里边防固若金汤，子子孙孙称帝，大业可传至千秋万代。

秦始皇死后，其余威尚震慑风俗不同的边远地区。然而陈胜本为一贫如洗之人，被人雇佣之辈，而且是征发戍边之卒，才能不如中等之人，没有孔丘墨翟那样的贤能，没有陶朱猗顿那样的富有，侧身戍卒之中，奋起田垄之间，带疲惫松散之卒，率数百人，掉转矛头反秦，砍断树干做武器，举起竹竿当旗帜，天下云集响应，担粮影从，于是六国豪杰并起抗秦，灭亡了嬴氏家族。

秦国的力量并没有减弱，雍州之地，殽函之险，依然如故；陈胜之地位，不比齐、楚、燕、赵、魏、韩、宋、卫、中山之君尊贵；锄耰棘矜，不比钩戟长铩之锋利；贬谪戍边之卒，不比九国之军强大；深谋远虑，用兵之术，不比前六国的将士。然而前者成功，后者失败，力量与功业正成反比。假使让陈胜与山东六国比力量之强弱，权力之大小，则不能同日而语。可秦以区区雍州之地，发展到万乘之国，握天子之权，统治八州，令诸侯来朝，百有余年。此后，秦便以天下为己有，殽函为宫殿。然而一夫发难，宗庙即毁，皇帝被杀，被天下耻笑，这是什么道理？因为秦不施行仁义，所以才造成守天下与打天下的不同形势。

（赵福海译注并修订）

非有先生论一首

东方曼倩

题解

非有先生是虚构的人物。骆鸿凯《文选学》云:“此篇假仕吴之事,明君臣之义,以讽武帝者也。入后‘正明堂之朝,齐君臣之位,……薄赋税,省刑罚’。句句切指武帝时弊,讽刺之意至显。刘向称‘朔之文辞,《客难》、《非有先生论》二篇最善’。良然。”

作者通过非有先生答吴王问的形式,劝汉武帝虚心纳谏,励精图治。开头至“非有先生伏而唯唯”为第一部分,交待事情的缘起。

自“吴王曰”至第二段“谈何容易”为第二部分:一答吴王问。说明臣子之谏有两种:“有悖于目而佛于耳,谬于心而便于身者”;“有说于目顺于耳,快于心而毁于行者”。批评当今将“直言其失,切谏其邪”,则视为“诽谤君之行,有失人臣之礼”,从而使谏者蒙受无辜,戮及先人,致使奸臣进谗,忠良归隐。

自“于是吴王愯然易容”至第三段“故谈何容易!”为第三部分:二答吴王问。说明有明君才能得贤臣,贤臣得,才能帝业昌。纳直谏,禄贤能,诛恶乱,是关乎国运王祚的大事。

自“于是吴王穆然”至结尾,为第四部分:三答吴王问。吴王接受了非有先生的逆耳忠言,采取一系列兴利除弊的举措,仅三年,便“海内晏然,天下大治”。这也是东方曼倩向汉武帝提出的整顿朝纲、兴利除弊、繁荣汉室的具体措施。

本文在组织结构上,明显受《触詟说赵太后》的影响。同样采取层层比较、步步深入的说理方法。吴王态度不断变化的过程,就是非有先生说理步步深入的过程。开始吴王的态度是“寡人竦意而听焉”。当非有先生列举大量史实，反复陈述利害关系后，吴王则“戄然易容，捐荐去几，危坐而听”。由“竦意而听”到“危坐而听”，说明吴王已初步认识到问题的重要性。非有先生又进一步陈述问题关乎到国运王祚，“吴王穆然，俯而深惟，仰而泣下交颐”。由“危坐而听”到“泣下交颐”，说明吴王认识到了问题的严重性、迫切性，于是采取一系列兴利除弊的果断措施。非有先生三答吴王问，四用“谈何容易！”文气沛然，跌宕有致，增强了说理文难得的感染力。

原文

非有先生仕于吴[1]，进不能称往古以广主意[2]，退不能扬君美以显其功[3]，默然无言者三年矣。吴王怪而问之，曰：“寡人获先人之功[4]，寄于众贤之上，夙兴夜寐[5]，未尝敢怠也。今先生率然高举[6]，远集吴地，将以辅治寡人[7]，诚窃嘉之[8]，体不安席[9]，食不甘味[10]，目不视靡曼之色[11]，耳不听钟鼓之音[12]，虚心定志[13]，欲闻流议者三年于兹矣[14]。今先生进无以辅治，退不扬主誉[15]，窃为先生不敢也。盖怀能而不见[16]，是不忠也；见而不行，主不明也[17]。意者寡人殆不明乎[18]？”非有先生伏而“唯唯”[19]。

吴王曰：“可以谈矣，寡人将竦意而听焉[20]。”先生曰：“於戏[21]！可乎哉？可乎哉[22]？谈何容易[23]！夫谈者有悖于目而佛于耳[24]，谬于心而便于身者[25]，或有说于目，顺于耳，快于心而毁于行者[26]，非有明王圣主[27]，孰能听之矣[28]？”吴王曰：“何为其然也[29]？中人以上可以语上也[30]，先生试言，寡人将览焉[31]。”先生对曰：“昔关龙逢深谏于桀[32]，而王子比干直言于纣[33]，此二臣者，皆极虑尽忠[34]，闵主泽不下流[35]，而万民骚动[36]，故直言其失，切谏其邪者[37]，将以为君之荣，除主之祸也。今则不然，反以为诽谤君之行[38]，无人臣之礼[39]，果纷然伤于身[40]，蒙不辜之名[41]，戮及先人[42]，为天下笑，故曰谈何容易！是以辅弼之臣瓦解[43]，而邪谄之人并进[44]，遂及飞廉、恶来革等[45]。三人皆诈伪[46]，巧言利口，以进其身[47]，阴奉雕琢刻镂之好[48]，以纳其心[49]，务快耳目之欲[50]，以苟容为度[51]，遂往不戒[52]，身没被戮[53]，宗庙崩弛[54]，国家为墟[55]，杀戮贤臣，亲近谗夫[56]。《诗》不云乎？'谗人罔极，交乱四国'[57]，此之谓也。故卑身贱体，说色微辞[58]，愉愉呴呴[59]，终无益于主上之治，即志士仁人不忍为也[60]。将俨然作矜庄之色[61]，深言直谏，上以拂人主之邪[62]，下以损百姓之害[63]，则忤于邪主之心[64]，历于衰世之法[65]。故养寿命之士莫肯进也[66]，遂居深山之间，积土为室，编蓬为户[67]，弹琴其中，以咏先王之风[68]，亦可以乐而忘死矣[69]。是以伯夷叔齐避周，饿于首阳之下，后世称其仁[70]。如是，邪主之行固足畏也[71]，故曰谈何容易！"

于是吴王惧然易容[72]，捐荐去几[73]，危坐而听[74]。先生曰："接舆避世[75]，箕子被发佯狂[76]，此二子者，皆避浊世以全其身者也[77]。使遇明王圣主，得赐清谦之闲[78]，宽和之色，发愤毕诚[79]，图画安危[80]，揆度得失[81]，上以安主体，下以便万民[82]，则五帝三王之道可几而见也[83]。故伊尹蒙耻辱[84]，负鼎俎[85]、和五味以干汤[86]，太公钓于渭之阳以见文王[87]。心合意同，谋无不成，计无不从，诚得其君也[88]。深念远虑，引义以正其身[89]，推恩以广其下[90]，本仁祖义[91]，褒有德[92]，禄贤能[93]，诛恶乱[94]，总远方[95]，一统类[96],美风俗[97],此帝王所由昌也[98]。上不变天性,下不夺人伦[99],则天地和洽[100],远方怀之[101],故号圣王。臣子之职既加矣[102],于是裂地定封[103],爵为公侯[104],传国子孙[105],名显后世,民到于今称之,以遇汤与文王也[106]。太公伊尹以如此,龙逢比干独如彼!岂不哀哉!故曰谈何容易!"

于是吴王穆然[107],俛而深惟[108],仰而泣下交颐[109],曰:'嗟乎!余国之不亡也,绵绵连连,殆哉[110],世之不绝也!'于是正明堂之朝[111],齐君臣之位[112],举贤才,布德惠[113],施仁义,赏有功;躬亲节俭[114],减后宫之费[115],损车马之用[116],放郑声[117],远佞人[118],省庖厨[119],去侈靡[120],卑宫馆[121],坏苑囿[122],填池堑[123],以与贫民无产业者;开内藏[124],振贫穷[125],存耆老[126],恤孤独[127],薄赋敛[128],省刑罚[129]。行此三年,海内晏然[130],天下大洽[131],阴阳和调[132],万物咸得其宜[133],国无灾害之变,民无饥寒之色,家给人足[134],畜积有余,囹圄空虚[135],凤皇来集[136],麒麟在郊[137],甘露既降[138],朱草萌芽[139],远方异俗之人[140],向风慕义[141],各奉其职而来朝贺[142]。故治乱之道,存亡之端[143],若此易见,而君人者莫肯为也,臣愚窃以为过[144]。故《诗》曰:"王国克生,惟周之贞,济济多士,文王以宁[145]。"此之谓也。

注释

〔1〕非有:虚构的人物,如"子虚"、"乌有"。 仕:做官。

〔2〕进:指上朝。 称:称扬。 往古:古代。此指历史上足以开阔君王思想的人和事。

〔3〕退:退朝,指不在君王左右。　显:显扬。　其:代君主。

〔4〕获:得到。　先人:祖先,包括已死的父亲。　功:功业。

〔5〕寄:寄托。　众贤:指群臣。　夙(sù 素)兴夜寐(mèi 妹):早起晚睡,形容勤奋不懈。

〔6〕率然:飘然。　高举:高飞。

〔7〕辅治:辅佐。　寡人:寡德之人。古代王侯或士大夫自谦之辞。

〔8〕诚:确实。　窃:犹言私。常用做表示个人意见的谦词。　嘉:赞许。

〔9〕体不安席:指睡不好。

〔10〕食不甘味:指吃不香。甘味,美味。形容思虑过度。《战国策·楚策一》:"楚王曰:'寡人卧不安席,食不甘味。'"

〔11〕靡曼:美色。

〔12〕钟鼓:两种乐器,此指音乐。

〔13〕虚心定志:指排除杂念,坚定意志。

〔14〕流议:犹言舆论。　兹:此。指"体不安席"等举措。

〔15〕誉:美誉。

〔16〕怀能:内在有能力。　见:现。

〔17〕行:施行,施展。　明:眼睛亮,引申为明白事理。

〔18〕意者:想来。　殆(dài 怠):大概。

〔19〕伏:低下头。　唯唯:恭敬地答应,犹言"是是"。

〔20〕竦(sǒng 耸)意而听:犹言洗耳恭听。竦意,心意郑重。

〔21〕於戏(wū hū 乌呼):感叹之词。

〔22〕可乎哉:谓不可。

〔23〕谈何容易:指臣子向君主进忠言很不容易。颜师古注:"不见宽容,则事不易,故曰'谈何容易'。"王先谦补注:"贾生有言曰:'恳言则辞浅而不入,深则逆耳而失指。'故曰:'谈何容易!'"

〔24〕悖(bèi 背):违背。悖于目,即看着不顺眼。　佛:逆。

〔25〕谬:反。　便:便利。

〔26〕说(yuè 月):悦。　行:行为。毁于行,言于行为有损。

〔27〕明王圣主:圣明的君王。

〔28〕孰:谁。

〔29〕何为:为何。

〔30〕中人:中等之人。主要指人品和见识。李善注引《论语》:“孔子曰:‘中人以上可以语上也,中人以下不可以语上也。’”

〔31〕览:采纳。览,通“揽”。《国策·齐策一》:“大王览其说,而不察其至实。”

〔32〕关龙逢:古史传说夏之贤臣。夏桀无道,造酒池糟丘,关龙逢极谏,桀因而杀之。　深谏:极力进谏。

〔33〕比干:殷末纣王叔父(一说纣王庶兄)。传说纣王淫乱,比干犯颜强谏,纣怒,剖其心而死。

〔34〕极虑:想尽办法。

〔35〕闵(mǐn 敏):伤。　主泽:指皇帝的恩泽。　流:传。

〔36〕骚动:动乱。

〔37〕切谏:指臣对君切中要害的批评,与“直言其失”义近。　邪:指不正当不正派之处。

〔38〕行:德行。

〔39〕人臣:臣。　礼:指封建社会阶级等级的道德规范。如臣可以批评君,但要“主文而谲谏”,“切谏”、“直言”则不合君臣之礼。

〔40〕果:结果。　纷然:混淆。此指是非混淆。《汉书·王莽传》:“郡县赋敛,递相赇赂,白黑纷然。”

〔41〕不辜:无罪。不辜之名,指无辜而被治罪。

〔42〕戮:同“辱”。

〔43〕辅弼:佐助。常指宰相等大臣。　瓦解:全面垮台。李善注引《春秋考异》:“瓦解土崩。”

〔44〕邪谄:邪恶谄媚。

〔45〕飞廉、恶来革:皆纣时佞人。

〔46〕三人:别本作“二人”。　诈伪:狡诈虚伪。

〔47〕进身:指升官。　巧言利口:花言巧语。李善注引《论语》:“巧言令色,鲜矣仁。”

〔48〕雕琢:过分修饰。　刻镂(lòu 漏):雕刻花文。雕琢刻漏,即“巧言利口”。

〔49〕以纳其心:指以雕琢刻镂之言包藏其邪恶之心。

〔50〕快:称心,满足。　耳目之欲:娱耳悦目。

〔51〕苟容:苟且容身于世。 度:限度。

〔52〕遂往:犹言遂古。此言历史。

〔53〕身没:身死。 戮:杀。

〔54〕宗庙:古代帝王、诸侯、士大夫等设立的祭祀祖宗的处所。 弛:废。崩弛,犹毁坏。

〔55〕墟:变为废墟。此指国灭。

〔56〕谗夫:进谗言的人。

〔57〕“谗言罔极,交乱四国”:语出《诗经·小雅·青蝇》。这是一首斥责谗人害人祸国的诗。 罔极:无准则。罔,无。 交:俱。 四国:四方诸侯之国。犹言天下。

〔58〕说(yuè 悦)色:和悦的脸色。此指谗媚之相。 微辞:婉转而巧妙的话。

〔59〕愉愉:和颜悦色。 煦煦(xǔ 许):谄笑的样子。

〔60〕治:与“乱”相对。 即:则。 志士仁人:指有抱负有道德的人。

〔61〕俨然:庄严的样子。 矜庄:端庄,庄重。

〔62〕拂:通“弼”。佐助。

〔63〕损:减。

〔64〕忤(wǔ 伍):逆。

〔65〕历:离,背离。

〔66〕养寿命之士:指好长生之道的人。 进:进身。

〔67〕编蓬为户:编柴草作门。户,门。

〔68〕咏:歌颂。 风:风诗。李善注引《尚书大传》:“子夏曰:‘弟子所授书于夫子者,不敢忘,虽退而穷居河、济之间,深山之中,作壤室,编蓬户,尚弹琴瑟其中,以歌先王之风,则可以发愤矣。’”

〔69〕亦:也。

〔70〕伯夷、叔齐:皆为商孤竹君之子。初孤竹君以次子叔齐为继承人,孤竹君死后,叔齐让位于伯夷,伯夷不受。后二人都投奔周,反对武王伐纣,商灭,二人逃到首阳山,不食周粟而死。其事迹长期为儒家所称扬。

〔71〕如是:这样,指以上诸事。 固:本来。

〔72〕矍(jué 决)然:敬畏的样子。 易容:改变面部表情。

〔73〕捐弃:舍弃。此为离开之意。 荐:席。 几:案。

〔74〕危坐:端坐。

〔75〕接舆:传说为春秋时楚国隐士,佯狂避世。因迎孔子之车而歌,故称接舆。

〔76〕箕(jī 鸡)子:商纣叔父,封国于箕,故称箕子。纣暴虐,箕子谏而不听,便披发佯狂为奴,为纣所囚。　佯狂:装疯。

〔77〕浊世:黑暗的社会。　全身:保全自己。

〔78〕清谯:清雅的宴乐。《汉书·刘向传》:"愿赐清宴之闲,指图陈状。"闲:暇。

〔79〕发愤:立志。　毕诚:竭尽忠诚。毕,尽。

〔80〕图画:谋划。

〔81〕揆度(kuí duó 奎夺):权衡。

〔82〕主体:事物的主要部分,此指皇帝。主体对"万民"。

〔83〕帝:相传古代有五帝,其说不一。一般指伏羲、神农(炎帝)、黄帝、尧、舜。　三王:一般认为三王指夏禹、商汤、周之文、武二王。　几:庶几,差不多。

〔84〕伊尹:商汤之臣。名挚,原为汤妻陪嫁的奴隶,后佐汤伐桀,被尊为"阿衡"(宰相)。

〔85〕负:背。　鼎:古代炊器,多用青铜制成,圆形,三足两耳,也有方形四足的。盛行于殷周之时。　俎(zǔ 祖):古代切肉所用的砧板,长方形。

〔86〕和五味:调理菜肴的滋味,古人常用以比喻执政。五味,指酸、甜、苦、辣、咸。　干:干预,干涉。此指影响。　汤:商汤。商朝的建立者,又称武汤,成汤。原为商族领袖,与有莘氏通婚,任用伊尹执政,聚集力量,准备灭夏。经过十几次出征,先后灭掉周围的一些小国,一举成为当时的大国,最后推翻夏朝,建立商朝。

〔87〕太公:姜太公,字子牙。传说太公钓于渭水之滨,直钩无饵,愿者上钩。被周文王请回,周初为师(武官),也称师尚父,辅佐周文王、周武王灭商。建周,封于齐。　阳:水之北岸。

〔88〕得君:臣子获得君主的信任。

〔89〕深念远虑:深谋远虑。　引义正身:以义正己。

〔90〕推恩:犹言推爱,谓将己之所爱推及他人。　广:扩大。李善注引《孟子》:"推恩足以保四海。"

〔91〕本仁祖义:以仁义为本。颜师古注:"以仁为本,以义为始。"李善"义"作"谊"。从《汉书》、五臣本。

〔92〕褒:嘉奖。

〔93〕禄:古代官吏的俸给。此用如动词。

〔94〕诛:杀。　恶乱:指为恶作乱者。

〔95〕总:聚束,引申为控制。李善五臣本皆作“揔”。从《汉书》。

〔96〕一统:统一。　类:法规。

〔97〕风俗:长期相沿积久而成的风尚、习俗。在中国历史上,所有统治者无不强调移风易俗的作用。《诗大序》:“先王以是(指诗)经夫妇,成孝敬,厚人伦,美教化,移风俗。”楼钥《论风俗纪纲》:“国家元气,全在风俗;风俗之本,实系纲纪。”

〔98〕昌:盛。

〔99〕天性:先天的本性。　夺:丧失。　人伦:儒家宣扬的人与人之间关系的准则。《孟子·滕文公上》:“使契为司徒,教以人伦:父子有亲,君臣有义,夫妇有别,长幼有叙(序),朋友有信。”

〔100〕和洽:和谐。

〔101〕怀:归向。《书·皋陶谟》:“安民则惠,黎民怀之。”

〔102〕加:施及。

〔103〕裂地:分割土地。《墨子·尚贤中》:“般爵以贵之,裂地以封之。”

〔104〕爵:爵位。《礼·王制》:“王者之制,禄爵:公、侯、伯、子、男凡五等。”禄,俸给;爵,官之级别。

〔105〕国:指封地。

〔106〕称:称扬。

〔107〕穆然:静思的样子。

〔108〕俛:同“俯”。　深惟:深思。

〔109〕颐(yí 移):下巴。此指腮下。

〔110〕绵绵连连:将要断绝的样子。　殆:危。

〔111〕正:整顿。　明堂:古代天子宣明政教的地方,凡朝会及祭祀、庆赏、选士、养老、教学等大典,皆于此举行。　朝:指朝政,朝纲。

〔112〕齐:整治。《荀子·富国》:“正法以齐官。”

〔113〕布:施予。　德惠:恩泽。

〔114〕躬亲:身体力行。

〔115〕后宫:古代妃嫔所居的宫室。此指嫔妃。

〔116〕损:减少。

〔117〕放:抛弃。　郑声:古代郑地的俗乐。《论语·卫灵公》:"乐则韶舞,放郑声,远佞人;郑声淫,佞人殆。"后来郑卫的地方音乐即"郑卫之音"便成为淫荡之乐歌的代名词。

〔118〕佞人:善以巧言献媚的人。

〔119〕庖(páo 袍)厨:厨师和厨房,此指饮食。

〔120〕侈(chǐ 尺)靡:生活奢侈糜烂。

〔121〕卑:衰微。卑宫馆,指降低宫馆的规格。

〔122〕坏:毁掉。　苑囿(yuàn yòu 院又):帝王打猎游览的风景园林。

〔123〕堑(qiàn 欠):壕沟。池堑,指人工挖的湖、河。

〔124〕内藏:府库。

〔125〕振:赈济。

〔126〕存:慰问。　耆(qí 奇)老:老人。耆,老。

〔127〕恤:体恤周济。　孤独:指孤寡老人与失去父母的孩子。

〔128〕薄:减轻。　赋敛:赋税。

〔129〕省:与"薄"义近。

〔130〕晏然:平静。

〔131〕洽:协和。

〔132〕阴阳:古以阴阳解释万物化生。天地、日月、男女等等皆分属阴阳。天为阳,地为阴;日为阳,月为阴;男为阳,女为阴。阴阳配合感应,化生万物。和调:协调。

〔133〕咸:皆。　宜:合适。得其宜,即各得其所。

〔134〕家给(jǐ 己)人足:家家富裕,人人丰足。给,富裕。

〔135〕囹圄(líng yǔ 零雨):牢狱。又作"囹圉"。

〔136〕凤皇:凤凰。皇,《汉书》作"凰"。

〔137〕麒麟(qí lín 奇林):古代传说中的一种动物。状如鹿,独角,全身生鳞,尾像牛,吉祥之兽。多作为吉祥的象征。　郊:城外。

〔138〕甘露:谓甜美的露水。古人迷信,以为天下太平,则天降"甘露"。

〔139〕朱草:一种红色的草。可做染料。方士附会为瑞草。

〔140〕异俗:不同风俗。应劭《风俗通义序》:"百里不同风,千里不共俗。"

〔141〕向:向往。

〔142〕朝贺:朝拜。指臣对君。

〔143〕端:头绪,引申为缘由。

〔144〕窃:犹言私。常用做表达个人意见的谦词。　过:过失。

〔145〕"王国克生"四句:语出《诗经·大雅·文王》。王国,指周朝。克,能。　维:是。　桢:桢干,即骨干。引申为栋梁。　济济:众多的样子。　文王:指周文王。

今译

非有先生到吴国做官,上朝不能称颂古人古事以开阔君王的思路,退朝不能宣扬君王美德以昭示其功业,默默无言已经三年了。吴王感到奇怪而问他,说:"寡人继承先辈的功业,寄希望于诸位贤臣,早起晚睡,未敢有过一点怠慢。现在先生飘然高飞,远来吴地,想要辅佐寡人,我个人确实赞赏先生之义举,睡不好,吃不香,目不视美女之色,耳不闻靡靡之音,虚心立志要听取公众的意见已经三年了。现在先生上朝不能辅助我的政治,退朝不能宣扬我的美名,我个人以为先生不会取这种态度。怀才不露,是不忠;露而不得施展,是君主不明。想来寡人大概不明吧?"非有先生匍匐在地,连称不敢,不敢。

吴王说:"可以谈了,寡人将认真听取先生的意见。"先生说:"呜呼!不可呀,不可呀!臣向君进谏谈何容易!所进之言,有看着不顺眼听着不顺耳心里不舒服却对自己有利的;有看着顺眼听着顺耳心里舒服但对自己有害的,没有明王圣主,逆耳忠言谁能听呢?"吴王说:"为何要那样说呢?'品行中等的人,可以同他说上等的道理。'先生请说,寡人将听取您的高见。"先生回答说:"从前关龙逢极力向夏桀进谏,比干直言不讳向纣王进谏,这两位贤臣,都想尽办法尽忠,伤痛君王的恩泽不能延续而引起万民动乱,所以直言指出其过失,恳切批评其邪行,要为国君增加荣誉,排除祸患。现在则不然,反而以为这是诽谤国君之德行,没有臣子之礼数,结果黑白颠倒伤害自己,蒙受无辜获罪之冤,辱没祖先,被天下人耻笑,所以说进谏之道谈何容易！正因如此，辅佐之臣分崩离析，而邪恶谄媚之人，则一拥而上，于是就有了飞廉、恶来革等。此二人皆狡诈伪装，靠花言巧语口齿伶俐升官，专门迎合主上耳目之欲，以苟且容身为限度，不以历史教训为借鉴，以致死后受辱。致使祖庙倒塌，都城变成废墟，流放杀戮忠臣，亲近进谗小人。《诗经》不是说过吗？‘进谗之人话没准，搅得四方不安宁。’说的就是这个意思。所以他们卑躬屈膝，满脸媚相，说话婉转，颜和语顺，到头来对主上治国无益，仁人志士不忍这样做，还要俨然以庄重的姿态，深言直谏，上纠君主之偏，下减百姓之害，则有违于邪主之心，背离于衰世之法。因此寻求长生之士无人肯进谏，于是隐居在深山之间，堆土做屋，编草为门，屋中弹剑，吟唱先王之风诗，也可以乐而忘死了。所以伯夷、叔齐逃避周朝，饿死在首阳山下，后世称赞他们为仁人。这样看来，邪主的德行，实在是可怕的，所以说向君王进谏，谈何容易！”

于是吴王敬畏地改变了态度，离席去几，端坐倾听。先生说：“接舆逃避现实，箕子披发装疯，这二人，都用逃避黑暗现实而保全了自己。假使他们遇到明王圣主，赐给清平的环境，宽容的态度，使之立志尽忠，谋划安危，权衡得失，上以保全主位，下以便利万民，则五帝三王之道，差不多就得以实现了。因此伊尹蒙受耻辱，背着鼎俎，以调和五味为喻，辅政商汤；姜太公垂钓于渭水北岸，得以遇见周文王，彼此心同意合，谋划无所不成，献计无所不从，的确是君臣相得益彰。他们深谋远虑，用仁义规范自己，将皇恩施及百姓，以仁义为本，嘉奖有德之人，禄给贤能之士，诛杀为恶作乱之徒，控制远方，统一法规，美化风俗，这是帝王昌盛的根本途径。上不改变天性，下不改变人伦，则天地和谐，远方向往，故称圣王。臣子已经履行了他的职责，于是君主割地分封，爵位至公侯，封地传子孙，美名扬后世，百姓到现在还称颂他们，因为他们遇到了商汤和文王。太公伊尹这样结果，龙逢比干那样下场，所以说向君王进谏，谈何容易！”

于是吴王默然，低头沉思，抬头泪水纵横，说："呜呼！我的国家虽然没亡，但已如将断之线，危险啊，国家之不亡！"于是整顿朝纲，调整君臣关系，选拔贤才，广施恩惠，实行仁义，奖赏功臣，带头节俭，削减嫔妃的费用，减少车马的花销，抛弃靡靡之音，疏远巧言小人，紧缩饮食开支，不要奢侈靡烂，降低宫馆规格，拆毁皇家苑囿，填平人工沟池，给无产业的贫民耕种；打开府库，赈济穷人，存恤老者，抚恤孤儿，减轻赋税，刑罚从宽。这样做三年，海内清平，天下大治，阴阳协调，万物皆各得其所，国家没有灾害之乱，百姓没有饥寒之色，家家富裕，人人丰足，积蓄有余，牢房空空，凤凰来栖，麒麟临城，甘露普降，朱草萌生，远方异族，向往世风，羡慕仁义，各守其职，前来朝贺。所以治乱的道理，存亡的原因，如此显而易见，而统治人的人不肯去做，臣个人认为这是过失。因此《诗经》说："周朝能出众贤士，个个都是栋梁才。栋梁之才人济济，文王得以国安宁。"此诗就说的这个道理。

（赵福海译注并修订）

四子讲德论一首

王子渊

题解

王褒，字子渊，蜀人。是西汉继司马相如之后的辞赋大家。其代表作为《圣主得贤臣颂》、《甘泉颂》与《洞箫赋》。而《四子讲德论》，则是其人生仕途上的进身之作，文学创作上的奠基之作。所谓讲德，即讲述汉帝之德政。

此文据其内容判断，大约作于汉宣帝(刘询)五凤末或甘露初之间。其中写到凤凰、神雀、甘露之瑞，“北狄宾洽，边不恤寇”，“日逐举国而归德，单于称臣而朝贺”可证。此皆谓神雀以来，直至五凤末年之事，并非虚言。

孝宣之治，史称“吏称其职，民安其业”，“单于慕义，稽首称藩”的繁荣安定之世。刘询被颂为“功光祖宗，业垂后嗣”的中兴之主。他本人也确实想恢复其曾祖武帝的声威文教，讲习六艺群书，博尽奇异之好，征召文学高才刘向、张子侨等。神爵五凤年间，天下殷富，社会祥和。宣帝颇欲创作歌诗，兴协律之事，召见知音善鼓雅琴者赵定、龚德等。其时，益州刺史王襄顺应时势，欲宣扬教化，闻王褒有俊才，请作《中和》、《乐职》、《宣布》之诗，选好事者令依《鹿鸣》之声，习而歌之。以之进献宣帝，大受赞赏。帝曰：“此盛德之事，吾何足以当之！”并召见歌者，皆赐帛。王褒也因此被征召，常侍宣帝左右。

此文是王褒为三首颂诗所作之《传》，即序论。

此论是一篇文学论。

王褒创作了许多著名的赋颂，此文则明确地表述出他的文学观点。他认为圣君明世，需要诗赋加以颂扬，诗赋之作也需要以圣君明世为基础。“故美玉蕴于碔砆，凡人视之怢焉，良工砥之，然后知其和宝也。精练藏于矿朴，庸人视之忽焉，巧冶铸之，然后知其干也。况乎圣德巍巍，民氓所不能命哉！”诗赋的功用，在于显扬君德之美，在于翼羽王道。但是君不贤，世不明，诗赋则不能掩饰之。“夫世衰道微，伪臣虚称者，殆也。世平道明，臣子不宣者，鄙也。鄙殆之累，伤乎王道”。强调诗赋反映君美要有真实性，假如是衰世昏君，诗赋还要泯灭良知加以粉饰，那就是伪臣虚饰，危害甚大。

王褒提出中和感发之说。他认为，圣君明世，必能使诗赋作者心有感受，从而引发而有创作。“诗人感而后思，思而后积，积而后满，满而后作，言之不足，故嗟叹之，嗟叹之不足，故咏歌之，咏歌之不厌，不知手之舞之足之蹈之也”。感、思、积、满、作，朴素精炼地概括出了诗赋作者的创作心理进程。上承司马迁的发愤而作之说，下启陆机《文赋》与刘勰《文心雕龙·神思》所阐释的艺术创作心理之论。但是，王褒所谓“满（懑）”，即愤懑，与司马迁的“发愤”相比较，其含义则更为广泛。司马迁的“发愤”，指现实险恶不平，作者遭遇困穷，愤恨不忍，不得不鸣。王褒的“满”，除司马迁所指之外，主要在于圣君明世令作者激情奋发，吐而为诗赋。所谓“皇泽丰沛，主恩满溢，百姓欢欣，中和感发，是以作歌而咏之”。不过王褒之“满”，主要是产生歌功颂德之篇，只有司马迁之“愤”，才能产生“史家之绝唱”，“无韵之《离骚》”。

王褒认为，由“满”而“作”，不是自然的转化，而是一个飞跃，必须有外部条件触动之促进之。“夫雷霆必发，而潜底震动，枹鼓铿锵，而介士奋疏。故物不震不发，士不激不勇”。即心有愤懑，再受到某种外部刺激，于是一发而不可收。这也是古今创作家共有的经验。

此篇是一篇道德论。

此所谓道德，即指君之圣明，臣之忠贤。王褒提出君为心臣为体、君圣则臣贤之论。“君者中心，臣者外体。外体作，然后知心之好恶；臣下动，然后知君之节趋。好恶不形，则是非不分；节趋不立，则功名不宣”。有何等之君，即有何等之臣。“非有圣智之君，恶有甘棠之臣？故虎啸而风寥戾，龙起而致云气，蟋蟀俟秋吟，蜉蝣出以阴”。圣明之君必能重用贤能之臣。臣下的正邪功过是君主的贤愚好恶的证明。王褒总结了三王五霸所以成功的经验，最根本的一点就是善于选用贤才。这无疑是说给汉宣帝听的讽喻之辞。

王褒热烈地歌颂了汉宣帝对国中与四夷的各项美政洪恩。“若乃美政所施”至“岂不然哉”所颂，“夫匈奴者”至“鼓掖而笑”所述，与《汉书·宣帝纪》所载基本相合。王褒以此说明孝宣之世是圣明之世，宣帝本人也够得上有德之君。在他看来，这样的圣君明世，则是诗赋作者“感懑舒音，而咏至德”的现实基础。圣明之治与诗赋之作，是互为依据互为因果的。此为王褒的文学论与道德论的统一观。

全文寓寄了王褒的个人遭际与情志。他借虚仪夫子的口气说“空柯无刃，公输不能以斲，但悬曼矰，蒲苴不能以射”，“才蔽于无人，行衰于寡党，此古今之患，唯文学虑之”。实即作者本人的自述之词。又借浮游先生的口气批判秦王暴政说“信任群小，憎恶仁智，诈伪者进达，佞谄者容入”，“处位而任政者，皆短于仁义，长于酷虐，狼挚虎攫，怀残秉贼”，实即作者抒发对现实不平之愤。所谓“大汉之为政也，崇简易，尚宽柔，进淳仁，举贤才，上下无怨，民用和睦”，则直接寄托了作者的进举之愿。

文章序文名曰“四子讲德”，萧统录入《文选》归于论类，列于东方朔《非有先生论》后。其结构方法则与赋无异。微斯文学、虚仪夫子等四人皆属子虚、乌有一类虚拟人物，皆以展开问对，互为推进。颂汉德，述符瑞，连缀事类，张扬声势，于颂扬之中寓讽喻之意，也属劝百讽一之用。但是，毕竟与“写物图貌，蔚以雕画”的汉大赋不同，则更近于“理形于言,叙理成论”的论说之作。萧统将其录入论类,视其为赋家著论,是很正确的。

原文

褒既为益州刺史王襄作《中和》《乐职》《宣布》之诗[1],又作传[2],名曰《四子讲德》,以明其意焉。

微斯文学问于虚仪夫子曰[3]:“盖闻国有道[4],贫且贱焉,耻也[5]。今夫子闭门距跃[6],专精趋学有日矣。幸遭圣主平世,而久怀宝[7],是伯牙去钟期[8],而舜、禹遁帝尧也[9]。于是欲显名号,建功业,不亦难乎?”

夫子曰:“然,有是言也。夫蚊虻终日经营[10],不能越阶序[11],附骥尾则涉千里[12],攀鸿翮则翔四海[13]。仆虽嚚顽[14],愿从足下[15]。虽然,何由而自达哉?”

文学曰:“陈恳诚于本朝之上,行话谈于公卿之门[16]。”

夫子曰:“无介绍之道,安从行乎公卿?”

文学曰:“何为其然也?昔宁戚商歌以干齐桓[17],越石负刍而寤晏婴[18],非有积素累旧之欢[19],皆涂觏卒遇[20],而以为亲者也。故毛嫱西施[21],善毁者不能蔽其好;嫫姆倭傀[22],善誉者不能掩其丑。苟有至道[23],何必介绍?”

夫子曰:“咨[24],夫特达而相知者[25],千载之一遇也。招贤而处友者,众士之常路也。是以空柯无刃[26],公输不能以斲[27];但悬曼矰[28],蒲苴不能以射[29]。故膺腾撇波而济水[30],不如乘舟之逸也[31];冲蒙涉田而能致远[32],未若遵涂之疾也[33]。才蔽于无人[34],行衰于寡党[35],此古今之患,唯文学虑之。”

文学曰:“唯唯,敬闻命矣。”

于是相与结侣,携手俱游,求贤索友,历于西州[36]。有二人焉,乘辂而歌[37]。倚輗而听之[38]:咏叹中雅[39],转运中律[40],啴缓舒绎[41],曲折不失节[42]。问歌者为谁?则所谓浮游先生陈丘子者也[43]。于是以士相见之礼友焉[44]。礼文既集[45],文学、夫子降席而称曰:"俚人不识[46],寡见鲜闻[47],曩从末路[48],望听玉音[49],窃动心焉[50]。敢问所歌何诗?请闻其说。"浮游先生陈丘子曰:"所谓《中和》《乐职》《宣布》之诗,益州刺史之所作也。刺史见太上圣明[51],股肱竭力[52],德泽洪茂[53],黎庶和睦[54],天人并应[55],屡降瑞福[56],故作三篇之诗以歌咏之也。"

文学曰:"君子动作有应[57],从容得度[58]。南容三复白珪[59],孔子睹其慎戒[60];太子击诵《晨风》[61],文侯谕其指意[62]。今吾子何乐此诗而咏之也[63]?"

先生曰:"夫乐者感人密深,而风移俗易。吾所以咏歌之者,美其君术明而臣道得也[64]。君者中心,臣者外体[65]。外体作,然后知心之好恶;臣下动,然后知君之节趋[66]。好恶不形[67],则是非不分;节趋不立,则功名不宣。故美玉蕴于碔砆[68],凡人视之怢焉[69],良工砥之[70],然后知其和宝也[71]。精练藏于矿朴[72],庸人视之忽焉[73],巧冶铸之[74],然后知其干也[75]。况乎圣德巍巍荡荡[76],民氓所不能命哉[77]!是以刺史推而咏之,扬君德美,深乎洋洋[78],罔不覆载[79],纷纭天地[80],寂寥宇宙[81]。明君之惠显,忠臣之节究[82]。皇唐之世[83],何以加兹[84]!是以每歌之,不知老之将至也。"

文学曰:"《书》云:迪一人[85],使四方若卜筮[86]。夫忠贤之臣,导主志,承君惠,摅盛德而化洪[87],天下安澜[88],比屋可封[89],何必歌咏诗赋可以扬君哉?愚窃惑焉。”

浮游先生色勃眦溢[90],曰:“是何言与?昔周公咏文王之德而作《清庙》[91],建为《颂》首[92];吉甫叹宣王穆如清风[93],列于《大雅》[94]。夫世衰道微,伪臣虚称者[95],殆也[96]。世平道明,臣子不宣者[97],鄙也[98]。鄙殆之累[99],伤乎王道[100]。故自刺史之来也[111],宣布诏书[112],劳来不怠[113],令百姓遍晓圣德,莫不沾濡[114]。厖眉耆耇之老[115],咸爱惜朝夕,愿济须臾[116],且观大化之淳流[117]。于是皇泽丰沛[118],主恩满溢,百姓欢欣,中和感发,是以作歌而咏之也。传曰:‘诗人感而后思,思而后积,积而后满[119],满而后作,言之不足,故嗟叹之,嗟叹之不足,故咏歌之,咏歌之不厌[120],不知手之舞之足之蹈之也。’此臣子于君父之常义[121],古今一也。今子执分寸而罔亿度[122],处把握而却寥廓[123],乃欲图大人之枢机[124]。道方伯之失得[125],不亦远乎?”

陈丘子见先生言切,恐二客惭,膝步而前曰[126]:“先生详之:行潦暴集[127],江海不以为多;鳅鳝并逃[128],九罭不以为虚[129]。是以许由匿尧而深隐[130],唐氏不以衰[131];夷齐耻周而远饿[132],文武不以卑[133]。夫青蝇不能秽垂棘[134],邪论不能惑孔墨[135]。今刺史质敏以流惠[136],舒化以扬名[137],采诗以显至德[138],歌咏以董其文[139],受命如丝[140],明之如緍[142],《甘棠》之风[143],可倚而俟也[144]。二客虽窒计沮议[145],何伤[146]?”顾谓文学夫子曰:“先生微矜于谈道[147],又不让乎当仁[148],亦未巨过也[149]。愿二子措意焉[150]。”

夫子曰:“否。夫雷霆必发,而潜底震动[151],桴鼓铿锵[152],而介士奋竦[153]。故物不震不发,士不激不勇。今文学之言,欲以议愚感敌[154],舒先生之愤,愿二生亦勿疑。”于是文绎复集[155],乃始讲德。

文学夫子曰:“昔成康之世[156],君之德与?臣之力也?”

先生曰:“非有圣智之君,恶有甘棠之臣[157]?故虎啸而风寥戾[158],龙起而致云气[159],蟋蟀俟秋吟,蜉蝣出以阴[160]。《易》曰:飞龙在天[161],利见大人[162]。鸣声相应[163],仇偶相从[164]。人由意合,物以类同。是以圣主不遍窥望而视以明[165],不殚倾耳而听以聪[166]。何则?淑人君子[167],人就者众也[168]。故千金之裘[169],非一狐之腋[170];大厦之材,非一丘之木;太平之功,非一人之略也。

“盖君为元首,臣为股肱,明其一体,相待而成。有君而无臣,《春秋》刺焉[171]。三代以上[172],皆有师傅[173];五伯以下[174],各自取友[175]。齐桓有管鲍隰宁[176],九合诸侯[177],一匡天下[178]。晋文公有咎犯赵衰[179],取威定霸,以尊天子[180]。秦穆有王由五羖[181],攘却西戎[182],始开帝绪[183]。楚庄有叔孙子反[184],兼定江淮[185],威震诸夏[186]。勾践有种蠡渫庸[187],克灭强吴[188],雪会稽之耻[189]。魏文有段干田翟[190],秦人寝兵[191],折冲万里[192]。燕昭有郭隗乐毅[193],夷破强齐[194],困闵于莒[195]。夫以诸侯之细,功名犹尚若此,而况帝王选于四海[196],羽翼百姓哉[197]!

“故有贤圣之君,必有明智之臣。欲以积德,则天下不足平也。欲以立威,则百蛮不足攘也[198]。今圣主冠道德[199],履纯仁[200],被六艺[201],佩礼文[202],屡下明诏[203],举贤良[204],求术士[205],招异伦[206],拔俊茂[207]。是以海内欢慕,莫不风驰雨集[208],袭杂并至[209],填庭溢阙[210]。含淳咏德之声盈耳[211],登降揖让之礼极目[212],进者乐其条畅[213],怠者欲罢不能[214]。偃息匍匐乎《诗》《书》之门[215],游观乎道德之域,咸絜身修思[216],吐情素而披心腹[217],各悉精锐以贡忠诚[218],允愿推主上[219],弘风俗而骋太平[220],济济乎多士[221],文王所以宁也[222]。

“若乃美政所施,洪恩所润,不可究陈。举孝以笃行[223],崇能以招贤[224]。去烦蠲苛,以绥百姓[225],禄勤增奉,以厉贞廉[226]。减膳食,卑宫观[227],省田官[228],损诸苑[229],疏繇役[230],振乏困[231],恤民灾害[232],不遑游宴[233]。闵耄老之逢辜[234],怜缞绖之服事[235],恻隐身死之腐人[236],凄怆子弟之缧匿[237]。恩及飞鸟,惠加走兽,胎卵得以成育,草木遂其零茂。恺悌君子[238],民之父母,岂不然哉?

“先生独不闻秦之时耶?违三王[239],背五帝[240],灭《诗》《书》,坏礼义;信任群小,憎恶仁智,诈伪者进达[241],佞谄者容入[241]。宰相刻峭[243],大理峻法[244]。处位而任政者,皆短于仁义,长于酷虐,狼挚虎攫[245],怀残秉贼[246]。其所临莅,莫不肌栗慑伏[247],吹毛求疵[248],并施螫毒[249]。百姓征彸[250],无所措其手足。嗷嗷愁怨[251],遂亡秦族。是以养鸡者不畜狸[252],牧兽者不育豺[253],树木者忧其蠹[254],保民者除其贼[255]。故大汉之为政也,崇简易,尚宽柔,进淳仁,举贤才,上下无怨,民用和睦。

“今海内乐业,朝廷淑清[256]。天符既章[257],人瑞又明[258]。品物咸亨[259],山川降灵。神光耀晖,洪洞朗天[260]。凤皇来仪[261],翼翼邕邕[262]。群鸟并从,舞德垂容[263]。神雀仍集[264],麒麟自至。甘露滋液,嘉禾栉比[265]。大化隆洽[266]，男女条畅[267]。家给年丰，咸则三壤[268]。岂不盛哉！昔文王应九尾狐，而东夷归周[269]，武王获白鱼，而诸侯同辞[270]，周公受秬鬯，而鬼方臣[271]，宣王得白狼，而夷狄宾[272]。夫名自正而事自定也。今南郡获白虎[273]，亦偃武兴文之应也[274]。获之者张武[275]，武张而猛服也[276]。是以北狄宾洽[277]，边不恤寇[278]，甲士寝而旌旗仆也[279]。"

文学夫子曰："天符既闻命矣，敢问人瑞。"

先生曰："夫匈奴者，百蛮之最强者也[280]。天性忕骜[281]，习俗杰暴[282]，贱老贵壮，气力相高。业在攻伐，事在猎射，儿能骑羊，走箭飞镞[283]，逐水随畜，都无常处[284]。鸟集兽散，往来驰骛，周流旷野[285]，以济嗜欲[286]。其耒耜则弓矢鞍马[287]，播种则扞弦掌拊[288]，收秋则奔狐驰兔，获刈则颠倒殪仆[289]。追之则奔遁[290]，释之则为寇。是以三王不能怀[291]，五伯不能绥，惊边扤士[292]，屡犯刍荛[293]，诗人所歌[294]，自古患之[295]。今圣德隆盛，威灵外覆，日逐举国而归德[296]，单于称臣而朝贺[297]。乾坤之所开[298]，阴阳之所接[299]，编结沮颜[300]，焦齿枭瞯[301]，翦发黥首[302]，文身裸袒之国[303]，靡不奔走贡献，懽欣来附，婆娑呕吟[304]，鼓掖而笑[305]。夫鸿均之世[306]，何物不乐？飞鸟翕翼[307]，泉鱼奋跃[308]。是以刺史感懑舒音[309]，而咏至德。鄙人黔浅[310]，不能究识，敬遵所闻，未克殚焉[311]。"

于是二客醉于仁义，饱于盛德，终日仰叹，怡怿而悦服[312]。

注释

〔1〕益州：地名。今四川省境内。　刺史：官名。州郡的军政长官。王襄：人名。汉宣帝时任益州刺史。　中和：与“乐职”、“宣布”皆王褒所作诗篇名。李善注引如淳曰：“言王政中和，在官者乐其职，《国语》所谓宣布哲人之令德也。”

〔2〕传：解说经艺的文字。此指解说颂诗意旨及作者意图之文。

〔3〕微斯：与“虚仪”，皆为虚拟人名。　文学：指文章博学之士。

〔4〕有道：谓政治清明，社会安宁。

〔5〕耻：羞耻。此用《论语》句意。李善注引《论语》：“子曰：‘邦有道，贫且贱焉，耻也。’”

〔6〕距跃：谓不问世事。李善注：“距跃，不行也。”

〔7〕怀宝：谓怀藏才德，不用于世。

〔8〕伯牙：人名。传说为春秋时精于琴艺者。　钟期：即钟子期，伯牙之知音者。《吕氏春秋·本味》：“伯牙鼓琴，钟子期听之，方鼓琴而志在太山，钟子期曰：‘善哉乎鼓琴！巍巍乎若太山。’少选之间，而志在流水，钟子期又曰：‘善哉乎鼓琴！汤汤乎若流水。’钟子期死，伯牙破琴绝弦，终身不复鼓琴，以为世无足复为鼓琴者。”

〔9〕舜：古帝名，原为尧臣，受尧禅而为帝。　禹：古帝名，原为尧臣，受舜禅为帝。　遁：逃避。　帝尧：即唐尧，古帝名，名放勋。以其子丹朱无德，而禅位于舜。

〔10〕蚊虻：两种小昆虫名，皆吸食人与动物的血液。　经营：往来周旋。

〔11〕阶序：阶庭与屋墙。

〔12〕骥：良马。

〔13〕鸿翮：鸿雁的翅膀。翮，鸟翅膀的毛管，指翅膀。

〔14〕嚚（yín 银）顽：愚蠢而顽固。

〔15〕足下：彼此相称的敬词。

〔16〕话谈：谈话。谓游说，发表政见。　公卿：三公九卿。指朝廷贵官显宦。

〔17〕宁戚：或作“宁越”，春秋时人，曾被齐桓公聘为上卿，后迁国相。　商歌：悲歌。商，五音（宫、商、角、徵、羽）之一，依五行说，商与秋皆属金，故商为秋，秋则悲。　干：干谒，求官。　齐桓：春秋五霸之一，齐侯，名小白。任管仲为相，九合诸侯，一匡天下，终为盟主。李善注引《吕氏春秋》：“宁戚饭（喂）牛车

下，望桓公而悲，击牛角疾歌。” 又《淮南子》：“宁越商歌车下，而桓公慨然而悟。”

〔18〕越石：即越石父，春秋时人，有贤名。 负刍（chú 除）：背草。晏婴：人名。春秋时齐人，为齐卿，后相景公，名显诸侯。李善注引《晏子春秋》：“晏子之晋。至于中牟（地名），睹弊冠皮裘负刍息于途侧者。晏子曰：‘吾子何为者？’对曰：‘我越石父者也。’晏子曰：‘何为此？’曰：‘吾为人臣仆于中牟，见使将归。’晏子曰：‘何为为仆？’对曰：‘吾身不免冻饿之地，吾是以为仆也。’晏子曰：‘可得而赎乎？’对曰：‘可。’遂解左骖而赎之，因载而与之俱归，至舍，不辞而入。越石父立而请绝，晏子使人应之：‘子何绝我之暴也？’越石父对曰：‘臣闻之，士者诎（委屈）乎不知己，而申乎知己。吾三年为人臣，而莫吾知也。今子赎我，吾以子为知我矣，今不辞而入，是与臣仆者同矣。’晏子出见之，曰：‘向也见客之容，而今也见客之意。’”

〔19〕积素：积久的真情。 累旧：长期的交谊。

〔20〕涂觏：路见。 卒（cù 猝）遇：偶然相遇。

〔21〕毛嫱（qiáng 强）：与“西施”皆古代美女名。 李善注：“慎子曰：‘毛嫱、先施，天下之姣也。衣之以皮倛（驱疫时用的假面），则见之者皆走，易之玄锡（黑色细布衣），则行者皆止。’先施、西施，一也。”

〔22〕嫫（mó 谋）姆：与“倭傀”皆古代丑妇名。李善注：“《孙卿子》曰：‘闾娵子奢（古美女名），莫之媒也。嫫姆力父（古丑女名），是之喜也。’倭傀，丑女，未详所见。”

〔23〕至道：极高的道术。

〔24〕咨：感叹词。

〔25〕特达：独能与人相通。

〔26〕空柯：谓斧子无刃。柯，斧子把。此指斧子。

〔27〕公输：古时巧匠名。 斲（zhuó 琢）：削。谓将木头制成器物。

〔28〕但：徒，空。 悬：指悬缴，系于短箭上以弋射的丝绳。 曼：无。 矰（zēng 增）：系上丝绳用以射鸟的短箭。胡绍煐引王念孙曰：“悬谓缴也。缴，绳也。矰，弋射矢也。弋者以缴系矢而射，故曰悬。悬，系也。《淮南·说山训》：好弋者先具缴与矰。高诱曰：缴，大纶；矰，短矢。缴所以系矰，是也。曼，无也。言但有缴而无矰，则虽蒲苴不能以射也。《广雅》曰：曼，无也。但悬曼矰与空刃无柯相对为文。但，亦空也。曼，亦无也。无之转为曼，犹芜菁之转为蔓菁

矣。”(《文选笺证》,卷三十一)

〔29〕蒲苴:古之善弋射者。李善注引《列子》:“蒲苴子弋,弱弓纤缴,乘风而振之,连双鸧于青云。”

〔30〕膺腾:谓以胸腾跃于水上,谓泅渡。　撇波:拍击波涛。撇,击,拍击。

〔31〕逸:放逸,疾速。

〔32〕冲蒙:冲撞于草木之中。蒙,蒙茏,丛生的草木。

〔33〕遵涂:循路而行。

〔34〕无人:谓无人赏识。

〔35〕寡党:缺少朋友。

〔36〕西州:指西蜀。吕延济注:“蜀在西,故云西州也。”

〔37〕乘辂(lù 路):乘车。

〔38〕倚輗(ní 泥):倚靠车辕。輗,车辕前的横木,指车辕。

〔39〕中雅:符合雅乐。雅,指合乎规范的正乐。

〔40〕中律:符合乐律。律,定音的仪器,此指律吕、乐律。

〔41〕啴(chǎn 阐)缓:舒缓柔和的样子。　舒绎:与“啴缓”义同。

〔42〕节:节奏,节拍。

〔43〕浮游先生:与“陈丘子”皆虚拟的人名。

〔44〕士:士人,有道德有学问的人。士相见之礼,指士人相见所行的礼仪。李善注引《仪礼》:“士相见之礼,贽(礼物),冬用雉,夏用腒(肉脯),左头奉之。”

〔45〕礼文:礼仪。　既集:谓礼毕。

〔46〕俚(lǐ 里)人:鄙俚之人,浅陋之人。

〔47〕鲜闻:见闻很少。鲜,少。

〔48〕曩(nǎng):往昔。　末路:最后一段路程。

〔49〕玉音:金玉之声。此指歌声。

〔50〕窃:表谦之词。

〔51〕圣明:英明而全知全能。

〔52〕股肱(gōng):大腿与胳膊。喻辅佐之臣。

〔53〕德泽:仁德恩惠。　洪茂:广大盛美。

〔54〕黎庶:平民,民众。

〔55〕天人:天命人事。

〔56〕瑞福:示以福祉的祥瑞。

〔57〕君子:指道德高尚的人。　有应:谓有所响应。

〔58〕从容:举动。　得度:符合常度。

〔59〕南容:人名。孔子学生南宫适,字子容。由于其为人谨慎自重,善于明哲保身,孔子把侄女嫁给他。　三复:谓多次诵读。　白珪:白玉。此指《诗经·大雅·抑》中的诗句:"白圭之玷(污点),尚可磨也。斯言之玷,不可为也。"谓谨言慎行,自珍自重。

〔60〕慎戒:谨慎自戒。李善注引《论语》:"南容三复白珪,孔子以其兄之子妻之。"

〔61〕太子击:人名,战国时魏文侯之子。　晨风:《诗经·秦风》篇名。《诗序》谓讽刺秦康公忘穆公旧业,弃其贤臣之作。后失意之臣常以《晨风》抒发遭时不遇之情。

〔62〕文侯:魏文侯。战国时魏君,名斯。敬贤任能,称誉于诸侯,国家大治。　谕:晓谕,理解。　指意:意图。李善注引《韩诗外传》:"魏文侯有子曰击,次曰䜣,䜣少而立之以为嗣,封击中山(地名)三年莫往来。其傅(师)赵仓唐谏曰:'何不遣使乎?则臣请使。'击曰:'诺。'于是遂求北犬晨雁,赍(携带)行。仓唐至,曰:'北藩(属国)中山之君,再拜献之。'文侯曰:'嘻!击知吾好北犬嗜晨雁也。'即见使者。文侯曰:'中山之君亦何好乎?'对曰:'好诗。'文侯曰:'于诗何好?'曰:'好《晨风》。'文侯曰:'《晨风》谓何?'对曰:'《诗》云:鴥彼晨风,郁彼北林,未见君子,忧心钦钦。如何如何,忘我实多。此自以忘我者也。'于是文侯大悦曰:'欲知其君,视其所使。中山君不贤,恶能得贤傅?'遂废太子䜣,召中山君以为嗣。"

〔63〕吾子:对第二人的尊称。　乐:爱好。以上数句谓古人咏诗皆有其寓寄之意,南容诵白珪之章,是使孔子知道其谨慎自爱,太子击诵《晨风》之诗,是使魏文侯理解其遭时不遇之志,先生咏此诗的意图何在呢?

〔64〕君术:君道。谓君主治理天下的方略。

〔65〕外体:外在的肢体。

〔66〕节趋:节操志向。

〔67〕形:表现。

〔68〕碔砆(wǔ fū 武夫):似玉的美石。

〔69〕怢(tū 秃):忽略。

〔70〕良工:治玉的工匠。　砥:砥砺,磨治。

〔71〕和宝:珍宝。和,指传说中楚人卞和,其发现宝玉,世称和氏璧。

〔72〕精练:指金。练,五臣本作“链”。 矿朴:指未加冶炼的矿石。矿,矿石;朴,当作“璞”,未加磨制的玉石。李善注:“精练,金也。金百练不耗,故曰精练也。《说文》曰:‘矿,铜铁璞也。’”

〔73〕庸人:常人。

〔74〕巧冶:炼金的工匠。

〔75〕干:本体。

〔76〕巍巍:崇高的样子。 荡荡:广大的样子。

〔77〕民氓:民众。 命:名,认识。

〔78〕洋洋:盛大的样子。

〔79〕覆载:天覆地载。谓抚育滋润。

〔80〕纷纭:形容众多。

〔81〕寂寥:形容广远。

〔82〕究:穷尽。

〔83〕皇唐:指古帝唐尧。

〔84〕加兹:谓超越今日。

〔85〕迪:导,引导。 一人:指君主。

〔86〕卜筮:以龟甲或蓍草预测吉凶。李善注:“《尚书》曰:‘故一人有事四方,若卜筮,无不是孚。’孔安国曰:‘迪,道也。孚,信也。’”

以上两句谓贤臣引导天子广施仁德,使天下百姓皆顺从,若相信卜筮一样。

〔87〕摅(shū 书):舒展,广施。 化洪:谓教化宏大。

〔88〕安澜:水波平静。喻太平。

〔89〕比屋:屋宇并列,一家接一家。 可封:可以封赏,可以表彰。比屋可封,谓教化普施,民众皆有德行,家家可以表彰。

〔90〕色勃:表情激怒。 眦(zì 自)溢:眼珠突出于眼眶,形容大怒的样子。眦,眼眶。

〔91〕周公:姓姬名旦,文王之子,辅武王灭纣。武王死,成王年幼,又为摄政。为周代礼乐制度的创立者。 清庙:《诗经》篇名。

〔92〕颂:《诗经》之一体。李善注引《毛诗·周颂》:“《清庙》,祀文王也。周公既成雒邑,朝诸侯,率以祀文王焉。”

〔93〕吉甫:即尹吉甫,周宣王的重臣,姓兮名甲,曾率师北伐猃狁至太原。

传曾作《蒸民》等诗。　宣王:周宣王,周中兴之君,名静。用尹吉甫等贤臣,北伐猃狁,南征荆蛮,周以重振。　穆:和美。穆如清风,为《蒸民》中的诗句。

〔94〕大雅:《诗经》中之一体。李善注引《毛诗·大雅序》:"《蒸民》,尹吉甫美宣王也。《诗》曰:吉甫作诵,穆如清风。"

〔95〕伪臣:伪作之臣。

〔96〕殆:危殆,过错。

〔97〕宣:谓宣扬君主盛德。

〔98〕鄙:鄙陋,耻辱。

〔99〕累:忧患,祸害。

〔100〕王道:先王之正道。

〔111〕刺史:此指益州刺史王襄。

〔112〕诏书:皇帝所下诏命与文告。

〔113〕劳(lào 烙)来:勤勉。来,也有"劳"义。　怠:怠惰,松懈。

〔114〕沾濡(rú 如):受到滋润。

〔115〕厖(máng 芒)眉:眉毛花白。形容年老的样子。　耆耇(qí gǒu 奇苟):老年人。

〔116〕须臾:片刻,一会儿。以上两句谓老年人皆爱惜晚年的时光,留恋明主盛德。

〔117〕大化:博大的教化。　淳流:淳厚流行。

〔118〕丰沛:丰厚盛多。

〔119〕满:愤懑。满,通"懑"。

〔120〕厌:足。

〔121〕常义:基本的原则。

〔122〕分寸:形容少。　亿度:尺丈。形容多。李善注:"亿度之言无限也。"

〔123〕把握:形容狭小。　寥廓:形容辽阔。

〔124〕大人:指皇帝。　枢机:户枢与门阃。枢主开,机主闭。此喻权谋机要。

〔125〕道:引导。　方伯:诸侯。　失得:失败与成功。此谓避免失败,争取成功。

〔126〕膝步:双腿跪地而行。

〔127〕行潦(lǎo 老):雨水。

〔128〕鳅鳝:皆鱼名。即泥鳅与鳝鱼。

〔129〕九罭(yù 玉):鱼网。

〔130〕许由:古隐者。传唐尧欲让天下于许由,许由逃于箕山之下。

〔131〕唐氏:唐尧。尧,封于陶,又封于唐,故谓唐氏。

〔132〕夷齐:伯夷叔齐,古孤竹君的两个儿子。两人皆不愿继承王位而逃于周。周武王伐殷,两人叩马谏阻。殷灭,不愿食周粟而饿死于首阳山。

〔133〕文武:周文王与周武王。

〔134〕秽:污秽,玷污。　垂棘:美玉名。李善注引《左传》:"晋荀息(人名)请以垂棘之璧,假道于虞(国名)以伐虢(国名)。"

〔135〕孔墨:孔子与墨子,皆为古代智者。孔子为儒家学派创始人,墨子为墨家学派创始人。

〔136〕质敏:质实聪敏。　流惠:传播恩惠。

〔137〕舒化:推广教化。

〔138〕采诗:采集民歌,以了解民众对王政的反映。　至德:至高的仁德。

〔139〕董:董正,校正。

〔140〕受命:承受王命。　丝:指钓鱼的丝线。此喻细小。

〔142〕缗(mín 民):钓丝。李善注:"《礼记》曰:'王言如丝,其出如纶;王言如纶,其出如綍(大绳)。'郑玄曰:'言出弥大也。'"

〔143〕甘棠:《诗经·召南》篇名。歌颂周武王贤臣召伯奭之诗。甘棠之风,谓《甘棠》诗所颂美的贤德之风。

〔144〕倚:立。　俟:待。

〔145〕二客:指微斯文学与虚仪夫子。　窒计:谓拙于计谋。窒,塞,不通达。　沮议:短于议论。沮,败,不胜任。

〔146〕何伤:谓无伤于正理。李善注:"言二客虽于计窒塞,于议沮败,何伤于理乎?言未伤也。"

〔147〕微矜:稍有骄矜。　谈道:谈论正道。

〔148〕让:谦让。　当仁:当行仁义之事。李善注引《论语》:"子曰:'当仁不让于师。'"此句谓坚持主见,不苟谦让。

〔149〕巨过:大的错误。

〔150〕措意:谓不要在意。措,放置,废弃。

〔151〕潜底:幽隐之处。指冬眠的虫类。李善注引《吕氏春秋》:"开春始雷,则蛰虫动矣。"

〔152〕桴(fú 浮)鼓:以鼓槌击鼓。桴,鼓槌。　铿锵:鼓声。

〔153〕介士:甲士,披甲的士兵。　奋竦(sǒng 耸):奋勇跳跃。

〔154〕议愚:议论其愚钝。　感敌:使对手感奋,刺激论敌。敌,对手,论敌。指浮游先生。　李善注:"言议前敌之愚,以感动之。"

〔155〕文绎:谓理清文思。绎,寻绎,使之成为系统。

〔156〕成康:周成王与周康王。成王,名诵,以周公旦为相,立制度,兴礼乐,颂声作,营东都,而民和睦。康王,成王子,名钊。成康之世,刑措不用四十余年,故史称盛世。

〔157〕甘棠:指颂美周召伯奭贤德之诗。甘棠之臣,指贤德之臣。

〔158〕寥戾(lì 立):风声。

〔159〕致:招来。李善注引《周易》:"云从龙,风从虎,圣人作而万物睹。"以上两句虎龙喻圣君,风云喻贤臣,龙虎从风云,谓有圣君必有贤臣。

〔160〕蜉蝣(fú yóu 服由):昆虫名,生长期极短。以上两句谓万物皆感于时势而生。

〔161〕飞龙:比喻居高位者。

〔162〕利:吉利。　大人:指天子。　以上两句为《周易·乾》之文。高亨说:"飞龙在天,比喻大人居高贵之位,有所作为,人见之则有利,故筮遇此爻,利见大人。"(《周易大传今注》,58 页)

〔163〕鸣声:物之鸣与其回声。

〔164〕仇偶:配偶。

〔165〕明:视力好。

〔166〕殚(dān 单):竭力。　聪:听力好。以上两句谓圣主体察民情,无所不知。

〔167〕淑人:良善之人。

〔168〕就:靠近。

〔169〕裘:皮衣。

〔170〕腋(yè 夜):指狐腿与腹部相接处的毛皮。

〔171〕春秋:史书名。孔子据鲁史所编,为儒家经典之一。其于记事之中寓寄褒贬之意。　刺:讽刺。　以上两句谓春秋时宋襄公大败于泓之事。李善注引《公羊传》:"宋公与楚人期战于泓之阳(泓水北岸),宋师大败。故君子大其不鼓(击鼓进攻)不成列(不成列之敌),临大事而不忘大礼,有君而无臣,以为

难,虽文王之战,亦不过此也。”何休曰:“惜其有王德,而无王佐也。”

〔172〕三代:指夏、商、周。

〔173〕师傅:老师。指辅佐之臣。

〔174〕五伯:五霸。指春秋时左右诸侯的五个盟主,即齐桓公、晋文公、秦穆公、楚庄公、宋襄公。

〔175〕取友:谓以其臣为友。

〔176〕管鲍:管仲、鲍叔牙。管仲,名夷吾,齐颍上人,相齐桓公,助其富国强兵,称霸诸侯。鲍叔牙,春秋齐人,事齐桓公,荐管仲为相,使其终成霸业。隰(xí 席)宁:隰朋、宁戚。隰朋,春秋齐人,以公族为大夫,助管仲相桓公。管仲病危,向桓公荐朋自代。

〔177〕合:会合。

〔178〕匡:匡正。一匡天下,谓使天下诸侯皆尊周天子,进臣子之礼。

〔179〕晋文公:春秋时晋国君主,名重耳。由于晋内乱,流亡十九年。以秦穆公之助,返国为君。用狐偃、赵衰、贾佗、先轸等为辅,尊周室,成霸业。 咎犯:即晋文公之舅狐偃,字子犯。咎,与“舅”同。随文公出亡十九年。文公即王位,霸诸侯,偃多为之谋。 赵衰(cuī 摧):春秋晋人,字子余,随文公出亡十九年,与狐偃共为之谋,文公即王位,为原大夫,佐其定霸业于天下。

〔180〕天子:指周王室。

〔181〕秦穆:春秋时秦国君主,姓嬴,名任好。任百里奚、蹇叔,励精图治,益国十二,遂霸西戎。 王由:王廖、由余。王廖,春秋秦人,为穆公内史,以谋取由余。由余,本春秋晋人,亡入戎。为戎王使秦,穆公留之,以其策伐西戎,遂称霸业。李善注引《韩诗外传》:“昔戎将由余使秦,秦缪公问得失之要。对曰:‘古之有国者,未尝不以恭俭也;失国者,未尝不以骄奢也。’缪公然之。于是告内史王廖曰:‘邻国有圣人,敌国之忧也。由余,圣人也,将奈之何?’王廖曰:‘君其遗(赠)之女乐,以淫其(指戎王)志,然后可图。’缪公曰:‘善。’乃使王廖以其女乐二列遗戎王。” 五羖(gǔ 古):即五羖大夫百里奚,穆公贤相。原为秦穆公夫人陪嫁之臣,逃于宛,被楚人所获,穆公闻其贤,以五只黑羊皮赎之,委以国政,故谓五羖大夫。

〔182〕攘却:排除,征服。 西戎:指古代西部少数民族之国。

〔183〕帝绪:帝业。

〔184〕楚庄:春秋时楚国君主,名旅。先后灭庸,伐陈、宋,围郑,伐陆浑戎,

观兵于周境，遂成霸业。　叔孙：依李善注当作“孙叔”，即孙叔敖，楚庄王贤臣。李善注引《韩诗外传》：“沈令尹进孙叔敖于庄王。叔敖治楚，三年而楚国霸。”　子反：即春秋楚公子侧。楚之名将。李善注引《左传》：“楚子围郑，子反将右。晋师救郑，及楚师战于邲（地名），晋师败绩。”

〔185〕江淮：长江淮水。指江淮流域地区。

〔186〕诸夏：指周王分封的诸侯国。

〔187〕勾践：春秋时越国君主。为吴王夫差所败，困于会稽，屈膝求和，卧薪尝胆，发愤图强，终于灭吴，称霸中国。　种蠡（lí 离）：文种、范蠡。文种，春秋时楚之邹人，为越大夫，勾践败，使种讲和于吴。勾践任以国政，及灭吴，种为谋居多。范蠡，春秋时楚三户人，字少伯，与文种共事勾践，为谋二十余年，终灭吴，雪会稽之耻，称上将军。　渫庸：或作“泄庸”、“世庸”、“舌庸”，春秋时越大夫，与文种、范蠡共事勾践，为谋灭吴。

〔188〕强吴：指吴王夫差。

〔189〕会稽：山名。在今浙江绍兴东南。春秋时勾践败于夫差，困守于此。李善注引《史记》：“吴王夫差伐越，败之。越王勾践乃以甲兵五千人，栖于会稽。”会稽之耻，即指勾践于会稽山战败投降事。

〔190〕段干：即段干木，战国时魏之贤人。弃世隐居，魏文侯礼敬之。李善注引《吕氏春秋》：“段干木者，魏文敬之，过其庐而轼（在车上表敬意）。秦欲攻魏，而司马康谏曰：‘段干木贤者，而魏礼之，天下皆闻，无乃不可加兵乎？’秦君以为然，乃止。”　田翟（zhái 宅）：田子方、翟璜。田子方，战国时魏人，名无择，其贤德与段干木齐名，魏文侯曾以为友。李善注引《吕氏春秋》：“孟尝君问白圭（人名）曰：‘魏文侯名过桓公，而功不及五伯，何也？’白圭对曰：‘文侯师子夏（人名），友田子方，敬段干木，此名之所以过桓公也，而名号显荣者，三士羽翼之也。’”　翟璜，战国时魏下邽人。曾荐吴起、西门豹、乐羊、李克等贤能之士于文侯，以正直不阿著称于时。

〔191〕寝兵：罢兵。

〔192〕折冲：使敌人战车撤回。谓击溃敌人。冲（衝），战车。

〔193〕燕昭：战国时燕君主。燕为齐所破，昭王礼贤下士，用郭隗、乐毅等，大败齐军，尽复故土。　郭隗（wěi 伟）：战国时燕人，事燕昭王。昭王为造宫室，待以师礼。　乐毅：战国时燕人，昭王以为亚卿，后拜上将军，举五国兵伐齐，下七十余城，封昌国，号昌国君。

〔194〕夷:平。

〔195〕闵:指齐湣王。闵,同"湣"。　莒(jǔ 举):地名。今在山东省境。李善注引《史记》:"燕昭王以子之(人名)之乱,而齐大破燕。燕昭王怨齐,于是诎(屈)身下士,先礼郭隗,以招贤者。乐毅为魏使于燕,燕昭王以为亚卿,使乐毅伐齐,破之,追至于临淄。齐湣王走保于莒。"

〔196〕选:任选贤能。

〔197〕羽翼:辅佐。

〔198〕百蛮:指古时边地的少数民族。

〔199〕冠:以为冠冕。谓崇尚。

〔200〕履:以为履。谓施行。　纯仁:纯厚仁义。

〔201〕被:披。谓研习。　六艺:指礼乐射御书数。

〔202〕佩:饰。　礼文:礼节仪式。

〔203〕明诏:圣明的诏书。

〔204〕贤良:德行高尚的人。

〔205〕术士:通晓儒术的人。

〔206〕异伦:异等。特异出众的人。

〔207〕俊茂:才智杰出的人。

〔208〕风驰:与"雨集"皆形容俊才迅疾而至。

〔209〕袭杂:谓接连不断。

〔210〕填:充满。　庭:殿庭。　阙:楼阙。建于皇宫前,中间有道路。

〔211〕含淳:谓吟咏淳厚之德。

〔212〕登降:尊卑。　揖让:谓宾主相见行揖礼。　极目:满目。

〔213〕进者:进取者。　条畅:条理畅达。条,理。

〔214〕怠者:怠惰者。以上两句谓进者与怠者皆醉心于《诗》、《书》,沉溺于道德。

〔215〕偃息:安卧而息止。　匍匐(pú fú 仆伏):伏地而行。关于此句,何焯以为"偃息"当上属,作"怠者欲罢不能偃息"。王念孙以为"匍匐"为后人所加,当作"偃息乎诗书之门",与"游观乎道德之域"皆以七字相对为文。胡绍煐以为"偃息"当上属,作"怠者不能偃息",恰与"进者乐其条畅"相对为文,"欲罢"为后人所加,云"翰注怠者亦不能罢,正注偃息二字,非正文有欲罢字也。"(见《文选笺证》,卷三十一)三说皆可通,而王说于文理更顺。

〔216〕絜身:净化身心。絜,同"洁"。

〔217〕情素:真情实感。　披:披露。

〔218〕悉:尽。　精锐:精心锐思。

〔219〕推:拥戴,爱戴。

〔220〕风俗:指淳厚的风俗。　骋:驰骋、推广。

〔221〕济济:盛多的样子。　多士:众多的贤士。

〔222〕文王:指周文王。　宁:太平。

〔223〕孝:孝廉。指孝顺廉洁之士。举孝廉,为汉代选举官吏的一种办法。笃行:谓忠实施行孝道。

〔224〕崇能:崇尚贤能之士。

〔225〕去烦:去掉烦琐的法令。　蠲(juān 捐)苛:革除苛细的法令。绥:安抚。

〔226〕禄勤:俸禄丰厚。　奉:薪俸。　厉:勉励。　贞廉:清正廉洁。

〔227〕卑:卑下。谓朴素,不奢侈。

〔228〕省:减。　田官:当作"官田",公田。此句谓把官田借与百姓耕种。

〔229〕损:当作"捐",捐弃。　苑:苑囿。古时皇家养兽之所。此句谓把皇家苑囿交给百姓开垦种田。

〔230〕疏:放宽,免除。　繇役:古时征发的力役。

〔231〕振:救济。　乏困:贫困。

〔232〕恤:体恤,怜悯。

〔233〕不遑(huáng 黄):无暇。

〔234〕闵:哀怜,怜悯。　耄(mào 冒)老:年老。　逢辜:犯罪。

〔235〕缞绖(cuī dié 摧迭):以麻做的丧服与丧带。缞,披于胸前;绖,佩于腰间。此指居丧者。　服事:服繇役之事。

〔236〕恻隐:同情。　腐人:受腐刑的罪人。身死之腐人,指因受刑、饥寒或疾病而死于狱中的罪人。

〔237〕凄怆(chuàng 创):悲叹。　缧(léi 雷)匿:以隐匿他人之罪而被拘于狱中者。子弟之缧匿,谓由于隐瞒父兄之罪而被拘于狱中者。

〔238〕恺(kǎi 凯)悌:和乐简易。

〔239〕三王:指夏、商、周三代之王(禹、汤、文、武)。

〔240〕五帝:指伏羲、神农、黄帝、尧、舜。

〔241〕诈伪:奸诈虚伪。　进达:受提拔而显达。

〔242〕佞谄(nìng chǎn 泞产):巧言谄媚。

〔243〕宰相:指秦相商鞅、李斯等。　刻峭:严酷。

〔244〕大理:掌刑狱之官。　峻法:严于执法。

〔245〕狼挚:如狼捕捉食物。与"虎攫"皆喻凶狠残酷。挚,持。

〔246〕怀残:谓怀有残害好人之心。　秉贼:与"怀残"义同。李善注引《孟子》:"贼仁者谓之贼,贼义者谓之残。"

〔247〕肌栗:肌肉发抖。　慑伏:畏惧屈服。

〔248〕疵(cī):小毛病。吹毛求疵,谓故意挑剔小毛病以刁难人。

〔249〕螫(shì 式)毒:毒害。

〔250〕征忪(zhōng 中):恐惧。亦作"怔忪"、"怔伀"。

〔251〕嗷嗷:嘈杂之声。

〔252〕貍(lí 离):野猫。

〔253〕豺:似狼的野兽。

〔254〕蠹(dù 度):树虫。

〔255〕贼:民贼。残害仁义者。

〔256〕淑清:善良清明。

〔257〕天符:上天的符瑞。　章:鲜明。

〔258〕人瑞:人事的祥瑞。

〔259〕品物:物类,万物。　亨:通。谓自由生长,无所阻碍。

〔260〕洪洞:交错相通。　朗天:谓朗照天空。

〔261〕来仪:谓展示容仪。

〔262〕翼翼:凤凰飞翔的样子。　邕邕(yōng 拥):凤凰和鸣的声音。

〔263〕舞德:谓仰首而舞。《文选集评》引《山海经》:"凤首文曰德。"(卷十三)　垂容:与"来仪"义同。

〔264〕仍集:频频来集。

〔265〕栉(zhì 至)比:谓密接相连,梳篦齿一般。

〔266〕大化:广大的教化。　隆洽:兴隆普洽。

〔267〕条畅:此谓通达教化条理。此句谓无分男女,皆接受大化的滋润。

〔268〕三壤:古时土地依其肥瘠,分上中下三等,按此缴纳赋税。李善注引《尚书》:"咸则三壤,成赋中邦。"

〔269〕九尾狐:神狐名。指周文王所受之祥瑞。　东夷:古时东方的少数民族。

〔270〕白鱼:指周武王伐殷时所得祥瑞。　同辞:谓顺同其伐纣誓辞。李善注引《尚书璇玑钤》:“武王得兵钤,谋东观(观兵),白鱼入舟,俯取以燎(烧柴祭天)。八百诸侯顺同不谋。鱼者视用,无足翼从。欲纣如鱼,乃诛。”

〔271〕周公:姬旦。文王子,助武王灭纣。又辅佐年幼的成王,平武庚管蔡叛乱,建东都洛邑,制礼乐,定制度。　秬鬯(jù chàng 具唱):黑黍香草。指周公所得祥瑞。　鬼方:远方。指边远地区的少数民族。

〔272〕宣王:周宣王。　白狼:指周宣王所得祥瑞。李善注:“《史记》:‘穆王征犬戎,得四白狼以归。’今云宣王,未详。”　梁章钜说:“《管城硕记》云:按《瑞应图》:‘王者仁德则白狼见。周宣王时白狼见,西国灭。’《后魏书·征灵志》云:‘太安三年三月,有白狼一见于太平郡。议者曰:先帝本封之国而白狼见焉,无穷之征也。周宣王得之而犬戎服。’”(《文选旁证》,卷四十二)　夷狄:指边远地区的少数民族。　宾:宾服。

〔273〕南郡:郡名。今湖北江陵一带。　白虎:指汉宣帝时所获祥瑞。梁章钜说:“《宋书·符瑞志》:‘汉宣帝元康四年,南郡获白虎。’按《汉宣纪》屡言凤凰、甘露、神爵,而是年不载获白虎事。”(《文选旁证》,卷四十二)

〔274〕偃武:停止武事。　兴文:振兴文教。　应:瑞应。

〔275〕张武:人名。吕延济注:“张武,南郡太守也。”

〔276〕武张:武威张扬。猛服:猛敌降服。此句为以张武获虎演绎出的寓意。

〔277〕北狄:古代北部一个少数民族。　宾洽:宾服和洽。

〔278〕恤寇:忧虑敌人入侵。

〔279〕寝:止息。　仆:倒。

〔280〕百蛮:指古时四方的少数民族。

〔281〕憍蹇(jiāo jiǎn 交简):骄傲不顺。憍,同“骄”。

〔282〕杰暴:凶猛强悍。

〔283〕镞(zú 族):箭头。

〔284〕都:都城,城郭。

〔285〕周流:四处流荡。

〔286〕济:满足。

〔287〕耒耜(lěi sì 累四):古时一种像犁的农具。木把叫耒,犁头叫耜。

〔288〕扞(hàn 汉)弦:拉弓。　掌拊(fǔ 府):掌握弓把。

〔289〕获刈(yì 益):收割。　殪(yì 义)仆:谓猎物被射中而倒。

〔290〕奔遁(dùn 盾):奔逃。

〔291〕怀:怀来。谓以德感化,使之来归。

〔292〕抏(wù 务):动,摇。胡绍煐说:"何氏焯曰:《能改斋漫录》作'抏',引杜甫诗'对扬抏士卒'。是也。《考异》曰:善不音注者,已见《上林赋》'抏士卒之精'下也。《上林赋》注引郭璞曰:抏,损也,音玩。"(《文选笺证》,卷三十一)

〔293〕刍荛(chú ráo 除饶):牲畜吃的草:此句谓匈奴屡犯边疆,掠夺汉地的饲草。

〔294〕诗人:指《诗经》作者。

〔295〕患:忧虑。以上两句指《诗经·小雅·六月》而言。其诗云:"六月栖栖,戎车既饬。四牡骙骙,载是常服。猃狁孔炽,我是用急。王于出征,以匡王国。"赞周宣王北伐猃狁之事。

〔296〕日逐:匈奴王号。李善注引《宣纪》:"日逐王先贤撣(匈奴王名)将人众来降。"

〔297〕单于:匈奴王号。　朝贺:谓以臣礼朝拜汉帝。

〔298〕乾坤:天地。

〔299〕阴阳:日月。

〔300〕编结:编发辫。　沮颜:刻面,脸上画花纹。

〔301〕焦(jiāo 交)齿:黑齿。　枭瞯(xiāo xián 消闲):似枭之碧眼深陷。

〔302〕鬋发:光头。　黥(qíng 情)首:指雕题,以丹青于额上雕刻花纹。

〔303〕文身:于身躯上雕饰花纹。　裸袒:裸体。以上四句皆指古时边远地区有特殊习俗的少数民族。

〔304〕婆娑(suō 梭):舞姿优美的样子。　呕吟:歌唱。

〔305〕鼓掖:鼓起腋窝。大笑的样子。掖,通"腋"。吕延济注:"鼓腋,鼓腹之类也。"

〔306〕鸿钧:太平。

〔307〕翕翼:收敛翅膀。飞鸟和乐的样子。李善注引《毛诗》:"鸳鸯在梁,戢其左翼。"郑玄曰:"明王之时,人不惊骇也。"

〔308〕奋跃:跳跃。泉鱼和乐的样子。李善注引《韩诗》:"鸢飞戾天,鱼跃

于泉。”薛君曰：“鱼喜乐，则踊跃于泉中。”

〔309〕感懑：感愤。谓心情郁结，一吐为快。　舒音：抒写诗歌。

〔310〕鄙人：自我谦称。　黭（yǎn 眼）浅：愚昧浅薄。

〔311〕殚：尽，足。

〔312〕怡怿（yì 义）：喜悦。

今译

褒既为益州刺史王襄作《中和》、《乐职》、《宣布》之诗，又作传，名曰《四子讲德》，以说明诗歌的意旨和作者的意图。

微斯文学问于虚仪夫子说：“听说政治清明社会安宁的时代，个人处境贫穷而且低贱，那其实是羞耻。今夫子闭门隐居，不问世事，专心致志，追求学问，时日已经很久了。幸遇明主盛世，而长期隐藏才德，不求进用，这有如伯牙拒绝钟期，舜禹逃避帝尧。于是欲显扬名号，建立功业，不也太难了吗？”

夫子说：“是的，有这样的话。蚊虻终日盘旋往来，却不能越过高阶与东墙，而附着于良马之尾，则可驰往千里，攀援于鸿雁之翼则可翱翔四海。我虽愚昧而顽固，也愿听从先生指教。即使这样，由何种途径而自我显达呢？”

文学说：“表忠诚于本朝之上，行谈话于公卿之门。”

夫子说：“无介绍之道，如何行谈话于公卿之门呢？”

文学说：“为何如此呢？古时宁戚唱悲歌而求禄位于齐桓，越石背牧草而遇知己于晏婴。并非有长期积累的故友之欢，皆由路上偶然相遇，而终成帝王将相的亲信。因此，毛嫱西施，善于毁谤者不能遮蔽其美貌；嫫姆倭傀，善于称誉者不能掩盖其丑陋。假如胸有至高道术，何必他人介绍？”

夫子说：“唉！自身独与公卿相通而成其知己者，千年之间只有一遇。帝王招贤而待之为友者，则是众士显达的常路。因此，空有巨斧而无利刃，公输不能削成木器；徒有丝绳而无短矢，蒲苴不能弋射飞鸟。游泳击水而能渡河，却不如乘舟前进更迅疾；冲撞田野而能赴远，却不如沿路行走更快速。才智因无人引荐而埋没，品德因缺少友朋而降格。此是古今共有之忧患，望文学深思。”

文学说：“是，是，敬听教导。”

于是相互结伴，携手共游，求贤访友，经过西州。路遇二人，乘车而歌。倚辕而听之：咏叹合乎雅音，婉转合乎乐律，徐缓舒放，曲折而不失节奏。请问歌者为谁？则说乃是浮游先生、陈丘子。于是四人以士相见之礼而结交为友。礼仪已毕，文学、夫子离座而声称：“鄙陋之人，少见寡闻，往时从近处之路，聆听美妙歌声，内心暗自感动。敢问所歌者何诗？请先生给以解说。”浮游先生、陈丘子说：“那是《中和》、《乐职》、《宣布》之诗，为益州刺史所创作。刺史见当今皇帝神圣英明，辅佐之臣各尽智力，恩德广施，百姓和睦，天命人事互为感应，屡屡降下祥瑞福佑。故作三篇之诗以歌咏之。”

文学说：“君子做事皆有回应，举动皆合常度。南容反复朗读白珪之章，孔子见其谨慎自警之德；太子击好诵《晨风》之诗，文侯知其遭时不遇之意。今先生为何喜爱此诗而歌咏之呢？”

先生说：“音乐感人至深，而移风易俗。我所以歌咏此诗，是为赞美君道英明而臣道合度。君为中心，臣为外体。外体动作，然后知中心的好恶；臣下动作，然后知君主的心志。中心好恶不现，则外体是非不分；君主节操不立，则臣下功名不显。因此美玉蕴藏于美石，凡人视而不见，良工加以磨砺，然后知其为天下珍宝。赤金蕴藏于矿石，庸人视而不见，巧匠加以冶炼，然后知其贵重本色。何况皇帝仁德崇高博大，众民所不能认知呢！因此刺史加以推广而歌咏之，宣扬君德盛美，深厚广阔，无不抚育，洋溢天地，充满宇宙。明君仁惠得以显耀，忠臣节操尽得发扬。唐尧之世，何以超越今日！因此每逢歌咏，皆不知老年将至。”

文学说：“《书》云：‘引导一人，使四方顺从，若信卜筮。’忠贤之臣，引导主上之志，承受君王之惠，广施盛德而弘扬教化，使得天下太平，家家可封。何必歌咏诗赋而宣扬君德呢？我私下颇为迷惑不解。”

浮游先生表情激愤，眼神严峻，说：“这是何言！古昔周公咏文王之德而作《清庙》，立为《颂》诗首篇；吉甫叹宣王之德美如清风，其诗列入《大雅》。世道衰微，奸伪之臣虚称盛世，那是危殆；世道清明，臣子不宣仁德，那是鄙陋。危殆与鄙陋的后果，必有害于先王正道。因此，自刺史到来，宣布皇帝诏书，勤勉而不懈，使百姓皆知圣君仁德，无不得到滋润。须眉斑白的老者，皆爱惜朝夕，珍惜片刻，将见宏大教化淳厚流布。于是皇帝之德丰厚盛美，主上之恩充满四方，百姓欢欣快乐。刺史为中正和平之世而有所感发，因而创作诗歌而加以颂扬。传曰：‘诗人有感触而后有思虑，有思虑而后有郁积，有郁积而后有愤懑，有愤懑而后有创作。言之不足，故嗟叹之，嗟叹之不足，故咏歌之，咏歌之不足，不知手之舞之足之蹈之。’这是臣子对君父的基本仪则，古今相同。当今先生固执分寸而忽略尺丈，处身狭小而忘却广大，而想为帝王谋划权要，为诸侯引导成功，不也相差太远了吗？”

陈丘子见先生言辞急切，恐怕二客难堪，跪步向前说：“先生详知：雨水暴涨而至，江海不以为多；泥鳅鳝鱼并逃，巨网不以为虚。因此许由逃避尧帝而隐匿，唐氏不会因而衰败；夷齐不食周粟而饿死，文武不会因而卑微。苍蝇不能玷污垂棘之美，邪论不能惑乱孔墨之说。当今刺史质实聪敏，传播君德，广布教化，宣扬美誉，采集歌谣而显耀盛德，歌咏之而校正文辞，承受君命如钓丝之小，发扬之如网绳之大，如《甘棠》诗所颂美的贤德之风，可以伫立而待。二客虽不通大计，不明高论，也于事何伤？”又回身对文学、夫子说：“先生矜持于谈论正道，又坚持己见而不谦让，也算不得大错。愿二位先生不必在意。”

夫子说：“不。春雷鸣响而蛰虫震动，战鼓咚咚而士卒奔腾。故物不震不发，士不激不勇。今文学之言，欲以讽议愚昧，激励论敌，使先生抒发愤懑，愿二位也勿疑。”于是清理文思重新会集，开始讲论道德。

文学、夫子说:“古昔成康之世,是君之德,还是臣之力呢?”

先生说,“没有圣明之君,哪有贤能之臣?故猛虎长啸而风声随之而起,巨龙腾跃而云气随之而至,蟋蟀待秋而低吟,蜉蝣以阴处而萌生。《易》曰:‘飞龙在天,见大人而吉利。’鸣响回声,互相应合,配偶成双,互相依从。人由意气而合,物以群类而同。因此圣君不遍窥望而所视已明,不尽倾耳而所听已聪。原因何在?善人君子,靠近者众多。故千金之裘,非一狐之腋;大厦之材,非一山之木;太平之功,非一人之谋。

“大概君为元首,臣为臂膀,明为一体,相待而成。有仁君而无贤臣,为《春秋》所讽刺。三代以上,贤君皆有师傅;五霸以下,各以臣为友。齐桓有管鲍隰宁,九次会合诸侯,匡正天下,遵循礼制。晋文公有咎犯赵衰,树立威望,确定霸业,尊重周天子。秦穆有王由五羖,征服西戎,开创帝业。楚庄有叔孙子反,平定江淮,威震中国。勾践有种蠡泄庸,消灭强吴,洗雪会稽之耻。魏文有段干田翟,使秦人恐惧而退兵,击溃侵敌于万里之外。燕昭有郭隗乐毅,击破强齐,闵王被困于莒。以诸侯之小,功名尚且如此,更何况帝王选贤于四海之内,而使之辅佐百姓呢?

“故有贤圣之君,必有明智之臣。欲以之积累仁德,则天下无不平定;欲以之树立武威,则百蛮无不降服。当今英明之主崇尚道德,履行仁义,研习六艺,倡导礼义,屡下明诏,选举贤良方正,征求道术之士,招纳特异之人,提拔俊杰之才。因而海内士人,欢欣向慕;如风似雨,迅疾驰往;前后相连,蜂拥而至;汇集殿庭,充满楼阙。歌咏仁德之声随时可闻,尊卑揖让之礼到处可见。进取者乐其条理畅达,怠惰者欲罢而不能止,安息于《诗》《书》之门,游观乎道德之域,皆以净化品格修养思想,倾吐真情而披露内心,竭尽精思而贡献忠诚,实愿拥戴主上,弘扬教化而推广太平。济济众多才德之士,正是周文王创造太平盛世的基础。

“至于美政布施之广大，洪恩滋润之深厚，不可能尽述。选举孝廉而笃行孝道，崇尚才能而招纳贤德，革除苛刻的法令而安抚百姓，俸禄丰厚而鼓励清正廉洁。膳食简单，宫观朴素，官田借给穷人，苑囿可以开垦，免除徭役，救济贫困，体恤灾民，无暇游宴。怜悯年老者无故犯罪，同情服丧者而免其劳役。哀怜病死于狱中的罪犯，悲叹受父兄株连而拘禁的子弟。恩德达于飞鸟，仁惠加于走兽，胎卵得以育成，草木任其滋长。和乐君子，为民父母，道理岂不如此吗？

“先生未听说秦皇之时吗？违反三王正道，背逆五霸信义，焚烧《诗》《书》，破坏礼义，信任群小，憎恶仁智，奸诈作伪者擢升而显达，巧言谄媚者容纳而得宠。宰相严刻，法官残酷。在位而执政者，皆短于仁义，长于暴虐，面目凶猛如虎狼，内心狠毒似盗贼。其所到之处，无不颤抖屈服，吹毛求疵，擅施毒刑。百姓畏惧惶恐，无所措手足。愁怨之声嗷嗷不止，秦王之族随即灭亡。因而养鸡者不畜狸，牧兽者不育豺，种树者忧虑树虫，保民者清除民贼。故大汉为政，崇尚简易，倡导宽柔，进用淳仁之士，选举贤能之才，君上臣下无所怨，全国百姓皆和睦。

“当今海内安居乐业，朝廷良善清平。天赐符命已昭著，人间祥瑞又彰明。万物自由生长，山川降下神灵。神光闪耀辉煌，灿烂交错，朗照长空。凤凰来临，翩翩飞舞，喈喈交鸣。群鸟随从，昂首起舞，展现姿容。神雀频频聚集，麒麟自然而至。甘露滋润万物，美禾茂密生长，教化兴旺普洽，男女通达其理。家家富足，年年丰收；土地有法，田分三等。国家何等兴旺！古时文王感应九尾神狐，而东夷归服于周；武王获取白鱼，而诸侯顺同伐纣；周公承受黑黍香草，而鬼方称臣朝贡；宣王得到白狼，而夷狄愿为附属。名位自然端正而国事自然安定。当今南郡获得白狼，也是平息武事振兴文教的瑞应。获虎者名为张武，意即武威张大而猛敌降服，因而北狄归附求和。边疆不再忧虑强敌入侵，士卒得以休息，旌旗可以卷起入库。”

文学、夫子说：“天赐符命既已领教，敢问人瑞为何？”

先生说："匈奴，乃是百蛮最强者。天生骄傲不驯，习俗凶猛暴烈，轻老年贵少壮，凭气力论高低。其业在于攻伐，其事在于射猎，孩童即能骑羊，箭镞一发必中，逐水草而放牧，住所常无定处。似鸟集似兽散，往来奔驰于草原，自由流荡于旷野，以满足生存嗜欲。其犁耙即弓矢鞍马，其播种即拉弓射箭，其秋收即追狐逐兔，其收获即射鸟猎兽。追击之即奔逃远地，释放之即侵边入寇。因此三王不能以仁德感化，五霸不能以武威镇抚。惊扰边疆，侵害士卒，屡犯汉地，掠夺牧草。诗人作歌，自古忧患。当今皇帝圣德隆盛，声威神灵抚育外域，日逐举国而归附汉德，单于称臣而礼拜朝贺。天地开辟之时，日月相接之地，编发辫画颜面，黑牙齿眼深陷，光头顶雕前额，以及文身裸体之国，无不奔走贡献，欢欣来附，婆娑起舞，抑扬讴歌，鼓腹而狂笑。太平盛世，何物不乐？飞鸟敛翅而安逸，泉鱼跳跃而快活。因此，刺史感触激动，抒写为诗，而歌咏皇帝至尚之德。鄙人愚昧浅陋，不能尽识。今日敬听先生所述，兴致盎然而无满足之感。"

于是微斯文学与虚仪夫子沉醉于仁义，饱尝于盛德，终日仰天慨叹，心悦而诚服。

（陈复兴译注并修订）

王命论一首

班叔皮

题解

西汉末年，群雄并起，王莽新败，京城混乱，班彪避难于天水（今甘肃通渭县）。隗嚣在天水拥兵割据，欲与刚在冀州称帝的刘秀争夺天下。班彪出于对安定统一局面的渴望，对光复汉室的拥戴心情，著《王命论》感化隗嚣，但不为隗嚣所接受。他又避难河西，为大将军窦融“画策事汉”。后经窦融推荐，被汉光武帝征召。

《王命论》除了有鲜明的政治倾向性以外，也具有强烈的针对性。然而，这篇文章的突出成就，是对论辩艺术技巧的运用。在这篇文章中，班彪为了论证“帝王乃是天授”的主张，充分而灵活地使用了多种论证方法。有正面论证方法（尧舜禹汤、周武刘邦都是天命所归的事实）；有反驳论证方法（对“高祖兴于布衣……于逐鹿，幸捷而得之”的驳斥）；有对比式论证方法（以韩信、黥布、项梁、项籍的下场与陈婴、王陵对比）；有类比论证方法（驽马、燕雀、小木料、竹制器具等绝似目光短浅，成不得大事的人）。既有从一般到个别的演绎论证，也有从个别到结论的归纳论证。其中，将深意隐于直言背后的论证方法，更是巧妙而精彩，这就是清代评论家孙梅所说的，文章明说高祖，实际上是为汉光武帝立言，同时也不指名地对隗嚣进行了讽谏。正因为这篇文章的论证方法多样，所以才使这篇文章在显示其逻辑力量的同时，极富于变化而不死板。

但是，在思想内容上，本文宣扬宿命论和迷信思想，这是不足取的。

原文

昔在帝尧之禅曰[1]:“咨尔舜[2],天之历数在尔躬[3]。”舜亦以命禹。暨于稷、契[4],咸佐唐、虞,光济四海,奕世载德,至于汤、武而有天下。虽其遭遇异时,禅代不同[5],至于应天顺人,其揆一焉[6]。是故刘氏承尧之祚[7],氏族之世,著于《春秋》。唐据火德而汉绍之[8],始起沛泽[9],则神母夜号,以彰赤帝之符[10]。由是言之,帝王之祚,必有明圣显懿之德[11],丰功厚利积累之业。然后精诚通于神明[12],流泽加于生民[13],故能为鬼神所福飨,天下所归往。未见运世无本[14],功德不纪,而得倔起在此位者也。

世俗见高祖兴于布衣,不达其故,以为适遭暴乱,得奋其剑。游说之士,至比天下于逐鹿[15],幸捷而得之。不知神器有命[16],不可以智力求。悲夫!此世之所以多乱臣贼子者也。若然者,岂徒暗于天道哉[17]?又不睹之于人事矣!夫饿馑流隶[18],饥寒道路,思有短褐之袭[19],担石之畜,所愿不过一金,终于转死沟壑。何则?贫穷亦有命也。况乎天子之贵,四海之富,神明之祚,可得而妄处哉?故虽遭罹厄,会窃其权柄[20],勇如信、布[21],强如梁、籍[22],成如王莽[23],然卒润镬伏锧[24],烹醢分裂[25]。又况么麽不及数子[26],而欲暗干天位者也[27]?是故驽蹇之乘[28],不骋千里之涂;燕雀之畴[29],不奋六翮之用[30];楶棁之材[31],不荷栋梁之任;斗筲之子[32],不秉帝王之重。《易》曰:“鼎折足,覆公餗[33]。”不胜其任也。

当秦之末,豪杰共推陈婴而王之[34],婴母止之曰:“自吾为子家妇而世贫贱,卒富贵,不祥。不如以兵属人,事成少受其利,不成祸有所归。”婴从其言,而陈氏以宁。王陵之母亦见项氏之必亡[35],而刘氏之将兴也。是时陵为汉将,而母获于楚[36],有汉使来,陵母见之,谓曰:“愿告吾子,汉王长者,必得天下,子谨事之,无有二心。”遂对汉使,伏剑而死[37],以固勉陵。其后果定于汉,陵为宰相封侯。夫以匹妇之明[38],犹能推事理之致,探祸福之机,全宗祀于无穷,垂策书于春秋[39],而况大丈夫之事乎?是故穷达有命,吉凶由人。婴母知废,陵母知兴,审此二者,帝王之分决矣[40]!

盖在高祖,其兴也有五:一曰帝尧之苗裔[41],二曰体貌多奇异,三曰神武有徵应[42],四曰宽明而仁恕,五曰知人善任使。加之以信诚好谋,达于听受[43],见善如不及,用人如由己,从谏如顺流,趣时如响起[44]。当食吐哺[45],纳子房之策;拔足挥洗[46],揖郦生之说。悟戍卒之言[47],断怀土之情;高四皓之名[48],割肌肤之爱。举韩信于行阵,收陈平于亡命。英雄陈力,群策毕举。此高祖之大略,所以成帝业也。若乃灵瑞符应,又可略闻矣。初刘媪妊高祖[49],而梦与神遇,震电晦冥,有龙蛇之怪[50]。及长而多灵,有异于众。是以王、武感物而折契[51],吕公睹形而进女[52],秦皇东游,以厌其气[53],吕后望云[54],而知所处。始受命则白蛇分,西入关则五星聚[55],故淮阴、留侯谓之天授,非人力也。

历古今之得失,验行事之成败,稽帝王之世运,考五者之所谓[56],取舍不厌斯位,符瑞不同斯度。而苟昧权利[57],越次妄据,外不量力,内不知命,则必丧保家之主[58],失天年之寿[59],遇折足之凶[60],伏斧钺之诛[61]。英雄诚知觉寤,畏若祸戒[62],超然远览,渊然深识。收陵、婴之明分,绝信布之觊觎，距逐鹿之瞽说，审神器之有授。贪不可冀，无为二母之所笑，则福祚流于子孙，天禄其永终矣！

注释

〔1〕禅：禅让。

〔2〕咨：叹息声。

〔3〕历数：天道，指朝代更替的次序。语见《书·大禹谟》："天之历数在汝躬，汝终陟元后。"《疏》："历数谓天历运之数，帝王易姓而兴，故言历数谓天道。"

〔4〕稷契：人名。稷为姬周的祖先，契为殷商的祖先。

〔5〕禅代：禅让和代替的两种方式。

〔6〕揆：道理。

〔7〕祚：皇位。

〔8〕火德：以帝王受命，正值五行的火运，称为火德。相传炎帝神农氏为火德王，唐尧亦是火德王。　绍：继承。

〔9〕沛泽：沛县的沼泽地。据李善《注》引《汉书》："高祖夜经泽中，有大蛇当径，高祖乃拔剑斩蛇。后人来至蛇所，有一老妪夜哭曰：'吾子白帝子也，化为蛇当道，今者赤帝子斩之。"

〔10〕赤帝：据李善《注》引《汉书》："高祖立为沛公，旗帜皆赤，由是知所杀蛇白帝子，杀者赤帝子故也。"

〔11〕明圣：代指古代圣明的帝王。

〔12〕精诚：真诚。

〔13〕生民：老百姓。

〔14〕运世：即世运，国运和福分。

〔15〕逐鹿：代指国家分裂动乱时，竞争天下。语见《史记·淮阴侯传》"（蒯通）对曰：'秦失其鹿，天下共逐之，于是高材疾足者先得焉。'"

〔16〕神器：代指天子之权。

〔17〕暗：糊涂，不了解。

〔18〕饿馑：没有饭吃的人。　流隶：荒年逃亡在外的下等人。

〔19〕短褐：粗布短衫。

〔20〕会:遇(机会)。

〔21〕信布:韩信和黥布。韩信(前?—前196),秦末淮阴人。从项羽,后归刘邦,拜为大将,伐魏、举赵、降燕、破楚、定齐,汉五年围项羽于垓下,羽走自杀。汉六年有人告信谋反,高祖执之,降为淮阴侯。一年后,为吕后所杀。黥布,即英布(前?—前195)曾犯罪被黥面,故称黥布。秦末率骊山刑徒起事,归附项羽,封九江王。后被萧何说之归汉,封淮南王,从刘邦合围项羽于垓下。韩信、彭越等被杀后,布不自安,遂发兵反。

〔22〕梁籍:即项梁与项籍。项梁(前?—前208)秦末下相人,项羽的叔父。陈胜起事后,梁与羽起兵吴中响应,立楚怀王孙为义帝,进兵定陶,为秦将章邯所破,战败死。项籍(前232—前202)字羽,力能扛鼎,才气过人。从叔父项梁吴中起事,梁败死,羽领其军,秦亡后自立为西楚霸王,与刘邦争夺天下。后被刘邦围于垓下,突围至乌江自杀。

〔23〕王莽(前45—23):人名。汉元城人,字巨君,汉元帝皇后之侄。汉平帝时任大司马,平帝年幼,元后以太皇太后临朝称制,委政于莽,封安国公。平帝死,立孺子婴为帝,莽自称摄皇帝,三年后称帝,国号为新。法令苛细,犯轻罪者亦死,又连年征战,致使民不聊生,各地农民纷纷起义,赤眉等农民军攻入长安,杀莽。

〔24〕镬(huò 获):古代用来煮食物的大锅,似鼎无足。这里指一种人被活活煮死的刑罚。 锧(zhì 质):古代用于腰斩时的砧板。

〔25〕醢(hǎi 海):肉酱。这里指将人剁成肉酱的暴刑。 分裂:分割。这里指将人的头及四肢分割的暴刑。

〔26〕么(yāo 腰)麽:微不足道的小人。

〔27〕干:窃取、侵犯。

〔28〕驽蹇:行动迟缓的跛马。

〔29〕燕雀:泛指小鸟,喻指小人。

〔30〕六翮:健壮的翅膀。语见:《韩诗外传》:“夫鸿鹄一举千里,所恃者六翮尔。”

〔31〕楶棁(jié zhuō 洁桌):屋梁上用的短柱,喻指小木材。

〔32〕斗筲:一种容量极少的竹编器具,喻指才识短浅、气量狭小的人。

〔33〕公餗:原指帝王、诸侯祭祀或宴会时所食的物品。餗(sù 素),肉羹之类的东西。后来用“足折餗复”比喻大臣不能胜任自己的职务。这里用来说那

些不适合称帝的人。

〔34〕陈婴:人名。秦二世时,为东阳令史。陈胜起兵,县中少年杀县令,欲立婴为王,其母认为暴得大名不祥,不如以兵有所属,事成犹得封侯,事败可以推脱责任。婴从之,以兵属项梁,后归汉,封堂邑侯。

〔35〕王陵:人名。汉沛县人,高祖入咸阳时,王陵聚众数千人于南阳。高祖击项羽,陵以兵从之。项羽取陵母,欲招降之,陵母伏剑而死。后封安国侯,任右丞相。

〔36〕楚:代指项羽。

〔37〕伏剑:自刎。

〔38〕匹妇:普通妇女。

〔39〕策书:史书。　春秋:史书之通名。

〔40〕分:名分。

〔41〕苗裔:后代子孙。宋朱熹《集注》:“苗者,草之茎叶,根所生也;裔者,衣裾之末,衣之余也。故以为远末子孙之称。”

〔42〕徵应:有预兆显示。

〔43〕听受:听从接受。

〔44〕趣时:顺应形势。　响起:犹回声迅速及时。

〔45〕吐哺:吐出口中的食物(来接待来访者)。比喻热情对待士人。

〔46〕挥洗:(刘邦)挥手让为他洗脚的侍从离开。据李善《注》引《汉书》:“郦食其(yì jī 义鸡)求见沛公,方踞床使两女子洗足。郦生不拜。长揖曰,‘足下必欲诛无道秦,不宜踞见长者。’沛公起,摄衣谢之,延上座。食其说沛公袭陈留。”

〔47〕戍卒:守边的士兵,指娄敬。李周翰《注》:“高祖既定天下,以家在关东,意欲都洛阳,纳戍卒娄敬说言,遂迁都长安,故言断怀土之情也。”

〔48〕四皓:汉初商山的四个隐士,名东园公、绮里季、夏黄公、角(lù 路)里先生,四人须眉皆白,故称四皓。据《史记·留侯世家》记载,高祖召四皓,不应。后高祖欲废太子,吕后用留侯计,迎四皓,使辅太子。一日四皓侍太子见高祖,高祖曰:“羽翼成矣!”遂辍废太子之意。

〔49〕刘媪:刘邦的母亲。据李善《注》引《汉书》:“高祖母媪,尝息大泽之陂,梦与神遇。是时雷电晦冥,父往视,则见蛟龙踞其上,已而有娠,遂产高祖。”

〔50〕龙蛇:指龙和蛇,这里专指龙。

〔51〕王武：指王媪和武负二人。据李周翰《注》："高祖微时，尝从王媪、武负二人赊酒。既醉卧，二人见其上有怪异，此两家遂毁契券，不取其财也。"

〔52〕吕公：吕后的父亲。据李周翰《注》："沛令客吕公，见高祖奇儿，乃妻以女，即吕后也。"

〔53〕厌（yà 压）气：古代迷信，认为以镇压的方式可以抑制王者之气。据李善《注》引《汉书》："秦始皇帝曰：'东南有天子气。'于是，东游以厌。"

〔54〕望云：古代迷信，认为帝王所在，有云气在上，故有望云气的说法。据李善《注》引《汉书》："高祖隐于芒砀山泽间，吕后与人俱求，常得之。高祖怪，问。吕后曰：'季所居上常有云气，故从往常得季。'"

〔55〕五星聚：又称五星联珠，即金、木、水、火、土五星同时并见于一方。因为这是极为少见的现象，所以被古代认为是祥瑞之兆，是表示新的帝王受命。

〔56〕五者：即五行。

〔57〕苟昧：如果贪心的话。

〔58〕保家：保全家人。

〔59〕天年：自然的寿命。

〔60〕折足：指上文"鼎折足"。

〔61〕斧钺：本是两种兵器。后泛指斩头的刑罚。语见《国语·鲁》："大刑用甲兵，其次用斧钺。"

〔62〕祸戒：即戒祸，防备灾祸。

今译

从前，圣明的帝王尧在禅让的时候说："啊！舜呀，朝代更替的天道，现在轮到你的身上了。"后来，虞舜在禅让的时候，也是这样对大禹说的。在尧舜时代，殷商的先祖契是辅佐尧的，周的先祖稷是辅佐舜的。他们的光芒已经照耀天下，又世世代代积累德行，所以到了成汤和周武王的时候，才得到了天下。尧、舜、禹、成汤、武王虽然所处的时代是完全不同的，禅让的方式和代替的方式也是根本不一样的，但是他们都上顺天意，下合民情，这个道理却是一致的呀！所以说刘氏是继承尧的帝王业绩，他们的姓氏和族系在《春秋》里就有明确的记载。唐尧是应天命的火德王，汉也是继火德而有天下的。汉高祖刘邦开始起兵前，曾在沛县的草泽中杀死一条白蛇，夜间有人听到神母的哭声，说是赤帝子杀死了她的儿子。这不是很清楚地显于赤帝之符瑞，说明汉高祖是应天命而生的吗？由于以上的事实，可以这么说，帝王的位置要想得到的话，就必须具备古来那些圣帝明王的崇高而美好的品德，还必须不断地立大功，创大业，使自己的行为有利于天下。然后，以真诚的信念感动神明，不断地以恩惠赐给老百姓。只有这样，才能得鬼神的保佑，天下的老百姓才会来归顺你。还从来没有见过，一个根本没有福分的，也毫无德行和功绩可供记载的人，能一下子突然登上皇帝的宝座。

世人有一种平庸的认识，看到汉高祖是从老百姓而成为皇帝，不懂得其中是什么原因，以为正巧遇到了秦末的暴乱，乘着这个机会提剑起兵，得了天下。那些周游各地，专以言语陈说自己政见和主张的人，将争夺天下说成是追逐野鹿一样，谁的机会好，就可以捷足先登。不知道皇位是天命注定的，并不是光靠聪明才智就可以得到的。可悲呀！这就是造成世间乱臣贼子多的原因。像这样一些人，仅仅是不懂得朝代的更替是出自天意吗？他们还看不到人世间所发生的事啊！那些没吃没穿、到处流亡的可怜人，又饿又冷，畏缩于路旁。他们想获得的只是一种粗布短衫和一石存粮，最大的愿望不过是想得到少量的铜钱，但是，最后辗转奔波，死了被扔进山沟。这是为什么呢？因为贫穷也是命中注定的啊！况且，贵为天子，富有天下，这神圣的皇位，是随便什么人都可以坐上的吗？虽然会遭遇到很多危险和困难，但还是有人遇到机会就想窃取这种权力。勇猛的像韩信和英布，刚强的如项梁和项羽，就是成功坐上皇位像王莽那样的，结果都怎么样呢？有的被活活煮死，有的被腰斩，有的被剁成肉酱，有的被肢解……更何况那些微不足道的小人物，还赶不上韩信、英布、项梁、项羽和王莽，却想糊涂地去窃取王位。所以说，跛马是不能拉车去行千里的，燕雀是不能如鸿鹄那样高飞的。屋顶上用的小木料，怎么能当房梁用？见识浅气量小的人，怎么能承担起帝王的重任?《易》上记载说:"煮食物的大鼎,断了一只脚,里面的肉羹都翻了出来。"因为已经不能胜任了呀!

当秦朝末年的时候,东阳县起事的有才智的人物都推举陈婴为王。陈婴的母亲却不同意,她对陈婴说:"自从我到你家来做媳妇,而你家一直就是贫穷的,突然大富大贵,这是不吉利的。不如把军队交给别人,如果成功了可以得到部分利益,如果失败了,灾祸也会有人承担。"陈婴听了他母亲的话,果然陈家得到了安宁。王陵的母亲也是预见到项羽必败,刘邦必定兴旺发达的人。当时,王陵是汉将,而王陵的母亲则被项羽的人抓去,汉的使臣到楚营,见到了王陵的母亲。王陵的母亲对汉的使臣说:"希望你告诉我的儿子,汉王是一个宽大忠厚的人,一定能得到天下,好好地去奉侍汉王吧,不要三心二意。"她当着汉王使臣的面,用剑自杀,以此来巩固王陵的信心。后来,果然是汉王平定天下,王陵当了宰相并被封为安国侯。以普通妇女的见识,都能够推断事情发展的道理,找出祸福相依的关系,保全了宗族的祭祀不再中断,被史书记载下来,何况男子汉大丈夫所做的事呢?所以说,贫穷和富贵是命中注定的,是好还是坏是由人来决定的。陈婴的母亲知道儿子不能成大事,王陵的母亲却知道汉王一定能得天下,就这两件事足以说明,帝王的名分早就定下来了。

汉高祖能够兴旺的原因,有五条:第一他是帝王唐尧的后代子孙;第二他的身体和外貌同一般人不一样,有许多奇异的地方;第三神明而威武,有预兆显示;第四对人宽厚清明,仁爱谦逊;第五善于了解别人和使用别人的长处。除此以外,加上诚信待人,善于谋划,胸怀豁达,不听谗言。看到别人做好事,就感到自己的不足,给别人做事出力,也像对待自己的事情一样。听取别人的意见,如同畅通的流水;顺应形势发展,迅速而及时。正在吃饭的时候,为了仔细听取张良的意见,就像周公一样把嘴里的食物也吐掉了。郦食其来见他的时候,侍女正在给他洗脚,听了郦食其的话以后,立即挥手让侍女退下，向郦食其作揖道歉。听了守城士兵娄敬的话，决定不在洛阳建都，断绝了怀念家乡故土的情感。高祖由于宠爱戚夫人，曾想废太子立赵王如意，但看到“商山四皓”同太子在一起，就打消了废太子的主意。韩信是正在行军作战的时候被推荐出来的，陈平则是从楚项羽军营中逃到高祖这里的。在高祖身边，英雄豪杰都各自尽心尽力，所有好的谋划也都提了出来，这都是汉高祖的伟大胆略，也是他成就帝王业绩的原因呀！关于神灵显示于汉高祖身上的祥瑞征兆，也都大概听说过吧？刘老太身怀有孕的时候，曾经在梦中与神人相遇，当时雷电交加，刘太公看到有一条龙盘踞在刘老太的头上。汉高祖少年时，就有许多奇怪而不平常的事发生在他身上，所以开酒店的王老太和武负，都将高祖赊欠的酒钱一笔勾销，还自愿供他酒喝。吕太公发现他的貌相非同一般，于是把女儿吕雉嫁给他。秦始皇发现东方有天子气，特意向东巡游，以卜者的诅咒前去镇压。帝王所在，有云气在上，所以吕后仰望白云，就知道高祖在那里。汉高祖开始接受天命时，就把白蛇斩断，西入关中，则金木水火土五星联珠，出现了少有的祥瑞天象。所以，淮阴侯韩信和留侯张良都说，皇位是天上的神明赐给高祖的，并非是人力可以做到的啊！

看一下从古至今的历史，那些得到皇位的和失去皇位的，考察一下他们成功和失败的原因，再看看凡是得到皇位的帝王，他们的福分和国运，研究一下五行相承的变化和更替，那么得到皇位和失去皇位，都不是靠占卜的诅咒去镇压可以成功的，因为老天的祥瑞预兆，早就显示了不同呀！可是，那些苟且贪心于皇位的权力和富贵，想越过顺序而妄想占据皇位的人，对外来说是自不量力，对内来说他是根本不懂得天命所归的道理。如果非得这么做不可，那他一定会使一家之主丧命，变得短命而不能寿终正寝，不是遭到“鼎折足”那样的凶险，就是被斩掉头颅。英雄人物是会深刻理解的，他们对皇位的警惕，害怕得就像防备灾祸一样，以高超的态度从长远来考虑，像深深的河水一样，有着深刻的认识。这样才可以收到好的效果,像王陵和陈婴那样的明智和符合身份,不像韩信和英布那样由于非分的企图而没有好下场。远离那种“夺取皇位如逐鹿,捷足先登”的瞎说,认清楚皇位是老天赐予的,贪心是不会达到目的的。不要被像王陵和陈婴二人的母亲那样的妇人嘲笑,那么福分和寿命一直可以传至子孙,天也会赐予你富贵,并使你可以终身得到幸福。

(王存信译注并修订)

典论·论文一首

曹 丕

题解

曹丕(187—226),字子桓,沛国谯县(今安徽亳州)人。曹操次子,后称帝,在位七年,死后谥文帝。《三国志·魏书》云:“初帝好文学,以著述为务。自所勒成垂百篇。”明代张溥辑《汉魏六朝百三名家集》有《魏文帝集》两卷传世。《论文》是《典论》中的一篇。《典论》是曹丕精心结撰的一部著作。全书大约在宋代已经亡佚。《论文》被萧统选入《文选》而保存下来。在《论文》之前,虽有《诗大序》、《离骚序》、《两都赋序》、《楚辞章句》等,但这些序文,或就一书一文立论,或就某种文体阐说。而《典论·论文》则涉及文学批评中的许多原则问题,评述了许多在文学批评史上占有重要位置的作家。概括起来,《论文》主要讲四个问题。

一、关于文体问题。曹丕讲的“体”,有两种不同含义:一种是体类的体,即体裁;一种是体派的体,即风格。《论文》中说:“气之清浊有体,不可力强而致。”这里所说的“体”是指作品的风格。曹丕把风格分为清浊两大类。所谓“清”主要指阳刚的俊秀豪迈的特点,所谓“浊”,主要指阴柔的凝重沉郁的特点。他在评论具体作家时,也很重视风格。说“徐幹时有齐气”,“应玚和而不壮”,“孔融体气高妙”,公幹有逸气。(《与吴质书》)“齐气”就近于浊;“逸气”就近于“清”,都属于风格问题。曹丕的风格论,虽然比较粗略,但在风格研究史上是个发展,对后代有很大的影响。刘勰在《文心雕龙》中写了《体性》篇,专论作家的情性与作品的风格。清代的桐城派,提出阳刚美与阴柔美之说，这些都是明显地受《论文》的影响。《论文》又说："夫文本同而末异，盖奏议宜雅，书论宜理，铭诔尚实，诗赋欲丽。此四科不同，故能之者偏也；唯通才能备其体。"这里所说的体，是体裁的体，即指奏议、书论、铭诔、诗赋等八种体裁。曹丕认为，不同体裁有不同写作特点，他用雅、理、实、丽四个字概括八体四类的特点。特点与功用分不开。奏议是作者陈述政见给最高统治者看的，所以文辞要雅正；书论是作者发挥思想，论辨是非的，所以要条理精密，以理服人；铭诔是记载功德或追述死者言行的，所以要忠于事实，"修辞立其诚"；诗赋是抒情写物的，纯属文学体裁，要求色彩鲜明，所以语言要丽。丽既包括辞藻华丽之美，也包括音节和谐之美。

关于体裁的论述，不是曹丕的创见，后汉就有人论及。汉末的蔡邕，曾把天子诏令群臣之文分为第书、制书、诏书、戒书四类；把群臣上天子之文分为"章"、"奏"、"表"、"驳议"四类，并指出各类文章的写作特点。曹丕的贡献，他研究文体，把共性和个性结合起来，指出"文本同而末异"。"本同"，指各种体类文章创作的共同原则；"末异"指不同体裁的文章的不同特点。曹丕之前，研究文章特点者，着眼同而忽略异；曹丕则把异同结合起来研究，较之前人跨进一步。曹丕对文体的研究，不但重视共性与个性的关系，而且重视体裁与风格的关系。他的这些看法，推进了后来文体的研究。魏末桓宽的《世要论》、西晋陆机的《文赋》、东晋挚虞的《文章流别论》、李充的《翰林论》以及刘勰的《文心雕龙》，都受到《典论·论文》的影响，并对文体论做了进一步的发展。

二、关于文气问题。曹丕所说的气，也包含两方面的内容：一指作品的风格，二指作家的气质个性。"徐幹有齐气""公幹有逸气"的气，指作品的风格；"文以气为主"的气，指作家的气质。其实二者是一而二，二而一的东西。"在作者方面，是指他的气质才性；形诸作品，便成为作品的风格。"（复旦大学中文系《中国文学批评史》）。因此曹丕说："文以气为主，气之清浊有体，不可力强而致。"清与浊是两种不同风格,他认为决定作品风格的是作家的气质。他看到了作家气质对作品风格的影响,所以把二者结合起来论述。

在曹丕的文气说之前,有孟子的养气说,王充的“元气说”。孟子讲“我善养吾浩然之气。”“其为气也,至大至刚,以直养而无害,则塞于天地之间”(《孟子·公孙丑》)。孟子讲气,不是论文,而是讲儒家修身。王充讲气,说的是哲学问题。真正以气论文,曹丕则是第一个人。曹丕认为,作品风格的形成,主要靠作家才性和气质。他说:“文以气为主,气之清浊有体,不可力强而致。譬诸音乐,曲度虽均,节奏同检,至于引气不齐,巧拙有素,虽在父兄,不能以移子弟。”曹丕承认作家在气质、才性方面先天的差异,及其对作品风格的影响,无疑这是对的;但他只看到气质、才性先天的一面,而忽视了经历、实践对气质和才性的影响。曹丕的文气说,对后代影响也很大。《文心雕龙·体性》讲“才有庸俊,气有刚柔”,沈约《宋书·谢灵运传论》讲“刚柔迭用,喜用与情”,韩愈《答李翊书》讲“气盛则言之长短与声之高下者皆宜”,清朝桐城派讲“阳刚阴柔之美”,都源于曹丕的文气说,至少受到文气说的启发。

三、批评论。曹丕认为正确进行文学批评的障碍有三:

(一)“文人相轻”。这是曹丕的新鲜意见。产生“文人相轻”的原因有二:①是人“善于自见”,“暗于自见”。对自己的长处“善于自见”;对自己的短处“暗于自见”。②是“文非一体,鲜能备善”,必然各有所长,各有所短。以己之长轻人之短,总是有可轻之处。“当此之时,人人自谓握灵蛇之珠,家家谓抱荆山之玉”(曹植《与杨德祖书》),以此相服难矣。解决“文人相轻”的办法是“审己以度人”。“审己度人”就是正确看待自己,正确对待别人。如果能做到这一点,就能克服“文人相轻”的偏见。曹氏父子都很重视听取别人意见。曹植在《与杨德祖书》中说:“世人著述,不能无病。仆常好人讥弹其文,有不善应时改定。昔丁敬礼尝作小文,使仆润饰之,仆自以才不过若人,辞不为也。敬礼谓仆:‘卿何所疑难,文之佳恶吾自得之,后世谁相知定吾文者邪?'吾尝叹此达言,以为美谈。"曹植还认为"街谈巷说,必有可采;击辕之歌,有应风雅,匹夫之思,未易轻弃也。"

(二)贵远贱近。这一点不是曹丕的新见解。陆贾说的"重古轻今",桓谭说的"凡人贱近而贵远",王充说的"俗好珍古不贵今",都与曹丕"常人贵远贱近"的说法是一致的。

(三)向声背实。这也不是曹丕的新发现。陆贾就批评过俗人"淡于所见,甘于所闻"。可见在文学批评上,崇尚虚名,不重实际,已是由来已久的陋习。

四、关于文章的功用。曹丕讲的文,是包括诗赋在内的文学的文。儒家重视诗教,但不把诗作为文学作品,而是作为教化之经典;儒家讲立言,但那立言不包括文学创作。曹丕给包括文学在内的文以"经国之大业,不朽之盛事"的评价,号召作家从事文学创作,"不假良史之辞,不托飞驰之势"亦可以"声名自传于后",亦可以不朽,这就肯定了文学的巨大影响。向来文学家都被看做倡优侍臣,他们的作品都被统治者作为宴乐之娱,而曹丕却把他们的创作同其他文章一样视为"经国之大业,不朽之盛事",把文学创作与治国安邦联系起来,这就提高了文学家的社会地位,促进了文学事业的发展。

原文

文人相轻[1],自古而然[2]。傅毅之于班固[3],伯仲之间耳[4],而固小之[5],与弟超书曰:"武仲以能属文为兰台令史[6],下笔不能自休[7]。"夫人善于自见[8],而文非一体[9],鲜能备善[10],是以各以所长[11],相轻所短。里语曰[12]:"家有弊帚,享之千金[13]。"斯不自见之患也[14]。

今之文人,鲁国孔融文举[15],广陵陈琳孔璋[16],山阳王粲仲宣[17],北海徐幹伟长[18],陈留阮瑀元瑜[19],汝南应玚

德琏[20],东平刘桢公幹[21]:斯七子者[22],于学无所遗[23],于辞无所假[24],咸以自骋骥騄于千里[25],仰齐足而并驰[26],以此相服,亦良难矣[27]。盖君子审己以度人[28],故能免于斯累[29]而作《论文》。

王粲长于辞赋[30],徐幹时有齐气[31],然粲之匹也[32]。如粲之《初征》、《登楼》、《槐赋》、《征思》,幹之《玄猿》、《漏卮》、《圆扇》、《橘赋》[33],虽张、蔡不过也[34]。然于他文,未能称是[35]。琳瑀之章表书记[36],今之隽也[37]。应玚和而不壮[38],刘桢壮而不密[39],孔融体气高妙[40];有过人者,然不能持论[41],理不胜词,以至乎杂以嘲戏[42]。及其所善,扬、班俦也[43]。

常人贵远贱近[44],向声背实[45],又患闇于自见[46],谓己为贤。夫文,本同而末异[47]。盖奏议宜雅[48],书论宜理[49],铭诔尚实[50],诗赋欲丽[51]。此四科不同,故能之者偏也[52];唯通才能备其体[53]。

文以气为主[54];气之清浊有体[55],不可力强而致。譬诸音乐[56],曲度虽均[57],节奏同检[58];至于引气不齐[59],巧拙有素[60],虽在父兄,不能以移子弟。

盖文章,经国之大业[61],不朽之盛事。年寿有时而尽[62],荣乐止乎其身[63],二者必至之常期[64],未若文章之无穷[65]。是以古之作者[66],寄身于翰墨[67],见意于篇籍[68],不假良史之辞[69],不托飞驰之势[70],而声名自传于后。故西伯幽而演《易》[71],周旦显而制《礼》[72],不以隐约而弗务[73],不以康乐而加思[74]。夫然则古人贱尺璧而重寸阴[75],惧乎时之过已[76]。而人多不强力[77],贫贱则慑于饥寒[78],富贵则流于逸乐[79],遂营目前之务[80],而遗千载之功[81]。日月逝于上,体貌衰于下[82],忽然与万物迁化[83],斯志士之大痛也[84]!

融等已逝,唯幹著论,成一家言[85]。

注释

〔1〕轻:轻视。

〔2〕然:如此。

〔3〕傅毅:字仲武,茂陵人。东汉辞赋家,章帝时为兰台令史。 班固:字孟坚,安陵人。学识渊博,明帝时为郎,典校秘书,与傅毅等共同主持校勘书籍的工作。

〔4〕伯仲:兄弟的次序,长为伯,次为仲。

〔5〕小之:小看他。

〔6〕超:班超,字令升,班彪的少子。 属(zhǔ 主):联缀。属文,即写文章。兰台:汉时宫中藏书之处,由御史中丞兼管。后又设兰台令史,主持整理图书、办理书奏等工作。

〔7〕休:止住。

〔8〕善于自见:指善于看到自己的长处。

〔9〕体:体裁。

〔10〕鲜:少。 备:完全。

〔11〕是以:因此。

〔12〕里语:民间谚语。

〔13〕享:当,值。 金:古代计算货币的单位,如汉代以黄金一斤为一金。

〔14〕斯:这。 不自见:看不到自己的短处。

〔15〕孔融:字文举,东汉鲁国人。

〔16〕陈琳:字孔璋,广陵人。

〔17〕王粲:字仲宣,山阳高平人。

〔18〕徐幹:字伟长,北海人。

〔19〕阮瑀:字元瑜,陈留人。

〔20〕应玚:字德琏,汝南人。

〔21〕刘桢:字公幹,东平人。

〔22〕七子:即孔、陈、王、徐、阮、应、刘七人,文章都写得好,后称"建安七子。"

〔23〕遗:遗漏。

〔24〕辞:指文章。　假:借,引申为凭借。

〔25〕咸:都。　骋:马奔驰。　骥:骏马,好马。　騄(lù 路):亦作騄駬,马名,周穆王八骏之一。此泛指好马。

〔26〕仰:倚仗。

〔27〕良:实在。

〔28〕君子:曹丕自谓。审:审察。　度:衡量。

〔29〕累:毛病。

〔30〕长:擅长。

〔31〕齐气:舒缓的风格。"气,气质,才性。存乎作家之身谓之气;表诸文章谓之风格。""齐人之俗,其性迟缓。"齐地这种特殊风俗习惯,影响到作家的个性和风格。文帝《论文》:"主于遒健(刚健有力),故以齐气为嫌。"(骆鸿凯:《文选学》引黄侃语)。

〔32〕匹:力量相当,匹敌。

〔33〕《初征》、《登楼》、《槐赋》见严可均编《全后汉文》卷九十。《征思》今佚。《团扇赋》见《全后汉文》九十三。《玄猿》、《漏卮(zhī 之)》、《橘赋》今佚。

〔34〕张蔡:张衡、蔡邕,均长于辞赋。

〔35〕称(chèn 趁):配得上。　是:代词,指辞赋。

〔36〕章表书记:四种不同的文体。臣下上给皇帝的书叫章;臣下给皇帝的奏章叫表,如《出师表》、《陈情表》;书信亦叫书,如《与杨德祖书》、《与元九书》;下级给上级的书信叫记,也叫奏记。

〔37〕隽(jùn):通"俊",才华出众。

〔38〕和:和谐。　壮:雄壮有力。

〔39〕密:柔和细密。

〔40〕体气:气质,才气。

〔41〕持:掌握。

〔42〕嘲戏:类拟扬雄的《解嘲》、班固的《答客戏》一类文字。《后汉书》、《全后汉文》所辑孔融之文,已缺嘲戏之体。

〔43〕扬班:扬雄、班固。二人都以文章著名于世。　俦:同类。

〔44〕常人:一般人,多数人。

〔45〕向:朝向。　背:背对着,与"向"相反。

〔46〕患：得……病。引申为“有……毛病”。 阁：同“暗”。

〔47〕本：指文章的共性。 末：指文章的个性。

〔48〕奏：上书皇帝言事的书信。 议：上给皇帝议论得失的奏表。 雅：规范，不粗俗。

〔49〕书：文书，文牍。 论：论述事理的文体。 理：用如动词，有条理。

〔50〕铭：用以赞扬功德或申明鉴戒的文体。 诔（lěi 垒）：用以罗列死者生前功业而加以赞扬的文体。 尚：崇尚，尊重。

〔51〕诗：诗歌。 赋：文体的一种，有韵，讲骈偶。 丽：华美。

〔52〕偏：部分。

〔53〕备：全。

〔54〕气：气质。

〔55〕清浊：气之清浊，近于气之刚柔。刚近于清，浊近于柔。 体：区别。

〔56〕诸：相当于“之于”。

〔57〕曲度：曲谱。 均：同样。

〔58〕节奏：音乐中交替出现的有规律的强弱、长短的现象。 检：法度。

〔59〕引气：引，延长。引气，即运气。

〔60〕素：本，这里指本性。

〔61〕经：治理。

〔62〕年寿：寿命。

〔63〕荣乐：荣誉和享乐。

〔64〕常期：一定的期限。

〔65〕未若：不如。

〔66〕是以：因此。

〔67〕翰墨：笔墨，指写作。

〔68〕篇籍：著作。

〔69〕假：借。 史：史官。

〔70〕托：倚靠。 势：势力。

〔71〕西伯：指周文王，文王在殷时为西伯。 幽：囚禁。《史记·太史公自序》：“若西伯拘羑（yǒu 有）里，演《周易》。”说周文王曾被囚禁于羑里，因而推演易象以作卦辞。

〔72〕周旦：周公旦，武王之弟，成王之叔。 显：显达。指平定殷后裔武庚

及管、蔡、霍三叔叛乱事。　礼:礼法。为周公平定三叔之乱而后创制。

〔73〕隐约:穷困,不得志。　弗(fú 服):不。　务:致力从事(某事)。

〔74〕康乐:安乐。　加:移。　思:指写作念头。

〔75〕然则:既然如此……那么。　璧:宝玉。　寸阴:形容极短的时光。

〔76〕乎:于。　已:同矣,语气词。

〔77〕强力:努力自强。

〔78〕慑:恐惧。

〔79〕流:指向坏的方向变。　逸:安闲。

〔80〕遂:于是。　营:谋求。

〔81〕遗:抛弃。　功:功业,即上文"经国之大业"——文章。

〔82〕日月:时间。　体貌:身体和面容。

〔83〕迁化:变化。"与万物迁化"谓死亡,

〔84〕斯:此,代词。指"贫贱则慑于饥寒……忽与万物之迁化。"

〔85〕一家言:谓自成一说以著名于世的著作。曹丕《与吴质书》:称徐幹"著《中论》二十余篇,成一家之言。"

今译

文人互相瞧不起,自古以来就是这样。傅毅与班固相比,如兄弟之间,相差无几,但班固看不起他,在给弟弟班超的信中说:"傅毅因为能写文章,做了兰台令史,但文笔冗散拖沓。"人容易发现自己的长处,而文章并非一种体裁,很少有人兼善各种文体,所以各拿自己的长处去轻视别人的短处。民间有句谚语说:"家里有把破笤帚,自己觉得值千金。"这就是不能正确看待自己的弊病。

当今的文人,如鲁国的孔融,广陵的陈琳,山阳的王粲,北海的徐幹,陈留的阮瑀,汝南的应玚,乐平的刘桢,这七个人,无所不学,在写作方面,善于创新,在文坛上,各个如跨骏马,驰骋千里,并驾齐驱。因此,要他们互相服气也确实很难啊!我审察自己的才能,衡量别人的才能,故能免于"文人相轻"的毛病,而写下这篇讨论文学问题的文章。

王粲对辞赋擅长,徐幹辞赋则往往有齐地那种语气舒缓的毛

病，但仍然是王粲的对手。如王粲的《初征》、《登楼》、《槐赋》、《征思》，徐幹的《玄猿》、《漏卮》、《圆扇》、《橘赋》，就是张衡、蔡邕的辞赋也超不过它。然而王、徐对其他文体就达不到辞赋那样水平。陈琳、阮瑀写的奏章、公告，是当代最出色的。应玚文章的风格和谐而不雄壮。刘桢文章的风格雄壮而不细密。孔融的才气很高，有超过一般人的地方，但不善于议论，析理不能胜过文辞，以至于夹杂一些冷讽热嘲的语言。但是他的佳作，又可与扬雄、班固的同类文章相匹敌。

一般人厚古薄今，崇尚虚名，不重实际，又犯有无自知之明的毛病，认为自己的文章最好。

各种文体，有其共同点，也有其不同点。奏议这类文体应该典雅，书论这类文体要有条理，铭诔这类文体崇尚真实，诗赋这类文体需要华美。这四种文章体裁不同，一般人只能擅长某一方面，唯有通才方能兼善。

文章以气质个性为主，而气质有刚健清新与柔弱重浊之分，它不能靠外力强行获得。譬如演奏音乐，虽然曲度一样，节奏相同，但由于运气不同，天性有巧有拙，即使亲如父兄，也无法传授给子弟。

文章是治理国家的不朽的盛大事业。寿命再长也有终了的时候，享乐荣华止此一生而已。长寿、荣华二者到一定期限必然终止，不如文章流传得久远。所以古代从事写作的人，把全身心都投入文墨之中，把自己的观点著录于文章和书籍里，不借史官的文辞，不靠腾达的权势，而声名自然流传于后世。因此，西伯被囚而演《易》，周公显达而制《礼》，他们不因困厄而放弃著述，也不因安乐而转移写作念头。这样古人就看轻尺长美玉，珍重寸长光阴，害怕时间白白流逝。但一般人大多不努力，贫贱的被饥寒所吓倒，富贵的为享乐所陶醉。于是只顾眼前的小事，而放弃著述这千载的功业。时光一天天流逝，身体一天天衰老，以至忽然死去，这才是有志之士的最大悲痛。孔融等人已经死去，只有徐幹著述的《中论》成一家之言。

（赵福海译注并修订）

六代论一首

曹元首

题解

关于此文作者,一说以为曹植,一说以为曹冏。疑问早在晋初就已存在。《晋书·曹志传》载:“帝(晋武帝司马炎)曾阅《六代论》,问志曰:‘是卿先王(曹植,志为其庶子)所作邪?’志对曰:‘先王有手所作目录,请归寻按。’还奏曰:‘按录无此。’帝曰:‘谁所作?’志曰:‘以臣所闻,是臣族父冏所作,以先王名高文著,欲令书传于后,是以假托。’帝曰:‘古来亦多有是。’顾谓公卿曰:‘父子证明,足以为审。’”

李善赞同此说,注曰:“《魏氏春秋》:曹冏,字元首,少帝族祖也。是时天子幼稚,冏冀以此论感悟曹爽(魏侍中,与司马懿共辅少帝),爽不能纳。(冏)为弘农太守。少帝齐王芳也。”

何焯《义门读书记》云:“段成式《语资篇》载:元魏(北魏)尉瑾曰:‘《九锡》或称王粲,《六代》亦言曹植。’按元首不以文章名世,安得宏伟至此。意者陈思感怆孤立,常著论,欲上以身属亲藩,嫌为己地,至身没而元首以贻曹爽欤!”

比较两说,当以曹志所答与李善注引为准,尉瑾“或称”、“亦言”皆为疑问之词,未为定论,何氏所言实为臆断。故张云璈驳正说:“且《论》云:‘大魏之兴,于今二十有四年矣。’考其时,正当齐王芳正始四年,子建卒于明帝太和六年,至此已及十年。又六年为嘉平元年,曹爽被诛。与《曹氏春秋》所载‘冏冀以此论感悟曹爽,不能纳’之说正合。允恭(曹志字)即欲为其先王讳,当武帝问时,何不直言目录所无，而必待归检，及检无之而后复奏，可知允恭亦非有意为诡对矣。陈思当文明（曹丕、曹睿）猜忌之时，安敢肆言直论如'子弟王空虚之地'云云，是识其必非陈思作也。据允恭言族父冏以先王文高名著，是以假托之语，是明为元首托之子建矣。《语资》所载，缘此而误。"（《选学胶言》，卷二十）云璈的考证与推断，最为可信。

时曹爽应为丞相，司马懿为太尉，同受文帝遗诏辅佐少主。曹冏作此文，意在警戒爽应信重同姓宗族，排除异姓司马氏。后来，曹爽被杀，司马氏终于取魏而代之，证明他是很有预见的。

此文总结了夏商周秦汉魏六代盛衰兴亡的历史经验。周之治延续几十代，秦之世仅只两代而亡。曹冏以为原因在于周行封建之制，帝室诸侯，相辅为用；而秦则行郡县之治，内无宗子为辅佐，外无诸侯为藩卫。汉初行分封之制，故诸吕之乱迅速平灭；但其封建超过古制，末大于本，尾大不掉，故有七国之乱。武帝之时削黜诸侯，则又过分，故王莽篡逆，宗子势弱，无能定乱。东汉光武虽推翻新莽，却未能吸取前代的经验教训，致使阉竖专权，继而董卓为乱。至大魏建国已二十四年，仍未以五代为借鉴，子弟虽王而有名无实，州郡长官则势力强大，因而潜伏生死存亡的严重危机。曹冏告诫说："是以圣王安而不逸，以虑危也；存而设备，以惧亡也。故疾风至而无摧拔之忧，天下有变而无倾危之患矣。"此为全文意旨之所在。

曹冏以一个政论家的观察力，总结了几千年历史变迁的经验，对封建制与郡县制做出独自的比较评估。虽说他的基本论点，即把王朝兴盛归功于分封诸侯，王朝衰亡归咎于设置郡县，或行封建而不完备，完全违背历史发展观，他不可能从社会生产关系的矛盾中，认识王朝更迭的必然性，也不可能懂得秦的改制易法对长期封建社会的先导意义；但是，他论证一个王朝的衰亡，首先是从自身的腐化开始，从野心家（赵高、王莽、司马懿之类）篡权发端的，他告诫当政者安而虑危，存而惧亡，这些思想对后世永远具有发人深省的价值。

文章盱古衡今，反覆周至，评述史事，意在言外。秦之赵高，汉之王莽，皆能令人识见司马懿之险恶，读之格外耐人寻味。何焯评论说："从马之《秦楚之际月表》、班之《诸侯王表》议论中来"，"反覆痛切，其才力亦当不减《过秦》"（《义门读书记》，第五卷）。贾谊《过秦》，意在警汉，元首论《六代》，意在诫魏。体式方法效仿《过秦》，但是其高屋建瓴，大处着眼，气势凌厉，通脱朗畅，确实可与《过秦》比肩。

原文

昔夏殷周之历世数十[1]，而秦二世而亡。何则？三代之君与天下共其民[2]，故天下同其忧；秦王独制其民，故倾危而莫救。夫与人共其乐者[3]，人必忧其忧；与人同其安者，人必拯其危。先王知独治之不能久也[4]，故与人共治之；知独守之不能固也，故与人共守之。兼亲疏而两用[5]，参同异而并进[6]。是以轻重足以相镇[7]，亲疏足以相卫，并兼路塞[8]，逆节不生[9]。及其衰也，桓文帅礼[10]；苞茅不贡[11]，齐师伐楚[12]；宋不城周[13]，晋戮其宰[14]。王纲弛而复张[15]，诸侯傲而复肃[16]。二霸之后[17]，浸以陵迟[18]。吴楚凭江[19]，负固方城[20]，虽心希九鼎[21]，而畏迫宗姬[22]，奸情散于胸怀[23]，逆谋消于唇吻[24]，斯岂非信重亲戚[25]，任用贤能，枝叶硕茂[26]，本根赖之与[27]？自此之后，转相攻伐。吴并于越[28]，晋分为三[29]，鲁灭于楚[30]，郑兼于韩[31]。暨乎战国[32]，诸姬微矣[33]，唯燕卫独存[34]。然皆弱小，西迫强秦，南畏齐楚，救于灭亡[35]，匪遑相恤[36]。至于王赧[37]，降为庶人[38]，犹枝干相持，得居虚位[39]。海内无主，四十余年[40]。秦据势胜之地，骋谲诈之术[41]，征伐关东[42]，蚕食九国[43]。至于始皇，乃定天位[44]。旷日若彼[45]，用力若此[46]，岂非深根固蒂，不拔之道乎？《易》曰："其亡其亡[47]，系于苞桑[48]。"周德其可谓当之矣[49]。

秦观周之弊，将以为以弱见夺[50]，于是废五等之爵[51]，立郡县之官[52]，弃礼乐之教[53]，任苛刻之政[54]。子弟无尺寸之封[55]，功臣无立锥之土[56]，内无宗子以自毗辅[57]，外无诸侯以为蕃卫[58]。仁心不加于亲戚，惠泽不流于枝叶，譬犹芟刈股肱[59]，独任胸腹；浮舟江海，捐弃楫棹[60]。观者为之寒心，而始皇晏然[61]，自以为关中之固[62]，金城千里[63]，子孙帝王万世之业也。岂不悖哉[64]！是时，淳于越谏曰[65]："臣闻殷周之王，封子弟功臣，千有余岁。今陛下君有海内，而子弟为匹夫[66]，卒有田常六卿之臣[67]，而无辅弼[68]，何以相救？事不师古而能长久者，非所闻也。"始皇听李斯偏说而绌其义[69]。至身死之日，无所寄付[70]，委天下之重于凡夫之手[71]，托废立之命于奸臣之口[72]，至令赵高之徒[73]，诛锄宗室[74]。胡亥少习克薄之教[75]，长遵凶父之业[76]，不能改制易法，宠任兄弟，而乃师谟申商[77]，咨谋赵高[78]，自幽深宫[79]，委政谗贼[80]，身残望夷[81]，求为黔首[82]，岂可得哉？遂乃郡国离心，众庶溃叛[83]，胜广唱之于前[84]，刘项毙之于后[85]。向使始皇纳淳于之策，抑李斯之论，割裂州国，分王子弟，封三代之后，报功臣之劳，土有常君[86]，民有定主[87]，枝叶相扶，首尾为用[88]，虽使子孙有失道之行[89]，时人无汤武之贤[90]，奸谋未发[91]，而身已屠戮[92]，何区区之陈项[93]，而复得措其手足哉[94]？故汉祖奋三尺之剑[95]，驱乌集之众，五年之中[96]，而成帝业。自开辟以来[97]，其兴功立勋，未有若汉祖之易者也。夫伐深根者难为功，摧枯朽者易为力，理势然也[98]。

汉鉴秦之失,封植子弟。及诸吕擅权[99],图危刘氏,而天下所以不能倾动,百姓所以不易心者,徒以诸侯强大,盘石胶固[100],东牟朱虚授命于内[101],齐代吴楚作卫于外故也。向使高祖踵亡秦之法[102],忽先王之制[103],则天下已传[104],非刘氏有也。然高祖封建[105],地过古制[106],大者跨州兼域,小者连城数十,上下无别[107],权侔京室[108],故有吴楚七国之患[109]。贾谊曰[110]:“诸侯强盛,长乱起奸。夫欲天下之治安,莫若众建诸侯而少其力。令海内之势,若身之使臂,臂之使指,则下无背叛之心,上无诛伐之事。”文帝不从[111]。至于孝景[112],猥用朝错之计[113],削黜诸侯[114]。亲者怨恨,疏者震恐,吴楚唱谋[115],五国从风[116]。兆发高祖[117],衅成文景[118],由宽之过制[119],急之不渐故也[120]。所谓末大必折[121],尾大难掉[122]。尾同于体,犹或不从,况乎非体之尾,其可掉哉?

武帝从主父之策[123],下推恩之命[124]。自是之后,齐分为七[125],赵分为六[126],淮南三割[127],梁代五分[128],遂以陵迟[129],子孙微弱,衣食租税[130],不豫政事[131],或以酎金免削[132],或以无后国除[133]。至于成帝[134],王氏擅朝[135]。刘向谏曰[136]:“臣闻公族者[137],国之枝叶。枝叶落,则本根无所庇荫[138]。方今同姓疏远[139],母党专政[140],排摈宗室[141],孤弱公族[142],非所以保守社稷[143],安固国嗣也[144]。”其言深切,多所称引[145]。成帝虽悲伤叹息,而不能用。至乎哀平[146],异姓秉权[147],假周公之事[148],而为田常之乱。高拱而窃天位[149],一朝而臣四海,汉宗室王侯,解印释绶[150],贡奉社稷[151],犹惧不得为臣妾[152],或乃为之符命[153],颂莽恩德[154],岂不哀哉!由斯言之，非宗子独忠孝于惠文之间[155]，而叛逆于哀平之际也，徒以权轻势弱[156]，不能有定耳[157]。

赖光武皇帝挺不世之姿[158]，禽王莽于已成[159]，绍汉祀于既绝[160]，斯岂非宗子之力耶？而曾不鉴秦之失策[161]，袭周之旧制[162]，踵亡国之法[163]，而侥幸无疆之期[164]。至于桓灵[165]，奄竖执衡[166]，朝无死难之臣，外无同忧之国，君孤立于上，臣弄权于下，本末不能相御[167]，身手不能相使[168]。由是天下鼎沸[169]，奸凶并争[170]，宗庙焚为灰烬[171]，宫室变为蓁薮[172]。居九州之地[173]，而身无所安处，悲夫！

魏太祖武皇帝[174]，躬圣明之资，兼神武之略，耻王纲之废绝[175]，愍汉室之倾覆[176]，龙飞谯沛[177]，凤翔兖豫[178]，扫除凶逆[179]，剪灭鲸鲵[180]。迎帝西京[181]，定都颍邑[182]。德动天地，义感人神。汉氏奉天，禅位大魏[183]。大魏之兴，于今二十有四年矣。观五代之存亡[184]，而不用其长策[185]；睹前车之倾覆[186]，而不改其辙迹[187]。子弟王空虚之地[188]，君有不使之民[189]；宗室窜于闾阎[190]，不闻邦国之政。权均匹夫，势齐凡庶，内无深根不拔之固，外无盘石宗盟之助[191]，非所以安社稷为万代之业也。且今之州牧郡守[192]，古之方伯诸侯[193]，皆跨有千里之土，兼军武之任，或比国数人[194]，或兄弟并据。而宗室子弟，曾无一人间厕其间[195]，与相维持[196]，非所以强干弱枝[197]，备万一之虑也。今之用贤，或超为名都之主[198]，或为偏师之帅[199]。而宗室有文者，必限以小县之宰[200]，有武者，必置于百人之上[201]，使夫廉高之士，毕志于衡轭之内[202]，才能之人，耻与非类为伍，非所以劝进贤能，褒异宗族之礼也。

夫泉竭则流涸，根朽则叶枯。枝繁者荫根，条落者本孤。故语曰："百足之虫，至死不僵，扶之者众也[203]。"此言虽小，可以譬大。且墉基不可仓卒而成[204]，威名不可一朝而立。皆为之有渐，建之有素。譬之种树，久则深固其根本，茂盛其枝叶。若造次徙于山林之中[205]，植于宫阙之下[206]，虽壅之以黑坟[207]，暖之以春日，犹不救于枯槁，何暇繁育哉？夫树犹亲戚，土犹士民，建置不久[208]，则轻下慢上[209]，平居犹惧其离叛[210]，危急将如之何？是圣王安而不逸，以虑危也；存而设备[211]，以惧亡也。故疾风卒至，而无摧拔之忧；天下有变，而无倾危之患矣。

注释

〔1〕夏，与殷、周皆上古朝代名。其统治或经十几代，或二三十代。故谓"历世数十"。李善注引《竹年》："凡夏自禹以至于桀，十七王。殷自成汤灭夏以至于受，二十九王。"又引《大戴礼》："殷为天子二十余世，而周受之。周为天子三十余世，而秦受之。秦为天子，二世而亡，何？殷周有道而长，秦无道而暴也。"

〔2〕三代：指夏、殷、周。　天下：指天下诸侯。

〔3〕人：指天下诸侯。

〔4〕先王：指夏殷周三代之贤君。

〔5〕亲疏：指天子宗族之近支与远支。

〔6〕同异：指天子同姓诸侯与异姓诸侯。

〔7〕轻重：指侯国之大小。　镇：镇守，安定。

〔8〕并兼：兼并，吞并。

〔9〕逆节：叛逆的品格。谓不遵天子之命。

〔10〕桓文：齐桓公晋文公。　帅礼：遵循礼制。

〔11〕苞茅：束成捆的青茅草，古时祭祀，用以滤酒去滓。

〔12〕齐师：指春秋齐国的军队。　以上两句谓齐桓公借口楚不贡周天子祭祀用的苞茅而行征伐之事。李善注引《左传》："齐侯伐楚，楚子使与师言曰：

'不虞(不料)君之涉吾地,何故?'管仲(齐相)对曰:'尔贡苞茅不入,王祭不共(供),无以缩酒(束菁茅灌以酒),寡人(齐桓自称)是征。'"

〔13〕宋:春秋侯国名。在今河南商丘一带。 城:筑城。 周:成周,古地名。东周王城。在今河南洛阳东郊。

〔14〕晋:指晋文公。 宰:指宋之宰相仲几。 以上两句谓晋文公以宋拒绝为周天子筑城而杀其相仲几事。李善注引《左传》:"晋魏舒(晋大夫)合诸侯之大夫于翟泉(地名),将以城成周。宋仲几不受功(命),曰:'滕、薛、郳(三个小侯国名),吾役也,为宋役亦职也。'士伯(晋大夫)怒曰:'必以仲几为戮。'乃执仲几归诸京师。"

〔15〕王纲:周王朝的纲纪。 弛:废止。 张:张扬,重振。

〔16〕肃:敬。

〔17〕二霸:指齐桓公与晋文公。

〔18〕浸:逐渐。 陵迟:衰败。

〔19〕吴楚:春秋二侯国名。吴,在今长江下游一带;楚,在今湖北、湖南一带。

〔20〕方城:山名。春秋时楚地。在今河南叶县南。李善注引《左传》:"屈完(楚大夫)对齐侯曰: '楚国方城以为城,汉水以为池。'"

〔21〕九鼎:古代传国的礼器,为最高政权的象征。据传为禹所铸,象征九州,后成汤迁于商邑,武王又迁于洛邑。

〔22〕宗姬:指与周天子同宗的姬姓诸侯之国。以上两句谓楚子问九鼎,欲以武力取周天子而代之事。李善注引《左传》:"楚子观兵于周疆,问鼎之大小轻重焉。王孙满(周大夫)对曰:'周德虽衰,天命未改,鼎之轻重,未可问也。'"

〔23〕奸情:奸邪之心。

〔24〕逆谋:叛逆的谋划。 唇吻:嘴唇,嘴边。

〔25〕亲戚:亲族。

〔26〕枝叶:比喻周天子同姓侯国。

〔27〕本根:比喻周天子。

〔28〕吴:指春秋吴王夫差。 越:指春秋越王勾践。越国在今浙江一带。

〔29〕晋:春秋侯国名。在今山西、河北南部与陕西中部一带。 分:分裂。分为三,谓晋分裂为韩、赵、魏三个侯国。李善注引《史记》:"魏武侯、韩哀侯、赵敬侯灭晋后,而三分其地。"

〔30〕鲁:春秋侯国名。在今山东南部一带。李善注引《史记》:“楚考烈王伐灭鲁。”

〔31〕郑:春秋侯国名。在今河南新郑一带。　韩:春秋侯国名。在今河南中部及山西东南部。李善注引《史记》:“韩哀灭郑,并其国。”

〔32〕暨(jì 记):及,至。

〔33〕诸姬:诸姬姓之国。指周天子同姓诸侯。

〔34〕燕卫:春秋二侯国名。皆为周天子同姓诸侯。燕,在今河北北部和辽宁南部;卫,在今河南北部和河北南部。

〔35〕救:谓自救。

〔36〕匪遑(huáng 黄):无暇。　相恤(xù 序):体恤,救助。

〔37〕王赧(nǎn):周赧王,名延。在位五十九年,为秦所灭。

〔38〕庶人:平民。谓赧王被诸侯所驱使,已无天子之威严,实等于庶人。

〔39〕虚位:空有天子之位。

〔40〕四十:或作“三十”。《汉书·诸侯王表序》:“周历载八百余年,数极德尽,既于王赧,降为庶人,用天年终。号位已绝于天下,尚犹枝叶相持,莫得居其虚位,海内无主,三十余年。”

〔41〕谲(jué 决)诈:欺诈。

〔42〕关东:指函谷关以东之地。

〔43〕九国:齐楚燕韩赵魏宋卫中山等诸侯之国。

〔44〕天位:天子之位。

〔45〕旷日:时日久长。　彼:指周。

〔46〕用力:谓施欺诈强暴之力。　此:指秦。以上两句谓周积德而行封建之制,诸侯辅弼天子,故其国运久长;秦则施用诈力,其得帝位极其艰难。

〔47〕其亡:将亡。

〔48〕苞桑:指根深蒂固坚固不拔之桑。以上两句为《周易·否卦》之辞。高亨说:“苞桑者,深根而固柢者也。其亡其亡,惧其危亡也。系于苞桑,譬其安固也。……《系辞传下》:‘子曰:危者安其位者也。亡者保其存者也。乱者有其治者也。是故君子安而不忘危,存而不忘亡,治而不忘乱,是以身安而国家可保也。《易》曰:其亡其亡,系于苞桑。’得其恉矣。”(《周易古经今注》,卷一)

〔49〕当:承当,承受。以上数句意谓《周易》云将亡将亡,安不忘危,始能稳固不拔,坚如苞桑;周积德深远,枝干相扶,国运长久,其于《周易》之辞可谓当

之无愧了。

〔50〕弱:谓势力衰弱。指周天子。　见夺:谓被诸侯所侵夺。

〔51〕五等:指周封子弟,列五等爵位,即公、侯、伯、子、男。　爵:爵位。封建诸侯的等级。

〔52〕郡县:指秦废除周之封侯建国之制,而以各行政区域直辖于中央的行政管理制度。郡县之官,指直属于王朝中央的行政官。李善注引《史记》:"李斯奏曰:'置诸侯不便。'始皇于是分天下,以为三十六郡,置守尉监也。"

〔53〕礼乐:指周王朝的礼乐制度。礼乐与诗书并称,皆以宣扬先王之道,羽翼封建等级制度。　教:教化。

〔54〕苛刻:繁琐刻薄。苛刻之政,指秦国商鞅之严法。

〔55〕封:指授予臣子的土地。

〔56〕立锥:形容极小之地。

〔57〕宗子:同宗子弟。此指有封爵者。　毗辅:辅佐。

〔58〕蕃卫:藩篱保卫。此谓诸侯之国可为王朝中央的保障。蕃,通"藩"。

〔59〕芟刈(shān yì 山义):割除。　股肱(gōng 工):大腿与胳膊。

〔60〕楫棹(jí zhào 集照):皆为船桨。

〔61〕晏然:平静的样子。

〔62〕关中:地名。指秦国之地,今陕西省。

〔63〕金城:谓坚固如金之城防。

〔64〕悖(bèi 背):谬误,荒谬。

〔65〕淳于越:战国齐人,淳于髡之后。仕为博士,以谏知名。

〔66〕匹夫:普通人。

〔67〕卒:通"猝",突然。　田常:春秋时齐相,弑齐简公而立平公。李善注引《史记》:"齐简公立田常、监止为左右相。田氏杀监止,简公出奔。田氏执简公于徐州,遂杀之。"　六卿:指春秋晋的六个大夫。即范氏、中行氏、智氏,以及韩、赵、魏。李善注引《论语·纥滑谶》:"陈(田氏)灭齐,六卿分晋。"田常六卿之臣,指叛逆作乱之臣。

〔68〕辅弼(bì 毕):辅助。

〔69〕李斯:战国时楚上蔡人,始皇时为秦相。定郡县制,下焚书令,变籀文为小篆。始皇死,与赵高合谋害公子扶苏,立胡亥为帝。后被赵高诬害。　偏说:邪恶之说。　绌(chù 触):废止。通"黜"。

〔70〕寄付：寄托，委托。

〔71〕凡夫：平凡的人。

〔72〕奸臣：奸邪作恶之臣。与“凡夫”皆指李斯赵高之徒。

〔73〕赵高：秦时宦官。始皇死，谋立胡亥为二世，杀李斯，自为丞相。

〔74〕诛锄：诛杀。　宗室：皇族，皇族子弟。李善注引《史记》：“二世尊用赵高，申法令，乃行诛大臣及诸公子。”

〔75〕胡亥：秦始皇少子，始皇死，赵高与李斯谋立为帝，后为高所杀。　克薄：冷酷无情。克，同“刻”。克薄之教，指严峻的法令。李善注引《史记》：“赵高故常教胡亥书，及狱律令法事。”

〔76〕凶父：指秦始皇。

〔77〕师谟（mó 模）：效法，学习。　申商：申不害与商鞅。此指申商的法家学说。申不害，战国时郑人，主刑名之学，韩昭侯用为相。商鞅，战国时卫人，姓公孙，名鞅，封于商，秦孝公用为相，施行变法，秦以富强。

〔78〕咨谋：咨询谋划。

〔79〕幽：幽居，深居。

〔80〕谗贼：以谗言害人者，指赵高。李善注引《史记》：“二世常居禁中，与赵高决事，事无大小，辄决于高。”

〔81〕望夷：秦宫名。

〔82〕黔（qián 前）首：平民。李善注引《史记》：“二世斋望夷宫，欲祠泾（水名），使使责让赵高以盗事，高惧，乃阴与其女婿咸阳令阎乐谋易上（废黜皇上）。乐前，即谓二世曰：‘足下其自为计。’二世曰：‘愿得妻子为黔首。’阎乐挥其兵进，二世自杀也。”

〔83〕众庶：百姓。

〔84〕胜广：陈胜与吴广，皆秦末农民起义领袖。　唱：通“倡”，首倡，带头。

〔85〕刘项：刘邦与项羽。秦末农民起义领袖。　毙：死，谓灭秦。

〔86〕土：或作“士”。　常君：恒常之君。指五等诸侯，代代相续之君。

〔87〕定主：与“常君”义同。

〔88〕首尾：喻天子与诸侯。

〔89〕失道：违背先王正道。

〔90〕汤武：商汤王与周武王，皆上古之贤君。

〔91〕奸谋：叛逆的阴谋。

〔92〕身:指奸谋叛乱者之身。

〔93〕区区:形容微小。

〔94〕措:放置,施用。措其手足,谓放开手脚作乱。

〔95〕奋:举。

〔96〕五年:指汉高祖五年。李善注引《汉书》:“高祖五年斩羽东城(地名),即皇帝位于汜水之阳。”

〔97〕开辟:开天辟地。

〔98〕理势:事理形势。

〔99〕诸吕:指汉高祖吕后族人。吕后当朝,诸吕专权。后卒,皆为周勃所灭。李善注引《汉书》:“太后崩,上将军吕禄、相国吕产,专兵秉政,谋作乱。”

〔100〕盘石:形容稳固不可动摇。

〔101〕东牟:东牟侯,指刘兴居。齐悼惠王子,宿卫长安,与大臣共立文帝。朱虚侯:指刘章,亦齐悼惠王子,入宿卫,与周勃、陈平等拥立文帝。

〔102〕踵:继。　亡秦:已灭亡的秦朝。亡秦之法,指不封子弟,而行郡县之制。

〔103〕先王:古代帝王。先王之制,指周分封子弟之制。

〔104〕已传:谓已将帝位传与异姓。

〔105〕封建:谓授予土地爵位,使子弟建立侯国。

〔106〕古制:指古代封土建侯之制。

〔107〕上下:指天子与诸侯。

〔108〕侔:等同。　京室:帝室。李善注引班固《汉书赞》:“汉兴,惩戒亡秦孤立之败,于是封王子弟,大者跨州兼郡,小者连城数十,宫室百官,制同京师。”

〔109〕七国:指汉景帝时反叛朝廷的七个诸侯之国,即吴(王濞)、胶西(王卬)、楚(王戊)、赵(王遂)、济南(王辟光)、淄川(王贤)、胶东(王雄渠)。　患:叛乱。

〔110〕贾谊:汉洛阳人。文帝召为博士,迁太中大夫。改正朔,易服色,制法度,兴礼乐。数上疏陈政事,言时弊,遭大臣忌恨。出为长沙王太傅。迁梁怀王傅,卒。下引为谊上疏之文。

〔111〕文帝:汉高祖之子,名恒。周勃、陈平等平诸吕之乱,迎立为帝。在位时为政治稳定、经济繁荣之期。　不从:谓不从贾谊关于削弱诸侯,强固中央的上疏。

〔112〕孝景：汉景帝，文帝子，名启。采纳晁错建议，削减诸侯封地，平定吴楚七国之乱，巩固中央政权，继续文帝重农抑商，整顿吏治的方针政策。史因以文景并称。

〔113〕朝错：朝，或作"晁"、"鼌"，汉颍川人。文帝时为太子家令，称为"智囊"，屡上疏言事。景帝即位，迁御史大夫，请削诸侯封地，以尊帝室。吴楚七国反，以诛错为名，被斩于东市。

〔114〕削黜：谓削减诸侯封地，贬抑其势力。

〔115〕唱谋：谓带头阴谋反叛。

〔116〕五国：指汉胶东、胶西、济南、淄川和赵等诸侯之国。　从风：谓随从反叛之风。

〔117〕兆：发端。

〔118〕衅：灾祸。

〔119〕宽之：谓汉高祖授诸侯封地广大，而文帝又宽大而不忍削罚。

〔120〕急之：谓景帝削黜诸侯过急。　渐：渐进，缓慢。李善注引《汉书》："朝错数言吴过可削，文帝宽不忍罚。及景帝即位，错曰：'高帝初定天下，诸子弱，故大封同姓。今吴谋作乱逆，削之亦反，不削亦反。'于是方议削吴。吴王恐，因欲发谋举事。诸侯既新削罚，震恐，多怨错。及吴先起兵，胶西、胶东、淄川、济南、楚、赵亦皆反。"

〔121〕末：树梢。　折：谓本干折断。

〔122〕难掉：谓躯体难以摇动尾巴。掉，摇动，控制。

〔123〕武帝：汉武帝，景帝子，名彻。继文景之业，开拓疆土，倡导仁义，施行一系列改革，创造大汉的极盛之期。　主父：主父偃，汉临淄人。武帝时官至中大夫，提出削弱诸侯势力的"推恩法"，主张抑制贵族兼并，抗击匈奴侵略。为武帝采纳而实行之。

〔124〕推恩：扩大皇帝的恩德。李善注引《汉书》："主父偃说上曰：'今诸侯或连城数十，愿陛下令诸侯，得推恩分子弟以地，侯之，彼人人喜得所愿。上以德施，实分其国，必稍自销弱矣。'上从其计。"

〔125〕齐：汉侯国名。刘肥封地。　七：七个小侯国，即齐、城阳、济北、济南、淄川、胶西、胶东。

〔126〕赵：汉侯国名。刘如意封地。后为刘友封地。　六：六个小侯国，即赵、平原、真定、中山、广川、河间。

〔127〕淮南：汉侯国名。刘长封地。　三割：分割为三个小侯国，即淮南、衡山、庐江。

〔128〕梁代：汉侯国名。刘武封地。高步瀛说："梁孝王初封代王，故曰梁代耳。其实孝王改封后，代已收为郡矣。"(《魏晋文举要》，75页)　五分：分封为五个小侯国，即梁、济川、济东、山阳、济阴。

〔129〕陵迟：衰落。

〔130〕租税：指取于封地内的田赋与税款。

〔131〕豫：参预。

〔132〕酎(zhòu 皱)金：汉时祭祀宗庙，诸侯以其封地户口所献敬酒金。酎，醇酒。诸侯所献黄金斤两不足或色泽不好，要受削爵免国的处罚。李善注引《汉书》："列侯坐(犯罪)献黄金酎祭宗庙，不如法，夺爵者百六人。"《汉仪注》："王子为侯，侯岁以户口酎黄金于汉庙，皇帝临受献金，助祭。大祀曰饮酎，饮酎受金，小不如斤两，色恶者，王削县，侯免国。"

〔133〕后：子孙。

〔134〕成帝：汉成帝，名骜。在位时外戚王氏专政。其人荒淫腐化，极宠赵飞燕，立为后。

〔135〕王氏：指元帝王后的兄弟侄子。如王凤、王莽等，所谓十侯五大司马。

〔136〕刘向：字子政，高祖弟楚元王(刘交)四世孙。成帝时任光禄大夫，校阅经传诸子诸赋等，写成《别录》一书。另有《新序》、《说苑》、《列女传》、《洪范五行传论》等著作。

〔137〕公族：指皇帝宗族兄弟。

〔138〕庇荫：覆盖，护卫。

〔139〕同姓：指皇帝同族，刘氏子弟。

〔140〕母党：指王后的兄弟侄子。

〔141〕宗室：帝室，指皇族子弟。

〔142〕孤弱：孤立削弱。

〔143〕社稷：土地神与谷神，古代帝王皆以为祭祀之神，故为国家的代称。

〔144〕国嗣：帝王的子孙。以上为刘向上疏文。

〔145〕称引：谓引用古今之事。

〔146〕哀平：汉哀帝与汉平帝。哀帝，名欣，元帝孙。初曾躬行俭约，后宠幸董贤，公卿侧目。平帝，名衎，元帝孙。年幼即位，王莽总揽朝政。

〔147〕异姓：指王莽。

〔148〕周公：姬旦，周武王弟。武王卒，成王立而年幼，由周公辅政，周以中兴。周公之事，指周公辅佐成王之事。此指王莽篡汉假借的名号。

〔149〕高拱：拱手。两手相合，形容容易。

〔150〕绶：系印的丝带。

〔151〕贡奉：贡献。

〔152〕臣妾：奴仆。

〔153〕符命：指叙述祥瑞征兆为帝王歌功颂德的文章。

〔154〕莽：王莽，汉元城人，王皇后之侄。哀帝崩，太皇太后王氏临朝，以莽为大司马。迎立平帝，以女为皇后，封安汉公，独揽政事。后代汉自立称帝，国号新。李善注引《汉书》："至哀平之际，王莽知中外殚微，因母后（姑母王后）之权，假伊、周之称，诈谋既成，遂据南面之尊（帝位）。汉诸侯王厥角稽首（朝拜），奉上玺绂，唯恐在后，或乃称美颂德，以求容媚，岂不哀哉！"

〔155〕惠：汉惠帝，名盈，汉高帝长子。性情仁爱宽厚，不满于其母吕后的凶狠残暴之行，在位七年崩。惠文之间，指外戚尚未完全左右朝政之时。

〔156〕权轻：权位轻微。　势弱：势力弱小。

〔157〕定：平定。

〔158〕光武：指东汉开国之君刘秀，高祖九世孙。随其兄缜起义，反对王莽，大破莽军于昆阳，以大司马定河北。遂即帝位，定都洛阳，统一全国。不世：稀世。

〔159〕禽：通"擒"，捉拿。　已成：谓已成篡逆之谋。

〔160〕绍：继续。　汉祀：汉家宗庙之祀。指汉帝之位。

〔161〕失策：错误的策略。

〔162〕旧制：固有的制度。此指周分封子弟之制。

〔163〕亡国：指秦。亡国之法，指秦不封子弟而行郡县之制。

〔164〕无疆：无穷。

〔165〕桓（huán 环）灵：指东汉桓帝与灵帝。桓帝，名志；灵帝，名宏。桓灵先后统治四十余年，宠信宦官，迫害清正之士，制造党锢之祸，为东汉王朝最黑暗最腐败的时期。

〔166〕奄竖：太监，宦官。奄，或作"阉"。　执衡：专权。桓帝时封中常侍单超等五人为县侯，时称"五侯"，朝政总揽于宦官。灵帝时封宦者曹节为长安

乡侯。时窦太后临朝,后父大将军武与太傅陈蕃谋诛中官,皆被曹节所杀。

〔167〕本末:指君臣。　御:驾御,控制。

〔168〕身手:指天子与亲族。

〔169〕鼎沸:比喻形势动乱。

〔170〕奸凶:奸邪的恶人。以上两句谓汉末混乱凶险的政治局面,宦官专政,引致董卓入朝作乱,继而袁绍讨卓,挟持献帝,演成群雄割据。

〔171〕宗庙:指洛阳东汉王朝祖庙。

〔172〕蓁薮:草木丛生。以上两句谓董卓迁献帝于长安火烧洛阳宫室之乱。

〔173〕九州:古时分天下为九州。即冀、豫、雍、扬、兖、徐、梁、青、荆。此指天下。

〔174〕魏太祖:即曹操,字孟德。初参加镇压黄巾起义军,讨伐董卓,任东郡太守,至洛阳,录尚书事。后破袁绍,自为大将军,进丞相,封魏王。卒谥武,庙号太祖。

〔175〕废绝:废止断绝。

〔176〕愍(mǐn 泯):怜悯,同情。　倾覆:颠覆,败亡。

〔177〕龙飞:形容兴起,起义。　谯(qiáo 乔)沛:地名。指汉沛国谯郡(今安徽、河南间蒙城、亳县、鹿邑一带),曹操出生地。

〔178〕凤翔:比喻壮大,发展。　兖(yǎn)豫:地名。今山东、河南境。魏武帝曾任兖州牧,又拥汉献帝迁都于许(今河南许昌),许属豫州。

〔179〕凶逆:反叛的恶人。此指董卓、袁绍之类。

〔180〕鲸鲵(ní 泥):大鱼名。此喻不义之人。

〔181〕帝:指汉献帝。　西京:长安。

〔182〕颍邑:颍川郡之邑,指许昌。许属颍川郡,故谓颍邑。董卓挟持汉献帝于西京长安,建安元年曹操遣曹洪迎帝返洛阳,后用董昭议都许。

〔183〕大魏:指魏文帝。汉建安二十五年(延康元年)献帝禅位于魏文帝曹丕。

〔184〕五代:指夏、商、周、秦、汉。

〔185〕长策:长远的方策。此指分封子弟之制。

〔186〕前车:指秦汉。

〔187〕辙迹:喻法度。张铣注:"谓魏亦不封子弟也。"

〔188〕空虚:谓有其封王之名而无封地之实。魏之诸王国权皆握于朝廷派

遣的监国使者之手。

〔189〕君有:领有。　不使:不使其治理。

〔190〕闾阎:指民间。闾,里门;阎,里中门。

〔191〕宗盟:谓同姓诸侯会盟。

〔192〕州牧:一州的长官。　郡守:一郡的长官。

〔193〕方伯:一方诸侯之长。

〔194〕比国:谓州郡邻近,互为勾结。比,结党,勾结。《论语·为政》:"君子周而不比,小人比而不周。"《注》:"忠信为周,阿党为比。"

〔195〕间厕:参与,并列。

〔196〕维持:连接。

〔197〕干:指天子。　枝:指诸侯。此指州牧郡守。

〔198〕名都:大州。名都之主,指大州刺史。

〔199〕偏师:谓主力军之一部。

〔200〕宰:长官。

〔201〕百人:指百夫长,军队中的下级官长。

〔202〕衡轭(è 恶):谓为人所役使。衡,车前横木;轭,车前套牲畜的曲木。

〔203〕扶:扶持。李善注引《鲁连子》:"百足之虫,至断不蹶者,持之者众也。"

〔204〕墉(yōng 庸)基:城墙的基础。

〔205〕造次:仓卒,急速。

〔206〕宫阙:宫殿,殿庭。

〔207〕壅:培土。　黑坟:色黑而坟起之土,肥沃之土。

〔208〕建置:建,谓分封亲族;置,谓安置士民。

〔209〕轻上:轻视君上。　慢下:怠慢臣下。

〔210〕离叛:叛变。

〔211〕设备:谓封建诸侯,以为防备。

今译

上古夏殷周之世,经历数十代,而秦朝二代而亡。原因何在呢?三代之君与天下诸侯共治其民,故天下诸侯与之同其忧患;秦王独家统治其民,故其倾危之际而无人救助。与他人共同享受安乐者,他人必分担其忧患。古代君王深知独裁统治不能久存,故与他人共同治理;深知个人守卫不能坚固,故与他人共同守卫。宗族远近皆加信用,同姓异姓皆以提拔。因此大小侯国足以互相镇守,同族远近足以互相保卫,兼并之路从而堵塞,叛逆之行从而不生。及东周衰败之际,齐桓晋文率先遵循礼制;苞茅未能按时供给周室,齐军带头讨伐楚国;宋国不受建筑成周之命,晋文杀戮其宰相仲几。周王法度废止重又振兴,诸侯傲慢重又恭敬。桓文二霸以后,周室逐渐破败。吴楚凭借长江之险,仗恃方城之固,虽心图九鼎重器,而畏惧姬姓侯国,奸邪之情散于胸怀,叛逆之谋消于唇边。难道不是信重亲族,任用贤能,枝繁叶茂,本根所赖之成效吗?自此以后,诸侯转相攻伐。吴兼并于越,晋分裂为三,鲁灭亡于楚,郑归附于韩。及至战国,姬姓诸国日益衰微,唯燕卫独存;而皆弱小,西胁迫于强秦,南畏惧于齐楚,自救于灭亡之患,无暇援助同姓之难。至于周王赧,实已降为平民,枝叶本干还相扶持,得居名存实亡之位。天下无主,四十余年。秦占据险要地势,运用欺诈方术,征伐关东诸侯,蚕食九国之地。直至始皇,乃定天子之位。周室积德,国运长久如彼;秦王贪暴,用力侵夺若此。难道不是由于深根固柢方能坚固不拔之理的作用吗?《易经》说:“将亡将亡,维系于苞桑。”周德可以当之无愧了。

秦王观察周行封建之弊端,以为王室势弱而致诸侯侵夺其位。于是废除五等之爵,建立郡县之官,摒弃礼乐之教,施行苛刻之政。子弟无尺寸之封,功臣无立锥之土,内无宗族以为辅佐,外无诸侯以为屏障。仁心不加于亲族,恩惠不施于枝叶,譬若割除四肢,独用胸腹;浮舟江海,抛弃双桨。旁观者尚为之寒心,而始皇却处之泰然,自以为关中坚固,金城千里,乃是子孙帝王传承万代之业。岂不荒谬吗?此时,淳于越进谏说:“臣闻殷周之王,封子弟功臣,国运千有余年。今陛下君有天下,而子弟为平民,突然有田常一类叛逆篡位之臣,而无亲族辅助,将何以相救?国事不以古为师而能在位长久者，尚未听说过。”始皇听信李斯的偏邪之说而拒绝淳于越的建议，以至身死之日，王业无所寄付，却委天下之重任于庸人之手，托废立太子之命于奸臣之口，至使赵高之徒，诛杀王族子弟。胡亥少时既习刻薄之教，及长又遵凶父之业，不能改制易法，信用兄弟，而师法申商之学，咨询赵高之谋，自己幽居于深宫，政事委托于奸贼，身死望夷之宫，求为普通百姓，岂是可能吗？于是郡国离心，部众反叛，陈胜吴广首义于前，刘邦项羽灭秦于后。假使始皇采纳淳于之策，拒绝李斯之论，割裂州国，分赐子弟，封三代之后，报功臣之勋，土有世袭之君，民有固定之主，枝叶与本干相扶，天子与诸侯相助。即使子孙有失道之行，其人无贤明之德，叛逆者阴谋尚未发动，其身已被杀戮。为何微不足道的陈项，而能放手作乱呢？故汉高祖举三尺之剑，率乌合之众，五年之中，而成帝业。自开天辟地以来，帝王兴功立勋，未有如汉高祖之易者。砍伐深根之树难以为功，摧折枯朽之木易于有成，那是形势使然。

汉皇以秦亡为鉴，分封子弟为侯。及诸吕专权，妄图危害刘氏，而天下所以没有动乱，百姓所以没有变心，只是因为诸侯强大，盘石坚固，东牟侯与朱虚侯授平叛之命于朝廷之内，齐代吴楚捍卫王室于都城之外。假使高祖继承亡秦之法，忽视先王之制，则天下已经传与异姓，非刘氏所有。但是高祖分封诸侯，授地超过古制，大国跨州兼域，小国连城数十，天子诸侯无所差别，诸侯权势几与帝室相等，故有吴楚七国反叛朝廷之祸。贾谊说：“诸侯强盛，助长动乱，引发阴谋。欲天下长治久安，不如多建诸侯而减少其实力。使天下形势，如身之使臂，臂之使指，则下无背叛之心，上无诛伐之事。”文帝未能听信。至于孝景之时，采用晁错之计，削弱诸侯势力。亲者怨恨，疏者震恐，吴楚首先发难，五国随从反叛。祸端生于高祖，灾难成于文景，皆由宽大超过古制，急迫而不渐进之故。所谓末大干必折，尾大体难控。尾同于体，尚且不服从，何况诸侯乃非体之尾，如何能够控制呢？

武帝接受主父偃之策，下达推恩之命。自此以后，齐分为七，赵分为六，淮南分为三，梁代分为五。于是诸侯衰落，子孙微弱，衣食依赖封地租税，无力参预国家政事，或以酎金不合法度而削除封地，或以后继无人而侯国废弃。直至成帝，王氏当朝。刘向进谏说："臣闻王族，国之枝叶。枝叶凋落，则本根无所庇荫。当今同姓疏远，母党专政，排斥宗室，削弱王族，绝非保卫国家，巩固帝位之策。"其言深切感人，多所称引经典史实。成帝虽悲伤叹息而不能采用。至于哀平二帝，异姓专权，假借周公辅政之事，而为田常篡逆之乱，拱手侵夺而窃天子之位，一朝而使天下臣服，汉家王侯，解除印绶，献出政权，犹恐不得为其仆从，有人为之制造符命，歌颂王莽恩德，何等悲哀！由此言之，并非宗室子弟独尽忠孝于惠文之间，而行叛逆于哀平之际；只是由于各自权势微弱，无能平定异姓篡乱而已。

幸赖光武皇帝显出稀世才智，平灭阴谋已成的王莽之乱，继续断绝的汉帝之业。难道不是汉家子弟之力吗？但是光武竟然不以秦王失策为鉴，沿袭周代封建之制，却继承亡秦之法，侥幸帝位传于无穷之期。至于桓灵二帝，宦官专权，朝中无为君死难之忠臣，朝外无同担忧患之侯国。君主孤立于上，奸臣弄权于下，本根不能控御梢末，身躯不能役使手臂。由于天下变乱，奸雄并争，宗庙焚为灰烬，宫室化为草莽。居于九州之地，而身无安处之所。悲呵！

魏太祖武皇帝，具有圣明的天资，兼备神武的韬略，羞耻于帝王纲纪之断绝，悲怜于汉家天下之败亡，龙腾于谯沛之地，凤翔于兖豫之间，扫除叛逆，剪灭奸贼。迎献帝于西京，定王都于颍邑。德动天地，义感人神。汉氏遵奉天命，禅让帝位于大魏。大魏之兴，于今已有二十四年。纵观五代之存亡，而不用其成功的长策；遍睹前车之倾覆，而不改其失败的辙迹。子弟封王却无实际领地，称君却无权治理其民；皇族流落于民间，不能参预邦国之政。权位与平民相等，势力与百姓相同。朝内无深根不拔的巩固帝位，朝外无坚如盘石的同姓会盟，此绝非安定国家传承万代之业。而且今日的州牧郡守，就是古代的霸主诸侯，皆跨有千里之土，兼受军武之任，或州郡相近，数人勾结；或兄弟联合，并据一方。而王族子弟，竟无一人并列其间，与其连接，此绝非巩固王室削弱地方，防备意外事故的思虑。今日任用贤能，或提为大郡刺史，或升为一军主帅。而王族有文才者必限于小县之吏，有武勇者必置于百人之长，使清廉高尚之士，终生受人驱使，才能之人，耻与异类为伍，此绝非进用贤能、奖励同族的礼制。

泉竭则流涸，根朽则叶枯。枝条繁茂则荫庇本根，树叶凋落则本干孤立。故古语说："百足之虫，至死不僵，扶之者众也。"此言虽小，可以喻大。而且城基不可仓促筑成，威名不可一朝而立，皆要渐进而为，平素创建。譬如种树，栽植时间愈久则根本愈深固，枝叶愈茂盛。若仓促从山林迁移而来，植于宫殿之下，虽培之以肥土，暖之以春日，犹不免于枯槁，怎能繁茂生长呢？树如王族，土如士民，封爵授土而历时不久，则轻侮朝臣怠慢君主，平时犹惧其离叛，危急之时将如之何？因此英明之王居安而不耽溺闲逸，以思虑危急；生存而不忽视防卫，以畏惧覆灭。故疾风骤至，而无摧折之忧；天下有变，而无危亡之祸。

（陈复兴译注并修订）

博弈论一首

韦弘嗣

题解

韦曜(203—273),本名昭,史为避晋讳改之,字弘嗣,三国吴郡云阳(今江苏丹阳县)人。少好学,能属文。仕于吴孙权至孙皓四朝,先后官尚书郎、太子中庶子、太史令、博士祭酒,以及中书仆射、侍中与左国史等,多为文史之职。其人刚直耿介,嫉恨不义。孙皓无德寡行,荒淫残暴,曜多与牴牾。时或言瑞应,皓问曜,答曰:“此人家筐箧中物耳。”皓欲为父(孙和,曾为太子,后废)作纪,曜“以和不登帝位,宜名为传”。皓以嘲弄公卿,揭发私短取乐,任意收缚与诛戮无辜,曜“以为外相毁伤,内长尤恨,使不济济,非佳事也”。于是以“不承用诏命,意不忠尽”而被杀。

曜为三国时有名的学者,长史学,通经学,善训诂。有《孝经》《论语》注、《官职训》、《辨释名》,并撰《吴书》。时人华核曾赞之为吴之司马迁与叔孙通。

《博弈论》大约作于正始三年(242),吴赤乌五年。时曜为太子中庶子,蔡颖亦在东宫,性好博弈,太子和以为无益,令曜论之。故有此作。博,掷采;弈,围棋。谓先掷采而后行棋,为古时游戏之法。

博弈作为一种技艺与智力锻炼,自有其积极价值。传说上古时期即已存在。李善注引《系本》:“乌曹(上古创造博弈者)作博。”春秋战国时期已相当普及。《论语·阳货篇》:“子曰:‘饱食终日,无所用心,难以哉!不有博弈者乎?为之,犹贤乎已。’”说明博弈是有益于身心的。《孟子·告子章》讲过一个学弈的故事,说:“今夫弈之为数,小数也。不专心致志则不得也。弈秋,通国之善弈者也。使弈秋诲二人弈,其一人专心致志,惟弈秋之为听。一人虽听之,一心以为有鸿鹄将至,思援弓缴而射之,虽与之俱学弗若之矣。为是其智弗若欤?曰:非然也。”说明博弈是有益于智力发展的健康活动。但是,这种活动逐渐演变,就开始滋生流弊,有时带有赌博的性质。《汉书·吴王濞传》载:“孝文帝时,吴太子入见,得侍皇太子饮博。吴太子师傅皆楚人,轻悍又素骄,博争道不恭。皇太子引博局提吴太子,杀之。”此中之博,似乎就近于赌了。因而“廉耻之意弛,而忿戾之色发”。反之,何以“争道不恭”,肝火大动,以至发生杀人事件呢?博弈之弊,到了三国时期已日趋严重,以至贻误政事,毒化时俗,污损道德。韦曜的《博弈论》可能是最早的一篇直接揭露其流弊,警戒当世的论作,自古及今,皆有震聋发聩的作用,实在值得珍视。

文章首先论述德才高尚之士立功扬名的社会理想与坚韧不拔的进取精神,为世人树立楷模。其次描述博弈之徒的行为与心态,说明博弈之事有悖于家国之用,有损于为人之德,剖析深刻,足以警世。最后申明吴国的当务之急,激励世人不误机遇,建功立勋,弃绝博弈,求取声名,颇有鼓舞与感召之力。

此论章法严谨,词气清朗,正反对比,淋漓尽致。描写博弈者“赌及衣物,徙棋易行”等语,尽现其形貌,揭破其心迹,严厉而尖刻;劝诱其“移博弈之力于《诗》《书》”等语,又予以勉励,寄以希望。抨击丑恶,褒扬美善,恰到好处,不失分寸,不只需要作者语言技巧方面的磨练,也需要其胸襟气度方面的修养。韦曜能做到此点,证明他够得上一位著论的大手笔。

原文

盖君子耻当年而功不立,疾没世而名不称[1],故曰“学如不及,犹恐失之[2]”。是以古之志士[3],悼年齿之流迈[4]，而惧名称之不建也[5]。勉精厉操[6]，晨兴夜寐，不遑宁息[7]。经之以岁月[8]，累之以日力[9]。若宁越之勤[10]，董生之笃[11]，渐渍德义之渊[12]，栖迟道艺之域[13]。且以西伯之圣[14]，姬公之才[15]，犹有日昃待旦之劳[16]，故能隆兴周道，垂名亿载。况在臣庶，而可以已乎？

历观古今功名之士，皆有积累殊异之迹[17]，劳神苦体，契阔勤思[18]，平居不惰其业[19]，穷困不易其素[20]。是以卜式立志于耕牧[21]，而黄霸受道于囹圄[22]，终有荣显之福，以成不朽之名。故山甫勤于夙夜[23]，而吴汉不离公门[24]，岂有游惰哉？

今世之人，多不务经术[25]，好玩博弈，废事弃业，忘寝与食，穷日尽明[26]，继以脂烛[27]。当其临局交争[28]，雌雄未决，专精锐意，神迷体倦，人事旷而不脩[29]，宾旅阙而不接[30]，虽有太牢之馔[31]，《韶》《夏》之乐[32]，不暇存也[33]。至或赌及衣物，徙棋易行[34]，廉耻之意弛[35]，而忿戾之色发[36]。然其所志不出一枰之上[37]，所务不过方罫之间[38]；胜敌无封爵之赏[39]，获地无兼土之实[40]。技非六艺[41]，用非经国[42]。立身者不阶其术[43]，征选者不由其道[44]。求之于战阵，则非孙吴之伦也[45]；考之于道艺[46]，则非孔氏之门也[47]；以变诈为务，则非忠信之事也；以劫杀为名，则非仁者之意也[48]。而空妨日废业[49]，终无补益。是何异设木而击之[50]，置石而投之哉[51]！且君子之居室也，勤身以致养；其在朝也，竭命以纳忠；临事且犹旰食[52]，而何暇博弈之足耽？夫然，故孝友之行立[53]，贞纯之名章也[54]。

方今大吴受命，海内未平，圣朝乾乾[55]，务在得人。勇略之士，则受熊虎之任[56]；儒雅之徒，则处龙凤之署[57]。百行兼苞[58],文武并骛[59]。博选良才,旌简髦俊[60]。设程试之科[61],垂金爵之赏[62],诚千载之嘉会,百世之良遇也。当世之士,宜勉思至道[63],爱功惜力,以佐明时[64]。使名书史籍,勋在盟府[65]。乃君子之上务,当今之先急也。

夫一木之枰,孰与方国之封[66];枯棋三百[67],孰与万人之将。衮龙之服[68],金石之乐[69],足以兼棋局而贸博弈矣[70]。假令世士,移博弈之力,用之于《诗》《书》[71],是有颜闵之志也[72];用之于智计,是有良平之思也[73];用之于资货,是有猗顿之富也[74];用之于射御[75],是有将帅之备也。如此,则功名立而鄙贱远矣[76]。

注释

〔1〕疾:苦,苦痛。　没世:终身,晚年。

〔2〕失:遗失。以上两句为《论语·泰伯》文,意谓研究学问好像追逐什么,生怕赶不上;有所得还要不断巩固,唯恐再失掉。

〔3〕志士:志向远大的人。

〔4〕悼:悲。　年齿:年龄。　流迈:流逝。

〔5〕名称:名声,声誉。

〔6〕厉操:磨砺意志。厉,通“砺”。操,刘良注:“操,志也。’

〔7〕不遑(huáng 黄):无暇。

〔8〕经:经历。

〔9〕日力:一日之力。指时间,光阴。

〔10〕宁越:战国时人,以苦学而有成。李善注引《吕氏春秋》:“宁越,中牟(地名)之鄙人也。苦耕稼之劳,谓其友曰:‘何为而可以免此苦耕也?’其友曰:‘莫如学。学三十岁则可达(显达)矣。’宁越曰:‘请以十五岁。人将休,吾将不休;人将卧,吾将不敢卧。’十五岁而周威王师之。”

〔11〕董生:指董仲舒,西汉广川人,为一代儒学宗师。其研究学问,著书立说,用志甚笃。李善注引《汉书》:“董仲舒修《春秋》,三年不窥园圃,其精如此。”　笃:忠诚,坚定。

〔12〕渐渍(zì 自):浸润,熏陶。

〔13〕棲迟:优游,游息。 道艺:学问与技艺。艺,技艺,指礼乐射御书数。

〔14〕西伯:西方诸侯之长,指周文王。

〔15〕姬公:即周公,武王之弟。武王死,受命辅成王,勤于政事。

〔16〕日昃(zè 仄):太阳偏西。此谓周文王勤于政事,终日辛劳。李善注引《尚书》:"周公曰:'文王自朝至于日中昃,不遑暇食,用咸和万民。'"

待旦:直至天明。此谓周公勤于王事,夜以继日,无暇休息。李善注引《孟子》:"周公思兼三王(指夏禹、商汤、周文武),其有不合者,仰而思之,夜以继日,幸而得之,坐以待旦。"

〔17〕迹:业迹,功迹。

〔18〕契阔:辛苦。

〔19〕平居:平时,平素。

〔20〕素:真情,情志。

〔21〕卜式:西汉人,以牧羊致富。武帝时输家财助边事,拜中郎,后赐爵关内侯。李善注引《汉书》:"卜式,河南人。以田畜为事,入山牧羊,十余年,羊致千余头。"

〔22〕黄霸:西汉人,武帝时历河南太守丞,以为政宽和闻名。宣帝时为廷尉正,以少府夏侯胜事入狱。狱中从胜学《尚书》。后官至丞相,封建成侯。李善注引《汉书》:"黄霸,字次公,淮阳人。迁丞相长史。宣帝欲褒先帝,夏侯胜曰:'武帝不宜为立庙乐。胜坐(犯罪)非议诏书,霸坐阿纵胜不举劾(揭发其罪),皆下狱。胜、霸既久系,霸欲从胜受经(经典),胜辞(推辞)以罪死。霸曰:'朝闻道,夕死可矣。'胜贤其言,遂授之。系更再冬,讲论不息。" 道:学问。 囹圄(líng yǔ 灵雨):牢狱。

〔23〕山甫:仲山甫,春秋时鲁献公子,为周宣王卿士,忠实勤政。《诗经·大雅·烝民》歌颂他说:"仲山甫之德,柔嘉维则。令仪令色,小心翼翼。古训是式,威仪是力。天子是若,明命使赋。"又说:"肃肃王命,仲山甫将之。邦国若否,仲山甫明之。既明且哲,以保其身。夙夜匪解,以事一人。" 夙夜:早晚。

〔24〕吴汉:东汉人。光武之臣,智勇善战,西伐蜀,北击匈奴,功勋卓著。官至大司马,封广平侯。 公门:朝廷之门。李善注引《东观汉记》:"吴汉,字子颜,南阳人。邓禹(东汉功臣)及诸将,多汉举者,再三召见。其后勤勤不离公门。上(光武帝)亦以其南阳人,渐亲之。"

〔25〕经术:经学。指儒家经典。

〔26〕尽明:谓日暮,天黑。

〔27〕脂烛:油灯。

〔28〕临局:面对棋盘。谓下棋。

〔29〕旷:空缺。 脩:增进。脩,同“修”。

〔30〕宾旅:宾客。 阙:缺失。谓缺失宾礼。

〔31〕太牢:指盛牛、羊、猪三牲的食器。牢,食器,大的为太牢。 馔(zhuàn 撰):食物。太牢之馔,谓盛宴,滋味。

〔32〕韶夏:古乐名。韶,虞舜之乐;夏,夏禹之乐。

〔33〕存:赏。李周翰注:“不暇存者,言不暇食而听也。”

〔34〕徙棋:移动棋子。 易行(háng 杭):谓悔棋,改变棋子走法。钱钟书说:“‘徙棋易行’者,落子复悔而欲改着也。”(《管锥编》,第三册,第一一〇〇页)。

〔35〕弛:废弃,忘记。

〔36〕忿戾(lì 立):愤怒凶暴。

〔37〕枰(píng 平):棋盘上的线道。

〔38〕方罫(guǎi 拐):棋盘上的方格。

〔39〕封爵:封侯授爵。

〔40〕兼土:兼有土地。

〔41〕六艺:指礼、乐、射、御、书、数。

〔42〕经国:治国。

〔43〕立身:树立自身。谓修养才德,获得社会地位。 阶:凭借。

〔44〕征选:征聘选拔。谓选举贤良。 道:道艺,才艺。

〔45〕孙吴:孙,孙武,春秋时吴王阖闾将;吴,吴起,春秋时魏武侯将。二人皆以善用兵闻名。 伦:辈。

〔46〕道艺:学问技艺。

〔47〕孔氏:孔子。

〔48〕仁者:有仁爱之心的人。

〔49〕妨日:谓浪费时间。

〔50〕设木:设置木棒。设木而击,古时儿童游戏之法。

〔51〕置石:设置石块。置石而投,也为古时儿童游戏之法。

〔52〕旰(gàn 赣)食:夜晚方食。谓终日忙碌,无暇进食。

〔53〕孝友:谓孝敬父母友爱兄弟。

〔54〕贞纯:正直纯厚。谓忠诚于朝廷。 章:明,显扬。

〔55〕乾乾(qián qián 前前):勤苦不倦的样子。

〔56〕熊虎:比喻武事。熊虎之任,谓将帅之职。

〔57〕龙凤:比喻文采。 署:衙署。官吏办公之所。龙凤之署,谓卿相之任。李善注:"熊虎猛捷,故以譬武。龙凤五彩,故以喻文。"

〔58〕百行:诸种品行。指才德有某种专长者。

〔59〕并骛:并驰。谓皆可发挥其才智。

〔60〕旌简:表彰选拔。 髦俊:才俊之士。

〔61〕程试:按规定的程式考试。 科:条例,法令。刘良注:"程试,谓呈其才者必见试用也。"

〔62〕金爵:谓封以金印紫绶之爵位。

〔63〕至道:至善之道。

〔64〕明时:政治清明之时。此指明时之君。

〔65〕盟府:古代掌握诸侯盟誓的官府。此指掌握臣下功勋的官署。李善注引《左传》:"宫之奇曰:'虢叔为文王卿士,勋在王室,藏于盟府。'"

〔66〕方国:四方侯国。此指州郡。 封:指古时君主赐予臣子的土地。

〔67〕枯棋:棋子。 三百:指两人对弈时所用黑白棋子之数。李善注引邯郸淳《艺经》:"棋局,纵横各十七道,合二百八十九道。白黑棋子,各一百五十枚。"

〔68〕衮(gǔn 滚)龙:饰以龙纹的礼服,古时为天子与三公所用。李善注引《周礼》:"三公自衮冕而下。"郑玄注:"衮龙,九章(彩饰)衣也。"

〔69〕金石:金,指钟;石,指磬。皆古乐器名。

〔70〕兼:兼并,替代。 棋局:棋盘。谓对弈之事。 贸:易,替代。

〔71〕诗书:《诗经》与《书经》,指儒家的经典。

〔72〕颜闵:颜,颜回,字子渊;闵,闵损,字子骞。皆春秋时人,孔子学生。两人皆以清贫不仕、贤德好学著称。

〔73〕良平:良,张良,字子房,高祖起兵反秦,为谋士,以智助汉灭秦与楚;平,陈平,汉阳武人,长于智谋,助高祖反秦灭楚,后为丞相,与周勃等灭诸吕之乱。

〔74〕猗(yī 衣)顿:古时巨富者。李善注引《孔丛子》:“猗顿,鲁之穷士也。耕则长饥,桑则长寒,闻朱公(陶朱公)富,往而问焉。公告之曰:‘子欲速富,当畜五牸(雌畜)。’乃适河东,大畜牛羊于猗氏(地名)之南,其滋息不可计。以兴富猗氏,故曰猗顿也。”

〔75〕射御:射箭驾车。此指六艺。

〔76〕鄙贱:指博弈之类。

今译

德才高尚之士耻于壮年之时而功业不立,苦于暮年之际而声名不扬。故孔子说:“钻研学问如追逐某物,生怕不及;心有所得,又唯恐失掉。”因此古时志向远大之士,常悲年华流逝,而惧声誉不能建树。勉励精神,磨砺意志,清晨即起,夜深方睡,无暇安息。年年奋进,日日积累。若宁越之辛勤为学,董生之踏实研修,浸润于道德仁义,优游于学问技艺。以文王之英明,周公之才智,尚要辛劳达深夜,思索至天明,故能振兴周王正道,永垂美名直至亿万年。何况身为臣民,岂可自暴自弃,不求进取?

历观古今功成名遂之士,皆有日月积累经历非凡的事迹,精神耐劳,身体忍苦,辛勤奋斗,多有思索,平时不废基业,穷困不改其志。因此卜式立志于耕田畜牧,而黄霸研习经典于狱中,最终皆有荣耀显赫之福,而成永远不朽之名。故仲山甫日夜忙于政事,而吴汉时刻不离于朝廷,岂有游乐怠惰之事?

今世之人,多不用心于经学,好玩博弈,废事弃业,忘寝与食,日暮天黑,继以灯烛。当其对棋交争,胜负未决,专精注意,神迷体倦,人事荒废而不治理,宾客弃置而不迎接,虽有盛美酒宴、高雅音乐,也无暇享用。有时赌及衣物,则棋子移动,又悔而改行,廉耻之意已忘却,而愤怒之色即暴发。但是,其心志所求不出棋子线道之上,所务不过棋盘方格之间,战胜对手而无封侯授爵之赏,获取地盘而无扩大疆土之实。技艺并非六艺,用途无关治国。树立自身名位不能凭借其方术,选拔贤良才俊不能遵循其才艺。讲求其战阵,则非孙吴兵家之辈；研究其方术，则非孔子儒门之徒。以奇变诡诈为务，则非忠信之事，以劫夺攻杀为名，则非仁爱之意。而白白浪费时日，荒废事业，终无补益。这又何异于设木而击、置石而投的儿童之戏呢？而且德才高尚之士，居处于家，自身勤劳而奉养父母；为官在朝，竭尽生命而献纳忠心；忙碌政务，日晚方食，何时能够耽溺博奕之事呢？这样，其孝顺友爱之品行得以树立，正直纯厚之声名得以显扬。

当今大吴领受天命，海内尚未平定，圣君辛勤不息，诚心求得人才。勇敢谋略之士，则受将帅之职；儒门文雅之徒，则获卿相之任。才德凡有所长，皆能包容采用；文学武事各异，皆可并驾齐驱。广选贤良之才，表彰俊杰之土。设置考试录用之法令，施行授印封爵之赏赐，确实是士人千载难逢的好机会，百世不遇的好时运。当代士人，应努力追求至善之道，爱功惜力，以辅佐明时贤君。使美名载于史传，功勋藏于盟府。这是德才高尚之士的最高天职，当今国家的急迫之务。

那一方棋盘，与领有州郡之士，何者更其广大；那三百棋子，与统帅万人之众，何者更其威武。那饰有龙纹的礼服，金钟石磬的雅乐，已经足以取代棋局与博奕之术了。假如当今士人，转移博奕之力，用之于《诗》《书》经典，就有颜回闵损的贤德好学之大志；用之于智谋计略，就有张良陈平的出策决胜之精思；用之于售货经商，就有猗顿的家财万贯之豪富；用之于射箭驾车，就有将帅攻战之才略。如此，崇高的功名必能建立，而鄙贱的俗物必能远离了。

（陈复兴译注并修订）

养生论一首

嵇叔夜

题解

嵇康(223—262),字叔夜,三国魏谯郡铚(今安徽宿县)人。他是魏宗室之婿,个性刚烈,品格高洁,才智卓异,是其时代的民族文化精英。他与阮籍、山涛、向秀、刘伶、阮咸、王戎交游甚密,时称"竹林七贤"。魏末司马氏专权,擅自废立,打击异己,笼络奸邪。正直不与苟合之士皆遭迫害。嵇康以其身份影响而不能免。其友吕安被兄巽(司马氏爪牙)诬陷治罪,康株连入狱。钟会又加其罪名,谓:"康、安等言论放荡,非毁典谟,帝王者所不宜容。"于是被斩于洛阳东市。《晋书·嵇康传》载:"康将刑东市,太学生三千人请以为师,弗许。康顾视日影,索琴弹之,曰:'昔袁孝尼曾从吾学《广陵散》,吾每靳固之,《广陵散》于今绝矣。'"

嵇康之被害,实际是社会黑暗势力对才德拔俗之士的政治谋杀。嵇康临刑时的情景,则足证其人格力量的宏伟博大,以及超然于生死之外的玄学信念。

嵇康是中古时期风格独具的文学家,其代表作《琴赋》与《幽愤诗》等已录入《文选》;而且也是思想深邃的哲学家,《养生论》即其哲学代表作之一。

魏晋之际是中国历史上思想最为活跃的时期,尤其玄学之辩,更是成就斐然。当时思想界曾围绕"才性"、"养生"、"声有无哀乐",以及"自然"与"名教"关系等命题,展开过热烈的争论。嵇康就这些问题都表述过自己的观点。《养生论》集中地表述了他的养生观,即养生在于延年长寿,而其终极目的则在精神超越升华,追求自我与自然的浑然合一,达到一种心灵的绝对自由永恒平静的理想境界。这是对司马氏黑暗统治采取严肃不合作主义的心理表征。此文之后,向秀(字子期)曾著《难养生论》加以质疑,嵇康继而续作《答难养生论》,为自己的观点加以辩护与引申。可见,这场争论之热烈与深刻。

文章首先论述精神与形体的关系,肯定形神统一,而以神为主。"精神之于形骸,犹国之有君也,神躁于中,而形丧于外,犹君昏于上,而国乱于下也"。在嵇康看来,仙不能学,生可以养,而养生首先在于养神。"故修性以保神,安心以全身。爱憎不栖于情,忧喜不留于意,泊然无感而体气和平"。这是指导养神之法。其次论述养生重在养神,即须祛除物欲,服食丹药。嵇康指出五谷(与丹药相对立)、声色、滋味、喜怒、思虑对神形之害,重视丹药之效。"故神农曰上药养命,中药养性者,诚知性命之理,因辅养以通也"。嵇康以为,丹药之用,只在"辅养",与"修性""安心"相较,则属其次。其次分析俗世对养生的各种不同态度,破除养生的思想障碍。其中纵欲自用者,根本不事养生,皆发生百病,以至元气乏绝,中年夭亡。持身失理者,根本不知养生,由微弱而至老死,一生糊糊涂涂而去。中智以下者,皆听任自然之生死,受病将死之时纵稍觉悟,也仅止叹恨,而不以养生之事为然。心怀狐疑者,心欲养生,又不得其门径。勉力服药者,又急于求成,或心情矛盾,终至虽养生而复败。因此俗世之人无一有成。最后指出善养生者之法,强调养心养神,绝物欲,弃名利。"清虚静泰,少私寡欲","又守之以一,养之以和,和理日济,同乎大顺"。这就是超越利害,净化精神,提升自我,而达到"无为自得,体妙心玄"的淡远静默的理想之境。

可见,嵇康追求养生以延年,实际在于个人精神品格的自我完善。他临刑时,虽年四十,且为诬陷含冤,却泰然自若,心安理得,顾视日影,索琴弹之,唯叹《广陵散》绝而无传,"其高情远趣,率然玄远”的品格得以最终升华，正是《养生论》所揭示生命之玄学信念的恰好印证。

文章阐发事理，层层递进，明朗顺畅，尤善于用长句，或对比，或譬喻，或反诘，或引申，反复论辩，极富感染力。剖析心理，缜密周至，鞭辟入微，将俗世对养生的诸多情态尽现目前，跃然纸背。并且于娓娓倾谈，循循善诱之中，将读者之心融入一个灵芝美泉朝阳五弦构成的玄学境界。这确然是诗人与哲人相合的手笔。

原文

世或有谓神仙可以学得，不死可以力致者〔1〕；或云上寿百二十，古今所同，过此以往〔2〕，莫非妖妄者〔3〕。此皆两失其情〔4〕，请试粗论之。

夫神仙虽不目见，然记籍所载〔5〕，前史所传，较而论之〔6〕，其有必矣。似特受异气〔7〕，禀之自然，非积学所能致也。至于导养得理〔8〕，以尽性命，上获千余岁，下可数百年，可有之耳。而世皆不精〔9〕，故莫能得之。何以言之？夫服药求汗〔10〕，或有弗获；而愧情一集〔11〕，涣然流离〔12〕。终朝未餐〔13〕，则嚣然思食〔14〕；而曾子衔哀〔15〕，七日不饥。夜分而坐〔16〕，则低迷思寝〔17〕；内怀殷忧〔18〕，则达旦不瞑〔19〕。劲刷理鬓〔20〕，醇醴发颜〔21〕，仅乃得之；壮士之怒，赫然殊观〔22〕，植发冲冠〔23〕。由此言之，精神之于形骸〔24〕，犹国之有君也。神躁于中〔25〕，而形丧于外，犹君昏于上，国乱于下也。

夫为稼于汤之世〔26〕，偏有一溉之功者，虽终归燋烂〔27〕，必一溉者后枯。然则一溉之益，固不可诬也〔28〕。而世常谓一怒不足以侵性，一哀不足以伤身，轻而肆之〔29〕，是犹不识一溉之益，而望嘉穀于旱苗者也[30]。是以君子知形恃神以立，神须形以存，悟生理之易失[31]，知一过之害生[32]。故脩性以保神，安心以全身，爱憎不栖于情，忧喜不留于意，泊然无感[33]，而体气和平[34]。又呼吸吐纳[35]，服食养身[36]，使形神相亲，表里俱济也[37]。

夫田种者，一亩十斛[38]，谓之良田，此天下之通称也。不知区种可百余斛[39]，田种一也。至于树养不同，则功收相悬[40]。谓商无十倍之价，农无百斛之望，此守常而不变者也。且豆令人重[41]，榆令人瞑[42]，合欢蠲忿[43]，萱草忘忧[44]，愚智所共知也。薰辛害目[45]，豚鱼不养[46]，常世所识也。虱处头而黑[47]，麝食柏而香[48]；颈处险而瘿[49]，齿居晋而黄[50]。推此而言，凡所食之气，蒸性染身[51]，莫不相应。岂惟蒸之使重而无使轻[52]，害之使暗而无使明[53]，薰之使黄而无使坚[54]，芬之使香而无使延哉[55]？故神农曰[56]："上药养命[57]，中药养性[58]"者，诚知性命之理，因辅养以通也[59]。而世人不察[60]，惟五穀是见，声色是耽[61]。目惑玄黄[62]，耳务淫哇[63]。滋味煎其府藏[64]，醴醪煮其肠胃[65]。香芳腐其骨髓，喜怒悖其正气[66]。思虑销其精神，哀乐殃其平粹[67]。

夫以蕞尔之躯[68]，攻之者非一涂[69]，易竭之身，而外内受敌[70]。身非木石，其能久乎？其自用甚者[71]，饮食不节，以生百病；好色不倦，以致乏绝；风寒所灾，百毒所伤，中道夭于众难[72]，世皆知笑悼[73]，谓之不善持生也[74]。至于措身失理[75]，亡之于微，积微成损，积损成衰，从衰得白，从白得老，从老得终，闷若无端[76]。中智以下，谓之自然。纵少觉悟，咸叹恨于所遇之初[77]，而不知慎众险于未兆[78]。是由桓侯抱将死之疾[79]，而怒扁鹊之先见[80]，以觉痛之日，为受病之始也。害成于微，而救之于著，故有无功之治；驰骋常人之域[81]，故有一切之寿[82]。仰观俯察[83]，莫不皆然。以多自证[84]，以同自慰[85]，谓天地之理尽此而已矣。纵闻养生之事，则断以所见，谓之不然。其次狐疑[86]，虽少庶几[87]，莫知所由。其次，自力服药[88]，半年一年，劳而未验，志以厌衰[89]，中路复废。或益之以畎浍[90]，而泄之以尾闾[91]。欲坐望显报者[92]，或抑情忍欲，割弃荣愿[93]，而嗜好常在耳目之前[94]，所希在数十年之后[95]，又恐两失[96]，内怀犹豫[97]，心战于内[98]，物诱于外[99]，交赊相倾[100]，如此复败者[101]。

夫至物微妙[102]，可以理知，难以目识，譬犹豫章[103]，生七年然后可觉耳。今以躁竞之心[104]，涉希静之涂[105]，意速而事迟，望近而应远，故莫能相终。夫悠悠者既以未效不求[106]，而求者以不专丧业，偏恃者以不兼无功[107]，追术者以小道自溺[108]，凡若此类，故欲之者万无一能成也[109]。善养生者则不然矣。清虚静泰，少私寡欲。知名位之伤德[110]，故忽而不营，非欲而强禁也[111]。识厚味之害性，故弃而弗顾，非贪而后抑也。外物以累心不存[112]，神气以醇白独著[113]，旷然无忧患[114]，寂然无思虑[115]。又守之以一[116]，养之以和[117]，和理日济[118]，同乎大顺[119]。然后蒸以灵芝[120]，润以醴泉[121]，晞以朝阳[122]，绥以五弦[123]，无为自得[124]，体妙心玄[125]，忘欢而后乐足，遗生而后身存[126]。若此以往，恕可与羡门比寿[127]，王乔争年[128]，何为其无有哉？

注释

〔1〕力致:努力达到。致,至。

〔2〕过此:谓超过上寿百二十。

〔3〕妖妄:怪诞虚妄,荒诞无稽。

〔4〕两失:谓学神仙可以不死之论与过上寿皆为妖妄之说,两种极端的观点都是错误的。 情:实际情况。

〔5〕籍记:书籍。

〔6〕较:犹约。

〔7〕异气:奇异的精气。

〔8〕导养:导引养生。导,导引,古代道家的一种养生术。《庄子·刻意》:"吹呴呼吸,吐故纳新,熊经(直立)鸟申(伸展),为寿而已矣;此导引之士,养形之人,彭祖寿考者之所好也。"

〔9〕不精:谓不知导养之理的精妙。

〔10〕服药:服食丹药。指古代道家的养生法。

〔11〕愧情:羞愧之心。

〔12〕涣然:流汗的样子。 流离:犹淋漓,下滴。

〔13〕终朝:从天明至早餐之时。

〔14〕嚣(áo 敖)然:饥饿而忧愁的样子。

〔15〕曾子:孔子弟子,名参,字子舆。以贤德闻名。 衔哀:含悲。李善注引《礼记》:"曾子谓子思曰:'伋(子思名),吾执亲之丧也,水浆不入于口者七日。'"

〔16〕夜分:夜半。

〔17〕低迷:模模糊糊。

〔18〕殷忧:深忧。

〔19〕瞑:古眠字。

〔20〕劲刷:谓梳理头发。

〔21〕醇醴(chún lǐ 纯理):纯厚之酒。以上两句吕向注:"言以梳理其发鬓,饮酒以发颜色,其鬓发竖面赤耳。"

〔22〕赫然:盛怒的样子。

〔23〕植发:竖发。

〔24〕形骸(hái 孩):形体。

〔25〕躁:急躁,不安静。

〔26〕为稼:种田。　汤:商汤王,殷之开国之君。汤之世,指汤大旱之时。李善注引《孙卿子》:“禹十年水,汤七年旱。”

〔27〕燋烂:枯焦腐烂。燋,通“焦”。

〔28〕诬:轻视。以上数句李善注:“言种谷于汤之世,值七年之旱,终归是死,而彼一溉之苗,则在后枯。亦犹人处于俗,同皆有死,能摄生者则后终也。”

〔29〕肆:放肆,放纵。

〔30〕嘉穀:美谷。　穀,同“谷”。

〔31〕生理:养生之理。此指生命。

〔32〕一过:谓一怒一哀之过。

〔33〕泊然:恬静的样子。

〔34〕体气:气质,心理状态。

〔35〕吐纳:吐故纳新。指古代道家一种养生法。

〔36〕服食:服食丹药。

〔37〕俱济:互为补助。

〔38〕斛(hú 胡):古量器,也是容量单位。十斗为一斛。胡绍煐说:“顾氏炎武曰:《史记·河渠书》:‘可令亩十石。’《晋书·傅元传》:‘自田收至十余斛,水田至数十斛。’今之收获最多亦不及此数。大抵皆三而当一。……按此亩十斛与《河渠书》之亩十石合,是一斛即一石也。以三而当一计之,十斛当今之三石。下云‘区种可得百余斛’,当今之三十石。《农政全书》云:‘周伊尹区田之法,一亩岁获三十六石。’是也。”(《文选笺证》,卷三十一)

〔39〕区(ōu 欧)种:古代一种耕种法,似为后世堰种之法。李善注引氾胜之《田农书》:“上农区田,大区方深各六寸,相去七寸,一亩三千七百区;丁男女治十亩,至秋收区三升粟,亩得百斛也。”

〔40〕相悬:相去很远。悬,远。

〔41〕重:谓体重。李善注引《经方小品》:“仓公对黄帝曰:‘大豆多食,令人身重。’”

〔42〕榆:指榆树钱。　瞑(míng 明):闭眼。此谓睡眠。朱珔说:“注引《博物志》曰:‘啖榆则瞑不欲觉也。’案《本草》:‘榆,一名零榆,白者名枌。’陶注云:‘即今之榆树,性至滑利,初生荚仁,以作糜羹,令人多睡。’……苏氏《图经》云:

'荒岁农人取榆皮为粉,食之当粮,不损人。'是皮与荚本皆可食之物也。"(《文选集释》,卷二十四)

〔43〕合欢:植物名。传说见之可以使人忘掉忿恨。 蠲(juān 捐):除去。李善注引崔豹《古今注》:"合欢树似梧桐,枝叶繁,互相交结,每一风来,辄自相离,了不相牵缀,树之阶庭,使人不忿。"

〔44〕萱(xuān 宣)草:草名。传说见之可以使人忘忧。李善注引毛苌《诗传》:"萱草令人忘忧。"

〔45〕薰辛:味荤而辣,指大蒜。薰,同"荤"。李善注引《养生要》:"大蒜勿食,荤辛害目。"

〔46〕豚鱼:即河豚。肉味鲜美,而血液与肝脏有剧毒。

〔47〕黑:谓虱因处黑发之间而变黑。李善注引《抱朴子》:"今头虱着身,皆稍变而白;身虱处头,皆渐化而黑。则是玄素果无定质,移易存乎所渐。"

〔48〕麝(shè 射):动物名,即香獐子。其雄者肚脐与生殖器之间有腺囊,能分泌麝香。 柏:木名。乔木,叶鳞片状。李善注引《本草名医》:"麝香形似獐,常食柏叶,五月得香,又夏月食蛇多,至寒香满。入春,患急痛,以脚剔去,着矢溺中覆之,皆有常处,人有遇得,乃胜杀取。"

〔49〕瘿(yǐng 影):颈部的瘤子。李善注:"《淮南子》:'险阻之气多瘿。'谓人居于山险,树木瘤临其水上,饮此水则患瘿。"

〔50〕晋:地名。今山西一带。 黄:谓色黄而脆。孙志祖说:"按陆佃《埤雅》云:'世云啖枣令人齿黄,晋齿食此故也。'《尔雅翼》云:'晋人尤好食枣。盖安邑(地名)千株枣比千户侯。其人置之怀袖,食无时,久之齿皆黄。'"(《文选李注补正》,卷四)

〔51〕蒸性:薰陶性情。蒸,蒸薰,薰陶。

〔52〕轻:谓体轻。

〔53〕害:谓润泽,影响。

〔54〕黄:谓黄则必脆。

〔55〕芬:谓薰。 延:谓延年益寿。李善注引《万言》:"延,年长也。"又,黄侃说:"延,当为'脡',生肉酱也。嵇康用以为膻耳。"(《文选黄氏学》,249 页)以上四个分句构成一个反诘形式("岂惟……哉?")的复合句,论证"凡所食之气,蒸性染身,莫之相应"之理;"蒸之"、"害之"、"薰之"、"芬之",皆谓服药,"使轻"、"使明"、"使坚"、"使延",皆谓长生。

〔56〕神农:指《神农百草经》。神农,古帝名。传说神农教民耕种,尝百草为民除病。其书为我国最早的药物学著作。原作已亡佚。

〔57〕上药:上品之药。

〔58〕中药:中品之药。李善注引《本草》:“上药一百二十种,为君,主养命以应天,无毒,久服不伤人,轻身益气,不老延年。中药一百二十种,为臣,主养性以应人。”

〔59〕辅养:辅助养生。谓以服药辅佐养生。

〔60〕不察:谓不明了服药养生之理。

〔61〕声色:音乐与美色。

〔62〕玄黄:指彩色的丝帛。

〔63〕淫哇:指邪恶的音乐。

〔64〕滋味:美味,指鱼肉之类。　府藏:五腑六脏,内脏。

〔65〕醴醪(láo 劳):指酒。醴,甜酒;醪,汁滓相混之酒。

〔66〕悖(bèi 背):违背。　正气:指人体内的元气。

〔67〕殃:祸害,残害。　平粹:平和纯粹,谓性情。

〔68〕蕞(zuì 最)尔:小的样子。

〔69〕一涂:一个途径。非一涂,谓五谷、声色、滋味、醴醪,等等。

〔70〕外内:外体内心。外,指耳目、腑脏、肠胃、骨髓;内,指正气、精神、平粹。

〔71〕自用:谓主观自信,任意而行。

〔72〕中道:谓中年。　夭:夭折,短命。　众难:指滋味、醴醪、喜怒、哀乐等。

〔73〕笑悼:嘲笑悲怜。李善注:“笑悼,谓笑其不善养生,而又哀其促龄也。”

〔74〕持生:摄生,养生。

〔75〕措身:安身,置身。谓安排生命。　失理:谓失于养生之理。

〔76〕闷若:闷然,模糊不清。　无端:不知其端绪之所由。谓不知怎样由亡之无微而至从老得终的缘由。

〔77〕叹恨:叹息遗憾。　所遇:谓逢遇之事。所遇之初,指当初耽溺之滋味醴醪等。

〔78〕众险:谓多种伤身之患。若腑脏为滋味所煎,肠胃为醴醪所煮等等。未兆:未显形迹之时。

〔79〕由:与“犹”通。五臣本作“犹”。　桓侯:或以为齐桓侯,或以为晋桓侯。

〔80〕扁鹊:古代战国时名医,原名秦越人,渤海郡郑人。传说曾为齐桓侯治

病。李善注引《韩子》:“扁鹊谓桓侯曰:‘君有疾在腠理(皮肤的纹理),犹可汤熨。’桓侯不信。后病,迎扁鹊,鹊逃之。桓侯遂死。”又引《史记》:“扁鹊疗简子(人名,晋卿),东过齐,见桓侯。”又引《新序》:“扁鹊见晋桓侯。”未知此桓侯究为何国之君。

〔81〕驰骋:往来,历观。　常人:指不通养生之理的人。

〔82〕一切:谓长短不定之时。黄侃说:“一切,权时也,此犹言不定耳。”(《文选黄氏学》,249页)以上两句谓历观平常之人,皆不通养生之理,故有长短不定之寿命。

〔83〕仰观:谓仰观天文。　俯察:谓俯察地理。此句谓遍观天下之人。

〔84〕自证:自我验证。

〔85〕自慰:自我安慰。以上两句谓天下常人皆不通养生之理,以众多得寿而自我验证,以彼此相同而自我安慰,从而轻视养生。

〔86〕狐疑:多疑而无决断。

〔87〕庶几:相近,近乎。谓近乎养生之事。

〔88〕自力:自我勉力。

〔89〕厌:讨厌,厌倦。

〔90〕畎浍(quǎn kuài 犬快):田间排水之沟渠。

〔91〕尾闾:指海水泄出之处。李善注引《庄子》:“海若(北海之神)曰:‘天下之水,莫大于海,万川归之,不知何时止而不盈;尾闾泄之,不知何时已而不虚。’”司马彪曰:“尾闾,水之从海水出者也。一名沃焦,在东大海之中。尾者在百川之下,故称尾。闾者聚也,水聚族之处,故称闾也。在扶桑之东,有一石,方圆四万里,厚四万里,海水注者,无不燋尽,故名沃燋。”以上两句畎浍之漫溢,比喻服食丹药必渐次而进,尾闾之宣泄,比喻长生之志皆盛大迫切,故下言“坐望显报”。

〔92〕显报:显著的功效。谓延年长生。

〔93〕荣愿:荣禄之愿。

〔94〕嗜好:嗜好之物,如滋味醴醪等。

〔95〕所希:指延年长生。

〔96〕两失:谓目前之嗜好与所希之长生两个方面皆无所获。

〔97〕犹豫:迟疑不决。

〔98〕心战:谓物欲之好与长生之志彼此矛盾斗争。

〔99〕物:外物。指滋味醴醪之类。

〔100〕交赊:交,近,指耳目之前的嗜好之物;赊,远,指长远的服药延寿之事。　相倾:相互倾轧。

〔101〕败:败坏。谓败坏养生之事。以上数句吕向注:“嗜好之物且在目前,药效之事十年之后,欲从其道,恐复无验,两事俱失,故犹豫。是非未定之心争于内,嗜好之物诱目于外,以情欲为交乐,以服食为赊应,二者相倾复,有败摄生之事者。”

〔102〕至物:至妙之物。指养生之理。

〔103〕豫章:木名,樟类。李善注引《淮南子》:“豫章之生,七年可知。”延叔坚曰:“豫章与枕木相似,须七年乃可别耳。”

〔104〕躁竞:浮躁竞进。谓急于求成。躁进之心,指服药者的主观愿望。

〔105〕希静:淡泊平静。谓无所贪求。　涂:通“途”。希静之涂,指长生之道。

〔106〕悠悠:从容悠闲的样子。悠悠者,指来去匆匆的常人。

〔107〕偏恃:片面依恃。偏恃者,指片面贪求一事者。　不兼:谓不兼顾于他事。

〔108〕追术:追求法术。追术者,指苟以法术贪取长生者。　小道:指邪门歪道。张凤翼注:“此所谓旁蹊曲径者。”(《文选纂注》,卷十一)

〔109〕能成:谓能够成就延寿长生。

〔110〕名位:名号地位。

〔111〕强禁:谓勉强抑制名位之欲。

〔112〕外物:指声色之类。　累心:谓销蚀心灵。

〔113〕神气:精神元气。　醇白:朴素淡泊。　独著:谓独能著明于外。

〔114〕旷然:心胸开阔的样子。

〔115〕寂然:清静的样子。

〔116〕一:指道,即古代道家认为构成天地万物的基本理念。李善注引《老子》:“圣人抱一,为天下式。”河上公曰:“抱,守也。守一,乃知万事,故能为天下法式。”

〔117〕和:平和,淡泊。

〔118〕和理:指中和之道与自然之理。一说解为和顺之意(陈鼓应《庄子今注今译》,404 页)。　日济:日益增进。李善注引《庄子》:“古之治道者,以恬养知(智);知生,而无以知为也,谓之以知养恬。知与恬交相养,而和理出其性。”

〔119〕大顺:大理,天理。指古代道家所追求自然朴素无所牵累的精神境界。李善注引《老子》:"玄德深矣,远矣,与物反矣,乃至大顺。"河上公曰:"大顺者,天理也。"

〔120〕灵芝:仙草名。

〔121〕醴泉:甘美之泉。李善注引《白虎通》:"醴泉者,美泉也,状如醴酒也。"

〔122〕晞(xī 西):晾干。

〔123〕绥:安抚。　五弦:五弦琴。传为舜所作,以奏南风之诗。以上两句李周翰注:"晞于朝阳,所以养和于物也;安于五弦之琴,以歌南风,所以养群生也:此皆谓养生之理也。"

〔124〕无为:任物自然,不强有为。谓古代道家倡导的处世态度,　自得:自然得意。李善注引《庄子》:"天无为以之清,地无为以之宁,故两无为相合,万物皆化之也,孰能得无为哉?"

〔125〕体妙:形体微妙。　心玄:心灵深远。

〔126〕遗生:忘掉生命的存在。李善注引《庄子》:"天下有至乐无有哉?曰:至乐无乐。"郭象曰:"忘欢而后乐足,乐足而后身存。"又引《庄子》:"弃事则形不劳,遗生则精不亏。夫形全精复,与天为一。"　以上自"善养生者"至"遗生而后身存",皆用《老子》与《庄子》意。

〔127〕恕:推想。李善注引《声类》:"恕,人心度物也。"或作"庶",有幸。羡门:古仙人名。李善注引《史记》:"始皇之碣石(中名),使燕人卢生求羡门。"韦昭注:"羡门,古仙人也。"

〔128〕王乔:古仙人名。传说为周灵王太子晋。李善注引《列仙传》:"王子乔者,周灵王太子晋也。道人浮丘公接以上嵩高山。"

今译

世上有人认为神仙可以学习而成,长生不死也可以努力达到。也有人说最高寿命为一百二十岁,古今相同,超过这个年龄以上,皆属荒诞无稽之谈。这两种极端的说法皆违背实际情况,请试略论之。

神仙虽不能眼见,但是书籍所载,前史所述,约略而论,是一定存在的。似乎是特受奇异的精气,禀承自然的演化,绝非长期学习

所能达到的。至于导引养生符合原理,以享尽生命,上可获千余岁,下可得数百年,也是完全可能的。而世人皆不精于养生之理,故无人能够成功。为何如此说呢?服药求汗,有时不能得,而羞愧之情聚集于心,汗水却涣然淋漓。清晨未餐,则腹饿思食;而曾子含哀,则七日不饥。夜半而坐,则昏昏欲睡;内心怀忧,则天明不眠。梳理鬓发,饮用醇酒,仅能发竖面赤;壮士震怒,则勃然变色,发直立上冲冠。由此说来,精神之于形体,犹国家之有君主。精神烦躁于内,而形体亏损于外,犹君主昏聩于上,而国家混乱于下。

耕种于商汤大旱之世,禾苗偏得一溉之效的,虽然终归焦烂,但得此一溉必定后枯。这样看来,一溉之益,确实不可忽视。而世人常以为一怒不足以侵害精神,一哀不足以伤损身体,便轻易任情发作。这有如不知一溉之益,却希望旱苗能生成美谷。因此君子深知形体依赖精神而挺立,精神凭借形体而存在;深悟养生之理易于丧失,确知喜怒过甚有害于生命。故修养性情以保护精神,安定心绪以保全身体,爱憎不存于性情,忧喜不留于意绪,淡然无所感,心理自和平。一呼一吸,吐故纳新,服食丹药,保养身心,使形体精神相依存,外表内里共增进。

种田者,一亩得十石,谓之良田。此为天下之通称。不知区种之法,一亩可收百余石。种田只是一个方面,至于培植不同,所用人工与所得收获则相差悬殊。认为商品无增十倍之价,农田无增百石之望,这是墨守常规而不知变通的人。且食豆令人体重,食榆令人昏睡,合欢令人消忿,萱草令人忘忧,此为愚者智者所共知。大蒜辛辣害人双目,豚鱼有毒不利养生,此为世俗所共识。虱在发间而变黑,麝食柏叶而芬香,人在险处颈生肿瘤,身居晋地牙齿变黄。由此推论,凡所吸食自然之气,皆能薰陶性情,浸染身体,两者无不相应。岂只蒸薰之使其体重而不能使其体轻,浸染之使其暗昧而不能使其聪明,薰陶之使其黄脆而不能使其坚韧,薰染之使其芳香而不能使其延年而已吗?故神农说:“上品之药荣养生命,中品之药陶养性情”，确然知道性命之理，是以服药养生之法而得以实现。而世俗之人皆不明养生之理，只知食用五谷，耽溺声色，目迷于丝帛之美，耳惑于淫邪之乐。滋味煎熬其腑脏，美酒蒸煮其肠胃。芳香腐蚀其骨髓，喜怒违逆其元气。思虑销磨其精神，哀乐损害其性情。

以微小之躯，攻之者并非一端，易于枯竭之身，而外内受敌，人无木石坚硬，生命岂能长久不摧？其任性纵情者，饮食而无节制，以生百病；好色而无满足，以致元气乏绝；风寒所害，百毒所伤，中年夭折于众难，世人皆笑其不善养生，悲其短命，认为不善于摄养生命。至于自我生活违背养生之理，生命消亡始于微弱，积累微弱而成亏损，积累亏损而成衰败，从衰败而得苍白，从苍白而得老朽，从老朽而至寿终，糊糊涂涂而不知生死由来。中智以下之人，认为生死出于自然。纵使稍有觉悟者，皆为当初耽溺酒食声色而悔恨，却不知未显祸害之先而戒除一切嗜好之物。此如桓侯患将死之疾，而激怒于扁鹊先见之明，以为疼痛之日，即发病之始。祸害形成于轻微之时而求救于严重之际，故医治而无功。历观常人不明养生之理，故有长短不定之寿。仰观天文，俯察地理，人间万物莫不如此。皆以常人多有得寿而自我验证，以彼此生死相同而自我安慰，以为天地演变之理，尽在于此而已。纵使听说有养生之事，则以主观所见加以推断，认为其实不然。其次则多有怀疑，虽稍愿养生，不知所由途径。其次，勉强服药，半年一年，努力而未得效验，意志以厌倦而衰退，中途而废止。其中有人服食丹药，如细流漫溢田渠须缓缓而行，而急求长生如海水泄出尾闾，愿朝夕即成，因而坐等显著之效。有人抑制俗世情欲，割弃荣禄愿望，而嗜好之物常在耳目之前，长生之效仅在数十年之后，又恐两者皆失，内怀犹豫，心情矛盾于内，物欲诱惑于外，目前物欲嗜好之乐与未来服食长生之想，相互倾轧，此起彼伏，如此终归失败。

养生之事最为微妙，可以理念感知，难以目力见识，譬如豫章，生长七年以后方可发现。今以急躁竞求之心，步入淡泊平静之途，意欲速成而实则事功迟缓，希望近时有成而实则效应遥远，故不能坚持始终。常人既以未见效而不求，而求者又以不专心而中断。偏执一端者以不能兼顾其它而无所功效，追求法术者以邪门外道而自我沉溺。凡若此类，故意欲服药长生者万人无一能成。

善于养生者则不如此。清静虚无，沉默安泰，弃绝私心，摒除物欲。知俗名禄位损伤仁德，故轻视而不营求，绝非实有物欲而强自控制；识酒食声色侵害性情，故弃绝而不顾念，非有贪求而后压抑。外物以牵累心灵而不存于内，神气以淳朴清白而显明于外，旷然开朗无忧患，寂然宁静无思虑。又信守大道，涵养平和，和顺日增，浑然同一于自然真朴之境。然后以灵芝仙草蒸薰，以甘美神泉浸润，以初升朝阳晒干，以五弦之琴安抚，以达无为而自得，形体轻妙而心灵玄远，忘俗世之欢而后真朴之乐足，遗现实之生而后长寿之身存。如此以往，可与羡门比寿，与王乔争年，千年之寿为何不成呢？

（陈复兴译注并修订）

运命论一首

李萧远

题解

作者李康资料甚少。李善注引《集林》:"李康,字萧远,中山人也。性介立,不能和俗。著《游山九吟》,魏明帝异其文,遂起家为寻阳长。政有美绩。病卒。"

汉魏六朝言命者多矣。王充引《左传》申三命之说:"《传》曰:'说命有三:一曰正命,二曰随命,三曰遭命。'"所谓正命,"不假操行以求福,而吉自至。"所谓随命,"戮力操行而吉福至,纵情施欲而凶祸到。"所谓遭命,"行善得恶,非所冀望"(见《论衡·命义》)。遭命则属定命,即一切皆由命中注定。王充持定命论。《论衡》的《逢遇》、《累害》、《命义》诸篇,反复论述定命之说。《逢遇篇》云:"贤不贤,才也;遇不遇,时也。才高行洁,不可保以必尊贵;能薄操浊,不可保以必卑贱。"《命义篇》云:"修身正行,不能来福;战栗戒慎,不能避祸。"甚至说:"凡人有生死寿夭之命,亦有富贵贫贱之命。命当贫贱,虽富贵之,犹涉患祸,失其富贵;命当富贵,虽贫贱之,犹逢福善,离其贫贱。"(李善注引《论衡》)李萧远的《运命论》,刘孝标的《辩命论》,皆原王充之说,言命有主宰。

《运命论》洋洋数千言,在《文选》中数长篇之一。然长而不拖,"欲稍加删节,亦不可得。"(骆鸿凯《文选学》)钱钟书先生亦称其"波澜壮阔,足以左挹迁(司马迁)袖,右拍愈(韩愈)肩,于魏晋间文,别具机调。李氏存作,无他完篇,物好恨少矣。"(《管锥编·全三国文卷四三》)

全文可分三大部分。第一部分:起始至“不亦过乎!”纵论运、命、时。“夫治乱,运也;穷达,命也;贵贱,时也。”这是全文的总纲,更是第一部分的总纲。运谓国家兴衰,命谓人生显晦。二者密不可分。因为“运之将隆,必生圣明之君”;“圣明之君,必有忠贤之臣。”明君遇贤臣,国运兴;贤臣逢明君,身名显;而君臣相遇,皆在其时。运、命、时构成一线,贯穿全篇。立论之后,从正反两个方面,列举大量史例,证明立论的正确。运兴无可阻,运衰无以救;孔子至圣,“不一获其主”,子思“希圣备体”未至,而“势动人主”。为何?“治乱,运也;穷达,命也;贫贱,时也。”

第二部分:自“然则圣人所以为圣”至“不惧石显之绞缢于后也。”圣人与小人对命运的不同态度。“圣人乐天知命”,“遂志成名”。故“遇而不怨,居而不疑”;“身可抑,运不可屈”;“位可排,名不可夺”。明知前车之鉴,为保持节操宁可重蹈覆辙。苟合之士,则“俯仰尊贵之颜,逶迤势力之间;意无是非,赞之如流;言无可否,应之如响。”“势之所集,从之如归市;势之所去,弃之如脱遗。”“以窥看为精神,以向背为变通。”一副市侩嘴脸!“衣服”、“车徒”、“货贿”、“声色”,“脉脉然自以为得矣”,等待他们的或许是飞廉、恶来、无忌、张汤、石显之下场。

第三部分:自“故夫达者之筭也”至结尾,引申第二部分,畅论圣人立德,遗福子孙。立德乃主观修养,故立德不“必须贵”,不“必须势”,不“必须富”。要重名节,轻利禄,以守“王者”、“仕者”、“君子”之分。

李康言命,虽似老庄,但又与老庄不同。钱钟书将刘峻的《辩命论》与李康的《运命论》加以比较后说:“李言‘处穷达’如一,故虽‘前鉴不远’,而‘志士仁人犹蹈之而弗悔,操之而勿失’;刘亦言‘明其无可奈何,识其不由智力,而‘善人为善焉有怨哉?……非有求而为。不计利钝,故不易操守,不为趋避。”这种“无怨尤之平心安‘命’,非无作为之委心任‘命’。”李、刘虽言“天命”,但强调“尽其在己，而非全听诸天。”钱先生之论，的然。文章处处言命，然其主旨不在谈命，而是借题发挥，抨击官场、世情的种种丑恶。李康“性介立，不能和俗。”一个正直的人，与“希世苟合之士，蘧蒢戚施之人”怎么合俗？一个欲大有作为的人，与“木秀于林，风必摧之；堆出于岸，流必湍之；行高于人，众必非之”的庸人吃香、能人遭毁的现实怎么合俗？故文章处处有愤激之词。

文章引《诗》《书》与孔孟之言论“运命”，而孔孟与儒家经典又常常自相矛盾。孔子说：“道之将行也与，命也；道之将废也与，命也。公伯寮其如命何？”孟子说：“求之有道，得之有命。”皆主张命运主宰一切。《诗经》却说：“自求多福”，“自贻伊戚”，《易经》亦说：“积善余庆，积不善余殃。”言祸福自取，非命主宰。盖得意走运之人皆信“天有公道”；而失意寂寞之士则痛斥“天道难凭”。

原文

夫治乱，运也[1]；穷达，命也[2]；贵贱，时也[3]。故运之将隆[4]，必生圣明之君。圣明之君，必有忠贤之臣[5]。其所以相遇也，不求而自合[6]；其所以相亲也，不介而自亲[7]。唱之而必和[8]，谋之而必从[9]，道德玄同[10]，曲折合符[11]，得失不能疑其志，谗构不能离其交[12]，然后得成功也[13]。其所以得然者，岂徒人事哉[14]？授之者天也[15]，告之者神也[16]，成之者运也[17]。

夫黄河清而圣人生[18]，里社鸣而圣人出[19]，群龙见而圣人用[20]。故伊尹，有莘氏之媵臣也，而阿衡于商[21]。太公，渭滨之贱老也，而尚父于周[22]。百里奚在虞而虞亡，在秦而秦霸，非不才于虞而才于秦也[23]。张良受黄石之符[24]，诵《三略》之说[25]，以游于群雄[26]，其言也，如以水投石，莫之受也[27]；及其遭汉祖[28]，其言也，如以石投水，莫之逆也[29]。非张良之拙说于陈项[30],而巧言于沛公也[31]。然则张良之言一也[32],不识其所以合离[33]。合离之由,神明之道也[34]。故彼四贤者[35],名载于箓图[36],事应乎天人[37],其可格之贤愚哉[38]?孔子曰:“清明在躬,气志如神[39]。嗜欲将至,有开必先[40]。天降时雨,山川出云[41]。”《诗》云:“惟岳降神[42],生甫及申[43];惟申及甫,惟周之翰[44]。”运命之谓也[45]。岂惟兴主[46],乱亡者亦如之焉[47]。幽王之惑褒女也,袄始于夏庭[48]。曹伯阳之获公孙强也,徵发于社宫[49]。叔孙豹之昵竖牛也,祸成于庚宗[50]。吉凶成败,各以数至[51]。咸皆不求而自合,不介而自亲矣。

昔者,圣人受命《河》《洛》曰[52]:以文命者,七九而衰[53],以武兴者,六八而谋[54]。及成王定鼎于郏鄏[55],卜世三十[56],卜年七百,天所命也[57]。故自幽厉之间[58],周道大坏[59],二霸之后[60],礼乐陵迟[61]。文薄之弊[62],渐于灵景[63];辩诈之伪[64],成于七国[65]。酷烈之极,积于亡秦[66];文章之贵,弃于汉祖[67]。虽仲尼至圣[68],颜冉大贤[69],揖让于规矩之内[70],訚訚于洙、泗之上[71],不能遏其端[72];孟轲、孙卿体二希圣[73],从容正道[74],不能维其末[75],天下卒至于溺而不可援[76]。夫以仲尼之才也,而器不周于鲁卫[77];以仲尼之辩也,而言不行于定哀[78];以仲尼之谦也,而见忌于子西[79];以仲尼之仁也,而取雠于桓魋[80];以仲尼之智也,而屈厄于陈蔡[81];以仲尼之行也[82],而招毁于叔孙。夫道足以济天下[83],而不得贵于人[84];言足以经万世[85],而不见信于时[86];行足以应神明[87],而不能弥纶于俗[88];应聘七十国,而不一获其主[89];驱骤于蛮夏之域[90],屈辱于公卿之门[91],其不遇也如此[92]。及其孙子思[93]，希圣备体[94]，而未之至，封己养高[95]，势动人主[96]。其所游历诸侯[97]，莫不结驷而造门[98]；虽造门犹有不得宾者焉。其徒子夏[99]，升堂而未入于室者也[100]。退老于家，魏文侯师之[101]，西河之人肃然归德[102]，比之于夫子而莫敢间其言[103]。故曰：治乱，运也；穷达，命也；贵贱，时也。而后之君子[104]，区区于一主，叹息于一朝[105]。屈原以之沉湘[106]，贾谊以之发愤[107]，不亦过乎[108]！

然则圣人所以为圣者，盖在乎乐天知命矣[109]。故遇之而不怨，居之而不疑也[110]。其身可抑[111]，而道不可屈[112]；其位可排[113]，而名不可夺[114]。譬如水也，通之斯为川焉[115]，塞之斯为渊焉[116]，升之于云则雨施，沈之于地则土润[117]。体清以洗物[118]，不乱于浊[119]，受浊以济物[120]，不伤于清[121]。是以圣人处穷达如一也[122]。夫忠直之迕于主[123]，独立之负于俗[124]，理势然也[125]。故木秀于林，风必摧之[126]，堆出于岸，流必湍之[127]；行高于人，众必非之[128]。前监不远[129]，覆车继轨[130]。然而志士仁人，犹蹈之而弗悔[131]，操之而弗失[132]，何哉？将以遂志而成名也[133]。求遂其志，而冒风波于险涂[134]；求成其名，而历谤议于当时[135]。彼所以处之，盖有筭矣[136]。子夏曰："死生有命，富贵在天[137]。"故道之将行也[138]，命之将贵也[139]，则伊尹、吕尚之兴于商周[140]，百里、子房之用于秦汉[141]，不求而自得，不徼而自遇矣[142]。道之将废也[143]，命之将贱也[144]，岂独君子耻之而弗为乎？盖亦知为之而弗得矣[145]。

凡希世苟合之士[146]，蘧蒢戚施之人[147]，俛仰尊贵之颜[148]，逶迤势力之间[149]，意无是非，赞之如流[150]；言无可否,应之如响[151]。以窥看为精神[152],以向背为变通[153]。势之所集,从之如归市[154];势之所去,弃之如脱遗[155]。其言曰[156]:"名与身孰亲也?[157]得与失孰贤也[158]?荣与辱孰珍也[159]?"故遂絜其衣服[160],矜其车徒[161],冒其货贿[162],淫其声色[163],脉脉然自以为得矣[164]。盖见龙逢比干之亡其身[165],而不惟飞廉、恶来之灭其族也[166]。盖知伍子胥之属镂于吴[167],而不戒费无忌之诛夷于楚也[168]。盖讥汲黯之白首于主爵[169],而不惩张汤牛车之祸也[170]。盖笑萧望之跋踬于前[171],而不惧石显之绞缢于后也[172]。

故夫达者之筭也[173],亦各有尽矣[174]。曰:凡人之所以奔竞于富贵[175],何为者哉[176]?若夫立德,必须贵乎[177]?则幽厉之为天子[178],不如仲尼之为陪臣也[179]。必须势乎?则王莽董贤之为三公[180],不如扬雄仲舒之阒其门也[181]。必须富乎?则齐景之千驷[182],不如颜回原宪之约其身也[183]。其为实乎[184]?则执杓而饮河者,不过满腹[185];弃室而洒雨者,不过濡身[186];过此以往[187],弗能受也[188]。其为名乎[189]?则善恶书于史册,毁誉流于千载[190];赏罚悬于天道[191],吉凶灼乎鬼神[192],固可畏也。将以娱耳目、乐心意乎[193]?譬命驾而游五都之市[194],则天下之货毕陈矣[195]。褰裳而涉汶阳之丘[196],则天下之稼如云矣[197]。椎纷而守敖庾、海陵之仓[198],则山坻之积在前矣[199]。扱衽而登钟山、蓝田之上[200],则夜光玙璠之珍可观矣[201]。夫如是也[202],为物甚众[203],为己甚寡[204],不爱其身,而啬其神[205],风惊尘起,散而不止[206]。六疾待其前[207],五刑随其后[208]。利害生其左,攻夺出其右[209],而自以为见身名之亲疏[210],分荣辱之客主哉[211]。天地之大德曰生[212]，圣人之大宝曰位[213]，何以守位曰仁[214]，何以正人曰义[215]。故古之王者，盖以一人治天下，不以天下奉一人也[216]。古之仕者[217]，盖以官行其义[218]，不以利冒其官也[219]。古之君子，盖耻得之而弗能治也，不耻能治而弗得也[220]。原乎天人之性[221]，核乎邪正之分[222]，权乎祸福之门[223]，终乎荣辱之筭[224]，其昭然矣[225]。故君子舍彼取此[226]。若夫出处不违其时[227]，默语不失其人[228]，天动星回而辰极犹居其所[229]，玑旋轮转[230]，而衡轴犹执其中。既明且哲，以保其身[231]，贻厥孙谋[232]，以燕翼子者，昔吾先友[233]，尝从事于斯矣[234]。

注释

〔1〕运:命运。治:政治清明,社会安定。　乱:与“治”相反。

〔2〕穷达:困厄与显达。班叔皮《王命论》:“穷达有命,吉凶由人。”命:天命。

〔3〕贵:位尊。　贱:位卑。　时:时机。李善注引《庄子》:“北海若曰:贵贱有时,未可以为常也。”贵贱主要指个人地位高低;穷达,主要指个人仕途上的穷通;治乱则指国家安定与动乱。骆鸿凯《文选学》:“运,谓国家盛衰之运;命,即人生所值之显晦也。”

〔4〕隆:兴隆。

〔5〕忠贤:忠实,品德好而有才能。

〔6〕自合:自然到一起。

〔7〕相亲:互相亲近。　介:介绍。

〔8〕唱和:此唱彼和,互相呼应。

〔9〕谋:计议。

〔10〕玄同:默契。

〔11〕合符:彼此相合,与“玄同”意近。李善引《论语·比考谶》:“君子上达,与天合符。”

〔12〕谗构:谗间,用谗言离间他人。

〔13〕得:能。

〔14〕岂徒:岂止。　人事:人力。《六韬·农器》:“战攻守御之具,尽在于人事。”

〔15〕天:指天命。

〔16〕告:“上敕下曰告。告,觉也。使觉悟知己意也。”(《经籍籑诂》)

〔17〕成:成功。　运:命运。既指人的命运,又指国的命运。宿命论者认为人的遭遇或国的兴亡、盛衰都是注定的。上言事情的最后结果有天的力量,神的力量,运的力量,起决定性作用的是“运”的力量。

〔18〕黄河清圣人生:迷信的说法。李善注引《易乾凿度》:“圣人受命,瑞应(祥兆)先见于河(黄河),河水先清,清变白,白变赤,赤变黑,黑变黄,各三日。”

〔19〕里社鸣圣人出:迷信说法。李善注引《春秋·潜潭巴》:“里社明(鸣),此里有圣人出。其呴(吼,号令之意),百姓归,天辟(天子)亡。宋均曰:“里社之君鸣,则教令行,教令明,惟圣人能之也。呴,鸣之怒者。圣人怒则天辟亡矣。汤起放桀时,盖此祥也。”里社,古代里中祀土地神之处。里社鸣,指里社有人鸣,鸣之者即带头起事者,亦即圣人。

〔20〕群龙见圣人用:李善注引《易·乾》:“见群龙无首,吉。”意看见许多龙,而没有龙王,是有利的。圣人,指未来的天子,即群龙之首。用,发挥作用,指成帝王。

〔21〕伊尹:商初大臣。传说奴隶出身,原为有莘氏女的陪嫁之臣,汤用为大臣,后来任以国政。　媵(yìng硬):陪嫁。　阿衡:古代官名,是说它是天下所倚平。《书》疏:“伊尹,汤倚而取平,故以为官名。”此用如动词。一说,伊尹号。

〔22〕太公:姜太公。字子牙,西周初年为师(武官名),又称师尚父、吕望。　渭:渭河。黄河主要支流之一。原出甘肃渭源县西北鸟鼠山,东南流至清水县,入陕西省境,横穿渭河平原,东流至潼关,入黄河。　贱老:地位卑下的老人。　尚父:周武王称吕尚为尚父,意为可尊尚的父辈。此用太公钓鱼之典。李善注引《史记》:“太公望,以渔钓干(求官)周西伯(文王)。《六韬》曰:文王卜田(畋,打猎),史扁(人名)为卜曰:于渭之阳,将大得焉。非熊非罴,非虎非狼,兆得公侯,天遗汝师。王乃斋戒三日,田于渭阳,卒见吕尚坐茅以渔。”又引《毛诗·大雅》:“惟师尚父,时维鹰扬。谅彼武王,肆伐大商。”意为:三军统帅师尚父,好像雄鹰在飞扬。协助武王率军队,指挥义师击殷商。

〔23〕百里奚:春秋时秦国大夫。原为虞国大夫,虞亡时被晋俘去,作为陪嫁

之臣送入秦国。后出走到楚，为楚人所执，又被秦穆公以五张牡黑羊皮赎回，用为大夫，称五羖大夫。与蹇叔、由余等共同帮助穆公建立了霸业。李善注引《吕氏春秋》："百里奚处乎虞而虞亡，处乎秦而秦霸。百里奚之处乎虞，知（智）非遇（不遇）也。其处于秦，（智）非加益也，有其本也。其本也者，定分（命运）之谓也。"

〔24〕张良：汉初大臣，字子房。祖先五代相韩，为韩贵族。秦灭韩后，他阴谋恢复韩国，结交刺客，在博浪沙狙击秦始皇未中。传说他逃至下邳时，遇黄石公，得《太公兵法》。秦末农民战争中，聚众归刘邦，不久游说项梁立韩贵族成为韩王，任韩王司徒。后韩王成为项羽所杀，复归刘邦，为重要谋士。楚汉战争期间，提出不立六国后代，联结英布、彭越、韩信等策略，又主张追击项羽，彻底歼灭楚军，为刘邦所采纳。刘邦赞为"运筹帷幄之中，决胜千里之外。"李善注引《黄石公记序》："黄石者，神人也。有《上略》、《中略》、《下略》（兵书）。"又引《河图》："黄石公谓张良曰：读此，为刘帝师。"

〔25〕三略：即《太公兵法》，分上中下《三略》。黄石之符，指《三略》。

〔26〕游：游说。

〔27〕受：接受，容纳。

〔28〕汉祖：汉高祖刘邦。

〔29〕逆：不接受，与"受"相反。李善注引《汉书》："张良以兵法说沛公，沛公喜，常用其策。为它人言，皆不省。"日本推古天皇在世时（593～627）圣德太子在《宪法十七条》中写道："有财之讼如石投水，乏者之讼如水投石。"显然受《运命论》句法影响。

〔30〕陈项：陈涉、项羽。李善注："《汉书》张良无说陈涉。今此言之，未详其本也。"

〔31〕沛公：刘邦。

〔32〕一：合，与"离"相对。

〔33〕合离：谓合与离，指斗争策略。《战国策·韩策》："今天下散而事秦，则韩最轻矣，今天下合而离秦，则韩最弱矣，合离之相续，则韩最先危矣。"

〔34〕神明：神圣。

〔35〕四贤：指伊尹、太公、百里奚、张良。

〔36〕箓（lù 录）图：史籍。

〔37〕天人：天人之际，即天道人事的相互关系。

〔38〕格:度量,衡量。

〔39〕清明在躬,气志如神:《礼记》郑注:“清明在躬,气志如神,谓圣人也。”孔疏:“清明,至德也。清明在躬者,清谓清静,明谓显著,言圣人清静光明之德在于躬身。气志如神者,气志变化微妙如神,谓文武也。”

〔40〕嗜欲将至,有开必先:郑注:“嗜欲将至,谓其王天下之期将至也。神有以开之,必先为之生贤智之辅佐。”孔疏:“嗜欲,谓王位也。王位是圣人所贪,故云。……有开必先者,言圣人欲王天下,有神开道,必先豫为生贤智之辅佐。”

〔41〕天降时雨,山川出云:孔疏:“天降时雨,山川出云者,此譬其事(指嗜欲将至)犹如天降时雨,山川先为之出云。言文武将至之时,豫生贤佐。”张铣注:“天之将雨,必先出云,君臣相感亦如此。”“清明在躬”六句,语出《礼记》。

〔42〕岳:指中岳嵩山。

〔43〕申:申伯。　甫:甫侯中山甫。

〔44〕周:指周王朝。　翰:干,骨干。李善注:“言周道将兴,五岳为之生佐,中山甫及申伯,为周之干臣也。”“惟岳降神”四句,语出《诗·大雅·崧高》。

〔45〕运命:命运。

〔46〕兴主:兴国之君。指开国皇帝。

〔47〕乱亡:谓亡国之君。

〔48〕幽王:周幽王,西周亡国之君。周宣王之子。公元前781至前771年在位。残酷剥削人民,再加严重地震灾害,百姓流离失所。又宠爱褒姒,废掉申后和太子宜臼。申侯联合犬戎等攻周,他被杀于骊山之下。西周灭亡。褒姒(bāosì包四):周幽王宠妃。褒国人,姓姒。周幽王三年褒国将她进献给周,为幽王所宠,继被立为后。幽王被杀,褒姒被俘。褒姒惑幽王,史诸多传说。李善注引《史记》:“昔夏后氏之衰也,有神龙二,止于夏帝之庭而言曰:余褒之二君也。夏帝卜(占卜):杀之与去之与止之,莫吉。卜请其漦(龙所吐涎沫)而藏之,乃吉。于是布币(陈币帛向殡,祓除不吉)而策告之,龙亡而漦在。夏氏乃椟(匣装)而去之。比三代,莫之敢发。至厉王之末,发而观之。漦流于庭,不可除。厉王使妇人裸而噪(喧吵)之。漦化为玄鼋,以入王后宫。后宫童妾,既龀(指七岁换齿之年)遭之,既笄(成年女子)而孕,无夫而生一女子,惧而弃之。宣王之时,童谣:檿弧(桑木弓)箕服(箕木矢服),实亡周国,于是宣王闻之。有夫妇卖是器者,宣王使执而戮之。逃于道,而见向者后宫童妾所弃妖子出于路

者，闻其夜啼，哀而收之。夫妇遂亡奔于褒。褒人有罪，请入童妾所弃女子者于王，以赎罪。弃女子出于褒，是为褒姒。幽王废申后，立褒姒为后。后父申侯怒攻幽王，遂杀幽王骊山下。”幽王惑褒女，祆始于夏庭，即指此。祆，同“妖”。

〔49〕曹伯阳：曹阳。春秋曹公，悼公之孙，公元前502至前487年在位。公孙强：人名。 徵：征兆。 社宫：古帝王诸侯社祭之所。李善注引《左传》：“初，曹（曹国，封国）人或梦众君子立于社宫，而谋亡曹。曹叔振铎，请待（等候）公孙强。（众君子）许之，旦而求之曹，无之。（梦者）戒其子曰：‘我死，尔闻公孙强为政，必去之。’及曹伯阳即位，好畋弋（射猎）。曹鄙人公孙强好弋，且言畋弋之说，悦之。因访政事，说于曹伯，（伯）从之。乃背晋而奸（侵犯）宋，宋人伐之，执曹伯阳以归，杀之。”

〔50〕叔孙豹：春秋时鲁大夫。谥穆子，又称穆叔。 昵：亲近，此指宠信。竖牛：春秋时鲁人，竖为官名。 庚宗：鲁地，今山东泗水县东。据《左传·昭公四年》载：穆子离开公孙氏，至庚宗，与一妇人私通。后来鲁国人召他回去，与之私通的妇人献上一只野鸡。穆子问妇人别后情况，妇人说我儿子牛已长大了。穆子召见，并委以竖官，倍加宠爱。牛长大，令其主持家务。穆子出外打猎，突患重病，竖牛趁机欲霸占家产，阴谋害死穆叔二子。此时穆叔欲除掉竖牛已不可能。有人给穆叔送饭，竖牛偷偷倒掉，不给穆子吃，竟至病饿而死。

〔51〕数：历数，即天道。

〔52〕河洛：《河图》、《洛书》的简称。《易·系辞上》：“河出图，洛出书。”古代儒家迷信传说，谓伏羲氏时，有龙马从黄河出现，背负《河图》；有神龟从洛水出现，背负《洛书》。二书皆为“天授神物”。孔安国认为《河图》即“八卦”；《洛书》即“洪范九畴”（《尚书·洪范》）。

〔53〕文：文谓文德，即周文王。 命：受天命，指得天下。 七九：指七代、九代。

〔54〕武：谓武功，即周武王。 六八：六代、八代。李善注：“言以文德受命者，或七世、九世而渐衰微；以武功兴起者，或六世、八世而谋也。”李周翰又一说，注谓：“河图洛书圣人将兴之应也。文王受命九十七而终，武王伐纣之时年八十六。衰，谓文王没也；谋，谓武王谋伐纣也。九十七当言九七而言七九；八十六当言八六而言六八，盖言之倒。”

〔55〕成王：周成王姬诵，公元前1042年至前1021年在位。 定鼎：夏禹铸九鼎，历商至周，并为传国重器。王都所在即鼎之所在。后人沿用为定都之称。

郏鄏(jiá rǔ 夹辱):《左传》杜预注:“郏鄏,今河南,武王迁之,成王定之。”

〔56〕卜世:用占卜预测传国的世数。

〔57〕卜年:以占卜预测享国的年数。天所命:天所授之寿命。李善注引《左传》:“其世之多少,年之短长,皆天所命也。七九、六八,即卜世数也。”

〔58〕幽:周幽王,西周末代之君,公元前781年至前771年在位。　厉:周厉王,公元前877年至前842年在位。

〔59〕周道:周王朝的治国之道。

〔60〕二霸:指齐桓公、晋文公。

〔61〕陵迟:衰颓。李善注引《毛诗序》:“礼义陵迟,男女淫奔也。”

〔62〕文薄:礼乐教化之风淡薄。

〔63〕渐(jiān 尖):浸染。　灵:周灵王,公元前571年至前545年在位。景:周景王,灵王之子,公元前544年至前520年在位。

〔64〕辩诈:谓言语诡诈,指战国纵横家之言。　伪:虚假。

〔65〕七国:指齐、楚、燕、韩、赵、魏、秦。

〔66〕酷烈:残暴。李善注引《解嘲》:“《吕刑》靡弊,秦法酷烈也。”

〔67〕文章:礼乐法度。《诗·大雅·荡序》:“厉王无道,天下荡荡,无纲纪文章。”　汉祖:指汉高祖刘邦。李善注引《汉书》:“陆贾为太中大夫,贾时上前说称《诗》、《书》,高帝骂之曰:乃公(对人自称的傲慢语)以马上得之(天下),安事《诗》、《书》也?”又引仲长子《昌言》:“汉祖轻文学而简礼义。”

〔68〕仲尼:孔丘,字仲尼。　至圣:最高的圣人。

〔69〕颜、冉:颜回与冉雍。皆孔子之高足,以德行著称。李善注冉为“冉求”。胡绍煐《昭明文选笺证》订正说:“注善曰:《家语》曰:冉求,字子有。按颜冉并称当为冉雍。《家语》冉雍,字仲弓,以德行著名。《论语》德行以仲弓与颜回同列,可证非冉有也。”

〔70〕揖让:古代宾主相见的礼节。　规矩:指礼法。

〔71〕訚訚(yín 银):和悦而又直言的样子。　洙、泗(zhū sì 朱四):古二水名。洙水,源出山东新泰东北,西流至泰安东南,折西南至泗水县北与泗水合流,西至曲阜城东北又与泗水分流,西经兖州至济宁合洸水,折南注入泗水。刘良注:“洙泗,二水名,孔子讲道之所也。”

〔72〕遏:止。　其端:指轻文章简礼义的苗头。李善注引《新论》:“遏绝其端,其命在天。”

〔73〕孟轲、孙卿:孟子和荀子。　体二:张铣注:“孟、孙二子,体法颜、冉。”二,指颜冉。　希圣:张铣注:“望孔子之道,故云希圣。”圣,指孔子。　李善注引《法言》:“晞(同希,望也)骥之马,亦骥之乘(一车四马为一乘);晞颜(颜回)之人,亦颜之徒也。颜尝晞夫子矣。”

〔74〕从容正道:从容中道,即从容不迫而合道。李善注引《礼含文嘉》:“从容中道,阴阳度行也。”

〔75〕维:系。　末:完结,末世。张铣注:“当衰弊之世,虽体望圣贤之义,不能缀系其末也。”

〔76〕卒:终。　溺:淹没。　援:救。李善注引《孟子》:“天下溺,则援之以道。”刘良注:“溺,渭大道沈溺也。”

〔77〕器:本领,度量。　周:合。屈原《离骚》:“虽不周于今之人兮,愿依彭咸之遗则。”　鲁、卫:春秋时鲁国和卫国。李善注引《史记》:“鲁定公以孔子为司寇,季桓子(定公九年至哀公五年执鲁政)受齐女乐(古代女子乐队),不听政,孔子遂行。适卫,卫灵公置粟六万(俸禄),居顷之,或谮孔子于灵公。孔子恐获罪,去卫也。”孔子“器而不周于鲁卫”指此。

〔78〕辩:口才,辩才。　定:指鲁定公,春秋时鲁国国君,姬姓,名宋,公元前509年至前495年在位。　哀:指鲁哀公姬蒋,定公之子,公元前495年至前468年在位。

〔79〕谦:谦逊。　子西:楚臣。李善注引《史记》:“楚昭王兴师迎孔子,将以书社(户口册)地七百里封孔子。楚令尹子西曰:王之使(使臣)使诸侯有如子贡者乎?曰:无有。王之将帅有如子路者乎?曰:无有。王之官尹(长官)有如宰予(孔子弟子)者乎?曰:无有。且楚之祖封于周,为子男(子爵与男爵诸侯)五十里。今孔子述三王之法,明周召(周公、召公)之业,王若用之,则楚国安得世世土方数千里乎?文王在丰,武王在镐,卒王天下。今孔丘得据土壤,贤弟子为佐,非楚之福也。昭王乃止。”仲尼“见忌于子西”即指此。

〔80〕雠(chóu 仇):同“仇”。　桓魋(tuí 颓):春秋宋国大夫,向姓,即向魋,因是桓族,故称桓魋。《史记·孔子世家》:“孔子去曹适宋,与弟子习礼大树下,宋司马桓魋欲杀孔子,拔其树,孔子去。弟子曰:可以速矣。孔子曰:天生德于予,桓魋其如予何!”“仲尼取雠桓魋”即指此。

〔81〕屈厄:委曲困迫。李善注引《家语》:“楚昭王聘孔子,孔子往拜礼焉。路出乎陈、蔡。陈、蔡大夫相与谋曰:孔子贤圣,其刺讥(讽刺)皆中诸侯之病。

若用于楚,则陈、蔡危矣。遂使徒兵(步兵)距(拒)孔子。孔子不得行,绝粮七日,外无所通,藜(野菜)羹不充。”“仲尼屈厄陈、蔡”即指此。

〔82〕行:品行,指德行。李善注引《论语》:“叔孙武叔毁仲尼。子贡曰:无以为(无用)也。仲尼不可毁也。他人之贤者,丘陵也,犹可逾也;仲尼,日月也,无得而逾焉。人虽自绝(指自绝于仲尼)也,其何伤于日月乎?多见其不知量(不自量)也。”“仲尼招毁于叔孙”即指此。叔孙,鲁国大夫,名洲仇。

〔83〕道:指儒家之道。《汉书·艺文志·诸子略》:“儒家者流,……游文于六经之中,留意于仁义之际,祖述尧舜,宪章文武,宗师仲尼,以重其言,于道为最高。” 济:救助。

〔84〕贵:使之尊贵。

〔85〕经:经历。

〔86〕时:当代,与“万世”相对。

〔87〕应:感应。 神明:神灵。

〔88〕弥纶:统摄。《易·系辞上》:“易与天地准,故能弥纶天地之道。”

〔89〕不一获其主:不获其一主。李善注引《说苑》:“赵襄子谓子路曰:吾尝问孔子曰:先生事七十君,无明君乎?孔子不对。何谓贤也?”吕向注:“经历天下,应聘七十国君,竟不见用,是不得其主,而运不合也。”

〔90〕驱骤:奔走。 蛮:指蔡、楚。 夏:指宋、卫。

〔91〕公:指鲁侯,即鲁成公。 卿:指季氏(鲁公室之最强大者。)李善注引《列子》:“杨朱曰:孔子屈于季氏,见辱于阳虎(即阳货)也。”

〔92〕不遇:不遇赏识之主。

〔93〕子思:孔丘之孙,伯鱼之子,名伋。曾为鲁穆公师。著《子思》二十三篇。

〔94〕希圣:指希望达到圣人的境界。夏侯湛《闵子骞赞》:“圣既拟天,贤亦希圣。”希圣者亦圣之徒。 备体:具备至人之德。李善注引刘熙曰:“体以喻德也。”

〔95〕封己:壮大自己。封,厚。李善注引《国语》:“叔向曰:引党以封己。韦昭注:“封,厚也。” 养高:保养高尚志节。《三国志·魏志·高柔传》:“今公辅之臣,皆国之栋梁,民所具瞻,而置之三事,不使知政,遂各偃息养高,鲜有进纳。”

〔96〕人主:君主。

〔97〕游历:游览考察。

〔98〕结驷(sì 四):用四马并辔驾一车。《战国策·楚一》:“于是楚王游于云梦,结驷千乘,旌旗蔽日。” 造门:登门。造,到。

〔99〕子夏:卜商,字子夏,孔子弟子。长于文献,相传曾讲学于西河,序《诗》传《易》,为魏文侯师。

〔100〕升堂未入于室:比喻学习虽有成就,但尚未达到最高境界。升堂入室,比喻学习由浅入深由低到高的不同阶段。堂,正厅;室,内室。先进厅,后入室。《论语·先进》:“由(子路)也,升堂矣,未入于室也。”

〔101〕魏文侯:战国时魏国的建立者,名斯。公元前 445 年至前 396 年在位。

〔102〕西河:指战国魏地。今陕西东部黄河西岸地区。 归德:归服其德。

〔103〕夫子:指孔子。 间言:非议之言。李善注引《家语》:“卜子夏,孔子卒后,教于西河之上。魏文侯师事之,而咨问国政焉。”又引《礼记》:“曾子谓子夏曰:吾与汝事夫子于洙、泗之间,退而老于西河之上,使西河之人疑汝于夫子。”

〔104〕君子:指官长。《书·无逸》:“君子所其无逸。”孔《疏》引郑玄曰:“君子,止谓在官长者。”

〔105〕区区:诚挚。《古诗十九首》:“一心抱区区,惧君不识察。”

〔106〕沉湘:自投湘水,即投汨罗江。李善注引《楚辞》:“临沅湘之玄渊兮,遂自忍而沈流。”

〔107〕发愤:发泄愤懑。《史记·太史公自序》:“诗三百篇,大抵贤圣发愤之所为作也。”

〔108〕亦:加重语气。 过:过分。李善注引《汉书》:“天子以贾谊任公卿之位。绛、灌(周勃、灌婴)之属尽害之,乃毁谊。于是天子亦疏之,以谊为长沙王太傅。谊既以谪去,意不自得,及渡湘水,为赋以吊屈原。原,楚贤臣也,被谗,遂投江而死。谊追伤之,因以自喻。”

〔109〕乐天知命:安于天命而自乐。李善注引《周易》:“乐天知命,故不忧。”

〔110〕“故遇之”二句:李周翰注:“遇穷厄之时,其心不怨;居重任之地,其心不疑也。”

〔111〕抑:屈。

〔112〕道:指儒家之道。李善注引《汉书》:“孙宝曰:道不可诎(屈),身诎何伤。”

〔113〕位:位次。　排:排挤。《后汉书·冯衍传》:“李广奋节于匈奴,见排于卫青。”

〔114〕名:名声,名誉。　夺:丧失。

〔115〕川:河流。

〔116〕渊:深潭。李善注引《管子》:“水有大小,出之沟,流于大水及海者,命之曰川;出于地而不流,命曰渊水。”

〔117〕“升之于云”二句:李善注引《淮南子》:“夫水者,大不可极,深不可测,上天为雨露,下地为润泽。无公无私,水之德也。”雨施,下雨。

〔118〕体清:指水的本体是清净的。

〔119〕不乱于浊:不被浊物而搞乱,即弄脏。

〔120〕济物:救物,指洗物,

〔121〕不伤于清:不损伤其清。李善注引《晏子春秋》:“景公问晏子曰:廉正而长久,其行(品行)何也?晏子对曰:其行水也。美哉水乎清,其浊无不寀涂,其清无不洒除(洗掉),是以长久也。”又引《管子》:“夫水淖溺(柔和的样子)以清,好洒人之恶,仁也。”

〔122〕穷达如一:李善注引《吕氏春秋》:“古之得道者,穷亦乐,达亦乐,所乐非穷达也。道得于此,则穷达一也。”

〔123〕忠直:忠实正直。　迕(wǔ 五):犯。　主:君主。

〔124〕独立:不依靠他人而自立。《易·大过》:“君子以独立不惧。”负:背。

〔125〕势然:势必如此。

〔126〕秀:超出。　摧:毁坏。

〔127〕堆:土墩。　湍(tuān):急流之水,此用如动词,冲刷之意。李善注引《论衡》:“风冲(风口)之物,不得育(生长),水湍之岸,不得峭。”

〔128〕行:德行。　非:非议,非难。李善注引《史记》:“商君(鞅)说秦孝公曰:夫有高人之行者,固见(被)非于世。”

〔129〕前监:前车之鉴。监,通“鉴”。

〔130〕覆车继轨:紧跟着翻车。李善注引《毛诗》:“殷鉴不远。”又引《晏子春秋》:“前车覆,后车戒。”

〔131〕蹈之:指重蹈前人覆辙。　弗:不。

〔132〕操之:指坚守“忠直”、“独立”之节操。

〔133〕遂志:实现志向。李善注引《史记》:“司马迁曰:《诗》《书》隐约者,欲遂其志之思也。”又引班固《汉书》:“虽其陷于刑辟(杀头之罪),自与杀身成名也。”

〔134〕风波:风浪,风险。　涂:通“途”。李善注引《家语》:“不观巨海,何以知风波之患也。”

〔134〕历:经受。　谤议:毁谤,非议。嵇康《幽愤诗》:“欲寡其过,谤议沸腾。”

〔136〕处:对待。　筭(suàn 算):计谋。

〔137〕死生有命,富贵在天:定命论之言,即人之生死富贵皆由命中注定。《论语·颜渊》:“子夏曰:商(子夏)闻之矣:死生有命,富贵在天。”

〔138〕行:推行。李善注引《论语》:“道之将行也与,命也。”

〔139〕贵:地位显赫。

〔140〕吕尚:姜太公。

〔141〕百里:百里奚。

〔142〕徼(yāo 腰):通“邀”,求取。茶陵本作“邀”。李周翰注:“言道之将行,贵与命合。伊尹用于殷汤,吕望用于周文,百里奚用于秦穆公,张子房用于汉高祖也。”

〔143〕废:停止,与“行”相对。李善注引《论语·颜渊》:“道之将废也与,命也。”

〔144〕贱:地位低下,与“贵”相对。

〔145〕为之:指为政。吕向注:“道废命贱,岂独君子羞耻之而不为政乎,盖亦知为之而必不得也。”

〔146〕希世:迎合世俗。《庄子·让王》:“原宪笑曰:夫希世而行,比周而友,宪不忍为也。”

〔147〕蘧蒢(qú chú 渠除):谄佞之人。　戚施:驼背。比喻谄谀献媚之人。

〔148〕俛仰:低头抬头。俛,同“俯”。“俛仰尊贵之颜”,言看尊贵者颜色行事。《汉书·司马迁传》:“从容浮湛(沉),与时俯仰。”

〔149〕逶迤(wēi yí 威姨):曲折宛转的样子。李善注引《史记》:“苏秦嫂逶迤而谢曰:见季子位高金多也。”

〔150〕意:意见。　如流:如流水,形容不断。班彪《王命论》:“从谏如顺

流，趋时如响起。”李善注引《毛诗》：“巧言如流。”

〔151〕可否：可以不可以。　应：回应。　李善注引《史记》：“淳于髡曰：邹忌其应我，若响之应声也。”吕延济注：“贵人之意所为者，无是非好恶，皆顺而赞美之，其如流之顺也；贵人之言，无可否得失，而应对之如响之应声也。”

〔152〕窥看：窥测。指窥测盛衰之势。　精神：灵气，聪明。

〔153〕向背：依附和背离。　变通：灵活。李善注引《周易》：“变通者，趋时（随时势而转移）者也。”刘良注：“窥看盛衰，以为精神之明。盛者向而附之；衰者背而去之，以此为见变通之妙。”

〔154〕归市：拥向集市，形容踊跃。《孟子·梁惠王》：“从之者如归市。”

〔155〕脱遗：李周翰注：“如人脱屣（鞋）而遗之也。”

〔156〕其言：吕向注：“谓逐势力之人有言也。”

〔157〕孰：谁。

〔158〕贤：犹胜。李善注引《老子》：“名与身孰亲？得与亡孰病也？”

〔159〕珍：重，珍贵。

〔160〕絜（jié 洁）：修整。

〔161〕矜：夸耀。　车徒：指车马侍从。

〔162〕冒：贪。　货贿：货赂，泛指珍宝财富。

〔163〕淫：过度，此谓沉湎，沉迷。

〔164〕脉脉：凝视的样子。

〔165〕比干：殷纣王庶兄（一说叔伯父）。传说纣王淫乱，比干犯颜强谏，纣王怒，剖其心而死。与箕子、微子称殷之三仁。　龙逢：关龙逢。传说为夏代贤臣，夏桀无道，为酒池糟丘，关龙逢强谏，夏桀囚而杀之。龙逢、比干皆忠直强谏而死。

〔166〕惟：思，想。　飞廉、恶来：皆为殷纣王阿谀谄佞之臣，武王伐纣处死。李善注引《史记》：“中谲生蜚廉，蜚廉生恶来，父子俱以材力事殷纣。”又引《说苑》：“费仲、恶来革去鼻决目，崇侯虎顺纣之心，欲以合于意。武王伐纣，四子死牧之野。”飞，同“蜚”。李周翰注：“言其但见龙逢、比干忠谏而死，以为不如逐势变通以全其身，则不思飞廉、恶来之谄佞，竟以诛灭矣。族，谓家族皆诛也。”

〔167〕伍子胥：春秋时吴国大夫。　属镂：剑名。吴王夫差赐伍子胥属镂自刎。伍子胥原为楚国大夫伍奢次子。楚平王七年伍奢被杀，子胥经宋、郑等国

逃至吴。后帮助阖闾刺杀吴王僚，夺取王位，整军经武，国势日盛。不久攻破楚国，以功封于申。吴王夫差打败越国，越王求和，子胥谏阻，并劝王停止伐齐。王疏远胥，后又赐剑命其自杀。

〔168〕费无忌：即费无极。春秋时楚国大夫，好进谗言，诛杀忠良，后被昭王除掉，尽灭其族，谤乃止。吕向注："言邪佞之人，但知子胥忠死，以为不如谄佞以全，乃不戒慎无极谄媚必见杀也。"

〔169〕汲黯（àn 暗）：字长孺，武帝时为东海郡太守，后召为九卿，敢于面折廷诤，武帝表面敬重，内心厌恶。后出任淮阳太守，七年而卒。　主爵：主爵都尉，官名，汉置，掌管封爵之事。汲黯为东海太守，郡大治，召为主爵都尉。

〔170〕惩：戒止。张汤：汉武帝时拜太中大夫。治狱务深文刻酷，后拜御史大夫。李善注引《汉书》："上（皇上）以张汤为怀诈面欺，使使薄责汤，汤自杀。诸子欲厚葬，汤母曰：汤为天子大臣，被恶言而死，何厚葬为？载以牛车，有棺而无椁（外棺）。""牛车之祸"指此。

〔171〕萧望之：西汉大臣。宣帝时曾以儒家经典教授太子（元帝），历任大鸿胪、太傅等官。元帝即位尊儒，望之尤受尊重。后因得罪宦官弘恭、石显，受其排挤，被迫自杀。李善注引《汉书》："前将军萧望之及光禄大夫周堪建白（奏陈），以为宜罢中书宦官，应古不近刑人（阉人）。由是大与石显忤。后皆害焉。望之自杀。"　跋踬："跋前踬后"省语，比喻进退两难。

〔172〕绞缢（yì 义）：勒死，绞死。李善注引《汉书》："成帝立，丞相奏石显旧恶，免官，徙归故郡，忧懑不食，道病死。"言"绞缢"，误。

〔173〕达者：达观之人。筭（suàn 算）：计谋。

〔174〕尽：穷尽。

〔175〕奔竞：为名利而奔走竞争。《南史·颜延之传》："外示寡求，内怀奔竞。"

〔176〕何为：为何。

〔177〕立德：立圣人之德。《左传·襄公二十四年》："大上有立德，其次有立功，其次有立言，虽久不废，此之谓不朽。"

〔178〕幽：周幽王，西周末代君主。公元前 781 至前 771 年在位。　厉：周厉王，西周被逐之君。公元前 877 至前 842 年在位。幽厉皆为荒淫残暴之君。

〔179〕陪臣：诸侯之臣曰陪臣。

〔180〕王莽：字巨君。元帝皇后之侄。平帝立，年九岁，以莽为大司马，元后

以太皇太后临朝称制，委政于莽，号安国公。　董贤：字圣卿。汉哀帝时，贤以貌美，便嬖善柔而得宠幸，迁为光禄大夫。出则与帝同骖，入则与帝同卧，赏赐巨万，贵倾朝廷。

〔181〕扬雄：西汉辞赋家。李善注引扬雄《自序》："雄家代素贫，嗜酒，人希至其门。"　仲舒：董仲舒，西汉广川人。少治《春秋公羊传》。景帝时为博士，下帷讲读，三年不窥园。武帝时，以贤良好策称旨见重，拜江都相。李善注引《汉书》："董仲舒为博士，下帷讲诵，弟子传以文，次相受业，或莫见其面。"吕向注："王莽董贤，皆汉朝窃弄权势者也。扬（雄）董（仲舒）皆儒学才艺之士也。言其守静，其门阒然不喧杂也。"

〔182〕齐景：春秋齐国之君姜杵臼，公元前548年至前490年在位。　千驷：四千匹马。驷，古代一车套四马，因此称一车所驾之四马为驷。《论语·季氏》："齐景公有马千驷，死之日，民无德而称焉。伯夷、叔齐饿于首阳之下，民到于今称之。"

〔183〕颜回：即颜渊，孔子高足。李善注引《论语》："颜渊问仁。子曰：克己复礼为仁。"马融曰："克己，约身也。"　原宪：李善注引《家语》："原宪，宋人，字子思。清约守节，贫而乐道。"

〔184〕实：指财物。《礼·表记》："其君子尊仁畏义，耻费轻实。"

〔185〕"执杓饮河"句：李善注引桓谭《新论》："子贡对齐景公曰：臣事仲尼，譬如渴而操杯器，就江海饮，满腹而去，又焉知江海之深也。"

〔186〕弃室：舍弃屋室。　濡：湿。

〔187〕过此：除此。

〔188〕弗：不。吕延济注："人之为实理者，则执杓饮水于河中，则河水虽多，所饮不过满腹；弃室而沾洒于雨中，则雨水虽广，不过湿身而已。"

〔189〕名：名声。

〔190〕史册：史书。　毁誉：批评与赞誉。李善注引《淮南子》："三代之善，千岁之积誉也。桀、纣之恶，千载之积毁也。"

〔191〕悬：彰明。　天道：此指神的意志的体现。天道原指日月星辰等天体运行的现象和过程，这是不以人的意志为转移的自然现象。王充《论衡·谴告》："夫天道，自然也，无为。"

〔192〕灼：明。

〔193〕娱耳目，乐心意：赏心悦目。

〔194〕命驾:命人驾车,即动身之意。　五都:五大城市,历代所指不同。李善注引《汉书》:“王莽于五都立均官(太常属官),更名雒阳、邯郸、临淄、宛、成都市者,皆为五均司市师也。”　市:市场。

〔195〕毕:皆。　陈:陈列。

〔196〕褰(qiān 牵)裳:用手提起衣裳。《诗·郑风·褰裳》:“子惠思我,褰裳涉溱。”　汶(wèn 问)阳:春秋时鲁国之地。　丘:古代划分田地、区域的单位,此指田地。李善注引《公羊传》:“庄公会诸侯,盟于柯。曹子曰:愿请汶阳之田。”

〔197〕稼:庄稼。　如云:形容其多。

〔198〕椎紒(chuí jì 锤计):一撮之髻,形状如椎。紒,同“髻”。刘向《说苑·善说》:“西戎左衽而椎髻。”紒,五臣本作“髻”。李善注引《汉书》:“尉佗魋结。”又引服虔曰:“魋,音椎。今兵士椎头结。”椎紒,此当指椎紒守仓之兵士。敖庾:敖仓。秦代所建仓名,在河南荥阳县东北敖山上。山上有城,秦于其中置仓,因曰敖仓。《史记·项羽纪》:“汉军荥阳,筑甬道(两边有墙的通道)属(连)之河,以取敖仓粟。”　海陵:粮仓名。李善注引枚乘上书:“夫汉转粟西向,不如海陵之仓。”

〔199〕山坻(chí 池):山丘。坻,丘。

〔200〕扱衽(chā rèn 叉任):插起衣襟。扱,插。　钟山:昆仑山的别名。《淮南子·俶真》:“譬若钟山之玉,炊以炉炭,三日三夜而色泽不变。”兰田:山名,在陕西兰田县东,因出美玉,又名玉山。

〔201〕夜光:宝玉名,又称“夜光璧”。《后汉书·西域传》:“土多金银奇宝,有夜光璧、明月珠。”　玙璠(yú fán 鱼烦):两种美玉。

〔202〕如是:如此。

〔203〕为物:作为物。

〔204〕为己:为己所有。

〔205〕身:形体。　神:与形体相对。神附着于体,体不存则神散矣。

〔206〕风惊尘起,散而不止:比喻体亡神散。张铣注“如是”等句:“夫如是五都之货,汶阳稼,仓廪之积,珍宝之美,为众多也,而为己之所得者甚少,岂可为志且苟贪于荣禄贿货者乎?盖须益于生而利于人也。”李周翰注:“夫人立身之本在孝与忠,而行其道德,去其邪恶,是爱身也。其专务谄邪不义,则是不爱其身而爱其神也。且有身然后安神,既不爱其身,空爱其命(神),有如风惊尘

起,一散而尘不复止矣。”李善注:“风惊尘起,喻恶积而衅(仇隙)生。尘散而不止,喻衅生而不灭。”此不取善注。

〔207〕六疾:六种疾病。李善注引《左氏传》:“昭元年,晋侯求医于秦。秦使医和(人名)视之。和曰:是谓近女室(女色)。公(晋侯)曰:女不可近乎?对曰:天有六气,淫生六疾。六气曰:阴、阳、风、雨、晦(夜)、明(昼),过则为灾。阴淫,寒疾;阳淫,热疾;风淫,末疾(四肢的疾病);雨淫,腹疾;晦淫,惑疾(精神病);明淫,心疾。今君不节,能无及此乎?”六疾,此泛指各种疾病。

〔208〕五刑:古代以墨(脸刺字)、劓(割鼻)、剕(断足)、宫(阉割)、大辟(死刑)等五种刑法为五刑。

〔209〕攻夺:抢夺。

〔210〕身名之亲疏:指亲身疏名。

〔211〕荣辱客主:以荣为主,以辱为客。李善注:“言奔竞之伦,祸败若此,而乃尚自以为审见(看准)身名亲疏之理,妙分荣辱客主之义哉!言惑之甚也。”吕延济注:“言邪佞逐利之人,其利害攻劫夺取之事常在其左右,岂可自以为能见亲疏与别其客主哉!言非也。”

〔212〕生:指生长万物。

〔213〕大宝:最宝贵的事物。　位:指帝位。

〔214〕守位:守住帝位。　仁:仁德。

〔215〕正人:禁止人做坏事。李善注引《周易》:“天地之大德曰生,圣人之大宝曰位,何以守位曰仁,何以聚人(使人归附)曰财。理财正辞(端正法令制度)、禁人为非曰义。”

〔216〕奉:供养。　一人:指帝王。李善注引《淮南子》:“古之立帝王者,非以奉养其欲也,为天下掩众暴寡,故立天子以齐一之也。”

〔217〕仕者:做官的人。

〔218〕行:推行。　义:指君臣之义。李善注引《论语》:“君子之仕,行其义也。”

〔219〕冒:贪。

〔220〕得:指得官。

〔221〕原:推求。

〔222〕核:考核。　分:名分。李善注引《吕氏春秋》:“众正之所积,其福无不及;众邪之所积,其祸无不违(违疑为‘达’)。”

〔223〕权:权衡。 福祸之门:指致福致祸之门径。李善注引《管子》:“为善者有福,为不善者有祸。”

〔224〕荣辱:李善引《孟子》:“仁则荣,不仁则辱。”又引《孙卿子》:“先义后利者荣,先利后义者辱。”

〔225〕昭然:明显的样子。刘良注:“言自上至此论而筭之,则天人邪正祸福荣辱之事,皆昭然可以知也。”

〔226〕彼:指邪祸辱。 此:指正福荣。舍彼取此,谓舍欲利而取仁义。

〔227〕出处:出,指出来做官;处,指在家隐居。 时:时势,时机。

〔228〕默语:或言或不言。李善注引《周易》:“君子之道,或出或处,或默或语。”李周翰注:“邦有道则出而仕,邦无道则隐而处也,言必不违此时矣。道不合则不与之言,故曰默;道合则与之言,故曰语,不可失其知人之鉴也。”

〔229〕天动:天体运动。 星回:星体周转。 辰极:北极星,亦称北辰。李善注:“言君子之性,语默出处,虽从其时,而中心(心中)常不改其操,似天动星回,而北辰常居其所而不改也。”又引《论语》:“子曰:为政以德,譬如北辰,居其所而众星拱之。”

〔230〕玑旋:李善注引马融曰:“璇玑,浑天仪,可转旋。”玑旋,璇玑。 轮转:围绕中心旋转。本指浑天仪上可以旋转的横管,此喻德操。李善注引《庄子》:“轴不运而轮至千里。”“玑旋”句,吕向注:“喻贤圣之人虽遇时各异而志节不改。”

〔231〕明哲:明智。

〔232〕贻:留下。 厥:其。 孙:顺。

〔233〕燕翼:比喻为子孙后代谋虑。 《诗·大雅·文王有声》:“贻厥孙谋,以燕翼子。”《疏》:“思得泽及后人,故遗传其所以顺天下之谋,以安敬事之子孙。” 先友:指孔子。李萧远自谓老聃之后,孔子、老子同志为友,故称孔子为先友。

〔234〕斯:此。指谋虑子孙。

今译

国家安定与动乱,在于命运;个人困厄与显达,由于天命;地位尊贵与卑贱,取决时运。所以命运将兴隆,必诞生圣明的国君。圣

明的国君,必有忠贞贤良的大臣。明君贤臣的相遇,是不求而自然结合;明君贤臣亲近,不用介绍而自然相亲。君呼而臣必应,臣谋而君必从,道德默契,彼此配合,得失不能动摇其意志,谗言不能离间其交情,然后能够成功。其所以如此,难道只是人力吗?这是天授予的,神启迪的,命运使其成功的。

黄河水变清,圣人将生;里社一人吼,预示圣人将出;卦象群龙无首,圣人必成帝王。伊尹为有莘氏女的陪嫁小隶,却做了商代经国重臣。太公,是渭河之滨的卑贱老人,却成了武王伐纣的军师。百里奚辅佐虞国而虞国灭亡,辅佐秦国而秦国称霸,不是他在虞国时无才而在秦国时有才。张良接受黄石公的《太公兵法》,研读其中的《三略》之策,游说群雄,他的话语,如以水泼石,无石能够接受;待他遇到汉高祖,他的话语,如以石投水,无水不受。不是张良游说陈涉、项羽语言拙笨,而游说刘邦语言巧妙。然而张良的话讲统一,不了解天下的分合。合分之理是神明之道。因此以上四位贤才,名字载于史册,事业顺乎天理人情,可以用他们来衡量贤愚吗?孔子说:"圣人至德在身,智慧变化如神。王位即将到来,必先产生辅佐之臣,犹如天降及时好雨,山川首先生出阴云。"《诗经》说:"五岳居中是嵩山,巍峨高耸入云天。中岳嵩山降甫申,辅佐周朝是骨干。"说的就是命运。岂止开国之君,亡国之君也如此。周幽王被褒姒迷惑,在夏朝宫廷就播下妖孽的种子。曹伯阳得公孙强而致祸,征兆早在社宫的梦里。叔孙豹宠信竖牛招来亡命之灾,祸根远在与庚宗妇人私通之时。吉凶成败,皆因天命。都是不求而自然结合,不用介绍而自然相亲。

从前,圣人受命《河图》、《洛书》说:"以文德得天下,或七世或九世而逐渐衰微;以武功兴国,或六世或八世而"谋"没落。至周成王定都于郏鄏,用占卜预测,能人传国三十代,享国七百年,这是天命。所以从幽王到厉王期间,周朝治国之道大坏,齐桓、晋文霸世之后,礼乐衰颓,礼乐教化之风淡薄,弊端浸蚀到景王、灵王。纵横家的诡诈之言，在齐楚燕韩赵魏秦七国中盛行。刑法残酷到极点，导致秦朝灭亡；轻视礼乐文章，开始于高祖刘邦。即使像孔子那样的至圣，颜回那样的大贤，示范礼法于儒学之内，宣讲礼教于洙、泗之滨，也不能遏止礼崩乐坏之发端；孟子、荀子体法颜、冉，崇尚孔子，从容推行儒道，也不能维系其微末，终于使天下大道沉沦而不可挽救。凭孔子的才干本领不足以周旋于鲁、卫；凭孔子的辩才言辞不能打动于定、哀；凭孔子的谦恭，却遭妒嫉于子西；凭孔子的仁爱，却结仇于桓魋；以孔子的智慧，却被困于陈蔡七日断炊；凭孔子的德行，却招来叔孙的毁谤。孔子道足以拯救天下，却不能使人尊贵；言足以垂范万世，却不被当时信凭；行足令神明感应，却不能统摄世俗；应邀访问七十国，却没得到一个赏识自己的君主；奔走于蛮夏之域，屈辱于公卿之门，其不被赏识到如此地步。到他孙子子思，希望达到孔子的境界，具备圣人的美德，但没有达到，他壮大自己，保养高尚志节，势力却能打动君主。他所走访的诸侯，无不驾驷马之车登门拜访；即使登门拜访还有不能成为宾客的。子思门徒子夏，学子思虽有成就，却未达到最高境界，因而告老还家，魏文侯拜他为师，西河之人肃然归服其德，将子思比做孔子也无人敢非议。所以说，国家安定与动乱，在于命运；个人困厄与显达，由于天命；地位尊贵与卑贱，取决时运。可后来的君子，愚忠于一君，慨叹于一朝。屈原因此而投江自尽，贾谊借凭吊屈原而发泄愤懑，太不晓命运之理了！

如此看来，圣人所以为圣人，大概在于乐天知命了！所以遭遇穷厄之运而无怨恨，居重任之地而不疑心。其身可屈，而道不可屈；位次可受排挤，而名誉不能丧失。譬如水，使之流通则成河川，将其堵塞则成深渊，蒸腾入云则降为雨，浸入大地则湿润土壤。本体清洁用以洗物，不被污浊扰乱，洗涤污浊之物，无伤于本体的清净。因此圣人无论处境困厄显达，都始终如一。忠贞正直则冒犯君主，超然独立则不合世俗，其理势必如此。所以树木高出森林，风必刮断它；土墩突出河岸，急流必冲刷它；德行超出常人，一般人必然非议他。前车之鉴不远,后人重蹈覆辙。然而志士仁人,还行之而无悔,坚持操守而不丢,为何?要实现志向而成就美名。求实现志向,而冒风波于险途;求成就美名,而经受当时的谤议。他们所以泰然处之,是有远谋。子夏说:“死生有命,富贵在天。”所以道将要推行,命将要富贵,则伊尹、吕尚重用于商周,百里奚、张子房重用于秦汉,不用寻求自然得到,不用邀请自然相遇了。道将要废止,命将要卑贱,君子岂独耻之而不从政,也知道从政而行不通。凡迎合世俗甘于苟同之人,谄佞阿谀献媚取宠之徒,看尊贵者脸色行事,屈曲于势力之间,意见无论为是为非,连连赞美如流水;言论无论可行不可行,立即响应如回声。以窥测方向为聪明,以见风使舵为灵活。势力正盛,紧跟如涌向集市;势力已去,抛开如脱掉鞋子。他们反问道:空名与身子哪个可亲?得到与失去哪个美好?光荣与耻辱哪个贵重?所以他们就修饰自己的衣服,炫耀自己的车马,贪婪财物,沉湎声色,两眼瞪圆,自以为得到了这些东西。大概只见到龙逢、比干因忠谏而亡身,不想飞廉、恶来由谄佞而灭族。大概只知道伍子胥因忠谏被夫差赐剑自刎,而不以费无极因谗害忠良而诛族为戒。大概只知道讥笑汲黯到白头官仅主爵都尉,而不知张汤遭恶言身受“牛车之祸”。大概只知道嘲笑以前的萧望之得显官进退维谷,而不怕后来的石显上绞架而身亡。

达观之人的计谋,也各有穷尽。所有的人都为名利而奔走竞争,为什么呢?如为立德,立德必须尊贵吗?那么周幽王、周厉王身为天子,德性不如作为诸侯臣子的孔丘。立德必须有权势吗?那么王莽、董贤身为三公,德性却不如门前冷落的扬雄和董仲舒。立德必须富有吗?那么齐景公马匹四千,德性不如清贫守节的颜回和原宪。他们为了实惠吗?那么用杓舀饮河水,不过满腹而已;抛弃屋室而雨淋,不过湿透身上而已,除此之外,不能多受。他们为名吗?那么善恶书写于史册,毁誉流传于千载;当赏当罚天道明鉴,获吉获凶,鬼神洞察,当然是可怕的。为了赏心悦目吗?譬如命人驾车游历五都集市，则天下的货物都摆放在那里了。撩起衣裳走过汶阳的农田，则天下的庄稼多如云彩。头梳椎髻的士兵守卫敖庾、海陵的粮仓，粮囤如山就在眼前。插起衣襟登上钟山、兰田之巅，则夜光玙璠等宝石洋洋可观。诸如此类，作为物者甚多，而为己有甚少，不爱自己的身体，而爱空名，犹如风吹尘起，一散而不可聚。六种疾病等候在前，五种刑罚紧随在身后。利害在周围发生，抢夺在身边出现，而自以为看明身与名何为亲何为疏，分清荣与辱哪是主哪是客。天地的最大德性是生长万物，圣人最大的宝贝是帝王之位，如何守住王位叫仁，如何禁人为非叫义。所以古代称王的人，用一人治理天下，而不是拿天下奉养一人。古代做官的人，用官来推行君臣之道，不因名利而贪图官爵。古代的君子，以得天下不能治理为耻，不以能治理而没有得到为耻。推求天人的本性，考核邪正的名分，权衡招致祸福的门径，断定荣辱的计谋，岂不非常明显吗？所以君子舍邪取正。出来做官或在家隐居都不错过时机。或讲话或不讲都要知人。天体运动星辰周转而北极不离其位，浑天仪轮转，而衡轴始终处于仪器的中心。明哲保身，为子孙后代深谋远虑，我先人之友孔子早就这样做了。

（赵福海译注并修订）

辩亡论上一首

陆士衡

题解

《辩亡论》分上下两篇。“言权所以得,皓所以亡。”据姜亮夫《陆平原年谱》,此论作于晋武帝太康九年(288),陆机二十八岁。《晋书》本传载:“(机)二十而吴灭,退居旧里(吴郡华亭,今上海松江),闭门勤学,积有十年。以孙氏在吴,而祖、父世为将,有大勋于江表(东吴),深慨孙皓举而弃之,乃论权所以得,皓所以亡,欲述其先祖父功业,遂作《辩亡论》二篇。”

陆氏家族与孙吴政权血肉相连。陆机祖父陆逊,为东吴丞相;父亲陆抗,为东吴大司马;叔父陆凯,为左丞相;叔父陆喜,累迁吏部尚书。陆氏一宗在朝:“相、王侯、将军十余人。”(见《世说新语·规箴》)所谓“文武奕叶,将相连华。”加之孙、陆联姻:孙权将其兄孙策之女嫁给陆逊,陆机之弟陆景娶孙皓胞妹为妻。陆机祖辈、父辈辅佐孙吴政权,极劳尽瘁,功勋卓著;东吴政权以陆氏为干臣,使其宗光祖耀。东吴垮掉给陆家带来的打击可想而知。因此陆机的《辩亡论》虽受贾谊《过秦论》的影响,却不能如贾谊那样客观地、冷静地论兴述亡,总结教训,不免染上一抹挽歌的情调。其对孙皓的批判,亦不如贾谊批判暴秦那般直接、尖锐。论中并“无深责归命(孙皓降晋封归命侯)之辞,文特忠厚,盖士衡为吴世臣,立言之体当如是也。”(《文选学》)

《辩亡论》上下两篇互为表里,犹《过秦论》上中下为一整体。黄侃云:“上篇主颂诸主,下篇扬其先功,而皆致暗咎归命之意。”全文分四段。自“昔汉氏失御”至“而与天下争衡矣”为第一段。论述东吴从孙坚、孙策到孙权创立王业的过程，突出吴主孙权有君人之德，善于求贤用人，“异人辐凑，猛士如林”，得到周瑜、陆逊、鲁肃、吕蒙、甘宁、凌统、程普、韩当、黄盖等文臣武将数十人的鼎力相佐，故能“割据山川，跨制荆、吴，而与天下争衡。”自“魏氏尝藉战胜之威”至“而帝业固矣”为第二段。论述孙权抗拒魏、蜀，囊括江表，“遂跻天号，鼎跱而立”，巩固帝业。一路铺陈，笔势颇健。自“大皇既殁”至“将奚救哉”为第三段。论述孙皓失德，导致吴亡。孙吴政权存在，全赖陆公与诸老臣。“元首（指孙皓）虽病，股肱犹存。”“群公既丧，然后黔首有瓦解之志，皇家有土崩之衅。”西晋“军未浃辰”，而东吴“社稷夷矣。”谁之罪？孙皓之罪。论者以“病”字暗示之，并未深责。自“夫曹、刘之将”至“授任之才异也”为第四段。以纯议论的形式，对孙权所以兴，孙皓所以亡，做一总结：“彼此之化殊，授任之才异也。”彼指孙权之时，此指孙皓之时。《三国志·孙皓传》注引干宝《晋纪》云：“武帝（晋武帝司马炎）从容问莹（东吴光禄勋薛莹）曰：‘孙皓之所亡者，何也？莹对曰：归命侯皓之君吴也，昵近小人，刑罚妄加；大臣大将无所亲信，人人忧恐，各不相保。危亡之衅，实由于此。’”孙权、孙皓彼此政治教化不同，授官任职不同，故结局也就不同。

《文选》所选陆机的《文赋》、《豪士赋序》、《吊魏武帝文》、《谢平原内史表》、《演连珠》等，皆为著名的骈文。“骈俪文到陆机，可算是无体不备，集其大成了。”（姜书阁《骈文史稿·魏晋骈文》）《文心雕龙·才略》评论陆机说：“陆机才欲窥深，辞务索广，故思能入巧，而不制繁。”文辞繁累，自为文病。“然此固骈文所不能免者：为了对偶，一句可了之意，有时须破为两句；一喻一事可以譬况而明者，往往须再举一喻一事，排比并列，以成其对仗之美。”

原文

昔汉氏失御[1]，奸臣窃命[2]，祸基京畿[3]，毒遍宇

内[4],皇纲弛紊[5],王室遂卑[6]。于是群雄蜂骇[7],义兵四合[8]。吴武烈皇帝慷慨下国[9],电发荆南[10],权略纷纭[11],忠勇伯世[12]。威稜则夷羿震荡[13],兵交则丑虏授馘[14],遂扫清宗祊[15],蒸禋皇祖[16]。于时云兴之将带州,飚起之师跨邑[17],哮阚之群风驱[18],熊罴之众雾集[19]。虽兵以义合[20],同盟戮力[21],然皆包藏祸心[22],阻兵怙乱[23]。或师无谋律[24],丧威稔寇[25],忠规武节[26],未有如此其著者也[27]。

武烈既没[28],长沙桓王逸才命世[29],弱冠秀发[30]。招揽遗老[31],与之述业[32]。神兵东驱[33],奋寡犯众[34]。攻无坚城之将[35],战无交锋之虏[36]。诛叛柔服[37],而江外底定[38];饬法修师[39],则威德翕赫[40]。宾礼名贤[41],而张昭为之雄[42];交御豪俊[43],而周瑜为之杰[44]。彼二君子,皆弘敏而多奇[45],雅达而聪哲[46]。故同方者以类附[47],等契者以气集[48],而江东盖多士矣[49]。将北伐诸华[50],诛钼干纪[51]。旋皇舆于夷庚[52],反帝座乎紫闼[53]。挟天子以令诸侯,清天步而归旧物[54]。戎车既次[55],群凶侧目[56],大业未就,中世而殒[57]。用集我大皇帝[58],以奇踪袭于逸轨[59],叡心因于令图[60]。从政咨于故实[61],播宪稽乎遗风[62]。而加之以笃固[63],申之以节俭[64],畴咨俊茂[65],好谋善断。束帛旅于丘园[66],旌命交于涂巷[67]。故豪彦寻声而响臻[68],志士希光而景骛[69]。异人辐凑[70],猛士如林。于是张昭为师傅[71],周瑜、陆公、鲁肃、吕蒙之俦[72],入为腹心,出作股肱[73]。甘宁、凌统、程普、贺齐、朱桓、朱然之徒[74],奋其威。韩当、潘璋、黄盖、蒋钦、周泰之属[75],宣其力[76]。风雅则诸葛瑾、张承、步骘[77],以名声光国[78]。政事则顾雍、潘濬、吕范、吕岱[79]，以器任干职[80]。奇伟则虞翻、陆绩、张温、张惇[81]，以讽议举正[82]。奉使则赵咨、沈珩[83]，以敏达延誉[84]。术数则吴范、赵达[85]，以禨祥协德[86]。董袭、陈武，杀身以卫主[87]，骆统、刘基[88]，强谏以补过[89]。谋无遗谞，举不失策[90]。故遂割据山川[91]，跨制荆吴[92]，而与天下争衡矣[93]。

魏氏尝藉战胜之威[94]，率百万之师，浮邓塞之舟[95]，下汉阴之众[96]，羽楫万计[97]，龙跃顺流[98]，锐骑千旅[99]，虎步原隰[100]，谟臣盈室[101]，武将连衡[102]，喟然有吞江浒之志[103]，一宇宙之气。而周瑜驱我偏师[104]，黜之赤壁[105]，丧旗乱辙[106]，仅而获免，收迹远遁[107]。汉王亦凭帝王之号[108]，帅巴、汉之民[109]，乘危骋变[110]，结垒千里[111]，志报关羽之败[112]，图收湘西之地[113]。而陆公亦挫之西陵[114]，覆师败绩[115]，困而后济[116]，绝命永安[117]。续以濡须之寇[118]，临川摧锐[119]，蓬笼之战[120]，与孑轮不反[121]。由是二邦之将[122]，丧气挫锋[123]，势衄财匮[124]，而吴莞然坐乘其弊[125]。故魏人请好，汉氏乞盟，遂跻天号[126]，鼎跱而立[127]。西屠庸、益之郊[128]，北裂淮、汉之涘[129]，东包百越之地[130]，南括群蛮之表[131]。于是讲八代之礼[132]，蒐三王之乐[133]。告类上帝[134]，拱揖群后[135]，虎臣毅卒[136]，循江而守[137]，长棘劲铩，望飚而奋[138]。庶尹尽规于上[139]，四民展业于下[140]。化协殊裔[141]，风衍遐圻[142]。乃俾一介行人[143]，抚巡外域[144]。巨象逸骏[145]，扰于外闲[146]；明珠玮宝，耀于内府。[147]珍瑰重迹而至[148]，奇玩应响而赴[149]。辎轩骋于南荒[150]，冲輣息于朔野[151]。齐民免干戈之患[152]，戎马无晨服之虞[153]。而帝业固矣。

大皇既殁[154]，幼主莅朝[155]。奸回肆虐[156]，景皇聿兴[157]，虔修遗宪[158]，政无大阙[159]，守文之良主也[160]。降及归命之初[161]，典刑未灭[162]，故老犹存[163]。大司马陆公以文武熙朝[164]，左丞相陆凯以謇谔尽规[165]。而施绩、范慎以威重显[166]，丁奉、离斐以武毅称[167]，孟宗、丁固之徒为公卿[168]，楼玄、贺劭之属掌机事[169]，元首虽病[170]，股肱犹存[171]。爰及末叶[172]，群公既丧，然后黔首有瓦解之志[173]，皇家有土崩之衅[174]。历命应化而微[175]，王师蹑运而发[176]。卒散于阵[177]，民奔于邑[178]；城池无藩篱之固[179]，山川无沟阜之势[180]。非有工输云梯之械[181]，智伯灌激之害[182]，楚子筑室之围[183]，燕人济西之队[184]，军未浃辰[185]，而社稷夷矣[186]。虽忠臣孤愤[187]，烈士死节[188]，将奚救哉[189]？

夫曹、刘之将，非一世所选[190]；向时之师[191]，无曩日之众[192]。战守之道[193]，抑有前符[194]；险阻之利[195]俄然未改[196]。而成败贸理[197]，古今诡趣[198]。何哉？彼此之化殊[199]，授任之才异也[200]。

注释

〔1〕御：统治。贾谊《过秦论》：“振长策而御宇内。”

〔2〕奸臣：指董卓。　窃命：窃国之命，即挟天子以令诸侯。

〔3〕祸基：祸始。　京畿（jī 鸡）：旧称京都和京都附近的地方。

〔4〕毒：祸害。　宇内：四境以内，即天下。

〔5〕皇纲：封建帝王统治天下的纪纲。范晔《后汉书·臧洪传》：“汉室不幸，皇纲失统，贼臣董卓乘衅（隙）纵害，祸加至尊，流毒百姓。”　弛紊：松懈紊乱。扬雄《剧秦美新》：“皇纲弛而未张。”

〔6〕卑：衰微。李善注引《新序》：“及定王，王室遂卑矣。”

〔7〕群雄:指各路诸侯。　蜂骇:蜂起。骇,起。

〔8〕义兵:正义之师。指讨伐董卓的诸侯之兵。李善注引汉高祖曰:“吾以义兵诛残贼。”　四合:四方汇聚。

〔9〕吴武烈皇帝:指东吴孙坚,孙权之父,死后,孙权即帝位追谥孙坚武烈皇帝。　慷慨:壮志。　下国:诸侯国。诸侯称帝室为“上国”。

〔10〕电发:张铣注:“言威如雷电也。”　荆南:指荆州和南阳。李善注引《吴志》:“汉以孙坚为长沙太守。董卓专权,诸州郡并兴义兵,欲以讨卓,坚亦举兵荆州。……北至南阳。”

〔11〕权略:权谋。　纷纭:形容多。

〔12〕伯世:盖世。伯,通“霸”。

〔13〕威稜:声威。《汉书·李广传》:“是以名声暴于夷貉,威稜憺乎邻国。”王先谦《补注》:“稜,俗‘棱’字,木四方为稜,人有威如有棱者然,故曰威棱。”　夷羿:相传为夏代部落首领。屈原《天问》:“帝降夷羿,革孽夏民。”《注》:“言羿弑夏家,居天子之位,荒淫田猎,变更夏道,为万民忧患。”　震荡:震动。

〔14〕兵交:短兵相接,即打交手战。　丑虏:对俘虏的蔑称。丑,众。　馘(guó 国):古代战时割取所杀敌人的左耳,用以计功。亦指所割之左耳。

〔15〕宗祊(bēng 崩):指宗庙。祊,宗庙门内设祭的地方。

〔16〕蒸禋(yīn 因):祭祀。蒸,冬祭。　皇祖:谓汉祖。李善注引《吴书》:“坚入洛,扫除汉宗庙,祠以太牢。”

〔17〕云兴、飚起:如云涌风起,言多而勇。　带州、跨邑:连州接邑,言天下皆是。

〔18〕哮阚(hǎn 喊):猛兽发怒。曹子建《七启》:“哮阚之兽,张牙奋鬣。”此以猛兽喻将士。

〔19〕雾集:密集如雾,形容其多。

〔20〕义合:指为匡帝室、除暴乱而集合。

〔21〕同盟:结盟。　戮力:同心协力。

〔22〕包藏祸心:心里藏着坏主意,指“欲行篡逆”。李善注引《左传》:“楚公子围聘于郑。郑使行人子羽与之言曰:大国无乃苞藏祸心以图之。”

〔23〕阻兵:恃兵。阻,依仗。　怙(hù 户)乱:乘祸乱而动,犹言趁火打劫。《左传·僖公十五年》:“无始祸,无怙乱。”

〔24〕谋律:指统一谋划和法令。李善注:“言出师之法,必以律齐之。今则

不然,各恃兵怙乱,而出师无律也。"

〔25〕丧威:指丧失军威。　稔(rěn 忍)寇:指贻误战机。吕向注:"言群雄之兵,或无谋策之法,丧失兵威于成熟可取之敌也。"稔,熟。

〔26〕忠规:忠谋。　武节:武德。《汉书·武帝纪》:"朕将巡边陲,择兵振旅,躬秉武节,置十二部将军,亲帅师焉。"

〔27〕著:盛。张铣注:"言群雄忠规武节,未有如孙坚之盛也。著,盛也。"

〔28〕武烈:武烈皇帝孙坚。　没:同"殁"。

〔29〕桓王:孙策,孙坚之子。李善注引《吴志》:"权(孙权)称尊号,追谥策曰长沙王。"　逸才:超人之才。　命世:名世。

〔30〕弱冠:男年二十曰"弱冠"。此指青春年少。　秀发:本为谷物生长茂盛,此喻人之才具、器宇非凡。

〔31〕招揽:收罗。　遗老:指孙坚之老臣。

〔32〕述业:谓循父业。述,循。

〔33〕神兵:神速之兵。李善注引范晔《后汉书》:"陈忠曰:旬月之间,神兵电扫。"

〔34〕奋寡犯多:起少兵而攻众敌。

〔35〕攻无坚城之将:指攻打城池,敌人无能坚守之将。

〔36〕战无交锋之虏:指打仗敌人不堪一击。上两句言攻无不克,战无不胜。

〔37〕诛叛:讨伐叛逆者。　柔服:对降服者实行怀柔政策。诛叛柔服,言武讨德化,二者并用。李善注引《左氏传》:"随武子曰:君讨郑,怒其贰而哀其卑,叛而伐之,服而赦之。"

〔38〕江外:江东,江左。指东吴地盘。厎(zhǐ 止)定:获得安定。厎,致。

〔39〕饬(chì 斥)法:整顿法纪。饬,整顿。李善作"饰",胡克家《文选考异》作"饬"。李善注引《周易》:"先王明罚饬法。"　修师:整顿军队。

〔40〕威德:声威与德行,刑罚与恩惠。　翕(xī 西)赫:隆盛。

〔41〕宾礼:接待宾礼,亦指以宾客之礼相待。《汉书·晁错传》:"宾礼长老,爱恤少孤。"

〔42〕张昭(156—236):三国彭城(今江苏徐州)人。字子布。东汉末渡江,任孙策长史,抚军中郎将,极受信任。李善注引《吴志》:"策以彭城张昭为谋主。"　雄:杰出的人物。

〔43〕交御:交接对待。　豪俊:豪杰。

〔44〕周瑜(175—210):三国时吴国名将。字公瑾,庐江舒县(今安徽舒城)人。李善注引《吴志》:“策徙居舒,与周瑜相友,收合士大夫江、淮间,人咸向之。”

〔45〕弘敏:甚敏锐。弘,大。

〔46〕雅达:特别通达。雅,甚。　聪哲:明察多知。

〔47〕同方:法术性行相同。　类附:类聚。李善注引《周易》:“方以类聚,物以群分。”

〔48〕等契:投合。　气集:气味相投聚在一起。李善注引《周易》:“同声相应,同气相求。”

〔49〕江东:自汉至隋唐称自安徽芜湖以下长江下游南岸地区为江东。三国吴全部地区称江东。　士:指人才。

〔50〕诸华:诸夏。原指周代分封的诸侯国,此指北方各路诸侯,主要指曹魏。李善注引《左氏传》:“吴,周之胄裔也。今而始大,比于诸华。”

〔51〕诛钼(chú 除):诛除,铲除。钼,同“锄”。　干纪:违犯法纪。干,犯。徐陵《徐孝穆集·陈公九锡文》:“象恭无赦,干纪必诛。”

〔52〕旋:返还。　皇舆:帝车。　夷庚:平道。李善注引繁钦《辨惑》:“吴人者,以船楫为舆马,以巨海为夷庚。”但李善说:“然夷庚者,藏车之所。”黄侃《文选平点》:“‘旋皇舆于夷庚’句,王伯厚说:‘夷庚出《左成十六年传》,披其地以塞夷庚。《疏》谓平道也。案《疏》说亦不知所本,疑用“笙诗”(指《诗·小雅·南陔、白华》等六篇)夷庚之义,此注所引皆是也。以为藏车之所,甚非。”

〔53〕帝座:皇位。　紫闼(tà 榻):指帝王宫庭。闼,宫中小门。李善注引《吴志》:“曹公与袁绍相拒于官渡,策(孙策)阴谋袭许,迎汉帝(献帝)。”

〔54〕天步:指帝室。　旧物:指先代的典章制度。“归旧物”指拨乱反正。

〔55〕戎车:兵车,此泛指军队。　次:驻军。吕向注:“次,谓次路也。”

〔56〕群凶:指各路诸侯。　侧目:嫉视,形容怒恨。李善注引《后汉书》:“陈蕃上疏曰:群凶侧目,祸不旋踵。”

〔57〕中世:中年。实际孙策死时年仅二十六岁。　殒(yǔn 允):死亡。

〔58〕大皇帝:指孙权。李善注引《吴志》:“权薨,谥曰大皇帝。”

〔59〕奇踪:奇异的踪迹。指孙权成就大业的非凡的举动。　逸轨:高洁之行状。潘岳《秋兴赋》:“仰群俊之逸轨兮,扳云汉以游骋。”此指权父兄所创之业绩。

〔60〕叡(ruì 锐)心:圣明之心。叡,圣。　令图:美善的图谋。指创建王业。吕向注:"言孙权以奇异英雄之踪,继父兄超逸之迹,圣智之心,因成善谋也。"

〔61〕从政:治理政事。　咨:咨询。故实:足以效法的旧事。《国语·周上》:"赋事行刑,必问于遗训,而咨于故实。"

〔62〕播宪:颁布法律。宪,法。　稽:考。　遗风:遗留下来的风尚。李善注引《史记》:"宣王即位,修政法(取法)文、武、成、康遗风。"

〔63〕笃(dǔ 堵)固:专一坚定。

〔64〕申:表明。

〔65〕畴咨:访求。《晋书·段灼传》:"陛下诚欲致熊罴之士,不二心之臣,……故宜畴咨博采,广开贡士之路。"　俊茂:才智杰出的人。

〔66〕束帛:一束绢。犹"旌帛"。汉廷招聘民间人才,致送束帛,表示旌贤,故成为招贤的标志。　旅:次。　丘园:指贤人隐居的地方。

〔67〕旌命:义同"束帛",招贤的标志,使者所持。旌,旗类,"求贤者执之,为君信也。"(李周翰注)　交:来往。　涂巷:道路与里弄。

〔68〕豪彦:才德出众的人。　响臻:响应。臻,到。

〔69〕希光:企仰人的光辉。　景骛:如影追形。景,同"影"。

〔70〕异人:非凡的人。《汉书·公孙弘传赞》:"群士慕向,异人并出。"　辐凑:辐集中于轴心,喻人或物从四面八方聚拢一起。

〔71〕师傅:太师、太傅的合称。《史记·吴王濞传》:"吴太子师傅皆楚人。"李善注引《吴志》:"权待张昭以师傅之礼。"

〔72〕陆公:李周翰注:"陆公,谓陆逊也。为丞相,机之祖也,故不言名。"而(清)胡绍煐则认为是陆抗。《文选笺证》:"翰注陆公谓陆逊,机之祖,故不称名。按,下云而陆公亦挫之西陵。吴志注《晋书》而下,并作我陆公,有'我'字。又下大司马陆公云云,则又机之父陆抗也。"　鲁肃(172—217),字子敬,临淮东城(今安徽定远东南)人。三国东吴名将。为孙权所敬重。曾协助周瑜大破曹军于赤壁。　吕蒙(178—219),字子明,三国汝南富陂(今安徽阜阳西南)人。从孙权攻战各地,任横野中郎将。后随周瑜、程普等大破曹操于赤壁。　俦:辈。

〔73〕股肱(gōng 工):大腿和小臂。比喻帝王左右辅助得力的臣子。

〔74〕甘宁:字兴霸。初依刘表,后归孙权。曾从周瑜破曹操,攻曹仁,又从吕蒙拒关羽,以功任西陵太守,折冲将军。曹操进军濡须,他率兵百余人夜入曹

营，使曹军大惊。从孙权攻合肥，吴军失利，甘宁奋勇死战，为孙权所重。 凌统：东吴将领。字公绩，吴郡（今苏州一带）人。拜偏将军。程普：东吴将领。字德谋，右北平人。领江夏太守，迁荡寇将军。 贺齐：字公苗，会稽山阴人，为蕲春太守，又加偏将军。迁奋武将军。 朱桓：字休穆，吴郡人。拜前将军，领青州牧。 朱然：字义封。为左大司马右军帅。

〔75〕韩当：字义公，辽西人。迁昭武将军，又加都督之号。 潘璋：字文珪，东郡人。拜平北将军，襄阳太守。 黄盖：东吴名将。字公覆，零陵人。拜武锋中郎将，加偏将军。 蒋钦：字公弈，九江人。拜右护军。 周泰：字幼平，九江人。拜汉中太守，奋威将军。

〔76〕宣力：致力。李善注引《尚书》："予欲宣力四方。"

〔77〕风雅：文章教化。 诸葛瑾：字子瑜，三国琅邪阳郡人。诸葛亮之兄。东汉末移居江南，受到孙权优礼，任长史。与权谈说谏喻，"权意往往而释"。"权曰：'孤与子瑜有死生不易之誓，子瑜之不负孤，犹孤之不负子瑜也。'""建安二十年，权遣瑾使蜀通好刘备，与其弟俱公会见，退无私面。"（见《三国志·吴书七》） 张承：李善注引《吴志》："张昭长子承，字仲嗣，少以才学知名。为濡须督奋威将军。" 步骘（zhì 治）：李善注引《吴志》："字子山，临淮人也。孙权为讨虏将军，召骘为主记。权称尊号，代逊为丞相。诲育门生，手不释卷。"

〔78〕光国：光耀国家。

〔79〕顾雍：三国吴郡吴县（今江苏苏州）人，字元叹，出身江南士族。初为合肥长。孙权领会稽太守，以他为丞，行太守事。后任丞相，在吴国执政达十九年。 潘濬（jùn 俊）：李善注引《吴志》："潘濬，字承明，武陵人也。弱冠从宋仲子受学。权称尊号，拜为少府，迁太常。" 吕范：李善注引《吴志》："字子衡，汝南人也，权拜裨将军。亮（孙亮，孙权之子）即位，迁扬州牧，又迁大司马。" 吕岱：李善注引《吴志》："吕岱，字定公，广陵人也，权拜上将军。亮即位，拜大司马。岱清身奉公，所在可述。"

〔80〕器：才能。 干职：重要职务。干，强。

〔81〕奇伟：奇特，雄伟。 虞翻：字仲翔，会稽余姚人。《三国志·吴书·虞翻传》："孙权以为骑都尉。翻数犯颜谏争，权不能悦，又性不协俗，多见毁谤，坐徙丹阳泾县。" 陆绩：李善注引《吴志》："陆绩，字公纪，吴郡人也。孙权统事，辟（征召）为奏曹掾。" 张温：李善注引《吴志》："张温，字惠恕，吴郡人也。权拜议郎，徙太子太傅，甚见信重。" 张惇（dūn 敦）：李善注引《吴录》：

“张惇，字叔方，吴郡人也。德量渊懿（宏美），清虚淡泊，又善文辞。孙权以为车骑将军，出补海昏令。”

〔82〕讽议：讽谏谋划。　举正：扶正。

〔83〕奉使：奉命出使，即从事外交活动。　赵咨：字德度，南阳人。拜骑都尉。李善注引《吴志》：“权遣都尉赵咨使魏。魏帝问：吴王何等主也？咨对曰：聪明仁智，雄略之主也。帝问其状，对曰：纳鲁肃于凡品，是其聪也；拔吕蒙于行阵，是其明也；获于禁而不害，是其仁也；取荆州兵不血刃，是其智也；据三州虎视于天下，是其雄也；屈身于陛下，是其略也。”　沈珩（héng 衡）：字仲山，吴郡人。李善注引《吴志》：“权以珩有智谋，能专对（独立应对），乃使至魏。魏文帝问曰：吴嫌魏东向乎？珩曰：不嫌也。曰：何以知？曰：信恃旧盟，言归于好，是以不嫌。若魏渝盟，自有备豫（防备）。文帝善之。以奉使有称，封永安乡侯。官至少府。”

〔84〕延誉：使美名远扬。

〔85〕术数：用阴阳五行生克制化的数理，来推断人事吉凶，如占候、卜筮、星命等。《三国志·吴志·吴范传》：“募三州有能举知术数如吴范、赵达者，封千户侯。卒无所得。”　吴范：李善注引《吴志》：“吴范，字文则，会稽人也。以治历术（占卜），知风气，闻于郡中。权以范为骑都尉，领太史令。”　赵达：李善注引《吴志》：“赵达，河南人也。治九宫一筭（观天象）之术，究其微旨。孙权行师征伐，每令达有所推步（推算），皆如其言。”

〔86〕禨（jī 鸡）祥：祈求鬼神以致福。　协德：同德。

〔87〕董袭：李善注引《吴志》：“董袭，字元世，会稽人也。为偏将军。曹公出濡须口，袭从权赴之。袭督五楼船，住濡须口。夜卒暴风，楼船倾覆，左右散走，远舸乞使。袭出怒曰：受将军任，在此备贼，何等委去也，敢复言此者斩！于是莫敢干，其夜船败，袭死。权改服临殡。”　陈武：李善注引《吴志》：“陈武，字子烈，庐江人也。累有功劳，进位偏将军。建安二十年，从击合肥，奋命战死。权哀之，自临其丧。”

〔88〕骆统：李善注引《吴志》：“骆统，字公绪，会稽人也。权召为功曹（考查记录官吏政绩的官）。志在补察，苟所闻见，夕不待旦。”　刘基：李善注引《吴志》：“刘繇长子基，字敬舆。权为吴王，基为大司农。权尝宴饮，骑都尉虞翻，醉酒犯忤。权欲杀之，威怒甚盛，由基谏争，翻以得免。”

〔89〕强谏：旧指下对上极力谏诤。　补过：补君之过。

〔90〕谞(xū 虚):才智。　举:举动,行动。李善注引《东观汉记》:"鲁恭上疏曰:举无遗策,动不失其中。"

〔91〕割据:以武力占据部分地区。

〔92〕跨制:辖治。跨,据有。　荆、吴:楚国和吴国。此泛指长江以南地区。

〔93〕争衡:在角逐中较量胜负。

〔94〕魏氏:指曹操。　藉:凭借,依靠。藉,同"借"。

〔95〕浮:顺流曰浮。　邓塞:山名。位于今襄樊东北。

〔96〕下:指顺流而下。　汉阴:汉水之南。

〔97〕羽楫(jí 级):指快船。楫,划船短桨。

〔98〕龙跃:如龙腾跳。此形容船随波浪起伏顺流疾下。

〔99〕锐骑:精锐的骑兵。　千旅:形容兵士之多。古以士卒五百人为旅。

〔100〕虎步:形容举动威武。《三国志·魏志·夏侯渊传》:"宋建造为乱逆三十余年,渊一举灭之。虎步关右,所向无前。"　原隰(xí 习):广平低湿之地。

〔101〕谟(mó 模)臣:谋士。谟,谋略。

〔102〕连衡:喻多。李善注引包咸《论语注》:"衡,轭也。戎车(战车),武将所驾。故以连衡喻多也。"

〔103〕浒(hǔ 虎):水边。江浒,指东吴之地。

〔104〕偏师:部分军队,指非主力部队。

〔105〕黜(chù 触):退。黜之赤壁,指大败曹操于赤壁。李善注引《吴志》:"曹公(曹操)入荆州,权遂遣瑜与备并力逆曹公,遇于赤壁。初一交战,公军破退。"

〔106〕丧旗乱辙:军队溃退之状。李善注引《左氏传》:"曹刿曰:吾视其辙乱,望其旗靡。"

〔107〕收迹:吕向注:"收其败余之兵。"　远遁:远逃。

〔108〕汉王:指刘备。备乃东汉远支皇族,故依凭先帝旗号。

〔109〕巴汉:蜀中。

〔110〕乘危:乘人之危。指乘曹、孙之危。　骋变:大肆变乱。指报羽仇、收湘西之举。

〔111〕结垒:扎营。

〔112〕关羽之败:李善注引《吴志》:"孙权袭杀关羽,取荆州。先主(刘备)忿孙权之袭关羽,遂乃伐吴。吴将陆逊大破先主军。(先主)遂弃船还鱼

复,改县曰永安。先主徂(殂,死)于永安。"

〔113〕湘西:湘水以西,指荆州地。

〔114〕陆公:指陆逊。　西陵:今湖北宜昌境内,在马鞍山东。

〔115〕覆师败绩:彻底失败,溃不成军。大崩曰败绩。李善注引《吴志》:"(败后)备升(登)马鞍山,陆逊促诸军四面蹙之,(备军)土崩瓦解。"

〔116〕济:渡江。

〔117〕绝命:丧命。

〔118〕濡须之寇:指曹军。濡须,水名。魏晋南北朝时为兵家必争之地。

〔119〕川:指濡须。　摧锐:挫其锋芒,指挫败。李善注引《吴历》:"曹公出濡须,作油船(涂上油的船),夜渡洲上。权以水军围取,得三千余人,其没溺者数千人。"

〔120〕蓬笼:山名。

〔121〕孑(jié 洁):单,只。《公羊传》:"晋败秦于殽,匹马只轮无反者。"李善注引《魏志》注蓬笼之战:"张辽之讨陈兰,别遣臧霸至皖讨吴。吴将韩当遣兵逆(阻击)霸,与战于蓬笼。"

〔122〕二邦:指魏、蜀。

〔123〕丧气:丧失锐气。　挫锋:挫折锋芒。

〔124〕衄(nǜ):挫败,损伤。左思《吴都赋》:"莫不衄锐挫芒。"　匮(kuì 愧):缺乏。

〔125〕莞(wǎn 晚)然:犹莞尔。微笑的样子。

〔126〕跻(jī 鸡):登。　天号:天子之名号。《白虎通》:"帝王者天号,王者五行之称也。"

〔127〕鼎跱:犹鼎立。比喻形势如鼎足三方对峙。跱,同"峙"。李善注引《汉书》蒯通说韩信曰:"今为足下之计,莫若三分天下,鼎而立,其势莫敢先动。"

〔128〕屠:裂,割。　庸益:张铣注:"庸益,蜀都也。"

〔129〕淮、汉:淮水和汉水。　涘(sì 四):水边。张铣注:"言吴北以淮汉二水为界。"

〔130〕百越:古越族部落之总称。散居在今浙江、福建、广东、广西等地。此主要指江浙之地。

〔131〕群蛮:诸蛮,即南方各少数民族。蛮,古时对南方少数民族的泛称。

表:外。

〔132〕八代:指三皇、五帝。　礼:儒家社会道德规范之总称。包括法则、规范、仪式等。此主要指礼仪。《论语·阳货》:“君子三年不为礼,礼必坏;三年不乐,乐必崩。”《论语·为政》:“道之以德,齐之以礼,有耻且格。”

〔133〕蒐(sōu 搜):观览。李善引杜预《左氏传注》:“蒐,阅也。”　三王:夏、殷、周。　乐:音乐。儒家认为礼与乐是相辅相成的教化手段。《礼记》:“是故先王制礼也以节事,修乐以道志。”

〔134〕告类:非常的祭祀。遇特殊事件如皇帝登基、太子册立等皆要举行祭天仪式。《晋书·愍帝纪》:“(雍州刺史贾疋)奉秦王为皇太子,登坛告类,建宗庙社稷。”

〔135〕拱揖:拱手,表礼让。李善注引《典引》:“恭揖群后。”　群后:颜师古《汉书注》:“庶尹,众官之长也;群后,诸侯也。”

〔136〕虎臣:勇猛之臣。　毅卒:果敢的士卒。虎臣指将,毅卒指兵。

〔137〕循:沿,顺。

〔138〕棘:通“戟”。古代合戈、矛于一体的兵器。　铩(shā 杀):古兵器,即大矛。　望飚:望风。风,风声,指入侵。

〔139〕庶尹:百官之长。　尽规:谏诤。李善注引《国语》:“天子听政,近臣尽规。”

〔140〕四民:旧称士、农、工、商为四民。《汉书·食货志》:“士、农、工、商,四民有业:学以居位曰士,辟土殖谷曰农,作巧成器曰工,通财鬻货曰商。”

〔141〕化:教化。　协:协合。　殊裔:边远地区的民族。

〔142〕风:风教。《毛诗序》:“上以风化下。”　衍:展延。《尚书大传·虞夏传》:“至今衍于四海。”　遐圻(qí 齐):谓远方。一圻,方圆千里。圻,界。风衍遐圻,言风教及远。

〔143〕俾(bǐ 比):使。　一介:犹一个。　行人:谓使者。李善注引《左氏传》:“晋人使子贡对郑使曰:君有楚命,亦不使一介行李(行人)告于寡君。”

〔144〕抚巡:抚循,抚慰。

〔145〕逸骏:良马。

〔146〕扰:驯养。　闲:马厩。李善注引《周礼》:“天子十有二闲,马六种。”

〔147〕玮(wěi 委)宝:珍宝。玮,珍奇。　内府:皇室的仓库。

〔148〕珍瑰:珍宝。　重迹:吕延济注:“重迹谓远方贡献多,而车马之迹重

叠也。”

〔149〕奇玩：指宝物。　应响：言速从王命。

〔150〕辅（yóu 由）轩：轻车。　骋：行。　南荒：谓南方边远国。李周翰注：“谓不用兵戈也。”

〔151〕冲辅（péng 朋）：战车。　朔野：北方的郊野。李周翰注：“冲辅，兵车也。息于北野，谓不用兵也。”

〔152〕齐民：平民。

〔153〕晨服：清晨备鞍马。征战之意。　虞：忧虑。与“患”近义。

〔154〕大皇：指大皇帝孙权。

〔155〕幼主：指亮。李善注引《吴志》：“孙亮，字小明，权少子也，立为太子。”　莅（lì 立）朝：临朝。指即位执政。

〔156〕奸回：邪恶。　肆虐：恣行暴虐。《南都赋》：“豺狼肆虐。”

〔157〕景皇：孙休，字子烈，孙权第六子。孙亮被废，孙綝使宗正孙楷迎休即位。休薨，谥曰景帝。　聿（yù 玉）：遂。

〔158〕虔（qián 前）：恭敬而真诚。　修：遵循。　遗宪：先王之法。宪，法。李善注引《公羊传》：“继文王之体，守文王之法度也。”

〔159〕阙（quē 缺）：过失。

〔160〕守文良主：指孙休。守文，遵守成法。

〔161〕归命：李善注引《吴志》：“孙皓（权之孙）降晋，晋赐号归命侯。”

〔162〕典刑：旧法。

〔163〕故老：指老臣。

〔164〕大司马：官名。掌管军政，统帅军队。同时负有监察、司法之责任。故云文武熙朝。　陆公：指陆抗（陆机之父）。李善注引《吴志》：“孙皓即位，拜陆抗大司马、荆州牧。”　文武：文治武功。　熙：兴盛。

〔165〕左丞相：官名。为百官之长，佐天子理万机。　陆凯：李善注引《吴志》：“字敬风，吴郡人也。孙皓迁为左丞相。凯上表疏，皆指事，不饰忠恳。”　謇谔（jiǎn è 减饿）：正直。《后汉书·陈忠传》：“忠臣尽謇谔之节，不畏逆耳之害。”

〔166〕施绩：李善注引《吴志》：“施绩，字公绪，迁将军，督都盗贼事，持法不倾，拜左大司马。”　范慎：李善注引《吴录》：“范慎，字孝敬，广陵人也。竭忠知己之君，缠绵三益之友，时人荣之。孙皓以为太尉。”

〔167〕丁奉:李善注引《吴志》:“丁奉,字承渊,庐江人也。少以骁勇为小将。亮即位为冠军将军。魏将诸葛诞据寿春降(吴)。魏人围之,使奉与黎斐(即离斐)解围。奉为先登,黎斐力战,有功,拜左将军。” 武毅:勇武刚毅。

〔168〕孟宗:李善注引《吴志》:“孟仁,字恭武,江夏人也。本名宗,避皓字,易焉。” 丁固:李善注引《吴志》:“孙皓以左右御史大夫丁固、孟仁为司徒、司空。” 公卿:指三公九卿。司空、司徒皆为三公之一。

〔169〕楼玄:李善注引《吴志》:“楼玄,字承先,沛郡人也。孙皓遂用玄为宫下录事禁中侯,主殿中事。” 贺劭:李善注引《吴志》:“贺劭,字兴伯,会稽人也。皓时为中书令。” 机事:机密要事。

〔170〕元首:君。指孙皓。

〔171〕股肱:臣。指上述诸人。

〔172〕爰及:连词,连接上下文,犹“至于”。 末叶:末代。

〔173〕黔(qián 前)首:战国及秦代对黎民百姓的称谓。 瓦解:喻百姓离心。《史记·淮南王安传》:“于是百姓离心瓦解,欲为乱者十家有七。”

〔174〕土崩:像土丘倒塌。李善注引《汉书》:“徐乐上书曰:何谓土崩?秦之末叶是也。人困而主不恤,下怨而上不知,此之谓土崩。” 衅:征兆,兆头。瓦解、土崩,言民既可载舟,亦可覆舟。

〔175〕历命:历数天命。即朝代之更替皆在天命。 应化:谓应于变化。《庄子·天下》:“其应于化而解于物也,其理不竭。” 微:衰微。指东吴。

〔176〕王师:谓晋兵。 蹑(niè 聂):紧随其后。 运:历数,气数。发:指发兵。李善注引从干宝《晋纪》:“咸宁五年(279)十一月,命安东将军王浑向扬州,龙骧将军王濬帅巴蜀之卒,浮江而下。”

〔177〕卒散于阵:士兵临阵逃散。

〔178〕民奔于邑:百姓逃出城里。

〔179〕城池:城墙与护城河。 藩篱:用竹木编成的篱笆或围栅。

〔180〕沟阜:水沟和小土山。 势:指有力的地势。

〔181〕工输:公输班。李善注引《墨子》:“公输班为云梯,必取宋。”

〔182〕智伯灌激之害:李善注引《史记》:“晋(大夫)智伯攻晋阳岁余,引汾水灌其城,不没者三版(三板。古代以板夹土打墙,每块宽二尺,三板即六尺。)城中悬釜而炊,易子而食。”

〔183〕楚子筑室之围:李善注引《左氏传》:“楚子围宋,将去之(离开宋),申

叔时曰:筑室反耕者,宋必听命。王从之。宋乃惧,遂及楚平。”筑室,建造房屋,以示长期围困。

〔184〕济西:济水西岸。济水源出于河南济原县王屋山,其故道本过黄河而南,东流至山东,与黄河并行入海,后下游为黄河所夺。李善注引《史记》:“燕昭王以乐毅为上将军,伐齐,破之济西。”

〔185〕浃(jiá 夹)辰:十二日。李善注引《左氏传》:“君子曰:莒(古国名)恃其陋,浃辰之间,而楚剋(克)其三都。”

〔186〕社稷:古代帝王诸侯所祭的土神、谷神。历代封建王朝必先立社稷坛壝,灭人之国,必变置灭国的社稷。因以社稷为国家政权的标志。　夷:平。李善注引干宝《晋纪》:“太康元年(280)四月,王濬鼓噪入于石头(石头城,今南京)。吴主孙皓面缚舆榇(抬棺以示请死)降于濬。”刘禹锡《西塞山怀古》云:“千寻铁锁沉江底,一片降幡出石头。”即指此。

〔187〕孤愤:耿直孤行,愤世嫉俗。

〔188〕烈士:坚贞不屈的刚强之士。　死节:死而坚守气节。

〔189〕奚:何,怎么。

〔190〕“夫曹刘”二句:刘良注:“曹、刘,谓曹操刘备也。言其将皆有雄略,固非晋一世所能选及也。言晋不如曹刘也。”

〔191〕向时:李善注:“谓太康之役也。”即指王濬入于石头之时。

〔192〕曩(nǎng)日:李善注:“谓昔日之曹刘也。”即攻入石头城之前。

〔193〕战守:攻守。

〔194〕抑:或者。　符:法。

〔195〕险阻:艰险阻塞之地。

〔196〕俄然:突然。《庄子·齐物论》:“昔者庄周梦为蝴蝶,栩栩然蝴蝶也。自喻适志与,不知周也。俄然觉,则蘧蘧然周也。”

〔197〕贸:易。

〔198〕诡:变。　趣:趣向。

〔199〕彼此:“彼谓权时,此谓皓时。”(《文选学》)　化:政治教化。

〔200〕授任之才:指受命之高官。吕向注上数句:“战守之道,自有古法,且吴险阻之间尚亦未改,然昔者曹刘之众胜于晋兵,而吴终成帝业;今晋师不如曹刘,反败于吴国,成败易理,古今事变,何也?则彼此政化有殊,而授任群臣有疑心故也。彼谓孙权时,此谓孙皓时。言孙权任人不疑,皓用人有贰也。”

今译

从前汉朝失去统治地位，奸臣董卓挟天子以令诸侯，祸始京畿，害及天下。朝纲松弛紊乱，皇室权势低下。于是群雄蜂起，义兵四聚。武烈皇帝孙坚，兴义兵于州郡，荆南出师迅若闪电，权变谋略异常繁多，忠勇无比，称霸于世。大张声威，夷羿震恐，短兵相接，丑敌受戮。于是清扫宗庙，祭祀高祖。此时云涌一般的将军兼州，风起一般的军队跨县，猛虎一样的士卒行如疾风，熊罴一样的兵丁聚似浓雾。虽然兵众为正义而汇合，结同盟而协力，然个个包藏祸心，倚仗兵力作乱。有的军队没有谋略和纪律，丧失军威，贻误战机，其忠臣之谋、武将之德，远无东吴卓著。

武烈皇帝辞世，长沙桓王孙策以超人之才闻名于世，年不满二十，出类拔萃。收罗父之老臣与之遵循父业，发神兵向东挺进，以少数兵力进攻众多之敌。攻城，敌无能坚守之将；野战，敌无堪交锋之兵。诛杀叛逆之敌，怀柔降服之虏，而使江东安定。修治法纪，整顿军队，声威与德望大盛。以宾客之礼接待名流，张昭主其事；结交调动英雄豪杰，周瑜领其衔。这两位君子，皆极敏锐而多奇谋，甚通达而能明察。所以意气相投者类聚，志趣合拍者为一，江东人才遂多。将要讨伐北方各路诸侯，铲除违犯法纪之徒，返回帝车于坦途，恢复皇位于宫廷。挟天子以号令诸侯，清君侧以拨乱反正。兵车已驻扎于路旁，诸侯侧目而视。大业未成，中年殁世。天降大任于大皇帝孙权，其以奇异之举继承父祖高洁之行，圣明之心用于建立王业的美好图谋。处理政事咨询前辈成功之法，颁布律令考校传统风尚。再加专一坚定，申明节俭，访求贤才，好谋善断，送“束帛”招贤于隐居之所，擎信旗纳才士里巷之中。所以豪杰似应声响至，志士如慕光影从。超群之才来归如辐条聚于轮毂，猛士迭至其多有如树林。张昭做军师，周瑜、陆逊、鲁肃、吕蒙之辈，在内为心腹，在外为栋梁。甘宁、凌统、程普、贺齐、朱桓、朱然之流，逞其威风；韩当、潘璋、黄盖、蒋钦、周泰之徒，宣扬武力。文章教化则有诸葛瑾、张承、步骘，用声誉光耀国家。处理政事则有顾雍、潘濬、吕范、吕岱，量才授以要职，魁伟奇特则有虞翻、陆绩、张温、张惇，讽谏谋划扶正压邪；奉命出使则有赵咨、沈珩，以敏锐博通而美名远扬；精通术数则有吴范、赵达，求神致福而同心同德。董袭、陈武，舍生保卫吴主；骆统、刘基，强谏以补君过。谋划不遗才智，举动不失良策。所以就割据一方，统辖荆吴，而与天下争衡了。

曹魏曾趁胜利的威势，率百万大军，顺邓塞山前沿江而下，来到汉水之南，快速战舰数以万计，宛如龙腾顺流而东。精锐骑兵多达千旅，平坦陆路虎步生风。谋士挤满密室，武将多得连营。慷慨激昂，大有鲸吞江东之壮志，一统天下之气概。而都督周瑜指挥一支非主力部队，退曹军于赤壁，曹兵旗倒辙乱，溃不成军，就差主帅没被俘虏，收拾残兵败将远远逃窜。汉王刘备凭借帝王之后的名号，率领巴蜀民众，乘吴魏之危大肆作乱，扎营千里，欲报关羽惨败之仇，企图收复湘西之地。而陆公击之于西陵，使其兵倒大败，受困而渡江逃窜，主帅刘备丧命永安。接着曹军从濡须来犯，在水上摧垮他的精兵，蓬笼之战，曹兵只轮未返，全军覆没。从此曹魏二邦之将，丧失锐气，挫伤锋芒，势遭重创，财力匮乏，而东吴莞尔而笑，坐观其衰。所以曹魏派人请求友好，西蜀乞求结盟，于是登上吴天子位，同魏蜀三足鼎立。向西割据庸益二都郊外之地，往北占有淮水、汉水之滨，东方包有百越之地，南方囊括群蛮之外。于是讲究三皇五帝的礼仪，搜罗夏商周的音乐，特祭上苍，礼让诸侯，猛将强兵，沿江设防，长戟大矛，闻风奋起。各部长官在上周密规划，士、农、工、商在下各展其业。教化使边远民族和谐，风教扩展到远方。派一个使臣，安抚巡视外地。大象骏马，驯养于外厩；明珠瑰宝，闪光于内府。珍宝纷至沓来，奇玩应命送到。使者轻车缓行于南蛮荒土，作战的军车闲置在北方的野外。平民免于战乱之患，戎马解除待战之忧。帝王大业巩固了。

大帝孙权过世，幼主孙亮即位，奸臣横行无忌，景皇于是兴起，虔诚地遵循前代旧法，政事无大过失，是遵守成法的好君主。到了孙皓即位之初，旧法未废，老臣尚在。大司马陆公以文治武略振兴朝廷，左丞相陆凯凭正直极尽进谏之能，施绩、范慎以威严稳重显达，丁奉、离斐靠威武刚毅著称。孟宗、丁固之徒为公卿，楼玄、贺邵之辈掌机要，元首孙皓虽然有“病”，得力佐臣仍然健在。到了东吴末年，诸老臣已经死去，然后黎民百姓生离叛之心，皇室宫廷呈崩溃之兆。东吴气数随朝政变化而衰微，晋师紧随气数而伐吴。东吴兵败士卒阵前逃散，国亡百姓背井离乡。城池没有篱笆坚固，山河不如水沟土丘险要。晋兵没有公输班云梯那样器械，没有智伯引汾灌城那样厉害，没有楚子攻宋筑房扎寨那样长期围困，没有燕人乐毅破敌济西那样军队，用兵不到十二天，扫平东吴社稷。即使忠臣耿直愤世，烈士以身殉国，又怎能挽救吴亡呢！

曹操、刘备武将，非晋之一代所能选得；攻入石头城的军队，也没有昔日曹刘军队那么多。攻与守的道理，或者有前人的成法，山川险要的地势，也不会突然改变。但成败的道理颠倒，古今的趋势迥异，为何？权、皓彼此的政治教化不同，使用的人才各异呀。

（赵福海译注并修订）

辩亡论下一首

陆士衡

题解

《辩亡论》上下篇互为表里。黄侃《文选平点》云："上篇主颂诸主，下篇扬其先功，而皆致暗咎归命（归命侯孙皓）之意。"陆机之"先功"与孙吴之"帝业"密不可分。无先功难成帝业，无帝业何显先功？

下篇共分四段。自"昔三方之王也"至"庶务未遑"为第一段，论述东吴创基立业的基本经验在用人。吴主孙权胸怀博大，礼贤下士，善于识别人才，敢于使用人才，真诚信任人才，虚心纳谏，不听谗言，恤民如子等等，既是人君不可缺少的政治品格，又是东吴兴旺发达的基本经验。自"初都建业"至"未有危亡之患也"为第二段，言前辈创立的基业，已足流传后代，只要"中才守之以道，善人御之有术"，循定策，守常险，便无"危亡之患"，为咎归命伏下一笔。自"或曰"至"不其然与"为第三段，批驳"唇亡齿寒"之论，吴之灭在吴而不在蜀："陆公殁而潜谋兆，吴衅深而六师骇。"说明陆氏与孙吴之存亡有直接关系。暗咎归命，以扬先功。自"《易》曰"至结尾为第四部分，总结国家兴亡的经验教训：天时不如地利，地利不如人和。天时、地利、人和，有三而兴，"恃险"而亡。文末借《麦秀》、《黍离》，寄托亡国之痛。

《辩亡论》模仿《过秦论》是很明显的。骆鸿凯《文选学》指出"命意相拟"、"笔致相拟"、"句法相拟"、"句度相拟"四个方面。虽然在诸多效仿《过秦》之作中，《辩亡》属成功之篇，然终不及《过秦》之气势。刘勰在《文心雕龙·论说》中批评道："陆机《辩亡》，效《过秦》而不及,然亦其美矣。”此论当是全面的。

原文

昔三方之王也[1],魏人据中夏[2],汉氏有岷益[3],吴制荆扬而奄交广[4]。曹氏虽功济诸华[5],虐亦深矣[6],其民怨矣。刘公因险以饰智[7],功已薄矣,其俗陋矣。夫吴,桓王基之以武[8],太祖成之以德[9],聪明叡达[10],懿度弘远矣[11]。其求贤如不及[12],恤民如稚子[13]。接士尽盛德之容[14],亲仁罄丹府之爱[15]。拔吕蒙于戎行[16],识潘濬于系虏[17]。推诚信士[18],不恤人之我欺[19];量能授器[20],不患权之我逼[21]。执鞭鞠躬,以重陆公之威[22];悉委武卫,以济周瑜之师[23]。卑宫菲食[24],以丰功臣之赏;披怀虚己[25],以纳谟士之筭[26]。故鲁肃一面而自托[27],士燮蒙险而致命[28]。高张公之德[29],而省游田之娱[30];贤诸葛之言,而割情欲之欢[31]。感陆公之规,而除刑法之烦[32];奇刘基之议,而作三爵之誓[33]。屏气踞蹐,以伺子明之疾[34];分滋损甘,以育凌统之孤[35]。登坛慷慨,归鲁子之功[36];削投恶言,信子瑜之节[37]。是以忠臣竞尽其谟[38],志士咸得肆力[39]。洪规远略[40],固不厭夫区区者也[41]。故百官苟合[42],庶务未遑[43]。

初都建业[44],群臣请备礼秩[45],天子辞而不许曰[46]:“天下其谓朕何[47]?”宫室舆服盖慊如也[48]。爰及中叶[49],天人之分既定[50],百度之缺粗修[51],虽醲化懿纲[52],未齿乎上代[53],抑其体国经邦之具[54],亦足以为政矣[55]。地方几万里[56],带甲将百万[57],其野沃,其兵练[58],其器利[59],其财丰。东负沧海[60],西阻险塞[61],长江制其区宇[62],峻山带其封域[63]。国家之利,未巨有弘于兹者矣[64]。借使中才守之以道[65],善人御之有术[66],敦率遗典[67],勤民谨政[68],循定策[69],守常险[70],则可以长世永年[71],未有危亡之患也。

或曰:吴蜀唇齿之国[72],蜀灭则吴亡,理则然矣。夫蜀,盖藩援之与国[73],而非吴人之存亡也。何则?其郊境之接[74],重山积险,陆无长毂之径[75];川阨流迅[76],水有惊波之艰[77]。虽有锐师百万,启行不过千夫[78];舳舻千里[79],前驱不过百舰[80]。故刘氏之伐[81],陆公喻之长蛇[82],其势然也。昔蜀之初亡,朝臣异谋[83],或欲积石以险其流[84],或欲机械以御其变[85]。天子总群议而谘之大司马陆公[86],公以四渎天地之所以节宣其气[87],固无可遏之理[88],而机械则彼我之所共,彼若弃长技以就所屈[89],即荆、扬而争舟楫之用[90],是天赞我也。将谨守峡口[91],以待禽耳[92]。逮步阐之乱[93],凭宝城以延强寇[94],重资币以诱群蛮[95]。于时大邦之众[96],云翔电发[97],悬旍江介[98],筑垒遵渚[99],襟带要害[100],以止吴人之西。而巴汉舟师沿江东下[101]。陆公以偏师三万[102],北据东阬[103],深沟高垒,案甲养威[104]。反虏踠迹待戮[105],而不敢北窥生路[106],强寇败绩宵遁[107],丧师太半[108]。分命锐师五千[109],西御水军[110],东西同捷[111],献俘万计。信哉[112],贤人之谋[113],岂欺我哉!自是烽燧罕警[114],封域寡虞[115]。陆公殁而潜谋兆[116],吴衅深而六师骇[117]。夫太康之役[118],众未盛乎曩日之师[119];广州之乱[120],祸有愈乎向时之难[121]?而邦家颠覆[122],宗庙为墟。呜呼!人之云亡[123],邦国殄瘁[124],不其然与?

《易》曰:“汤武革命,顺乎天[125]。”《玄》曰:“乱不极。则治不形。[126]”言帝王之因天时也[127]。古人有言曰:“天时不如地利。”《易》曰:“王侯设险,以守其国。[128]”言为国之恃险也[129]。”又曰“地利不如人和[130]”,“在德不在险。”言守险之由人也。吴之兴也,参而由焉[131],《孙卿》所谓合其参者也[132]。及其亡也,恃险而已,又《孙卿》所谓舍其参者也。

夫四州之萌非无众也[133],大江之南非乏俊也[134],山川之险易守也,劲利之器易用也[135],先政之策易循也[136]。功不兴而祸遘者[137],何哉?所以用之者失也。是故先王达经国之长规[138],审存亡之至数[139],谦己以安百姓[140],敦惠以致人和[141];宽冲以诱俊乂之谋[142],慈和以结士民之爱[143]。是以其安也,则黎元与之同庆[144];及其危也,则兆庶与之共患[145]。安与众同庆,则其危不可得也;危与下共忠,则其难不足恤也[146]。夫然,故能保其社稷,而固其土宇[147],《麦秀》无悲殷之思[148],《黍离》无愍周之感矣[149]。

注释

〔1〕三方:魏、蜀、吴。　王:称王。

〔2〕中夏:中国。包括今之黄淮流域,长江中游之江北地区,以及甘肃、陕西和辽宁大部。

〔3〕汉氏:指刘备。　岷、益:指巴蜀。岷,岷山。益,益州。　蜀汉全境包括今四川、云南、贵州全部和陕西的一部分。

〔4〕荆、扬:荆州、扬州。　奄:覆盖,引申为包括。　交广:交州、广州。今两广、越南一带。东吴全境包括今长江中下游、浙江、福建、两广地区等。

〔5〕功济:成功。　诸华:中国。《吕览·简选》:“令行中国。”《注》:“中国,诸华。”

〔6〕虐:暴虐。刘良注:"曹操好杀戮,故云虐深民怨。"

〔7〕刘公:刘备。　饰智:弄巧设诈。《淮南子·本经》:"及伪之生也,饰智以惊愚,设诈以巧上。"

〔8〕桓王:孙策。孙权之兄,孙坚之子。孙坚为刘表部将黄祖射杀,策依附袁术。后得其父部曲,渡江转战,在江东建立政权。后被吴郡太守许贡门客刺成重伤而死,孙权称帝追谥长沙桓王。

〔9〕太祖:指大皇帝孙权。

〔10〕叡(ruì 锐)达:明智通达。

〔11〕懿(yì 义)度:犹懿范,美好的风范。

〔12〕不及:赶不上。《论语·季氏》:"孔子曰:'见善如不及,见不善如探汤。'"

〔13〕恤民:体恤,爱民。　稚子:幼子。李善注引谢承《后汉书》:"延笃迁京兆尹,恤民如子。"

〔14〕盛德:大德,指美盛之事。《左传·僖公七年》:"夫诸侯之会,其德刑礼仪,无国不记……作而不记,非盛德也。"　容:人的仪节有一定的法度,故称法度为容。《吕氏春秋·士容》:"此国士之容也。"容此指仪式。

〔15〕亲仁:爱人。《孟子·离娄》:"仁者爱人。"　丹府:赤诚的心。

〔16〕拔吕蒙于戎行:李善引《吴志》:"吕蒙年十五六,随邓当击贼。策见而奇之,引置左右。张昭荐蒙,拜别部司马。"戎行,行伍。

〔17〕识潘濬于系虏:潘濬,原为刘备属下。备领荆州,以濬为治中从事。备入蜀,留典州(荆州)事。""孙权杀关羽,并荆土,拜濬辅中郎将,授以兵。"(《三国志·潘濬传》)李善注引《江表传》:"权克荆州,将吏悉皆归附,而濬独称疾不见。权遣人以床就家舆致之,濬伏面著席不起,涕泣交横,哀咽不能自胜。权慰劳与语,呼其字曰:'承明,昔观丁父,鄀俘也,武王以为军师;彭仲爽,申俘也,文王以为令尹。此二人卿荆国之先贤也,初虽见囚,后皆擢用,为楚名臣。卿独不然,未肯降,意将以孤异古人之量邪?'使亲近以手巾拭其面。濬起下地拜谢。即以为治中,荆州诸军事,一以谘之。"识,用。　系虏:俘虏。

〔18〕推诚:拿出全部真诚,犹推心置腹。

〔19〕恤:忧虑。

〔20〕授器:授职。器,古代标志名位、爵号的器物,引申为职位。

〔21〕权:权力。　逼:接近。

〔22〕执鞭鞠躬，以重陆公之威：李善注引《吴志》：“陆机为逊（陆逊）铭曰：魏大司马曹休侵我北鄙，乃假公（逊）黄钺（帝王之仪仗），统御六师（军）及中军禁卫，而摄行（代行）王事。主上执鞭，百司屈膝。” 执鞭，持鞭驾车。陆公，陆逊。

〔23〕悉委武卫，以济周瑜之师：李善注引《江表传》：“曹公（曹操）入荆州，周瑜夜请见权曰：诸人徒见操书言马步八十万而各恐惧，不复断其事实。今以实较之，不过十五六万，军已久疲。得精兵五万自足制之。权曰：五万兵难卒合，已选三万人，船载粮具俱办。卿与子敬便在前发，孤当增发人众，多载资粮，为军后援也。” 武卫，指孙权禁军。济，助。

〔24〕卑宫：宫室低矮。 菲食：食薄，即吃得简单。菲，薄。

〔25〕披怀：敞开胸怀，比喻诚心相待。 虚己：虚心。

〔26〕谟士：谋士。 筭（suàn 算）：谋划，计谋。

〔27〕鲁肃一面而自托：李善注引《吴志》：“周瑜荐肃，才宜佐时，当广求其比，以成功业，不可令去也。权即召肃与语，甚说（悦）之。众宾罢退，独引肃还，合榻对饮。”一面，只见一面。

〔28〕士燮蒙险而致命：李善注引《吴志》：“士燮，字威彦，苍梧人也。汉时，燮为绥南中郎将，董督（管理）七郡，领交趾太守。孙权遣步骘为交州刺使，燮率兄弟奉承节度。权加燮为左将军，燮遣子廞入质。” 致命，效命。致，五臣本作“效”。

〔29〕高：以之为高。 张公：指张昭。

〔30〕游田：畋猎。李善注引《吴志》：“张昭为军师。权每田猎，常乘马射虎，虎尝突前攀持马鞍。昭变色而前曰：“将军何有当尔？夫为人君者，谓能驾御英雄，驱使群贤，岂谓驰逐于原野，校勇于猛兽者乎？如有一日之患（被虎吃掉），奈天下笑何？权谢昭曰：年少虑事不远，惭君。”

〔31〕贤：以之为贤。贤，善。 诸葛：指诸葛瑾。 情欲：指男女私情。李善注：“诸葛瑾事未详。”

〔32〕感陆公之规，而除刑法之烦：李善注引《吴志》：“陆逊陈便宜（应办的事），劝以施德缓刑，宽赋息调（赋税的一种）。权报曰：君以为太重，孤亦何利焉？但不得已而为之尔。于是令有司（主管者）尽写科条，使郎中褚逢赍（送）以就逊，意所不安（妥），令损益之。” 感，感动。规，劝谏。烦，苛多。

〔33〕奇刘基之议，而作三爵之誓：李善注引《吴志》：“权既为吴王，欢宴之

末,自起行酒(依次斟酒)。虞翻伏地佯醉,不持。权去,翻起坐。权于是大怒,手剑欲击之。侍坐者莫不惶遽,惟大司农刘基起抱权,谏曰:大王三爵后杀善士,虽翻有罪,天下熟知之?翻由是得免。权因敕(特指皇帝的命令)左右,自今酒后言杀,皆不得杀。" 三爵:指醉酒。爵,古代酒器。《礼记》孔《疏》:"臣侍君宴,过之爵非礼也。"誓,告戒之辞。

〔34〕屏气:抑制呼息,不敢出声,形容恭谨畏惧的神态。 踽蹐(jú jí 局急):行动小心戒惧的样子。踽,弯曲,此指弯腰。蹐,小步、轻步。《诗·小雅·正月》:"谓天盖高,不敢不踽,谓地盖厚,不敢不蹐。" 子明:吕蒙,字子明。李善注引《吴志》:"吕子明疾发,权时在公安(地名),迎置内殿,所以治护者万方,募封内(统治区内)有能愈蒙者,赐千金。(权)欲数见其颜色,又恐其劳动,常穿凿壁瞻之,见其小能下食则喜,顾左右言笑;不然则咄唶(叹息),夜不能寐。" 伺:暗中探视。

〔35〕分滋损甘,以育凌统之孤:李善注引《吴志》:"凌统卒,权为之数日减膳,言及流涕。乃列封统二子,年各数岁(几岁),权内养于宫,爱待与诸子同。宾客进见,呼示之曰:此吾虎子也。"分滋损甘,指父母对儿女的慈爱。

〔36〕登坛:升登坛场。古时帝王即位、祭祀、会盟、拜将,多设坛场,举行隆重仪式。此指即位。 慷慨:胸襟开阔。 鲁子:黄侃《文选平点》:"归鲁子之功句,据注,鲁子改子敬……下句称诸葛瑾之字,则此亦当称字也。"李善注引《吴志》:"权既称尊号(称帝),临坛顾谓公卿曰:昔鲁子敬尝道此(指当称帝),可谓明于事势(形势)矣。"

〔37〕削投:丢弃。李善注引《吴志》:"时或(有人)言诸葛瑾别遣亲人与备相闻。权曰:孤与子瑜有死生不易之誓,子瑜之不负孤,犹孤不负子瑜也。"

〔38〕谟:谋。

〔39〕咸:皆。 肆力:尽力。

〔40〕洪规远略:远大的谋略,指一统天下,

〔41〕猒(yàn 厌):同"餍",足。 区区:小小的样子。《左传·襄公十七年》:"宋国区区。"李善注:"言其规略宏远,不安兹小国也。"

〔42〕苟合:差不多。《论语·子路》:"子谓卫公子荆善居室(管家理财),始有,曰:'苟合矣。'(合要求)少有,曰:'苟完(完备)矣。'富有,曰:'苟美(美好)矣。'"

〔43〕庶务:各种事务。 遑:暇。

〔44〕建业:今南京市。

〔45〕礼秩:谓礼仪、秩禄上的待遇。《左传·庄公八年》:"僖公之母弟曰夷仲年,生公孙无知,有宠于僖公,衣服礼秩如适。"

〔46〕天子:指孙权。张铣注:"初都建业郡,群臣请备礼,即登天子位,而权不许也。谓我何者,言天下以我无心存汉矣。"

〔47〕朕(zhèn 阵):古人自称之词。从秦始皇起,专为皇帝自称。

〔48〕舆服:车服。车乘、衣冠、章服之总称,古代有车服之制,以表明等级。《史记·平准书》:"宗室有士公卿大夫以下,争于奢侈,室庐舆服盖(超越)于上(皇帝),无限度。" 慊(qiàn 欠)如:不足。

〔49〕爰及:至于。连词。 中叶:吕延济注:"中叶谓权中年之时。"

〔50〕天人:天道与人事。分(fèn 愤):名分,职分。天人之分既定,指魏、蜀、吴三国各据一方的大局已定。

〔51〕百度:各种制度。 粗修:粗略修治。

〔52〕醲(nóng 农)化:隆盛的教化。 懿纲:完美的纲纪。

〔53〕齿:同列。

〔54〕抑:不过。连词,表轻微转折。 体国经邦:泛指治理国家。《周礼·天官》:"惟王建国,辨正方位,体国经野,设官分职,以为民极。" 具:才具。

〔55〕为政:处理政务。此指处理国事。《论语·为政》:"子曰:'为政以德,譬如北辰居其所而众星拱之。'"

〔56〕地方:指方圆。

〔57〕带甲:指兵。

〔58〕野沃:土地肥沃。 兵练:兵精。

〔59〕器:武器。

〔60〕负:背。

〔61〕阻:阻隔。负海阻险,指地利易守。

〔62〕区宇:区域,地区。指东吴之地。

〔63〕带:环绕。带,用如动词。 封域:指统治的地区。

〔64〕巨:《吴志》注作"见"。

〔65〕借使:假使。 中才:中等才干的人。指国君。

〔66〕善人:指干臣。《左传·襄公三十年》:"善人,国之主(栋梁)也。"

〔67〕敦率:遵守。 遗典:先王的典章,法纪。

〔68〕谨政:谨慎施政。

〔69〕定策:既定之策。

〔70〕常险:永远险要之地。

〔71〕长世永年:千秋万代。

〔72〕唇齿之国:唇齿相依之国。比喻两国互相依存,如唇和齿,唇亡则齿寒。李善注引《左氏传》:"宫之奇曰:谚所谓辅车相依,唇亡齿寒。"

〔73〕藩援:藩篱之助。援,助。 与国:相与友善的国家。

〔74〕郊境:城外的地域,此指边境。《晋书·羊祜传》:"昔吴不恭,负险称号(帝号),郊境不辟,多历年所。"

〔75〕长毂(gǔ 古):兵车。

〔76〕川阨(ài 艾):河道狭险。 阨,通"隘"。

〔77〕惊波:惊涛骇浪。

〔78〕启行:起程,出发。李善注引《诗》:"元戎十乘,以先启行。"

〔79〕舳舻(zhú lú 逐卢):泛称船只。舳,船后舵;舻,船头。舳舻千里,言其船多,前后相衔,千里不绝。

〔80〕前驱:前锋,先行。

〔81〕刘氏:指西蜀。 伐:出击。

〔82〕陆公(陆逊)喻之长蛇,其势然也:李善注:"蛇斗,以首尾救,故锐师百万,而无所师也。"刘良注:"陆逊比蜀兵为长蛇者,言其地狭,首尾不得相救,其势合然也。"

〔83〕朝臣:指东吴朝中大臣。

〔84〕险:使其险。积石塞江,水道窄,水流急,故险。

〔85〕机械:兵器。

〔86〕谘(zī 资):征求意见。 陆公:指陆抗。

〔87〕四渎(dú 独):长江、黄河、淮河、济水之总称。因其独流入海故称。节宣:节制宣泄。宣,通。

〔88〕遏:止。指积石塞流。

〔89〕彼:指曹魏。 长技:擅长之技艺。《管子·明法解》:"明主操术任臣下,使群臣效其智能,进其长技。"

〔90〕舟楫:泛指船。

〔91〕谨守:小心把守。 峡口:长江出蜀的险隘。 《水经注·江水》:"宜

都记曰:自黄牛滩东入西陵界,至峡口百许里。山水纡曲,而两岸高山重障,非日中夜半,不见日月。"

〔92〕禽:通"擒"。

〔93〕逮:及。　步阐:吴将步骘之子。继业为西陵督,加昭武将军,封西陵侯。后据城叛吴降晋。步阐之乱即指此。

〔94〕宝城:指陆抗所筑之城,在东阬上,位于步阐守城之北。　强寇:指晋兵。

〔95〕资币:财物。　群蛮:指西南少数民族。

〔96〕大邦:指西晋。

〔97〕云翔:形容多。　电发:形容快。

〔98〕旍(jīng 精):旗之总称。　江介:江中。介,处于二者之中。指江两岸之间。

〔99〕渚(zhǔ 主):江中小州,此指江岸。

〔100〕襟带:谓山川屏障环绕,如襟如带,比喻地势险要,此指防守有力,用如动词。

〔101〕巴汉舟师:指晋巴东监军徐胤所率救阐之水军。步阐据城叛吴降晋,陆抗分兵围阐,晋派兵来救。舟师,水军。

〔102〕陆公:指陆抗。　偏师:一支军队,非主力。

〔103〕东阬(gāng 冈):地名。在西陵步阐所据之城的东北,长十余里。

〔104〕案甲:按兵不动。　养威:养精蓄锐。

〔105〕反虏:反叛之贼,指步阐。　踠(wǎn 晚)迹:俯伏。踠,曲。

〔106〕北窥:指投晋。

〔107〕强寇:指晋军。　败绩:大败。　宵遁:夜里逃走。

〔108〕太半:过半。

〔109〕分命:另命。

〔110〕御:抵御。

〔111〕捷:胜利。李善注引《吴志》:"西陵督步阐据城以叛,遣使降晋。陆抗闻之,因部分诸军吴彦等径赴陵,敕(整饬)军营,更筑严围,自赤溪至故市,内以围阐,外以御寇(晋军)。围备始合,晋巴东监军徐胤率水军诣(到)建平,荆州刺史杨肇至西陵。抗令张咸固守其城。公安督留虑距(拒)胤,身率三军,凭围对肇。肇攻至月余,计屈夜遁。抗使轻骑蹑(追击)之,肇大破败,胤等引

还。抗遂陷西陵城,诛夷阐族。”

〔112〕信:确实。

〔113〕贤人:指陆抗。

〔114〕烽燧(suì 岁):烽火。古代边防报警的两种信号。白天放烟叫“烽”,夜间举火叫“燧”。

〔115〕虞:忧。

〔116〕潜谋:阴谋。　兆:苗头,征兆。

〔117〕衅:裂痕,矛盾。　骇:惊扰。

〔118〕太康之役:李善注引干宝《晋纪》:“太康元年四月,王濬鼓噪,入于石头。吴主孙皓面缚舆榇降于濬。”太康之役指此。

〔119〕众:指晋兵。　曩日、向时:李善注:“皆谓曹、刘之世。曩日之师,指曹操、刘备的军队。

〔120〕广州之乱:指郭马谋反。

〔121〕愈:通“逾”,超过。李善注引《吴志》:“孙皓天纪三年,郭马反,攻杀广州督都虞授。马自号督都交、广二州诸军事,安南将军。”李周翰注:“广州遭乱,岂不由无良臣明主也?”

〔122〕邦家:国家,指吴。

〔123〕人:贤人,此指陆抗。　云:助词,无义。

〔124〕邦国:古诸侯之封土,大曰邦,小曰国。此邦国谓国家,指东吴。　殄瘁(tiǎn cuì 舔粹):病困,憔悴。李善注引《诗·大雅·瞻卬》:“人之云亡,邦国殄瘁。”

〔125〕汤、武:商汤、周武王。汤武革命,指商汤用武力推翻夏桀,周武王用武力推翻商纣王,建立政权。《周易·革》:“汤武革命,顺乎天而应乎人。”

〔126〕乱不极则治不形:李善注引《太玄经》:“阴不极则阳不生,乱不及则德不形。”形,显露。

〔127〕因:顺随。　天时:指阴晴寒暑之宜于攻战否。(用杨伯峻说)李善注引《孟子》:“天时不如地利,地利不如人和。”

〔128〕王侯:《易·坎》作“王公”。　设险:人为设置险要,如筑城墙,挖护城河之类属此。

〔129〕恃险:仰仗险要之处。

〔130〕地利:指高城深池山川险阻。　人和:指人心所向,内部团结。

〔131〕参(sān 三)由:由三,即由天时、地利、人和。

〔132〕《孙卿》:《孙卿子》,即《荀子》。　合参:道合天、地、人三者。李周翰注:"言吴之兴也,天时、地利、人和,三者并用也。参,三也。合其之者,谓道合于天地人。"

〔133〕四州:指荆州、扬州、交州、广州。　萌:通"氓",民。

〔134〕大江:指长江。　俊:指才智出众的人。

〔135〕劲利:强弩利剑。

〔136〕先政:先代君主的政策策略。指孙权时代的政策策略。

〔137〕遘:遇。

〔138〕先王:古代帝王。　达:通晓。　经国:治理国家。

〔139〕审:详查。　至数:最高的气数。

〔140〕谦己:自谦。

〔141〕敦惠:厚惠。

〔142〕宽冲:指政治、言论上的宽松。　俊乂:俊杰。

〔143〕士民:庶民,百姓。

〔144〕黎元:黎民,普通百姓。

〔145〕兆庶:犹言兆民,即亿万民众。

〔146〕恤:忧。

〔147〕土宇:疆土与宫殿。

〔148〕《麦秀》:即《麦秀歌》,亦名《伤殷操》。《史记·微子世家》载:"箕子朝周,过故殷墟,感宫室毁坏,生禾黍,箕子伤之,欲哭则不可,欲泣为其近妇人,乃作《麦秀》之诗以歌咏之。"

〔149〕《黍离》:《诗·王风》中的篇名。李善注引《毛诗序》:"《黍离》闵(悯)宗周也。周大夫行役,过故宗庙宫室,尽为禾黍,故为《黍离》之诗。"

今译

从前魏蜀吴三国鼎足为王,曹魏握有国中华夏,刘备占据岷山益州,吴主控制荆扬交广。曹魏虽然在国中华夏取得成功,而暴虐太甚了,民怨太大了。刘备利用地势险阻弄巧设诈,功业太薄了,民俗太陋了。至于东吴,桓王以武力奠基,太祖靠德政成业。明智通

达，美好风范弘扬远方。求贤才唯恐赶不上，爱庶民犹如爱幼子。接待士人举行盛大礼仪，亲近仁爱倾注一片丹心。擢拔吕蒙于行伍之中，赏识潘濬于俘虏之列。推心置腹信任贤才，不担心自己受人欺骗。量才授职务，不怕权大威胁自己。亲自为陆公拉马执鞭，以此增强他的威风。禁卫武装全部交给周瑜，以此壮大他的兵力。低筑宫殿，简化膳食，以增加功臣的赏赐。胸怀坦荡谦虚，接受谋士妙计。所以同鲁肃只见一面便委以重托，士燮历尽艰难险阻而效命。高看张昭的德言，减少畋猎的娱乐。以诸葛瑾谏言为贤明，割舍男女之恋情。为陆公劝谏所打动，删除烦苛之刑法。为刘基不可醉杀虞翻的建议所警醒，立下"三爵"言杀无效之誓言。屏气谦恭小心翼翼，以探视吕蒙的疾病。如同慈爱自己的子女，去抚养凌统的遗孤。登坛即位胸襟开阔，功劳归于鲁肃子敬。抛弃小人流言蜚语，相信子瑜高风亮节。因此忠臣竞相献策，志士竭诚效力，宏图大略，本不满足于区区东吴之国。配置各种官员已差不多，只是许多政务尚未来得及处理。

开始定都建业，群臣请求举行登基大典，君侯推辞不许，说："天下将如何说我呢！况'车服'之制尚不完备。"待到中叶，三国鼎足而立的大局已成，朝廷各种制度初步修定，虽然隆盛的教化与完美的纲纪尚不能同前代相比，但治理国家的才具，也足以执政了。方圆几万里，兵将上百万，土地肥沃，兵士精干，武器锋利，财物雄厚。东靠茫茫大海，西临高山险阻，长江控制全区，峻山环绕疆域。国家的有利条件，未见有如此之大的。假使中等才能之君以道守业，栋梁之臣辅佐有术，遵循先王典章，勤于爱民，慎于施政，遵守既定国策，把住永恒天险，则可以万古千秋，未有危亡之忧了。

有的说：东吴和西蜀是唇齿相依的国家，蜀灭则吴亡，道理就是这样。西蜀，它对东吴犹如篱笆，并不能决定东吴的存亡。为何？两国交界之处，重山峻岭，陆路没有可通战车之途；河道狭险，水路有惊涛骇浪之难。即使有精锐部队百万，启程前行的也不过千人。

战船千里,前锋也不过百艘。所以刘备出击,陆公将其比做长蛇,地理形势使其如此。过去西蜀初亡,东吴朝臣献不同的谋略,有的要江中堆石以增险流,有的要制造兵器以防事变。天子总汇群议咨询大司马陆公,陆公认为江、河、淮、济是天地用来调节气候的,当然没有积石塞流之理,兵器则是敌我所共有的,曹魏倘若避长就短,来到荆、扬争夺舟船之利,则是天助我也。将士小心把守峡口,以等待擒敌就是了。到了步阐叛吴降魏之乱,依靠坚固城池诱敌深入,利用重金笼络群蛮。当时晋国大兵,如云飞电掣,江中悬战旗,两岸扎营垒,犹如襟带锁住险吴,以阻止东吴之兵向西进发。徐胤率领巴汉水军沿江东下。陆公用一支三万人的非主力部队,北上占据东阬,深挖城壕高筑城墙,按兵不动养精蓄锐。反贼步阐俯伏待毙,而不敢北窥求生之路,强虏大败,连夜逃窜,军队伤亡大半。陆公又另命精兵五千,往西抵御晋之水军,东西同获大捷,献上俘虏数以万计。确实啊,贤才的计谋,怎能欺骗我们呢!从此很少有烽烟警报,疆域之内亦少入侵之忧。陆公去世以后,西晋的阴谋就有了迹象,东吴君臣裂痕深,全国军队骚动。太康元年孙皓降晋那场战役,晋兵没有从前曹操刘备兵多;郭马广州叛乱,造成的祸害超过曹刘时带来的灾难。国家颠覆,宗庙化为废墟。呜呼!陆公人亡,国家病困,难道不是这样吗?

《易经》说:“商汤武王革命,顺乎天而应乎人。”《太玄经》说:“乱不到极点便不能出现治。”讲的是帝王依靠天时。古人有句话:“天时不如地利。”《易经》说:“王侯构筑险要,以保卫他的国家。”讲的是保卫国家仰仗险要。古人又说:“地利不如人和。”“卫国靠德不靠险。”讲的是把守险要处由人。吴国兴起,是由天时、地利、人和三者所致,就是《荀子》所说的天时、地财、人治三者合一。及其灭亡,是只靠险要而已,又如《荀子》说的是舍弃天时、地财、人治的结果。

荆、扬、交、广四州之民不是不多,大江之南并非缺少英才,山川险要容易防守,劲弓利剑等兵器易于使用,先代国君的政策策略容易遵循，而功不成却遭祸，为何？是因为用人的错误啊！因此先王治理国家的长远法则，是明察存亡的最大气数，自谦以安定百姓，厚施恩惠以致人和；政治宽松吸引俊杰献策，仁慈和合以凝聚百姓的爱心。因此国安，则百姓与之同欢乐；国危，则庶民与之共患难。安，与众同欢乐，那么国危则不可能；危，与民共患难，那么其难不足忧。这样，就能保住社稷，巩固疆土，《麦秀》就不会有哀痛殷亡之思，《黍离》就不会有悲悯周灭之叹了。

（赵福海译注并修订）

五等诸侯论一首

陆士衡

题解

上古实行分封制，把爵位分为公、侯、伯、子、男五等。陆机这篇论文，追述了分封制出现的时代，探讨了分封制产生的原因和过程，肯定了分封制在历史上的重要作用。陆机运用历史事例进行对比论证，说明分封制优于郡县制。周王朝到了晚期，虽然衰落而没有迅速灭亡，是由于实行了分封制；秦王朝二世而覆灭，是由于实行郡县制。

该文声调和谐，铿锵悦耳，在音节上具有抑扬顿挫之美，还不时地运用叶韵之句，读来琅琅上口。

但是，这是一篇政治复古论，历史倒退论。在分封制消失500年后，陆机仍以分封制总体上优于郡县制，违反历史发展规律。汉代吴楚七国之乱是部分保留分封制的恶果，其迅速失败证明郡县制适合历史需要。陆机死前不久发生八王之乱，前后16年，造成严重后果，也是有力的回答。如分封制可保长治久安。不如回到老子“小国寡民，邻国相望，鸡犬之声相闻，民至老死不相往来”的模式幻想，这可能吗？

原文

夫体国经野〔1〕，先王所慎〔2〕；创制垂基〔3〕，思隆后叶〔4〕。然而经略不同〔5〕，长世异术〔6〕，五等之制〔7〕，始于黄唐〔8〕。郡县之治〔9〕，创自秦汉〔10〕。得失成败〔11〕，备在典谟〔12〕，是以其详〔13〕，可得而言。

夫先王知帝业至重[14]，天下至旷[15]。旷不可以偏制[16]，重不可以独任[17]；任重必于借力[18]，制旷终乎因人[19]。故设官分职[20]，所以轻其任也[21]；并建五长[22]，所以弘其制也[23]。于是乎立其封疆之典[24]，财其亲疏之宜[25]，使万国相维[26]，以成盘石之固[27]，宗庶杂居[28]，而定维城之业[29]。又有以见绥世之长御[30]，识人情之大方[31]；知其为人不如厚己，利物不如图身[32]；安上在于悦下[33]，为己在乎利人。故《易》曰[34]："说以使民[35]，民忘其劳。"孙卿曰[36]："不利而利之[37]，不如利而后利之之利也。"是以分天下以厚乐[38]，而己得与之同忧[39]；飨天下以丰利[40]，而我得与之共害。利博则恩笃[41]，乐远则忧深[42]。故诸侯享食土之实[43]，万国受世及之祚矣[44]。

夫然[45]，则南面之君[46]，各务其治[47]；九服之民[48]，知有定主。上之子爱于是乎生[49]，下之体信于是乎结[50]。世治足以敦风[51]，道衰足以御暴[53]。故强毅之国[53]，不能擅一时之势[54]；雄俊之士[55]，无所寄霸王之志[56]。然后国安由万邦之思治[57]，主尊赖群后之图身[58]。譬犹众目营方[59]，则天网自昶[60]；四体辞难[61]，而心膂获乂[62]。三代所以直道[63]，四王所以垂业也[64]。

夫盛衰隆弊[65]，理所固有；教之废兴，系乎其人[66]。愿法期于必凉[67]，明道有时而暗[68]。故世及之制[69]，弊于强御[70]；厚下之典[71]，漏于末折[72]。侵弱之衅[73]，遘自三季[74]；陵夷之祸[75]，终于七雄[76]。昔者成汤亲照夏后之鉴[77]，公旦目涉商人之戒[78]，文质相济[79]，损益有物[80]。故五等之礼，不革于时[81]，封畛之制[82]，有隆焉尔者[83]，岂玩二王之祸[84]，而暗经世之筭乎[85]？固知百世非可悬御[86]，善制不能无弊[87]，而侵弱之辱，愈于殄祀[88]，土崩之困[89]，痛于陵夷也[90]。是以经始权其多福[91]，虑终取其少祸[92]。非谓侯伯无可乱之符[93]，郡县非致治之具也[94]。故国忧赖其释位[95]，主弱凭其翼戴[96]。及承微积弊[97]，王室遂卑[98]，犹保名位[99]，祚垂后嗣[100]，皇统幽而不辍[101]，神器否而必存者[102]，岂非置势使之然与[103]？

降及亡秦[104]，弃道任术[105]，惩周之失[106]，自矜其得[107]。寻斧始终所庇[108]，制国昧于弱下[109]，国庆独飨其利[110]，主忧莫与共害[111]。虽速亡趋乱[112]，不必一道[113]；颠沛之衅[114]，实由孤立[115]。是盖思五等之小怨[116]，忘万国之大德[117]，知陵夷之可患[118]，暗土崩之为痛也[119]。周之不竞[120]，有自来矣[121]。国乏令主[122]，十有余世，然片言勤王[123]，诸侯必应[124]，一朝振矜[125]，远国先叛[126]。故强晋收其请隧之图[127]，暴楚顿其观鼎之志[128]，岂刘项之能阙关[129]，胜广之敢号泽哉[130]？借使秦人因循周制[131]，虽则无道[132]，有与共弊[133]，覆灭之祸[134]，岂在曩日[135]！

汉矫秦枉[136]，大启侯王[137]。境土逾溢[138]，不遵旧典[139]。故贾生忧其危[140]，朝错痛其乱[141]。是以诸侯阻其国家之富[142]，凭其士民之力[143]，势足者反疾[144]，土狭者逆迟[145]。六臣犯其弱纲[146]，七子衢其漏网[147]。皇祖夷于黥徒[148]，西京病于东帝[149]。是盖过正之灾[150]，而非建侯之累也[151]。然吕氏之难[152]，朝士外颐[153]；宋昌策汉[154]，必称诸侯[155]。逮至中叶[156]，忌其失节[157]，割削宗子[158]，有名无实[159]，天下旷然[160]，复袭亡秦之轨矣[161]。是以五侯作威[162]，不忌万邦[163]；新都袭汉[164]，易于拾遗也[165]。光武中兴[166]，纂隆皇统[167]，而犹遵覆车之遗辙[168]，养丧家之宿疾[169]。仅及数世[170]，奸轨充斥[171]，卒有强臣专朝[172]，则天下风靡[173]，一夫纵衡[174]，则城池自夷[175]，岂不危哉[176]！

在周之衰[177]，难兴王室[178]，放命者七臣[179]，干位者三子[180]。嗣王委其九鼎[181]，凶族据其天邑[182]，钲鼙震于阃宇[183]，锋镝流乎绛阙[184]。然祸止畿甸[185]，害不覃及[186]，天下晏然[187]，以治待乱[188]。是以宣王兴于共和[189]，襄惠振于晋郑[190]。岂若二汉[191]，阶闼暂扰[192]，而四海已沸[193]，孽臣朝入[194]，而九服夕乱哉[195]！

远惟王莽篡逆之事[196]，近览董卓擅权之际[197]，亿兆悼心[198]，愚智同痛[199]。然周以之存，汉以之亡，夫何故哉？岂世乏曩时之臣[200]，士无匡合之志欤[201]？盖远绩屈于时异[202]，雄心挫于卑势耳[203]。故烈士扼腕[204]，终委寇雠之手[205]；中人变节[206]，以助虐国之桀。虽复时有鸠合同志[207]，以谋王室[208]，然上非奥主[209]，下皆市人[210]，师旅无先定之班[211]，君臣无相保之志[212]。是以义兵云合[213]，无救劫弑之祸[214]；民望未改[215]，而已见大汉之灭矣。或以诸侯世位[216]，不必常全，昏主暴君[217]，有时比迹[218]，故五等所以多乱。今之牧守[219]，皆以官方庸能[220]，虽或失之[221]，其得固多[222]，故郡县易以为治。

夫德之休明[213]，黜陟日用[224]，长率连属[225]，咸述其职[226]，而淫昏之君[227]，无所容过[228]，何则其不治哉[229]？故先代有以之兴矣[230]。苟或衰陵[231]，百度自悖[232]，鬻官之吏[233]，以货准才[234]，则贪残之萌[235]，皆如群后也[236]。安在其不乱哉[237]？故后王有以之废矣。且要而言之[238]，五等之君，为己思治；郡县之长，为利图物。何以征之[239]？

盖企及进取[240],仕子之常志[241];脩己安民[242],良士之所希及[243]。夫进取之情锐[244],而安民之誉迟[245]。是故侵百姓以利己者[246],在位所不惮[247];损实事以养名者[248],官长所夙夜也[249]。君无卒岁之图[250],臣挟一时之志[251]。五等则不然[252],知国为己土,众皆我民[253],民安己受其利,国伤家婴其病[254]。故前人欲以垂后[255],后嗣思其堂构[256],为上无苟且之心[257],群下知胶固之义[258]。使其并贤居治[259],则功有厚薄[260];两愚处乱[261],则过有深浅[262]。然则八代之制[263],几可以一理贯[264];秦汉之典,殆可以一言蔽矣[265]。

注释

〔1〕体国经野:指治理国家。体国,营建京城中的宫城城门和道路,有如人体有四肢。体,分划。 经野:管理郊野的丘甸沟洫,有如织机上的丝纱有经有纬。经,分划。经野,胡克家《文选考异》:"袁本、茶陵本'经野'作'营治'。按:二本是也。"

〔2〕先王:前代的帝王。

〔3〕创制:建立制度。 垂基:把基业传给后世子孙。此指皇位的承袭。

〔4〕隆:兴盛,使兴隆。 后叶:后代。

〔5〕经略:筹划,治理。

〔6〕长世:绵续久存。 异术:不同的方法。

〔7〕五等:指五等爵:公、侯、伯、子、男。

〔8〕黄唐:黄帝和唐尧。黄帝,古代传说中的部落酋长。尧,古代传说中古帝陶唐氏的号。初封于陶,又封于唐。

〔9〕郡县:古代行政区划名。秦统一六国后,置三十六郡,以统其县,为郡县政治之始。

〔10〕秦汉:秦朝和汉朝。汉继承了秦朝的郡县制,又鉴于秦以郡县而亡,把全国分为郡和国两种,郡由朝廷直辖,国分给同姓或异姓诸侯。

〔11〕得失成败:考察古今的得失,检验行事的成败。

〔12〕典谟:法典图籍等重要文献,如《尚书》有《尧典》《大禹谟》。

〔13〕是以:以是,因此。

〔14〕帝业:建立王朝的事业。

〔15〕旷:广大,空阔。

〔16〕偏制:独自控制。偏,唐写本作"遍"。

〔17〕任:担负,胜任。

〔18〕借力:凭借外力。

〔19〕乎:于。　因:依靠。

〔20〕分职:分掌各自的职务。

〔21〕轻:使……轻。

〔22〕五长:五个诸侯国之中设一人为长。

〔23〕弘:扩大。

〔24〕封疆:疆界,在边界上植树作为标记。　典:法则,制度。

〔25〕财:通"裁",制定,裁定。

〔26〕维:系,连结。

〔27〕盘石:巨石。比喻稳定坚固。

〔28〕宗庶:宗子和庶子。宗子,嫡长子。古代宗法制度,嫡长子承继大宗。庶子:妾所生之子,妻所生之子除长子得为嫡子外,其余的也称庶子。

〔29〕维城:连城以维国。

〔30〕绥世:安定社会。　长御:久远的控制之策。

〔31〕人情:人心,世情。　大方:大道理,方,常,常理。

〔32〕物:人,别人。

〔33〕安:使……安定。

〔34〕易:《周易》,也称《易经》,古代的卜筮之书,下面所引用的两句话,出自《周易大传·兑卦》。

〔35〕说:"悦"的古字。说以使民:今本《周易》作"说以先民",意思是执政者以悦民之道导民前进。

〔36〕孙卿:即荀子,姓荀,名况,字卿。古时,"荀"、"孙"二字读音相近,所以也称他孙卿或孙卿子。荀子是战国末期赵国人,是儒家学派的集大成者。下面所引的一段话,出自《荀子·富国》。

〔37〕不利而利之:不给人民利益而索取人民。第一个"利"是利人,第二个

“利”是索取。荀子在这两句话之后,还有一大段论述,君王有了利益而后索取人民,爱护人民而后使用人民,是保有国家的君主。

〔38〕天下:指天下的百姓。

〔39〕之:指天下的百姓。

〔40〕飨(xiǎng 想):用酒食招待人。此指给人好处。

〔41〕笃(dǔ 堵):深,深厚。

〔42〕乐:使……乐。

〔43〕诸侯:古代对中央政权所分封各国国君的统称。周时诸侯需要服从王朝的政令,向王朝朝贡、述职、出兵、服役。汉时诸侯国由皇帝派相或长吏治理,王、侯仅食赋税。　食土:收取封国内的赋税而用。

〔44〕世及:父子相传叫“世”,兄弟相传叫“及”。　祚(zuò 坐):福,引申为王朝的国统。

〔45〕然:如此,这样。

〔46〕南面:面朝南,古代以坐北朝南为尊位,所以天子、诸侯见群臣,都南面而坐。此指诸侯的统治。

〔47〕务:致力,从事。

〔48〕九服:相传古代天子所住京都以外的地方按远近分为九等,叫九服。方千里称王畿,其外每方五百里有一个名称,由王畿向远处伸展,依次是侯服、甸服、男服、采服、卫服、蛮服、夷服、镇服、藩服。

〔49〕子爱:像对待儿子一样爱护百姓,即视民如子。

〔50〕体信:亲近,信服。　结:产生结果。

〔51〕治:治理得好,太平,与“乱”相对。　敦风:使民风诚朴敦厚。

〔52〕御:抵抗。

〔53〕强毅:刚强坚定,指强国。

〔54〕擅:拥有,据有。

〔55〕雄俊:雄武俊杰。

〔56〕霸王:霸和王。古时称有天下者为王,诸侯之长为霸。

〔57〕万邦:万国,指诸侯之国。

〔58〕群后:众诸侯。后,君主。　图:计议,谋划。

〔59〕目:网的方孔,比喻诸侯。　营:布居。

〔60〕天网:天布的罗网,比喻王室。　昶(chǎng 敞):通“畅”,通达。

〔61〕四体：四肢，比喻诸侯。　辞：推辞，排除。

〔62〕心膂（lǚ 旅）：心和膂。膂，脊骨。心和膂都是人体的重要部分，多用来比喻亲信和应作为骨干的人。此喻指王室。　乂（yì 义）：治理，安定。

〔63〕三代：夏、商、周。

〔64〕四王：虞舜、夏禹、商汤、周文王，都是开国的贤明君主。　垂业：把基业传给后世子孙。

〔65〕弊：破，坏。

〔66〕系：关系，联系。

〔67〕愿：谨慎善良。指宽松，不是现在的简化字"愿"。　凉：薄，少。指严酷。

〔68〕暗：昏暗。

〔69〕世及：见注〔44〕。

〔70〕强御：横暴有势力。

〔71〕厚下：使诸侯的土地增多，力量增强。

〔72〕漏：疏漏之处。　末折："末大必折"的省语，意思是树枝大了一定会折断树根。与"尾大不掉"之意相近。

〔73〕侵弱：因为衰弱而被侵凌冒犯。　衅（xìn 信）：闲隙，争端。

〔74〕遘（gòu 构）：遭遇。　三季：指三季王，即夏桀、殷纣王、周幽王。季：一个朝代的末世。

〔75〕陵夷：衰微，衰落。

〔76〕七雄：战国时期七个强大的国家，即齐、楚、燕、韩、赵、魏、秦。

〔77〕成汤：商王朝的建立者。夏桀无道，汤举兵讨伐，取得天下，国号"商"。　夏后：夏朝天子，此指夏桀。夏桀是夏代最后一个君主。后，君。鉴：古代用来盛水的大盆，引申为镜子，又引申为可以引为借鉴或教训的事。

〔78〕公旦：周公姬旦。辅佐武王灭纣，建立周王朝。武王死，周公摄政，相传周代的礼乐制度都是周公所制订。　目涉：亲眼见到。　商人：指商纣王。戒：警告。

〔79〕文质：文采与质朴。　济：相辅相成。

〔80〕损益：指礼乐制度改变，如改正朔、易服色之类。

〔81〕革：改变，变革。

〔82〕封畛（zhěn 枕）：疆界。此指帝王把土地分给诸侯，诸侯国各有疆界。

〔83〕焉尔：于此。

〔84〕玩:轻视,不经心。　二王:指夏桀,殷纣。

〔85〕经世:治理世事。　筭(suàn 算):计谋。

〔86〕百世:百代。　悬御:遥控,隔多代而加以控制。

〔87〕善制:好的制度。

〔88〕愈:胜过。　殄(tiǎn 舔):断绝,灭绝。不能祭祀先王,即是国家灭亡。

〔89〕土崩:土崩瓦解的省称,比喻溃败不可收拾。

〔90〕痛:哀痛,沉痛。

〔91〕经始:开始创建。　权:衡量。

〔92〕虑终:谋划结束的事情。

〔93〕侯伯:指诸侯,以侯伯指代公、侯、伯、子、男五等爵。　符:古代朝廷传达命令或征调兵将用的凭证,双方各执一半,以验真假。

〔94〕致治:达到太平盛世。　具:器械,工具。

〔95〕释位:指去位。这句说,天子有难,诸侯去位,为王室谋划,使其安定。

〔96〕翼戴:辅佐拥戴。

〔97〕承微:衰败相连。　积弊:弊病增多。

〔98〕王室:帝王之家,朝廷,对诸侯而言。　卑:衰微,衰弱。

〔99〕名位:名号地位。

〔100〕祚垂后嗣:天子之位传给后代之孙。祚,本为福,引申为帝位。　垂:传给。　后嗣:后代。

〔101〕皇统:帝王历代相传的世系。　幽:昏暗。　辍(chuò 龊):停止,废止。

〔102〕神器:指帝位。　否(pǐ 匹):不通顺,运气不好,与"泰"相对。

〔103〕置:建立,设置。　势:权力,威力,此指诸侯。　与:后来写做"欤"。语气词,吗。

〔104〕降:自上而下。此指时代发展。　亡秦:灭亡了的秦朝。指秦始皇所创立的秦朝。

〔105〕道:指帝王治理国家的原则,即指分封诸侯,拱卫王室。　任:用。术:指君主控制和使用群臣的策略、手段。此指实行郡县制。

〔106〕惩:因受打击而引起警戒。　周之失:指周朝实行分封诸侯的制度,最后天子软弱,诸侯强大,以致失去天下。

〔107〕矜:夸耀。　得:指秦以武力取得天下。

〔108〕寻斧:使用斧子。　庇:庇护,此指遮蔽。《左传·文公七年》记载:

宋成公死后,宋昭公准备杀死同族的公子们,司马乐豫劝谏说:"公族,是公室的枝叶,如果去掉它,那么树干树根就没有树阴遮蔽了。这就是俗话所说的'树荫遮蔽树根,偏偏使用斧子砍树枝'。"宋昭公没有听从乐豫的劝告,结果宋国发生了一场内乱。此用其典。

〔109〕制国:控制国家。　昧:昏暗,昏昧。　弱下:使天子以下的权力都受到削弱。

〔110〕庆:福气,幸福。　飨:通"享",享受。

〔111〕莫:没有人。　共害:共同承担祸患。

〔112〕速:招致。

〔113〕一道:同一种方式。

〔114〕颠沛:仆倒,倾覆。　衅:缝隙,破绽。

〔115〕由:由于。　孤立:孤单无助。

〔116〕是:此。　盖:原来,承接上文,推论原因。

〔117〕万国:万邦,指天下。　大德:重要的方面。《周易·系辞》下:"天地之大德曰生。"使天下人都能生存下去,君主能够建功立业,就是有大德。

〔118〕患:担忧。

〔119〕痛:哀痛。

〔120〕竞:强劲,强盛。

〔121〕自来:由来已久。

〔122〕令主:贤明的帝王。

〔123〕片言:半言,一两句话。　勤王:为王事尽力。《左传·僖公二十五年》:"狐偃言于晋侯曰:'求诸侯莫如勤王。'"本指劝说支持出奔在外的周襄王,恢复天子名位。后世对出兵救援王朝叫勤王。

〔124〕应:响应。

〔125〕一朝:一时。　振矜:骄傲矜夸。振,通震,高亢的样子。

〔126〕远国:边远的诸侯国。

〔127〕强晋:强大的晋国,指晋文公重耳。　收:收取,用。　隧:隧道,特指墓道。古代天子葬礼有隧道。隧,又通"遂",郊外之地,周天子有六乡六遂,诸侯有三遂。这句所涉及的典故取自《左传·僖公二十五年》的记载:周王朝发生争夺王位的内乱,襄王到郑国避难,晋文公出兵护送襄王回京,并请求天子允许他死后以天子的隧道之制举行葬礼,当然隧葬之后,也必定设置六遂以供葬

具。襄王没有答应他。

〔128〕暴楚：强横的楚国，指楚庄王。　顿：停止，止息。　观鼎：图谋天子之位。鼎：古代的一种烹饪器，相传夏禹收九州的青铜铸成九鼎，于是以鼎为传国重器。这句用《左传·宣公三年》所记的故事：楚庄王攻打陆浑之戎，到达洛水，在周朝境内陈兵示威。周定王派遣王孙满慰劳楚庄王。楚庄王问起九鼎的大小轻重。以上两句话，晋、楚二国当时都很强大，都有取得周朝天下的野心。

〔129〕刘项：刘邦和项羽。这两人在秦朝末年，起兵反秦。　阕（kuī 亏）：同"窥"，小视，窃视。此指伺隙而动。　关：一指武关，在陕西省商县西北。秦的南关，刘邦由武关入咸阳。一指函谷关，秦的东关，在河南灵宝县南。项羽率兵至函谷关，派当阳君击关，项羽到达戏地。

〔130〕胜广：陈胜和吴广，秦末农民起义的领袖。秦二世元年（公元前 209 年），被征发戍守渔阳，皆为屯长，行至大泽乡，率戍卒九百人起义。号：发号。指号召起义。　泽：指大泽乡。

〔131〕借使：假使。　因循：守旧法而不加变更。

〔132〕无道：暴虐，没有德政。

〔133〕共弊：共同承担衰败。

〔134〕覆灭：倾覆灭亡。

〔135〕曩（nǎng 攮）日：从前的时期，往日。

〔136〕矫（jiǎo 脚）：纠正。　枉：弯曲，引申为不合正道的。

〔137〕启：开辟。这两句说，汉朝大封子弟为王侯，大的藩国跨州连郡，矫枉过正。

〔138〕逾：超过。　溢：扩大。

〔139〕旧典：以往的典章制度。

〔140〕贾生：指贾谊，汉文帝召为博士，迁太中大夫，他见到诸侯王国势日益强盛，成为割据一方的势力，有的甚至还觊觎帝位，就上《治安策》，指出：中央和诸侯王的关系，像人患了肿胀病，腿肿得和腰一般粗，脚趾肿得和脚一般粗，如不抓紧治疗，"必为锢疾"，提出"欲天下之治安，莫若众建诸侯而少其力"。认为设置强大的诸侯国一定产生相疑之势，"甚非所以安上而全下也"。

〔141〕朝错：即晁（cháo 朝）错，汉景帝即位，迁为御史大夫，上《削藩策》，建议借诸侯王犯错误的时机，削减其封地以尊京师，指出："今削之亦反，不削之亦反；削之，其反亟，祸小；不削，反迟，祸大。"景帝三年，开始削藩。吴、楚七国用

“请诛晁错,以清君侧”的名义,举兵叛乱。后景帝采纳袁盎之言,斩晁错于东市。

〔142〕阻:仗恃。

〔143〕士民:古时士商农工中学道艺或习武的人。

〔144〕势足者:势力强大的诸侯。 疾:迅速。

〔145〕土狭者:土地狭小的诸侯。 逆:叛乱。

〔146〕六臣:指汉初六个谋反的诸侯王:韩信先后被封为齐王、楚王,后被贬为淮阴侯; 黥(qíng 擎):布,即英布,封为淮南王;彭越,封为梁王;韩王信(战国韩襄王的后代),封为韩王;张敖,继父亲张耳之位为赵王;贯高,赵王张敖的相,因谋刺刘邦被捕;卢绾,封为燕王;陈豨,封为阳夏侯。贾谊在《治安策》中列举了上述八个谋叛之人,陆机在本文中提出“六臣”,因为贯高不是王侯,卢绾逃入匈奴,没有把他二人计算在内。 弱纲:指纲纪尚不健全。

〔147〕七子:指汉景帝时发动叛乱的七个同姓诸侯王:以吴王濞为首,又串通了楚王代、赵王遂、胶西王卬、胶东王雄渠、淄川王贤、济南王壁光等谋反。衢(qú 渠):通“觑”,窥探,轻视。此指乘机进犯。《六臣注文选》“衢”作“冲”。 漏网:指汉景帝时法网宽疏。

〔148〕皇祖:指汉高祖刘邦。 夷:创伤。 于:被。 黥徒:指黥布,即英布。高祖十一年,英布发兵反叛。刘邦亲征,被流矢射伤。黥,在罪犯额上刺字,涂以黑墨。“黥”,《晋书》原作“黔”,后改为“黥”。

〔149〕西京:长安,西汉的都城。 病:伤害。 东帝:指吴王刘濞。汉景帝时,吴王发动叛乱,景帝任袁盎为太常,出使吴国,吴王知其前来游说,就笑着说:“我已为东帝,尚谁拜?”

〔150〕过正:指矫枉过正,纠正错误而超过了应有的限度。指汉初设置的诸侯国境土过大,超过以往的规定,因而成祸害。

〔151〕建侯:分封诸侯。 累(lèi 类):忧患,危难。

〔152〕吕氏之难:指汉高祖刘邦的皇后吕雉的侄儿吕产、吕禄等将要发动叛乱,谋取刘氏天下。朱虚侯刘章派人报告其兄齐王刘肥,请他向长安发兵,太尉周勃、丞相陈平作为内应,以诛诸吕。

〔153〕朝士:泛称中央的官吏。 外顾:向外看,指求助分封于京城之外的诸侯。

〔154〕宋昌:代王刘恒(后来的汉文帝)的中尉。 策:谋划。

〔155〕称：举，举兵。据《汉书·文帝纪》记载，高后八年周勃等诛诸吕，派人迎代王为帝。郎中令张武等认为汉大臣习兵事、多谋诈，实不可信，希望代王称病不去。宋昌则驳斥群臣之议皆非，指出“大臣虽欲为变，百姓弗为使，其党宁能专一邪？内有朱虚、东牟之亲，外畏吴、楚、淮南、琅邪、齐、代之强。今高帝子独淮南王与大王，大王又长，贤圣仁孝，闻于天下。故大臣因天下之心，而欲迎立大王，大王勿疑也。”这几句在于说明诸侯是宗室外援的历史事实。

〔156〕逮：到。　中叶：指汉朝中期。

〔157〕忌：憎恨。　失节：丧失操守。指汉代王侯荒淫越法，横逆无道。

〔158〕割削：割去爵位，减削封地。　宗子：本指嫡长子，后泛指皇族子弟。据《史记》、《汉书》记载，元朔二年，主父偃上《推恩》策，建议在诸侯王死后，除嫡长子继承王位外，其他子弟得分割王国的部分土地为列侯，列侯归郡管辖。汉武帝采纳了这个建议，下“推恩令”，王国越分越小。元狩元年汉武帝下令逮捕了阴谋反叛的淮南王刘安和衡山王刘赐，把二国废为郡。武帝又制《附益之法》，“诸侯惟得衣食税租，不与政事。”（《汉书·诸侯王表·序》）。元鼎五年，武帝要列侯献酎（zhòu）金助祭宗庙，以所献酎金分量不足或成色不好为借口，废掉一百零六名列侯，此后又废掉一些列侯。

〔159〕有名无实：指汉武帝之后，王侯只徒有虚名，而没有前代的实权。

〔160〕旷然：空空的样子。

〔161〕袭：相因，继承。　轨：车辙。这句说汉朝重蹈亡秦的覆辙。

〔162〕五侯：同时封侯者五人。汉成帝河平二年封舅王谭平阿侯、王商成都侯、王立红阳侯、王根曲阳侯、王逢时高平侯。　作威：独揽威权，滥用权势。

〔163〕忌：顾忌，畏惧。

〔164〕新都：指王莽。汉成帝永始元年，封王莽为新都侯，治所在南阳新野的都乡。　袭：承袭，取得。

〔165〕拾遗：捡取他人遗失的东西。

〔166〕光武：东汉皇帝刘秀的谥号。　中兴：从衰败而重新兴盛。

〔167〕纂（zuǎn 缵）隆：继承发展。

〔168〕遵：沿着。　覆车：翻车，比喻失败的教训。

〔169〕丧家：丢失家园。　宿疾：旧病，旧患。

〔170〕仅：刚刚。

〔171〕奸轨：为非作歹的人。　充斥：众多，比比皆是。

〔172〕卒(cù 促):突然。　强臣:有权势而强横的大臣。　专朝:在朝廷上专擅大权,独断独行。

〔173〕风靡:顺风而倒。

〔174〕一夫:一个人,指强臣。　纵衡:即纵横,恣肆横行,无所忌惮。

〔175〕夷:平。

〔176〕岂:难道。这几句说没有诸侯援助的后果。

〔177〕衰:衰落,没落,与“盛”相对。

〔178〕难:灾难,动乱。

〔179〕放命:即“方命”,抗命,违命。指不遵天子之制。　七臣:指周惠王时叛逆王命的七个大臣:蒍国、边伯、石速、詹父、子禽、祝跪、苏子。据杨伯峻《春秋左传注》,子禽祝跪实是一人之名,杜预注误以为二人,子禽、祝跪。后世运用《左传》之典时,也延袭其误,因此本文称“七臣”,实为六臣。这段典故出自《左传·庄公十九年》:周庄王宠爱妃妾王姚,生下了子颓,子颓也受到宠爱,聘蒍国为老师。周惠王(庄王之孙)即位之后,把蒍国的菜园占为畜养禽兽的地方。边伯的房子离王宫很近,惠王也占有了。惠王又夺取了子禽祝跪和詹父的土地,收回了膳夫石速的俸禄。蒍国等五位大夫奉子颓攻打惠王,没有得胜,逃亡到温地。苏子事奉子颓逃亡到卫国。卫国、燕国的军队攻打成周,立王子颓为周天子。

〔180〕干位:求取王位。　三子:指子颓、叔带、子朝三个为乱王室的王子。《左传·僖公二十四年》记载:甘昭公(周惠王之子、襄王之弟王子叔带)受到惠后的宠爱,惠后打算立他为嗣君,没有来得及就死去了。甘昭公逃亡到齐国,周襄王让他回来,他又和隗氏私通。襄王废了隗氏,大夫颓叔、桃子奉事叔带攻打襄王,襄王到了郑国。《左传·昭公二十二年》记载:王子朝(周景王的长庶子)、宾起(子朝的师傅)受到周景王的宠信,景王和宾起都喜爱王子朝,打算立王子朝为太子。景王死后,王子朝依仗旧官和百工中丢掉职务俸禄的人以及灵王、景王的族人发动叛乱。

〔181〕嗣王:继位的君王,此指周惠王、襄王、悼王。　九鼎:古代象征国家政权的传国之宝。这句说周朝的三个天子弃国出奔。

〔182〕凶族:叛逆之人。此指“三子”。　天邑:帝王都邑,京都。

〔183〕钲(zhēng 征):古代军中所用乐器名,也叫丁宁,形状如钟而狭长,有长柄,用时口朝上,用槌敲击,行军时用以节止步伐。　鼙(pí 皮):一种军用小

鼓，类似拨浪鼓。 阃（kǔn 捆）宇：指国家，阃，门槛，指国门。宇：屋檐，指国土，国家。

〔184〕锋镝（dí 敌）：泛指兵器。锋，兵刃，镝，箭镞。 流：漫无约束。 绛（jiàng 匠）阙：宫殿的门阙。绛，深红色。古时宫殿涂以朱漆。阙，宫门前的望楼。

〔185〕畿（jī 讥）甸：泛指京城地区。畿：古称天子所领之地，后指京城管辖的地区。甸：古代称京城郊外的地方。王畿千里，千里之内称甸服，离京城五百里。

〔186〕覃（tán 谈）：延长，延深。

〔187〕晏然：安然。

〔188〕以治待乱：以治世对待乱世。这几句说，周惠王、襄王之时，国内虽有动乱，但有诸侯扶持而不至于灭亡。

〔189〕宣王：周宣王。 共和：周厉王时，国人起义，厉王逃到彘。到宣王即位，中间有十四年，号共和。共和十四年，厉王死于彘，召公、周公立宣王。共和名称的由来有两说：一是由召、周二相共同执政，故号共和；一是厉王出奔后，由共和伯代理政事，故号共和。 兴：中兴。

〔190〕襄惠：周襄王和周惠王。 振：挽救，拯救。 晋郑：晋国和郑国。《左传·庄公十九年》记载：周惠王即位后，卫国、燕国的军队攻占成周，立子颓为天子。郑伯与虢叔一起进攻王城，郑伯奉惠王从圉门入城，虢叔从北门入城，杀了王子颓和五个大夫。《左传·僖公二十四年》和《僖公二十五年》记载：周襄王的同母弟叔带领狄人的军队进攻成周，周襄王离开成周到了郑国，叔带住在温邑。晋文公率军包围温邑，迎接襄王，进入王城，在温邑捉住叔带，杀于隰城。

〔191〕二汉：前汉和后汉。

〔192〕阶闼（tà 挞）：指宫城内。闼，门内，门屏之间。 蹔（zàn 赞）：同“暂”，突然，忽然。 扰：变乱。

〔193〕沸：水翻腾的样子。指天下大乱。

〔194〕孽臣：叛乱的臣子。指董卓。东汉末年，董卓带兵入京，废少帝刘辩。

〔195〕九服：见注〔48〕。

〔196〕惟：思，想。 王莽：汉平帝死，王莽立孺子婴为帝，自称摄皇帝，三年以后，自立为皇帝，改国号曰新。 篡（cuàn 窜）逆：篡位叛逆。

〔197〕董卓:东汉少帝时,董卓引兵入朝,强横专擅,自为相国,废少帝,立献帝,凶暴淫乱。又挟持献帝西迁长安,自为太师,位在诸侯王之上。　擅权:独揽大权。

〔198〕亿兆:极言其多,此指天下之人。古时称十万为亿,十亿为兆。　悼心:痛心。

〔199〕痛:哀痛。

〔200〕曩时:从前,此指周朝之时。

〔201〕匡合:纠正聚合。“九合诸侯,一匡天下”,省称为匡合。指汇聚众诸侯,匡正混乱的天下。

〔202〕远绩:远大的功绩。　时异:时世的不同。

〔203〕雄心:求胜之心,相当于“壮志”。　挫:折损,压制。　卑势:地位低贱、势力卑微。这句说没有诸侯的地位,人不威服。

〔204〕烈士:有志于建功立业的人。　扼腕:紧握手腕,表示激怒。

〔205〕委:落入。　寇雠(chóu 仇):仇敌。雠,同“仇”。

〔206〕中人:平常人。　变节:变易节操。　虐国:实行暴政的国家。　桀:夏代最后一个君主,以荒淫残暴著称,后作为暴君的代称。

〔207〕鸠合:聚集,纠合。

〔208〕王室:朝廷,后泛指国家。《汉书·王莽传》记载,王莽自任摄皇帝时,翟义与刘宇、刘璜等联合起来,谋举义兵。《后汉书·董卓传》记载,董卓专擅朝政,尚书、冀州刺史韩馥,侍中、兖州刺史刘岱等,各举义兵讨卓。

〔209〕上:指居于上位的人。　奥主:深沉知人的主人,喻指国君。

〔210〕下:指居于下位的人。　市人:城市居民。

〔211〕师旅:军队的通称。古代军制以二千五百人为师,五百人为旅。班:先后的次序。

〔212〕相保:彼此保护。

〔213〕义兵:仁义之师,为正义而战的军队。

〔214〕救:制止。　劫弑(shì 式):劫持而杀害。弑,臣杀君,子杀父。

〔215〕民望:指百姓盼望汉朝得以恢复安定。

〔216〕世位:子孙代代相传。

〔217〕昏主:胡涂、凶暴的君主。

〔218〕比迹:齐步,并驾。

〔219〕牧守:州郡的长官。州官称牧,郡官称守。

〔220〕官方:做官应守的常道。　庸能:有功绩、有才能。

〔221〕或:有时。

〔222〕固:本来。

〔223〕休明:美善光明。

〔224〕黜陟(chù zhì 怵治):进退人才,降官叫"黜",升官叫"陟"。

〔225〕连属:指一方诸侯之长。古时十国诸侯为一连,连设连帅。五国诸侯为一属,属设属长。

〔226〕咸:都,尽。　述其职:诸侯向天子陈述职守。古时规定,诸侯每五年朝见一次天子。

〔227〕淫昏:荒淫昏乱。

〔228〕容过:容忍过错。

〔229〕何则:为什么呢。

〔230〕兴:指国运兴隆。

〔231〕苟:或许。　衰陵:衰微,衰落。

〔232〕百度:相当于"百事"。　悖(bèi 被):违乱。

〔233〕鬻(yù 玉):卖。

〔234〕货:钱。　准才:衡量才能授官。准,标准,此指作为判断的标准。

〔235〕萌:通"氓",老百姓。

〔236〕群后:诸侯。

〔237〕安:怎么。

〔238〕要:简明扼要。

〔239〕何以:以何,根据什么。　征:证明。

〔240〕企及:指期望上进。　进取:努力向前,有所作为之意。

〔241〕仕子:做官的人。　常志:固有的志向。

〔242〕脩己:自修其身。脩,通"修"。

〔243〕良士:贤士。　希及:很少涉及。希,"稀"的古字,少。

〔244〕情:实际情况,真情。　锐:相当于迅疾。

〔245〕誉:荣誉。

〔246〕侵:侵犯,欺负。

〔247〕在位:指官员。　惮(dàn 旦):畏惧。

〔248〕实事:指政绩。　养名:求取私名。

〔249〕夙(sù 素)夜:早晚。

〔250〕卒岁:终年,全年。

〔251〕挟:怀有,心里藏着。

〔252〕然:如此,这样。

〔253〕众:百姓。

〔254〕婴:环绕,羁绊。　病:痛苦。

〔255〕垂:传给。

〔256〕后嗣:后代继承人。　堂构:先打好堂屋的地基,然后再建造屋宇。喻指祖先的遗业。

〔257〕为上:指在上位的诸侯。　苟且:得过且过,马虎草率。

〔258〕群下:众子弟。　胶固:团结巩固。

〔259〕其:指代分封诸侯制和设立郡县制。　并贤:双方都是贤明之人。居治:居于尊长之位,处理政务。

〔260〕功:政绩。　厚薄:优劣。

〔261〕两愚:双方都是愚钝的人。　处(chǔ 楚)乱:治理乱世。

〔262〕过:错误。　深浅:轻重。

〔263〕然则:既然如此,那么。　八代:指五帝时期和夏、商、周三代。

〔264〕几:差不多。　一理:一个道理。

〔265〕殆:大概,恐怕。　一言:一句话。　蔽:概括。

今译

治理国家经营四野,前代君王十分慎重;创立制度传给子孙,想使后代永远兴盛。然而谋划方式并不相同,治法有异绵续已久。建立五等爵位的制度,从黄帝、唐尧开始,设置郡县治理的区划,由秦朝、汉朝首创。优点缺点成功失败,在典籍里记载完备,因为其中记载详明,所以能够加以谈论。

前代君王知道建立王朝的事业责任重大,国家所有的疆域十分辽阔。土地辽远不能够单靠个人控制,责任重大不能够只凭自己担任;担子沉重一定要凭借外力,控制远方终究要依靠他人。所以设置官员分掌职务,这是用来减轻自己负担的办法;同时设立诸侯之长,这是用来扩大自己控制权的办法。在这时建立起管理国家疆域的制度,制定出适于帝王亲疏的法则,使千万个诸侯国互相连结,而使天下成为稳定坚固的磐石,让宗子和庶子混杂居住,而使帝业收到连城维国的效果。又有用来预见安定社会的长治久安之策,了解人心世情的见识广博之法;懂得君王任用他人比不上增强自己的实力,利于众人比不上多为自己考虑;使君上平安在于使臣下喜悦,为使自己有利在于先使他人得利。所以《周易大传》上说:“执政者如以悦民之道役使百姓,百姓就会忘记自己的劳苦。”荀卿说:“不给人民利益反而对人民索取财利,莫如先给人民利益而后对人民索取财利,则对君王更为有利。”因此把巨大的欢乐分给天下百姓享乐,而自己能够与他们同担忧患;把丰厚的利益给予天下百姓受用,而自己能够与他们共承祸害。利益广施则恩惠深厚,远方得乐则忧思深远。所以诸侯享受收取赋税的实惠,万国得到世代相传的福祉。

如果做到了这一点,那么面南而坐的诸侯,就会各自致力于自己的治理;居住九服的百姓,就会知道自己有固定的君主。在上位的爱民如子的行为从这里就产生了,在下位的亲近信服的做法就结出果。天下太平足够用来使民风敦厚,世道衰微足够用来抵御暴乱。所以强大兴盛的国家,也不能专有一个时期的威势,雄武豪俊的将士,也没有寄托霸王之志的地方。这样做了以后国家安定来自诸侯国的追求太平,君主尊显依赖众诸侯的谋划自身。譬如所有网孔都谋求结成方形,那么天布的罗网自然就会张开;人的四肢都排除艰难困苦,那么心脏和脊骨就会得到安宁。这就是夏、商、周三代能行正直之道的原因,这就是舜、禹、汤、文王四王能够传承王业的原因。

昌盛衰微兴隆破败,是规律所本来就有的,教化的衰败和兴盛,全在于那些执政者。善良宽松的法令一定时期必变严酷,光明之道有的时候会变昏暗。所以父子兄弟相传的制度,弊端在于诸侯势大难以控制,使诸侯土地增多的规定,疏漏就像树枝强大会折断树根。天子衰弱遭受侵凌的瑕隙,从夏商周三个朝代的末世开始,王权衰落所遭受的祸患,一直到战国七雄并立的时期。从前成汤亲自接受夏桀覆亡的教训,周公亲眼见到商纣垮台的鉴戒,文采和质朴须相辅相成,减少或增加礼乐制度。所以分封五等诸侯的礼制,先秦时期没有更改,诸侯划定疆界的制度,在那时期十分盛行,这难道是轻视夏桀商纣二王的祸患,而不明白治理政事的谋略吗?本来懂得隔了多代之后不能永远地控制,好的制度也不能没有弊病,而天子衰弱遭受侵侮的耻辱,胜过国家灭亡,土崩瓦解之后遇到的困扰,比衰落还悲痛。因此创建之始就要选用那些福祚多的谋略,谋划结果就要选用那些祸患少的计策。这不是说分封诸侯的制度没有适于治乱的办法,建立郡县的制度不是达到盛世的条件。所以国家忧患依赖诸侯解脱困境,天子软弱仰仗诸侯辅佐拥戴。等到衰败相连弊病累增,帝王之家于是衰败,依然保有王号地位,天子之位传给后代,帝王世系虽然衰微但是没有废止,帝王之运虽然艰危但是依然存在的原因,难道不是设置诸侯使它这样的吗?

到了灭亡了的秦朝,抛弃前代管理国家的原则,实行控制群臣的策略,接受周朝失败的教训,自夸取得天下的办法。就像砍伐荫庇树干树根的枝叶,治理国家采用削弱臣下的政策,国家福庆独自享受其中的好处,天子忧愁时就没人共担祸患。虽然招致灭亡造成祸乱,不一定由于一种原因,但是国家倾覆危亡,实在出自孤立无援。这原来是只考虑分封五等诸侯的微小毛病,而忘却各个诸侯国家的重大作用,懂得衰微丧败值得担忧,不明土崩瓦解更为哀痛。周朝不强盛,由来已久远。国家缺少英明的天子,已经有十好几代了。一旦骄傲矜夸,远国首先叛乱,然而说一句救援王朝的话,各路诸侯必定响应。所以强大的晋文公收回了实行天子葬礼的企图,横暴的楚庄王消除图谋占有天子之位的想法。既然如此,难道会发生刘邦、项羽窥视关中,陈胜、吴广起义泽野那样的事情吗?假如秦始皇遵循周朝旧制，虽然没有德政，有诸侯同他共担衰微，倾覆灭亡的祸患，怎能在昔日发生！

汉朝矫枉过正，大肆分封侯王，藩国疆域扩大，不守旧的典章。所以贾谊忧虑侯王的危害，晁错担心侯王的变乱。因此诸侯仗恃自己所封之国的富庶，凭借自己属下之民的力量，势力强大的早早谋反，封土狭小的叛乱较晚。汉高祖时六个侯王趁着纲纪不健全起兵谋反，汉景帝时七个侯王窥视法网有疏漏发动叛乱。高祖刘邦被黥布的流矢射伤，西京长安被东帝刘濞所侵害。这本来是矫枉过正造成的祸害，并不是分封诸侯产生的危难。然而吕氏外戚将要发难之时，朝中官员期盼京外侯王救援；中尉宋昌为汉朝社稷出谋划策，一定要靠诸侯王派出军队救援。等到进入汉朝中期，痛恨侯王丧失操守，对皇族子弟割爵削地，侯王有虚名无实权，天下一片空空荡荡。又走上秦国灭亡的道路了。因此五侯独揽朝中大权，毫不顾忌各诸侯国，新都侯王莽夺取汉朝天下，比捡取遗失之物还要容易。东汉光武重新兴盛，继承帝业使其兴隆，却依然沿着翻车的旧辙行进，不治疗使家园丧败的陈年老病。刚刚过去了几个朝代，为非之人就比比皆是，突然有强横的大臣专擅朝权，那么天下的百姓就随风而从。一个强臣横行霸道，那么城池就会夷为平地，这难道还不够危险吗！

在周朝衰微的时候，灾难从王室里产生，违抗天子之命的有七个大臣，谋取天子之位的有三个王子。继位的君王丧失了国家政权，叛逆的臣子占据了帝王京城，钲铙鞞鼓在国土上震响，兵刃箭镞在宫门前横飞。然而战乱只发生在京城郊外，灾祸并不延及天子自身，天子依然安定无事，凭借治世对待乱世。因此周宣王静在共和之后开始中兴，惠王襄王被晋国郑国加以拯救。哪里像前汉后汉那样一蹶不振，宫城之内突然遭到侵扰，而普天之下已经乱如鼎沸；叛逆之臣早晨进入皇宫，而九服之内晚上就乱纷纷了。

想想远代王莽篡位叛逆的事实，看看近世董卓独揽朝政的时候，亿万百姓悲怆伤心，愚人智者一起哀痛。然而周朝凭借诸侯的力量得以存在，汉朝依靠软弱的侯王导致灭亡，那是什么原因呢？难道世上缺少以往时期的忠臣，贤士没有匡世合众的志向吗？原来是建功立业的远大志向由于时代不同不能伸展，求胜争强的壮志由于位卑力微受到挫折罢了。所以志于功业之士愤怒得紧握手腕，终于落入贼寇仇敌的手中；平平常常的人改变了气节操守，并且帮助凶残之国的暴君。虽然又不时有人纠集汇聚志同道合的人，来为帝王之家谋划尽力，然而在上位的不是封国的君主，在下位的都是一般的百姓，出征的军队没有事先规定的次序，君和臣之间没有互相救助的力量。因此伸张正义的军队像云彩一样聚集，不能制止劫持杀害帝王的祸患；百姓期望天下安定的愿望并没有改变，但是见到汉朝已经灭亡了。有人认为诸侯子孙世世代代相传，不一定常有安全的形势，胡涂的帝王残暴的君主，有的时候却会同时出现，所以设置五等诸侯成为变乱频出的原因。现在的州牧郡守，都任用的是守常道有才能的官员，即使有的时候任用不当，但是称职的依然很多，所以实行郡县制度容易仰仗他们进行治理。

天子的品德操行美善光明，进贤退愚天天进行，诸侯的连帅属长带领属下，都向天子陈述职守，而淫乱暴虐的诸侯，没有被放过错误的，怎么能不天下大治呢？所以前代帝王有的凭借诸侯而国家昌盛了。天子或许有时衰微，各种事情荒废违乱，出卖官爵的朝廷要员，根据钱数决定官位，那么贪婪凶狠的富有之民，就都像无道的诸侯了，国家怎么能不动乱呢？所以后世天子有的就把五等诸侯废除了。还是简要地评论一下它们的优劣：分为五等的诸侯，为了子孙永嗣考虑长治久安；任命的郡县长官，为了眼前私利贪图百姓财物。根据什么证明这一点？大概企望上进有所作为，是做官之人都有的愿望；修养自身安定百姓，是贤良之士很少做到的，但是有所作为的心情特别迫切，而使民安定的声誉迟迟不来。因此掠夺百姓而使自己获利的做法，在位的人都肆无忌惮；不做实事却取得美名的情况，官员尊长都梦寐以求。帝王没有全年的安排，臣子怀有暂时的打算。分封诸侯却不是这样。他们懂得封国是属于自己的土地,百姓都是自己的臣民,百姓安定自身就得到其中的好处,封国受损自家就遭受到它的祸害。所以前代诸侯想要把爵位传给后代,后世传人一心想继承祖先基业,居上位的诸侯没有得过且过的想法,众多的子孙懂得团结巩固的道理。假如分封制和郡县制双方都让贤明之人居位治理,那么政绩就有优有劣,双方都让愚钝之人治理乱世,那么错误就有轻有重。既然这样,那么五帝和三王的制度,几乎可以用一个道理贯穿,秦朝和汉朝的典章大概可以用一句话概括了。

(吕庆业译注并修订　陈延嘉再修订)

辩命论一首

刘孝标

题解

魏晋南北朝是动乱杀伐最激烈的历史时期之一。在拉洋片式的改朝换代中,文士受害首当其冲。朝为"伊尹",暮为"盗跖",是他们之中多数人的命运。文士们越是害怕自己的命运,越是要探索命运的奥秘,因此这一时期讨论命运的文章颇多。有的宣扬"生死有命";有的鼓吹"自求多福"。或宣泄"报应无准,天道难凭"的愤激;或称赞"报应不爽,天有公道"的灵验。大凡与自己的处境有关,并非纯理论的探讨。正如钱钟书教授所云:"此犹旧日举子下第者必'言命',而高中者必'论文'也。"(《管锥编·全梁文五十七》)李萧远的《运命论》和刘孝标的《辩命论》,皆类"下第言命"之谈。

辩命,李周翰注:"辨(辩)人死生穷达必有命也。"而刘孝标此作,主要在寄其"不遇之感"。《梁书·刘孝标传》载:"时竟陵王子良博招学士,峻(刘峻,字孝标)因人求为子良国职,吏部尚书徐孝嗣抑而不许,用为南海王侍郎,不就。至明帝(齐明帝萧鸾)时,萧遥欣为豫州,为府刑狱,礼遇甚厚。遥欣寻卒,久之不调。天监(梁武帝萧衍年号)初,召入西省,与学士贺踪典校秘书。峻兄孝庆,时为青州刺史,峻请假省之,坐私载禁物,为有司所奏,免官。……高祖(萧衍)招文学士,有高才者,多被引进,擢以不次。峻率性而动,不能随众沉浮,高祖颇嫌之,故不任用。峻乃著《辨(辩)命论》以寄其怀。"

全文可分四大部分。开头至"上智所不免"为第一部分。以管辂发端,引出"命归之自然",为定命之说立论。

自"是以放勋之世"至"其斯之谓矣"为第二部分。罗列自古至今的大量实例,说明人之灾难、背时、埋没,"咸得之于自然,不假道于才智"。即"死生有命,富贵在天"。骆鸿凯承其先师黄侃之说,认为自"近世有沛国刘瓛以下,则孝标自痛也。"又说:"玉质金相一节,吾师谓其自痛之深。"其实不止几处,几乎处处都能看到刘峻愤激的影子。孝标自齐至梁,身历两朝,仕途坎坷,才高位下,焉不自痛。参阅其《自序》,更可看出"自痛"之深。《自序》说:"余自比冯敬通,有同之者三,异之者四。何则?敬通雄才冠世,志刚金石;余虽不及之,而节亮慷慨,此一同也。敬通值中兴明君,而终不试用;余逢命世英主,亦摈斥当年,此二同也。敬通有忌妻(妒妇),至身操井臼(家务);余有悍室(蛮横之妻),亦令家道轗轲(坎坷),此三同也。敬通当更始之世,手握兵符,跃马食肉;余自少迄长,戚戚无欢,此一异也。敬通有一子仲文,官成名立;余祸同伯道(晋邓攸,字伯道,无子),永无血胤(后代),此二异也。敬通膂力方刚,老而益壮;余有犬马之疾,溘死无时,此三异也。敬通虽芝残蕙焚,终填沟壑,而为名贤所慕,其风流郁烈芬芳,久而弥盛;余声尘寂漠,世不吾知,魂魄一去,将同秋草,此四异也。"(见《梁书·刘孝标传》)

自"然命体周流"至"其蔽六也",为第三部分,从命的本体推开,批驳"非命"之说,以"六蔽"曲畅"定命"之论。六蔽在说明:荣辱由命;帝王公卿由命;死劫由命;穷达由命;兴废由命;否泰由命。所谓"福善祸淫,徒虚言耳!"字面批驳"福善祸淫"言而无征,实则表达对"善人少,恶人多,暗主众,明君寡","浑敦、梼杌踵武于云台之上;仲容、庭坚耕耘于岩石之下"的无理现实的愤慨。

自"然所谓命者"至结束为第四部分。阐述"邪正由于人,吉凶在乎命",故君子"风雨如晦,鸡鸣不已","自强不息",而"不充诎于富贵,不遑遑于所欲。"

《辩命论》所举诸家谈命之说,王充、司马迁、李萧远皆持"定命论",即一切由命中注定,与人操行善恶无关;郭子玄之说则为"非命”之论,即祸福无门,惟人所召。刘孝标深受《论衡·命义论》之影响。《命义篇》说:“夫性与命异,或性善而命凶,或性恶而命吉。操行善恶者,性也;祸福吉凶者,命也。或行善而得祸,是性善而命凶;或行恶而得福,是性恶而命吉也。性自有善恶,命自有吉凶。使命吉之人,虽不行善,未必无福;凶命之人,虽勉操行,未必无祸。”刘孝标不仅立论以《命义》立基,且《命义》所举事例,如“历阳之都,一宿沈而为湖”;“秦将白起,坑赵降卒于长平之下”;“盗跖、庄跻横行天下……无道甚矣,宜遇其祸,乃以寿终”;“屈平伍员之徒,尽忠辅上,竭王臣之节,而楚放其身,吴烹其尸”等皆为刘孝标论证所用。

定命论就是“宿命论”,当然不可取,但孝标撰文的主旨不在宣扬定命论,而是自伤不遇,愤激“高才而无贵士,饕餮而居大位”的黑暗现实,直斥“荡荡上帝,岂如是乎!”《旧唐书·萧瑀传》载:“萧瑀尝观刘孝标《辩命论》,恶其伤先王之教,迷性命之理,乃作《非辩命论》以释之。晋府学士柳顾言诸葛颖见而称之曰:‘孝标后十数年,言性命之理者,莫能诋诘,今萧君此论,足疗刘子膏肓。’”萧瑀作为“梁之皇孙,隋之帝戚,席丰厚而安富贵”,当然无法体验刘孝标的心境。且“先王之教”亦有矛盾,既言“自求多福”,又说“富贵在天”,孰是孰非?这是黄侃先生在《文选平点》中早就揭橥过的。

《辩命论》是一篇优秀的骈文。骈文亦称四六文,其文体成熟者,以四六句为主。《辩命论》许多四六隔句对,在骈文发展史上是值得注意的现象。如“鹖冠瓮牖,必以悬天有期;鼎贵高门,则曰唯人所召。”“君山鸿渐,铩羽翼于高云;敬通凤起,摧迅翮于风穴。”“火炎昆岳,砾石与琬琰俱焚;严霜夜零,萧艾与芝兰共尽。”皆为严整的四六排联。

刘孝标的《辩命论》与李萧远的《运命论》,思想有相同之处。萧《论》赞誉“不易操守,不为趋避”,刘《论》言虽“前鉴不远”,而“志士仁人犹蹈之而弗悔,操之而勿失。”二文又有许多不同之处。骆鸿凯先生做了精要的比较,录以备考:“《运命论》沿袭陈言,《辩命论》自抒新解，此见名理久而愈出，后生胜于前贤；《运命论》温然其词，《辩命论》意愤激无余蕴，此作者兴感之不同；《运命论》辞雄肆而气疏远，《辩命论》词骏厉而气遒紧，此见文家风格之各殊；《运命论》笔势多排叠，《辩命论》文体尚整偶，此见齐梁与魏晋文格之蜕变。”（《文选学》）

原文

主上尝与诸名贤言及管辂[1]，叹其有奇才而位不达[2]。时有在赤墀之下豫闻斯议[3]，归以告余。余谓士之穷通[4]，无非命也。故谨述天旨[5]，因言其致云[6]。

臣观管辂，天才英伟[7]，珪璋特秀[8]，实海内之名杰[9]，岂日者卜祝之流乎[10]？而官止少府丞[11]，年终四十八。天之报施[12]，何其寡与[13]？然则高才而无贵仕[14]，饕餮而居大位[15]，自古所叹，焉独公明而已哉[16]！故性命之道[17]，穷通之数[18]，夭阏纷纶[19]，莫知其辩[20]。仲任蔽其源[21]，子长阐其惑[22]。至于鹖冠瓮牖[23]，必以悬天有期[24]，鼎贵高门[25]，则曰唯人所召[26]。谤谤谨咋[27]，异端斯起[28]。萧远论其本而不畅其流，子玄语其流而未详其本[29]。尝试言之曰[30]：夫通生万物，则谓之道[31]；生而无主，谓之自然[32]。自然者，物见其然，不知所以然，同焉皆得，不知所以得[33]。鼓动陶铸而不为功[34]，庶类混成而非其力[35]。生之无亭毒之心[36]，死之岂虔刘之志[37]。坠之渊泉非其怒[38]，升之霄汉非其悦[39]。荡乎大乎[40]，万宝以之化[41]；确乎纯乎[42]，一化而不易。化而不易，则谓之命[43]。命也者，自天之命也[44]。定于冥兆[45]，终然不变[46]。鬼神莫能预，圣哲不能谋[47]，触山之力无以抗[48]，倒日之诚弗能感[49]。短则不可缓之于寸阴[50]，长则不可急之于箭漏[51]。至德未能逾[52]，上智所不免[53]。

是以放勋之世[54]，浩浩襄陵[55]；天乙之时[56]，焦金流石[57]。文公疐其尾[58]，宣尼绝其粮[59]。颜回败其丛兰[60]，冉耕歌其芣苢[61]。夷叔毙淑媛之言[62]，子舆困臧仓之诉[63]。圣贤且犹若此，而况庸庸者乎[64]？至乃伍员浮尸于江流[65]，三闾沈骸于湘渚[66]。贾大夫沮志于长沙[67]，冯都慰皓发于郎署[68]。君山鸿渐，铩羽仪于高云[69]；敬通凤起，摧迅翮于风穴[70]。此岂才不足而行有遗哉[71]？

近世有沛国刘瓛[72]，瓛弟琎[73]，并一时之秀士也[74]。瓛则关西孔子[75]，通涉《六经》[76]，循循善诱，服膺儒行[77]。琎则志烈秋霜[78]，心贞昆玉[79]，亭亭高竦[80]，不杂风尘[81]。皆毓德于衡门[82]，并驰声于天地。而官有微于侍郎[83]，位不登于执戟[84]，相次殂落[85]，宗祀无飨[86]。因斯两贤以言古[87]，则昔之玉质金相[88]，英髦秀达[89]，皆摈斥于当年[90]，韫奇才而莫用[91]，徼草木以共凋[92]，与麋鹿而同死[93]，膏涂平原[94]，骨填川谷[95]，堙灭而无闻者[96]，岂可胜道哉！此则宰衡之与皂隶[97]，容彭之与殇子[98]，猗顿之与黔娄[99]，阳文之与敦洽[100]，咸得之于自然[101]，不假道于才智[102]。故曰"死生有命，富贵在天"[103]，其斯之谓矣。

然命体周流[104]，变化非一，或先号后笑[105]，或始吉终凶，或不召自来[106]，或因人以济[107]。交错纠纷[108]，迴还倚伏[109]，非可以一理征，非可以一途验[110]。而其道密微[111]，寂寥忽慌[112]，无形可以见，无声可以闻[113]。必御物以效灵[114]，亦凭人而成象[115]；譬天王之冕旒[116]，任百官以司职[117]。而或者睹汤武之龙跃[118]，谓龛乱在神功[119];闻孔墨之挺生[120],谓英睿擅奇响[121];视彭韩之豹变[122],谓鸷猛致人爵[123];见张桓之朱绂[124],谓明经拾青紫[125]。岂知有力者运之而趋乎[126]?故言而非命[127],有六蔽焉尔[128]。请陈其梗概[129]:

夫靡颜腻理[130],哆呐颇顩[131],形之异也。朝秀晨终[132],龟鹄千岁[133],年之殊也[134]。闻言如响[135],智昏菽麦[136],神之辨也[137]。同知三者定乎造化[138],荣辱之境独曰由人[139],是知二五而未识于十[140]。其蔽一也。

龙犀日角,帝王之表[141],河目龟文,公侯之相[142]。抚镜知其将刑[143],压纽显其膺录[144]。星虹枢电,昭圣德之符[145],夜哭聚云,郁兴王之瑞[146]。皆兆发于前期[147],涣汗于后叶[148]。若谓驱貔虎[149],奋尺剑[150],入紫微[151],升帝道[152],则未达窅冥之情[153],未测神明之数[154]。其蔽二也。

空桑之里,变成洪川[155];历阳之都,化为鱼鳖[156]。楚师屠汉卒,睢河鲠其流[157];秦人坑赵士[158],沸声若雷震。火炎昆岳,砾石与琬琰俱焚[159],严霜夜零,萧艾与芝兰共尽[160]。虽游夏之英才[161],伊颜之殆庶[162],焉能抗之哉[163]?其蔽三也。

或曰明月之珠[164],不能无颣[165];夏后之璜,不能无考[166]。故亭伯死于县长[167],相如卒于园令[168]。才非不杰也,主非不明也,而碎结绿之鸿辉[169],残悬黎之夜色[170],抑尺之量有短哉[171]?若然者,主父偃、公孙弘[172],对策不升第[173],历说而不入[174],牧豕淄源[175],见弃州部[176]。设令忽如过隙[177],溘死霜露[178],其为诟耻[179],岂崔马之流乎[180]?及至开东阁[181],列五鼎[182],电照风行[183],声驰海外[184],宁前愚而后智[185],先非而终是?将荣悴有定数[186],天命有至极[187],而谬生妍蚩[188]。其蔽四也。

夫虎啸风驰,龙兴云属[189],故重华立而元凯升[190],辛受生而飞廉进[191]。然则天下善人少,恶人多,闇主众[192],明君寡。而薰莸不同器[193],枭鸾不接翼[194],是使浑敦、梼杌[195],踵武于云台之上[196],仲容庭坚,耕耘于岩石之下[197]。横谓废兴在我[198],无系于天[199]。其蔽五也。

彼戎狄者[200],人面兽心,宴安鸩毒[201],以诛杀为道德,以蒸报为仁义[202],虽大风立于青丘[203],凿齿奋于华野[204],比于狼戾[205],曾何足喻?自金行不竞[206],天地板荡[207],左带沸唇[208],乘间电发[209],遂覆瀍洛[210],倾五都[211],居先王之桑梓[212],窃名号于中县[213],与三皇竞其萌黎[214],五帝角其区宇[215],种落繁炽[216],充仞神州[217]。呜呼!福善祸淫[218],徒虚言耳[219]!岂非否泰相倾[220],盈缩递运[221],而汩之以人[222]?其蔽六也。

然所谓命者,死生焉,贵贱焉,贫富焉,治乱焉,祸福焉[223]。此十者,天之所赋也[224]。愚智善恶,此四者,人之所行也[225]。夫神非舜禹[226],心异朱均[227],才绖中庸,在于所习[228]。是以素丝无恒,玄黄代起[229],鲍鱼芳兰,入而自变[230]。故季路学于仲尼[231],厉风霜之节[232];楚穆谋于潘崇[233],成杀逆之祸[234]。而商臣之恶,盛业光于后嗣[235];仲由之善,不能息其结缨[236]。斯则邪正由于人,吉凶在乎命[237]。

或以鬼神害盈[238],皇天辅德[239]。故宋公一言[240],法星三徙[241],殷帝自翦,千里来云[242]。若使善恶无征[243],

未洽斯义[244]。且于公高门以待封[245]，严母扫墓以望丧[246]，此君子所以自强不息也[247]。如使仁而无报[248]，奚为修善立名乎[249]？斯径廷之辞也[250]。

夫圣人之言显而晦，微而婉[251]，幽远而难闻，河汉而不测[252]。或立教以进庸怠[253]，或言命以穷性灵[254]，积善余庆，立教也；[255]；凤鸟不至，言命也[256]。今以其片言辩其要趣[257]，何异乎夕死之类而论春秋之变哉[258]。且荆昭德音[259]，丹云不卷[260]；周宣祈雨，圭璧斯罄[261]；于叟种德[262]，不逮勋华之高[263]；延年残犷[264]，未甚东陵之酷[265]。为善一[266]，为恶均[267]，而祸福异其流，废兴殊其迹[268]，荡荡上帝[269]，岂如是乎？《诗》云："风雨如晦，鸡鸣不已[270]。"故善人为善，焉有息哉[271]？

夫食稻粱[272]，进刍豢[273]，衣狐貉[274]，袭冰纨[275]，观窈眇之奇儛[276]，听云和之琴瑟[277]，此生人之所急[278]，非有求而为也。修道德，习仁义，敦孝悌[279]，立忠贞[280]，渐礼乐之腴润[281]，蹈先王之盛则[282]，此君子之所急，非有求而为也。然则君子居正体道[283]，乐天知命[284]，明其无可奈何，识其不由智力[285]，逝而不召[286]，来而不距[287]，生而不喜，死而不慼[288]。瑶台夏屋[289]，不能悦其神；土室编蓬[290]，未足忧其虑。不充诎于富贵[291]，不遑遑于所欲[292]。岂有史公、董相不遇之文乎[293]？

注释

〔1〕主上：指梁武帝萧衍。　尝：曾。　管辂（lù 路）：三国魏平原人，字公明。年八九岁便喜欢仰观星辰，及成人仰观风角、占、相之道，无不精研入微。辂心胸宽广，每欲以德报怨。辂好《易》而多才，尝与琅琊太守单子春论学，及

论“金木水火土鬼神之情”,“唱大论之端,遂经于阴阳,文采葩流,枝叶横生,少引圣籍,多发天然。子春及众士,互共攻劫,论难锋起,而辂人人答对,言皆有余。”“子春语从人曰:此年少盛有才器,听其言论,正似司马犬子游猎之赋,何其磊落雄壮,英神以茂,必能明天文地理变化之数,不徒有言也。”(《三国志》裴注引《辂别传》)后清河太守华表召为文学掾。正元初为少府丞。自叹“天与我才明,不与我年寿。”与弟管辰云:“恐四十七八间不见女嫁男娶妇也。”明年二月卒,年四十八。

〔2〕达:显达,显贵,与“穷”相对。《孟子·尽心》:“故士穷不失义,达不离道。”

〔3〕时:当时。　赤墀(chí 迟):皇帝宫殿阶地涂丹漆,故称赤墀,也称“丹墀”。墀,台阶,也指阶面。　豫:同“与”。　斯议:此议,指管辂事。

〔4〕穷通:贫困与显达。《庄子·让王》:“古之得道者,穷亦乐,通亦乐,所乐非穷通也。”

〔5〕天旨:谓天子旨意。梁元帝《召学生教》:“况吾亲承天旨,闻《礼》闻《诗》。”

〔6〕致:至。

〔7〕天才:天然的姿质。　英伟:英拔俊伟。

〔8〕珪璋:皆为玉,此喻美德。《世说新语·言语》:“此子珪璋特达,机警有锋。”　特秀:超群。

〔9〕名杰:有名之俊士。

〔10〕日者:以占候卜筮为业的人。《史记》有褚少孙补《日者传》。李善注引《墨子》:“墨子北之齐,过日者,日者曰:帝今杀黑龙于北方,先生之色黑,不可以北。墨子不听。”　卜祝:占卜与祭祀主赞词之人。司马迁《报任少卿书》:“仆之先(指去世的父祖),非有剖符丹书之功,文史星历,近乎卜祝之间,固主上所戏弄,倡优所畜,流俗之所轻也。”

〔11〕少府丞:官名,少府的属官。

〔12〕报施:酬劳。《史记·伯夷传》:“天之报施善人,其何如哉?”

〔13〕与:表语气,同“欤”。《汉书·贡禹传》:“意其有所恨与?”

〔14〕贵仕:犹言贵位,指仕途上显达。

〔15〕饕餮(tāo tiè 涛帖):比喻贪婪凶恶之人。《左传》杜注:“贪财为饕,贪食为餮。”　大位:显贵之官位。《汉书·安世传》:“居大位,继大将军后。”

〔16〕焉:岂。

〔17〕性命:谓天生之质与人所禀受。《易·乾》:"天道变化,各正性命。"《疏》:"性者,天生之质,若刚柔迟速之别;命者,人所禀受,若贵贱夭寿之属也。"性为天生,命为人为。

〔18〕穷通:穷困与荣达。《庄子·让王》:"古之得道者,穷亦乐,通亦乐,所乐非穷通也。"《魏书·崔浩传》:"不为穷通改节。" 道、数:规律,事理。

〔19〕夭阏(è 饿):谓曲折。夭,折;阏,止。一说"夭寿"。 纷纶:繁多的样子。

〔20〕辩:通"变"。

〔21〕仲任:王充,字仲任,会稽上虞(今属浙江)人。东汉哲学家,他批判"天人感应"论和谶纬迷信,继承并发展了古代唯物主义学说,他认为世界由气组成,"天地,含气之自然也。"(《谈天篇》)自然界的"灾异"是气变化的结果,与"人事"无关。但他又用人的"骨相"来解释人的寿夭等,不免陷入自然命定论。李善注引其《论衡》:"凡人有生死寿夭之命,亦有贵贱贫富之命。命当贫贱,虽富贵之,犹涉患,失其富贵;命当富贵,虽贫贱之,犹逢福善,离其贫贱。今言随操行(品行)而至,此命在末不在本(指天赋予的骨相)也。" 蔽:审断。《小尔雅·广言》:"蔽,断也。"《书·大禹谟》:"帝曰:禹!官占,惟先蔽志。" 源:本。

〔22〕子长:司马迁,字子长。 阐:开,通。 惑:疑难。李善注引《史记》:"或曰:天道无亲,常与善人(即寿夭贵贱,随操行而至)。伯夷、叔齐可谓善人,而饿死。七十子之徒,仲尼独荐颜渊好学,然蚤(早)夭。盗跖日杀不辜,肝人之肉,竟以寿终。此其大较者,余甚惑焉。"司马迁举诸多实例,否定"天道无亲,常与善人"之说,即不承认寿夭贵贱随操行而至。

〔23〕鹖(hé 河)冠瓮牖:吕向注:瓮牖,贫贱之居也;"鹖冠,贫贱之服也。"胡绍煐《昭明文选笺证》:"鹖与褐通。褐冠犹言布衣,贫贱者所服。编枲为之,作褐为正字。善注恐泥。"鹖,五臣本作"褐"。 瓮牖(yǒu 有):以破瓮之口做窗户。李善注引《礼记》:"孔子曰:儒者蓬户瓮牖。"

〔24〕悬天:决定于天。 期:期运,气数。《晋书·羊祜传》上疏:"夫期运虽天所授,而功业必由人所成。"

〔25〕鼎贵:显赫贵盛。 高门:高大之门,指显贵之家。左思《吴都赋》:"其居则高门鼎贵。"李善注引《汉书》:"于公曰:少高大门,令容驷马高盖车。"

〔26〕召:招致。李善注引《左传》:"闵子骞曰:祸福无门,惟人所召。"

〔27〕譊譊(náo):争辩声。 讙咋(xuān zé 喧责):大声喧哗。李善注引《三国志·蜀志》:"孟光好《公羊春秋》,而讥呵《左氏》(《左传》),每与来敏争此二义,常譊譊讙咋。"

〔28〕异端:儒家以正统自居,称其他的学说、学派为异端。李善注引《论语·为政》:"攻乎异端。" 斯:皆。《书·金縢》:"周公居东二年,则罪人斯得。"《疏》:"二年之间,罪人皆得。"

〔29〕萧远:李康,字萧远,中山人。魏明帝时为寻阳长,政有美绩。性耿介,不能和俗。著《运命论》。谓"治乱,运也;穷达,命也;贵贱,时也。"言治乱在天,故曰论其本。 畅:通达。 流:指吉凶由己。李善注:"郭子玄作《致命由己论》,言吉凶由己,故曰语其流。"

〔30〕尝试:试。李周翰注:"事在冥昧,理不可定,故云试言之。"

〔31〕通:遍。六臣通作"道"。 道:规律,事理。《易·说卦》:"是以立天之道,曰阴曰阳;立地之道,曰柔曰刚;立人之道,曰仁曰义。"李善注引王弼曰:"万物皆得道而生。"又引《管子》:"万物以生,万物以成,命(名)之曰道。"

〔32〕主:主宰。 自然:天然,非人为的。《老子》:"人法地,地法天,天法道,道法自然。"

〔33〕同焉皆得:各得其所。《庄子·骈拇》:"故天下诱然皆生而不知其所以生,同焉皆得而不知其所以得。"

〔34〕鼓动:转动。 陶铸:烧制瓦器和熔铸金属。此比喻造就,培育。《庄子·逍遥游》:是其尘垢粃糠,将犹陶铸尧舜者也。" 功:功夫。

〔35〕庶类:众多的物类,即万物。 混成:此指自然生成。 《老子》:"有物混成,先天地生。"《注》:"混然不可得而知,而万物由之以成,故曰混成。"班固《典引》:"沈浮交错,庶类混成。" 力:力量。

〔36〕亭毒:化育,养育。《老子》:"长之育之,亭之毒之。"

〔37〕虔(qián 前):劫掠、杀害。虔通"劫"。刘,杀。《左传·成公十三年》:"芟夷我农功,虔刘我边陲。"

〔38〕渊泉:深渊。 其:代词,指天。

〔39〕霄汉:高空。汉,天河。李善注:"坠之渊泉,鳞属也。升之霄汉,羽族也。禀性不同,非天之有悦怒也。"李善注引《淮南子》:"夫鸟排虚而飞,兽蹠实(踏地)而走,蛟龙水居,虎豹山处,天地之性也。"

〔40〕荡乎:犹荡荡乎,广大的样子。《汉书·礼乐志》:“大海荡荡水所归。”李善注《庄子》:“形非道不生,生(性)非德不明,荡荡乎忽然出,勃然动,万物从之乎?”

〔41〕万宝:犹万物。 之:代词,指道。 化:化育,即生长发育。李善注引《庄子》:“夫道,覆载万物者也,洋洋乎大哉!”

〔42〕确:坚固。《易·乾》:“乐则行之,忧则违之,确乎其不可拔,潜龙也。” 纯:犹纯纯,专一。同“忳忳”。李善注引《庄子·山木》:“纯纯常常,乃比于狂。”

〔43〕化而不易:李善注引司马彪曰:“性不可易,命不可变。”又引《吕氏春秋》:“若命之不可易。”

〔44〕自天之命:犹言从天之命。李善注引《春秋元命苞》:“命者,天之命也。所受于帝(想象中主宰万物的最高天神),行正不过,得寿命也。”

〔45〕冥兆:刘良注:“冥,昧也。兆,始也。言命定之于冥昧之始,不可变易也。”李善注引祖台之《论命》:“存亡寿夭,咸定冥初。”

〔46〕终不变:李善注引魏文帝《典论》:“夫生之必死,天地所不能变。”

〔47〕圣:谓无事不通的人。《书·洪范》:“聪作谋,睿作圣。”《传》:“于事无不通谓之圣。” 哲:明智之人。 预、谋:义近,皆含先知之意。李善注引《西征赋》:“生有修短之命,位有通塞之遇,鬼神莫之要(相约),圣哲弗能预。”

〔48〕触山:李善注引《淮南子》:“昔共工之力,怒触不周之山,使地东南倾,与高辛争为帝。” 抗:抗衡。

〔49〕倒日:李善注引《淮南子》:“鲁阳公与韩遘战酣,日暮援戈而麾(挥)之,日为之反(返)三舍(计九十里)。”李善注引陆士衡《吊魏武帝文》:“夫以回天倒日之力,而不能振形骸之内(谓动心)。” 感:感动。

〔50〕缓:延迟。 寸阴:形容极短的时间。李善注引《淮南子》:“圣人不贵尺之璧,而重寸之阴。”

〔51〕长:延长。 箭:古代置漏下用以标记时刻之物。《周礼·夏官》:“分以日夜。”《郑注》:“漏之箭,昼夜共百刻。”孙诒让《正义》:“盖壶以盛水为漏,下当有盘以承之,箭刻百刻(刻度),树之盘中,水下盘内,淹箭定刻。”李善注引《汉书》:“漏刻以百二十为度。(《汉书注》)韦昭曰:旧漏昼夜共百刻,哀帝有短祚(皇位)之期,故欲增之。”

〔52〕至德:最高尚的道德,此指道德最高尚的人。 逾:越过。

〔53〕上智:智力特出的人。也作“上知”。李善注引魏文帝《典论》:“夫生之必死,贤圣所不能免。”

〔54〕放勋:尧名放勋。

〔55〕浩浩:水势很大。　襄陵:大水漫过丘陵。襄,冲上。李善注引《尚书》:“帝曰:汤汤洪水方割(害),荡荡怀山襄陵,浩浩滔天。”

〔56〕天乙:即成汤,殷王朝的创建者。《史记·殷记》:“主癸卒,子天乙立,是为成汤。”

〔57〕焦金:金属烧红。　流石:石头烤化。李善注引《吕氏春秋》:“成汤之旱,煎沙烂石。”又引《楚辞》:“十日并出,流金铄石。”

〔58〕文公:周文王之子周公旦有圣德,谥“文”,故称。　疐(zhì 至):牵,拖。李善注引《傅子》:“《毛诗》曰:《狼跋》,美周公也。狼跋其胡,载疐其尾。”朱熹《诗集传》说:“周公虽遭疑谤,然所以处之不失其常,故诗人美之。言狼跋其胡,则疐其尾矣。公遭流言之变,而其安肆自得如此,盖其道隆德盛,而安土乐天有不足言者,所以遭大变而不失其常也。夫公之被毁,以管蔡之流言也。”意为武王死后,成王年幼,周公摄政,管叔、蔡叔不服,散布流言,说周公摄政将对成王不利。周公虽然遭谤被疑,仍泰然处之,忠心辅佐成王。这是对《狼跋》的传统解释,认为此是颂诗;然亦有人认为是讽刺贵族公孙的诗。显然刘孝标是作为颂诗来用的。根据语境,“文公疐其尾”似为好人未得好报之意,与“宣尼”、“颜回”诸例基本思想一致。

〔59〕宣尼:孔丘谥号。李善注引《汉书·平纪》:“追谥孔子曰宣尼公。”公元前489年,孔丘及弟子从陈至蔡,途中被陈人围困,断粮七日,丘及弟子饿得难以行走。绝粮即指此。李善注引《论语》:“子在陈绝粮,从者病,莫能兴。”

〔60〕颜回:字子渊,孔子最得意的弟子。敏而好学,安贫乐道,在孔门中以德行著称。李善注引《家语》:“颜回年二十九而发白,三十二而早死。”　丛兰:丛生的兰花,比喻美好的人或事。李善注引《文子》(即《通玄真经》):“日月欲明,浮云盖之;丛兰欲茂,秋风败之。”“败其丛兰”,喻英年早逝。

〔61〕冉耕:字伯牛,孔子弟子,以德行著称。有恶疾将死,孔子自牖执其手曰:“斯人也有斯疾,命也夫!”《芣苢》(fú yǐ 浮乙):《诗经·周南》中的篇名。是一群妇女采车前子时唱的短歌。芣苢,车前子,可入药。但李善注引《韩诗》并非此义。“《韩诗》曰:采苢,伤夫有恶疾也。《诗》曰:采采芣苢,薄言采之。薛君曰:芣苢,泽写也。芣苢,臭恶之菜,诗人伤其君子有恶疾,人道不通,求已

不得，发愤而作，以事兴茶苣，虽臭恶乎，我犹采采而不已者，以兴君子虽有恶疾，我犹守而不离去也。”

〔62〕夷、叔：伯夷、叔齐。　淑媛：美女。曹子建《与杨德祖书》：“盖有南威之容，乃可以论于淑媛。”此指女子。李善注引《古史考》：“伯夷、叔齐者，殷之末世，孤竹君之二子也，隐于首阳山，采薇而食之。野有妇人谓之曰：子义不食周粟，此亦周之草木也。于是饿死。”

〔63〕子舆：孟轲，字子舆。　困：窘迫。　诉：毁谤。《孟子·梁惠王下》载，鲁平公要外出，宠臣臧仓问到哪去，请告诉管事的人。平公说去见孟子。臧仓说，孟子后办其母丧事大大超过前办其父的丧事，不合乎礼，不要去见他。平公便没去见孟子。后来乐正子春告诉孟子，说鲁平公要来见你，臧仓一说便没有来。孟子说：“吾不遇鲁侯，天也。臧氏之子焉能使予不遇哉？”“子舆困于臧仓之诉”即指此。

〔64〕庸庸者：无作为无大志之人。李善注引《大戴礼》：“孔子曰：所谓庸人者，口不能道善言，而志不邑邑，此可谓庸人也。”

〔65〕伍员：伍子胥，名员。春秋时吴国大夫。因有功封于申，又称申胥。吴王夫差时，因劝夫差拒绝越国求和，停止伐齐，渐被疏远，后赐剑命其自杀。李善注引《史记》：“子胥自刭死，王乃取子胥尸，盛以鸱夷之革（皮口袋），浮之于江中。”

〔66〕三闾：指屈原。战国楚人，初辅佐怀王，做过司徒、三闾大夫。后遭谗流放沅、湘流域。当楚都郢为秦兵所破，他既感自己无力挽救国亡，又无法实现自己的理想，遂投汨罗江而死。　渚：水中小洲。湘渚，即湘江。

〔67〕贾大夫：贾谊。　沮志：意志沮丧，即不得意。李善注引《汉书》：“贾谊为长沙王太傅，谊既以谪去，意不自得。”

〔68〕冯都尉：冯唐。西汉安陵（今陕西咸阳东北）人。汉文帝时为中郎署长，年已老。李善注引《汉书》：“冯唐以孝著，为郎中署长，事文帝，帝辇过问曰：‘父老何自为郎？’”

〔69〕君山：桓谭，字君山，少好学，遍治《五经》，著《新论》二十九篇。李善注引《东观汉记》：“光武即位，（谭）拜议郎。诏会议云台，上问谭曰：吾以谶（谶语，即用隐语测吉凶，属迷信）决之，何如？谭不应，良久对曰：臣生不读谶。问其故，谭颇有所非是。上怒曰：桓谭非法，将去斩之。谭叩头流血，乃贳（赦免）。由是失旨，遂不复转迁。出（外任）补六安太守丞，之官意不乐，道病卒。”“君

山”句意指此。　鸿渐:大雁渐至高位,以喻仕进。《易·渐》:初六:鸿渐于干(水边);六二:鸿渐于磐(水边石堆);九三:鸿渐于陆(陆地);六四:鸿渐于木(树上);九五:鸿渐于陵(土丘);上九:鸿渐于阿(大山),其羽可以为仪(文舞的道具),吉。卦象表明大雁由低到高,渐至高位。渐,进。铩(shā 杀):伤残。铩羽,羽毛摧落,比喻失意,受挫折。铩羽仪,即铩羽。

〔70〕敬通:冯衍,字敬通。幼有奇才,年二十博通书。李善注引《东观汉记》:“冯敬通,少有俶傥之志,(汉)明帝以为衍材过其实,抑而不用,遂坎廪(困顿)失志,以寿终于家。”“敬通”句意指此。　风起:喻高尚的举止。　迅翮(hé 合):健飞之翅膀。李善注引《淮南子》:“凤皇(凰)之翔,至德也,濯羽弱水(水名),暮宿风穴。”又引许慎曰:“风穴,风所从出。”

〔71〕行有遗:有遗行。遗行,有失检点之行为。

〔72〕沛国:即沛郡。汉置,郡治在相,东汉为沛国。在今江苏沛县县城西北。　刘瓛(huán 环):李善注引萧子显《齐书》:“刘瓛,字子珪,沛国人。(南朝)宋大明四年举秀才,少笃学,博通《五经》,为安成王抚军,行参军公事,免,自此不复仕。永明初,遇疾卒。”

〔73〕琎(jìn 近):字子璥,方轨正直。文惠太子召琎入侍东宫,每上事,辄削草(大臣封事奏上,销毁草稿,以示保密),寻署射声校尉(主射武官),卒官。”

〔74〕秀士:德才兼优之士。李善注引《吕氏春秋》:“舜耕于历山,秀士从之。”

〔75〕关西孔子:后汉杨震之美称,此借称刘瓛。李善注引范晔《后汉书》:“杨震,字伯起,明经博览,无不穷究。诸儒为之语曰:关西孔子杨伯起。”

〔76〕通涉:遍读。《六经》:《诗》、《书》、《礼》、《乐》、《易》、《春秋》。此泛指儒家经典。《庄子·天运》:“丘(孔丘)治《诗》、《书》、《礼》、《乐》、《易》、《春秋》六经,自以为久矣。”

〔77〕服膺:牢记在胸中,衷心信服。　儒行:儒家的品德操行。《礼记》有《儒行篇》。

〔78〕烈:正直,刚毅。

〔79〕贞:坚定,多指意志或操守。李善注引范晔《后汉书·孔融论》:“凛凛焉,皓皓焉,其与秋霜昆玉比质可也。”　昆玉:美玉。比喻个人品德的高洁。

〔80〕亭亭:耸立的样子。孔稚珪《北山移文》:“若其亭亭物表,皎皎霞外。”

〔81〕风尘:尘俗,世俗。郭璞《游仙诗》:“高蹈风尘外。”

〔82〕毓(yù 玉):孕育,引申为修养。　衡门:横木为门,喻简陋的房屋。李善注引《诗·陈风·衡门》:“衡门之下,可以栖迟。”

〔83〕侍郎:官名。秦汉时郎中令的属官有侍郎,掌侍从,为宫廷近侍;东汉尚书令的属官有侍郎,掌起草文书;魏晋尚书的属官皆有侍郎,与侍中、黄门侍郎共平尚书奏事。

〔84〕执戟(jǐ 挤):秦汉时的宫廷侍卫官,因值勤时手持戟而名。《史记·淮阴侯传》:“臣事项王,官不过郎中,位不过执戟。”

〔85〕相次:相继。　殂(cú 徂)落:死亡。殂,死。李善注引《尚书》:“帝乃殂落。”

〔86〕宗祀:祭祀祖宗,此指祖宗。　飨(xiǎng 响):祭祀。

〔87〕斯:此。　两贤:指刘瓛、刘琎。

〔88〕玉质金相:相,指外表;质,指内里。也作“金相玉质”,比喻文章文质兼美。王逸《离骚叙》:“所谓金相玉质,百岁无匹。”此喻德才兼美之士。

〔89〕英髦(máo 毛):指才智出众。髦,俊。　秀达:杰出。庾阐《孙登隐居诗》:“嵇子秀达,英风朗烈。”

〔90〕摈(bìn 鬓)斥:排斥弃绝。　当年:正当年,即好年华。

〔91〕韫(yùn 运):藏。

〔92〕徼(yāo 腰):通“邀”。

〔93〕麋(mí 迷)鹿:兽名,俗称“四不象”。

〔94〕膏(gāo 高):脂肪,此指血。司马长卿《喻巴蜀檄》:“是以贤人君子,肝脑涂中原,膏液润野草而不辞也。”

〔95〕川谷:河谷。

〔96〕堙(yīn 因)灭:埋没。《史记·封禅书》:“其仪阙然堙灭,不可得而记闻。”

〔97〕宰衡:宰相之泛称。殷汤时伊尹为阿衡,周武时周公为太宰。汉王莽专权,汉平帝加王莽称号为宰衡,意谓可媲美于伊周。后泛称宰相为宰衡。　皂隶:指衙门里的差役。

〔98〕容、彭:容成公与彭祖,皆长寿。李善注引《列仙传》:“容成公者,自称黄帝师,见于周穆王,能善补导之事,发白复黑,齿落复生,事与老子同,亦云老子师。又曰:彭祖,殷贤大夫,历夏至商末,号年七百。　殇(shāng 伤)子:未成年而死。李善注引《庄子》:“南郭子綦曰:天下莫大于秋毫之末,而太山为之

小;莫寿于殇子,而彭祖为之夭。"表现了庄子"相对论"的思想。

〔99〕猗(yī 衣)顿:鲁国人。李善注引《孔丛子》:"猗顿,鲁之穷士也,耕则常饥,桑则常寒,闻(陶)朱公富,往而问术焉。公告之曰:子欲速富,岁畜五牸(zì,指雌畜),乃适河东,大畜牛羊于猗氏之南,其滋息(繁殖)不可计。以兴富猗氏,故曰猗顿也。" 黔娄(qián lóu 前楼):战国时齐之隐士。家贫不求仕进,齐鲁之君聘赐,俱不受。死时衾不蔽体。黔娄死,曾子往吊,见以布被覆尸,覆头则足现,覆足则头见。曾子曰:"邪(斜)引其被则敛(盖全)矣。"黔妻曰:"邪而有余,不如正而不足也。"(事见刘向《列女传》)

〔100〕阳文:古代美女名。《淮南子·修务》:"曼颊皓齿,形夸(柔美)骨佳,不待脂粉芳泽而性可悦者,西施、阳文也。" 敦洽:敦洽雠麋,古代丑人名。《吕氏春秋·遇合》:"陈有恶(丑陋)人焉,曰敦洽雠麋,椎颡(尖顶)广颜(宽额),色如漆赭(黑红色),垂眼临鼻,长肘而盭(利 lì 股,即两腿外撇)。陈侯见而甚悦之,外使治其国,内使制其身。"

〔101〕咸:皆。 自然:非人为。

〔102〕假道:借用其法。《庄子·天运》:"古之至人,假道于仁,托宿于义,以游逍遥之虚。"

〔103〕死生有命,富贵在天:《论语·颜渊》:"子夏曰:商闻之矣:死生有命,富贵在天。"

〔104〕命体:天命之本体。 周流:周转流行。即不断变化。《易·系辞下》:"变动不居(止),周流六虚(六爻)。"

〔105〕号:嚎哭。李善注引《易·同人》:"同人(聚众)先号咷而后笑。"

〔106〕不召自来:《老子》:"天之道,不争而善胜,不言而善应,不召而自来。"

〔107〕济:止。《淮南子·大风训》:"大风济。"高诱注:"济,止也。"

〔108〕纠纷:杂乱。司马相如《子虚赋》:"交错纠纷,上干青云。"

〔109〕迴还:同"回环"。曲折环绕。 倚(yǐ 乙)伏:指事物互相依存,互相影响,互相转化。《老子》:"祸兮福所倚,福兮祸所伏。""倚伏"为此句之缩写。班孟坚《幽通赋》:"北叟颇识其倚伏。"

〔110〕征:验。证明,验证。《荀子·性恶》:"是性伪之所生,其不同之征也。"杨倞注:"征,验。"李善注引《抱朴子》:"驽锐不可以一涂(途)验,筝琴不可以胶柱调也。"

〔111〕其道：指“命体”周流变化之道。　密微：神妙。

〔112〕寂寥：空虚。《老子》：“寂兮寥兮。”王弼注：“寂寥，无形体也。”　忽慌：同“忽恍”。不分明之状。《老子》：“是谓无状之状，无物之象，是为忽恍。”

〔113〕无形、无声：李善注引《文子》：“道以无有为体，视之不见其形，听之不闻其声，谓之幽冥。”又引《吕氏春秋》：“道也者，视之弗见，听之弗闻，不可为壮（状）。”

〔114〕御物：利用物。　效灵：显示灵验。

〔115〕凭人：靠人。　成像：显现于外。《易·系辞》：“在天成象，在地成形，变化现矣。”

〔116〕天王：指周天子，因春秋时楚、吴等诸侯相继成王，故尊称周王为天王。　冕旒（liú 流）：古代帝王、诸侯及卿大夫的礼冠。外黑内红。盖在顶上的叫延；以五彩缫绳穿玉，垂在延前的叫旒。天子之冕十二旒，诸侯九，上大夫七，下大夫五。此指天子之冕。

〔117〕司职：掌管具体事务。吕向注上四句：“言天子之命，居旒冕之尊，须任百官以为主司之职，乃成其命。”李善注上四句：“言性命（命）之道，虽系于天，然其来也，必凭人而御物，譬如天王冕旒而执契（主政），必因百官司职以立政。”

〔118〕汤：成汤，商开国之君。夏桀无道，汤伐之，遂有天下，国号商。　武：周武王姬发，文王之子，继承父志伐纣，灭商后，分封诸侯，建立周王朝。　龙跃：《周易·乾》之卦象：“见龙在田”，“或跃在渊”，“飞龙在天”。此谓欲升天子位。

〔119〕龛（kān 刊）乱：戡乱，平定祸乱。龛，通“戡”。

〔120〕孔墨：指孔子和墨子。　挺生：挺拔而生，喻优秀杰出。

〔121〕英睿（ruì 锐）：英明。睿，通“叡”，明智。　擅：独据。　奇响：异乎寻常的名声。

〔122〕彭：彭越。字仲，昌邑（今山东金乡西北）人。秦末聚众起兵。楚、汉战争时，率兵三万归刘邦，并与刘邦击灭项羽于垓下。汉朝建立，封为梁王，成为地方割据势力，后以阴谋发动叛乱，为刘邦所杀。　韩：韩信。淮阴（今属江苏）人。初属项羽，后归刘邦，升为大将。楚汉战争时，刘邦采纳其策，攻占关中。曾率军与刘邦会合，击灭项羽于垓下。汉朝建立，封为楚王，后因阴谋叛乱，降为淮阴侯，又与陈豨勾结，乘刘邦率军在外，拟在长安发动武装政变，被吕

后所杀。　豹变:豹纹变美。《易·革》:“君子豹变,其文蔚也。”此喻地位转变,由贫贱而变为显贵。

〔123〕鸷(zhì 治)猛:如鸷鸟之凶猛。　致:招致。　人爵:指公卿大夫之位。李善注引《孟子》:“有天爵,有人爵。仁、义、忠、信、乐善不倦,此天爵也。公卿大夫,此人爵也。”

〔124〕张:张禹。李善注引《汉书》:“张禹,字子文,善说《论语》。令禹授太子,迁光禄大夫,赐关内侯。”　桓:桓荣。李善注引范晔《后汉书》:“桓荣治《欧阳尚书》,授太子,为太子少傅,封关内侯。”　朱绂(fú 扶):古代官员系印章的红色丝带。

〔125〕明经:指通儒家经典。　青紫:汉制,丞相、太尉皆金印紫绶,御史大夫银印青绶。后亦称贵官之服为青紫。《汉书·夏侯胜传》:“士病(担忧)不明经术,经术苟明,其取青紫如俯拾地芥(小草)耳。”

〔126〕力者:大力士。此指命。　趋:走。李善注引《庄子》:“夫藏舟于壑,藏山于泽,谓之固矣。然而夜半有力者负之而走,昧者不知。”

〔127〕非命:否定命运。

〔128〕六蔽:李善注引《论语》:“子曰:由(仲由)汝(你)闻六言六蔽矣乎?”孔子所言“六蔽”,是指六种蔽病,李善说“然文虽出此,蔽义则殊”。此六蔽指六种片面的看法。

〔129〕梗概:大略。

〔130〕靡颜:美貌。靡,美好,陆机《文赋》:“言徒靡而弗华。”　腻理:肌理细腻。

〔131〕哆呐(chǐ huī 耻灰):歪咧着嘴。顣頞(cù è 醋饿):蹙鼻子。哆呐顣頞:丑陋的样子。

〔132〕朝秀:朝生暮死之虫,生水上,似蚕蛾。　晨终:晨死。朝秀晨终,形容寿命极短。

〔133〕龟鹄千岁:龟鹄寿命极长。李善注引《养生要》:“龟鹄寿千百之数,性寿(长寿)之物也。”

〔134〕年:谓寿命。

〔135〕闻言如响:头脑反应快,敏捷。李善注引《史记》:“淳于髡说邹忌毕,趋出,曰:是人者,吾语之微言五,其应我若响之应声,是人必封不久矣。”

〔136〕智昏菽麦:智力低。昏,糊涂。菽,大豆。豆麦殊形,易辨别而不分,

极言其痴。

〔137〕神:精神,与“形”相对。

〔138〕三者:指形、年、神。　造化:自然。李善注引《淮南子》:“大丈夫恬然无为,与造化逍遥(优游自得)。”

〔139〕境:境况。

〔140〕知二五而未识于十:知道两五,而不知道十。张铣注上三句:“三者谓形异,年殊,神辨也。且人皆同知此三者定之于造化,而荣辱之间独云由人所得者,是知两五之数,未识其数之十也。”

〔141〕龙犀:旧相术家谓囟下骨隐起,下连鼻梁不断为龙犀,迷信者以此为贵人之相。　日角:额骨中央隆起,形状如日,迷信认为是大贵之相。表:标志。

〔142〕河目:上下眶平正而长的眼睛。　龟文:此指足掌纹理。《后汉书·李固传》:“固貌状有奇表,鼎角匿犀,足履龟文,后为太尉。”

〔143〕抚镜:执镜,即照镜。　刑:杀。李善注引《蜀志》:“蜀郡张裕晓相术,每举镜视面,自知刑死,未尝不扑之于地。”

〔144〕纽:璧纽。　膺录:同“膺録”,即膺録受图。谓帝王亲受图录,应运而兴。图,河图;録,符命。李善注引《左传》:“楚恭王无冢适(嫡长子),有宠子五人,无适(适合)立焉。乃大有事于群望(遍祭名山大川)而祈曰:请神择五人主社稷(继承王位)。乃遍以璧见于群望(诸名山神灵)曰:当璧而拜者,神所立也。与巴姬密埋璧于太室之庭(祖庙院内),使五人拜。康王跨之,灵王肘加焉,子干、子皙皆远之。平王弱(幼小),抱而入,再拜皆压纽。”

〔145〕星虹:流星如长虹。李善注引《春秋元命苞》:“大星如虹,下流华渚(渚名),女节(轩辕之妻)梦意,感生朱宣(少昊氏)。”　枢电:闪电在北斗。李善注引《诗含神务》:“大电绕枢(北斗第一星,名天枢),照郊野,感符宝(帝王之印),生黄帝。”

〔146〕夜哭:用汉高祖斩白蛇之典。李善引《汉书》应劭注:“高祖夜经泽中,有大蛇当径,拔剑斩蛇,蛇分为两。后人至蛇所,有一妪夜哭,人问妪,妪曰:吾子白帝子,化为蛇当道,今者赤帝子斩之也。”

〔147〕兆:事物发生前的征候和迹象。

〔148〕涣汗:出汗。《易·涣》:“涣汗其大号。”《汉书·楚元王传》注:“言王者涣然大发号令,如汗之出也。”此谓流布教化之意。　后叶:后世。

〔149〕貔(pí 皮):古籍中的一种猛兽,虎豹之属。

〔150〕尺剑:短剑。李善注引《史记》:“高祖曰:吾提三尺剑取天下,此非天命乎?”

〔151〕紫微:帝王宫殿。《西京赋》薛综注:“天有紫微宫,王者象之,曰紫微宫。”

〔152〕帝道:帝位。

〔153〕窅冥(yǎo míng 咬明):深远幽隐。李善注引《吕氏春秋》:“窅乎冥乎,莫知其情。”

〔154〕神明:天地之神。　数:命运。李周翰注“星虹”数句:“言自古帝王所兴,皆应天命符瑞,若谓威猛之道可以取之,乃入紫微,升帝道,是则未达窅冥神明之数矣。”

〔155〕空桑:中空的桑树。《吕氏春秋·本味》:“有莘氏女子采桑,得婴儿于空桑之中,献之其君。其君令烰人(厨师)养之,察其所以然。曰:‘其母居伊水之上,孕,梦有神告之曰:臼出水而东走,毋顾!明日,视臼出水,告其邻,东走十里而顾,其邑尽为水,(伊尹之母)身因化为空桑。’故命之曰伊尹。此伊尹生空桑之故也。”“空桑”亦为传说中的地名。开封东南有空桑城。“空桑”句用此典。

〔156〕历阳:县名。李善注引《淮南子》:“历阳,淮南之县名,今属九江郡。历阳中有老妪,常行仁义,有两诸生(儒生)告过之,谓曰:‘此国当没为湖,妪视东城门阃(城门)有血,便走上山,勿反顾也。’自此妪数往视门,门吏问之,妪对如其言。东门吏杀鸡以血涂门,明日妪早往视门有血,便走上山,国没为湖。”“历阳”句用此典。

〔157〕楚师:项羽的军队。项羽自立西楚霸王,故其军称楚师。　汉卒:指刘邦军。李善注引《汉书》:“项羽晨击汉,大战彭城、灵辟东睢水(睢河)上,大破汉军,多杀士卒,睢水为不流。”　鲠(gěng 梗):塞。

〔158〕秦人坑赵士:指秦赵长平之战,秦将白起坑赵军四十万。李善注引《战国策》:“蔡泽谓应侯曰:白起率数万之师,越韩、魏而败强赵,北坑马服(战国赵地,赵奢被封马服君于此),屠四十余万众,流血成川,沸声如雷。使秦业帝,白起之势也。”白起坑赵卒处,有“省冤谷”,旧名“杀谷”。刘孝标认为这些都在天命。李善注引《论衡》:“言有命者曰:夫天下之大,人民之众,一历阳之都,一长平之坑,同命俱死,未可怪也。命当溺死,故聚于历阳。命当压死,故相积于长平。”

〔159〕昆岳:昆冈,即昆仑山。李善注引《尚书》:“火炎昆冈,玉石俱焚。” 砾(lì 力)石:碎石。 琬琰(wǎn yǎn 晚眼):美玉。

〔160〕萧艾:艾蒿。 芝兰:香草。李善注引傅玄《鹰兔赋》:“秋霜一下,兰艾俱落。”

〔161〕游:子游。姓言,名偃,字子游,孔子弟子。长于文献,仕鲁,曾为武城宰。 夏:子夏。卜商,字子夏,孔子弟子,长于文献,相传曾讲学于西河,为魏文侯师。

〔162〕伊:伊尹。 颜:颜回。 殆庶:为近乎圣人之称。

〔163〕焉能:岂能。

〔164〕明月之珠:明月珠,即夜光珠。因珠光晶莹似月光,故名。李斯《上秦始皇书》:“垂明月之珠,服太阿之剑。”

〔165〕颣(lèi 类):缺点毛病。此指瑕。《淮南子·说林》:“若珠之有颣,玉之有瑕,置之而全,去之而亏。”

〔166〕夏后:禹。禹受舜禅为天子,国号夏,亦称夏后氏。 璜(huáng 黄):古代玉石器名。形状像璧的一半。古代贵族朝聘、祭祀、丧葬时的礼器,也做装饰用。 考:不平。李善注引《淮南子》:“夏后氏之璜,不能无考;明月之珠,不能无颣。”

〔167〕亭伯:崔骃,字亭伯。东汉人,在太学与傅毅、班固同时齐名。李善注引范晔《后汉书》:“窦宪为车骑将军,辟(征召)骃为掾(属官),察骃高第(名门),出为长岑长。骃自以远去,不得意,遂不之官而归,卒于家。”县长:官名。秦汉时,县万户以上县官称令,万户以下称长。

〔168〕相如:司马相如,字长卿,西汉辞赋家,李善注引《汉书》:“相如拜为孝文园令,既病免,家居茂陵而死。”

〔169〕结绿:美玉名。 鸿辉:温润的光辉。吕向注:“鸿,润也。”

〔170〕悬黎:美玉名。 夜色:朦胧的夜光。李善注引《战国策》:“应侯谓秦王曰:梁有悬黎,宋有结绿,而为天下名器。”

〔171〕抑:抑或,还是。 短:即寸长尺短。屈原《卜居》:“夫尺有所短,寸有所长。”谓事物各有短处和长处,有时亦指微小的长处。

〔172〕主父偃:(汉)临菑人。李善引《汉书》:“主父偃,齐国(诸侯王)临菑人也,学长短纵横术。家贫,假贷(借)无所得,北游燕、赵、中山,皆莫能厚客(厚待)。甚困,乃上书阙下(朝廷),拜为郎,至中大夫。偃曰:大丈夫生不五鼎

食,死则五鼎烹耳。” “公孙弘:淄川薛人也。少时为狱吏,有罪免。家贫,牧豕海上。年四十余乃学《春秋》杂说。(汉)武帝初即位,招贤良文学士,是时弘年六十,以贤良徵为博士。使匈奴,还报,不合意,上怒,以为不能,弘乃移病免归。”“元光(武帝年号)五年,复徵贤良文学”。“弘至太常(官名,九卿之一)。”“上策诏诸儒(诸儒生)。”“时对者百余人,太常奏弘第(品第)居下策,天子擢弘第为第一。召入见,容貌甚丽,拜为博士,待诏金马门。”“元朔(武帝年号)中,代薛泽为丞相。”“于是起客馆,开东阁,以延贤人。”(以上见《汉书·公孙弘传》)

〔173〕对策:指公孙弘对汉武帝“策诏”事。　不升第:没晋爵。

〔174〕历说(shuì 税):游说。指主父偃“北游燕、赵、中山”事。　不入:即“莫能厚客”。

〔175〕牧豕淄原:指公孙弘未达之时。

〔176〕见弃:被弃。　州部:地方行政机构,也指地方的低级小吏。《韩非子·显学》:“故明主之吏,宰相必起于州部,猛将必发于卒伍。”

〔177〕设令:假令。　忽如过隙:指人生短暂。李善注引《庄子》:“人生天地之间,若白驹之过隙。”

〔178〕溘(kè 客)死:忽然死去。溘,忽然。　霜露:比喻外来的伤害。屈原《离骚》:“宁溘死而亡兮,余不忍为此态。”

〔179〕诟(gòu 够)耻:耻辱。诟,耻。

〔180〕崔、马:指崔骃、司马相如。

〔181〕东阁(gé 革):称宰相招致款待宾客之所。《汉书》注:“阁者,小门也,东向开之,避当庭门而引宾客,以别于掾史属官也。”

〔182〕五鼎:古祭礼,大夫用五鼎盛羊、豕、肤、鱼、腊。五鼎乃大夫等级的标志。

〔183〕电照风行:亦作“风行电照”。比喻显赫扬名。李善注引范晔《后汉书》:“吴汉谓臧宫曰:将军向者经虏城下,震扬威灵,风行电照,九州春秋。”

〔184〕声驰:蜚声。李善注引《后汉书》:“阎忠说皇甫嵩曰:今将军威德震本朝,风声驰海外。”

〔185〕宁:难道。

〔186〕荣悴:草木荣枯。比喻人之荣辱、穷达、夭寿等。　定数:一定的气数。即命中注定。李善注引应璩《与曹元长书》:“春生者繁荣,秋荣者零悴,自

然之数,岂有恨哉!”

〔187〕天命:古代把天当做神,称天神的意志为天命。　至极:最上者。

〔188〕妍蚩:美丑。

〔189〕“虎啸”二句:言云从龙,风从虎,相感应。李善注引《淮南子》:“虎啸而谷风至,龙举而景云属。”属,从。

〔190〕重华:虞舜,名重华。　元、凯:指八元、八凯。传说尧舜时代的贤臣。李善注引《史记》:“昔高阳氏有才子八人:苍舒、隤敳、梼戭、大临、龙降、庭坚、仲容、叔达,天下之民谓之八恺(通“凯”)。高辛氏有才子八人:伯奋、仲堪、叔献、季仲、伯虎、仲熊、叔豹、季狸,天下之民谓之八元。舜臣尧(做尧臣子),举八恺使主后土(大地),举八元使布五教(父义、母慈、兄友、弟恭、子孝等五种封建伦理道德)于四方。”

〔191〕辛受:殷纣王。李善注引《史记》:“帝乙崩,子辛立,是为帝辛,天下谓之纣。”李善引孔安国曰:“受,纣也。音相乱。”　飞廉:即蜚廉,纣王之臣。李善注引《史记》:“仲衍生蜚廉,蜚廉生恶来,父子俱以材力事殷纣。”

〔192〕闇(àn 暗)主:昏君。

〔193〕薰莸(xūn yóu 熏尤):香草与臭草。《左传·僖公四年》:“一薰一莸,十年尚有臭。”杜预注:“薰,香草;莸,臭草。十年有臭,言善易消,恶难除。”李善注引《家语》:“颜回曰:闻薰莸不同器而藏,尧桀不共国而治,以其类异也。”

〔194〕枭鸾(xiāo luán 消栾):凤凰与鸱鸮。李善注引孙盛《晋阳秋》:“王夷甫论曰:‘夫芝兰之不与茨棘俱植,鸾凤之不与枭鸮同栖,天理固然。’”　接翼:齐飞。《西都赋》:“接翼侧足。”

〔195〕浑敦:传说中远古的四凶(浑敦、穷奇、梼杌、饕餮)之一。李善注引《左氏传》:“太史克曰:昔帝鸿氏有不才子,掩义隐贼,好行凶德,丑类恶物,顽嚚(奸诈)不友,是与比周(结党营私),天下之人谓之浑敦。”梼杌(táo wù 桃误):李善注引《左氏传》:“颛顼氏有不才子,不可教训,不知话言,告之则顽,舍之则嚚,傲狠(倨傲凶狠)明德,以乱天常,天下之人谓之梼杌。”

〔196〕踵武:比喻继承前人的事业。武,足迹。　云台:刘良注:“云台,书府阁也。言不才之子继迹于书府之上也。”李善注引《东观汉记》:“诏贾逵入讲南宫云台,使出《左氏》(《左传》)大义。”

〔197〕“仲容、庭坚”句:仲容、庭坚,“八恺”之一。李善注引《法言》:“谷口郑子真,不诎(屈,折)其节,而耕于岩石之下。”

〔198〕横(hèng):专横。

〔199〕系:关系。

〔200〕戎:对我国西方少数民族的泛称。　狄:对我国北方少数民族的泛称。

〔201〕宴安:安逸。　鸩(zhèn 振)毒:狠毒。鸩,毒酒。李善注引《左氏传》:“管敬仲曰:宴安鸩毒,不可怀(怀安)也。”

〔202〕蒸报:李善注引《汉书》:“(匈奴其俗)父死,妻其后母,兄弟死,皆取其妻妻之。”前者为“蒸”,后者为“报”。又引《诗·小雅》:“上淫曰蒸,下淫曰报。”

〔203〕大风:猛禽,即鸷鸟。　青丘:东方之地。《史记》正义引服虔曰:“青丘国在海东三百里。”

〔204〕凿(zuò 作)齿:《淮南子》注:“凿齿,兽名。齿长三尺,其状如凿。”　华:畴华,南方之地。

〔205〕狼戾(lì 力):像狼一样贪暴凶残。李善注“虽大风”数句引《淮南子》:“尧之时,猰貐(窫窳)、凿齿、九婴、大风、封狶(封豕)、修蛇皆为害,尧乃使羿诛凿齿于畴华之泽,杀九婴于凶(水名,在北狄之地)水之上,缴(射)大风于青丘之野,上射十日而下杀窫窳,断修蛇于洞庭,禽(擒)封豕于桑林。”

〔206〕金行:晋王朝的代称。五行家说,各王朝按金木水火土相生相克的原则前后继承,如秦为水德,汉为火德。晋为金德,五行中属金,故以金行作为晋王朝的代称。　竞:强劲。

〔207〕板荡:此指政局动荡不安。《诗经》中有《板》、《荡》二篇,讥刺周厉王无道败国。

〔208〕左带:左衽,即前衣襟向左掩。古代中原人衣襟向右掩,边疆少数民族则向左掩。故左衽亦作少数民族之代称。衽,衣襟。　沸唇:即反唇。泛指居住边疆的少数民族。

〔209〕乘间:趁机。　电发:迅速发兵。陆机《辨亡论》:“电发荆南。”

〔210〕覆:倾覆。　瀍(chán 缠):瀍水。原出河南洛阳西北,东南流经旧县城东入洛水。　洛:洛河。在河南西部,黄河下游南岸的一大支流。

〔211〕五都:五大城市,历代所指不同。汉以洛阳、邯郸、临淄、宛、成都为五都。三国魏以长安、谯、许昌、邺、洛阳为五都。此五都盖指后者。李善注引干宝《晋纪》:“群邪作逆,倾荡五都。”

〔212〕先王:古代帝王。　桑梓(zǐ 子):故乡之代称,桑与梓是古代宅旁常栽的树木。

〔213〕窃:窃取。　名号:称号,尊号,指称王称帝。《后汉书·公孙述传》:“公曹李熊说述曰:宜改名号,以镇百姓。”　中县:古县名,为越嶲郡东境,乌蛮居地。今四川西昌县东。

〔214〕三皇:指伏羲、神农、黄帝,此谓汉族之祖先。　竞:争。　萌黎:庶民,百姓。《后汉书·宦者传论》:“狗马饰雕文,土木被缇绣。皆剥割萌黎,竞恣奢欲。”

〔215〕五帝:其说不一,多谓伏羲、神农(炎帝)、黄帝、尧、舜。　角:竞争。区宇:疆土境域。区,指疆域;宇,指上下四方。

〔216〕种落:部族聚居的地方。也指部族。《晋书·赫连勃勃载记》:“祖豹子招集种落,复为诸部之雄。”　繁炽:繁盛。李善注引范晔《后汉书》:“梁商上表曰:匈奴种类繁炽,不可殚尽。”

〔217〕充仞:充满。亦作“充牣”。《史记·殷记》:“(纣)益收狗马奇物,充仞宫室。”　神州:泛指中国。此侧重指瀍洛五都一带。李善注引《河图》:“昆仑东南,地方千里,名曰神州。”

〔218〕福善:降福给善人。　祸淫:降祸给恶人。淫,邪恶。《尚书·汤诰》:“天道福善祸淫,降灾于夏,以彰厥(其)罪。”

〔219〕徒:只。　虚言:空话。

〔220〕否(pǐ 痞)泰:原为《易经》中的两个卦名。后来指命运好坏,事情顺逆常用“否泰”代替。否,不通。泰,通畅。　相倾:互相配合。嵇康《养生论》:“心战于内,物诱于外,交赊相倾,如此复败者。”李善注引《周易》:“泰者,通也。物不可以终通,故受之以否。”

〔221〕盈缩:长短。　盈,通“嬴”。李善注引高诱曰:“嬴,长也;缩,短也。”又引《淮南子》:“孟春始嬴,孟秋始缩。”　递运:交相运转。

〔222〕汩(gǔ 古):乱。

〔223〕焉:语气助词,表停顿,与“也”字相近。

〔224〕赋:给予。

〔225〕行:指所作所为。李善注引桓范《世要论》:“遇不遇,命也;善不善,人也。”

〔226〕神:指人的意识和精神。江淹《别赋》:“造分手而衔涕,感寂漠而伤

神。” 舜禹：虞舜、夏禹。李善注引《淮南子》：“不待学问而合于道，舜、尧、文王也。”

〔227〕心：指思想感情。 朱：丹朱，尧之子。 均：商均，舜之子。李善注引《淮南子》：“不可教以道，不可喻以德者，丹朱、商均也。”

〔228〕絓（guà 挂）：止。 中庸：平常的。犹言中材，中人。贾谊《过秦论》：“材能不及中庸。”又引《论衡》：“中人之性在所习，习善为善，习恶为恶。”李周翰注：“愚智”数句：“舜禹圣帝明王也，丹朱，尧子，商均，舜子，皆愚暗人也。言人有神非圣明又心不愚暗絓及中庸之性者，事皆在于所习而成也。”

〔229〕素丝：白色生绢。 恒：不变。“无恒”即可变。 玄：黑。李善注引《淮南子》：“墨子见练丝而泣之，为其可以黄，可以黑。”“墨子之泣，悯其化也。”（高诱注）

〔230〕鲍鱼：盐渍鱼，其气腥臭。 芳兰：香草。李善注引《大戴礼》：“与君子游，苾（浓香）乎如入兰芷之室，久而不闻，则与之化矣；与小人游，臭乎如入鲍鱼之肆（市），久而不闻，则与之化矣。是故君子慎其所去就也。”吕向注：“言中庸之人逐物迁性，有如素丝无有恒色，或玄或黄，相间代而作，或见臭好臭，见香好香，随时而变。”

〔231〕季路：子路。孔子弟子。李善注引《尸子》：“子路，东鄙之野人，孔子教之为贤士。”

〔232〕厉：“砺”之本字。磨砺，引申为锻炼、修养。 风霜：比喻节操高洁。

〔233〕楚穆：楚穆王，楚成王之子。芈姓，名商臣，公元前626年至前614年在位。 谋：计议。 潘崇：商臣的老师。

〔234〕杀逆：指杀父而获忤逆之罪名。李善注引《左传》：“楚子（成王）欲立王子职（成王之子），而黜太子商臣。商臣闻之，告其师潘崇曰：能事诸（指职）乎？（臣）曰：不能。（崇问）能行大事（发动政变，夺取王权）乎？（臣）曰：能。以宫甲（禁军）围成王，王缢，穆王立。”逼杀父王，大逆不道，故谓“杀逆之祸”。

〔235〕盛业：盛德大业。 后嗣：后代。李善注：“楚之后叶（世）皆商臣之子孙。”

〔236〕仲由：子路。据《史记·仲尼弟子列传》载：卫灵公太子蒉聩，“得过南子（灵公宠姬），惧诛，出奔”。灵公卒，卫立“辄（蒉聩之子）为君，是为出公。出公立十二年，其父蒉聩居外，不得入。”蒉聩遂谋入大夫孔悝家，将孔悝逼到墙角，胁持台上，强迫他盟誓。时子路为孔悝邑宰，在外闻讯赶至，声言如放火烧

台，蒉聩便会放开孔悝。蒉聩恐，下台，令手下石乞、壶黡与子路搏斗，斩断子路冠缨。子路说："君子死，冠不免。"便结缨而死。

〔237〕斯：此。指子路、商臣事。

〔238〕鬼神害盈：李善注引《周易》："鬼神害盈而福谦。"意为鬼神的法则，加害满盈，降福谦虚。《易·坤·文》："积善之家必有余庆，积不善之家必有余殃。"意为：积善的人家，必然有多余的吉庆，留给子孙；积恶的人家，必然有多余的灾殃，留给后代。福谦，指"余庆"；害盈，指"余殃"。

〔239〕皇天辅德：李善注引《尚书》："皇天无亲，惟德是辅。"意为：老天无亲无疏，只辅助有德之人。皇天，即天。常与"后土"并用，合称天地。

〔240〕宋公：宋景公，战国宋之国君子栾，公元前 517 至前 469 年在位。一言：一句话。

〔241〕法星：荧惑星。古人认为其是执法之星，主天罚。　三徙：退避三舍。《吕氏春秋·制乐》："宋景公之时，荧惑在心（心宿，二十八宿之一），公惧，召子韦（观星之臣）问焉，曰：'荧惑在心，何也？'子韦曰：'荧惑者，天罚也；心者，宋之分野也。祸当于君。虽然，可移（转嫁）于宰相。'公曰：'宰相所与治国家也，而移死焉，不祥。'子韦曰：'可移于民。'公曰：'民死，寡人将谁为君乎？宁独死。'子韦曰：'可移于岁（一年的农业收成）。'公曰："岁害则民饥，民饥必死。为人君而杀其民以自活也，其谁以我为君乎？是寡人之命固尽矣，子无复言矣。'子韦还走（退下），北面载（再）拜曰：'臣敢贺君，天之处高而听卑（地上之一切）。君有至德之言三，天必三赏君。今夕荧惑其徙三舍（间隔七星为一舍），君延年二十一岁。"

〔242〕殷帝：指商汤，商王朝的建立者。盘庚从奄迁都到殷，一般为殷代，故称商汤为"殷帝"。李善注引《吕氏春秋·顺民》："汤克夏，四年，天大旱，汤乃以身祷于桑林（地名），于是翦（剪）其发，磨其手（以串联木棍夹指），自以为牺（牺牲，供祭用的牲畜），用祈福于上帝，雨乃大至。"

〔243〕若使：假使。　征：验证。

〔244〕洽：合。　斯义：此义，指"宋公"、"殷帝"事。言"若以善恶犹命，故未洽斯义。"

〔245〕于公高门待封：李善注引《汉书》："于定国父于公，其间门（里巷的大门）坏，父老方共修之，于公谓之曰：少（稍）高大间门，令容驷马高盖车。我理狱（断案）多阴德，未尝有所冤，子孙必有兴者。至定国为丞相，封侯传世。"

〔246〕严母扫墓望丧：严延年，字次卿，少学法律，汉宣帝时为侍御史。李善注引《汉书》："严延年迁河南太守，其母从东海（东海郡，今山东郯城县）来，欲延年腊（祭名），到雒阳（洛阳），适见报囚（判决罪人），母大惊。毕正腊（腊所行之祭）已，谓延年曰：天道神明，人不可独杀。我不自意当老见壮子（延年）被刑戮也，行矣！去女（汝）东归扫除墓地耳。后岁余果败。"望丧，看着丧葬，指延年被杀。

〔247〕自强不息：李善注引《周易·乾》："《象》曰：天行健，君子以自强不息。"意为：天道刚健，君子以天为法，所以自强不息。言善恶有征，所以君子自强不息，以图善报。

〔248〕如使：同"若使"。

〔249〕奚为：为奚，为何。　立名：树立声誉。

〔250〕径廷：黄侃《文选平点》："径廷，犹径逞，直遂之意也，犹今云快心之谈。"李善注上数句："若必为仁而无报，何故修善而立名乎？是不由命明矣。或为兹说者，斯乃径廷之言耳。"一说"径廷"，大相径庭。指相差甚远。

〔251〕晦：隐，含蓄。　微：精妙。李善注引《左传》："君子曰：《春秋》之称，微而显，志（记史实）而晦（含蓄），婉（婉转）而成章。"

〔252〕河汉：银河。李善注引《庄子》："肩吾问于连叔曰：吾闻言于接舆，大而无当，往而不反。吾惊怖其言，犹河汉而无极。"

〔253〕立教：示人规范以教之。《书·序》："举其宏纲，撮其机要，足以垂世立教。"　进：通"尽"。　庸怠：平庸懒惰之人。

〔254〕言命：讲命运。　穷：尽。　性灵：妙理。

〔255〕积善余庆：《周易·坤·文言》："积善之家，必有余庆。"李善注引徐幹《中论》："北海孙翱云：积善余庆，诱民于善路耳。"

〔256〕凤鸟不至：《论语·子罕》："子曰：凤鸟不至，河图不出，吾已矣夫！"凤鸟，古代传说中的一种神鸟，其在舜和文王的时代出现过，它的出现，象征着"圣王"将要出世。孔子之言，说他遇不到"圣王"，是由天命。

〔257〕片言：只言片语，或不全面之辞。　辩：辨明。辩，通"辨"。其：指"圣人之言"。　要趣：要旨，主旨。趣，意旨。

〔258〕夕死之类：指"浮蝣"、"蟪蛄"之类短命之物。　春秋之变：季节的变化。李善注引毛苌《诗传》："蜉蝣，渠略也，朝生夕死。"《庄子·逍遥游》："朝菌不知晦朔，蟪蛄（蝉之一种）不知春秋。"吕向注："理之冥昧，其或（惑）难知，是

非反复纷纶莫定，今要以片言辩之，亦如朝生夕死之虫，而论春秋寒暑之变，其可及乎？”

〔259〕荆昭：指楚昭王芈轸，公元前516年至前489年在位。　德音：善言。李善注引《左传》：“有云如众赤鸟，夹日飞三日，楚子（楚王）使问周（成周）太史，太史曰：其当王身（应在王身得病）乎？若禜（除灾之祭）之，可移于令尹、司马。王曰：除腹心之疾而置诸股肱（腿臂），何益？不穀（不善）不有大过，天其夭（夭折）诸？有罪受罚，又焉移之！遂弗禜。”“德音”即指此。

〔260〕丹云：红云。云如众赤鸟夹日为不祥之兆，“丹云不卷”即为解除不祥。

〔261〕周宣祈雨，圭璧斯罄：周宣王祈祷上天降雨。《诗·大雅·云汉》即为周宣王求神祈雨之诗。中有“圭璧既卒，宁莫我听”。意为“祭神圭璧已用尽，为啥祷告天不应。”周宣，周宣王姬静，公元前827年至前782年在位。圭璧：周代用以祭神的玉器。斯罄与“既卒”意同。

〔262〕于叟：指上文“于公”。　种（zhòng仲）德：树立德行。

〔263〕不逮：不及。　勋、华：尧、舜。尧，名放勋；舜，名重华。《庄子·盗跖》：“尧舜有天下，子孙无置锥之地。”一样为善，两样结果。

〔264〕延年：指严延年。　残犷（guǎng广）：残酷猛悍。

〔265〕东陵：即东陵山，在山东章丘东南，山南盗跖冢，故东陵山亦名跖山。此东陵借指盗跖。李善注引《庄子》：“伯夷叔齐死名于首阳之下，盗跖死利于东陵之上。”吕向注：“严延年残恶，亦未甚盗跖之酷暴，而延年速先败也，而盗跖寿终东陵。”一样为恶，两样结果。

〔266〕为善一：一样为善。

〔267〕为恶均：同等作恶。均，等。

〔268〕祸福异其流，废兴殊其迹：言并非善有善报，恶有恶报。

〔269〕荡荡：任意骄纵，不守法纪的样子。《诗·大雅·荡》：“荡荡上帝，下民之辟（君主）。”《笺》：“荡荡，法度废坏之貌。厉王乃以此居人上，为天下之君。”《荡》是一首哀伤厉王无道、周室将亡的诗。

〔270〕风雨如晦，鸡鸣不已：语出《诗·郑风·风雨》。晦，昏暗。意为“风雨交加天地昏暗，雄鸡报晓仍不停歇。”李善注引《郑笺》：“喻君子虽居乱世，不变改其节度也。”作者引此诗句，解释君子为何要自强不息。

〔271〕焉有息哉：李善注引《家语》：“事君之难也，焉可以息哉？”焉，岂。

息,止。

〔272〕稻粱:指精美的饭食。孔颖达《左传疏》:“食以稻粱为贵,故以粱表精。”

〔273〕刍豢(chú huàn 除换):指牛羊犬豕之类的家畜。朱熹《四书集注》:“草食曰刍,牛羊是也;谷食曰豢,犬豕(猪)是也。”

〔274〕狐貉(hé 合):指珍贵的毛皮。狐,狐狸。貉,似狸,皮毛为珍贵裘料。

〔275〕袭:加穿衣服。《礼·内则》:“在父母姑舅之所,寒不敢袭,痒不敢搔。” 冰纨:细洁雪白的丝织品。因色素鲜洁如冰,故称。

〔276〕窈眇(yǎo miǎo 咬秒):美好。 儛:同"舞"。阮籍《咏怀诗》:“北里多奇儛。”

〔277〕云和:山名。以产琴瑟著称。《周礼·春官·大司乐》:“孤竹(地名)之管,云和之琴瑟。”

〔278〕生人:活人。《庄子·至乐》:“视子所言,皆生人之累也,死则无此矣。”

〔279〕敦:勉励。 孝悌(tì 替):孝敬父母,尊敬兄长。也作“孝弟”。《论语·学而》:“孝弟也者,其为仁之本与。”

〔280〕忠贞:忠诚坚贞。

〔281〕渐:浸润。《汉书·董仲舒传》:“渐民以仁,摩民之谊。”《注》:“渐谓侵润之,摩谓砥砺之也。” 礼乐:礼与乐的合称。《礼·王制》:“春秋教以礼乐,冬夏教以诗书。”《乐》、《礼》皆儒家“六经”之一。 腴润:丰美的流泽。

〔282〕蹈:实践。

〔283〕居正:遵循正道。干宝《晋纪总论》:“进仕者以苟得为贵,而鄙居正。” 体道:实行道。体,实行,实践。李善注引《庄子》:“弇堈吊曰:夫体道者,天下之君子也。”又郭象曰:“言体道者人之宗主也。”

〔284〕乐天知命:旧谓安于天命而自乐。《易·系辞上》:“乐天知命,故不忧。”

〔285〕智力:智谋,才能。李善注引《王命论》:“不知神器(指帝位)有命,不可以智力求。”又引《庄子》:“知不可奈何而安之若命,唯有德者能之。”

〔286〕逝:失去。 召:召唤使来。

〔287〕距:通“拒”。

〔288〕慼(qī 七):忧伤。

〔289〕瑶台:美玉砌成之台,极言其华丽。　夏屋:大屋。《楚辞·大招》:“夏屋广大,沙堂秀只。”李善注引《尸子》:“人之言君天下者,瑶台九累,而尧白屋(古代平民住屋不施采,故称)。”

〔290〕土室:土房子。《后汉书·袁闳传》:“(闳)欲投迹森林,以母老不宜远遁,乃筑土室,四周于庭,不为户,自牖纳饮食而已。”　编蓬:编蓬为户,即编柴草做门。

〔291〕充诎(qū 曲):自满而失去节制。《礼·儒行》:“不充诎于富贵。”

〔292〕遑遑:匆忙的样子。《列子·杨朱》:“遑尔竞一时之虚誉,规死后之余荣。”　所欲:指富贵。李善注引皇甫谧《高士传》:“黔娄先生妻谓曾子曰:先生不戚戚于贫贱,不遑遑于富贵。”《论语》:“富与贵,是人之所欲也。”

〔293〕史公:太史公司马迁。　董相:董仲舒。汉武帝时,以贤良对策称旨见重,拜江都相。后因言灾异事下狱,几死,不久赦免。再出为胶西王相,恐久而获罪,乃告病免官家居。　不遇之文:表现怀才不遇的文章。指司马迁的《悲士不遇赋》和董仲舒的《士不遇赋》。

今译

皇上曾与诸名贤谈及管辂,慨叹其有奇才而位不显。当时有人在大殿台阶之下听到这种议论,回来告诉我。我说士人困厄与显达,没有不是命中注定的。所以谨述天子宗旨,借此论论命运之至理。

我观察管辂,天姿英拔俊伟,品德美好超群,确实是海内杰出的名士,岂占卜者流可比?但官仅做到少府丞,寿只活到四十八。老天对他酬报为何如此之薄啊!然才德崇高之士位不显达,贪婪凶狠之徒身居要职,自古以来叹此不平,岂独管辂一人而已呢!所以天命与禀受的事理,困厄与显达的规律,曲折复杂,无人晓知其变化。王充审视命运之源,司马迁解释命运之谜。以至于说布衣贫寒之士,定于天命;显赫富贵之家,取于人为。喧闹争辩不止,各种异说蜂起。李萧远论命运之本而未畅论其流;郭子玄论命运之流而未详述其本。我试论此理:遍生万物者,则叫做道;物无主而生,则叫做自然。所谓自然,就是只见物生长,而不知其怎样生长;只知道物各得其所,而不知其怎样自适。如同转动陶钧和铸模陶铸器物而不见其功夫,万物自然生长而不见其力量。生长某物并非有意化育,消灭某物亦并非存心杀害。水族潜入深渊并非因天道发怒,禽类展翅云霄也不由天道喜悦。广大无边啊,万物靠天道来化育;纯粹专一啊,化育而不可改变。化而不改,则叫做命。所谓命,就是从天之天命。天命定于冥昧之始,至死不变。鬼神不能先知,圣贤不能预晓,倒山之力不能抗衡,退日之诚不能感动。欲求其短不可延迟寸阴,欲求其长不可增加漏刻。道德最高之人不能超越生死的界限,智力特出之士无法避免生命的完结。因此唐尧的时代,水势浩大漫过山陵;成汤之时,旱得金属烧红,砂石熔化。周公好心未得好报;孔子行仁被困陈蔡绝粮;颜回好学三十英年早逝;冉耕品德高尚却患恶疾;伯夷、叔齐因野妇之言而饿死,孟子舆受臧仓毁谤而困扰。圣贤尚且如此,何况平庸之辈?至于伍子胥自杀尸体被抛水中,屈原流放自沉汨罗江底,贾谊大夫不得志贬为长沙王太傅,冯唐都尉白发苍苍仅为中郎署长。桓谭方展宏图却失意受挫,冯衍才露头角便抑而不用寿终家里。这难道是因他们才华不足或有失检点吗?

近代有沛国的刘瓛,和刘瓛弟弟刘琎,同为一时杰出人才。刘瓛被誉为关西孔子,博通六经,循循善诱,对儒家思想身体力行。刘琎志向高洁,犹如秋霜,操守坚贞,宛若昆玉,卓然耸立,不染尘俗。兄弟皆修身于蓬门之中,驰名于天地之外。但地位低于侍郎之官,职务不如执戟之士,二人相继死去,祖宗都无人祭祀。就这两位贤士论古人,从前德才兼备之士,出类拔萃,皆在最好年华被排斥弃绝,使盖世奇才埋没不用,与草木共凋,同麋鹿同死,膏血涂平地,骨骼填河谷,淹没无闻者,怎能数得过来呢!在这里,宰相与小吏,寿星与夭折,富翁与贫士,美人与丑女,都得之于自然,不借助于才智。因此所说的"死生有命,富贵在天",或许就指此吧!

然而天命本体流转运行,变化不一。有时先悲后喜,有时始吉终凶,有时祸福不招自来,有时借助外力乃成。错综复杂,曲折往复,祸福相依,不是一理所能征实,不是一途所能验证。命体变化之道,细微神妙,虚无恍忽,无形体可以看见,无声音可以闻知。必须利用物来显示灵验,必须借助人来具象成形。譬如周天子身居冕旒之尊,必须任百官以成其帝位。而有人看到汤武欲登天子之位,就说戡乱在于神功;听到孔、墨出类拔萃,就说靠明智可以独获美名;见彭、韩由贫贱变为富贵,就说凶猛可以位至公卿;见张、桓佩红色印绶,就说官爵是通经而成。怎知那是有命的力量在运转呢。所以谈论这些人而否认命的作用,有六种片面的弊病,请于此略陈其大概。

相貌美丽肌理细腻,蹙鼻咧嘴丑陋不堪,这是形体不同;朝秀朝生夕死,龟鹤长达千岁,这是寿命各异;听人言反应快有如回声,智力差头脑昏不辨麦豆,这是智慧有别。皆知形、年、神三者取决于自然,唯独说荣辱境况由人,这叫知二五而不知一十。这是第一蔽。

龙犀日角,这是帝王之外表;河目龟文,这是公侯之长相。照明镜,看相貌命该处死;入朝拜,钮压璧,应主社稷。流星如长虹,闪电在北斗,昭示帝王符命;汉高祖斩白蛇,老妪夜哭,盛显皇权瑞兆。这些都是征兆在前朝,流布于后世。如果说驱赶貔虎,手提三尺短剑,进入帝王宫殿,登上皇帝宝座,而不晓深远幽隐之情,不知天神地神命运,这是第二蔽。

空桑之村,变成汪洋;历阳之城,化作鱼鳖。楚军屠戮汉卒,尸体塞流睢水;秦兵活埋赵卒,哭号如雷震天。大火燃烧昆仑,碎石与美玉俱焚;严霜夜降,艾蒿与香草共尽。即使有子游、子夏之英才,伊尹、颜回之准圣,又怎能抗拒呢?这是第三蔽。

有人说明月宝珠,不能无瑕;夏禹玉器,亦有不平。崔骃不去做小小县长而卒于家里,相如未就孝文园令死于茂陵。不是他们的才能不杰出,君主不英明,却如“结绿”破碎失去光辉,“悬黎”遭残夜光损坏,抑或各有所长各有所短吧?像这样的,如主父偃上书朝廷而未晋公卿之爵，公孙弘游说燕、赵、中山不被接纳，淄原放猪，被弃郡县。假令人生短促，受外来伤害而忽然死去，其耻辱难道不如同崔骃、司马相如之流吗？而等到任宰相，做大夫，赫赫扬名，蜚声海外，难道是他们先愚钝后明智，先为非后为是吗？荣辱有一定气数，天命有最高极限，而颠倒美丑，这是第四蔽。

虎啸风生，龙飞云从。所以虞舜即位，"八元""八凯"提升；纣王出世，恶臣飞廉相从。这样一来，天下善人少，恶人多，明君少，昏君多。但香草与臭蒿不能同装一器，凤凰和鸱鸮不能比翼齐飞。恶魔浑敦、梼杌却继前贤讲学于云台之上，贤人仲容、庭坚反在山岩之下苦耕，硬说兴废在己，与天无关，这是第五蔽。

那些戎狄，人面兽心，懒惰狠毒，拿杀戮当道德，以乱伦为仁义，即使猛兽大风张牙于青丘，凿齿舞爪于华野，也不足以与这些像狼一样残暴的家伙相比。自晋王朝不强，政局动荡不安，边境异族，乘机迅速发兵，于是占领瀍、洛，攻克五都，盘踞先王故乡，在中县盗名称王称帝，与三皇竞争百姓，同五帝争夺地域；部落繁多，充满神州。呜呼！降福给善人，降祸给恶人，不过是空话而已！莫非是否泰互相配合，长短交替运行，以此惑乱人心？这是第六蔽。

这样，所说的命，死与生，贵与贱，贫与富，治与乱，祸与福，这十种，都是天所赋予的。愚、智、善、恶，这四种，都是禀受的。神明不如舜、禹，心地异于朱、均，才能仅及中人者，凡事皆在于学习。因此白色生绢没有固定的颜色，可黑可黄，在鲍鱼市呆久嗅觉适应腥臭，在兰室呆久嗅觉习惯芳香，进入那个环境自然发生变化。子路从师于孔子，养成高洁的情操，楚穆王求教于潘崇，铸成杀父忤逆之祸。而凭楚穆之恶，他开创的大业却子子孙孙继承；凭子路之善，到头来却结缨而死，这就是邪正由人，吉凶在命。

有人说鬼神伤害自满，降福谦虚，苍天无亲无疏，有德主便辅助，所以宋景公一句肺腑之言，法星为之退避三舍。商汤剪发磨手祈雨，雨云不远千里而至。假使善恶报应无验，则不合此义。而且于公先修高大里门，等待封爵跑驷马高车，严母见雒阳“报囚”，为儿子河南太守扫墓待葬。这些都说明君子自强不息。如果使行仁义的不得好报，为什么还要行善事立美名呢？这不是大相径庭之说吗？

圣人之言既鲜明又含蓄，既细密又委婉，含义深远难以把握，如同天上的银河高深莫测。或者树规范以示教于平庸怠惰之人，或者讲命运以穷尽人生之妙理。“积善之家，必有余庆”，这就是讲立教；“凤鸟不至”，这就是说天命。现在以只言片语辨析“命”之要旨，与朝生夕死之物谈论春秋变化有何不同？楚昭王一席德言，使苍天不给降灾；周宣王祈雨，用尽圭璧而天不应。于公树德，不及尧舜之高；延年处死囚犯，不比盗跖更残酷。一样行善，一样作恶，而得祸得福不同，或兴或废殊途，骄横不法的上帝，为何这个样子！《诗经》说：“风雨交加天地昏，雄鸡照常来司晨。”所以善人为善，哪有停止之时呢？

吃精粮，食牛羊，穿狐裘，套丝装，观赏奇妙的舞蹈，听取优美的琴瑟，这是人性所急需，不是谁要求这样做。修养品德，学习仁义，勉励孝悌，树立忠贞，涵养礼乐丰美的流泽，实践先王神圣的法式，这是君子所必需，不是谁要求这样做。那么君子遵循正道，实践正道，安于天命而自乐，知道对天命无可奈何，明白天命非人的智力可改变，所以对失去的东西，不去招回它，对自己来的东西，也不拒绝它，活着不喜悦，死去也不忧愁。华丽的亭台宽大的房屋，不能使其精神愉快，土屋柴门，也不足以使其忧虑。不拼命去追求富贵，不汲汲于所求，假如如此，怎能有司马迁、董仲舒感时不遇的文章呢！

（赵福海译注并修订）

广绝交论一首

刘孝标

题解

朱穆，字公叔，东汉人。《后汉书·朱穆传》曰："朱穆见比周伤义，偏党毁俗，志抑朋游之私，遂著《绝交论》。"史传称其为"矫时之作。"刘孝标《广绝交论》，是借朱《论》之题而发挥之，其锋芒对准到氏兄弟忘恩负义。

任昉为齐梁官场和文坛上的显赫人物，"早绾银黄，夙昭民誉。"经其"吹嘘""剪拂"而腾达者伙矣。到洽、到溉兄弟就是其一。《南史到溉传》载："乐安任昉大相赏好，恒提携溉、洽二人，广为身价。""梁天监初，昉出守义兴，要溉、洽之郡，为山泽之游。"《梁书·到洽传》载："乐安任昉有知人之鉴，与洽兄沼、溉并善。尝访洽于田舍，见之叹曰：此子日下无双，遂申拜亲之礼。"然任昉死后，其子流落街头，无人存恤。《南史·任昉传》载："(昉)有子东里、西华、南容、北叟，并无术业，坠其家声，兄弟流离，不能自振。生平旧交莫有收恤。西华冬月著葛帔练裙，道逢平原刘孝标，泫然矜之，谓曰：我当为卿作计，乃作《广绝交论》，以讥其旧。"李善注"自昔把臂之英，金兰之友，曾无羊舌下泣之仁，宁慕郈成分宅之德"数句云："此谓到洽兄弟也。"刘孝绰《与诸兄弟书》曰："任既假以吹嘘，各登清贯。任亡未几，子侄漂流沟渠，洽等视之攸然，不相存赡。平原刘峻疾其苟且，乃广朱公叔《绝交论》焉。"因此"到溉见其论，抵几于地，终身恨之。"

虽谓针对到氏而发，然"'交'义甚广，概一切人世交往而言，非仅友谊；亦犹'利交兴'，'此殉利之情未尝异'之。'利'，非仅财货，乃概'势交'、'贿交'、'谈交'、'穷交'、'量交'五流，所谓'义同贾鬻'。盖交游、交契通等于今语之'交易'耳。"（钱钟书《管锥编》全梁文卷五七）作者从更广阔的视角，透视了社会之人情冷漠，世态炎凉，唯利是图，唯势是趋的现实。

孝标作传，自言长于论才，《广绝交论》可见一斑。刘知几称扬此文"持论析理，诚为绝伦"，的然。其先述"素交"，后及"利交"。利交乃为重点，又析为"势、贿、谈、穷、量"五流分而论之；再由"五流"导出"三衅"，由三衅及"朱穆昌言而示《绝》"，照应起段。结尾以悯任昉、鞭到氏终篇，条清缕晰。既非泛论，又不拘泥，痛快淋漓。"五交"论，尤为精彩。利交嘴脸，跃然纸上。"颔颐蹙颎，涕唾流沫"之辩态，让人喷饭；"望影星奔，藉响川骛"之丑相，使人齿冷；"匍匐逶迤，折枝舐痔"之媚态，令人作呕。

原文

客问主人曰：[1]"朱公叔《绝交论》[2]，为是乎？为非乎？"主人曰："客奚此之问[3]？"客曰："夫草虫鸣则阜螽跃[4]，雕虎啸而清风起[5]。故烟缊相感，雾涌云蒸[6]；嘤鸣相召，星流电激[7]。是以王阳登则贡公喜[8]，罕生逝而国子悲[9]。且心同琴瑟，言郁郁于兰茝[10]，道叶胶漆，志婉娈于埙篪[11]。圣贤以此镂金版而镌盘盂[12]，书玉牒而刻钟鼎[13]。若乃匠人辍成风之妙巧[14]，伯子息流波之雅引[15]。

范张款款于下泉[16]，尹班陶陶于永夕[17]。骆驿纵横[18]，烟霏雨散[19]，巧历所不知[20]，心计莫能测[21]。而朱益州汩彝叙[22]，粤谟训[23]，捶直切[24]，绝交游[25]。比黔首以鹰鹯[26]，媲人灵于豺虎[27]。蒙有猜焉[28]，请辨其惑[29]。"

主人听然而笑曰[30]："客所谓抚弦徽音[31]，未达燥湿变响[32]；张罗沮泽[33]，不睹鸿雁云飞[34]。盖圣人握金镜[35]，阐风烈[36]，龙骧蠖屈[37]，从道污隆[38]。日月联璧[39]，赞亹亹之弘致[40]；云飞电薄[41]，显棣华之微旨[42]。若五音之变化[43]，济九成之妙曲[44]。此朱生得玄珠于赤水[45]，谟神睿而为言[46]。至夫组织仁义[47]，琢磨道德[48]，欢其愉乐[49]，恤其陵夷[50]。寄通灵台之下[51]，遗迹江湖之上[52]，风雨急而不辍其音[53]，霜雪零而不渝其色[54]，斯贤达之素交[55]，历万古而一遇[56]。逮叔世民讹[57]，狙诈飙起[58]，溪谷不能逾其险[59]，鬼神无以究其变[60]，竞毛羽之轻[61]，趋锥刀之末[62]。于是素交尽，利交兴[63]，天下蚩蚩[64]，鸟惊雷骇[65]。然则利交同源[66]，派流则异[67]，较言其略[68]，有五术焉[69]：

“若其宠钧董石[70]，权压梁窦[71]，雕刻百工[72]，炉捶万物[73]。吐漱兴云雨，呼噏下霜露[74]。九域耸其风尘，四海叠其燻灼[75]。靡不望影星奔，藉响川骛[76]，鸡人始唱[77]，鹤盖成阴[78]，高门旦开[79]，流水接轸[80]。皆愿摩顶至踵[81]，隳胆抽肠[82]，约同要离焚妻子[83]，誓殉荆卿湛七族[84]。是曰势交，其流一也[85]。

“富埒陶白[86]，赀巨程罗[87]，山擅铜陵[88]，家藏金穴[89]，出平原而联骑[90]，居里闬而鸣钟[91]。则有穷巷之宾[92]，绳枢之士[93]，冀宵烛之末光[94]，邀润屋之微泽[95]；鱼贯凫跃[96]，飒沓鳞萃[97]，分雁鹜之稻粱[98]，沾玉斝之余沥[99]。衔恩遇[100]，进款诚[101]，援青松以示心[102]，指白水而旌信[103]。是曰贿交，其流二也[104]。

“陆大夫宴喜西都[105]，郭有道人伦东国[106]，公卿贵其籍甚[107]，搢绅羡其登仙[108]。加以颔颐蹙頞[109]，涕唾流沫[110]，骋黄马之剧谈[111]，纵碧鸡之雄辩[112]，叙温郁则寒谷成暄[113]，论严苦则春丛零叶[114]，飞沈出其顾指[115]，荣辱定其一言[116]。于是有弱冠王孙[117]，绮纨公子[118]，道不挂于通人[119]，声未遒于云阁[120]，攀其鳞翼[121]，丐其余论[122]，附驵骥之旄端[123]，轶归鸿于碣石[124]。是曰谈交[125]，其流三也。

"阳舒阴惨[126]，生民大情[127]，忧合欢离[128]，品物恒性[129]。故鱼以泉涸而呴沫[130]，鸟因将死而鸣哀。同病相怜，缀河上之悲曲[131]；恐惧置怀，昭《谷风》之盛典[132]。斯则断金由于湫隘[133]，刎颈起于苫盖[134]。是以伍员濯溉于宰嚭[135]，张王抚翼于陈相[136]。是曰穷交，其流四也[137]。

"驰骛之俗[138]，浇薄之伦[139]，无不操权衡秉纤纩[140]，衡所以揣其轻重[141]，纩所以属其鼻息[142]。若衡不能举[143]，纩不能飞[144]，虽颜冉龙翰凤雏[145]，曾史兰薰雪白[146]，舒向金玉渊海[147]，卿云黼黻河汉[148]，视若游尘[149]，遇同土梗[150]，莫肯费其半菽[151]，罕有落其一毛[152]。若衡重锱铢[153]，纩微彯撇[154]，虽共工之蒐慝[155]，欢兜之掩义[156]，南荆之跋扈[157]，东陵之巨猾[158]，皆为匍匐逶迤[159]，折枝舐痔[160]，金膏翠羽将其意[161]，脂韦便辟导其诚[162]。故轮盖所游[163]，必非夷惠之室[164]；苞苴所入[165]，实行张霍之家[166]。谋而后动，毫芒寡忒[167]。是曰量交，其流五也[168]。

"凡斯五交[169]，义同贾鬻[170]，故桓谭譬之于阛阓[171]，林回喻之于甘醴[172]。夫寒暑递进[172]，盛衰相袭[174]，或前荣而后悴[175]，或始富而终贫，或初存而末亡，或古约而今泰[176]，循环翻覆[177]，迅若波澜[178]。此则殉利之情未尝异[179]，变化之道不得一[180]。由是观之[181]，张陈所以凶终[182]，萧朱所以隙末[183]，断焉可知矣[184]。而翟公方规规然勒门以箴客[185]，何所见之晚乎？

“因此五交，是生三衅[186]：败德殄义[187]，禽兽相若[188]，一衅也。难固易携[189]，雠讼所聚[190]，二衅也。名陷饕餮[191]，贞介所羞[192]，三衅也。古人知三衅之为梗[193]，惧五交之速尤[194]。故王丹威子以槚楚[195]，朱穆昌言而示绝[196]，有旨哉[197]！有旨哉！

近世有乐安任昉[198]，海内髦杰[199]，早绾银黄[200]，夙昭民誉[201]。遒文丽藻[202]，方驾曹王[203]；英跱俊迈[204]，联横许郭[205]。类田文之爱客[206]，同郑庄之好贤[207]。见一善则盱衡扼腕[208]，遇一才则扬眉抵掌[209]。雌黄出其唇吻[210]，朱紫由其月旦[211]。于是冠盖辐凑[212]，衣裳云合[213]，辎軿击辖，坐客恒满[214]。蹈其阃阈[215]，若升阙里之堂[216]；入其隩隅[217]，谓登龙门之阪[218]。至于顾眄增其倍价[219]，剪拂使其长鸣[220]，影组云台者摩肩[221]，趍走丹墀者叠迹[222]。莫不缔恩狎[223]，结绸缪[224]，想惠庄之清尘[225]，庶羊左之徽烈[226]。及瞑目东粤[227]，归骸洛浦[228]。繐帐犹悬[229]，门罕渍酒之彦[230]；坟未宿草[231]，野绝动轮之宾[232]。藐尔诸孤[233]，朝不谋夕[234]，流离大海之南[235]，寄命嶂疠之地[236]。自昔把臂之英[237]，金兰之友[238]，曾无羊舌下泣之仁[239]，宁慕郈成分宅之德[240]。

“呜呼！世路险巇一至于此[241]！太行孟门[242]，岂云崭绝[243]。是以耿介之士[244]，疾其若斯[245]，裂裳裹足[246]，弃之长骛[247]。独立高山之顶，欢与麋鹿同群[248]，皦皦然绝其雰浊[249]，诚耻之也，诚畏之也[250]。”

注释

〔1〕客、主:皆假设之辞,类“子虚”、“乌有”。

〔2〕朱公叔:朱穆,字公叔,为侍御史,感世俗浇薄,慕古风敦笃,著《绝交论》。《后汉书》卷四十三有传,称《绝交论》为“矫时之作”。

〔3〕奚:何。

〔4〕阜(fù 富):土山。　螽(zhōng 忠):即螽斯,昆虫名。体绿色或褐色,似蚱蜢,对农作物有害。

〔5〕雕虎:有斑斓花纹之虎。　清风:凉风。

〔6〕絪缊(yīn yūn 音晕):古代哲学用语,指万物相互作用而变化生长。李善注引《周易》:“天地絪缊,万物化醇。”相感:相互影响,感应。　云蒸:云气升腾。虫鸣螽跃,虎啸风起,四物相感,暗喻交不可无。

〔7〕嘤(yīng 英):鸟叫声。　相召:感召。　星流电激:流星闪电,此形容感应之速。

〔8〕王阳:字子阳,汉代人。　贡公:贡禹,汉代人。李善注引《汉书》:“王吉与贡禹为友,世称王阳在位,贡禹弹冠,言其趋舍同也。”

〔9〕罕生:子皮。战国时人。　国子:指子产,战国时人。李善注引《左传》:“子产闻子皮卒,哭且曰:‘吾以无为为善,唯夫子知我也。”以上言为友之道,情同休戚。

〔10〕心同琴瑟:比喻友情笃厚。　郁郁:香气浓厚。　兰:香草。　茝(chǎi):白茝,香草。李善注引《周易》:“同心之言,其臭如兰。”又引《楚辞》:“兰茝幽而独芳。”

〔11〕道:指交友之道。　叶(xié):通“协”。　胶漆:形容牢不可破。李善注引《汉书》:“陈重,字景公;雷义,字仲预。重少与义友,乡里为之语曰:‘胶漆自谓坚,不如雷与陈。’”　志:志趣,志向。　婉娈(luán 峦):亲密和谐。　埙(xūn 熏):陶制吹奏乐器。　篪(chí 迟):古竹制管乐器。

〔12〕镂(lòu 漏):雕刻。　金版:冶金为版。郭注:“金版,盖谓炼冶金为版也。”《拾遗记》:“神即示禹八卦之图,列于金版之上。”　镌(juān 娟):刻。　盘盂:盛物之玉器。吕向注:“圣贤以良朋之道,镂于金版盘盂。”

〔13〕玉牒(dié 碟):古代帝王封禅郊祀所用的文书。　钟鼎:古铜器之总称。上面铭刻文字,旧时统治阶级用以记事或宣扬功德。李善注引《墨子》:

"琢之盘盂,铭于钟鼎,传于后世。"

〔14〕匠人:技艺高超之人。 成风:轻快。 妙巧:巧妙。李善注引《庄子》:"庄子送葬过惠子之墓,谓从者曰:'郢人垩墁其鼻端,若蝇翼,使匠石斫之。匠石运斤成风,斫之尽垩而鼻不伤。郢人立不失容。'宋元君闻之,召匠石曰:'尝试为寡人为之'。匠石曰:'臣则尝能斫之,虽然,臣质死久矣,自夫子之死也,吾无以为质矣,吾无与言也。'"

〔15〕伯子:指善于鼓琴的伯牙。 息:终止。 雅引:雅曲。流波之雅引,指伯牙所奏高山流水之曲。《吕氏春秋·本味》:"伯牙鼓琴,钟子期听之。方鼓琴而志在泰山,钟子期曰:'善哉乎鼓琴,巍巍乎若泰山。'少选之间,而志在流水,钟子期曰:'善哉乎鼓琴,汤汤乎若流水。'钟子期死,伯牙破琴绝弦,终身不复鼓琴。""若乃"二句,李善注:"此言良朋之难遇也。"

〔16〕范:范式,字巨卿,少与张劭为友。 张:张劭,字元伯。范晔《后汉书》云:"元伯卒,范式忽梦见元伯呼道:'我某日死,当某时葬,从此永归黄泉,你未忘我,怎能赶上。'于是范式着张劭之衣,数其葬日,驰往墓地。张母望之曰:'必范巨卿也。'巨卿扶柩言曰:'行矣元伯,死生各异,永从此辞。'下葬,范式留墓地,修坟种树,然后乃去。" 款款:笃诚的样子。

〔17〕尹班:指尹敏与班彪,皆汉代人。 陶陶:和乐的样子。 永夕:长夜。李善注引《东观汉记》载:"尹敏与班彪交厚,每谈至晚忘餐,常常昼至冥夜,甚或达旦。"

〔18〕骆驿(luò yì 落义)纵横:不间断的样子。 纵横:奔放而不受拘束。

〔19〕烟霏雨散:形容其多。

〔20〕巧历:也作"巧曆",精通历算的人。《庄子·齐物论》:"巧历不能得,而况其凡乎?"

〔21〕心计:以心计算。李善注引《汉书》:"桑弘羊,雒阳贾人子,以心计,年十三侍中。" 测:预测。

〔22〕朱益州:朱穆。 汩(gǔ 古):乱。 彝(yí 移)叙:常道。

〔23〕粤(yuè 越):通"越"。 谟(mó 模)训:典谟。《尚书》文体名。谟,述君臣共相谋之文,如大禹谟,皋陶谟;训,记教导训诫之文。

〔24〕捶:杖击。 直切:正直诚恳。

〔25〕交游:交往。

〔26〕黔(qián 前)首:战国及秦代对人民的称谓。此指人。 鹰鹯(zhān

沾):两种猛禽。鹯,又名"晨风"。李善注引《左传》:"见无礼于其君者诛之,如鹰鹯之逐鸟雀。"

〔27〕媲:(pì 僻):比喻。 人灵:人。李善注引《尚书》:"惟人万物之灵。"豺虎:豺狼虎豹之缩称,皆为猛兽。

〔28〕蒙:客谦称。 猜:疑问。

〔29〕辨惑:解惑。

〔30〕听(yín 吟)然:哂笑的样子。

〔31〕抚弦:按弦。 徽音:弹奏乐曲。

〔32〕达:通晓。 燥湿:指气候干湿。 变响:变音。空气干湿,影响琴声,故云"燥湿变响。"

〔33〕张罗:张网。 沮(jù 具)泽:低而潮湿之地,即沼泽。

〔34〕睹:见。以上数句,言朋友之道,随时盛衰。李善注:"今以绝交为惑,是未达随时之义,犹抚弦者未知变响,张罗者未睹云飞(鸿雁飞),谬之甚也。"

〔35〕金镜:比喻明道。

〔36〕阐:阐发,开启。 风烈:风教,教化。

〔37〕龙骧(xiāng 香):似龙昂首前进。 蠖(huò 祸)屈:如蠖屈身爬行。蠖,尺蠖之省称。虫体细长,行时屈伸其体,如尺量物。

〔38〕道:世道。 污隆:盛衰。

〔39〕日月联璧:比喻太平之世。

〔40〕亹亹(wěi 尾):微妙(李善注)。 弘致:宏旨。指"从道污隆"。

〔41〕云飞电薄:谓衰乱也。李善注引《淮南子》:"阴阳相薄为雷,激而为电。"上二句,言"王者设教,从道污隆,太平则明亹亹微妙之弘致,道衰则显棣华权道之微旨。"

〔42〕棣(dì 弟)华:棠棣之花的省称。 微旨:微妙的含义。棠棣,又作"常棣"。《诗经》有《常棣》之篇,言兄弟之情才经得起"死丧""急难"之考验,而朋友之情,有时并不可靠。微旨指此。

〔43〕若:如。 五音:亦称五声。即宫、商、角、徵、羽五个音阶。

〔44〕济:成就。 九成:指富于变化。成,乐曲一终为一成。九成,犹九阕。《书·益稷》:"箫韶九成,凤皇来仪。"箫韶,舜时乐曲名。

〔45〕玄珠:比喻道。 赤水:假设之水名。

〔46〕谟:谋。 神睿(ruì 锐):圣贤。

〔47〕组织:纺织。此喻积累。

〔48〕琢磨:切磋研究,此喻锻炼修养。　道德:做人的规范。

〔49〕欢其愉乐:处乐同欢。

〔50〕恤其陵夷:居忧共戚。陵夷,衰颓。上二句即有福同享,有难同当之意。“至夫”数句,善注:“言良朋每事相成,道德资以琢磨,仁义因之组织,居忧共戚,处乐同欢。”

〔51〕通:通神。　灵台:指心。李善注引司马彪曰:“心为神灵之台也。”

〔52〕遗迹:“谓心相知而迹相忘也。”(张铣注)

〔53〕辍:止。

〔54〕零:落。　渝:变。

〔55〕斯:此。　贤达:指有才德有声望的人。　素交:纯正笃厚的友情。

〔56〕历:经历。　万古一遇:谓难逢。言“良朋款诚,终始若一”。

〔57〕逮(dài 代):至。　叔世:乱世。　民讹:人虚伪。讹,伪。

〔58〕狙(jū 拘)诈:伺机骗人。狙,“伺人之间隙也。”李善注引《汉书》:“狙诈之兵。”　飙(biāo)起:风起。言流行之广。

〔59〕溪谷:山谷。　逾(yú 鱼):超过。　其:指乱世之民讹狙诈。　险:危险。

〔60〕无以:无法。　究:穷尽。　变:变化。

〔61〕竞:争。

〔62〕趋:追逐。　末:末端,此指锥尖刀刃。“竞毛”二句,言极小轻微之利亦极力相争。“上明良朋,此明损友。”

〔63〕利交:利害之交,与“素交”相对。

〔64〕蚩蚩(chī 吃):乱纷纷。

〔65〕鸟惊:如惊弓之鸟,不知所栖。

〔66〕同源:总根源相同。利交之本是“利”。

〔67〕派流:流,对“源”而言,指不同表现形式。

〔68〕较言其略:说明其大略。刘良注:“趋利则同,其势则异。”

〔69〕五术:五法。指下文之势交、贿交、谈交、穷交、量交。

〔70〕宠:得宠,指受皇帝宠幸。　钧:重。　董:指董贤,汉之宠臣。《汉书·佞臣传》载:哀帝时,董贤以其美貌善柔而得宠,官至光禄大夫,权势极大。石:指石显,亦汉之宠臣。《汉书·佞臣传》载:石显外巧惠而内阴险,常以诡辩

伤人。宣帝时以中书官为仆射。元帝时为中书令,帝病不能亲政,显出口为令,炙手可热,结党营私,贵幸倾朝。

〔71〕权:权势。　梁:梁冀,字伯卓,东汉权臣。其两妹为顺帝、桓帝皇后。袭父职,领大将军,顺帝死,他先后立冲、质、桓三帝,专断朝政几十年。骄奢横暴,多建苑囿,强迫数千人为奴。　窦宪:字伯度,东汉权臣。其妹为章帝皇后。章帝死,和帝即位,太后临政,宪为侍中,操纵朝政。不久任车骑将军,后任大将军,刺史、守令等地方官多出其门,弟兄横暴京师。

〔72〕雕刻:比喻造物。　百工:各种形体。

〔73〕炉捶:锻造。

〔74〕吐漱:吐吐沫。　兴:起。　噏(xī 西):通"吸"。二句形容威势之大。

〔75〕九域:九州。　耸:惊惧。　叠:惧怕。　熛灼:炙烤。比喻威势。

〔76〕靡:无。　望影星奔:望影而逃。星奔,如流星一般快。　藉响:听到响声。　川骛(wù 务):水泻。吕向注:"言逐势利之人,如星奔川骛、望影听响而赴于豪贵也。"

〔77〕鸡人:古之打更报时者,取象于鸡,故称。鸡人始唱,指鸡叫时。

〔78〕鹤盖:车盖如飞鹤。　成阴:形容其多。

〔79〕高门:指显宦之家的大门,容驷马高盖之车。　旦开:一早刚开。

〔80〕流水接轸(zhěn 枕):车水马龙。轸,车后之横木。李善注引《后汉书》:"前过濯龙门,上见外家问起居者,车如流水马如龙也。"

〔81〕摩顶至踵:从头顶到脚跟都磨伤了。形容不畏劳苦,不顾身体。《孟子·尽心》:"墨子兼爱,摩顶放踵,利天下为之。"　放:至。

〔82〕隳胆抽肠:毁胆断肠。形容豁出一切,尽心尽意。

〔83〕要离:春秋时吴国的刺客。其为吴王僚刺杀庆忌,先焚烧妻子,以此盟誓。

〔84〕誓:盟誓之词。　殉:殉节。　荆卿:荆轲,战国时刺客。为燕太子丹刺秦王,沉没七族。　七族:《史记·邹阳列传》裴骃集解:"七族,上至曾祖,下至曾孙。"

〔85〕势交:势利之交,即为追求权势而结交的朋友。

〔86〕埒(liè 烈):等同。　陶:指陶朱公范蠡。字少伯,越大夫。范辅佐越王勾践灭吴后,辞官至陶地,改名陶朱公。经商致富,十九年三致千金而三散之,旧时谈论生财致富,皆以陶朱公为榜样。　白:白圭,战国魏文侯时人。乐

于观察时变,曾说“人弃毋取,人取毋与。吾治生犹伊吕之治国,孙吴之用兵”,故言治生者皆祖之。

〔87〕赀(zī 兹):同“资”。赀巨,资财巨万。　程:程郑。据《史记·货殖传》载,程郑以冶炼铜铁致富,财产堪比临邛富豪卓氏。　罗:罗褒,汉代成都人,家资巨万。

〔88〕山:指矿山。　擅:专有。　铜陵:铜矿山。李善注引《汉书》:“邓通,蜀郡人。文帝赐通蜀严道铜山,得铸钱,邓氏钱布天下。”

〔89〕金穴:旧时比喻富豪之家。《后汉书·郭皇后纪》:“况(郭况,郭皇后之弟)迁大鸿胪,帝数幸其第,会公卿诸侯亲家饮燕,赏赐金钱缣帛,丰盛莫比。京师号况家为金穴。”

〔90〕联骑:并骑。

〔91〕里闬(hàn 汗):里门。　鸣钟:击钟使鸣。《汉书·礼仪志》:“皆鸣钟,皆作乐。”

〔92〕穷巷:类今言贫民窟。

〔93〕绳枢:以绳为户枢。枢,门轴。

〔94〕冀:希求。　宵烛:夜灯。李周翰注引“甘茂谓苏曰:昔有贫女与富女会绩,曰:我无以买烛,子之烛可分我余光。”

〔95〕邀:希求。　润屋:润泽屋室。《礼记·大学》:“富润屋,德润身。”微泽:小小的恩惠。与“末光”近义。

〔96〕鱼贯:如游鱼一个接连一个。指依序前进。　凫跃:如凫成行前进。凫,泛指野鸭。

〔97〕飒沓(sà tà):众多盛大的样子。　鳞萃:言密如鱼鳞。

〔98〕分:分享。　雁鹜之稻粱:喂养禽鸟的粮食。鹜,家鸭。李善注引《韩诗外传》:“黄鹄止君园池,啄君稻粱。”

〔99〕沾:沾光。　玉斝(jiǎ 甲):玉制酒器。　余沥:指残酒。沥,滴。以上数句,言贫者鱼贯于富者之门,以求养禽之粮、残余之酒。

〔100〕衔:接受。　恩遇:恩惠。

〔101〕进:献。　款诚:忠诚。

〔102〕援:引。　示心:表白心意。

〔103〕白水:李善注引《左传》:“晋公子曰:所不与舅氏同心者,有如白水。”旌信:表明守信。旌,表。“援青松”二句,乃发誓之词。张铣注:“言引青松

以示坚贞。指白水以表情信也。”

〔104〕贿交:以物相交。贿,财货。

〔105〕“陆大夫”句:陆贾,西汉重臣,随高祖定天下,曾出使南越尉佗,说尉佗称臣,还,拜中大夫。著《新语》二十篇,言秦汉所以兴亡之故。李善注引《汉书》:“高祖拜陆贾为太中大夫,陈平以钱五百遗贾,为食饮费,贾以此游公卿间,名声籍甚。”“宴喜西都”即指此。西都,指长安。

〔106〕郭有道:即郭泰,字林宗,东汉末年人。曾为太学生首领,博通典籍,官府征召不就,后归乡里。党锢之祸起,闭门教授生徒。《后汉书》言其“博通坟籍,喜谈论,游洛阳后归乡。诸儒送之,与李膺同舟而济,众宾望之以为神仙。”虽善谈人际关系,但不出过激之言。“人伦东国”即指此。东国,指洛阳,东汉都城。

〔107〕公卿:原指三公九卿,此泛指朝中高级官员。　贵:以……为贵。籍甚:盛大。谓名声大振。《汉书·陆贾传》:“贾以此游汉廷公卿,名声籍甚。”言名声借游宴而大盛。

〔108〕搢(jìn 晋)绅:指仕官。　登仙:成仙。

〔109〕颌颐(qīn yí 钦夷):下颏收曲的样子。　蹙頞(cù è 促饿):鼻梁紧蹙。頞,鼻梁。颌颐蹙頞,形容高谈阔论的情态。

〔110〕涕唾流沫:口沫横飞。

〔111〕骋(chěng):逞。　黄马之剧谈:关于诡辩的典故。《庄子·天下》:“黄马骊(黑)牛三。”陈鼓应注:“黄马与骊牛,只是二,加上称谓这黄马骊牛——即加上黄马骊牛的概念,就是三。这是和‘鸡三足’同样性质的命题。”

〔112〕纵:放纵无拘。　碧鸡之雄辩:关于诡辩的典故。《庄子·天下》:“鸡三足。”惠施运用诡辩术,论证鸡为三足。陈鼓应《庄子今注今译》:“鸡足之‘实’为二,鸡足之‘名’(概念)为一,合名与实为三。”

〔113〕叙:述说。　温郁:温暖。郁与燠古字通。燠,暖。　暄(xuān 喧):暖。

〔114〕论:论说。　严苦:霜大风急。李善注:“风霜壮谓之严。”“苦,犹急也。”　春丛:春天的树丛。　零:落。

〔115〕飞沈:升降。　顾指:以目示意而指使之。

〔116〕荣辱:指仕途之穷达。《荀子·荣辱》:“荣者常通,辱者常穷。”

〔117〕弱冠:古代男子二十岁行冠礼,表示成年。故二十岁左右曰弱冠。

王孙:古代贵族子弟之通称。

〔118〕绮纨(qǐ wán 起丸):指豪门贵族子弟。绮,有花纹的丝织品。纨,细绢。　公子:与王孙义同,指贵族子弟。

〔119〕道:指学识。　挂:钩取。　通人:博览古今之人。

〔120〕遒(qiú 求):迫近。　云阁:阁名。指汉之云台。在南宫中,后汉永平中,明帝追念功臣,绘二十八将之像于其上。

〔121〕攀鳞翼:攀龙附凤。李善注引扬雄《法言》:"攀龙鳞,附凤翼。"鳞,指龙;翼,指凤。

〔122〕丐(gài 盖):乞。

〔123〕駔驥(zù jì):骏马。　旄(máo 毛)端:尾端。

〔124〕轶(yì 义):超越。　归鸿:南飞之雁。　碣(jié 洁)石:海边之山石。李善注引《张敞集》曰:"苍蝇之飞,不过十步。托驥之尾,乃腾千里之路。"李周翰注"弱冠"数句:言不能自博通,附辩者,乞余论,亦犹蝇附驥旄以过归鸿之飞而及碣石,因此托附而声名远也。是曰谈交。"

〔125〕谈交:利用谈说建立交情。

〔126〕阳:指春夏。　舒:舒畅,愉快。　阴:指秋冬。　惨:抑郁,悲伤。张平子《西京赋》:"夫人在阳时则舒,在阴时则惨。"

〔127〕生民:人。大情:人之常情。

〔128〕忧合:处于逆境则相亲。　欢离:处于顺境则相离。

〔129〕品物:众物。《易·乾》:"品物流形。"　恒性:共同的属性。

〔130〕涸(hé 河):水干。　呴(xū 须)沫:呴濡,吐沫。《庄子·天运》:"泉涸,鱼相与处于陆,相呴以湿,相濡以沫,不若相忘于江湖。"吕向注:"言水枯则相煦(呴)以沫,以相亲也,及游江湖则以相忘矣。是忧合欢离之理也。"

〔131〕缀河上之悲曲:李善注引《吴越春秋》:"伯嚭来奔于吴,子胥请以为大夫。吴大夫被离承宴问子胥曰:何见而信伯嚭乎?子胥曰:吾之怨与嚭同,子闻河上之歌者乎?同病相怜,同忧相救。"河上悲曲,即古曲《河上歌》。

〔132〕"恐惧"句:《诗经·谷风》:"习习谷风,维风及雨。将恐将惧,维予与女(汝)。将安将乐,女转弃予。习习谷风,维风及颓。将恐将惧,置予于怀。将安将乐,弃予如遗。习习谷风,维山崔嵬。无草不死,无木不萎。忘我大德,思我小怨。"吕延济注:"《谷风诗》刺朋友失道云:将恐将惧,置予于怀。"言此交能同患难,不能同富贵。

〔133〕斯:此。断金由于湫(jiǎo 绞)隘:李善注引《周易》:“二人同心,其利断金。”引《左传》:“景公欲更晏子之宅,曰:子之宅湫隘嚣尘。”断金,比喻至交。“断金”句与下“刎颈”句,言贫贱出真交。湫隘:低潮狭小。

〔134〕刎颈:生死之交。　苫(shān 山)盖:编苫为盖。苫,白茅草。《左传》:“被苫盖,蒙荆棘。”李善注引《汉书》:“张耳,陈余,相与为刎颈之交。”湫隘、苫盖,皆喻贫贱。

〔135〕是以:因此。　伍员:伍子胥,名员,字子胥,春秋时吴国大夫。濯溉:引申为推荐。　宰嚭(pǐ 匹):伯嚭,楚臣州犁之孙。州犁被诛,伯嚭奔吴,经伍员举荐为大夫,常同伍员共谋国事。夫差立,以伯嚭为太宰。吴败越于会稽,文种重金贿赂太宰请和,伍员谏吴王不许,于是太宰与员有隙,常进谗言,吴王赐死伍员。伍员拔剑自刎。

〔136〕张王:指张耳。张耳入汉,立耳为赵王。　抚翼:扶持,使之羽翼已丰。　陈相:陈余。陈、张乃世交,陈余年少,父事张耳,相与为刎颈之交。后项羽“分赵立耳为常山王。”陈余闻而怒曰:“耳与余功等也,今耳王,余独侯。”从此反目为仇。李善注:“宰嚭由伍员濯溉而荣显,嚭既贵而谮员;陈余因张耳抚翼而奋飞,余既专而袭耳,故曰穷交也。”

〔137〕穷交:患难之交。

〔138〕驰骛:奔走。

〔139〕浇薄:浅薄。　伦:辈。

〔140〕操:操持。　权衡:指秤。权,秤锤;衡,秤杆。　秉:掌握。　纤纩(xiān kuàng 先矿):细绵。可用以测量气之粗细。李善注引《仪礼》:“属纩以候气。”

〔141〕揣:量。

〔142〕属:属纩。用新绵置临死之人鼻前,测其是否断气。郑玄注:“纩,今之新绵,易动摇,置鼻之上以为候。”用此只有测气之粗细之意。　鼻息:鼻子喘的气。

〔143〕举:起。

〔144〕飞:飘动。

〔145〕颜:颜渊,孔子高足,古之贤者。　冉:冉求,孔子高足,古之贤者。龙翰:喻君子旧时目诸葛孔明为卧龙。　凤雏:喻君子。庞统,字士元。与诸葛亮齐名,号称凤雏。

〔146〕曾:曾参,孔子高足,古贤者。　史:史鱼,春秋时卫国大夫,以正直敢谏著名。　兰薰、雪白:比喻芳洁。张铣注:“言趋走之人,浇薄之辈,皆执衡秤势之轻重,持绵量气之粗细,若势轻气微,虽行如颜回、冉耕,德如曾参、史鱼,终不云重也。”

〔147〕舒:董仲舒,西汉人。少治《春秋公羊传》,景帝时为博士。武帝时对策见重,拜江都相。生平讲学著书,推尊儒术,抑黜百家,开其后二千年来封建社会以儒家思想为正统的局面,著有《春秋繁露》等书。　向:刘向,西汉经学家,文学家。治《春秋穀梁传》,成帝时任光禄大夫。所作辞赋颇多,然多已失传,唯《新序》、《说苑》等传世。　金玉:比喻珍贵。　渊海:比喻深广。吕向注:“董仲舒、刘向文章,如金玉之珍,渊海之深。”

〔148〕卿:指司马相如,字长卿,西汉著名辞赋家,其《子虚》、《上林》等,为汉代大赋铸出模式,影响深远。　云:指扬雄,字子云。汉代辞赋家,语言学家,其《羽猎》、《长杨》等大赋,学相如又有创新,曾提出“诗人之赋丽以则,辞人之则丽以淫”的主张,颇有影响。　黼黻(fǔ fú 府伏):文采。　河汉:银河。吕向注:“司马长卿、扬子云文章,如黼黻之丽,河汉之广。”

〔149〕游尘:空中飘浮的灰尘。

〔150〕遇:对待。　土梗(gěng 耿):泥人。游尘、土梗,以喻轻贱。

〔151〕菽:大豆。半菽,形容其少。

〔152〕罕:少。　落一毛:拔一毛。李善注引《孟子》:“杨氏(杨朱)为我,拔一毛而利天下,不为也。”

〔153〕锱铢(zī zhū 兹朱):古代非常小的重量单位。

〔154〕微:无。　彯(piāo 飘)撇:纩飞扬之状。

〔155〕共工:人名。相传为尧的大臣,和欢兜、三苗、鲧并称为四凶,被尧流放于幽州。　蒐慝(sōu tè 搜特):隐恶。蒐,隐。慝,恶。

〔156〕掩义:义同“隐恶”,指隐贼行为。

〔157〕南荆跋扈(hù 户):指楚国庄跻。南荆,指楚地。李善注引庄周子谓楚庄王曰:“庄跻为盗于境内,吏不能禁。”

〔158〕东陵:李善注:“东陵,盗跖也。”

〔159〕匍匐:伏地而行。　逶迤:邪行。表恭敬。

〔160〕折枝:按摩手足。　舐痔(shì zhì 式志):吮痈舐痔的省称,常用来形容谄媚之徒趋奉权贵的卑鄙行为。《庄子·列御寇》:“秦王有病召医,破痈溃

痤者，得车一乘；舐痔者，得车五乘。”李周翰注：“言趋势之人，见有威力者，虽共工、欢兜、庄跻、盗跖之徒，亦为之按摩手足，舐其痔病。”

〔161〕金膏：金丹。方士炼制，言服之可以长生不老。　翠羽：翠色之羽毛，当时贵重的装饰品，可做馈赠之物。《逸周书·王会》：“请令以珠玑、瑇瑁、象齿、文犀、翠羽、菌鹤、短狗为献。”

〔162〕脂韦：柔弱。　便(pián)辟：善于逢迎谄媚。辟通“嬖”。　导其诚：导引诚心于权势者，即趋势者向权势之人献忠心。

〔163〕轮盖：带华盖的车子，此指轩冕之人。

〔164〕必非：定非。　夷：伯夷。　惠：柳下惠。

〔165〕苞苴(jū 居)：裹鱼肉的蒲苞，此指食鱼肉者，即有钱之人。

〔166〕张：张安世，字子孺，西汉人。以父任为郎。武帝幸河东，尝亡书之箧，诏问莫能对，唯安世悉识之，具述其事，后得书相校，一无所遗，帝奇其才，擢尚书令，迁光禄大夫。昭帝即位拜右将军，封富平侯。宣帝时以定策功，拜大司马。　霍：霍光，西汉重臣。霍去病异母弟。武帝时为奉车都尉。昭帝年幼即位，他与桑弘羊等同受武帝遗诏辅政，任大司马大将军，封博陆侯。

〔167〕毫芒寡忒(tè 特)：丝毫不差。毫芒，毛尖和麦芒，皆极细小。忒，差错。言趋势附炎之人，游于权贵之门，掂量其势力大小，分毫不差。

〔168〕量交：度其势力轻重而交。

〔169〕凡：总共。　五交：指势交、贿交、谈交、穷交、量交。

〔170〕贾鬻(yù 玉)：买卖。鬻，卖。

〔171〕桓谭：字君山，东汉人，以父任为郎。好音律，喜鼓琴，遍习五经，能文章。光武帝时拜议郎。著书二十九篇，言当世行事，号《新论》。阛阓(huán huì 环会)：市场。李善注：“谭集及《新论》，并无以市喻交之文。《战国策》谭拾子谓孟尝君曰：得无怨齐士大夫乎？孟尝君曰：然。谭拾子曰：富贵则就之，贫贱则去之，请以市喻。”以市喻交者当为战国谭拾子。

〔172〕林回：人名。　醴(lǐ 李)：甜酒。李善注引《庄子》：“林回曰：‘君子之交淡若水，小人之交甘如醴。’”

〔173〕递进：交互向前。《周易》：“寒往则暑来，暑往则寒来。”

〔174〕盛衰：指事物之兴衰。　相袭：相因。袭，因袭。

〔175〕荣：繁荣。　悴：憔悴。

〔176〕约：俭朴。　泰：奢华。

〔177〕翻覆:迅速翻转。

〔178〕波澜:波浪。

〔179〕殉利:不顾生命以求利。　异:不同。

〔180〕道:术。　不得一:不能一样。

〔181〕由是:由此。

〔182〕张陈:张耳、陈余。　凶终:以闹翻而告终。凶,通“讻”。吵闹。

〔183〕萧朱:萧育与朱博,皆西汉人。萧育,字次君,朱博,字子元。育博少而为友。后来育为九卿,博先登相位,于是与博有了矛盾。　隙末:最后产生嫌隙。李善注引《后汉书》王丹曰:“交道之难,未易言也。张、陈凶其终,萧、朱隙其末。故知全之者鲜矣。”

〔184〕断焉:决然无疑。焉,通“然”。

〔185〕翟公:李善注引《汉书》:“下邽翟公为廷尉,宾客亦复填门,及废,窗前冷落鞍马稀。后又为廷尉,宾客欲来,翟于门上大书:“一死一生,乃知交情;一贫一富,乃知交态;一贵一贱,交情乃见。”　规规然:惊视自失的样子。　勒门:在门上写字、刻字,　箴:规戒。

〔186〕衅:罪过,恶果。

〔187〕败德:败坏道德。　殄(tiǎn 舔)义:绝义。殄,绝。

〔188〕相若:相似。

〔189〕携:离。

〔190〕雠:同“仇”。　讼:争。

〔191〕名:名声。饕餮(tāo tiè 涛帖):比喻贪婪凶恶的人。

〔192〕贞介:正直耿介之人。　羞:耻辱。李善注引《汉书》赞曰:“势利之交,古人羞之。”

〔193〕梗:病。

〔194〕速:召。　尤:祸。

〔195〕王丹威子:王丹施威其子。　檟(jiǎ 甲)楚:二木名,古代扑挞之物,类荆条。李善注引《后汉书》曰:“王丹,字仲回。其子有同门生丧亲,家在中山。白丹欲奔慰,丹怒而挞之,令寄缣以祠焉。”王丹威子即指此。

〔196〕朱穆:朱公叔。　昌言:无讳直言。　绝:指《绝交论》。

〔197〕有旨:有意义。

〔198〕近世:近代。　任昉(fǎng 仿):字彦升,乐安(今属山东)人,南朝梁

代文学家。宋、齐、梁三代元老,梁时历任义兴、新安太守等职。擅长表、奏、书、启诸体散文,与沈约齐名,时人号曰“任笔沈诗”。“竟陵八友”之一。

〔199〕海内:四海之内,指全国。　髦(máo 毛)杰:俊杰。

〔200〕绾(wǎn 晚):系。　银黄:指官印。银,银印。黄,系印之黄色绶带。

〔201〕夙(sù 诉):早。　昭:显扬。　民誉:在民众中的声誉。

〔202〕遒(qiú 求)文:美文。　丽藻:华丽的词藻,亦指美文。

〔203〕方驾:并驾齐驱。　曹王:指曹植、王粲。植,字子建,曹操三子,封陈王,谥思,世称陈思王。为三国著名文学家,尤以诗歌见长,词采华茂。兼善辞赋,其《洛神赋》乃传世之作。王粲,字仲宣,汉末文学家,建安七子之一,文学成就居“七子”之首。其诗语言刚健,词气慷慨。兼善辞赋,其《登楼赋》颇有名。文学史上与子建并称“曹王”。

〔204〕英跱(zhì 治):裴松之《三国志》注案:“跱或作特”。李善注:“窃谓英特为是。”英特,杰出。　俊迈:英俊出众。

〔205〕联横:并列。　许:许劭,字子将,东汉人。极重名节,好品评乡党人物,每月更其品题,故汝南俗有“月旦评”之说。初为郡公曹,太守徐璆甚敬之。府中闻劭为吏,莫不改操饰行。曹操曾以卑辞厚礼征之,劭不得已曰:“君清平之奸贼,乱世之英雄。”　郭:郭林宗。

〔206〕类:似。　田文:孟尝君。战国时齐国贵族,袭其父田婴封爵,封于薛,称薛公,号孟尝君。史称田文善养士,门下食客数千人。爱客,喜欢宾客。

〔207〕郑庄:郑当时,字庄,西汉人。以任侠自喜。其所交并天下名士,武帝时为大司农。客至,无贵贱,皆执宾主之礼。与官属言,唯恐伤人。闻人之善,极力向上推荐,唯恐后。

〔208〕盱(xū 虚)衡:举目扬眉,喜行于色。　扼腕:以手握腕,表示情绪激动、振奋。

〔209〕扬眉:眉飞色舞,表示喜悦、振奋。　抵掌:拍掌,表称扬祝贺。

〔210〕雌黄:比喻议论是非。

〔211〕朱紫:比喻人品高下。　月旦:品评人物之通称。李善注引《后汉书》曰:“许子将与从兄靖,俱有高名,好共核论乡党人物,月旦辄更品题,故汝南俗有月旦评焉。”

〔212〕冠盖:仕宦的冠服与车盖。　辐(fú 伏)凑:车之辐条集于毂上,因用以比喻人或物聚集在一起。　辐凑,又作“辐辏”。陆机《辩亡论》:“异人辐凑,

猛士如林。”

〔213〕衣裳云合:形容人聚集很多。云合,云集。

〔214〕辎軿(zī píng 资平):带篷的车。　軎(wèi 魏):车轴头。击軎,轴碰轴,形容车多。　坐客:宾客。　恒:常。

〔215〕蹈:踏。　阃阈(kǔn yù 捆玉):门限。

〔216〕升:登。　阙(què 确)里:孔子居住之所。亦称“阙党”。在今山东曲阜城内。相传有两石阙,故名。

〔217〕隩隅(ào yú 奥于):室内之一角。

〔218〕龙门:指李膺之门。　阪(bǎn 板):山坡。吕延济注:“后汉时人有登李膺之门者,谓之龙门,言当时衣冠士人得践任昉门限及隩隅者,如昔人升孔子之堂李膺之门耳。”　阙里,龙门,此喻任昉之居所。

〔219〕顾眄(miǎn 免):回视。　增其倍价:价钱倍增。此用《战国策》之典:苏代对淳于髡说,有人与伯乐言:臣有骏马欲卖之,立市三日而无问者,愿子还而视之,去而顾之,臣酬谢。伯乐乃旋视之,去而顾之,一旦而马价十倍。用此典意谓:当时受任昉垂青者,而身价百倍。

〔220〕剪拂:修剪马毛,抚摸马身。　此句亦用《国策》之典:汗明游说春申君道:骏马拉盐车,上太行中坡,迁延负辕,不能上。“伯乐遇而下车,攀而哭之,骏马于是迎而长鸣者,何也?彼见伯乐之知己。今仆居鄙俗之日久矣,君独无湔拔仆也。”此以伯乐喻任昉。

〔221〕彯(piāo 飘)组:绶带飘动。喻官运亨通。彯,同“飘”。　组:系官印之绶带。　云台:汉代台名。《后汉书·马武传论》:“永平中,显宗追感前世功臣,乃图画二十八将于南宫云台。”　摩肩:擦肩,形容来往的人多。

〔222〕趍(qū 屈)走:向前走。趍,同“趋”。陆德明《释文》:“趋,亦作趍。”丹墀(chí 迟):红色石阶。古代宫殿前的石阶以红色涂饰,故称丹墀。墀,台阶。叠迹:足迹重叠,形容来往的人多。

〔223〕缔:结。　恩狎:亲近。

〔224〕绸缪:喻笃厚的交情。绸缪,犹缠绵。

〔225〕惠庄:惠施与庄子。《淮南子》云:惠施死,庄子不再与人语,言世莫可为语也。　清尘:用以称尊贵的人,表示恭敬。

〔226〕庶:幸,希冀之词。　羊:羊角哀。　左:左伯桃。李善注引《列士传》云:二人为生死之交,闻楚王贤,往投之,路遇大雪,度粮不够二人用,桃衣粮

俱与角哀,自入林中而死。　徽烈:美业,美德。言当时与任昉交游之人,皆想建庄惠羊左之美业。

〔227〕瞑目:闭眼,指死去。　东粤:指新安任昉处。

〔228〕归骸:归葬。　洛浦:指扬州,任昉埋葬之地。

〔229〕繐(suì 穗)帐:灵帐,柩前的灵幔。

〔230〕罕:少。　渍酒:以丝绵浸酒。李善注引谢承《后汉书》:"徐穉,字孺子……有死丧,负笈赴吊。常于家预炙鸡一只,一两绵渍酒,日中暴干,以裹鸡,径到所赴冢隧外,以水渍之,使有酒气升。"　彦:旧指有才学之人。渍酒之彦,指前来祭奠之人。

〔231〕宿草:隔年生草。李善注引《礼记》:"朋友之墓,有宿草而哭焉。"

〔232〕野:指坟地。　绝动轮之宾:谓无车马之客来祭奠。

〔233〕藐尔:小小。　诸孤:指任昉诸子。《南史·任昉传》载,任昉"有子东里、西华、南容、北叟,并无术业,坠其家声,兄弟流离不能自振。"

〔234〕朝不谋夕:朝不保夕。

〔235〕流离:流浪。　大海之南:极言其远。

〔236〕寄命:寄身。　嶂疠(zhàng lì 丈力):险山恶病。疠,麻疯,瘟疫等。

〔237〕自昔:平生。　把臂之英:亲密的朋友。把臂,挽手。李善注引《东观汉记》载:朱晖同乡张堪,有名德,每相见皆以友道。堪至,把晖臂曰:"欲以妻子托朱生。"堪后物故,南阳饿,晖闻堪妻子贫穷,乃自往候视,见其困厄,分所有以赈济之。岁送谷五十斛,帛五疋,以为常。

〔238〕金兰:喻友情其坚如金,其芳如兰。

〔239〕羊舌:叔向。春秋时晋国大夫。李善注引《春秋外传》:"叔向见司马侯之子,抚而泣之曰:自尔父之死也,吾未曾事君也。"

〔240〕宁:岂。　郈(hòu 后)成分宅:李善注引《孔丛子》载:郈成子自鲁聘晋。经过卫国,卫右宰穀臣止而觞之。陈乐队而不作。酣毕而送以璧。成子不辞,其仆曰:"不辞,何也?"成子曰:"夫止而觞我,亲我也;陈乐不作,告我哀也;送我以璧,托我也。由此观之,卫其乱矣。"行三十里而闻卫乱作,右宰穀臣死之。成子于是迎其妻子,还其璧,隔宅而居之。""瞑目"数句,明显针对到氏兄弟。李善注:"此谓到洽兄弟也。刘孝绰《与诸弟书》:'任既假以吹嘘,各登清贯。任云亡未几,子侄漂流沟渠,洽等视之攸然,不相存赡。平原刘峻疾其苟且,乃广朱公叔《绝交论》焉。'"

〔241〕世路：世道。　险巇（xī 西）：险恶。巇，山险峻。

〔242〕太行、孟门：二山名。《史记》："殷纣之国，左孟门右太行也。"

〔243〕嶄绝：山险陡欲倾的样子。言太行、孟门不足比到氏怀抱之险恶。

〔244〕耿介：正直。

〔245〕疾：痛恨。　若斯：如此。

〔246〕裂裳裹足：盖脚磨破裂衣而裹之。李善注引《墨子》："公输欲以楚攻宋。墨子闻之，自鲁往，裂裳裹足，十日至郢。"裂裳裹足，形容积极前往。此反其义，形容积极离去的样子。

〔247〕长骛：远走。

〔248〕麋（mí 迷）鹿同群：指隐居山林，与浊世隔绝。麋鹿，兽名。

〔249〕皦皦（jiǎo 皎）：洁白。《后汉书·黄琼传》："峣峣者易缺，皦皦者易污。"　雰浊：污浊的尘埃。

〔250〕诚：的确。　耻之：以之为耻。　畏之：以之为惧。

今译

客人问主人道："朱公叔之《绝交论》是对呢，还是不对呢？"主人道："客人何以有此疑问？"客人道："草地昆虫叫，土丘螽斯跳；斑斓猛虎啸，山中冷风起。天地感应，雾涌云飞；鸟鸣感召，流星闪电。因此王阳登朝，贡禹弹冠相庆；罕生逝世，子产戚然伤悲。心相通友情笃厚，言和谐芬芳如兰。志同道合如胶似漆，意趣相投埙篪合谐。圣贤将此美德刻于金版，镂于盘盂，写入玉牒，镌于钟鼎。至于匠石鼻端斫垩之妙技，伯牙高山流水之雅曲，范式款款真情送友入黄泉，尹、班其乐陶陶彻夜共长谈，类似良朋络绎不绝，多如烟雨，精通历算之人无法知晓，善以心计之人也无法统计。而朱公叔乱常道，越古训，鞭挞诚直，断绝交游，将人比做鹰鹯，比做豺虎，我对此有疑问，请予以释解。"

主人哂然一笑道："先生是所谓的只知抚弦弹琴发乐音，却不懂空气干湿对琴音的影响；只知张网于沼泽，却不见鸿雁已飞入云天。圣人心怀明道，阐发风教，如龙昂首，蠖弯腰，人情随世道盛衰。太平时代，赞美友谊之宏旨；动乱岁月，显示手足之情深。如五音变化，成就《箫韶》之妙曲。这是朱公叔得之于赤水的妙道，谋求于圣贤的良言。至于积累仁义，修养道德，有乐同欢，居忧共戚，灵犀一点，神交忘形，危难不住为良朋呼吁，逢险不变与挚友真情，这是贤达之素交，经历千古而难遇。到乱世民奸，欺诈成风，峡谷不能超其险，鬼神不能穷其变，轻如鸿毛之名竞争，薄如锥刃之利追逐，于是素交尽，利交兴，天下混乱，鸟兽不宁。利交根源相同，表现形式不一。简而言之，其术有五：

如受宠超过董、石，权势压倒梁、窦，一切由他专断。吐漱能生云雨，呼吸可降霜露。九州惧其扬起灰尘，四海怕其炙手可热。无不望影而逃，快如流星，闻声奔命，急如流水。鸡人刚一报晓，来访车盖成荫，大门早晨刚开，客人车水马龙。皆愿磨破头擦破脚，毁胆断肠，誓像要离焚烧妻子，像荆轲沉没七族那样表忠心。这叫势交，是利交的第一种。

如财富等同陶、白，巨资可比程、罗，个人独占铜矿，家财俗称金穴。出外并辔联骑，居家鸣钟奏乐。而穷巷之宾，蓬门之士，希望得到富人夜灯之余光，暖屋之微热，鱼贯雀跃，多如鳞集，欲分享饲禽之稻谷，沾舔玉杯之残酒。接受恩惠，进献忠心，用青松表示坚贞，指白水发下誓言。这叫贿交，是利交的第二种。

陆贾西安大宴宾客，郭泰洛阳侈谈人际。陆以宴乐权臣而名声大振，郭因与李膺同舟而慕其登仙。再加高谈阔论时收颏紧鼻，口沫横飞，骋黄马之剧谈，纵碧鸡之雄辩。说温暖则寒谷变热土，道严寒则春草叶凋落。好像官之升降由其目示意指，位之荣辱定其出口一言。于是有些公子王孙，纨绔子弟，学识不及通今博古之人，名声未入功臣之阁，攀龙附凤，乞求为其制造舆论，附寄骏马之尾，欲借助归雁之翼，飞黄腾达。这叫谈交，是利交的第三种。

春夏心情舒畅，秋冬心情抑郁，这是人之常情；患难相亲，欢快相离，这是物类本性。所以鱼因水干而吐沫相救，鸟因将死其鸣也哀。同病相怜，作《河上》之悲歌；内心恐惧，诵《谷风》之诗篇。结为“断金”之交，是因为景公更换晏婴“湫隘”之宅；建立刎颈之谊，是因为张耳拔擢陈余于贫贱之家。伍子胥举荐伯嚭而使其成了太宰；张耳扶持陈余而使其身登相位。这叫穷交，是利交的第四种。

奔走钻营之徒，浅薄苟且之辈，无不操权衡，执纤纩。衡，用以衡量权势轻重；纩，借以测试出气粗细。如称不能抬头，纩不能飘动，即使有颜渊、冉求的美德，卧龙、凤雏的才干，像曾参、子鱼那样高洁，似董仲舒、刘向的知识渊博，类司马相如、扬雄一般文采，也视若飞尘，等同泥塑。没人肯为之花费半粒大豆，少有肯为之拔一根毫毛。如果衡量其有权有势，即使是隐恶之共工，跛扈之庄跻，奸猾之盗贼，也为之匍匐献媚，按摩手足，吮舔痔疮，献金丹翠羽之物以表达心意，作柔弱谄媚之态以表达忠诚。那趋势附炎之徒车马所至之处，决非伯夷、柳下惠之舍；肉食者出入之所，定是张安世、霍光之家。衡后而动，丝毫不差，这叫量交，是利交的第五种。

总共五种利交，含义如同买卖。所以桓谭将其比作市场，林回将其喻为甜酒易酸。寒暑交替，盛衰相因，或先荣而后悴，或开始富而最后贫，或起初存而末尾亡，或古时俭朴而今奢华，循环往复，快如波澜。凡此种种，舍命求利之情皆同，舍命求利之术不一。由此观之，张耳、陈余后来反目之因，萧育、朱博结末破裂之由，明白可知。而翟公尚惊恐若失地门上刻字，警告宾客，为何见识如此之晚呢！

由这五种利交，产生了三种恶果：道德败坏，仁义灭绝，如同禽兽，这是其一。难安定，易离散，仇恨与争讼激增，这是其二。名声陷于贪婪，正直感到耻辱，这是其三。古人知道这三种恶果之病，害怕“五交”招来的祸患，所以王丹用荆条教子，朱穆以直言绝交，有深义啊，有深义啊！

近代乐安有个任昉，是海内俊杰，早就为官挂印，享誉民间。其美文华采，与曹植、王仲宣并驾齐驱；英雄豪迈，同许劭、郭林宗比肩并列。像孟尝君那样爱客,如郑当时一般好贤。见贤才眉飞色舞,扼腕动情;遇英杰喜形于色,鼓掌相庆。是非由他论定,高下靠他品评。于是门前车马济济,锦裳如云,车盖挨车盖,车轴碰车轴,经常宾客满坐。迈他门限,犹如登孔子之堂,进他门里,好似入李膺之室。受到任昉顾盼,身价倍增;得到任昉赞扬,便可扬眉吐气。官运亨通者肩挨肩,足履丹墀者脚印重叠。无人不想与之亲近,建立厚交,向往庄周对惠施那样敬重,希求左伯桃对羊角哀那样美德。待到任昉瞑目乐安,归葬扬州,灵帐高悬,门前便少吊唁之士;坟未长草,墓地便无驱车祭奠之人。任昉个个小小孤儿,朝不保夕,流离遥远边陲,寄身险山恶水,平素那些挽手亲密之交,如金似兰之友,未有羊舌怜良朋遗孤之仁,哪敢想郈成分宅密友遗孀之德!

咳!世道险恶竟至于此,太行、孟门也不足以比喻小人凶险的心胸。所以正直之人如此痛恨,裂裳裹足,弃之远走,独立于高山之巅,高兴与麋鹿为伴,干干净净地与浊世决裂,它实在可耻,实在可怕!

(赵福海译注并修订　陈延嘉再修订)

演连珠五十首

陆士衡

题解

连珠,文体名。扬雄首创,采撷先哲零珠碎玉,精心锤炼,工巧连缀,如同贯珠,温润闪光。篇幅短小,广泛运用比喻、排偶等修辞手法,用韵似诗。班固、贾逵、傅毅、蔡邕、王粲、张华等名家都有续作,而《文选》仅收录陆机《演连珠》五十首,确有见地。机模拟连珠,推而广之,思想内容丰赡,艺术形式清新,造诣高于前人。博采经史诸子思想精华,加工熔铸锻炼,连成串串珍珠,自称"高唱""芳讯"(其二三),"嘉言"(机《长安有挟邪行》),"嘉名"(机《要览序》),"谠言"(机《吊魏武帝文》);其弟云称"高言"(陆云《与兄平原书》),敬献君主,以供治国安邦借鉴。正面阐发治国至德要道,向往最美好的太平盛世,表达了作者的政治追求。如"至道之行,万类取足于世;大化既洽,百姓无匮于心。"(其六),一再颂扬"先王达经国之长规,审存亡之至数,虚己以安百姓,敦惠以致人和"(机《辩亡论下》),反复阐明"普济"于民(其十二),达到"荫身"(其三二)、"安民"(机《五等诸侯论》)的治安目的。侧面婉曲表达昏暗乱世,百姓离心离德,将有亡国丧身的危险。如"暗于治者,唱繁而和寡"(其四一),"王室多故,祸难荐有",急待"匡济"(机《至洛与成都王笺》)"兴邦"(其五)。以上忧国忧民善言,无不寄托着作者匡正乱世、复兴治国要道的大志。也常常流露怀才不遇、大志难遂的忧郁心情，如“藏器在身，所乏者时”（其十），梦寐以求建功立业，“功偶时而并劭”（其三三），殷切期望“明主程才以效业，贞臣底力而辞丰”（其二）。此外，还贯穿着诸多至理名言，形成熠熠闪光的连珠，弟云盛赞其“至言”“清新相接”（陆云《与兄平原书》），并非溢美之辞。当时有益教化，移风易俗，不少至今仍有现实意义。如“通于变者，用约而利博；明其要者，器浅而应玄”。（其四五），崇尚通晓变化的普遍规律，阐明约与博、浅与深的对立统一，抓住治国关键王道，利国利民才会博大。“通变”既是施政要诀，又蕴涵着丰富的辩证思想。正面推崇求实精神，如“积实虽微，必动于物”（其九），侧面委婉否定空谈误国，如“玩空言者，非致治之机”（其十八），针对时弊“玄谈”成风，敢于指斥空言无根，难能可贵。还崇尚探本求真，如“问道存乎其人，观物必造其质”（其四六）。一贯称赞谦虚美德，如“修身则足”（其十五），“虚己应物”（其三五），“披怀虚已”（机《辩亡论下》）。极为崇拜出神入化、神妙难传的高超境界，如“道系于神，人亡则灭”（其二一），“动神之化已灭”（其二四），等等。

用美文阐明道理，体现了作者的美学思想，其主要表现特色：

一、暗喻巧妙，灵活变通，有清新美。“按立譬多匠心切事，拈而不执，喻一边殊，可谓活法。”（钱钟书《管锥编》三）如运用镜喻，根据表情达意不同需要，各取喻体的一边。如“形过镜则照穷”（其二），取镜物来则受一边；“鉴之积也无厚，而照有重渊之深”（其八），而取洞察的另一边。又如用火喻性，用烟喻情，可谓创新，当尊为宋儒理学先觉。“臣闻烟出于火，非火之和；情生于性，非性之适。故火壮则烟微，性充则情约。”（其四二）钱钟书《管锥编》三评论：“按前之道家，后之道学家，发挥性理，亦无以逾此。”

二、辞达理举，精论要语，有简明美。短文精雕细琢，而蕴含深邃道理，实践其“要辞达而理举，故无取乎冗长”（机《文赋》）的名言，继承前贤“称文小而其指极大”（《史记·屈原贾生列传》）的主张。

三、遣词达意，温润典雅，有婉曲美。多从侧面婉言陈述，如“暗于治者，唱繁而和寡”（其四二），不直斥昏君乱世，人民离心离德。多用否定句或双重否定句立说，如“绝节高唱，非凡耳所悲；肆义芳讯，非庸听所善”（其二三），“世之所遗，未为非宝”（其四）。不明言昏君不听王道，不重贤才。措词婉转动听，容易为君主采纳。

四、用韵如诗，音节和谐，有声律美。每首一般两韵，中间“是以”前一句末与全首句终押韵。

五、讲求排偶，四字六字句为常，有语言形式工整美。开六朝骈文先河，例多不举。

此外，广泛运用修辞技巧，除前述比喻、婉曲外，还有借代等，如西施代指美人（其九）。

尚有两点值得注意：从逻辑角度进行类比推理，每首都以“臣闻”先哲至言开头，中间用“是以”关联，以为公理，无须进一步论证。从心理角度展开因果联想，如由火联想到性，由烟联想到情（其四二），即可见想象丰富灵通之一斑。

其　一

题解

“天”喻“明君”，“八音”喻“百官”，“八音克谐”喻天地人、君臣无不和谐，推阐明君贤臣遇合，君道圆满，可望天下大治。追求“百官各处其职、治其事以待主，主无不安矣，以此治国，国无不利矣，以此备患，患无由至矣。”（《吴氏春秋·圜道》）寄托着作者盼望适逢明主，匡难兴国的大志。

原文

臣闻日薄星回，穹天所以纪物[1]；山盈川冲，后土所以播气[2]。五行错而致用，四时违而成岁[3]。是以百官恪居，以赴八音之离[4]；明君执契，以要克谐之会[5]。

注释

〔1〕日薄：日色暗淡。此谓太阳落山。薄（bó 膊），迫近、靠近。　星回：星宿运动回转原位。　纪：日月相会。

〔2〕盈：盈满。　冲：虚空。　后土：大地。　播：疏通。

〔3〕五行：指水、火、木、金、土五种物质。先秦就有五行相生相克之说。错：更迭。　四时：春、夏、秋、冬四季。　违：谓不同。　致用：尽其所用。　成岁：成为一年。

〔4〕百官：泛指众官。　恪（kè 客）：恭敬。　八音：古代对乐器的统称，指金、石、丝、竹、匏、土、革、木八类。　离：谓别响，不同的音响。赴：应和。

〔5〕执契（qì 器）：即执左契。手持凭证，以相验对。谓固守君位。《老子》："是以圣人执左契而不责于人。"　要（yāo 邀）：迎合。　克谐：能和谐。《书·舜典》："八音克谐，无相夺伦，神人以和。"　会：遇合，际会。

今译

臣听闻日落星回，天道用以日月相会景物；山岳盈满河流虚空，地道用以疏通云气。五行更迭尽其所用，四季变更成就终岁。因此百官敬事其职，应和八音交响特异；明君手持凭证守位，群臣迎合和谐际会。

其　二

题解

"物""形"喻明君授官，"权""镜"喻忠臣能力。明君当量才授任，忠臣应量力受官。

原文

臣闻任重于力,才尽则困[1];用广其器,应博则凶[2]。是以物胜权而衡殆,形过镜则照穷[3]。故明主程才以效业,贞臣底力而辞丰[4]。

注释

〔1〕任:任用人。　困:困苦危急。

〔2〕器:能力,才能。　应:应付。　凶:凶危,凶险。

〔3〕胜:胜过。　权:秤锤。　衡:秤。　殆:危险。　穷:困窘。

〔4〕明主:贤明君主。　程才:品评才能。　效:考核。　业:业绩。贞臣:忠贞之臣。　底(zhǐ 纸):致。　丰:谓高爵厚禄。

今译

臣听闻君主任人超过其实力,才力用尽而凶困;用人大于其能力,应付过大会有凶患。因此物重超过秤锤而秤将危险。形体超过镜子容量必全照困难。所以明君量才考核业绩,忠臣竭尽全力而推让不贪。

其　三

题解

"髦俊之才""丘园之秀"喻杰出人才。根据唯物时间观阐明明君贤臣应合时会,有明君就有贤臣,不必祈求地生天降。

原文

臣闻髦俊之才,世所希乏[1];丘园之秀,因时则扬[2]。

是以大人基命，不擢才于后土[3]；明主聿兴，不降佐于昊苍[4]。

注释

〔1〕髦(máo 毛)俊:比喻英俊杰出的人。　乏:缺少。

〔2〕丘园:此指隐居之地。　扬:举用。

〔3〕大人:谓君主。　基命:犹始命。谓人主初受天命而就位。　后土:指地。　擢(zhuó 酌):举拔。

〔4〕昊(hào 皓)苍:苍天。

今译

臣听闻英俊人才，世上珍稀；隐居俊杰，利用时机得到举荐。因此君主开始登基，不求举拔人才于大地；明君兴邦，不盼下降辅佐于苍天。

其　四

题解

“俊乂之薮”喻贤才聚集之地，“金碧之岩”喻神仙所在之处，“凤举之使”喻奉诏出使远方的使节。通篇婉曲暗喻暗主崇尚神仙屏弃贤才。以汉代历史为鉴戒。

原文

臣闻世之所遗，未为非宝[1]；主之所珍，不必适治[2]。是以俊乂之薮，希蒙翘车之招[3]；金碧之岩，必辱凤举之使[4]。

注释

〔1〕世:谓世主,国君。　宝:喻贤才。

〔2〕珍:重视。　治:谓治国安邦。

〔3〕俊乂(yì 义):才德出众的人。　薮(sǒu 叟):指聚集地。　希:此犹言无,婉曲语。　翘(qiáo 桥)车:高车,特指礼聘贤士的车子。

〔4〕金、碧:指金马、碧鸡之神。史事见《汉书·郊祀志下》:"或言:益州有金马、碧鸡之神,可醮祭而致,于是遣谏议大夫王褒使持节而求之。"　凤举:比喻奉诏出使远方。

今译

臣听闻被国君遗弃的,并非不是贤才;君主所重视的,不一定适合大治。因此贤才聚集之地,不蒙高车来招致;神仙所在之处,必定辱蒙礼聘专使。

其　五

题解

用否定句婉曲规诫,大权旁落宠臣世卿之手,必将"邦家颠覆"(《辩亡论下》)。援引春秋时鲁国、汉代衰微的史事为鉴戒,寄托着作者家国丧乱之痛。

原文

臣闻禄放于宠,非隆家之举〔1〕;官私于亲,非兴邦之选〔2〕。是以三卿世及,东国多衰弊之政〔3〕;五侯并轨,西京有陵夷之运〔4〕。

注释

〔1〕放:施与。　宠:谓五侯。　举:谓举用贤人。

〔2〕私:偏爱。　亲:谓三卿。　选:谓授官选贤。

〔3〕三卿:此指三桓。春秋时鲁国大夫孟孙、叔孙、季孙都是鲁桓公的后代,故称三桓。后来三桓在鲁国专权,而鲁哀公被逐。史事见《左传·哀公二十七年》:"公患三桓之侈也,欲以诸侯去之;三桓亦患公之妄也,故君臣多间。"　世及:世袭。　东国:谓鲁国。　衰弊:衰败。

〔4〕五侯:汉成帝同日封五位舅舅王谭、商、立、根、逢时为关内侯。后来五侯掌握大权,汉朝走向衰微。史事见《汉书·成帝纪》:"赐舅王谭、商、立、根、逢时爵关内侯。"又:"帝王之道日以陵夷。"　并轨:同迹,同位。　西京:西汉都长安(今西安市),习称西京。　陵夷:衰落。　运:国运。

今译

臣听闻高爵厚禄施与宠臣,不是兴隆国家举用贤人;授官偏爱亲属,不是兴盛朝廷授官贤俊。因此亲属三桓世袭当政,鲁国多有衰败政局;外戚五侯同位掌权,西汉有了衰落国运。

其　六

题解

"灵耀"喻"至道","时风"喻"大化"。作者直抒胸臆,颂扬儒家王道大成,普及教化,天下大治,百姓安康,家给人足。

原文

臣闻灵辉朝觏,称物纳照〔1〕;时风夕洒,程形赋音〔2〕。是以至道之行,万类取足于世〔3〕;大化既洽,百姓无匮于心〔4〕。

注释

〔1〕灵辉:指早晨的阳光。 觏(gòu 构):同"遘",遇见。 称(chèn 衬)物:与事物相符。机《文赋序》:"恒患意不称物。" 照:日光。

〔2〕时风:应时的风。 洒:谓风吹动。

〔3〕至道:指最好的学说、道德或政治制度。《礼记·表记》:"至道以王,义道以霸。"即儒家的王道,以仁义治天下的政治主张。《书·洪范》:"无偏无党,王道荡荡。" 万类:犹万物。 世:世间,天下。

〔4〕大化:广博深远的教化。 洽(qià 恰):周遍。 无匮(kuì 愧):不缺乏,无穷匮。

今译

臣听闻太阳早晨露面,物物相宜接纳阳光;应时好风傍晚吹拂,衡量形体赋予声音。因此王道实施,世间万物充分各取所需,教化普及,百姓无不满足称心。

其　七

题解

"龙""凤""巢箕之叟""洗耳之民"皆喻高尚贤士,都用否定句婉曲阐明王道施行,天下大治,高士才可以招致,以传说古史为鉴。与其六互参。

原文

臣闻顿网探渊,不能招龙[1];振纲罗云,不必招凤[2]。是以巢箕之叟,不眄丘园之币[3];洗渭之民,不发傅岩之梦[4]。

注释

〔1〕顿：上下抖动使整齐。机《乐府十七首》之十三："矫手顿世罗"。渊：深潭。传说龙潜伏深渊之中。

〔2〕纲：提网的总绳，亦借代网。　云：谓云天，高天。传说凤凰高飞云天。

〔3〕巢箕之叟：机指古代传说高士许由，隐居箕山不仕。李善注引谯周《古史考》："许由，尧时人也，隐箕山，恬泊养性，无欲于世。尧礼待之，终不肯就。时人高其无欲，遂崇大之，曰：尧将以天下让许由，由耻闻之，乃洗其耳。"　眄(miǎn 免)：看。　币：缯帛，丝绸。　丘园：指隐居地。

〔4〕洗渭之民：机指古代传说高士巢父。　洗渭：在渭水中清洗耳内污浊之声，以示高洁。　傅岩之梦：相传商王武丁做梦得圣人，后从傅氏之岩从事版筑的奴隶中访求到傅说，任命为大臣，商国大治。事见《史记·殷本纪》："武丁夜梦得圣人，名曰说……得说于傅险中。是时说为胥靡，筑于傅险……举以为相，殷国大治。"　发梦：显现梦境。

今译

臣听闻抖动鱼网探求深渊，不能招来神龙；振动大网张网云天，不能罗致凤凰。因此巢箕长者，不看招致丘园贤士的厚礼；洗渭高人，不显现贤才梦境给君王。

其　八

题解

"鉴""目"本质功能为洞察深远，比喻圣人明察仁义为大治、大化的根本。参见其六、其七。

原文

臣闻鉴之积也无厚，而照有重渊之深[1]；目之察也有畔，而眡周天壤之际[2]。何则？应事以精不以形，造物以神不以器[3]。是以万邦凯乐，非悦钟鼓之娱[4]；天下归仁，非感玉帛之惠[5]。

注释

〔1〕鉴：镜子，古代用铜制成。　无厚：薄。　照：洞察。　重（chóng 虫）渊：即九重之渊，深潭。

〔2〕天壤：天地。　察：至。

〔3〕应（yìng 映）事：应付人事。　精：精明。　造物：创造万物的神力。　神：精神。

〔4〕万邦：万国，指天下。　凯乐（lè 勒）：和乐。　钟鼓：乐器。

〔5〕天下归仁：天下的人都会称许你是仁人（用杨伯峻译注）。《论语·颜渊》："一日克己复礼，天下归仁焉。"　玉帛：瑞玉和束帛，古代祭祀、会盟、朝聘、征聘贤士等所用礼品。

今译

臣听闻镜子铜质结构薄，却能洞察万丈深渊，眼睛外形构造很有限，却能察看遍及天地。为什么呢？应付人事凭借精明不能凭借形体厚薄，创造万物凭借神明不凭借器官巨细。因此天下和乐，不是喜悦一般钟鼓娱乐；天下称颂仁德，不是感谢通常玉帛礼品小惠。

其　九

题解

"西施"代称美女，美女图像虽美，不能使人倾慕；"太山"代称高山，高山阴影虽大，不能使马止步，从而阐明"崇虚"无用，对于当时空谈误国之风，婉曲表达微辞。正面伸张儒家务实、求真正气，弘扬

"积实""积微"至理名言。

原文

臣闻积实虽微,必动于物〔1〕;崇虚虽广,不能移心〔2〕。是以都人冶容,不悦西施之影〔3〕;乘马班如,不辍太山之阴〔4〕。

注释

〔1〕积实:谓积累微小成就实事。

〔2〕崇虚:崇尚虚假。 移心:改变心意。

〔3〕都人:美人。 冶容:艳丽的容貌。 西施:春秋末年越国美女,此借代"美女"。 影:图像。

〔4〕乘马班如:骑着马回旋。 班如:状回旋不进。(皆依周振甫译注)《易·屯》:"乘马班如。" 辍(chuò 绰):停止。 太山:即泰山,此代称高山。

今译

臣听闻积累实事虽然微小,一定能够动万物;崇尚虚假虽然广大,不能改变人心。因此美人艳丽容貌,不会爱慕西施图像身影;骑马回旋不进,不会止步泰山山阴。

其 十

题解

"藏器""幽兰""绕梁"喻君子怀才。婉曲暗示弦外之意,乱世贤俊怀才不遇,"藏器待时",企盼明时,辅佐明君,施展才干,匡乱济世,寄托着作者的大志。

原文

臣闻应物有方，居难则易[1]；藏器在身，所乏者时[2]。是以充堂之芳，非幽兰所难[3]；绕梁之音，实萦弦所思[4]。

注释

〔1〕应物：谓待人接物。　有方：有道。　居：治理，处理。

〔2〕藏器：比喻君子怀才。《易·系辞下》："君子藏器于身，待时而动。"乏：没有。

〔3〕充堂：满堂。机《叹逝赋》："居充堂而衍宇。"　幽兰：兰花，清香，比喻藏器。

〔4〕绕梁：谓余音绕梁，形容歌声优美动人，使人久久难忘，亦比喻藏器。《列子·汤问》："既去，而余音绕梁欐，三月不绝。"　萦（yíng 营）：萦曲，回旋曲折。　弦：指弦乐音。

今译

臣听闻君子待人接物有道，处理难事而不难；怀才在身，施展缺少明时。因此满堂芳香，不是兰花为难的事；余音绕梁，实为萦曲弦音所幽思。

其　十　一

题解

"凌飙之羽"代称雄鹰之类，喻雄才；"耀夜之目"代称猫头鹰之类，喻明察。盛赞圣人、圣君圣明通达，仰慕明君、贤臣大力治国安邦。

原文

臣闻智周通塞，不为时穷[1]；才经夷险，不为世屈[2]。是以凌飙之羽，不求反风[3]；耀夜之目，不思倒日[4]。

注释

〔1〕智周：智慧遍及。《易·系辞上》："知周乎万物而道济天下。" 通塞：指境遇的顺利与不顺利。 穷：穷尽。

〔2〕夷险：平坦与险阻，比喻顺境与逆境。 屈：穷尽。

〔3〕凌飙（biāo 标）：犹凌风，驾着风。 反风：风向倒转。 凌飙之羽：借代鹰击长空之类的猛禽，比喻大力雄才。

〔4〕耀夜之目：借代猫头鹰之类，夜间眼睛精明，可洞察秋毫，比喻明察。倒日：使太阳返行。

今译

臣听闻圣人神智遍及通达阻塞，不为时代竭尽；才智经受平坦险阻，不为时世穷尽。因此雄鹰驾风高飞，不求助风向倒转；猫头鹰洞察黑夜事物，不思量使太阳返行。

其 十 二

题解

援引"黜殡（尸谏）""碎首"等事典，阐明忠臣荐贤举善，一心忧国，谋求大治，不为贪图重赏。

原文

臣闻忠臣率志，不谋其报[1]；贞士发愤，期在明贤[2]。

是以柳庄黜殡，非贪瓜衍之赏[3]；禽息碎首，岂要先茅之田[4]？

注释

〔1〕率志：实践其志向。

〔2〕贞士：志节坚定、操守方正的人。　发愤：发奋振作。　明贤：谓表彰贤人。

〔3〕柳庄：未详。黜（chù 触）殡：自贬停柩规格，用以谏君进贤。犹“尸谏”，陈尸以谏，指以死谏君用贤。《韩诗外传》卷七：“卫大夫史鱼病且死，谓其子曰：‘我数言蘧伯玉之贤而不能进，弥子瑕不肖而不能退。为人臣生不能进贤而退不肖，死不当治丧正堂，殡我于室足矣。’卫君问其故，子以父言闻，君造然召蘧伯玉而贵之，而退弥子瑕，从殡于正堂，成礼而后去。生以身谏，死以尸谏，可谓直矣。”　瓜衍之赏：代指重赏。史事见《左传·宣公十五年》：“晋侯赏桓子狄臣千室，亦赏士伯以瓜衍之县，曰：‘吾获狄土，子之功也。微子，吾丧伯氏矣。’”　瓜衍：古地名。故地在今山西省孝义县北。

〔4〕禽息碎首：秦国人禽息竭力向秦穆公推荐百里奚，未被采纳，就撞碎头颅自杀了。简称“碎首”，形容勇于以死谏君。事见《论衡·儒增》：“儒书言，禽息荐百里奚，缪公未听，出，禽息当门仆头碎首而死…缪公痛之，乃用百里奚。此言贤者荐善不爱其死，仆头碎首而死，以达其友也。”　先茅之田：晋襄公因胥臣推荐贤人有功，把原封赏先茅大夫的田转封给胥臣。史事见《左传·僖公三十三年》：“〔襄公〕以再命命先茅之县赏胥臣，曰：‘举郤缺，子之功也。’”　先茅：晋大夫。（依杨伯峻《春秋左传注》）

今译

臣听闻忠臣实践志向，不谋求回报；忠贞之士发愤振作，企求表彰圣贤。因此柳庄以死谏君，不是贪图瓜衍重赏；禽息撞碎头颅在于忧国，难道要求先茅赏田？

其 十 三

题解

“利眼”喻“明哲之君”,“朗璞”喻“俊乂之臣”,“云”“蔽壅”喻谗佞当道,明君受蒙蔽,疏远贤人。援引“高言绝典”(陆云《与兄平原书》),阐明国君亲信奸佞,远离贤臣,令人悲伤。寄托作者身处乱世的殷忧。

原文

臣闻利眼临云,不能垂照〔1〕;朗璞蒙垢,不能吐辉〔2〕。是以明哲之君,时有蔽壅之累〔3〕;俊乂之臣,屡抱后时之悲〔4〕。

注释

〔1〕利眼:指太阳。

〔2〕朗璞:犹朗玉,洁白美玉。　垢(gòu 购):污垢。　吐辉:发出光辉。

〔3〕明哲:明智。　蔽壅:蒙蔽。　累(lèi 泪):忧患。

〔4〕俊乂(yì 义):贤能的人。　后时:谓失时,不及时。

今译

臣听闻太阳面临云雾,阳光不能下照;洁白美玉覆盖污垢,不能发出光辉。因此明智君主,时有蒙蔽忧患;贤能忠臣,屡屡存有报国失时伤悲。

其 十 四

题解

焚香而散发浓香，喻贞节妇女死后流传亮节美名，绝弦而发出交响美妙音乐，喻烈士壮年献身而保全名节。阐明“临难慷慨”（机《谢平原内史表》）更显大节，赞美忠贞贤臣高风。

原文

臣闻郁烈之芳，出于委灰〔1〕；繁会之音，生于绝弦〔2〕。是以贞女要名于没世，烈士赴节于当年〔3〕。

注释

〔1〕郁（yù 玉）烈：香气浓盛。　委灰：犹灰烬。

〔2〕繁会：犹交响。　绝弦：断绝琴弦。

〔3〕贞女：贞节的妇女。　没（mò 默）世：死。　烈士：有气节有壮志的人。赴节：为保全节操而牺牲。　当年：壮年。

今译

臣听闻浓烈芳香，从焚香灰烬中散发出来；交响美妙音乐，产生于琴弦断绝。因此贞节妇女求取死后亮节美名，满怀壮志的人壮年献身保全气节。

其 十 五

题解

引证史实阐明当崇尚贤能良臣治国。贤臣当如齐国大夫晏婴，有"折冲樽俎"销患未然的才能，不凭借威力而依仗礼乐王道制服敌国。忠臣当如宋国司城子罕，"修身为本"(《礼记·大学》)，屈尊为阳门卫士哭丧，得民心，即得治国之本。

原文

臣闻良宰谋朝，不必借威[1]；贞臣卫主，脩身则足[2]。是以三晋之强，屈于齐堂之俎[3]；千乘之势，弱于阳门之哭。[4]

注释

〔1〕良宰：贤能的官员。

〔2〕贞臣：犹忠臣，忠贞不二之臣。　脩身：陶冶身心，涵养德性。《礼记·大学》："欲治其国者，先齐其家，欲齐其家者，先修其身……自天子以至于庶人，壹是皆以修身为本。"

〔3〕此用事典"折冲樽俎"，谓不用武力而在酒宴谈判中凭忠勇智谋制敌取胜，如齐国大夫晏婴折服晋国使臣即是。《晏子春秋·杂上》："晋欲攻齐，使人往观，晏子以礼侍，而折其谋……不出尊俎之间，而折冲于千里之外，晏子之谓也。"　三晋：指晋国。

〔4〕千乘(shèng 胜)之势：谓晋国兵车千辆，威势显赫。　阳门之哭：谓宋国司城子罕屈尊为宋国阳门披甲卫士哭丧，感动百姓，人心归向，国力大增。《礼记·檀弓下》："晋人之觇宋者，反报于晋侯曰：'阳门之介夫死，而子罕哭之哀，而民说，殆不可伐也。'"

今译

臣听闻贤能之臣为朝廷谋划，不必凭借威力制伏敌国；忠贞之臣卫护君主，根本在于陶冶身心，涵养德性。因此晋国强盛，而在酒宴谈判中使晋屈服，齐国庆幸；晋国兵车千辆，威势显赫，而弱于哭丧阳门，躬行仁爱之心。

其 十 六

题解

"赴曲""蹈节"喻"适事""适道"，阐明进言符合事理即可实施，士人归顺仁义大道即可任命官吏，都贵在顺应时会。

原文

臣闻赴曲之音，洪细入韵〔1〕；蹈节之容，俯仰依咏〔2〕。是以言苟适事，精粗可施〔3〕；士苟适道，修短可命〔4〕。

注释

〔1〕赴曲：应合曲调的节奏旋律。机《日出东南隅行》："赴曲迅惊鸿，蹈节如集鸾。" 洪细：洪音和细音的合称。前者发音时口腔共鸣空隙较大，后者则较小。 入韵：谓符合和谐的声音。

〔2〕蹈节：应合节拍。 俯仰：前俯后仰，一举一动。 依咏：谓乐声高低抑扬随歌咏而变化。

〔3〕适事：谓符合事理。 精粗：精妙和粗略。

〔4〕适道：谓归顺仁义正道。 修短：长处和短处。

今译

臣听闻合拍的音乐，洪音细音都和谐动听；应合节拍的仪容举止，前俯后仰都随歌咏变化无穷。因此进言如果符合事理，精妙粗略都可实施；士人如果归顺仁义正道，长处短处都可量才任用。

其　十　七

题解

好雨洒润、美声远传，都凭依际会风云，用以比喻贤人善于凭借事物成就仁德教化，善于凭借时会显扬美名。

原文

臣闻因云洒润，则芬泽易流[1]；乘风载响，则音徽自远[2]。是以德教俟物而济，荣名缘时而显[3]。

注释

〔1〕因：凭借。　洒：散落。　润：滋润。　芬：喻美好。　泽：雨露。　流：流布。

〔2〕乘风：凭借风力。　载响：谓运载声音。　音徽：指声音。句意本《荀子·劝学》："顺风而呼，声非加疾也，而闻者彰……君子生非异也，善假于物也。"

〔3〕德教：道德，教化。　物：人，此谓贤人。　济：成。　荣名：美名。　缘：凭借。

今译

臣听闻凭依云气下雨滋润，好雨就容易流布；凭借风力运载声

音，声音就自然传播遥远。因此道德教化等待贤人而成就，贤俊美名依靠时会而明显。

其 十 八

题解

“影”“迹”喻“空言”虚浮不实，正如浮云“有轻虚之艳象，无实体之真形”（机《浮云赋》），阐明玩弄空言不能使天下太平，只能误国，唯有务实才能兴邦。婉曲针砭崇尚空谈的时弊，反映儒家求实求真的精神。

原文

臣闻览影偶质，不能解独〔1〕；指迹慕远，无救于迟〔2〕。是以循虚器者，非应物之具〔3〕；玩空言者，非致治之机〔4〕。

注释

〔1〕影：影子。　偶：等同。　质：实体。

〔2〕迹：脚印。　慕远：向往远方。　迟：晚。

〔3〕循：犹循玩，抚摩赏玩。　虚器：虚设而不实用的器物。　应物：顺应事物。　具：方法。

〔4〕空言：谓不切实际的话。　致治：使国家在政治上安定清平。　机：关键。

今译

臣听闻观察影子等同实体，不能消除孤独；指着脚印向往远方，不能补救为时太迟。因此抚摩虚设不实用的器物，不是顺应事物的方法；玩弄不切实际的空话，不是使天下太平的枢机。

其十九

题解

援引古代传说,正面阐述“积小以高大”(《易·升》)、“积微者著”(《荀子·大略》)哲理,具有现实意义。积小功而成大功,积小德成大德,是作者一贯思想,如“远绩不辞小,立德不在大”(机《赠顾交阯公真》诗)。

原文

臣闻钻燧吐火,以续汤谷之晷[1];挥翮生风,而继飞廉之功[2]。是以物有微而毗著,事有琐而助洪[3]。

注释

〔1〕钻燧(suì遂):古代原始取火方法。钻子钻燧木,因摩擦发热而爆出火星来。 汤(yáng阳)谷:即旸谷,古代传说日出之处。 晷(guǐ鬼):日光。 吐火:发出火光。

〔2〕挥翮(hé核):犹挥羽,鼓动翅膀。 飞廉:即风伯,神话传说中的风神。

〔3〕毗(pí皮):帮助。 琐:细小。 洪:大。

今译

臣听闻钻子钻燧木发出火星,而接续太阳光辉;振动翅膀产生微风,而继续风神的大功。因此细微事物帮助成就显著,细小事情帮助成就恢弘。

其 二 十

题解

“春风”喻仁德恩赏,“秋霜”喻威力刑罚,“芝蕙”喻善,“萧艾”喻恶。阐明治国当明辨善恶,赏罚严明,恩赏不能遗漏卑贱,刑罚不能遗漏高贵,都一视同仁,无所偏袒。

原文

臣闻春风朝煦,萧艾蒙其温〔1〕;秋霜宵坠,芝蕙被其凉〔2〕。是故威以齐物为肃、德以普济为弘〔3〕。

注释

〔1〕春风:喻仁德恩泽。 朝煦:犹朝晖,早晨的阳光。 煦(xù 序):清晨的太阳光。 萧艾:艾蒿,臭草,喻恶人。

〔2〕秋霜:喻威严刑治。 芝蕙:犹芝兰,都是香草,喻善人。 凉:寒冷。

〔3〕威:威力,谓刑罚。 齐物:即齐彼我,谓同等看待一切官民。肃:谓肃正,严肃公正。 德:仁德,谓恩赏。 普济:普遍济助。

今译

臣听闻春风吹拂朝阳和煦,艾蒿臭草亦蒙受其温暖;秋天夜间冰霜坠落,芝兰香草也遭受其冰凉。因此威力等同施加为刑治严明,仁德普遍救助为恩泽浩荡。

其二十一

题解

引证传说阐明文艺中妙处不传的至理名言。奚仲创造车，可称“妙术”而“无神”（机《漏刻赋》），外表工巧，“君子学以致其道”（《论语·子路》），可学可传；伶伦创造乐律，可称妙艺而入神，内蕴神妙，“此不传之道”（《文子·自然》）。

原文

臣闻巧尽于器，习数则贯〔1〕；道系于神，人亡则灭〔2〕。是以轮匠肆目，不乏奚仲之妙〔3〕；瞽叟清耳，而无伶伦之察〔4〕。

注释

〔1〕巧：工巧。　尽：达到极限。　数：技巧。　贯：熟练。

〔2〕道：与“器”相对待，指才艺的规律。　神：谓神妙。

〔3〕轮匠：谓砍木头制造车轮的巧匠。　肆目：极尽其眼力。　奚仲：传说中车的创造者。《墨子·非儒下》：“奚仲作车，巧垂作舟。”

〔4〕瞽叟：谓盲乐师。　清耳：静耳，谓专心倾听。　伶伦：传说中乐律的创造者。《吕氏春秋·古乐》：“昔黄帝令伶伦作为律。”

今译

臣听闻极尽工巧在妙器之上，学习其技巧就可以熟练；才艺之道依附在神妙之中，人死其神就泯灭不存。因此制造车轮的巧匠尽其视力，不会缺少奚仲的妙术；盲人乐师专心倾听，却没有伶伦对乐律的明察入神。

其二十二

题解

发掘“天下同归而殊途，一致而百虑”（《易·系辞下》）古代认识论，引证鉴诸取水，夫遂取火，阐明事物本性、道理皆有必然。“思辩之当然，出于事物之必然……心之同然，本乎理之当然，而理之当然，本乎物之必然，亦即合乎物之本然。”（钱钟书《管锥编》一）

原文

臣闻性之所期，贵贱同量〔1〕；理之所极，卑高一归〔2〕。是以准月禀水，不能加凉〔3〕；晞日引火，不必增辉〔4〕。

注释

〔1〕期：会合。　同量：等量齐观。

〔2〕极：至，至极。　卑、高：即低、高，暗喻贵、贱。　一归：犹同归。亦即“同归殊途”的略语。　归：归宿。

〔3〕准月禀水：化用鉴诸取水于月的典故。古代用承露器“鉴诸”对准月亮而获取明净的露水，以供祭祀等。《周礼·秋官·司烜氏》：“以鉴取明水于月。”　禀：接受。

〔4〕晞日引火：化用夫遂取火于日的典故。古代用凹形铜镜“夫遂”映日聚光所引燃的火种，以供祭祀等。《周礼·秋官·司烜氏》：“以夫遂取明火于日。”　引火：犹引燃，燃烧。　晞日：犹烈日。

今译

臣听闻本性所会合，贵贱等量齐观；物理所至，高低殊途同归。

因此用鉴对准月亮接受露水，不能增益寒凉；用凹镜映日聚光引燃，不能增加光辉。

其二十三

题解

“绝节高唱”喻王道妙理，“芳讯”喻治国嘉言，但难得知遇，正如商鞅进献仁义为本的帝王之道，而秦孝公时时睡不听。援引曲高和寡、不释之辩事典，阐明妙理嘉言不为常人所知，隐含企盼遇合明君，施展才能的愿望。

原文

臣闻绝节高唱，非凡耳所悲〔1〕；肆义芳讯，非庸听所善〔2〕。是以南荆有寡和之歌，东野有不释之辩〔3〕。

注释

〔1〕绝节：绝妙的节调，谓绝妙的歌曲。　高唱：歌声激越。　凡耳：常人的耳朵，代指常人。　悲：思念，思慕。

〔2〕肆义：即肆议，谓进言献策。　芳讯：比喻嘉言。　庸听：庸耳，即凡耳。善：喜好。

〔3〕南荆：即南楚。春秋战国时，楚国在中原南面，后世称南楚，为三楚之一。　寡和（hè 贺）：能唱和的人很少，此曲高和寡的略语。宋玉《对楚王问》：“客有歌于郢中者……引商刻羽，杂以流徵，国中属而和者不过数人而已。是其曲弥高，其和弥寡。”比喻知音难得。　东野：东郊，泛指乡野。　不释之辩：谓不能消除纠纷的辩解。事典见李善注引《吕氏春秋》：“孔子行于东野，马逸，食野人稼。野人留其马。子贡说而请之，野人终不听。于是鄙人马圉乃复往说曰：‘子耕东海至于西海，吾马何得不食子苗？’野人大悦，解马还之。”（今本《吕氏春秋·必己》，文字与此小异）

今译

臣听闻绝妙歌曲声调激越,不是常人所敬仰思慕;进献善言,不是常人所喜闻乐见。因此南楚有曲高和寡的歌唱,东郊有不能消除纠纷的申辩。

其二十四

题解

香料焚烧有尽,香气流传不绝,比喻古代圣贤礼乐教化可传,音乐变化无穷,“曲终则改”(其三三),比喻神妙之道在人,“人亡则灭”(其二一)。

原文

臣闻寻烟染芬,薰息犹芳〔1〕;徵音录响,操终则绝〔2〕。何则?垂于世者可继,止乎身者难结〔3〕。是以玄晏之风恒存,动神之化已灭〔4〕。

注释

〔1〕寻烟:寻,通焊,长。谓长长的香草烟气。　薰:香气。　息:熄灭。

〔2〕徵(zhǐ 旨)音:指宫、商、角、徵、羽五音中的徵音级。《史记·乐书论》:“夫上古明王举乐者,非以娱心自乐,快意恣欲,将欲为治也……闻徵音者,使人乐善而好施。”　录:次序,调节。　操:琴曲,乐曲。

〔3〕垂世:流传于世。　结:承接。

〔4〕玄晏之风:即玄古之风,谓古代圣贤的礼乐教化。陆机策问:“夫穷神知化,才之尽称;备物致用,功之极目。以之为政,则黄羲之规可踵;以之革乱,则玄古之风可绍。”(《晋书·纪瞻传》载)　动化:感化。　神:入神,神妙。

今译

臣听闻长烟熏物物芬芳，烟气消散物留香；徵音依次奏旋律，乐终人散难继响。为什么？圣贤教化可继承，神妙止身难承接。因此仁义教化永存世，动神入化的美妙旋律已消失。

其二十五

题解

“重光发藻”喻“大众贞观”，阐明人不能隐藏机谋巧诈，明君以正道明察奸伪。

原文

臣闻托暗藏形，不为巧密[1]；倚智隐情，不足自匿[2]。是以重光发藻，寻虚捕景[3]；大人贞观，探心昭忒[4]。

注释

〔1〕藏形：藏形匿影，隐藏形影。　巧：巧诈。

〔2〕智：智巧，谓机谋巧诈。　隐情：隐秘实情。　匿（nì 逆）：隐藏。

〔3〕重（chóng 崇）光：指日晕或日珥现象，古人以为瑞应。　发藻：显示光彩。　寻虚：追寻虚幻。　捕景（yǐng 影）：追寻影子。

〔4〕大人：谓明君。　贞观：谓以正道示人。　忒（tè 特）：疑惑。

今译

臣听闻依托昏暗隐藏形影，不能施行巧诈秘密。凭靠智巧隐蔽实情，不能自以为隐秘。因此太阳显示光彩，追寻虚假幻影；明君以正道洞察，探查心曲明白析疑。

其二十六

题解

“云”“风”喻乱臣贼子，“天”“水”喻贤明君主，“四族”（四凶）喻凶狠贪婪的朝臣。阐明只有清除暗藏君王身边的奸凶，贤臣在位才能使君主贤明，天下大治。婉曲表达作者身处乱世，侍奉乱君的隐忧，表明“志匡世难”（《晋书·陆机传》）的心迹。

原文

臣闻披云看霄，则天文清〔1〕；澄风观水，则川流平〔2〕。是以四族放而唐劭，二臣诛而楚宁〔3〕。

注释

〔1〕披云：拨开云层。　霄（xiāo 消）：天空。　天文：指日月星辰等天体在宇宙间分布运动等现象。

〔2〕澄：明净。　川流：河流。

〔3〕四族：即四凶，相传为尧舜时代四个恶名昭彰的部族首领。用以比喻凶狠贪婪的朝臣。事见《书·舜典》：“流共工于幽洲（州），放驩兜于崇山，窜三苗于三危，殛鲧于羽山。”　放：放逐。　唐：谓唐虞，指唐尧、虞舜时代，古人以为太平盛世。　劭（shào 绍）：美好。　二臣：指春秋时楚国乱臣费无极与鄢将师。事见《左传·昭公二十七年》：“沈尹戌言于子常曰：‘夫〔费〕无极，楚之谗人也……知者除谗以自安也’……子常杀费无极与鄢将师，尽灭其族，以说于国。谤言乃止。”

今译

臣听闻拨开云层观看天空，就见天体日月清明；使风明净观察流水，就见河流风平浪静。因此四个奸凶流放而唐虞盛世尽善尽美，二个乱臣伏诛而楚国得以安宁。

其二十七

题解

“北里”借代古代乐曲，“西子”借代古代美人，阐发明君随时任用贤能，不必徒然思慕古代贤俊。参见其三。

原文

臣闻音以比耳为美，色以悦目为欢[1]。是以众听所倾，非假北里之操[2]；万夫婉娈，非俟西子之颜[3]。故圣人随世以擢佐，明主因时而命官[4]。

注释

〔1〕比：适合。 悦目：好看。

〔2〕北里（依五臣本）：古乐曲名。 操：琴曲。 假：借用。

〔3〕万夫：众人。 婉娈（luán 孪）：美貌。 俟（sì 似）：等待。 西子：西施，春秋时越国美女。借代古代美人。

〔4〕圣人：尊称帝王。 擢佐：选拔辅佐人才。 明主：贤明君主。命官：任命官吏。

今译

臣听闻音乐因适合听觉就以为优美，姿色因好看就认为喜欢。

因此众人听取所倾慕的音乐，不必借用古代北里琴曲；万人美貌，不用等待古代西施容颜。所以圣上随着时代选拔辅佐，明君根据时世任命王官。

其二十八

题解

列举圣贤尧、孔子史事，阐明关系其人修身或其他外事外物的，不能强制扭转。正如其《五等诸侯论》所说："夫盛衰隆弊，理所固有；教之废兴，系乎其人。愿法期于必凉，明道有时而暗。"隐含作者难以匡救时弊的殷忧。

原文

臣闻出乎身者，非假物所隆[1]；牵乎时者，非克己所勖[2]。是以利尽万物，不能睿童昏之心[3]；德表生民，不能救栖遑之辱[4]。

注释

〔1〕身：谓修身，指努力提高自己的品德修养。　假物：借助外在万物。隆：使成长。

〔2〕牵：牵拘。　时：时弊。　克己：克制私欲，严于律己。　勖（xù 绪）：勉励。

〔3〕利：有益。　睿（ruì 锐）：使明智。　童昏：愚昧无知的人。史事见《汉书·刘向传》："虽有尧舜之圣，不能化丹朱之子；虽有禹汤之德，不能训末孙之桀纣。"

〔4〕德表：道德表率。　生民：人民。　栖遑（xī huáng 西皇）：奔忙不定。史事见《文选·班固〈答宾戏〉》："是以圣哲之治，栖栖遑遑，孔席不暖，墨突不黔。"

今译

臣听闻出于修身的，不能借助外在万物使其成长；牵拘于时弊的，不能修身自勉加以克服。因此圣哲有益所有万物，不能使愚顽明智；圣人道德为人民表率，不能避免奔忙救治的玷辱。

其二十九

题解

弘扬先贤哲理，如《荀子·解蔽篇》："故《道经》曰：'人心之危，道心之微，危微之几，非明君子而后能知之。'"深明"人之心隐匿难见，渊深难测"（《吕氏春秋·观表》）的道理。

原文

臣闻动循定检，天有可察〔1〕；应无常节，身或难照〔2〕。是以望景揆日，盈数可期〔3〕；抚臆论心，有时而谬〔4〕。

注释

〔1〕检：规矩。　天：天道，自然法则。

〔2〕应：顺应。　常节：一定的节制。　身：身心，此偏指人心。　照：照察，明察。

〔3〕望景（yǐng 影）：即望影，观察事物的表象。《文选·陆机〈汉高祖功臣颂〉》："穷神观化，望影揣情。"　揆（kuí 葵）日：测量日影。　盈数：指十、百、万等偶数，古人以为吉祥。机《百年歌》之十："百年时，盈数已登肌肉单。"　期：预知。

〔4〕抚臆：以手按胸而自问。　论：推知。　心：思想。　谬：谬误。

今译

臣听闻运动遵循一定规矩,天道可以洞察;顺应事物没有一定节制,人心有时难以深知。因此观察表象推知思想,心机有时品评失实。

其　三　十

题解

传承先贤哲理,如《荀子·正论》:"决德而定次,量能而授官,皆使民载其事,而各得其宜。"阐发万物功能不同,当各得其宜,才能大小不一,当人尽其才,量能授官。

原文

臣闻倾耳求音,眡优听苦[1];澄心徇物,形逸神劳[2]。是以天殊其数,虽同方不能分其戚[3];理塞其通,则并质不能共其休[4]。

注释

〔1〕倾耳:谓侧耳静听。　优:优游,优闲自得。　苦:劳苦,辛勤。

〔2〕澄心:静心。机《文赋》:"罄澄心以凝思。"　循物:追求身外之物。

〔3〕天:天道,谓自然法则。　数:事理。　同方:谓同在一体。　戚(qī七):忧虑。

〔4〕理:事理。　塞:隔绝。　并:同。　质:本体。　休:喜乐。

今译

臣听闻侧耳静听寻求声音,视力优闲而听觉劳苦;静心追求外物，形体安逸而心神疲劳。因此自然法则有不同事理，虽然同在一体而不能共同分担忧虑；事理隔绝相通，那么同一本体而不能共同分享欢笑。

其三十一

题解

匏瓜系而不食喻不得明时而出来做官。阐明志士隐居主导思想，鉴于不得时，不能施展抱负，退而独善其身，谨守名节，期望垂名后世。即机《豪士赋序》所说："志士思垂名于身后。"

原文

臣闻遁世之士，非受匏瓜之性〔1〕；幽居之女，非无怀春之情〔2〕。是以名胜欲，故偶影之操矜〔3〕；穷愈达，故凌霄之节厉〔4〕。

注释

〔1〕遁世：避世隐居。　士：志士。　匏（páo 咆）瓜：一年生草本植物，果实比葫芦大，老熟后可剖制成器具。典出《论语·阳货》："吾岂匏瓜也哉！焉能系而不食？"此用以喻不为时用。

〔2〕幽居之女：谓深居无偶的女子。　怀春：谓思慕异性。

〔3〕名：名节，名誉与节操。　胜：克制。　偶影：以影子为偶，形容孤独。操：节操。　矜：谨守。

〔4〕穷、达：特指不得志与显达，两者相对。　愈：胜过，克制。　凌霄：犹凌云，直上云霄，形容志向崇高。机《遂志赋》："陈顿委于楚魏，亦凌霄以自濯。"节：节操。　厉：高。

今译

臣听闻隐居志士,不是承受匏瓜系而不食特性;深居女子,不是没有思慕异性的衷情。因此名节制胜情欲,所以孤独节操高尚;困窘克制显达,所以气节崇高凌云。

其三十二

题解

一心“思治”“修己安民”(机《五等诸侯论》),继承孔子“修己以安百姓”(《论语·宪问》)思想,阐明“元元之民冀得安其性命”(贾谊《过秦论》),民心向往仁政,教化实行,施惠于民,博得人和。引证蒲、密、丰、沛史事,以增强说服力。

原文

臣闻听极于音,不慕钧天之乐〔1〕;身足于荫,无假垂天之云〔2〕。是以蒲密之黎,遗时雍之士〔3〕;丰沛之士,忘桓拨之君〔4〕。

注释

〔1〕极:极尽。 钧天之乐:犹钧天广乐,指天上的仙乐。

〔2〕荫:遮蔽。 垂天:挂在天边。

〔3〕蒲、密:指春秋时蒲县与东汉时密县。机指教化盛行的地方。事典见:春秋时,子路治蒲三年,孔子入其境,“三称其善”政,见《孔子家语·辩政》。东汉时,卓茂为密令数年,“视人如子,举善而教…教化大行,道不拾遗。”见《后汉书·卓茂传》。 黎:黎民、众民。 时雍:谓和乐。《书·尧典》:“百姓昭明,协和万邦,黎民于变时雍。”机用以指古代贤君和乐盛世。

〔4〕丰沛:汉高祖的故乡。汉高祖荣归故里,大摆酒宴,招待家乡父老兄弟,当众宣布免除沛丰徭役赋税。见《史记·高祖本纪》。机用以指汉代人士沾溉恩泽。 桓拨:谓大治。《诗·商颂·长发》:“玄王桓拨,受小国是达。” 毛传:“桓,大;拨,治。”机用以赞美殷商开国贤明君主。

今译

臣听闻听觉极尽于音律,不羡慕天上的仙乐;人有足以藏身之所,无须凭借挂在天边的阴云。因此蒲密两县的百姓,遗忘古代贤君和乐盛世;丰沛两地人士,忘记殷商开国大治的明君。

其三十三

题解

广用比喻:“飞辔”“悬景”喻明君、明时,“离朱”“夜光”喻贤,“矇瞍”“武夫”喻愚。阐明世道黑暗,不论贤与愚一样受窘;世道清明,无论才智高与低一样建功,流传美名。推而广之,万事万物各有逢时际遇。

原文

臣闻飞辔西顿,则离朱与矇瞍收察〔1〕;悬景东秀,则夜光与武夫匿耀〔2〕。是以才换世则俱困,功偶时而并劭〔3〕。

注释

〔1〕飞辔(pèi 佩):指太阳。 顿:止宿。机《于承明作与士龙》诗:“南归憩永安,北迈顿承明。” 离朱:即离娄。《慎子》:“离朱之明,察秋毫之末于百步之外。”古代传说此人视力超凡。 矇瞍(méng sǒu 萌叟):盲人。 收:消失,停止。

〔2〕悬景:指太阳。　秀:露出。　夜光:　传说中夜里能发光的明珠。武夫:即碔砆,似玉的美石。　匿:隐藏。

〔3〕困:窘迫。　偶时:逢时。　劭(shào 绍):美好。机《豪士赋序》:"身逾逸而名逾劭。"

今译

臣听闻太阳西落,明眼人同盲人一样失去洞察;日出东方,夜光明珠同武夫美石一样隐藏光耀。因此处于改朝换代乱世贤与愚一起窘迫,生逢清明时期大才与小才一同建功名声美好。

其三十四

题解

援用古代观测宇宙奥秘的力证,阐明透过事物浅近、明显的表面现象,可以洞察其内在深远、微妙的道理。这符合朴素唯物的认识论,无疑是难能可贵的。

原文

臣闻示应于近,远有可察[1];托验于显,微或可包[2]。是以寸管下傃,天地不能以气欺[3];尺表逆立,日月不能以形逃[4]。

注释

〔1〕示:犹言寄予。　应:应验。　近:浅近。　远:深远。

〔2〕托:寄托。　验:应验、证验。　微:微妙。　包:包罗,囊括。

〔3〕寸管:指短小的十二律管。古代占验节气变化的器具。古人把芦苇灰放置十二律管内,到了某一节气,相应律管内的灰就会自行飞出,据此,可预测

节气的变化。又称“灰律”、“灰管”。 下:犹言飞出。 傃(sù 素):向着,趋向。 气:节气;气候。 欺:欺瞒。

〔4〕尺表:古代用以测日影的一种仪器。 逆:预测。 逃:逃匿,隐匿。

今译

臣听闻在浅近现象中寄予应验,深远道理可以洞察;在明显表征中寄托证验,微妙原理可以包罗。因此律管灰飞所向显示,天地不能欺瞒节气;尺表树立预测日影,日月原貌不能藏躲。

其三十五

题解

选取镜涵容一切的特性喻圣人“虚己应物”,继承先贤镜喻精义,如《庄子·应帝王》:“至人之用心若镜,不将不迎,应而不藏。”推阐“君子以虚受人”(《周易·咸》)及“公耳(而)忘私”(贾谊《治安策》)至理。寄希望于君主,“披怀虚己,以纳谟士之算”(机《辩亡论下》)。

原文

臣闻弦有常音,故曲终则改[1];镜无畜影,故触形则照[2]。是以虚己应物,必究千变之容[3];挟情适事,不观万殊之妙[4]。

注释

〔1〕弦:指琴瑟之类的弦乐器。 常音:正常的音调。 改:谓改调(diào 吊),改变音调。

〔2〕选取镜的涵容万物,侧重其虚,阐发《庄子·应帝王》之镜喻:“至人之

用心若镜,不将不迎,应而不藏。"

〔3〕虚己:犹言虚心。《韩诗外传》卷二:"君子盛德而卑,虚己以受人。" 应物:犹言待人接物。 千变:极言变化之多。

〔4〕挟(xié 携):怀藏。 适事:犹言适物,适应事物。其四三:"臣闻适物之技。" 万殊:指各不相同的现象、事物。

今译

臣听闻弦乐有正常音调,所以乐曲终结就改变音调;镜子空无储存影像,所以接触人与物就一一反照。因此虚心待人接物,必能穷尽千变万化的形体容貌;怀藏一己私情适应事物,不能观察各不相同形态微妙。

其三十六

题解

"金石""繁弦"喻治国大政方针,"柷敔""鼙鼓"喻治国细小举措,阐明治国当把握关键而不忽略细节,以统筹兼顾为贵。从八音谐和,推论出治国措施顺通。

原文

臣闻柷敔希声,以谐金石之和〔1〕;鼙鼓疏击,以节繁弦之契〔2〕。是以经治必宣其通,图物恒审其会〔3〕。

注释

〔1〕柷敔(chù yǔ 处语):古代乐器名,用以和乐。 希:同"稀",稀疏。金、石:为古代"八音"中的前两种,此借代乐器。古代乐器通常为金、石、丝、竹、匏、土、革、木八种不同质材所制。"柷敔""鼙鼓"分属"八音"中的"木""革"。

〔2〕鼙(pí 皮)鼓:小鼓。 疏:迟缓。 繁弦:繁杂的弦乐声,犹言大交响乐。 契:指乐声和谐。

〔3〕经治:筹划治理。 宣:使明显。 图:谋划。 会:谓会要,关键,根本。

今译

臣听闻柷敔稀少发声,用来谐和音乐演奏;小鼓迟缓敲击,用以协调交响和弦。因此谋划治国措施必须使其显明顺畅,思谋事物常常细察其关键。

其三十七

题解

目、耳同在一体,而功能各异,不能互通,用以比喻物无全材,人无兼才,无不各有所长,各有所短,难得尽善尽美,在于阐发圣贤格言"无求备于一人"(《论语·微子》载周公言),企盼君主治国、待人接物博施仁爱。

原文

臣闻目无尝音之察,耳无照景之神〔1〕。故在乎我者,不诛之于己〔2〕;存乎物者,不求备于人。〔3〕

注释

〔1〕尝:辨别,品尝。 照景:照见景物。

〔2〕诛:责求。

〔3〕物:他物。 求:责求。《论语·微子》:"周公谓鲁公曰:'君子……无求备于一人!'"

今译

臣听闻眼睛没有品尝音乐的明辨，耳朵没有照见人物的神明。因此所在于我身的，不能责求都是自己所造成；所存在他物的，不能求全责备于一人。

其三十八

题解

“放身而居”“肆口而食”喻“知足”“常足”(《老子》四十六章)，别无他求，安居温饱而已。正面称赞“知足不辱”，反面贬斥贪得无厌，告诫“祸莫大于不知足，咎莫大于欲得”，阐发老子至理名言，作者有所感于时弊而进献忠告。

原文

臣闻放身而居，体逸则安〔1〕；肆口而食，属厌则充〔2〕。是以王鲔登俎，不假吞波之鱼〔3〕；兰膏停室，不思衔烛之龙〔4〕。

注释

〔1〕放身：谓不受拘束。　逸：闲适。　安：安居。

〔2〕肆口：随意合口。　属厌：饱足。　充：犹言饱。

〔3〕王鲔(wěi 伟)：鱼名。　登：进献。　俎(zǔ 祖)：古代祭祀、燕飨时陈列食物的礼器。　吞波之鱼：犹言吞舟之鱼，指大鱼。

〔4〕兰膏：古代用泽兰子炼制的油脂，可供点灯。　停：放置。　烛龙：古代神话中的神名，传说他衔烛能照耀天下。

今译

臣听闻无拘无束居住，自然就闲适安乐；随心所欲饮食，饱足就自是高兴。因此王鲔鱼呈献在礼器中，不必依靠吞舟大鱼才称心；兰膏油点灯放置室内，不必思念烛龙灵光漫天通明。

其三十九

题解

舟本动，而无波则止；屋本静，而有风则动，用以比喻风气影响的巨大力量，正面推阐“大德敦化”（《礼记·中庸》）思想，提倡德治教化。鉴于世风每况愈下而进言“化民易俗”（《礼记·学记》）“善世而不伐，德博而化”（《易·乾》），君主当广施仁德，教化百姓，改变不正之风。

原文

臣闻冲波安流，则龙舟不能以漂〔1〕；震风洞发，则夏屋有时而倾〔2〕。何则？牵乎动则静凝，系乎静则动贞〔3〕。是以淫风大行，贞女蒙冶容之悔〔4〕；淳化殷流，盗跖挟曾史之情〔5〕。

注释

〔1〕冲波：激浪。　安流：使舒缓平稳地流动。　龙舟：指帝王所乘大船。漂：漂荡，在水上浮游。

〔2〕震风：疾风。　洞发：突发，陡起。　夏屋：大屋。　倾：倾斜。

〔3〕凝、贞：都无义。“此足字成韵耳”。“言舟本动，而无波则止；屋不静，而有风则动。”（依黄侃《文选平点》）

〔4〕淫风:猥亵淫乱的风气。 大行:普遍流行。 贞女:贞节的女子。 冶容:女子修饰得很妖媚。《易·系辞上》:"冶容诲淫。" 悔:当为"诲"。诱导。

〔5〕淳化:敦厚的教化。 殷流:盛行。 盗跖:名跖,春秋战国之际的人名。此人称盗贼。 挟:怀着。 曾:即曾子(前505—前430)。春秋末鲁国南武城(今山东费县)人。名参,字子舆,孔子的学生。以孝著称,古代尊为贤人。 史:史鱼,卫国的大夫史鳍,字子鱼。以刚直不屈闻名,临死时遗嘱"尸谏",古代认为贤大夫。《论语·卫灵公》:"子曰:直哉史鱼!邦有道,如矢;邦无道,如矢。" 情:情义。

今译

臣听闻激浪使其平静,大船就不能浮游;大风陡然而起,大屋有时就被吹得东倒西歪。为什么呢?船本来运动,而没有波浪就会停止,屋本来静止,而有风吹来就会摇摆。因此淫秽风气广泛流行,贞节女子为妖媚妇女所引诱而堕落,大德淳厚教化,盗贼翻然悔悟而抱有贤士情怀。

其　四　十

题解

引用"坠屦""亡簪"二事典,阐明故旧不可忘,大力提倡仁义,"君子笃于亲,则民兴于仁;故旧不遗,则民不偷。"(《论语·泰伯》)作者深忧世风日下,"天下俗薄,朋友道绝"(《诗·小雅·谷风序》),愈演愈烈,"贵易交"(《后汉书·宋弘传》)不可取,移风易俗,为当务之急。

原文

臣闻达之所服,贵有或遗〔1〕;穷之所接,贱而必寻〔2〕。

是以江汉之君，悲其坠屦[3]；少原之妇，哭其亡簪[4]。

注释

〔1〕达：显贵，得志者。　服：用。　贵：显贵。　遗：遗弃，忘弃。此化用古代谚语“贵易交”，见《后汉书·宋弘传》所载：“［光武帝］因谓弘曰：‘谚言贵易交，富易妻，人情乎？’弘曰：‘臣闻贫贱之知不可忘，糟糠之妻不下堂。’”

〔2〕穷：困窘，不得志者。　贱：犹言贫贱之交。

〔3〕江、汉：谓长江与汉水之间及其附近一些地区，此代称楚国。坠屦（jù据）：谓楚昭王失落的单只鞋。此用为不轻易遗弃旧物的典故。事见贾谊《新书·谕诚》：“昔楚昭王与吴人战，楚军败，昭王走，屦决眦而行，失之，行三十步，复旋取屦。及至于隋，左右问曰：‘王何曾惜一踦屦乎？’昭王曰：‘楚国虽贫，岂爱一踦屦哉？思与偕反也。’自是之后，楚国之俗，无相弃者。”

〔4〕亡簪：谓少原妇女丢失簪子。此用为怀念故旧的典故。事见《韩诗外传》卷九：“孔子出游少原之野，有妇人中泽而哭，其音甚哀。孔子怪之，使弟子问焉。曰：‘夫人何哭之哀？’妇人曰：‘乡者刈蓍薪而亡吾蓍簪，吾是以哀也。’弟子曰：‘刈蓍薪而亡蓍簪，有何悲焉？’妇人曰：‘非伤亡簪也，吾所以悲者，盖不忘故也。’”

今译

臣听闻得志者所用，有的结交新贵忘弃旧交；不得志者所结交的，贫贱朋友一定寻找。因此荆楚君主，悲伤他失落的单只鞋；少原妇女，痛哭她的簪子丢掉。

其四十一

题解

“商飙”喻暗君暴急施政，“谷风”喻明君和善治国，“唱繁和寡”喻昏君政事繁难，百姓离心离德，功德全无，阐发明君为政简约，百

姓同心同德,“用力少,见功多”(《庄子·天地》),合乎圣人之道,功德自成。

原文

臣闻触非其类,虽疾弗应[1];感以其方,虽微则顺[2]。是以商飙漂山,不兴盈尺之云[3];谷风乘条,必降弥天之润[4]。故暗于治者,唱繁而和寡[5];审乎物者,力约而功峻[6]。

注释

〔1〕疾:急剧而猛烈。 应:顺应。

〔2〕感:感应。 方:道。 顺:顺应。

〔3〕商飙:秋风。此喻昏君暴政。 漂(piāo 飘):通“飘”,吹动。 盈尺:谓满一尺,极言其小。

〔4〕谷风:东风。此喻明君治国有方,天下昌盛。焦赣《易林·坤之乾》:“谷风布气,万物出生;萌庶长养,华叶茂成。” 乘:升。 条:细长枝条。 弥天:满天,极言其大。 润:雨水。

〔5〕唱:领唱。 繁:谓繁声,指浮泛靡靡之音。 和(hè 贺):应和。 寡:少。 唱繁和寡:谓领唱浮泛的靡靡之音,应和者寥寥无几,用以比喻昏君施政繁杂无方,不得民心。

〔6〕力约功峻:语本子贡转述孔子格言,见《庄子·天地》载:“吾闻之夫子,事求可,功求成。用力少,见功多者,圣人之道。”

今译

臣听闻接触并非同类,虽然用力急剧猛烈不能使其感化;用圣人之道感应万物,虽然用力甚微就使其顺应和洽。因此秋风吹动山峦,不能兴起满足小小云气;东风升上树枝,一定降雨普天之下。所以不明治国之道的昏君,如同领唱繁杂噪音而应和者甚少;明察物理人情的贤君,用力很少而功德高大。

其四十二

题解

“烟”喻“情”，“火”喻“性”，继承发展“穷薪火传”(《庄子·养生主》)，阐释性理，词简意豁，实开宋儒理学先河，然而长期湮没无闻，竟无人称说。参见钱钟书《管锥编》第三册。用火喻指出暴君商纣王、周幽王放纵情欲而丧身亡国的教训，“放情施欲而凶祸到”(《论衡·命义》)，当以史为鉴。

原文

臣闻烟出于火，非火之和〔1〕，情生于性，非性之适〔2〕。故火壮则烟微，性充则情约〔3〕。是以殷墟有感物之悲，周京无伫立之迹〔4〕。

注释

〔1〕和：和顺、顺应。

〔2〕情：情欲。　适：顺适，顺应。

〔3〕壮：盛，旺。　充：充满。　约：少。

〔4〕殷墟：指暴君殷纣王身死，其国都变为废墟。微子经过殷墟，见麦秀而感慨悲哀。事见《尚书大传》卷二：“微子将朝周，过殷之故墟，见麦秀之蔪蔪，黍禾之蝇蝇也，曰：‘此故父母之国，宗庙社稷之亡也。’志动心悲。”　周京：周的京城。　伫(zhù 住)立：久立。谓暴君周幽王被杀，西周灭亡，其国都为墟。周大夫经过周京废墟，见禾黍而伫立哀怜。事见《诗·王风·黍离序》：“周大夫行役至于宗周，过故宗庙宫室，尽为禾黍，闵周室之颠覆，彷徨不忍去。”

今译

臣听闻烟气生于火焰，烟与火并不顺应；情欲生于本性，情与性并不顺适。所以火旺盛烟气就微弱，性充满情欲就很少。因此看见殷墟麦秀兴起感慨而悲伤，看见周京故墟没有什么遗迹可以久立凭吊。

其四十三

题解

射箭捕鸟，撒网打鱼，鼓要封闭，笛得开通，用以比喻万物特性不同，当适用其异能，阐明因时随宜，无所不通。强调"通塞异任"，互参"智周通塞，不为时穷"（其十一），"应感之会，通塞之纪"（机《文赋》）。

原文

臣闻适物之技，俯仰异用〔1〕；应事之器，通塞异任〔2〕。是以鸟栖云而缴飞，鱼藏渊而网沉〔3〕；贲鼓密而含响，朗笛疏而吐音〔4〕。

注释

〔1〕适物：适应事物的特性。　俯仰：应付。　异用：用法不同。

〔2〕应事：应付人事。　通塞：畅通与阻塞。　异任：功用不同。

〔3〕栖云：附身云中。　缴（zhuó 酌）：指系着丝绳的箭。　渊：深潭。

〔4〕贲（fén 坟）鼓：大鼓。　密：封闭。　疏：开通。

今译

臣听闻适应事物的技能，周旋功用不同；应付人事的器物，各有通塞不同效能。因此鸟附身云中而箭飞来，鱼隐藏深渊而网撒下；大鼓封闭才能敲出鼓声，笛子开通才可吹出乐音。

其四十四

题解

引用“据图刎首”“投渊清泠”典故，阐明坚守大义的人重义轻身，传承“见利思义，见危授命”（《论语·宪问》），“舍生而取义”（《孟子·告子上》），发挥熔铸为“义夫赴节”（机《答贾长渊》诗），寄托作者大志。参见“烈士赴节”（其十四）。

原文

臣闻理之所守，势所常夺[1]；道之所闭，权所必开[2]。是以生重于利，故据图无挥剑之痛[3]；义贵于身，故临川有投迹之哀[4]。

注释

〔1〕理、势：谓“贪利者理，全生者势”（依黄侃《文选平点》）。

〔2〕道、权：谓“惜死者道，取义者权”（依黄侃《文选平点》）。

〔3〕据图：谓据图刎首，指贪图未得利益而丢命。见《文子·上义》：“左手据天下之图而右手刎其喉，虽愚者不为，身贵于天下也。”

〔4〕临川投迹：化用投渊清泠，谓保全节操洁身自好。寓言故事见《庄子·让王》：“舜以天下让其友北人无择，北人无择曰：‘异哉后之为人也，居于畎亩之中而游尧之门！不若是而已，又欲以其辱行漫我，吾羞见之。’因自投清泠之渊。” 投迹：举步前往，投身。

今译

臣听闻贪利情理所固守,生命常常为所剥夺;惜死常理听关闭,取义权宜必定开门舍生。因此生命比利益贵重,所以占据天下版图而不愿有挥剑杀头的痛苦;道义比身体可贵,所以面对河流自有举步前往的悲哽。

其四十五

题解

《易》卦六爻变动包罗万象喻“通变”为先,五弦琴演奏千歌万曲喻守要为本,阐明《易》中通晓事物变化的至理,先贤把握治国关键的嘉言,“明主之治民也……事少而功多,守要也。”(《尸子》卷上)

原文

臣闻通于变者,用约而利博〔1〕;明其要者,器浅而应玄〔2〕。是以天地之赜,该于六位〔3〕;万殊之曲,穷于五弦〔4〕。

注释

〔1〕通变:通晓变化之理。 用:谓用力。 约:少。 博:大。

〔2〕明:谓明察。 要:关键。 器:谓器用,使用。 浅:谓少。应玄:犹言应远,谓应验深远。

〔3〕赜(zé 责):深奥,幽深奥妙。 该:通“赅”,尽备。 六位:即《易》卦的六爻。《易·系辞上》:“六爻之动,三极之道也。”谓六爻更互变动,是天道、地道、人道的变化。

〔4〕万殊:指各不相同。 穷:尽。 五弦:指五弦琴,古乐器名,相传舜所首创。

今译

臣听闻通晓变化道理的,用力少而得益大;明察事物关键的,使劲少而效应远。因此天地的幽深奥妙,尽备于《易》卦六爻的变动;乐曲各不相同,穷尽于五弦琴的表演。

其四十六

题解

画像不能尽态极妍,察看灰烬不能目睹强烈大火,比喻都不能"穷本"(《礼记·乐记》),推论出探求根本的可贵。传承"神而明之存乎其人"(《易·系辞上》),"其人存,则其政举,其人亡,则其政息"(《礼记·中庸》),推演阐发"教之废兴,系乎其人"(机《五等诸侯论》),表现核实求真精神。

原文

臣闻图形于影,未尽纤丽之容〔1〕;察火于灰,不睹洪赫之烈〔2〕。是以问道存乎其人,观物必造其质〔3〕。

注释

〔1〕图影:谓画像。　纤丽:纤细秀美。　容:仪容。《孟子外书孝经》第三:"传言失旨,图景失形,言治者尚核实。"(《颜氏家训集解·书证》引卢文弨注)

〔2〕察:观察。　灰:灰烬。　洪赫:大显,谓猛烈。　烈:烈火。

〔3〕问道:谓求问道理。　存乎其人:谓在于其人。《易·系辞上》:"是故形而上者谓之道……神而明之存乎其人。"　造:达到。　质:本质。

今译

臣听闻绘画人物形貌，不能完全表现纤细秀美仪容；察看火后余烬，不能目睹猛烈火势。因此求问道理在于其人，观察事物一定要达到其本质。

其四十七

题解

遥远天体日影可以测量喻远者不一定难以知晓，眼前深潭深浅难于详察喻近者不一定易于洞察。侧重阐释“阴阳不测之谓神”（《易·系辞上》），难在神妙莫测，而崇尚圣人“穷神观化”（机《汉高祖功臣颂》）。

原文

臣闻情见于物，虽远犹疏[1]；神藏于形，虽近则密[2]。是以仪天步晷，而脩短可量[3]；临渊揆水，而浅深难察[4]。

注释

〔1〕情见（xiàn 现）：情感流露。 疏：通，疏通。

〔2〕神：神奇，神妙。 密：隐秘，隐藏。

〔3〕仪天：测候天体。 步晷（guǐ 轨）：测量日影以推算时刻。 脩短：长短。

〔4〕临：面对。 渊：深潭。 揆（kuí 葵）：测量。 浅深：即深浅。察：明辨，详悉。

今译

臣听闻真情从事物中流露出来，虽然遥远却能通晓；神妙深藏在形体之中,虽然浅近然而隐藏。因此测量天体日影,而长短可以衡量;面对深潭测定水,而深浅难以昭彰。

其四十八

题解

酷热不能减损坚冰,严寒难以减轻火热,比喻君子坚守大节,贤人"不可夺志"(《论语·子罕》),阐发孔子名言,"临大节而不可夺也……君子人也"(《论语·泰伯》)。极口称赞:"不降其志,不辱其身,伯夷叔齐与!"鲁仲连蹈海,为"义夫赴节"(机《答贾谧》诗)。

原文

臣闻虐暑熏天,不减坚冰之寒[1];涸阴凝地,无累陵火之热[2]。是以吞纵之强,不能反蹈海之志[3];漂卤之威,不能降西山之节[4]。

注释

〔1〕虐暑:犹酷暑,酷热。　熏天:火烟冲上天,形容气势极盛。　减:消减、减少。

〔2〕涸阴:谓隆冬寒气凝结。涸,通"沍(hù 户)"。　无累:不牵累,谓不能损害。　陵:暴烈。

〔3〕吞纵:谓秦吞灭合纵的六国,代指秦国。　蹈海之志:犹言蹈海之节,谓鲁仲连自蹈东海而死,其志向不能改变。事见《史记·鲁仲连邹阳列传》:"彼秦者,弃礼义而上首功之国也,权使其士,虏使其民。彼即肆然而为帝,过而为政于天下,则连有蹈东海而死耳,吾不忍为之民也。"　反:掉转,谓改变。

〔4〕漂卤:即"流血漂卤"的略语,谓血流浮起大盾牌,形容杀伤极多。《史记·秦始皇本纪》:"伏尸百万,流血漂卤。"　卤(lǔ 鲁):通"橹",大盾牌。　降:贬低,谓动摇。　西山:山名,此指首阳山。在今山西省永济县南。相传伯

夷、叔齐隐居于此。事见《史记·伯夷列传》:“〔武王〕东伐纣,伯夷、叔齐叩马而谏……左右欲兵之。太公曰:‘此义人也。’扶而去之。武王已平殷乱,天下宗周,而伯夷、叔齐耻之,义不食周粟,隐于首阳山,采薇而食之,及饿且死,作歌。其辞曰:‘登彼西山兮,采其薇矣……’”

今译

臣听闻酷暑热浪极盛,不能消减坚冰的寒冷;隆冬寒气凝聚大地,不能减损火热暴烈。因此强秦吞灭合纵的六国,而不能改变鲁仲连蹈海志向;周武王有流血漂卤的威力,而不能动摇伯夷叔齐高尚气节。

其四十九

题解

烈火可熔化金石而不可焚化影子,严寒可凝冻江海而不可冻结冷风,阐明万物各有一定的法则,不可逾越常理,“而不循道理之数,虽神圣人不能以成功。”(《文子·自然》)

原文

臣闻理之所开,力所常达〔1〕;数之所塞,威有必穷〔2〕。是以烈火流金,不能焚景〔3〕;沉寒凝海,不能结风〔4〕。

注释

〔1〕开:通达。　达:通,畅达。

〔2〕数:理数、道理,事理。　塞:堵塞,闭塞。　穷:谓阻隔。

〔3〕烈火:猛烈的火。　流金:谓高温熔化金属。　景(yǐng 影):影子。沉寒:严寒。　凝:凝冻,结冰。　结:冻结。

今译

臣听闻道理所开通，用力常常畅达；事理所闭塞，威力必定阻隔不通。因此烈火熔化金属，而不能焚化影子；严寒凝冻江海，而不能冻结冷风。

其 五 十

题解

“迅风陵雨”、“劲阴杀节”喻世道昏乱，“寒木”松柏喻贤士坚贞的节操，阐明昏暗乱世，君子不改变刚毅节操，“故疾风知劲草，严霜识贞木。”(《宋书·顾觊之传》)

原文

臣闻足于性者，天损不能入〔1〕；贞于期者，时累不能淫〔2〕。是以迅风陵雨，不谬晨禽之察〔3〕；劲阴杀节，不凋寒木之心〔4〕。

注释

〔1〕足:充足。　性:天性，天赋。　天损:自然的损伤。

〔2〕贞:正。　期:谓预定的时间。　时累:指风雨。　淫:侵淫，侵犯。

〔3〕迅风:犹急风。　陵雨:犹暴雨。　谬:使差错。　察:明察。晨禽:谓晨鸡，指报晓的雄鸡。

〔4〕劲阴:谓隆冬。　杀节:阴冷肃杀时节。　凋:凋残。　寒木:即贞木，指耐寒不凋的松柏，比喻坚贞的节操。　心:本心。

今译

臣听闻天赋明德充实，自然损伤不能侵入；雄鸡打鸣准时，风雨不能侵犯。因此急风暴雨，不能使雄鸡报晓失察；隆冬肃杀时节，不能使松柏本心凋残。

（张厚惠译注 陈复兴修订　陈延嘉再修订）

女史箴一首

张茂先

题解

刘勰在《文心雕龙》里论述“箴”这种体裁时说:“箴,针也,所以攻疾防患,喻针石也。”“箴”与“铭”的作用大体相同,都是用来警戒的。但同中有异,箴完全是为了防止犯错误,而铭则同时用来褒奖赞扬,因而写作上的要求也不同。箴的要求是“文资确切”,而铭则是“体贵弘润”。其取材必须真实可靠,同时能说明问题;对文字的组织运用,必须简明而深入。

张华的《女史箴》可以说完全符合上述要求。在短短五百多字里,作者以确切的文辞阐述了后妃姬妾应遵循的原则,不仅旁征博引,而且有哲理上的依据,结构上环环相扣,有一气呵成之势。

但在思想内容上,从今天看来,却充斥着封建主义的妇女观,简直一无可取。晋武帝是一个空前的荒淫好色之徒。据《晋书·胡贵嫔传》载,“时帝多内宠。平吴之后,复纳孙皓宫人数千,自此掖庭殆近万人。”以至武帝不知道到哪一个嫔妃那里去过夜。只好“常乘羊车,恣其所之,至便宴寝”。张华作为武帝倚重之臣,对此不置一词,而作《女史箴》以稳定后宫,是完全为晋朝皇帝着想的。

在众多的箴体文章里,《文选》编者独选此文,可见对此文的重视。其中的原因,除了在妇女观上编者与作者完全相同而外,还因此文的寓意较深。《晋书·张华传》曾记叙了张华写此文的动机:“华惧后族之盛,作《女史箴》以为讽。”此“后族”指贾后之族。惠帝即位后,贾后专权,其亲族皆掌握大权,贾后之“母广城君养孙贾谧干预国事,权侔人主”(《晋书·惠贾皇后传》)。贾后和贾谧看中了张华的才能和威望,深相倚重。张华也“尽忠匡辅,弥缝补阙,虽当暗主虐后之朝,而海内晏然,华之功也。”(《张华传》)但张华对贾后的凶妒是反感的,因而以女史之口吻,写了这篇“箴”,名义上是劝戒众姬妾,实际上是讽贾后。张华以《周易》的阴阳思想为指导,开宗明义地提出“妇德尚柔”的观点,认为男人为阳,主外,女子为阴,主内,不应过问政事,所谓“正位居室”,“虔恭中馈”,都是针对贾后而言的。历史已经多次证明,后戚专权,常生祸乱。从这一点看,此文可谓用心良苦。但张华既不敢明言,贾后也充耳不闻。所以张华对晋王室的一片忠心,只能付之东流。退一步说,如果后妃完全按着《女史箴》的要求办,是否能“荣显所期”呢?也不一定。失宠,被废,甚至被杀的厄运像影子一样跟随着她们,“崇如尘积,替若骇机”就是真实的写照。就连文中作为姬妾榜样的冯婕妤,不也在激烈的后宫之争中自杀了吗?班婕妤虽处处小心谨慎,但也险些被废,她“恐久见危,求供养太后长信宫”,“共洒扫于帷幄兮,永终死以为期”(《汉书·外戚传》),实际上等于判处了无期徒刑。

原文

茫茫造化[1],二仪既分[2]。散气流形[3],既陶既甄[4]。在帝庖羲[5],肇经天人[6]。爰始夫妇[7],以及君臣[8]。家道以正[9],王猷有伦[10]。

妇德尚柔[11],含章贞吉[12]。婉嫕淑慎[13],正位居室[14]。施衿结褵[15],虔恭中馈[16]。肃慎尔仪[17],式瞻清懿[18]。樊姬感庄[19],不食鲜禽[20]。卫女矫桓[21],耳忘和音[22]。志厉义高[23]，而二主易心[24]。玄熊攀槛[25]，冯媛趋进[26]。夫岂无畏，知死不恡[27]。班妾有辞[28]，割欢同辇[29]。夫岂不怀[30]，防微虑远[31]。道罔隆而不杀[32]，物无盛而不衰[33]。日中则昃[34]，月满则微[35]。崇犹尘积[36]，替若骇机[37]。

人咸知饰其容[38]，而莫知饰其性[39]。性之不饰，或愆礼正[40]。斧之藻之[41]，克念作圣[42]。出其言善，千里应之[43]。苟违斯义[44]，则同衾以疑[45]。夫出言如微[46]，而荣辱由兹[47]。勿谓幽昧[48]，灵监无象[49]。勿谓玄漠[50]，神听无响[51]。无矜尔荣[52]，天道恶盈[53]。无恃尔贵[54]，隆隆者坠[55]。鉴于小星[56]，戒彼攸遂[57]。比心螽斯[58]，则繁尔类[59]。

欢不可以黩[60]，宠不可以专[61]。专实生慢[62]，爱极则迁[63]。致盈必损[64]，理有固然[65]。美者自美[66]，翩以取尤[67]。冶容求好[68]，君子所雠[69]。结恩而绝，职此之由[70]。

故曰翼翼矜矜[71]，福所以兴[72]。靖恭自思[73]，荣显所期[74]。女史司箴[75]，敢告庶姬[76]。

注释

〔1〕造化：宇宙。

〔2〕二仪：阴阳，天地。

〔3〕散气：原始混沌之气扩散、运动。　流形：流布成形。《周易·乾》："云行雨施，品物流形。"《疏》："言乾能用天地之德，使云气流行，雨泽布施，故品类之物，流布成形。"

〔4〕陶：制造陶器。　甄（zhēn 真）：制造瓦器。

〔5〕庖（páo 袍）羲：即伏羲。古代传说中的部落酋长，即太昊，风性，被尊为

三皇之一。相传他始画八卦,教民捕鱼畜牧,以充庖厨。

〔6〕肇:始。　经:经理,管理。

〔7〕爰:于是。　始:始有。

〔8〕以及君臣:《周易·序卦传》:“有天地,然后有万物。有万物,然后有男女。有男女,然后有夫妇。有夫妇,然后有父子。有父子,然后有君臣。”

〔9〕家道:管理家庭之道。

〔10〕王猷(yóu 油):王道,帝王治理之道。猷,道,法则。　伦:道理,次序。中华书局六臣注本《文选》“王”前有“而”字。

〔11〕尚柔:崇尚柔顺。

〔12〕含章:含美于内。章,美丽的文采。　贞:正位。　吉:吉利。《周易·坤》:“含章可贞,以时发也。”(含美于内,才能保持正位。美丽的文采,难以持久隐藏,在一定的时间会被发现。)

〔13〕婉嫕(yì 义):柔顺。　淑慎:婉善而恭慎。

〔14〕正位:使位置正,有正当的地位。　室:指家,家内。《周易·家人》:“女正位乎内。”(女人在内,地位正。)

〔15〕施衿(jīn 今):母亲给女儿穿上嫁衣,指出嫁。衿,古代衣服的交领,代指衣服。　结缡(lí 离):古代嫁女的一种仪式。女子临嫁前母亲为之系结佩巾,以示至男家后应尽力操持家务。缡,佩在胸前之巾。《仪礼·士昏礼》:“女嫁,母施衿结褵,曰:‘勉之敬之,夙夜无违宫事。’”

〔16〕中馈:“馈”是供应食物,“中馈”是家中负责烹饪供应食物的人,指妻子。

〔17〕肃慎:恭敬谨慎。　尔:你。　仪:仪容,仪表。

〔18〕式:助词。表示劝令,有“应”、“当”的意思。　清懿:高洁美好的事。

〔19〕樊姬:春秋时楚庄王夫人。　庄:指楚庄王。

〔20〕不食鲜禽:楚庄王好狩猎,樊姬谏而不听。于是樊姬不吃禽兽之肉。三年后,庄王终于被感动而接受了樊姬的意见,楚国称霸。

〔21〕卫女:春秋时卫侯之女,齐桓公夫人。　矫:正,纠正。　桓:指齐桓公。

〔22〕耳忘和音:齐桓公喜爱听郑卫之音,卫女因此而不听音乐。　和音:中和的音乐。

〔23〕厉:坚定。

〔24〕二主:指楚庄王和齐桓公。

〔25〕玄:黑。　槛(jiàn 见):关牲畜野兽的栅栏。

〔26〕冯媛:冯婕妤,或称冯昭仪,后尊为冯太后。汉朝冯奉世之女,野王之妹,平帝祖母。元帝即位二年,选入宫,后五年,拜为婕妤。《汉书·外戚传·孝元冯昭仪》载:"建昭(前38年—前34年)中,上幸虎圈斗兽,后宫皆坐。熊佚出圈,攀槛欲上殿。左右贵人、傅昭仪等皆惊走,冯婕妤直前当熊而立,左右格杀熊。上问:'人情惊惧,何故前当熊?'婕妤对曰:'猛兽得人而止,妾恐熊至御坐,故以身当之。'元帝嗟叹,以此倍敬重焉。傅昭仪等皆惭。"成帝死,哀帝即位,尊冯昭仪为恭皇太后。冯太后由于怨恨冯婕妤(此时已被尊为太后)遂诬陷她祝诅(诉于鬼神,使降祸于憎恶之人)皇上和傅太后,而迫令其自杀。

〔27〕悋(lìn 吝):同"吝",吝惜。

〔28〕班妾:班婕妤。　辞:言辞。

〔29〕割欢同辇:《汉书·孝成班婕妤传》:"成帝游于后庭,尝欲与婕妤同辇,婕妤辞曰:'观古图画,贤圣之君皆有名臣在侧,三代末主乃有嬖女,今欲同辇,得无近似之乎?'上善其言而止。太后闻之,喜曰:'古有樊姬,今有班婕妤。'"但其后来的命运也不佳。《世说新语·贤媛》载:"汉成帝幸赵飞燕,飞燕谗班婕妤祝诅,于是考问。"班婕妤"恐久见危,求共养太后长信宫,上许焉。婕妤退处东宫,作赋自伤悼:'奉共养于东宫兮,托长信之末流。共洒扫于帷幄兮,永终死以为期。'"(《班婕妤传》)

〔30〕怀:念,想。

〔31〕防微:防止微小的错误。

〔32〕罔:无。　杀(shài 晒):凋落。

〔33〕无:没有什么。扬雄《长杨赋》:"事罔隆而不杀,物靡盛而不亏。"

〔34〕日中:太阳运行到中天。　昃(zè 仄):太阳西斜。

〔35〕微:昏暗不明,指日食月食。

〔36〕崇:高,指地位高。　尘积:聚积飞散的灰土而成为高山。

〔37〕替:废弃。　骇机:突然触发弩机,比喻猝发的祸难。

〔38〕咸:都。　饰:装饰,打扮。　容:容貌。

〔39〕饰:整治,修整。　性:品性,德行。

〔40〕愆(qiān 千):过失。　礼正:以礼改正。

〔41〕斧藻:修饰。

〔42〕克:能。　念:思念。　圣:圣人。《尚书·多方》:"惟圣罔念作狂,惟狂克念作圣。"(圣人如果不考虑实行善政就会变做狂人,狂人如果能考虑实行善政就会变做圣人。)

〔43〕千里:指千里之外的人。《周易·系辞上》:"子曰:'君子居其室,出其言善,则千里之外应之,况其迩(近)者乎?'"

〔44〕斯:此。

〔45〕同衾:同盖一条被子,指夫妇。衾,被子。

〔46〕微:指微小的枢机。枢,指户枢,门的轴。机指弩机,弓弩的扳机。

〔47〕兹:此。《周易·系辞上》:"言行,君子之枢机。枢机之发,荣辱之主也。言行,君子之所以动天地也,可不慎乎?"

〔48〕幽昧:幽暗。

〔49〕灵监:天神在监视。灵,神。　无象:犹"无形"。

〔50〕玄漠:寂静。

〔51〕无响:无声。

〔52〕无:勿。　矜(jīn 今):自夸,自以为能。

〔53〕天道恶(wù 务)盈:《周易·谦》:"天道亏盈而益谦。"(天的法则是使满盈亏损,使谦虚受益。)

〔54〕恃:依仗,仗恃。

〔55〕隆隆者:指地位显赫者。隆隆,形容雷声不断,这里指声名显赫。坠:落。

〔56〕鉴:借鉴。　小星:比喻帝王之群妾。《诗经·召南·小星》:"嘒(huì 会,微小的样子)彼小星,三五在东。"《郑笺》:"众无名之星,随心(心宿)咮(zhòu 纣,柳星)在天,犹诸妾随夫人以次序进御于君也。""鉴于小星"即规劝众姬妾不要妒忌。

〔57〕攸遂:实现任何愿望。

〔58〕螽(zhōng 中)斯:亦言"斯螽",蝗类昆虫,即蚱蜢。《诗经·周南·螽斯》:"螽斯羽,诜(shēn 申)诜兮,宜尔子孙,振振兮。"(蚱蜢的翅膀一片片,众多的蚱蜢飞满天。多么称心的子孙呵,个个子孙都良善。)

〔59〕繁:繁殖,增多。　尔类:指子孙。《螽斯》是《诗经·周南》篇名。《毛诗》说是祝贺"后妃子孙众多"。"比心螽斯,则繁尔类"即用此义。

〔60〕黩(dú 独):亵黩,轻慢。

〔61〕专:独自占有。

〔62〕慢:傲慢。

〔63〕迁:转移。

〔64〕致:达到。

〔65〕固然:本来这样。

〔66〕自美:自以为美。

〔67〕翩:轻率,轻薄。　尤:过错。

〔68〕冶容:打扮妖冶的容貌,　好(hào号):被喜欢。

〔69〕雠:仇。

〔70〕职:主要。

〔71〕翼翼:恭敬的样子。　矜矜:小心谨慎的样子。

〔72〕所以:……的原因。

〔73〕靖恭:恭敬谨慎。

〔74〕所期:期望的事。

〔75〕女史:女官名。《周礼》天官、春官所属都有女史。属天官的,掌王后礼仪,佐内治,为内官。属春官的,掌管文书,为府史之属。《毛诗序》曰:"古者,后夫人必有女史彤管(红的笔)之法。史不记过,其罪杀之。"司箴:主管规劝。

〔76〕庶姬:众姬妾。

今译

茫茫宇宙,已分出天和地。原始混沌之气运动聚散,而演化、形成为万物,就像陶工之转动陶钧、制造陶器一样。古帝伏羲,开始治理天下,于是才有了夫妇和君臣。治家必以正道,治国必有常规。

妇人之德崇尚柔顺,内含美德,居于正位,就会吉利。柔顺而恭慎,在家内处于正当的地位。当母亲送女出嫁,为女儿系上佩巾之时,是希望女儿到夫家后,能虔诚恭顺地操持家务,尽妻子的责任。必须注意你的仪表,应该学习前代的典范。樊姬为了劝阻楚庄王狩猎,不吃禽兽之肉。卫女为了齐桓公不听郑卫靡靡之音,连中和之音乐都不听了。她们立志坚毅品德高尚,终于使二位君主改变了想法。当黑熊逸出兽圈,攀缘栅栏,威胁汉元帝生命的时候,冯婕妤独自快步迎上前去。难道她不怕死吗?是为了元帝而宁肯牺牲自己。当汉成帝想同班婕妤同车游览之时,班婕妤婉言拒绝。难道她不希望与成帝在一起欢乐吗?是为了预防微小的错误而做长远的打算。上天之道没有只隆盛而不减杀的,世间的万事万物没有只兴盛而不衰败的。日至中天就要西斜,月满而圆就会亏缺。人地位的崇高就像用飞扬的灰尘堆积高山一样困难,可被废弃就像触动机关一样容易和突然。

人们都知道打扮自己的容貌,却不知道修养自己的品德。不修养品德,如果有了错误,还可以用礼仪来纠正。加强修养,能思念圣贤之德,就能成为圣人。说出的话美善,千里之外的人会应和。如果违背了道义,那么夫妇之间也会相互猜疑。说话如同拨动微妙的机关,光荣或耻辱都由此而决定。不要认为在幽暗的地方就可以为所欲为,神灵在无形之中监视着你的行为,不要认为在寂无人声的地方就可以出言放肆,上帝在无声之中监听着你的言论。不要炫耀你的光荣,上天的法则厌恶自满。不要仗恃你的高贵,地位崇高的人会坠入可怕的深渊。应当像众多的小星星随心宿和柳星排列于天空一样,众姬妾随夫人依次侍奉君王,排除任何愿望都能实现的妄想。应当比心于子孙众多的蚱蜢为帝王多育后代。

欢乐时不可以轻薄,被宠爱时不可以独占。独占宠爱就会产生傲慢,爱到极点就会见异思迁。达到满盈必定减损,道理本来就是这样。美者自以为很美,就会轻薄而犯错误。打扮妖冶,是为了获得他人的喜欢,其实这正是君子所反对的。结下情义却又断绝,主要原因即在于此。

所以说,小心谨慎,是幸福产生的根源。恭敬严肃地反思,光荣显赫就是可以期望的。女史主管规劝,因此斗胆来告诫众姬妾。

(陈延嘉译注并修订)

封燕然山铭一首

班孟坚

题解

这篇铭作于汉和帝永元元年(89)。

时和帝(刘肇)初即位,窦太后(章帝刘炟后)临朝。侍中窦宪(窦后兄)请求北伐匈奴,拜车骑将军,以执金吾(官名)耿秉为副,发北军五校,黎阳雍营缘边十二郡骑士,及羌胡兵数万兵马出塞,以精骑万余与北单于战于稽落山,大破之。匈奴崩溃,宪追至和渠北鞮海(匈奴海名),斩首万三千,降者前后二十余万。宪、秉登燕然山(今蒙古人民共和国境内杭爱山),刻石记功,颂汉威德。

班固(字孟坚)随宪北征,任中护军(官名)与参议,受命作此铭。铭,为一种文体,上古即有之,用以记述功勋,歌颂令德。或雕于钟鼎,或刻于山石,使之垂于永久。此铭即歌颂窦宪北伐匈奴的武威与功勋。铭之序描绘将士的勇悍,车骑的壮盛,进军的迅猛,极为逼真生动。而且四六排联,间杂三字之句("凌高阙,下鸡鹿,经碛卤,绝大漠","逾涿邪,跨安侯,乘燕然"),并协以响韵,尤其传达出大军浩荡,一往无阻的强烈气氛。

故刘勰赞扬说:"若班固燕然之勒……序亦盛矣。"(《文心雕龙·铭箴》)

原文

惟永元元年[1],秋七月,有汉元舅曰车骑将军窦宪[2],寅亮圣皇[3],登翼王室[4],纳于大麓[5],惟清缉熙[6]。乃与执金吾耿秉[7],述职巡御[8],治兵于朔方[9]。鹰扬之校[10],螭虎之士[11],爰该六师[12],暨南单于[13]、东胡、乌桓、西戎、氐、羌侯王君长之群[14],骁骑十万[15]。元戎轻武[16],长毂四分[17],雷辎蔽路[18],万有三千余乘。勒以八阵[19],莅以威神[20]。玄甲耀日[21],朱旗绛天[22]。遂凌高阙[23],下鸡鹿[24],经碛卤[25],绝大漠[26]。斩温禺以衅鼓[27],血尸逐以染锷[28]。然后四校横徂[29],星流彗扫[30],萧条万里[31],野无遗寇。于是域灭区殚[32],反旆而旋[33]。考传验图[34],穷览其山川。遂逾涿邪[35],跨安侯[36],乘燕然。蹑冒顿之区落[37],焚老上之龙庭[38]。将上以摅高文之宿愤[39],光祖宗之玄灵[40];下以安固后嗣[41],恢拓境宇[42],振大汉之天声[43]。兹可谓一劳而久逸,暂费而永宁也。乃遂封山刊石[44],昭铭盛德[45]。其辞曰:

铄王师兮征荒裔[46],剿凶虐兮截海外[47],夐其邈兮亘地界[48],封神丘兮建隆嵑[49],熙帝载兮振万世[50]。

注释

〔1〕永元:后汉和帝年号。

〔2〕元舅:大舅。窦宪为窦太后兄,故谓元舅。　车骑将军:官名。汉文帝始以薄昭为车骑将军,位仅次于大将军,故窦宪破匈奴后进为大将军。窦宪:后汉窦融曾孙。字伯度,扶风平陵人。以女弟立为后,拜为郎,稍迁侍中,虎贲中郎将等要职。

〔3〕寅亮:恭敬引导。高步瀛说:"《尔雅·释诂》:'寅,敬也。'又亮相同训

导,寅亮圣皇,言敬相天子也。”(《两汉文举要》,262 页)

〔4〕登翼:进用辅佐。

〔5〕大麓:指领录天子政事。《尚书·舜典》:“纳于大麓,烈风雷雨弗迷。”《注》:“麓,录也。纳舜使录万机之政,阴阳和,风雨时,各以其节,不有迷错愆伏,明舜之德合于天。”

〔6〕缉熙:光明。《诗经·周颂》:“穆穆文王,于缉熙敬止。”缉,和睦、安定;熙,兴盛、光明。

〔7〕执金吾:官名,掌管京师治安的长官。　耿秉:字伯初,扶风茂陵人。博通书记,能说《司马兵法》。拜征西将军。和帝永元元年与窦宪大破北匈奴,登燕然山,刻石勒功,封为美阳侯。

〔8〕述职:诸侯向天子陈述职守。喻到职。　巡御:巡视边防。高步瀛说:“《后汉书》籞作御,籞御皆通圉。……《左传·隐十一年》杜注曰:‘圉,边垂也。’”(《两汉文举要》262 页)

〔9〕朔方:北方。指朔方郡。今内蒙鄂尔多斯一带地方。

〔10〕鹰扬:鹰之奋扬。喻威武强悍。

〔11〕螭(chī 吃)虎:喻士卒勇悍凶猛。高步瀛说:“螭乃离之借字,……欧阳乔说:离,猛兽也。《史记·周本纪》:‘如豺如離’,又以離字为之。”(《两汉文举要》,263 页)

〔12〕爰(yuán 元):于是,句首语气词。　该:整备。　六师:六军。指天子之军。

〔13〕单于:古代匈奴主。

〔14〕东胡、乌桓、西戎、氐、羌:皆为当时汉周围的少数民族。

〔15〕骁骑:勇猛的骑兵。

〔16〕元戎:古代巨型战军。元,大。高步瀛说:“《史记·三王世家》集解引韩婴《章句》曰:‘元戎,大戎,谓兵车也。车有大戎十乘,谓车缦轮,马被甲。衡枙之上尽有剑戟,名曰陷军之车。’”(《两汉文举要》,263 页)

〔17〕长毂:兵车。　四分:四面分开。

〔18〕雷辎(zī):车声如雷动天。　蔽路:布满道路,形容车多。

〔19〕勒:统帅,指挥。　八阵:古代用兵的八种阵势。李善注引《杂兵书》:“八阵者,一曰方阵,二曰圆阵,三曰牝阵,四曰牡阵,五曰冲阵,六曰轮阵,七曰浮沮阵,八曰雁行阵。”

〔20〕莅(lì 立):临。

〔21〕玄甲:黑甲。　耀白:谓玄甲光滑,映日而放出白光。

〔22〕绛天:谓朱旗招展,使天变成深红色。

〔23〕高阙:山名。在今内蒙古杭锦后旗北。

〔24〕鸡鹿:山名。在蒙古鄂尔多斯右翼黄河西北岸。

〔25〕碛(qì 契):沙石地。　卤(lǔ 鲁):碱地。

〔26〕绝:穷尽。

〔27〕温禺:匈奴王名。　衅鼓:古代用牲畜的血涂器物的缝隙。此指用人血涂军鼓,为军中的一种祭祀仪式。

〔28〕尸逐:匈奴王名。　染锷(è 饿):谓以敌人的血染红刀剑。　锷,刀剑的刃。

〔29〕四校:指部队。校,古代军队的编制。　横徂:横行。

〔30〕彗扫:扫除,除灭。彗,扫帚。

〔31〕萧条:谓空旷荒凉。

〔32〕殚:尽。

〔33〕旆(pèi 配):古代形状像燕尾的旗。此泛指旌旗。　旋:回归。

〔34〕传:历史。　图:地图。刘良注:"言既平匈奴,考书传,验国牒,览匈奴中山川也。"

〔35〕涿邪:山名。在今蒙古人民共和国西部。

〔36〕安侯:水名。高步瀛说:"安侯河,疑即喀尔喀之鄂尔浑河(疑在今蒙古人民共和国境内)。"(《两汉文举要》,265 页)

〔37〕蹑(niè 聂):践踏。　冒顿(mò dú 默读):匈奴王名。其为太子时,从其父头曼出猎,以鸣镝射杀之。遂自立。　区落:部落。

〔38〕老上:匈奴王名。冒顿死,子稽粥立,号为老上单于。　龙庭:单于祭天的地方。

〔39〕摅(shū):发表、表示。此指抒发感情。　高文:指汉高祖、汉文帝。李善注引《史记》:"高祖自将击韩王信,遂至平城(地名),为匈奴所围七日。"又引《文帝纪》:"匈奴攻朝郍塞,杀北都尉。"

〔40〕玄灵:神灵。

〔41〕后嗣:后代子孙。

〔42〕恢拓:扩张,开拓。

〔43〕天声:国家声威。

〔44〕封山:谓在山上筑坛祭天。　刊石:谓刻铭于石以记功。

〔45〕昭铭:谓以铭文显耀于后世。

〔46〕铄:盛美。　荒裔:此指边远的地方。

〔47〕截:斩断,整齐,统一。

〔48〕敻(xiòng 诇):远,辽阔。　邈(miǎo 秒):远。　亘:竟,尽。　地界:大地的界限。

〔49〕神丘:指燕然山。　嵑(jié 洁):同“碣”,圆顶的石碑。

〔50〕熙:光明,美盛。　帝载:帝王的德业。

今译

永元元年,秋七月,大汉长舅车骑将军窦宪,尊敬引导皇帝,进用辅佐王室,总管天子政事,清廉光明宽厚。与执金吾耿秉,到任巡察边防,演练军队于朔方。队伍迅猛如雄鹰疾飞,士兵强悍如螭虎驰骋。于是整备天子六军,以及南单于、东胡、乌桓、西戎、氐、羌的侯王君长之卒,勇猛骑兵共有十万。巨型战车轻车武车,所有战车四路进行,车声雷鸣,遮蔽大路,万有三千余辆。以八阵之法指挥,以神威之力统帅。黑甲映日耀白光,朱旗招展满天红。于是越高阙,下鸡鹿,经过沙石盐碱地,横跨茫茫黄沙漠。斩首温禺以血涂战鼓,屠灭尸逐染红刀与剑。然后大军横行无阻,扫荡迅疾,万里空旷,野无残敌。于是匈奴区域全部降服,高举军旗胜利而归。考察史传,检验地图,尽览匈奴的山川风物。于是越过涿邪,跨过安侯,登上燕然。践踏冒顿之部落,焚毁老上之龙庭。上以发泄高祖、文帝之旧恨,显耀祖宗之神灵;下以巩固后代国基,广拓边疆,发扬大汉之声望。此可谓一劳而久逸,暂费而永宁。于是登山祭天,刻石记功,以碑铭显示大汉威德。其辞说:

盛美王师啊征伐远方,剿灭凶敌啊统一海外,何其渺远啊直至地界,祭天燕然啊竖立高碑,显耀帝业啊永垂万代。

(吕桂珍译注 陈复兴修订)

座右铭一首

崔子玉

题解

崔瑗(78—143),东汉文学家、书法家。字子玉,涿郡安平(今河北安平)人。崔骃之子,早孤,锐志好学,能传其父业。精通天文、历数。因从政有绩,升迁济北相。善文辞,尤善书、记、箴、铭。著有《七苏》、《南阳文学官志》等。

吕延济注:"瑗兄璋为人所杀,瑗遂手刃其仇,亡命蒙赦而出,作此铭以自戒,尝置座右,故曰座右铭也。"陆侃如假定其为兄报仇事,约在二十五至二十八岁之间。(《中古文学系年》上册,131—151页)但是,从座右铭的内容看,当属有了一番人生阅历而得出的经验。其中说:"世誉不足慕,唯仁为纪纲。隐心而后动,谤议庸何伤!"证明是崔瑗走上仕途之后的感慨。他"年四十余,始为郡吏",又"为度辽将军邓遵所辟"。不久,"遵被诛,瑗免归"。(《后汉书·崔瑗传》)因此这篇铭很可能写于遵被诛瑗遭免之后,约在其四十四岁,即建光元年(121)前后。

《座右铭》以五言体有韵之文,表述出清静自守、明哲保身、儒道合一的人生理想,揭示出古代知识分子于宦途坎坷之中的典型心态。

原文

无道人之短〔1〕,无说己之长〔2〕。施人慎勿念〔3〕,受施慎勿忘。世誉不足慕,唯仁为纪纲〔4〕,隐心而后动〔5〕,谤议庸何伤〔6〕。无使名过实〔7〕,守愚圣所臧〔8〕。在涅贵不淄〔9〕,

暧暧内含光[10]。柔弱生之徒[11],老氏诫刚强[12]。行行鄙夫志[13],悠悠故难量[14]。慎言节饮食,知足胜不祥。行之苟有恒[15],久久自芬芳。

注释

〔1〕道:说。此谓说长道短,议论别人。

〔2〕说:表白自己。

〔3〕世誉:世俗名誉地位。　慕:羡慕。

〔4〕仁:仁义,仁政。　纪纲:法度。治理。

〔5〕隐心:谓忖度良心。隐,度。

〔6〕谤议:诽谤,非议。　庸:岂,难道。　伤:损害。

〔7〕名:名声。　实:真实情况。

〔8〕守愚:保持愚昧无知状态。愚,愚昧,谦词。　圣:圣人,指孔子。　臧(zāng 赃):善。李善注引《家语》:"孔子曰:'聪明睿智,守之以愚,功被天下,守之以让。'"

〔9〕涅(niè 聂):可做黑色染料的矾石。此指黑泥。　淄(zī 兹):黑色,染黑。李善注引《论语》:"不曰坚乎,磨而不磷,不曰白乎,涅而不淄。"

〔10〕暧暧(ài 爱):昏暗不明的样子。

〔11〕柔弱:性情柔和。

〔12〕老氏:指老子,老聃。春秋战国时楚苦县人。曾为周藏书室史官。著有《道德经》。李善注引《道德经》:"人生也柔弱,其死也坚强。万物草木生也柔脆,其死也枯槁。故坚强者死之徒,柔弱者生之徒也。"　诫:告诫。

〔13〕行行:刚强。李善注引《论语》:"闵子(孔子学生)侍侧,訚訚如(恭敬正直的样子)也;子路,行行如也。子曰:'若由也,不得其死然。'"鄙夫:鄙陋浅薄之人。《东京赋》:"鄙夫寡识,而今而后,乃知大汉之德馨,咸在于此。"

〔14〕悠悠:长远。　量:估量。

〔15〕行:实行。　恒:长久。

今译

不背后议论他人之短,不向人表白自己之长。施恩于人不自我宣扬,受人之恩永远记心房。不追逐世俗功名利禄,唯遵仁义为治国纲领。忖度良心再付诸行动,他人诽谤非议也无妨。不使名声超过真实绩,圣人智大若愚更善良。身处污泥中贵在不染,才德不外现内心闪光。性情柔弱与生命同类,老子告诫切勿逞刚强。争强斗胜乃属鄙夫志,天长日久灾祸难估量。言语谨慎饮食有节制,知足常乐必能胜灾殃。假如实行能够有恒心,才德功业自然散芬芳。

（吕桂珍译注 陈复兴修订）

剑阁铭一首

张孟阳

题解

张载(约289年前后在世),字孟阳,安平(今河北安平县)人。性闲雅,博学好文。太康初年父张收为蜀郡太守,载入蜀省父,作《剑阁铭》。益州刺史张敏见此文,以为奇文,乃上表推荐给晋武帝(司马炎)。武帝派人将铭文刻于石上。载曾任著作郎,后任中书侍郎。"八王之乱"时称病还乡,卒于家中。此铭言简意赅,将形象描绘和历史评说有机结合,既写剑阁之险要,又寓告诫之意。

原文

岩岩梁山[1],积石峨峨[2]。远属荆衡[3],近缀岷嶓[4]。南通邛僰[5],北达褒斜[6]。狭过彭碣[7],高逾嵩华[8]。惟蜀之门,作固作镇[9]。是曰剑阁[10],壁立千仞[11]。穷地之险[12],极路之峻[13]。世浊则逆[14],清道斯顺[15]。闭由往汉[16],开自有晋[17]。秦得百二[18],并吞诸侯。齐得十二[19],田生献筹[20]。矧兹陕隘[21],土之外区[22]。一人荷戟,万夫趑趄[23]。形胜之地[24],匪亲勿居[25]。昔在武侯[26],中流而喜。山河之固,见屈吴起[27]。兴实在德[28],险亦难恃[29]。洞庭孟门[30],二国不祀[31]。自古迄今,天命匪易[32]。凭阻作昏,鲜不败绩。公孙既灭[33],刘氏衔璧[34]。覆车之轨[35],无或重迹[36]。勒铭山阿[37],敢告梁益[38]。

注释

〔1〕岩岩:岩石积垒的样子。　梁山:古代梁州一带高山。在今四川省松潘县北,绵延四川、甘肃两省边境。为长江、黄河分水岭,岷江、嘉陵江发源地。

〔2〕峨峨:高峻陡立的样子。

〔3〕荆:荆山。在今湖北南漳县西南。　衡:衡山。在今湖南省。

〔4〕缀:联缀。　岷:岷山。在今四川省松藩县。　嶓(bō 波):又名嶓冢山,在今陕西宁强县北。

〔5〕邛(qióng 穷):地名。四川西昌县东南。　僰(bó 薄):古代少数民族。居住在今四川宜宾一带。

〔6〕褒斜:川陕交通要道。终南山北口叫"斜",南口叫"褒"。

〔7〕彭:指彭门山。在今四川彭县西北。山峰对立如门,号称彭门。碣:海畔之山。

〔8〕嵩华:中岳嵩山与西岳华山,合称为嵩华。嵩山,在今河南省;华山,在今陕西省。

〔9〕固:结实,牢靠,此指险塞。　镇:方镇。镇守。大山为一方之镇。

〔10〕是:这,此。　剑阁:地名。在四川省剑阁县北。这里有大小剑山,山间有栈道,称阁道。是军事戍守要地。相传三国时,诸葛亮在此凿剑山,开设阁道,为川陕要道。

〔11〕仞:古时八尺或七尺为一仞。

〔12〕穷:谓达到极点。

〔13〕极:谓达到顶点。

〔14〕世浊:指社会黑暗。　逆:违背,叛乱。

〔15〕道清:指社会清明,安定。　顺:与"逆"相对。此指通畅,顺应。

〔16〕往汉:以往汉朝,指蜀汉。刘备据蜀建国,所以说蜀门闭。

〔17〕开自有晋:指魏将钟会伐蜀,蜀门开。此时虽在魏时,但司马氏掌权。故仍称晋。钟会,字士季。毋丘俭作乱,会从大司马景王东征,告捷升为黄门侍郎。

〔18〕百二:谓百万兵的百分之二。

〔19〕十二:谓百万兵的十分之二。

〔20〕田生献筹:田生,即田肯,汉初人。他曾向汉高祖献策,有"秦得百

二”、“齐得十二”云云，意思说，秦地险要，以二万人可敌百万，齐地靠海，地势险要，以二万可敌十万。

〔21〕矧（shěn 审）：况且。　兹：此，指剑阁。　陕隘：险要的地方。陕即“狭”和“陿”的本字。《释文》：“陕，俗作狭，或作押。”

〔22〕土外之区：指国土边远的地方。　外区：对内地而言。

〔23〕趑趄（zī jū 兹居）：踌躇不前，行走困难。

〔24〕形胜：地形险固，故能战胜对方。

〔25〕匪：同“非。”

〔26〕武侯：魏武侯，战国时魏国的建立者。名斯。曾用李悝为相，吴起为将，西门豹为邺令，奖励耕战，使魏成为当时强国。

〔27〕吴起：战国时军事家。善用兵，初任鲁将，继任魏将。屡建战功，魏文侯任为西河守，文侯死，遭陷害，逃楚辅佐楚悼王实行变法，楚悼王死，被旧贵族杀害。

〔28〕兴：旺盛，指国家强盛。　德：仁德，德义。此指帝王所施仁政。

〔29〕恃（shì 士）：依赖，仗着。

〔30〕洞庭：指洞庭湖。《史记·五帝纪》《正义》：“三苗之国，左洞庭而右彭蠡。”三苗西徙之前在长江中游以南居住。彭蠡指鄱阳湖。　孟门：指孟门山。在太行山东。《史记·吴起传》：“殷纣之国，左孟门，右太行。”

〔31〕二国：指三苗、殷纣之国。　不祀：宗庙被毁，没有人祭祀，即亡国的意思。

〔32〕天命：古代把天当神，称天神的意志为天命。　易：改变。

〔33〕公孙：指公孙述。字子阳，扶风茂陵人。曾任清水县长官，后为导江卒正。反王莽因隙立功，假称蜀都太守，自立为天子。后被吴汉打败身亡。

〔34〕刘氏：指蜀后主刘禅。　衔璧：古代国君死，口含玉。又战败出降者也衔璧，以示国亡当死。以后常用“衔璧”表投降。

〔35〕覆车：翻车，喻失败的教训。有“前车之覆，后车之诫”、“覆车之轨，其迹不远”等名言。

〔36〕无或：没有。　重迹：谓重蹈覆辙。迹：辙印。

〔37〕铭：古代镂刻在碑、牌或器物上用来歌功颂德或用来规戒自警的文字。后来成为一种文体。　山阿：山中曲处。

〔38〕梁益：指古代梁州和益州。地势险要。梁州，今陕西南郑一带；益州，

今四川省境。

今译

峭岩绝壁的梁山，积石陡峭而险峻。远连荆衡两山脉，近接岷山与嶓冢。南通蜀都和僰族，北达褒斜古通道。两峰相对超彭门，高耸入云过嵩华。蜀国以此为门户，形势险固易镇守。名称因而为剑阁，悬崖如壁立千仞。地势险阻达极点，路途艰难更无限。世道混浊为叛逆，政治清明来归顺。封闭立国由蜀汉，开通伐蜀是大晋。秦居险地二敌百，吞并诸侯成一统。齐临东海二胜十，田肯献策与高祖。况此剑阁更险要，地处边远外区域。一人把关挥战戟，万夫退避皆畏惧。如此形势险要地，非国亲族不得居。昔日武侯游西河，船至流中忽而喜。山河险固魏之宝，吴起进言使之服。兴邦实在施仁德，山川险阻难仗恃。洞庭孟门皆称险，三苗殷纣同倾覆。自从往古至如今，天命所施未改变。凭仗险阻行暴政，全都溃败并亡国。公孙终被吴汉灭，刘禅请降成俘虏。前车翻倒在大路，无人还想蹈覆辙。刻此铭文山曲处，冒昧告诫梁益人。

（吕桂珍译注 陈复兴修订）

石阙铭一首

陆佐公

题解

陆倕(470—526),字佐公,吴郡吴人(今江苏)。少勤学善属文,于家中庭院盖起两间茅草屋,杜绝往来,昼夜读书。所读一遍,必诵于口。曾借人《汉书》,失《五行志》四卷,倕则默写还之,略无遗脱。

齐竟陵王萧子良开西邸,招揽文学之士。时萧衍(梁武帝)、沈约、任昉、萧琛、谢朓、范云、王融与倕相与交游,号为竟陵八友。梁武帝爱其才,任为太子中舍人,管东宫书记。后官至中书侍郎、廷狱卿、太常卿。

天监七年春正月,梁武帝建神龙、仁虎阙于建康端门、司马门外。时特诏倕作《石阙铭》。

铭文主旨在于,宣扬梁武帝推翻齐帝自立梁朝,乃上承天命,下顺民心,歌颂梁王朝立国前后的文治武功。开头述舜禹接受禅让,汤武实行征伐,都是上天"克明俊德",使之"大庇生民"的表现,肯定梁武帝灭齐的历史根据。中间分三层:先述武帝讨伐东昏侯的赫赫武功;再述梁立国之后文教修明,礼俗淳美;后述建立观阙的历史渊源,赞颂武帝倡导礼仪、厉行法典的功勋。结尾是铭的正文,颂扬石阙外观的华丽雄伟,揭示其象征的深远意义。

铭文宏博藻丽,形象工巧。故奏上之后,梁武帝赞为"辞义典雅,足为佳作",并赐绢三十匹。

原文

昔在舜格文祖[2]，禹至神宗[3]，周变商俗，汤黜夏政[4]。虽革命殊乎因袭[5]，揖让异于干戈[6]，而晷纬冥合[7]，天人启惎[8]，克明俊德，大庇生民[9]，其揆一也[10]，

在齐之季，昏虐君临[11]，威侮五行[12]，怠弃三正[13]。刑酷然炭，暴逾膏柱[14]，民怨神怒，众叛亲离。踏地无归[15]，瞻乌靡托[16]。于是我皇帝拯之[17]，乃操斗极[18]，把钩陈[19]，翼百神[20]，禔万福[21]，龙飞黑水[22]，虎步西河[23]，雷动风驱，天行地止。命旅致云屯之应[24]，登坛有降火之祥[25]。龟筮协从[26]，人祇响附[27]。穿胸露顶之豪[28]，箕坐椎髻之长[29]，莫不援旗请奋[30]，执锐争先[31]。夏首凭固[32]，庸岷负阻[33]，协彼离心[34]，抗兹同德[35]。帝赫斯怒[36]，秣马训兵[37]，严鼓未通[38]，凶渠泥首[39]。弘舸连轴[40]，巨槛接舻[41]，铁马千群，朱旗万里。折简而禽庐九[42]，传檄以下湘罗[43]，兵不血刃[44]，士无遗镞[45]，而樊邓威怀[46]，巴黔底定[47]。

于是流汤之党[48]，握炭之徒，守似藩篱[49]，战同枯朽，革车近次[50]，师营商牧[51]。华夷士女[52]，冠盖相望[53]，扶老携幼，一旦云集[54]。壶浆塞野[55]，箪食盈涂[56]。似夏民之附成汤[57]，殷士之窥周武[58]，。安老怀少[59]，伐罪吊民[60]。农不迁业，市无易贾[61]。八方入计[62]，四隩奉图[63]，羽檄交弛[64]，军书狎至[65]。一日二日，非止万机。而尊严之度，不僁于师旅[66]，渊默之容[67]，无改于行阵。计如投水，思若转规[68]，策定帷幄，谋成几案，曾未浃辰[70]，独夫授首[71]。乃焚其绮席[72]，弃彼宝衣，归琁台之珠[73]，反

诸侯之玉[74]。指麾而四海隆平[75],下车而天下大定。拯兹涂炭[76],救此横流,功均天地,明并日月。

于是仰叶三灵[77],俯从亿兆,受昭华之玉[78],纳龙叙之图[79]。类帝禋宗[80],光有神器[81]。升中以祀群望[82],摄袂而朝诸夏[83]。布教都畿[84],班政方外[85]。谋协上策[86],刑从中典[87]。南服缓耳[88],西羁反舌[89]。剑骑穹庐之国[90],同川共穴之人[91],莫不屈膝交臂[92],厥角稽颡[93]。凿空万里[94],攘地千都[95],幕南罢鄣[96],河西无警[97]。

于是治定功成,迩安远肃,忘兹鹿骇[98],息此狼顾[99]。乃正六乐[100],治五礼[101],改章程,创法律。置博士之职[102],而著录之生若云[103],开集雅之馆[104],而款关之学如市[105]。兴建庠序[106],启设郊丘[107],一介之才必记,无文之典咸秩[108]。

于是天下学士,靡然向风[109],人识廉隅[110],家知礼让。教臻侍子[111],化洽期门[112]。区宇乂安[113],方面静息[114]。役休务简[115],岁阜民和[116]。历代规谟[117],前王典故,莫不芟夷剪截[118],允执厥中[119]。以为象阙之制[120],其来已远。《春秋》设旧章之教[121],《经礼》垂布宪之文[122],《戴记》显游观之言[123],《周史》书树阙之梦[124]。北荒明月[125],西极流精[126];海岳黄金[127],河庭紫贝[128];苍龙玄武之制[129],铜雀铁凤之工[130];或以听穷省冤[131],或以布化悬法,或以表正王居[132],或以光崇帝里[133]。晋氏浸弱[134],宋历威夷[135],《礼经》旧典,寂寥无记[136]。鸿规盛烈[137],湮没罕称。乃假天阙于牛头[138],托远图于博望[139],有欺耳目,无补宪章。乃命审曲之官[140],选明中之士[141],陈圭置臬[142],瞻星揆地[143],兴复表门[14],草创华阙。

于是岁次天纪[145],月旅太簇[146],皇帝御天下之七载也[147]。搆兹盛则[148],兴此崇丽[149]。方且趋以表敬[150]观而知法[151],物睹双碣之容[152],人识百重之典[153]。作范垂训,赫矣壮乎！爰命下臣,式铭盘石[154]。其辞曰:

惟帝建国,正位辨方[155]。周营洛涘[156],汉启岐梁[157]。居因业盛[158],文以化光[159]。爰有象阙,是惟旧章。青盖南泊[160],黄旗东指[161]。悬法无闻[162],藏书弗纪[163]。大人造物[164],龙德休否[165]。建此百常[166],兴兹双起[167]。伟哉偃蹇[168],壮矣巍巍。旁映重叠[169],上连翠微[170]。布教方显,浃日初辉[171]。悬书有附[172],委篋知归[173]。郁崛重轩[174],穹隆反宇[175]。形耸飞栋[176],势超浮柱[177]。色法上圆,[178],制模下矩[179]。周望原隰[180],俛临烟雨。前宾四会,[181],却背九房[182]。北通二辙[183],南凑五方[184]。暑来寒往,地久天长。神哉华观[185],永配无疆[186]。

注释

〔1〕石阙铭:刻在石阙上的文字。　石阙:石筑之阙,也指宫观之名,此指前者。

〔2〕文祖:有文德之祖。此指尧的祖庙,舜受禅之所。

〔3〕神宗:神灵之宗庙。此指舜的祖庙,禹受禅之所。

〔4〕黜(chù 触):降职,罢免。

〔5〕殊:不同。　因袭:继续使用过去的方法、制度、法令等。

〔6〕揖让:宾主相见的礼仪,也以此比喻文德。此指让位于贤,对征诛而言。

〔7〕晷(guǐ 鬼):日影。　纬:星名。指行星。晷纬,指日月星辰所显的瑞

应。　冥合:暗合。

〔8〕惎(jì 计):教导。

〔9〕庇:掩护。

〔10〕揆(kuí 奎):道理、准则。李善注:“舜禹,揖让也;汤武,干戈也。言揖让、干戈之道虽殊,而用贤爱仁之义为一也。”

〔11〕昏虐:昏庸暴虐。南齐昏君萧宝卷昏虐,被萧衍所杀,死后追贬为东昏侯。

〔12〕威侮:侵犯。　五行:金、木、水、火、土。此指五行之德,谓古代帝王先后相承的规律。

〔13〕怠弃:怠慢废弃。　三正:指天、地和人之正道。以上两句谓齐帝违背侵害天人之正道。

〔14〕逾:越过。　膏柱:与上句“然炭”指殷纣所施酷刑,即炮烙之刑。李善注引《六韬》:“纣患刑轻,乃更为桐柱,以膏涂之,加于然(燃)炭之上,使用罪者缘焉,滑跌堕火中,纣与妲己笑以为乐。”

〔15〕蹐(jí 极)地:小步行于地。谓恐惧谨慎。

〔16〕瞻乌:谓瞧那乌鸦无处栖止。李善注引《毛诗》:“瞻乌爰止,于谁之屋?”　以上两句谓人民畏惧酷刑,无所依归。

〔17〕皇帝:指梁武帝。　拯:拯救,救助。

〔18〕斗极:指北斗星与北极星。《尔雅疏证》:“斗,北斗也。极者,中宫天极星。其一明者,泰一常居也,以其居天之中,故谓之极;极,中也,北斗拱极,故云斗极。”古以斗极辨方向。《淮南子·齐俗》:“夫乘舟而惑者,不知东西,见斗极则寤矣。”此喻准则,法度。

〔19〕钩陈:星名,在紫微垣内,离北极星最近,天文学家多藉以测极,谓之极星。古以喻兵权。《星经》:“勾陈六星在五帝下,为后宫,大帝正妃。又主天子六军将军,又主三公。”李善注:“我皇,梁武帝也。斗极,天下之所取法;勾陈,兵卫之象,故王者把操焉。”

〔20〕翼:严肃谨慎的样子。此表恭敬、敬奉。

〔21〕禔(tí 提):福,安。《汉书》作“祇”。

〔22〕龙飞:喻皇帝的兴起或即位。封建社会以龙、虎形容皇帝的气派。　黑水:水名。在何处众说不一。

〔23〕虎步:指举步,形容威武雄壮。此比喻帝王仪表威武。　西河:水名。

即黄河上游南北流向的一段。西河与黑水皆在雍州境内。此指梁武帝起义之地。李善注:“谓举义旗以伐齐也。何之元《梁典》曰:‘齐明帝崩,遗诏授高祖雍州刺史。永元二年十一月高祖拥南康王宝融以主号令,以高祖督前锋。三年十二月,义旗发自襄阳,己酉,檄京师。’”

〔24〕命旅:誓众。　云屯:黑云屯聚。传说汉高祖斩白蛇起义,则天上有黑云屯聚。云屯之应,谓梁武帝起义,如汉高反秦而得上天的瑞应。

〔25〕登坛:指祭天。　降火:天降神火。传说周武王伐殷,渡河时天降火流化而为乌。降火之祥,谓梁武帝起义,也如周武伐殷而得降火的祥瑞。

〔26〕龟筮(shì 示):龟卜筮占,预测吉凶。

〔27〕祇(qí 齐),古代称地神为“祇”。　响附:回声相应。

〔28〕穿胸露顶:谓不着衣帽。指中国西南少数民族的风俗。　豪:指古少数民族部落酋长。

〔29〕箕坐椎髻:伸足据膝而坐,其状如箕;发髻一撮,其状如椎。指古南越之风俗。

〔30〕请奋:谓勇敢奋起。

〔31〕执锐:手执兵器。

〔32〕夏首:地名。夏水分长江水的津口。今湖北沙市东南。此指楚地。

〔33〕庸岷:庸,古国名;岷,山名。此指蜀地。以上两句谓齐东昏侯部将妄图凭借险阻抗拒梁武帝起义之师。朱珔谓:“据《梁书·武帝纪》:帝自襄阳起兵,长史王茂等逼郢城(即荆州也)。其刺史张冲迎战,破之。冠军将军邓元起等数千人,会大军于夏首。冲旋死。郢城主程茂、薛元嗣请降。故下文云‘凶渠泥首’也。次句言‘庸岷负阻’者,当以郢城控巴夔之要路耳。”(《文选集释》,卷二十四)

〔34〕离心:指东昏侯一方上下离心离德。

〔35〕同德:指梁武帝一方上下同心同德。

〔36〕赫:发怒的样子。　斯:句中语气词。语出《诗经·大雅·皇矣》:“王赫斯怒,爰整其旅。”

〔37〕秣马:喂马。秣,喂牲口或指牲口饲料。语出《左传·子重》:“秣马利兵。”　训兵:教训士兵。兵,此指执兵器者。

〔38〕严鼓:指急促的鼓声。此谓击鼓进攻。《左传·庄公》:“公将鼓之。”　未通:未达。

〔39〕凶渠:指凶暴敌人的首领。 泥(nì 逆)首:以污泥涂首,示自辱服罪。谓降服。

〔40〕弘舸:大船。 连轴;谓战船首尾相连。轴,当作“舳”,船尾。许巽行谓:“此处皆训舟义,当为舳,各本作轴,讹。注引舳字亦讹作轴,并正。”(《文选笔记》)

〔41〕巨槛:大船。 接舻(lú 卢):指船只首尾相接。

〔42〕折简:折半之简,表礼轻,随便。简,指古代竹简,策书。 禽:通“擒”,捕获。 庐九:二郡名。庐,指庐州,在今安徽省。九,指九江,在今江西省。

〔43〕传檄(xí 习):发布檄文。檄,古代用于征召或声讨等的文书。湘罗:二水名。湘水,发源于广西兴安县阳海山。 罗,即罗水,发源于广东罗黄山。另指广西罗水。

〔44〕血刃:兵器上沾血。兵不血刃,指未经交战而取胜。

〔45〕无遗镞(zú 足):不放箭。

〔46〕樊邓:二郡名。樊,樊城,在今湖北襄阳县北,地势险要。邓,邓城,在今湖北襄阳县北。 威怀:谓以威德召来。怀,来。

〔47〕巴黔(qián 前)二郡名。 巴,巴郡,在今四川省;黔,黔郡,在今贵州省。 底定:招致而平定。

〔48〕流汤:谓以滚开之水残害人者。流汤之党,与下“握炭(握炭火残害人)之徒”,皆指助殷纣为虐的恶人,此以喻东昏侯的党羽。李善注引《六韬》:“纣之卒,握炭流汤者十八人,以牛为礼(当作“札”)。”

〔49〕藩篱:篱笆。此谓疏薄不坚固。

〔50〕革车:战车。 次:临时驻扎和住宿。

〔51〕商牧:商朝之郊的牧野,周武王伐纣誓师之地。此指南齐京都之郊。李善注引《尚书》:“王(周武)至于商郊牧野。”

〔52〕华夷:中国与四夷。夷,古代统治者称少数民族为夷。

〔53〕冠盖:谓乘车戴冠,以示礼迎。冠,礼帽;盖,车盖。

〔54〕旦:早晨。 云集:比喻许多人聚集在一起。

〔55〕壶浆:酒浆。以壶盛之,故曰壶浆。

〔56〕箪食:以竹器所盛的食品。壶浆箪食,皆谓京都百姓对梁武帝义师的犒劳欢迎。 涂:同“途”,道路。

〔57〕夏民:指夏朝百姓。　附:归附。　成汤:商代开国之君,契的后代,子姓,名履,又称天乙。夏桀无道,汤伐之,遂有天下,国号为商,建都于亳(今河南商丘一带)。

〔58〕殷士:指殷朝士民。　窥:观看。　周武:即周武王,周文王之子。名发,起兵伐纣,联合羌、庸、蜀等,与纣交战于牧野,灭殷建立周王朝。建都镐(今陕西长安县)。

〔59〕安老:使老人得到安乐。　怀少:使年轻人感念其恩德。

〔60〕伐罪:讨伐罪人。　吊民:慰问劳苦百姓。

〔61〕易贾:谓商人放弃经营。

〔62〕入计:犹上计。谓将年终地方贡赋的帐簿上之于梁武帝。计,计簿,帐簿。此指贡赋。

〔63〕四隩:四方。　奉图:谓奉献版图于梁武帝。图,版图。指献上版图表示归顺。

〔64〕羽檄:谓紧急的军书。羽,鸟羽,插于军书,以示紧急。

〔65〕狎至:轮番而至。狎,更,更替,轮番。以上四句谓普天之下皆归附梁武帝。

〔66〕不諐(qiān 千):不失。

〔67〕渊默:深沉静穆。以上两句谓梁武帝虽在军旅行阵之中,仍显出尊严的器度与渊默的仪容。

〔68〕转规:转环。与上句“投水(以石投水,无所逆)”义近,皆喻无所阻滞,思维敏捷。

〔69〕帷幄:军阵用的帐幕。

〔70〕浃(jiā 夹)辰:十二日。

〔71〕独夫:指齐东昏侯。　授首:引颈受斩。

〔72〕绮(qǐ 起)席:以有花纹图案的丝织品为席。

〔73〕琁(xuán 旋)台:纣王收藏珠宝玉器的地方。

〔74〕反:回、还。以上四句以周武王喻梁武帝,以殷纣王喻齐东昏侯。传说殷纣王以文绮为席,夺诸侯之玉藏于琁台,武王伐之,则蒙宝衣投火而死。

〔75〕麾(huī 挥):古代指挥用的旌旗。　四海:指天下。

〔76〕涂炭:泥水炭火。喻苦难。

〔77〕协:合。　三灵:指天、地、人之神。

〔78〕昭华:美玉名。昭华之玉,指古帝尧禅位于舜所赠之宝。李善注引《尚书大传》:“尧得舜,推而遵之,赠以昭华之玉。”

〔79〕龙叙:谓神龙依次献出图谶。龙叙之图,指古帝尧受天命的符瑞。李善注引《春秋元命苞》:“尧游河渚,赤龙负图以出,图赤如绨(光滑的丝织品)状,龙没图在。”以上两句谓梁武帝代齐即皇帝位。

〔80〕类帝:祭祀天帝。　禋(yīn 因)宗:祭祀祖先。

〔81〕神器:天子的礼器。

〔82〕升中:谓天子登中岳。　群望:指星辰山川。

〔83〕摄袂:整理衣袖。　诸夏:中国。

〔84〕都畿(jī 基):封建时代指靠近国都的地方。

〔85〕方外:方域之外。指周围少数民族。

〔86〕谋:谋略,治国之策。　协:符合。

〔87〕中典:常行的法律。《周礼·秋官·大司寇》:“一曰刑新国,用轻典;二曰刑平国,用中典;三曰刑乱国,用重典。”

〔88〕缓耳:地名,即儋耳,在广东儋县西。此指古代边远国名。

〔89〕羁(jī 基):束缚,笼络。　反舌:指古代边远国名。李善注引高诱曰:“夷狄语言,与中国相反,因谓反舌。一说南方有反舌国,舌本在前,末到向喉,故曰反舌也。”

〔90〕穹庐:指古代北方游牧民族所住的毡帐。剑骑穹卢之国,指匈奴之国。

〔91〕同川:谓同川而浴。同川共穴之人,指古代南方边远地区的少数民族。《汉书·贾捐之传》:“骆越之人父子同川而浴,相习以鼻饮。”

〔92〕屈膝:双膝跪地。　交臂:叉手,拱手。屈膝交臂,谓臣服恭敬。

〔93〕厥角:古代一种叩拜礼,即叩头。　稽颡(sǎng 嗓):古代一种叩拜礼,即以额触地。

〔94〕凿空:开通。

〔95〕攘地:开拓土地。攘,夺取,开拓。　千都:千城。此形容地区之广。

〔96〕幕南:即“漠南”。《史记·匈奴传》:“是后匈奴远遁,而幕南无王庭。”　罢鄣:谓拆除要塞。鄣,屏障,边境上的要塞。

〔97〕河西:指黄河以西地区。无警:无紧急情况。以上四句谓梁武帝威德远扬,四方边境皆呈现和平安宁的局面。

〔98〕鹿骇:鹿性善惊,闻声逃逸,比喻惶惧惊恐的样子。

〔99〕狼顾:狼性多疑,走常反顾,比喻惊惧不安的样子。

〔100〕六乐:指六种古乐名,即云门、大成,大韶、大夏、大护、大武。

〔101〕五礼:指五种事务的礼仪,即吉、凶、军、宾、嘉。

〔102〕博士:学官名。六国时有博士,秦汉相承,诸子、诗赋、术数、方技都设博士。西汉属太常。武帝时置五经博士。此指五经博士。

〔103〕著录:记载在簿籍上。著录之生,指登记在册的诸生。

〔104〕集雅:集中经典之书。《诗经》有大雅、小雅,雅代经典。集雅之馆、指教授诗书之所。

〔105〕款关:叩门请教。款关之学,指叩门请教之士。

〔106〕庠序:古代学校名。殷称庠,周称序。

〔107〕启:开。 郊丘:甫郊圆丘。祭天的圆形高台。

〔108〕无文:谓不在礼文者。无文之典,指礼文无所记载的典礼。 咸秩:皆依次祭祀。《尚书·洛诰》:"祀于新邑,咸秩无文。"《孔传》:"祀于新邑,皆次秩不在礼文者而祀之。"以上两句,上句谓庠序之事,下句谓郊丘之事。

〔109〕靡然:顺风而倒的样子。

〔110〕廉隅:品行方正,有节操。

〔111〕臻:达到。 侍子:指诸侯或属国之王遣其子入朝以为质,因陪侍皇帝,故称侍子。

〔112〕期门:官名,宫廷守卫之官。李善注引《汉书》:"武帝与北地良家子期诸殿门,故有期门之号。"

〔113〕乂(yì 义)安:治理安定。

〔114〕方面:四方。

〔115〕役:劳役。 务:事务。

〔116〕岁阜:谓一年五谷丰收。阜,丰厚。

〔117〕规谟(mó 模):法则,法规。

〔118〕芟(shān 山)夷:删除。 剪截:剪裁。

〔119〕允:实。 厥:其。 中:中间,正中。此谓正确的符合现实需要的法令制度。

〔120〕象阙:宫廷外的阙门,为宣布法令之处。 制:制度。

〔121〕春秋:书名。中国最早的编年史。传为孔子据鲁史修订而成。此指《春秋左氏传》。 设:布设,发布。 旧章:旧日的典章制度。旧章之教,指鲁

大夫季桓子于火灾之时,发布收藏象阙悬书(法令)的教命。李善注引《左传》:"司铎(宫名)火,季桓子命藏象魏(即象阙,此指象阙所悬之书),曰:'旧章不可忘也。'"

〔122〕经礼:书名。指《周礼》。李善注引郑玄曰:"《礼经》(当作经礼),谓《周礼》也。" 垂:传播,宣扬。 布宪:颁布法令。布宪之文,指周官太宰以正月,悬法令于象阙。李善注引《周礼》:"太宰以正月之吉,悬治象之法于象魏,使万民观治象。"

〔123〕戴记:书名。指《礼记》。李善注:"《礼记》,戴圣所传,故号《戴记》。"戴圣,汉人,字次君。宣帝时为博士,曾删定《礼记》四十九篇。 显:显示,宣扬。 游观:游于阙门之上。观,即阙。游观之言,指孔子于鲁见象阙所悬旧章而感叹。李善注引《礼记》:"昔者仲尼(孔子字)与于蜡宾(参预蜡祭而为助祭者)。事毕,出游于观上(因鲁君祭礼不完备,又见鲁阙所悬旧章),喟然而叹。"

〔124〕周史:书名。指《周书》。 树:种植。树阙之梦,指周武王为太子时依其母太姒之梦种树于象阙之间。李善注引《周书》:"文王至自商,至程,太姒(文王妻,武王母)梦见商之庭生棘(荆棘),太子发(武王名)取周庭之梓(木名),树之于阙间,化为松柏。"

〔125〕北荒:传说中北方荒远之地。 明月:宝珠名。此指传说北荒金阙上之宝珠。李善注引《神异经》:"西北荒中有二金阙,高百丈。金阙银盘圆五十丈。二阙相去百丈。上有明月珠,径三丈,光照千里。"

〔126〕西极:传说中西方极远之地。 流精:传说西极阙门名。李善注引《十洲记》:"昆仑山有三角,其角一正东有墉城,有流精之阙,西王母所治也。"

〔127〕海岳:东海神山。指蓬莱山。 黄金:指黄金之阙。李善注引《史记》:"三神山传在海中,黄金白银为宫阙。"

〔128〕河庭:传说为河伯所居之庭。 紫贝:指传说紫贝之阙。李善注引王逸曰:"言河伯所居,以紫贝作阙也。"

〔129〕苍龙:指苍龙阙。 玄武:指玄武阙。李善注引《三辅故事》:"未央宫东有苍龙阙,北有玄武阙。"

〔130〕铜雀:指长安双圆阙上雕塑之物。李善注引魏文帝歌:"长安城西有双圆阙,上有一双铜爵。一鸣五谷生,再鸣五谷熟。" 铁凤:指长安圆阙上的雕塑之物。李善注引薛综《西京赋注》:"圆阙上作铁凤凰,令张两翼,举头敷尾。"

以上数句广引典籍，以述象阙之制，由来久远。

〔131〕听穷：倾听困穷者之诉告。 省冤：省察冤屈者的诉告。

〔132〕表正：仪表法式。 王居：帝王居处之地。指宫廷。

〔133〕光崇：光耀崇尚。 帝里：与“王居”义同。

〔134〕浸弱：逐渐衰弱。

〔135〕宋代：指南朝刘宋。 威夷：微弱。

〔136〕寂寥：空虚静默。

〔137〕鸿规：宏大的法度。 盛烈：盛大的功业。

〔138〕假：假借。 天阙：山之两峰相对，如阙门，故谓天阙。此指牛头山双峰名。 牛头：山名。在今江苏省江宁县南。此句谓东晋王朝国势衰微，未行鲁阙之制，而假借牛头山之双峰为天阙。李善注引山谦之《丹阳记》：“大兴（东晋元帝年号）中，议者皆言汉司徒义兴许彧墓二阙高壮，可徙施之。王茂弘弗欲。后陪乘出宣阳门，南望牛头山两峰。即曰：‘此天阙也，岂烦改作？’帝从之。今出宣阳望此山，良似阙。”

〔139〕托：寄托。 远图：长远的谋略。 博望：山名。在今安徽当涂县西南。又名天门山，东梁山，与和县梁山相对，称东西梁山。南朝宋孝武帝诏立双阙于二山。此句谓宋也国势衰弱，未行象阙之制，假借博望与梁山立为双阙，以寄托远大的谋划。

〔140〕审曲：审察地形曲直及阴阳面背之势。

〔141〕明中：谓通晓天文历法。明，通晓。中，中星。二十八宿按一定轨道运转，顺次每月在天中之星叫中星。此指天文历法。

〔142〕圭：古时测日影之器。 臬（niè 聂）：古时测定水平之器。吕延济注：“臬以平水也。”

〔143〕揆（kuí 魁）：测量。

〔144〕兴复：恢复，复兴。 表门：谓作为仪表的阙门。

〔145〕岁：星名，即木星，古代以木星运行周期纪年，故称木星为岁星。 次：驻，在。 天纪：即星纪。古代天文学所分的位次名。岁星十二年（实际是11.8622 年）绕日运行一周天。一周天分为十二等份，即十二个位次。名称为星纪、玄枵、娵訾、降娄、大梁、实沈、鹑首、鹑火、鹑尾、寿星、大火、析木。岁星运行到天纪，称“岁次天纪”。星纪在十二支中丑，在二十八宿中为斗宿和牛宿。《尔雅·释天》：“星纪，斗牵牛也。”《注》：“牵牛斗者，日月五星之所终始，故谓

之星纪。”

〔146〕旅:行,居。　太簇(cù 促):古代十二乐律之一。十二律用来配乐,太簇则为正月。以上两句谓梁立象阙时在一年之始的正月。

〔147〕皇帝:指梁武帝(萧衍)。

〔148〕盛则:盛伟的法度。

〔149〕崇丽:崇高壮丽。《梁书·武帝纪》载天监七年春正月壬戌,作神龙、仁虎阙于端门、大司马门外。

〔150〕趋:疾步前行。　表敬:表示恭敬。

〔151〕知法:明知法令。

〔152〕双碣(jié 洁):即双阙。指神龙阙与仁虎阙。

〔153〕百重:百代。　典:典则,常法。

〔154〕式:语助词。　铭:在石碑上刻字记功。　盘石:巨石。

〔155〕正位:端正位置。

〔156〕周:指周成王。　洛涘(sì 伺):洛水之岸。此句谓周成王时周公营造成周之事。

〔157〕汉:指汉高祖。　岐梁:二山名。皆在今陕西省境。李善注:“此言建国立都,不恒一所,故洛涘岐梁,咸为帝宅也。”

〔158〕居:帝居,帝都。　业:功业。

〔159〕文:指礼乐制度。　化:教化。

〔160〕青盖:青色的车盖。指晋。　南洎(jì 计):南迁。李善注引虞预《晋书》:“王导上言曰:‘回青盖以反上京(指西晋首都洛阳)。’”

〔161〕黄旗:指吴。　东指:东向。李善注引司马德操《与刘恭嗣书》:“黄旗紫气,恒见东南,终成天下者,扬州之君子(指孙权)。”李善注:“言帝祚南迁,王纲弛紊,悬法藏书,咸皆废纪。”

〔162〕悬法:谓悬法令于象阙。

〔163〕弗纪:谓无有记载。

〔164〕大人:指君主。此指梁武帝。　造物:创造万物。

〔165〕龙德:谓君德。　休否(pǐ 匹):静息邪恶。吕向注:“言君以德休息否乱之道也。”

〔166〕百常:极言象阙之高。十六尺为常。

〔167〕双起:双立。指神龙阙与仁虎阙。

〔168〕偃蹇(yǎn jiǎn 演减):雄奇高耸的样子。

〔169〕旁映:谓辉映四外。　重叠:谓层层高耸。

〔170〕翠微:天边的云气。

〔171〕浃日:古时以十日为一周匝,称浃日。古悬书象阙,经十日后收藏。

〔172〕悬书:谓悬法令于象阙。　有附:谓有所依附。指象阙。

〔173〕委箧(qiè 切):谓收藏法书。箧,书箱。李善注:"《周礼》曰:'正月乃悬治象之法于象魏。使万民观治象,浃日而敛(收藏)之。'悬书则悬法也,委箧则藏书也,重用之,故变文耳。"

〔174〕郁崛:雄伟的样子。　重轩:层层栏杆。李善注引《西都赋》:"重轩三阶。"

〔175〕穹隆:高耸的样子。　反宇:屋檐上仰起的瓦头。李善注引《西京赋》:"反宇业业。"

〔176〕飞栋:高耸的屋梁。李善注引何祯《许都赋》:"景福郁抗以云起,飞栋鸟企而舒翼。"

〔177〕浮柱:高高的廊柱。李善注引《甘泉赋》:"抗浮柱之飞榱兮,神莫莫而扶倾。"以上四句重轩、反宇、飞栋与浮柱皆为汉时宫殿的体制,此谓梁造的象阙皆超越之。

〔178〕上圆:指天。

〔179〕下矩:指地。

〔180〕原隰(xí 席):平原与低湿之地。

〔181〕宾:列。　四会:通向四方之道。吕向注:"四会,道也。"

〔182〕却:反,后面。　九房:指明堂。古时天子宣明政教之处。

〔183〕二辙:两道车辙。吕向注引《周礼》:"应门(帝宫正门)二辙。"

〔184〕凑:至。　五方:指东西南北中。吕向注:"此谓吴之五方也。"

〔185〕华观:指神龙阙与仁虎阙。

〔186〕永配:谓永远与国家相匹配。

今译

古时虞舜受禅于唐尧,夏禹受禅于虞舜,周武王改变殷纣的恶俗,商汤王消除夏桀的暴政。虽然革命不同于因袭,禅让有异于征讨;而暗合于上天显示的瑞应,接受神人意志的启示,上天任用贤德之士,使之庇护广大之民,其道理是完全一致的。

齐代末叶,昏君当政,违背帝王五行相承之德,废止天地人相应之道。刑罚残酷有如炮烙,暴虐超过铜柱烧灼。民众怨恨,神灵震怒,部属背叛,亲族离异。惊恐惶惧,人无依归,似鸟盘旋,无处栖息。于是我皇主持法度,掌握兵权,恭敬百神,祈求多福。如神龙飞翔,如猛虎驰骋,举义旗于雍州,讨昏君于京城。雷声轰鸣,暴风激荡,与天神同行,与地神共止。誓师之时,天呈黑云屯聚之符应;祭天之时,地有赤火降临之祥瑞。与龟卜筮占相符合,得人心地神所响应。袒胸露顶部落的首领,箕坐挽发部落的酋长,莫不举旗请命奋起,手执兵器争先参战。夏首之敌凭借坚固顽抗,庸岷之敌依恃险阻拒守。敌人聚集那离心散乱之众,抵御这统一同德之师。皇帝愤然震怒,喂战马训兵卒,尚未击鼓进军,凶敌即已降服。大船首尾相连,巨舰前后相接。战马上千群,红旗飘万里。发出战书而擒获庐九之敌,传下檄文而攻取湘罗之地。兵器不沾敌血,士卒不放一箭,而樊邓归附,巴黔平定。

于是残忍施虐之党,作恶行暴之徒,防守薄弱似藩篱易破,作战无能同烂木易折。战车进驻京都,军队扎营城郊。各族男女,车驾相连,扶老携幼,一时云集。手提酒浆拥塞田野,奉献食品充满道路。似夏人归附商汤,殷民钦慕周武。安抚老者,关怀弱小,讨伐罪犯,慰问人民。农夫坚持耕田,市民继续经商。各地缴纳贡赋,四方呈献地图。紧急报告往来传达,军事文书呈送轮番。一日二日,政务纷繁。而尊严的气度,虽在军队而无改;沉静的仪容,虽在战阵而不变。计策如石投水,顺利实施;思维如转环旋运,敏捷顺畅。策略决定于军帐,谋划完成于桌前。不及十日,独夫被斩。乃焚烧其绮席,毁弃其宝衣。将其侵夺的珠宝归还民众,将其搜刮的美玉返还诸侯。军令一发而四海太平,既登帝位而天下大定。拯百姓出离水火,救民众解脱苦难。功勋与天高地厚相等,英明与日月光辉齐同。

于是上符天地人意，下顺亿万民心。领受帝王的昭华玉器，接纳神龙所献图谶。祭祀天帝与祖宗，使神器光辉闪耀。登中岳而祭山川，整衣冠而拜中国。布教化于国内，颁政令于邦外。谋略符合上策，刑律遵循常法。南使缓耳归服，西令反舌就范。击剑善骑住于毡帐之国，同川而浴共穴而居之人，莫不屈膝交臂，伏地叩拜，自动归附。开凿通道万里，扩张疆域千城，大漠之南撤除要塞，黄河以西不再报警。

于是形势安定，大功告成。近处安宁，远地肃静。民众已忘恐惧，不再惊惶。继而修正六乐，整理五礼，改章程，创法律。置博士之职，而注册诸生众多若云；设经书之馆，而叩门入学之士聚集如市。兴建各类学校，设置天地祭坛。普通之才必记录在册，礼书不载之典必依次举行。

于是天下学士皆顺风前往，人人懂得廉洁方正，家家明白礼仪谦让。教化达到诸侯入朝之子，道德普及宫门守卫之人。天下安全，四方平静。劳役休止，事务减免，年成丰收，民众祥和。历代法规，前王制度，无不删改选择，掌握其正确切实的核心，以之作为法令悬于象阙的制度，其由来已很久远。《春秋》记载季桓子发布收藏象阙悬书的教命，《周礼》传播正月太宰于象阙颁布的法令，《礼记》表现孔子游览象阙而发出的感叹，《周书》叙述武王依母梦种树于象阙之间。北方荒远之域，有金银之阙，上面明珠闪烁；西方极远之地，有流精之阙，耸立昆仑顶峰。东海仙山有黄金之阙，河神宫中有紫贝之阙。未央宫旁有苍龙玄武两阙，体制宏伟；双圆阙上铜雀铁凤，造型工巧。历代门阙，或以倾听困穷冤屈者的诉告，或以施布教化宣示法令，或以为宫廷的仪表法式，或以显扬王宫的荣耀崇高。晋朝日益衰弱，宋代逐渐没落，礼仪经典，荒废无记，大法洪业，湮没无闻，乃假借牛头山峰以为天阙，于博望山顶构筑二阙，以寄托远大谋划，欺骗世人耳目，于典章制度毫无补益。大梁乃命审察地势曲直之官，选择通晓天文历法之士，布置测定日影衡量水平之器，上观星辰下测地形，恢复宫门仪表，创建华美观阙。

于是岁星次于天纪，月亮行于太簇，其时皇帝统御天下已经七年。构造如此盛大雄伟的象阙，兴建如此崇高华丽的楼观。民众急步前往而表达敬意，观象阙悬书而知法令制度。百姓目睹双阙的仪容，人人皆知百代的常法。制定规范，传播教化，何等光辉，何等壮伟啊！于是命令小臣作铭，刻于盘石之上。其辞说：

我皇建立大梁国都，端正位置辨明方向。周朝筑城洛水之岸，汉代奠都岐梁之旁。帝京因功业而壮盛，礼乐以教化而发扬。于是建筑大梁象阙，此在继承旧日典章。昔日晋帝车驾南迁，孙吴东移奠都建康。不曾听说悬法令于象阙，无所纪载悬后加以收藏。我皇受命，缔造新朝，凭借圣德消除暴政。建立楼观如此崇高，兴起阙门如此雄壮。何等宏伟啊何等奇绝，何等巍峨啊何等辉煌。辉映四外层层高耸，上接青云直冲苍空。广施教化日益宣扬，十日悬法初现光芒。宣示法令依赖象阙，按时收藏放入书箱。层层栏杆挺拔矗立，翘起廊檐笔直高昂。形制高出汉宫飞栋，体势超过汉宫柱廊。色彩效法上天苍青，形制模仿大地方正。四周远望广阔原野，下面俯瞰烟雨茫茫。前头横贯四方大道，后面背靠天子明堂。北边通往帝宫正门，南向可达吴地五方。时序变易寒来暑往，华阙永存地久天长。神奇啊华丽壮观之阙，配合大梁国运无疆。

（吕桂珍译注 陈复兴修订）

新刻漏铭一首

陆佐公

题解

陆倕，字佐公。天监六年，梁武帝以旧漏乖舛，敕员外郎祖暅新造漏刻，成，又敕陆倕为文，其文甚美。迁太子中舍人。这篇铭文主旨在于颂扬梁武帝革旧创新，崇尚礼制的功德。

漏刻，即指漏壶与箭刻，古代计时之器。李善注引司马彪《续汉书》："孔壶为漏，浮箭为刻。下漏数（计算）刻，以考中星昏明星焉。"以漏刻测定日夜时辰。掌握准确时间对政治意义重大。梁武帝于建国之初，特命祖暅新创漏刻，决非只为一个器物，而有强化政治秩序，锐意图强的意义。陆倕深明武帝意图，大力颂扬。

第一、二段是铭序。第一段追述自古以来漏刻的功用与历史演变，说明新制漏刻的缘由。上古之时挈壶之官掌管漏刻，据以报告时辰日夜，宫禁宿卫轮值，行军提示水井，皆可准确无误。春秋之末，司历之官逐渐失去作用。岁时节令，谬误无序。两汉至晋宋，有记述漏刻之作，虽有华美之文而无器用之实，不可能产生规范与训教的意义。故梁朝的初建，为整饬礼制，加强政教，则必须草创新器。第二段叙述新漏刻的创制规范与完成时间、其广泛用途与精密程序。第三段是铭辞。颂扬梁武帝效法古礼，新制漏刻功德超越往昔，赞美漏刻形制绝妙，运转神奇，用途广泛，功效精确，足为永世规范。

铭文以写漏刻之器引而发之，歌颂梁武帝开国之初革故立新，功超前圣，甚谓"勋倍楹席，事百巾机"，以为黄帝、周武不可为比，可见陆倕构思巧妙，想象宏富，运笔开阔。

原文

夫自天观象[1]，昏旦之刻未分[2]；治历明时[3]，盈缩之度无准[4]。挈壶命氏[5]，远哉义用[6]，揆景测辰[7]，儆宫戒井[8]，守以水火[9]，分兹日夜[10]。而司历亡官[11]，畴人废业[12]。孟陬殄灭[13]，摄提无纪[14]。卫宏载传呼之节[15]，较而未详[16]；霍融叙分至之差[17]，详而不密[18]。陆机之赋[19]，虚握灵珠[20]；孙绰之铭[21]，空擅昆玉[22]。弘度遗篇[23]，承天垂旨[24]，布在方册[25]，无彰器用[26]。譬彼春华[27]，同夫海枣[28]。宁可以轨物字民[29]，作范垂训者乎[30]？且今之官漏[31]，出自会稽[32]。积水违方[33]，导流乖则[34]，六日无辨[35]，五夜不分[36]，岁躔阉茂[37]，月次姑洗[38]。皇帝有天下之五载也[39]，乐迁夏谚[40]，礼变商俗[41]。业类补天[42]，功均柱地[43]。河海夷晏[44]，风云律吕[45]。坐朝晏罢[46]，每旦晨兴[47]。属传漏之音[48]，听鸡人之响[49]。以为星火谬中[50]，金水违用[51]。时乖启闭[52]，箭异锱铢[53]，爰命日官[54]，草创新器。[55]

于是俯察旁罗[56]，登台升库[57]。则于地四[58]，参以天一[59]。建武遗蠹[60]，咸和余舛[61]，金筒方员之制[62]，飞流吐纳之规[63]，变律改经[64]。一皆惩革[65]。天监六年[66]，太岁丁亥[67]，十月丁亥朔[68]，十六日壬寅[69]，漏成进御[70]。以考辰正晷[71]，测表候阴[72]，不谬圭撮[73]，无乖黍累[74]。又可以校运筭之睽合[75]，辨分天之邪正[76]，察四气之盈虚[77]，课六历之疏密[78]。永世贻则[79]，传之无穷[80]。赫矣焕乎[81]，无得而称也[82]。昔嘉量微物[83]，盘盂小器[84],犹其昭德记功[85],载在铭典[86]。况入神之制[87],与造化合符[88],成物之能[89],与坤元等契[90]。勋倍楹席[91],事百巾机[92],宁可使多谢曾水[93],有陋昆吾[94]。金字不传[95],银书未勒者哉[96]?乃诏小臣[97],为其铭曰:一暑一寒,有明有晦[98]。神道无迹[99],夫工罕代[100]。乃置挈壶,是惟熙载[101]。气均衡石[102],晷正权概[103]。世道交丧[104],礼术销亡[105]。遽迁水火[106],争倒衣裳[107]。击刁舛次[108],聚木乖方[109]。爰究爰度[110],时维我皇[111]。方壶外次[112],圆流内袭[113]。洪杀殊等[114],高卑异级[115]。灵虬承注[116],阴虫吐噏[117]。倏往忽来[118],鬼出神入[119]。微若抽茧[120],逝如激电[121]。耳不辍音,[122]眼无留眄[123]。铜史司刻[124],金徒抱箭。[125]。履薄非兢[126],临深罔战[127]。授受靡僭[128],登降弗爽[129]。惟精惟一[130],可法可象[131]。月不遁来[132],日无藏往[133]。分以符契[134],至犹影响[135]。合昏暮卷[136],蓂荚晨生[137]。尚辨天意[138],犹测地情[139]。况我神造[140],通幽洞灵[141]。配皇等极[142],为世作程[143]。

注释

〔1〕观象:观察天象。象,天象,指日月星辰分布运行的现象。李善注引《周易》:"古者庖牺氏之王天下也,仰则观象于天,俯则观法于地。"

〔2〕昏旦:夜晚与天明。

〔3〕治历:修治历数。历,历数,指推算日月星辰运行以定岁时节气的方法。明时:辨明岁时节气。

〔4〕盈缩:长短。谓岁时节气的长短。盈缩之度,指计量岁时节气的标准。

〔5〕挈(qiè 切)壶:挈壶氏,官名。掌漏刻以报时。李善注引《周礼》:"挈壶氏下士六人。"郑玄曰:"壶,盛水器也,挈壶水以为漏也。" 命氏:谓世代相袭

而为一种官职，因以官职为姓氏。

〔6〕义用：意义功用。

〔7〕揆(kuí 奎)景：测度日影。　测辰：测定时辰。

〔8〕徼(jiào 叫)宫：巡察宫城。李善注："揆景测辰，谓昼夜漏也。徼宫，谓徼巡其宫也。"　戒井：谓行军中告戒有水井之处。李善注引郑司农曰："挈壶以令军井，谓为军穿井，井成，挈壶悬其上，令军中众皆望见，知此下有井也。壶所以盛饮，故以壶表井也。"

〔9〕水火：谓以水守壶或以火守壶。以水守壶者，谓使水浇注于漏壶之中；以火守壶者，谓夜中以火视漏刻之数，以报时。

〔10〕分：分别，区分。此句谓依漏刻所表之时辰区分日夜。李善注引郑玄曰："以水守壶者，为沃漏也；以火守壶者，夜视刻数也。分以日夜者，异昼夜漏也。"以上四句皆谓挈壶氏之义用，在上古时或以测定时令节气，或以告诫巡察宫城，或于行军中悬壶以示水井处，或以报告入夜天明的时刻。

〔11〕司历：官名，掌历数之事。　亡官：谓失职。此谓司历报告岁时节气不准确。李善注引《左传》："仲尼曰：'今火（心星）犹西流（谓未尽没），司历过也。'"

〔12〕畴人：官名，掌历算之事。李善注引如淳曰："家业世世相传为畴。"古司历之官世代相传，故谓畴人。　废业：此谓废止世代相袭之业。李善注引《汉书》："三代（夏商周）既没，五霸之末（指春秋末叶），史官丧纪，畴人子弟分散。"

〔13〕孟陬(zōu 邹)：指正月。孟，开端；陬，古代十二十月皆有别名，陬为正月的别名。　殄(tiǎn 舔)灭：灭亡。此谓计算岁时闰余乖错多误。

〔14〕摄提：星名。　无纪：此谓星次年份测算谬误不准。李善注引《汉书》："孟陬殄灭，摄提失方。"《音义》曰："正月为孟陬。历纪废绝，闰余乖错，不与正岁相值，谓之殄灭。摄提，星名，随斗杓所指建十二月。若历误，春三月当指辰，而乃指巳，是为失方。"另说以为摄提为寅年的别名。古以子、丑、寅、卯、辰、巳、午、未、申、酉、戌、亥纪年，太岁在寅称摄提格。故谓摄提指寅年（参见王逸《楚辞章句·离骚》）。以上四句谓春秋之末司历之官（即三代之挈壶氏）逐渐废止，岁时节气之测定多所乖错。

〔15〕卫宏：东汉东海人，字敬仲，少好古学，作《诗序》，善得风雅之旨，又为古文《尚书》作训旨，古学因而大兴。后作《汉旧仪》四篇，以载西京杂事。光武帝时曾任议郎。　传呼：谓汉宫中依夜漏之时刻传令卫士值班。传呼之节，指

传呼宫中卫士值宿的时辰。李善注引卫宏《汉旧仪》:“夜漏起,宫中宫城门传五伯官直符,行卫士,周庐(汉宫周围的警卫哨所)击木柝(木梆子),讙呼备火。”

〔16〕较:通“校”,考校。

〔17〕霍融:西汉人,曾任太史令。　分至:指春分、秋分、夏至、冬至。分至之差,指漏刻所示时日与分至不符。

〔18〕密:缜密,严谨。

〔19〕陆机:西晋吴郡吴人,字士衡。祖、父为吴将相。吴亡,机闭门读书十年。太康末,与弟云入洛阳,以文才名重一时,官平原内史。陆机之赋,指机所作《漏刻赋》。

〔20〕灵珠:灵蛇之珠,宝珠名,喻文才之美。

〔21〕孙绰:西晋太原中都人,字兴公。博学善文,作《天台山赋》,传诵于世。官至廷尉卿。孙绰之铭,指绰所作《漏刻铭》。

〔22〕昆玉:昆山之玉,美玉名,喻文才之美。

〔23〕弘度:西晋李充,字弘度,江夏人。初为王导记室参军,后官至中书侍郎。曾修编典籍,以类相从,分为四部,秘阁以为永制。　遗篇:遗作。此指李充所作《漏刻铭》。

〔24〕承天:何承天,南朝宋郯人。经史百家,莫不该览。武帝时任祠部郎,文帝每有疑议,必先访之。官至御史中丞。曾删并礼论,改定元嘉历。　垂旨:留传后世的旨意。此指何承天所定漏刻之法。

〔25〕布:宣布。　方册:方策,史籍。

〔26〕彰:明,明显。　器用:用器。

〔27〕春华:喻文采之美。

〔28〕海枣:传说中的果名,喻华而不实。李善注引《晏子春秋》:“齐景公谓晏子曰:‘东海之中有水赤,其中有枣,华而不实,何也?’晏子曰:‘昔者秦穆公乘舟理天下,黄布裹蒸枣,至海而掾(击)其布破。黄布故水赤,蒸枣故华不实。’公曰:‘吾佯问子。’对曰:‘婴闻佯问者佯对也。’”

〔29〕轨物:规范人事。　字民:抚育人民。

〔30〕作范:作为规范。　垂训:传布教训。以上数句谓两汉以至晋宋以来,有关漏刻的著述皆文辞华美而不切实用,上古挈壶氏(漏刻)之义用益加亡遗不显。

〔31〕今:指南朝梁。 官漏:指官府所用旧的漏刻。

〔32〕会稽:郡名。地当今江苏东南部及浙江西部。此指梁官漏制造者魏丕。李善注引萧子云《东宫杂记》:“天监六年,上造新漏,以台旧漏给宫,漏铭云咸和七年会稽山阴令魏丕造,即会稽内史王舒所献漏也。”

〔33〕积水:指漏壶中所存之水。 违方:违背法则。

〔34〕导流:指壶中积水下流的速度。 乖则:不合法则。

〔35〕六日:指夏至与冬至。李善注引《淮南子》:“冬至子午,夏至卯酉。冬至加三日,则夏至之日也。岁迁六日,终而复始。”高诱注:“迁六日,今年以子冬至,后年以午冬至。”

〔36〕五夜:古以一夜时辰分为五段,也称五更、五鼓,即甲、乙、丙、丁、戊。李善注引卫宏《汉旧仪》:“夜漏起,省(设于宫禁中的官署)中用火,中黄门(宫中的太监)持五夜,甲夜、乙夜、丙夜、丁夜、戊夜。”

〔37〕岁:指太岁,古代天文学中假设的星名,与岁星相应,以其于黄道所在的部分纪年。 躔(chán 缠):指日月星辰的运行。 阉茂:地支中戌的别称,用以纪年。此指戌年。李善注引《尔雅》:“太岁在戌曰阉茂。”

〔38〕次:在,止。 姑洗:古代十二乐律之五。代指农历三月。

〔39〕皇帝:指梁武帝。

〔40〕乐:音乐,音乐制度。 夏谚:夏代的民间谚语。《孟子·梁惠王下》:“夏谚曰:‘吾王不游,吾何以休?吾王不豫,吾何以助?一游一豫,为诸侯之度。’”意谓君王能关心百姓疾苦,与民众同忧乐。

〔41〕礼:礼仪,礼仪制度。 商俗:商朝习俗。《尚书·毕命》:“商俗靡靡,利口惟贤。”《疏》:“商之旧俗,靡靡然好相随顺,利口辩捷阿谀顺旨者,惟以为贤。”意谓政风腐败,巧言令色阿谀随顺之徒被视为贤者。以上两句谓梁武帝善于体达民心,与百姓同忧乐,革除了齐朝的暴政恶法。

〔42〕补天:指古代传说中女娲炼石补天之事。

〔43〕柱地:指古代传说中女娲断巨鳌之足,为天地立柱使其不陷之事。李善注引《列子》:“昔女娲氏炼五色之石以补其阙(天之缺漏),断鳌(大海龟)以立四极(四隅)。其后共工氏(古代传说中的神名)与颛顼(古帝名)争为帝,怒而触不周之山,折天柱,绝地维也。”

〔44〕夷晏:平静安定。

〔45〕风云:东风青云。指祥瑞之应。 律吕:指古代音乐的十二律。阳律

称律,阴律称吕。李善注引《十洲记》:“天汉(汉武帝年号)三年,西国王使献灵胶四两,吉光毛裘。受以付库。使者曰:‘常占东风入律,十旬不休;青云干吕,连月不散。意者阎浮有好道之君,我王故搜奇蕴而贡神香,步天材而请猛兽,乘毛车以济弱水(传说中水名),于今十三年矣。’”以上两句谓梁武帝时代仁德治世,社会太平,故风云河辉皆现祥瑞之应。

〔46〕坐朝:谓君主在朝理政。　晏罢:谓至晚退朝。晏,晚。

〔47〕晨兴:早起。

〔48〕属(zhǔ 主):关注。系念于心。　传漏:谓报告时刻。

〔49〕鸡人:官名。上古掌报晓之事。李善注:“《周礼》曰:‘鸡人掌大祭祀,夜呼旦以叫百官。’《集》云:‘鸡人二字,是沈约所改作也。’”

〔50〕星火:即大火星,又名心星。　谬中:古时气象学认为夏末黄昏时大火星现于天空正中,暑气渐渐消退;冬末天明时大火星现于天空正中,寒气渐渐消退。此谓漏刻所示之日夜时辰谬误不准。

〔51〕金水:指漏壶。刘良注:“壶用金,漏用水。以阴阳之象。”　违用:违背计时之用。

〔52〕乖:违误,不相合。　启闭:启,指立春、立夏;闭,指立秋、立冬。《左传·僖公五年》:“凡分、至、启、闭,必书云物,为备故也。”《疏》:“凡春秋分、冬夏至,立春、立夏为启,立秋,立冬为闭,用此八节之日必登观台,书其所见云物气色。若有云物变异,则是岁之妖祥既见,其事后必有验,书之者为预备故也。”

〔53〕箭:漏箭,漏壶中指示时刻的器具。　锱铢(zī zhū 兹朱):古代重量单位。李善注引郑玄《礼记注》:“八两为锱。”又引《汉书》:“二十四铢为两。”此指漏箭浮动的刻度。以上两句谓旧有漏刻测定节气与时间谬误不准。

〔54〕日官:古代掌天文历数之官。

〔55〕新器:指新造的刻漏。

〔56〕俯察:俯察地理。此谓仰观天文,俯察地理。　旁罗:广泛探察。此谓广察日月星辰的运行情况。李善注引《史记》:“黄帝顺天地之纪,旁罗日月星辰。”

〔57〕台:观台。指观察天象之所。　库:古时藏车马甲兵之所,建于高显之处,故远望可登之。

〔58〕则:法,取法。　地四:指金。

〔59〕参:参考,参验。　天一:指水。《汉书·律历志上》:“天以一(五行之

一)生水,地以二(五行之二)生火。天以三(五行之三)生木,地以四(五行之四)生金,天以五(五行之五)生土。"李善注:"言壶用金,而漏用水也。"以上两句以地四、天一代指金水,而与上"金水违用"句避复。又,张凤冀谓:"地以得四生金,则之,故壶形方;天以得一生水,参之,故筒形圆。"此说以为上两句谓壶取法于下地之方,筒参验于上天之圆,古人认为天圆地方,制漏刻模拟天地之形,也可通。

〔60〕建武:东汉光武帝年号。　遗蠹(dù 度):此谓历史留传下来的漏刻。蠹,朽烂。李善注引司马彪《续汉书》:"霍融曰:'四分(历法名)施于建武。'"

〔61〕咸和:东晋成帝年号。　余舛(chuǎn 喘):此指上世遗留下来测时谬误的漏刻。舛,谬误。李善注:"咸和漏刻,即上魏丕所造也。"

〔62〕金筒:金,指壶,漏刻盛水之器;筒,受水而浮漏箭之器。　方圆:方,谓壶;圆,谓筒。

〔63〕飞流:飞,谓漏箭随筒水之涨而上浮,以表示时辰;流,谓壶中之水漏入筒中,筒中水涨而箭上浮。　吐纳:吐,谓壶漏下水流;纳,谓筒接受水流。

〔64〕律:律历,历法。　经:常法。

〔65〕惩革:废止革除。

〔66〕天监:梁武帝年号。

〔67〕太岁:星名。为古天文学假设的星名,与岁星相对,后来用以纪年。丁亥:干支名。此以纪年。

〔68〕丁亥:干支名。此以纪月。　朔:指农历每月初一。

〔69〕壬寅:干支名。此以纪日。

〔70〕进御:进献。

〔71〕考辰:考正三辰(日、月、星)。　正晷(guǐ 鬼):测定日影。

〔72〕测表:谓立标竿测定日影以计时。表,测日影杆竿。　候阴:谓测度土地的阴气。李善注:"测表候阴,谓土圭(指测日影、正四时和测土地之法)也。"以上两句谓新制漏刻的广泛功用。

〔73〕圭撮:古量名。喻极微之数。

〔74〕无乖:不差。　黍累:古量名。喻极微之数。李善注引应劭曰:"圭,自然之形,阴阳之始也。四圭曰撮。十黍一累,十累一铢。"

〔75〕校:校正,考核。　运筭:此谓运算律历之法。　睽(kuí 魁)合:离合。睽,离,不合。此谓律历之法与时令节气是否相合。

〔76〕辨:辨别,辨正。　分天:分辨天部。谓分辨日月星辰分布运行的情况,以预测吉凶祸福。　邪正:谓位次偏正。李善注引《汉书》:“造汉太初历(律历名),治历者方士唐都(人名),巴郡落下闳(人名)与焉。都分天部,而闳运算转历也。”孟康《汉书·律历志注》:“谓分部二十八宿为距度。”

〔77〕四气:指四时阴阳变化之气。　盈虚:满损。此谓四时之气的变化情况。李善注引《尔雅》:“春为发生,夏为长嬴,秋为收成,冬为安宁,四气和为通正。”

〔78〕课:考查,考核。　六历:六种历法。指黄帝、颛顼、夏、商、周及鲁历。疏密:粗疏精密。以上四句谓新漏刻精密准确,可用以校正考核历代律历的可靠程度。

〔79〕贻则:留传后世的准则。

〔80〕无穷:谓久远。

〔81〕赫:盛美的样子。　焕:光辉的样子。

〔82〕无得:无能,没有法子。　称:称述,赞扬。

〔83〕嘉量:上古标准量器。此指周代栗氏所制量器。李善注引《周礼》:“栗氏为量,其铭曰:‘嘉量既成,以观四国。永启厥后,兹器为则。’”

〔84〕盘盂:古时盛物之器。圆者为盘,方者为盂。其上刻铭辞,纪功颂德,或作警戒之资。李善注:“《七略》曰:《盘盂书》者,其传言孔甲为之。孔甲,黄帝之史也,书盘盂中为诫法,或于鼎,名曰铭。”

〔85〕昭德:显耀功德。

〔86〕铭典:铭辞典籍。

〔87〕入神:入于神化之境。入神之制,此指新制漏刻。

〔88〕造化:大自然的创造化育。　合符:符合。

〔89〕成物:生成万物。此谓制造新漏刻。

〔90〕坤元:指大地之德。　等契:等同。李善注引《周易》:“乾(指天)知太始(生成万物之气),坤(指地)作成物。”又引:“至哉坤元,万物资生。”

〔91〕楹(yíng 营)席:楹,廊柱;席,指几案。此指周武王时刻于楹柱席几上的铭辞。李善注引蔡邕《铭论》:“武王践祚(即帝位),咨于太师(指姜尚),而作席机(几案)楹杖杂铭。”

〔92〕巾机:巾箱几案。巾,指巾箱,古时藏文件书籍之器;机,几案,置于席上,以为依靠之具。此谓黄帝时刻于巾机自警自戒之铭辞。李善注引蔡邕《铭

论》:“黄帝有巾机之法,孔甲有盘盂之戒。”以上两句谓梁武帝命造新漏刻,其功勋远超周武与黄帝铭于楹杖巾机之德业。

〔93〕谢:谓愧于,不及。　曾水:水名。源出湖北均县西南武当山。传说为汉得鼎之所。

〔94〕昆吾:传说中山名。传说为周太师吕尚铸鼎之所。李善注引蔡邕《铭论》:“昔召公作诰,先王赐朕鼎,出于武当曾水。吕尚作周太师而封于齐,其功铭于昆吾之野。”

〔95〕金字:指镌刻于钟鼎等铜器上的铭辞。

〔96〕银书:碑铭之书。指铭辞。　勒:刻。此句以反诘的语气,谓梁武帝功德不逊于汉得古鼎之铭与周太师吕尚昆吾铸鼎之铭所记载之事,其命制新漏刻,岂有不作铭辞颂扬其功勋之理?

〔97〕小臣:陆倕自谦之称。

〔98〕晦:阴。

〔99〕神道:神妙之道。　无迹:不见踪迹。

〔100〕天工:上天的工巧。　罕代:谓不能替代。

〔101〕熙载:广泛从事。熙,广;载,事。

〔102〕气:指阴阳四时之气。若立春立秋、冬至夏至之类。　均:平。衡石:衡,秤;石,古代重量单位,一石等于一百二十斤。

〔103〕晷:日影。此谓以日影测定时刻。　权概:权,秤锤;概,量米粟时用以刮平斗斛的木板。李善注引《吕氏春秋》:“仲春日夜分(时间平分),钧衡石,角(正)斗桶(斛),正权概。”高诱曰:“角、平,斗桶、权概,皆令均等也。”以上两句谓古代挈壶之官报告四时节气的变化和昼夜时刻的运行,社会事物也依此运动静息,正如仲春时节,日夜平分,人间也必须应天时,校正统一度量衡的各种器具。

〔104〕世道:时世与道德。　交丧:一同丧失。

〔105〕礼术:礼义与法术。

〔106〕遽迁:迅速改变。　水火:谓掌漏刻报时辰,指司历之官。水,谓以水守壶者沃漏;火,谓以火守壶者视夜刻数。

〔107〕争倒:争相颠倒。　衣裳:衣服。上为衣,下为裳。李善注引《毛诗》:“东方未明,颠倒衣裳。”《诗序》谓:“《东方未明》,刺无节也。朝廷兴居无节,号令不时,挈壶氏不能掌其职焉。”以上两句谓漏刻之器谬误不准,挈壶之官

失于职守,以夜为晨,报时错乱,故令大臣们天未明即慌乱而起,准备登朝,连衣裳都穿颠倒了。

〔108〕击刁:敲击刁斗,谓巡夜警卫。刁,刁斗,古时铜制军中用具,昼炊饭食,夜击警卫。李善注引《汉书》:“李广行无部曲,不击刁斗自卫。”孟康曰:“以铜作鐎(刁斗),受一斗,昼炊饭食,击持行夜。” 舛次:谓次序错乱。

〔109〕聚木:敲击木柝,也谓巡夜警卫。聚,谓聚木而击之;木,木柝,古时巡夜警卫用的木梆子。李善注引《周礼》:“挈壶氏曰:凡军事悬壶,以序聚柝。”郑玄注:“谓击柝,两木相敲,行夜时也。” 乖方:违背规则。以上两句谓由于漏刻谬误,挈壶报时不准,使击柝打更之事皆失常规,皆以显示“世道交丧,礼术销亡”之状。

〔110〕爰:语助词。 究:与“度”皆谓取法,效法。李善注引《毛诗》:“维彼四国(四方诸侯之国),爰究爰度。”高亨《诗经今注·皇矣》:“究,当读为轨。轨、度均当训法。《左传·襄公二十一年》:‘轨度其信。’《淮南子·原道篇》:‘是故圣人一度循轨。’都是轨度并举。”

〔111〕时:是,此。 我皇:指梁武帝。以上两句谓只有我皇(梁武帝)能够取法上古,重修漏刻之制,端正挈壶之官,使世道礼术恢复正轨。

〔112〕方壶:方形的漏壶。 外次:谓方壶排列有序。古时漏壶形制不一,大致由三个播水壶(分上中下三级)和一个圆形的受水壶组成,故谓外次。

〔113〕圆流:谓圆形受水壶纳入水流。 内袭:谓水流于圆壶中重重涨起。受水壶中置漏箭,水涨箭浮,其所刻符号指示时辰。故谓内袭。吕延济注:“袭,重也。”

〔114〕洪杀:大小。此指漏壶形制。 殊等:不相等同。

〔115〕高卑:高低。此指几种漏壶所处位次。 异级:谓位次各异。

〔116〕灵虬(qiú 求):传说中一种龙。 承注:承受水流。

〔117〕阴虫:指蛤蟆,青蛙与蟾蜍之类。 吐噏(xī 西):谓吐出和吸入水流。噏,同“吸”。以上两句谓新漏刻构造的形象特征和其吐纳水流的情况。

〔118〕倏(shū 书)往:倏忽而往。

〔119〕神入:神没。以上两句谓新漏刻制作与运转的精微玄妙。

〔120〕抽茧:抽丝。

〔121〕激电:激烈的电光。以上两句谓漏下水之微细若抽丝,机械转动之速若激电。

〔122〕辍:止。

〔123〕眄(miàn 面):斜视,斜视的目光。以上两句谓漏刻机械转动之速,水流下注之急,耳不及听,其音已逝,目不及视,其形已去,皆言其精微玄妙。

〔124〕铜史:指漏壶上铜铸的仙人。　司刻:谓指示时刻。

〔125〕金徒:指漏壶上金制的胥徒。徒,胥徒,古时官府的小吏。　箭:漏箭,置于受水壶中,水涨箭浮,指示时刻。李善注引张衡《漏水转浑天仪制》:"盖上又铸金铜仙人,居左壶,为胥徒居右壶,皆以左手抱箭,右手指刻,以别天时早晚。"

〔126〕履薄:足踏薄冰,谓随时有塌陷之险。　非兢:谓并不恐惧谨慎。兢,战战兢兢、恐惧谨慎的样子。

〔127〕临深:面对深渊,谓随时有坠落之危。　罔战:并不战战兢兢。李善注引《毛诗》:"战战兢兢,如履薄水,如临深渊。"以上两句谓制成如此精妙的新漏刻,挈壶之官就不必战战兢兢,唯恐出现误差,报错时辰。

〔128〕授受:传给与接受。此谓挈壶之官所掌宫中宿卫交接时刻。　靡僁(qiān 迁):无误。僁,错误。

〔129〕登降:谓漏箭升降。李善注引《籍田赋》:"挈壶掌升降之节。"此指挈壶之官所掌朝廷作息时刻。　弗爽:无错。爽,错。

〔130〕精:精心。　一:一意。

〔131〕法:法则,效法。　象:模仿,仿效。以上两句谓新漏刻为精心一意所创制,可为法则,足以遵循。

〔132〕盾:又作"遁",隐。

〔133〕藏:匿。以上两句谓据新漏刻可以准确无误地测定月之出日之落,昼夜相分的时间。

〔134〕分:指春分、秋分。　符契:与符命相契合。符,符命,古时以为上天显示的瑞命,人间之事必有以应验。

〔135〕至:指夏至、冬至。　影响:谓影随形,响应声。以上两句谓新漏刻预测时令节气,若人事与符命相契合,影响与形声相依随,准确无误,不差分毫。

〔136〕合昏:植物名,又称合欢。李善注引周处《风土记》:"合昏,槿也,叶晨舒而昏合。"

〔137〕蓂(míng 明)荚:瑞草名。一名历荚。其草随月生死,每月朔日晨生一叶,至月半生十五荚。十六日后则日落一叶,至月晦日而尽。李善注引《田俅

子》:"尧为天子,蓂荚生于庭,为帝成历也。"

〔138〕天意:天命。此指尧受命为帝事。

〔139〕地情:地气。此指地中燥湿温凉之气。

〔140〕神造:神灵的创造。指新漏刻。

〔141〕通幽:与鬼神相通。幽,暗,指鬼域。 洞灵:与神灵相通。洞,通。

〔142〕配皇:谓与上天相配合。皇,皇天。 等极:谓与北极星相齐一。

〔143〕作程:作为法度。程,法,法度。以上八句谓合欢舒卷,蓂荚生枯,尚能明辨上天之意,测知下地之情;何况我皇命造的新漏刻,当与鬼神相通,与天象相应,足为人间遵循之法。

今译

远古之时,自上天观察星象,日夜交替之刻,不能区分;修治历数,辨明时令,节气长短之度,未有标准。挈壶之官,世代相袭,意义作用,何等久远!揆测日影,以定时辰;巡察宫卫,告有水井。以水灌壶,以火视刻;漏尽为昼,漏起入夜。春秋之时,司历失职;历算之官,废弃其业。月份计算,多有谬误;岁次测定,不合实际。东汉卫宏记载宫中依漏刻传呼宿卫之事,虽有考核而并不详尽;西汉霍融上言漏刻所示分至与天时有差,虽然详尽而并不缜密。西晋陆机曾作漏刻之赋,才华有如灵蛇之珠;同代孙绰曾作漏刻之铭,词采恰似昆山之玉。又有李充著作漏刻之篇,宋代何承天新创漏刻之法,皆流传于史籍,而不曾显现其实用。好比春花色彩斑烂,恰如海枣华而不实,怎可以之测度物类,抚育人民,引为规范,传布教训呢?而且现在官府所用漏刻,东晋咸和年间出自会稽山阴。壶中存水,违背法则,漏下水流,不合规程。冬至夏至,无法辨别,夜间五更,不够分明。

岁至阏茂,是为戊年,月在姑洗,时为三月,皇帝有天下已经五载。音乐革新,与民同乐;礼义改善,排除暴政。德业可比女娲氏补天,功勋等同为天地立柱。黄河东海,平静安宁;和风祥云,律吕相应。皇帝坐朝,至晚方退,每晨早起,勤于政务。心系司历传告漏刻之音，耳听鸡人报知天明之响。而司历所报日夜时分，谬误不准；漏壶所示时刻，违背实用。时令所指，不符立春立秋之实；漏箭所示，不合日夜运行刻度。于是皇帝命令日官，新造漏刻之器。

于是，仰观天文，俯察地理，广观日月星辰之分布运行，登观台而观天，升府库而察地。取法地之方而制金壶，参验天之圆而造水筒。后汉建武年所遗陈腐之器，东晋咸和年间所传谬误之具，其方壶圆筒之形制，水流吐出吸收之规范，以及所标志的律历常法，皆加改变，一并革除。天监六年，是太岁在丁亥年，十月丁亥朔，十六日壬寅，新漏刻制作完成，呈献皇帝。用以考核时辰，测正日影，立起标竿，测定地阴，不误分毫，无有误差。又可以考核律历与时令是否相合，辨明日月星宿的位次偏正，观察四时阴阳之气的变化情况，检验六代历法的准确程度。遗留后世，作为准则，传之万代，无穷无尽。何等盛美呵，何等光辉！用语言无法称颂赞美。古时嘉量虽为微物，盘盂更是小器，尚能显耀德业记述功勋，载于铭辞典籍，何况我朝精妙入神之作，与自然相合，生成万物之能，与地德相契，功勋远超于周武刻在廊柱席几上的颂德之铭，事迹百倍于黄帝刻在巾箱几案上的自诫之辞，怎可使我朝有愧汉得曾水古鼎之铭所颂之功，稍逊周太师昆吾铸鼎之铭所颂之勋，而不用金字银书镌刻铭辞、永传我皇空前之德呢？乃命小臣，作铭曰：

节气之变，一暑一寒；日夜交替，有明有暗。神运玄妙，踪迹不见；上天智巧，出于自然。上古设置，挈壶之官；所掌之事，确为广泛。中秋节气，统一衡石；日夜平分，校正概权。春秋末叶，世道皆丧；礼义法术，消亡殆尽。司历失职，日夜难分；天色未明，衣裳倒穿。击刁巡夜，次序谬误；打更警卫，交接混乱。效法古制，惟有我皇；新制漏刻，挈壶有官。方形金壶，构成有序；圆形水筒，掀起波澜。形制大小，等别各殊；位次高低，皆有界限。神龙昂首，承受水流；蟾蜍张口，吐水不断。倏忽而往，迅疾而来；往来玄妙，如鬼如神。水流吐纳，微若抽丝；机械传动，快如激电。耳不及听，其音已去;目不及视,形已不见。铜铸仙人,手指刻度;金质胥徒,怀抱漏箭。新制漏刻,精微灵验;挈壶报时,无需担心。巡夜宿卫,交接不误;朝廷作息,守时不乱。创制漏刻,精心一意;可为准则,可以遵循。月何时出,预测无误;日何时入,报告皆准。春分秋分,与时相符;夏至冬至,如实可信。合昏之叶,朝舒暮卷,蓂荚之草,晨生庭前。尚辨天意,预知地情;何况我皇,创制漏刻,沟通鬼域,洞达神灵,配合皇天变化,协同极星运转,世世代代,永为法宪。

(吕桂珍译注 陈复兴修订　陈延嘉再修订)

王仲宣诔一首

曹子建

题解

王粲(177—217),字仲宣,高平山阳人。建安七子之一。七子之中,最受曹操信重与赞赏,任丞相掾,拜侍中。与曹氏兄弟交谊甚笃。建安二十一年从操征吴,二十二年春病卒于道中,此文是曹植为悼念王粲而作。

诔,为悼念死者的一种文体。刘勰说:"详夫诔之为制,盖选言录行,传体而颂文,荣始而哀终。论其人也,暧乎若可觌;道其哀也,凄焉如可伤;此其旨也。"(《文心雕龙·诔碑》)

《王仲宣诔》基本合乎这个体式。

篇首为序,交代王粲之死,以及作诔的心情与主旨。正文先述王氏世系,其祖、父等三代汉世皆有功名,说明王粲的家世渊源。其次赞美王粲本人的德行才智,其在曹魏的功业与所受宠信,说明其生荣死哀之幸遇。最后回忆与王粲欢宴之景,抒发哀悼之情。

此诔是曹植所作诔文中最为文情并茂、脍炙人口的一篇。植身为贵族王公,而与同时文士相交,则心灵相通,融洽无隔。此诔赞美仲宣才德,则深怀钦敬;悼念仲宣死别,则天人共泣。尤其回忆与粲生前"好和琴瑟,分过友生",以及宴会戏言,议论生死的情景,更其真切自然,催人泪下,表现出布衣之交的情深义厚。可以用来做比较的,是其所作《文帝诔》。哀诔的对象虽是同胞兄长;但是空泛拖沓,平板做作。从天地之分写至大行之德,既不能“暧乎若可觌”,也不能“凄焉如可伤”,全无令人动容之词。刘勰曾批评说:“陈思叨名,而体实繁缓,文皇诔末,旨(百)言自陈,其乖甚矣。”(《文心雕龙·诔碑》)确然中肯。对于曹植来说,现实中的这位兄长只有君主之威,而无手足之情,只有萁豆相煎之忌,而无两心相契之谊。作《文帝诔》只是谨守礼仪而已。与写《王仲宣诔》之真情流露,正好相反。此可见曹植为人为文的个性特征。

原文

建安二十二年正月二十四日戊申[1],魏故侍中关内侯王君卒[2]。呜呼哀哉!皇穹神察[3],哲人是恃[4]。如何灵祇[5],歼我吉士[6]?谁谓不庸[7]?早世即冥[8]。谁谓不伤?华繁中零[9]。存亡分流[10],夭遂同期[11]。朝闻夕没[12],先民所思[13]。何用诔德[14]?表之素旗[15]。何以赠终[16]?哀以送之。遂作诔曰:

猗欤侍中[17],远祖弥芳[18]。公高建业[19],佐武伐商[20]。爵同齐鲁[21],邦祀绝亡[22]。流裔毕万[23],勋绩惟光[24]。晋献赐封[25],于魏之疆[26]。天开之祚[27],末胄称王[28]。厥姓斯氏[29],条分叶散[30]。世滋芳烈[31],扬声秦汉[32]。会遭阳九[33],炎光中曚[34]。世祖拨乱[35],爰建时雍[36]。三台树位[37],履道是钟[38]。宠爵之加[39],匪惠惟恭[40]。自君二祖[41],为光为龙[42]。佥曰休哉[43],宜翼汉邦[44]。或统太尉[45],或掌司空[46]。百揆惟叙[47],五典克从[48]。天静人和,皇教遐通[49]。伊君显考[50],弈叶佐时[51]。入管机密[52],朝政以治[53]。出临朔岱[54],庶绩咸熙[55]。

君以淑懿[56]，继此洪基[57]。既有令德，材技广宣。强记洽闻，幽赞微言[58]。文若春华，思若涌泉。发言可咏，下笔成篇。何道不洽[59]？何艺不闲[60]？綦局逞巧[61]，博弈惟贤[62]。皇家不造[63]，京室陨颠[64]。宰臣专制[65]，帝用西迁[66]。君乃羁旅[67]，离此阻艰[68]。翕然风举[69]，远窜荆蛮[70]。身穷志达[71]，居鄙行鲜[72]。振冠南岳[73]，濯缨清川[74]。潜处蓬室[75]，不干势权[76]。

我公奋钺[77]，耀威南楚[78]。荆人或违[79]，陈戎讲武[80]。君乃义发[81]，筭我师旅[82]。高尚霸功[83]，投身帝宇[84]。斯言既发[85]，谋夫是与[86]。是与伊何？响我明德[87]。投戈编鄀[88]，稽颡汉北[89]。我公实嘉[90]，表扬京国[91]。金龟紫绶[92]，以彰勋则[93]。勋则伊何？劳谦靡已[94]。忧世忘家，殊略卓峙[95]。乃署祭酒[96]，与君行止[97]。筭无遗策[98]，画无失理[99]。

我王建国[100]，百司俊乂[101]。君以显举[102]，秉机省闼[103]。戴蝉珥貂[104]，朱衣皓带[105]。入侍帷幄[106]，出拥华盖[107]，荣曜当世，芳风晻蔼[108]。嗟彼东夷[109]，凭江阻湖[110]。骚扰边境，劳我师徒。光光戎路[111]，霆骇风徂[112]。君侍华毂[113]，辉辉王涂[114]。思荣怀附[115]，望彼来威[116]。如何不济[117]，运极命衰[118]。寝疾弥留[119]，吉往凶归[120]。呜呼哀哉！翩翩孤嗣[121]，号恸崩摧[122]。发轸北魏[123]，远迄南淮[124]。经历山河，泣涕如颓[125]。哀风兴感，行云徘徊。游鱼失浪[126]，归鸟忘栖[127]。呜呼哀哉！

吾与夫子，义贯丹青[128]。好和琴瑟[129]，分过友生[130]。庶几遐年[131]，携手同征[132]。如何奄忽[133]，弃我夙零[134]！感昔宴会，志各高厉[135]。子戏夫子，金石难弊[136]。人命靡常，吉凶异制[137]。此驩之人[138]，孰先殒越[139]？何寤夫子，果乃先逝！又论死生[140]，存亡数度[141]。子犹怀疑，求之明据[142]。傥独有灵[143]，游魂泰素[144]。我将假翼，飘飖高举。超登景云[145]，要子天路[146]。

丧柩既臻[147]，将反魏京[148]。灵輀回轨[149]，白骥悲鸣。虚廓无见[150]，藏景蔽形[151]。孰云仲宣，不闻其声[152]？延首叹息，雨泣交颈[153]。嗟乎夫子！永安幽冥[154]。人谁不没？达士徇名[155]。生荣死哀，亦孔之荣[156]。呜呼哀哉！

注释

〔1〕建安:汉献帝年号。赵幼文注:“二十四日,考建安二十二年正月乙未朔,戊申当是十四日,此‘二’字宜删(据严敦杰先生说)。”

〔2〕故:旧,原来的。　侍中:官名,丞相属官,汉魏以后已相当于丞相。因常随皇帝左右,出入宫廷,故谓侍中。

〔3〕皇穹:皇天。　神察:天神明察。赵幼文注:“神察,意谓观察精微。”

〔4〕哲人:圣明之人。

〔5〕灵祇(qí 奇):天神地祇。

〔6〕歼:灭。　吉士:良善之士。此指王粲。

〔7〕庸:五臣本作“痛”。作“庸”不可通,盖传写误。

〔8〕早世:谓盛年时代。《曹集铨评》:“《魏志・王粲传》:卒年四十一,故云早世。”　冥:暗昧。谓死亡。

〔9〕华繁:繁华。谓盛年之时。　零:凋落。谓死亡。

〔10〕存亡:存,曹植自谓;亡,谓王粲。　分流:殊途。

〔11〕夭遂:夭,早亡;遂,寿终。　同期:期运相同。谓夭寿虽异,同有一死。

〔12〕夕没:夕死。

〔13〕先民:先人,古人,指孔子。李善注引《论语》:"朝闻道,夕死可也。"

〔14〕诔德:累述死者品德以表哀悼。李善注引郑司农《周礼注》:"诔谓积累生时德行。"

〔15〕素旗:即明旌,又谓之铭,指灵柩前的旗幡。李善注引郑玄曰:"铭,明旌也。杂帛为物,大夫士之所建也。以死者不可别,故以其旌旗识之。"又引扬雄《元后诔》:"著德太常(旗名),注诸旒旍。"

〔16〕赠终:谓为死者赠行。

〔17〕猗(yī 衣)欤:感叹词。

〔18〕远祖:指王粲的祖先。　芳:芬芳。喻贤德。

〔19〕公高:指毕公高,即王粲远祖。周文王第十五子。李善注引《史记》:"魏之先毕公高,与周同姓。武王伐纣,而高封于毕也。"

〔20〕武:周武王。　商:商纣王。

〔21〕爵:爵位。谓公、侯、伯、子、男爵五等之位次。　齐:古诸侯国名,太公望(吕氏、姜姓,名望)之封地。　鲁:古诸侯国名,周公旦之封地。

〔22〕邦祀:指帝王祖庙之祭祀。此指王位。　绝亡:灭亡。赵幼文注:"绝亡谓其子孙失其爵位,降为庶人,不能修其祭祀也。盖毕国绝封之后,子孙为民,或居中国,或在外族(见《通志·氏族略四》)。"

〔23〕流裔:后代子孙。　毕万:人名。春秋时晋人,毕公高之后。

〔24〕勋绩:功勋。

〔25〕晋献:晋献公。春秋时晋国君主。

〔26〕魏:西周时诸侯国名,在今山西芮城县。后为晋献公所灭,其地赐予毕万。

〔27〕天开:上天所开辟。　祚:福祚,王位。

〔28〕末胄:后代子孙。

〔29〕厥:其。　斯氏:谓以王为姓氏。李善注引《史记》:"公高苗裔曰毕万,事晋。献公灭魏,封毕万为大夫。"又引国称《陈留风俗记》:"浚仪县,魏之都也。魏灭,晋献公以魏封大夫毕万。后世文侯初盛,至子孙称王,是为惠王。然以称王,因氏焉。"

〔30〕条:枝,与"叶"皆喻子孙。此谓王姓子孙繁衍,遍布四方。

〔31〕世滋:世世繁茂。　芳烈:美好的业绩。指德业。

〔32〕扬声:显扬声名。吕向注:"秦有王离、王翦(皆秦将)之贵也;汉有五

侯(汉成帝时王氏五人同时封侯)之盛。是扬声也。"又《文选旁证》引《野客丛书》云:"王粲系毕公高之后,毕封于魏,后至惠王以王为氏,而离、翦自周太子晋之后,五侯自齐田和之后,此三派原不相干。向注非是。"此句为铺张颂扬之词,于史实无须过泥。仅录以备考。

〔33〕阳九:指厄运与灾难。道家称三千三百年为小阳九,小百六;九千九百年为大阳九,大百六。天厄谓之阳九,地亏谓之百六。

〔34〕炎光:指汉代。汉自称以火德王,故称炎汉。 中矇:中世暗昧。此谓王莽篡汉自立新朝。

〔35〕世祖:指汉光武帝刘秀。 拨乱:谓平定王莽之乱。

〔36〕爰:语首助词。 时雍:雍和,太平。时,是,此。

〔37〕三台:即三公。朝廷中的最高官职。李善注引《春秋汉含孳》:"三公象五岳,在天法三能(星名)。"能,同台。 树位:树立官位。

〔38〕履道:履行正道。 钟:当,担当。赵幼文注:"钟,《文选·舞鹤赋》李善注引曹植《九咏章句》:'当也。'谓行道乃能当之也。" 以上两句谓设立三公之位,使其担当履行正道之责。

〔39〕宠爵:宠荣爵位。 加:赐予。

〔40〕惠:恩惠。此谓帝王私恩。 恭:恭敬,谓忠于职守。以上两句谓赐予荣耀与爵位,不是凭据帝王私情,而是依据其人恪尽职守。

〔41〕君:指王粲。 二祖:指王粲曾祖王龚与祖父王畅。皆为东汉三公。李善引张璠《汉纪》:"王龚,字伯宗,有高名于天下,顺帝时为太尉。畅字叔茂,名在八俊,灵帝时为司空。"

〔42〕为光:谓被君主赐予光耀。 为龙:谓被君主所宠信。此句用《诗经·小雅·蓼萧》文:"既见君子,为龙为光。"毛苌曰:"龙,宠也。"

〔43〕佥(qiān 千):皆。 休:美。

〔44〕翼:辅佐。

〔45〕太尉:官名,统率军队的最高长官。其尊与丞相相当。东汉三公之一。此指王龚。

〔46〕司空:官名,协助丞相处理国家政务之官,兼负纠察百官行为之责。东汉三公之一。此指王畅。

〔47〕百揆(kuí 魁):百官。 叙:次序。谓长幼尊卑。

〔48〕五典:指五常之教,即父义、母慈、兄友、弟恭、子孝。此句用《书经·

舜典》文:“慎徽五典,五典克从。” 以上两句谓百官各依秩序,忠于职守;百姓皆顺从五典而实行之。

〔49〕皇教:皇帝的教化。 遐通:达到远方。

〔50〕伊:语助词。 显考:亡父的美称。显,明,表敬之词。

〔51〕弈(yì 义)叶:五臣本叶作“世”,累世。 佐时:辅佐当世之君。李善注引《魏志》:“粲父谦,为大将军何进长史。”

〔52〕机密:指军谋之事。

〔53〕治:治理,治理得好。

〔54〕朔岱:朔,北方,指今河北省;岱,泰山的别名,指今山东省。粲父谦曾出任二地之官(据赵幼文注)。

〔55〕庶绩:众功。诸方面功绩。 咸熙:皆兴,都得振兴。

〔56〕淑懿(yì 义):美好。此谓粲才德卓异超群。

〔57〕洪基:宏伟的基业。赵幼文注:“《魏志·王粲传》:‘(蔡)邕曰:此王公孙也,有异才,吾不如也。吾家书籍文章尽当与之。’谓继承祖父之阀阅地位,如蔡邕称之为王公孙可证也。”

〔58〕幽赞:深明。 微言:精微之言。指先圣经典。

〔59〕道:学术。 洽:博通。

〔60〕艺:技艺。 闲:熟习。李善注引《魏志》:“粲善属文,举笔便成,无所改定,时人常以为宿构。”

〔61〕綦:李善注作“碁”,陈八郎本作“棋”。 逞巧:显示智巧。李善注引《魏志》:“粲观人围棋,局坏,粲为复之。棋者不信。以帊(手巾)盖局,使更以他局为之,用相比,不误一道。其强记默识如此。”

〔62〕博弈:谓掷采(骰子)而后行棋。古时一种游艺之法。 贤:好,擅长。

〔63〕皇家:指汉王朝。 不造:不成,不可为。

〔64〕京室:指东汉都城洛阳。 陨颠:坠落。谓毁坏。

〔65〕宰臣:指董卓。卓于汉末引兵入朝,诛灭宦官,自为相国,废少帝,立献帝,独揽朝政。

〔66〕帝:指汉献帝刘协。 西迁:谓迁徙于长安。长安在洛阳西,故谓西迁。李善注引《魏志》:“董卓以山东豪杰并起,恐惧不宁。初平元年二月,乃徙天子都长安。”

〔67〕羁(jī 基)旅:客游异乡。此句谓粲客游于荆州牧刘表之处。

〔68〕离:遭遇。　阻艰:艰险。此谓董卓之乱。以上两句按意思应作“离此阻艰,君乃羁旅”,颠倒言之以协韵。

〔69〕翕然:凤飞的样子。　凤举:凤凰高飞。喻粲远赴异乡。

〔70〕荆蛮:指荆州。约当今湖北一带。东汉末刘表为荆州牧,治所在今襄阳。李善注引《魏志》:“粲以西京扰乱,乃之荆州依刘表。”

〔71〕身穷:身世困穷。赵幼文注引《王粲传》:“表以粲貌寝而体弱通侻,不甚重也。”　志达:心志畅达。谓得脱乱朝俗世。

〔72〕居鄙:地位低贱。　行鲜:品行光明。

〔73〕振冠:弹冠。弹去冠上灰尘。喻脱离尘俗,洁身自好。此用《楚辞·渔父》义:“新沐者必弹冠,新浴者必振衣,安能以身之察察(清白),受物之汶汶(污垢)者乎!”　南岳:南山。此指衡山。

〔74〕濯缨:洗涤冠缨。喻义与“振冠”同。　清川:指江水。李善注引盛弘之《荆州记》:“襄阳城西南有徐元直宅。其西北八里方山,山北际河水,山下有王仲宣宅。故东阿王诔云:‘振冠南岳,濯缨清川。’”

〔75〕潜处:隐居。　蓬室:草屋。贫士所居。

〔76〕干:干谒,求见。　势权:权势者。

〔77〕我公:指曹操。　奋钺(yuè 越):举起大斧。谓发令出征。钺,古时一种兵器,其形如斧。

〔78〕耀威:显耀武威。　南楚:指荆州。以上两句谓曹操南征刘表事。《魏志·武帝纪》载:“(建安十三年)秋七月,公南征刘表。八月表卒,其子琮代,屯襄阳。”

〔79〕荆人:指刘表部属。　或违:有人不从命。

〔80〕陈戎:部署军队。　讲武:讲习武事。以上两句谓刘表部属准备抗拒曹操。赵幼文注:“案《魏志》未载刘琮遣军拒操南下之事,仅于傅巽劝琮降操语中涉及之(见《魏志·刘表传》)。”

〔81〕义发:萌发正义之心。

〔82〕筭:同“算”,筹谋,筹划,估量。　师旅:军队。以上两句谓粲劝刘琮降操事。李善注引《魏志》:“刘表卒,粲劝表子琮,令降太祖。”

〔83〕高尚:崇尚,推崇。　霸功:指曹操的法度威令之功。李善注:“桓谭陈便宜曰:‘所谓霸功者,法度明正,百官修治,威令流行者也。’”

〔84〕帝宇:谓汉室。帝,指汉献帝。

〔85〕斯言:指粲劝琮降操之言。

〔86〕谋夫:指刘琮的谋士。如蒯越、韩嵩、傅巽等。　与:用,采用。赵幼文注:"是与,犹言赞同。"也通。

〔87〕响:向往,景仰。

〔88〕投戈:放下武器。　编鄀(ruò 若):地名。李善注引《汉书》:"南郡有编鄀县。"在今湖北宜城县东南。

〔89〕稽颡(qǐ sǎng 起嗓):古时一种礼节,跪拜,以额触地。　汉北:汉水之北。指襄阳。以上两句谓刘琮降操事。《魏志·刘表传》载:"太祖军到襄阳,琮举州降。"

〔90〕实嘉:诚心嘉奖。

〔91〕京国:京都。指洛阳。

〔92〕金龟:即金印。其纽龟形,故称金龟。汉为丞相、三公、列侯、将军所服。　紫绶:紫色印绶。

〔93〕彰:明。　勋则:谓奖功法制。李善注引《魏志》:"太祖辟粲为丞相掾,赐爵关内侯。"

〔94〕劳谦:辛勤谦逊。　靡已:不已。

〔95〕殊略:特异的谋略。　卓峙:高立。谓超群出众。

〔96〕署:授予。　祭酒:即军谋祭酒,官名。

〔97〕行止:征行止宿。

〔98〕遗策:失策。

〔99〕失理:谓处理失误。理,治,处理。

〔100〕我王:指魏王曹操。　建国:指建安十八年汉献帝封曹操为魏公,并赐予封地。《魏志·武帝纪》:"今以冀州之河东、河内、魏郡、赵国、中山、常山、钜鹿、安平、甘陵、平原,凡十郡,封君(指曹操)为魏公。秋七月,始建魏社稷宗庙。"

〔101〕百司:百官。　俊乂(yì 义):才智出众。

〔102〕显举:光荣选拔。

〔103〕秉机:主管机要之事。　省闼(踏):禁中,宫中。闼,宫门。

〔104〕戴蝉:指侍中帽上的装饰。　珥(ěr 耳)貂:指侍中帽上的装饰。珥,插;貂,貂皮。赵幼文注引徐广《车服杂注》:"侍中帽上装饰,蝉在左,貂在右。因北土寒凉,本以貂皮暖,附施于冠,因遂变而成饰(《御览》卷六百八十八

引)。”

〔105〕皓带:玉带。李善注引《魏志》:“魏国建,拜粲侍中。”

〔106〕入侍:入朝侍从帝王左右。 帷幄(wò 握):帝王所居帷帐。

〔107〕出拥:出行护卫。 华盖:帝王车驾上的伞盖。此指帝王的车驾。赵幼文注引崔豹《古今注》:“华盖,黄帝所作也。与蚩尤战于涿鹿之野,常有五色云气,金枝玉叶,止于帝上,有花葩之象,故因而作华盖也。”

〔108〕芳风:喻美好的声誉。 晻(àn 暗)蔼:盛大的样子。

〔109〕东夷:东南之夷人。指吴国。

〔110〕凭:依恃。 阻:险阻。赵幼文注:“谓孙权据守长江及巢湖险要地区。”

〔111〕光光:武勇的样子。 戎路:五臣本路作“辂”,兵车。

〔112〕霆骇:雷声震响。喻武威强大。 风徂:风驰。喻行军迅猛。徂,往,驰。

〔113〕华毂(gǔ 古):雕画彩饰之车,帝王所乘。此以代指曹操。赵幼文注:“建安二十一年,曹操征吴,王粲从行。”

〔114〕辉辉:五臣本作“辉耀”,光辉的样子。 王涂:帝王车行之途。涂,通“途”。

〔115〕怀附:招来而使其归附。

〔116〕彼:指吴国。 来威:来归于威德。李善注:“言仲宣思念宠荣,志在怀附异类。望彼吴国,畏威而来也。”

〔117〕不济:不成。此句承上谓如何不能成就其怀附来威之志。

〔118〕运极:运数已尽。

〔119〕寝疾:卧病。 弥留:谓待终而暂留。赵幼文注引孙星衍曰:“弥者,《释言》云:终也。既命当终而淹留之际。”

〔120〕吉往:吉庆之日而往。谓从操伐吴。 凶归:凶灾之时而归。谓征行之路病而卒。李善注引《魏志》:“建安二十一年,(粲)从征吴。二十二年春,道病卒。”

〔121〕翩翩:鸟飞的样子。 孤嗣:孤独子孙。指王粲二子。

〔122〕崩摧:谓悲痛欲绝。

〔123〕发轸(zhěn 枕):发车,出发。 北魏:指邺城。

〔124〕南淮:地名。赵幼文注:"南淮指居巢。《魏志·武帝纪》:'二十二年春正月,王军居巢。'居巢在淮水之南。王粲从征,或死于此。今安徽巢县东北五里,即汉、魏之居巢县也。"

〔125〕颓:坠,坠落。

〔126〕失浪:遗失水浪。谓不能畅然而游。

〔127〕忘栖:忘掉栖息之所。谓盘旋鸣叫。以上四句谓风、云、鱼、鸟皆失去常态,同为王粲之死而悲哀。

〔128〕义:情谊。　贯:过。　丹青:泛指绘画用的颜色。李善注:"丹、青,二色名,言不渝也。"

〔129〕和:和谐。　琴瑟(sè 色):皆弦乐器名。李善注引《毛诗》:"妻子好合,如鼓瑟琴。"古以琴瑟之和,比喻夫妇之情,此比喻与粲友情之真诚无间。

〔130〕分:情分,情义。　友生:朋友。以上三句用丹青、琴瑟、友生几种比喻,强调与粲友情之忠贞不渝。

〔131〕庶几:表期望之词。　遐年:犹遐龄,高龄,长寿。遐,远。

〔132〕同征:同行,一同远游。

〔133〕奄忽:迅疾之意。

〔134〕夙零:过早零落。

〔135〕高厉:高亢,高昂。

〔136〕金石:比喻坚固不可破损。　难弊:难以破败。

〔137〕吉凶:生死。　异制:异域。谓难以预料。李善注引《春秋保乾图》:"利害同门,吉凶异域。"

〔138〕此驩:此次欢宴。驩,同"欢"。

〔139〕殒越:殒命。谓死亡。以上五句皆为宴会时曹植之戏言。

〔140〕论:讨论。

〔141〕数度:命运长短。赵幼文注:"谓命运长短之法则。"　以上两句是曹植与王粲平日所论。

〔142〕明据:明确的证据。

〔143〕傥(tǎng 倘):同"倘",假如。

〔144〕泰素:指天。

〔145〕景云:祥瑞之云,与有德者感应而出。李善注引《孝经援神契》:"德至山陵,则景云出。"

〔146〕要:会合。　天路:天上之路。

〔147〕丧柩:装有死者尸体的棺材。　臻:至。

〔148〕魏京:魏都邺城。今河北临漳县境。

〔149〕灵輀(ér 儿):丧车。　回轨:回辙。车马返回。

〔150〕虚廓:虚空。

〔151〕景:通“影”,影子。　蔽:隐匿。

〔152〕其声:指人之号、马之鸣。

〔153〕雨泣:泣泪如雨。　交颈:接于颈。

〔154〕幽冥:谓地下。

〔155〕达士:明智达理之士。　徇(xùn 训)名:为名誉而死。

〔156〕孔:甚。

今译

建安二十二年正月二十四日戊申,魏故侍中关中侯王君卒。呜呼,哀呀!皇天神明察万物,完全依赖哲人智。为何天神与地祇,毁灭这位良善士。谁说内心不悲痛?人在盛年即消逝。谁说心情不哀伤?繁花凋零正开时。我存君亡虽异路,夭折寿终同有死。朝闻正道愿夕没,先圣孔子早有志。以何赞颂君才德?写于明旌表扬之。以何赠君寿终日?为文哀悼以送之。于是作诔说:

何等善美王侍中,远祖贤德已芬芳。公高早已建功业,帮助周武伐殷商。爵位同于齐与鲁,王统中途遭灭亡。后裔有人名毕万,功勋卓著显荣光。晋献赏赐有封地,即在魏国疆域广。上天开创王侯位,后代子孙便称王。王位演变为姓氏,枝叶分散遍四方。世代繁茂德业盛,秦汉二代美誉扬。天下不幸遭厄运,大汉昏暗起祸殃。世祖平乱灭王莽,继承帝业建太平。设置三公将相位,履行正道方能当。封赐爵位与宠信,不凭私情凭奉公。自从君之二先祖,享受荣耀享恩宠。众人赞扬为美善,最宜辅佐汉家邦。或统军队任太尉,或助丞相为司空。文武百官各有序,五常之典得遵行。天时调顺人和睦,皇帝教化达远方。君之先父声誉美,继承前代辅时政。

入宫掌管机密事,朝政以此得清明。出任朔岱行政官,诸多政务皆振兴。

君之才德皆善美,继承大业有渊源。既有高尚道德修养好,才智技艺博而全。强记洽闻终不忘,深明经典微妙言。文采华丽若春花,思维敏捷似喷泉。发言成章可吟咏,下笔疾书即成篇。何种学术不精通?何种技艺不称善?棋局之上逞智巧,博奕之间总领先。汉家王统有危难,京都洛阳生祸患。董卓专制施暴虐,献帝被迫向西迁。君乃飘泊走异邦,遭此苦难与凶险。凤凰高举翩翩飞,赴远避难到荆蛮。身虽困穷志畅达,居处鄙陋品德贤。出离尘俗南山麓,高洁静守清川畔。隐居独处茅屋里,不求权势不做官。

我公发令起义军,显耀军威向荆州。荆州有人抗王命,部署阵势要动武。君乃萌发正义心,估量我军不可侮。崇尚严法威令功,投身汉帝来归附。君提建议既公布,谋士赞同不抵触。赞同理由究何在?我公明德皆景幕。放弃干戈于编鄀,刘琮投诚汉北州。我公诚心行嘉奖,表扬君功于京都。黄金官印系紫绶,以显奖功有法度。奖功法度何所据?勤劳谦虚不知休。忧虑国事忘家室,奇异谋略实高妙。我公授君为祭酒,与君同行也同宿。估量形势无失策,谋划军事理无误。

我王建立大魏国,百官才智皆超众。君以显赫高官职,掌握机密宫禁中。头戴蝉饰并插貂,身着赤衣束玉带。入朝侍王于帷帐,出行护卫王车盖。荣光照耀于当世,声誉美好扬四海。可叹东南有孙吴,凭靠江湖水澎湃。不时骚扰魏边境,劳我士卒实难耐。威严战车齐发动,风雷激荡扫落叶。君侍我王乘雕车,光辉闪耀照征途。思念恩荣促敌降,望其皆来服德威。为何不得遂其志,运数已尽生命衰。卧病将终暂留时,吉日征行凶时归。呜呼,哀呀!翩翩如鸟君孤儿,号啕恸哭捶心碎。发车魏京来自北,远达南方渡淮水。经历高山与大河,涕泪泉涌落如坠。轻风吹拂生哀情,行云飘浮似徘徊。游鱼沉水不追浪,归鸟盘旋忘栖息。呜呼,哀呀!

我与夫子相交久，义气不变似丹青。友好和谐如琴瑟，情分真诚过友朋。期望彼此享高龄，携手游乐同远行。为何转眼一瞬间，弃我而去早凋零！感慨昔日宴会上，抒发心志情高昂。我与夫子曾戏言：坚如金石不损伤。人生命运无常规，吉凶异域难测量。此次欢宴众人间，知谁不幸先衰亡？何曾料想王夫子，果然先去别亲朋！又曾议论死与生，存亡难知短与长。夫子内心多怀疑，求之经典查明证。假如人死灵魂在，灵魂遨游登太空。我将凭借双羽翼，飘飖高飞驾长风。超然离世登祥云，约与夫子会天穹。

丧车既已至淮南，将返归程向邺城。灵柩起动上归路，白马萧萧发悲鸣。周围空廓无所见，藏匿踪影蔽身形。谁说仲宣人已去，不能听见悲泣声？举首远望长叹息，涕泪如雨湿颈胸。呜呼，我友王夫子！永远安息暗黑中。人生世上谁无死？明达智士为求名。生时显赫死哀悼，也是为人最光荣。呜呼，哀呀！

（陈复兴译注并修订）

杨荆州诔一首

潘安仁

题解

杨荆州名肇,字秀初,荥阳(今河南荥阳县东北)人。因他做过荆州刺史,所以潘安仁(岳)尊称他为杨荆州。

潘杨两家是世家。杨肇十分赞赏潘岳的才华,并把女儿嫁给了他。潘岳对其岳父也有很深的感情。岳父在壮年病逝,使潘岳十分悲痛。潘岳"才名冠世","尤善为哀诔之文"(《晋书·潘岳传》),所以这篇诔文写得文情并茂,堪称其代表作。

诔文依据《诗经》作者的原则,首"述祖宗"(刘勰《文心雕龙·诔碑》),赞美杨肇之祖"系自有周","族始伯乔",而且累世显贵,尊行王道。次叙杨肇的才能和德行,"弱冠味道",无与伦比;天资聪颖,文思敏捷,博闻强记,多才多艺。再次写他的仕途生涯和政绩。杨肇曾仕魏,做轵县令,迁治书侍御史,兼统大理之任。后改授野王县典农中郎将。又任晋王司马昭之参军,被封为东武子。司马炎代魏称帝,杨肇统领禁军,因"清宫勋劳,进封东武伯"(潘岳《杨使君碑》)。又任东莞相,转荆州刺史,加折冲将军。后因伐吴失败而被罢官。潘岳在赞美他做地方官时,"化行邑里,惠洽百姓","仓盈庾亿,国富兵强",在做京官时,"视民如伤","苛慝不作",而且文武全才,恩威并用,"折冲万里,对扬王休"。可谓尽赞美之词。第四写杨肇的兵败被贬。潘岳说杨肇之败只是由于"粮尽",'神谋不忒",而且"君子之过,引曲推直,如彼日月,有时则食"。这是溢美之词。杨肇先是"悬军深入"(《杨使君碑》),已犯兵家之忌。首次进攻就"死者相属”(《三国志·魏书·陆抗传》),对峙一月后,大败而逃。杨肇被贬后,“杜门不出”,心情郁闷,潘岳赞他“位贬道行,身穷志逸”,恐怕也是出于对岳父的尊敬。杨肇在“玄首未华”之壮年就病故,与他的心情郁闷不无关系。最后由于他的忠诚,皇帝降恩,“宠赠衾襚,诔德策勋,考终定谥”,谥曰戴侯,当然是杨肇的荣耀。诔文的最后,潘岳以十分沉痛的心情,表达了自己“覆露重阴”的感谢之情,和自己因身患重病,在岳父得病时不能前去探视,死时又不能亲自去哭奠的歉疚之心,感情真挚,十分感人。

这篇诔文完全符合“选言录行,传体而颂文,荣始而哀终”(《文心雕龙·诔碑》)的诔的体制要求,充分展示了潘岳“巧于序悲,易入新切”的才能。对岳父虽有溢美之处,但也是人之常情。

原文

维咸宁元年夏四月乙丑[1],故折冲将军、荆州刺史、东武戴侯、荥阳杨史君薨[2]。呜呼哀哉[3]!

夫天子建国,诸侯立家[4],选贤与能[5],政是以和[6]。周赖尚父[7],殷凭太阿[8]。矫矫杨侯[9],晋之爪牙[10],忠节克明[11],茂绩惟嘉[12]。将宏王略[13],肃清荒遐[14]。降年不永[15],玄首未华[16],衔恨没世[17],命也奈何!呜呼哀哉!

自古在昔,有生必死。身没名垂,先哲所韪[18]。行以号彰[19],德以述美[20]。敢托旒旗[21],爰作斯诔[22]。其辞曰:

邈矣远祖[23],系自有周[24],昭穆繁昌[25],枝庶分流[26]。族始伯乔[27],氏出杨侯[28]。奕世丕显[29],允迪大猷[30]。天猒汉德[31],龙战未分[32]。伊君祖考[33],方事之殷[34]。鸟则择木,臣亦简君[35]。投心魏朝,策名委身[36]。奋跃渊涂[37],跨腾风云[38]。或统骁骑[39],或据领军[40]。

笃生戴侯[41]，茂德继期[42]。纂戎洪绪[43]，克构堂基[44]。弱冠味道[45]，无竞惟时[46]。孝实蒸蒸[47]，友亦怡怡[48]。多才丰艺[49]，强记洽闻[50]。目睇毫末[51]，心筭无垠[52]。草隶兼善[53]，尺牍必珍[54]。足不辍行[55]，手不释文[55]。翰动若飞[57]，纸落如云[58]。

学优则仕，乃从王政。散璞发辉[59]，临积作令[60]。化行邑里[61]，惠洽百姓[62]。越登司官[63]，肃我朝命[64]。惟此大理[65]，国之宪章[66]。君莅其任[67]，视民如伤[68]。庶狱明慎[69]，刑辟端详[70]。听参皋、吕[71]，称侔于、张[72]。改授农政[73]，于彼野王[74]。仓盈庾亿[75]，国富兵强。

煌煌文后[76]，鸿渐晋室[77]。君以兼资[78]，参戎作弼[79]，用锡土宇[80]，膺兹显秩[81]，青社白茅[82]，亦朱其绂[83]。魏氏顺天[84]，圣皇受终[85]。烈烈杨侯[86]，实统禁戎[87]，司管阊阖[88]，清我帝宫[89]。苛慝不作[90]，穆如和风[91]。谓督勋劳[92]，班命弥崇[93]。

茫茫海岱[94]，玄化未周[95]。滔滔江汉，疆埸分流[96]。秉文兼武[97]，时惟杨侯[98]。既守东莞[99]，乃牧荆州[100]。折冲万里[101]，对扬王休[102]。闻善若惊，疾恶如雠[103]。示威示德，以伐以柔[104]。

吴夷凶侈[105]，伪师畏逼[106]。将乘雠衅[107]，席卷南极[108]。继褰粮尽[109]，神谋不忒[110]。君子之过，引曲推直[111]。如彼日月，有时则食[112]。负执其咎[113]，功让其力[114]。亦既旋旆[115]，为法受黜[116]。

退守丘茔[117]，杜门不出[118]。游目典坟[119]，纵心儒术[120]。祁祁搢绅[121]，升堂入室[122]。靡事不咨[123]，无疑不质[124]。位贬道行，身穷志逸[125]。弗虑弗图[126]，乃寝乃疾[127]。昊天不吊[128],景命其卒[129]。呜呼哀哉!

子囊佐楚[130],遗言城郢[131]。史鱼谏卫[132],以尸显政[133]。伊君临终[134],不忘忠敬,寝伏床蓐[135],念在朝廷。朝达厥辞[136],夕殒其命[137]。圣王嗟悼[138],宠赠衾襚[139]。诔德策勋[140],考终定谥[141]。群辟恸怀[142],邦族挥泪[143]。孤嗣在疚[144],寮属含悴[145]。赴者同哀[146],路人增欷[147]。呜呼哀哉!

余以顽蔽[148],覆露重阴[149]。仰追先考[150],执友之心;俯感知己[151],识达之深。承讳忉怛[152],涕泪沾襟。岂忘载奔[153],忧病是沉[154]。在疾不省[155],于亡不临[156]。举声增恸[157],哀有余音。呜呼哀哉!

注释

〔1〕咸宁元年:275 年。咸宁,昔武帝年号。　乙丑日:初九。

〔2〕东武戴侯:杨肇被封为东武伯,死后谥号为“戴”。　史君:又作“使君”,汉以后对州郡长官的尊称。　薨(hōng 轰):诸侯死。

〔3〕呜呼哀哉:表示哀叹。

〔4〕家:诸侯的统治区域叫家。

〔5〕与:通“举”,推举。

〔6〕是以:因此。

〔7〕尚父:太公望被尊称为尚父,周大臣。

〔8〕太阿:阿衡,指伊尹,商汤大臣。

〔9〕矫矫:威武的样子。

〔10〕爪牙:武将。

〔11〕克:能。

〔12〕茂绩:丰功伟绩。　嘉:善。

〔13〕宏:弘扬。　王略:王道。

〔14〕荒遐:荒远之地。

〔15〕降年:上天所赐之寿命。

〔16〕玄:黑。　华:花,花白。

〔17〕衔:含。　恨:遗憾。

〔18〕韪(wěi 伟):是,正确。

〔19〕行:行迹,所作所为。　以:靠。　号:指谥号。　彰:显著。

〔20〕述:记述,指作诔。　美:美显。

〔21〕旒(liú 流)旗:出殡时在灵柩前的幡旗。吕向注:“古人用以书德行。”

〔22〕爰:于是。　斯:此。

〔23〕邈(miǎo):远。

〔24〕系:继,继承。　有周:周朝。

〔25〕昭穆:古代宗庙的位次,始祖居中,后代昭穆相承,在左为昭,在右为穆,昭生穆,穆又生昭。这里指子孙后代。

〔26〕枝庶:宗族旁出支派。　分流:分居于各地。

〔27〕伯乔:周王室庶出之子弟。

〔28〕氏:与“姓”相对而言,汉代以后与“姓”同义。　杨侯:人名,姓杨,名侯,伯乔的后代。伯乔被封于杨,因以为氏。杨,周代诸侯国名,春秋时并于晋。汉于此置杨县,属河东郡(在今山西省)。

〔29〕奕世:累世,一代接一代。　丕显:大明。

〔30〕允:确实。　迪:实行。　大猷:大道,重要的规律。

〔31〕猒:同“厌”,厌弃。

〔32〕龙战:比喻群雄相争。

〔33〕伊:助词,无实义。　祖考:祖先。

〔34〕方:正。　事:指征战之事。　殷:盛,高峰阶段,紧急关头。此句出自《左传·成公十六年》:“楚子使工尹襄问之以弓,曰:“方事之殷也,有韎(mèi 妹)韦之跗注,君子也。”(“正当战争紧急的时候,有位穿黄色牛皮军裤的人,是位君子。”)

〔35〕简:选择。

〔36〕策名:指出仕。　委身:托身,以身事人。

〔37〕奋跃渊涂:奋涂跃渊,如骐骥之奋蹄于道路,如蛟龙之跃动于深渊。涂,通“途”。

〔38〕风云:比喻地位高。

〔39〕或:有的人,指杨肇祖父杨恪,字仲义。 骁骑:骁骑将军,杨恪曾任骁骑将军。

〔40〕或:有的人,指杨肇父亲杨暨,字休先。 领军:领军将军。杨暨曾任领军将军。

〔41〕笃:深,厚。这里相当于贵,表敬副词。

〔42〕茂德:盛德。 期:期望,指杨肇祖、父之期望。

〔43〕纂(zuǎn 缵)戎:继承并扩大。

〔44〕克:能。 堂基:宫殿的基础。

〔45〕弱冠:二十岁。 味道:体察道理。

〔46〕无竞:无与之争,无与伦比。

〔47〕蒸蒸:孝顺的样子。

〔48〕怡怡:和顺的样子。

〔49〕丰:多。

〔50〕洽:广博。

〔51〕睇(dì 弟):斜视,看。 毫末:毫毛的尖。

〔52〕筭:同“算”,计算。 垠:边际。

〔53〕草隶:草书和隶书。

〔54〕尺牍:信。 珍:珍贵。

〔55〕辍:停止。

〔56〕释:放下。

〔57〕翰:笔。

〔58〕纸落如云:形容写得多而快。

〔59〕璞:未经加工的玉。

〔60〕轵(zhǐ 止):县名,在今河南济源南。

〔61〕化:教化。 邑里:民间。

〔62〕洽:遍。

〔63〕越:越级。 司官:指治书侍御史。杨肇从轵县令越级而做了此官。

〔64〕肃:严肃。

〔65〕大理:官府名,主管刑狱。

〔66〕宪章:国之大法。

〔67〕莅(lì 力):到。

〔68〕视民如伤：极言顾恤民众之深。《孟子·离娄下》："文王视民如伤，望道而未之见。"《疏》："言文王常有恤民之心，故视下民常若有所伤而不敢以横役而扰动之也。"

〔69〕庶狱：众狱，各种狱诉之事。　明慎：明察而谨慎。

〔70〕刑辟：刑法。　端详：细审。

〔71〕皋（gāo 高）：皋陶，传说中少皞氏支裔，东夷部族首领之一。一作咎繇，偃姓。活动据点在奄（今山东曲阜）。虞舜时，曾任掌管刑法的士（法官之长），以正直著称。　吕：吕侯，周穆王大臣。一作甫侯。为司寇。周穆王采纳他的言论做刑法布告四方，即今《尚书》的《吕刑》篇。

〔72〕侔：齐，同。　于：于定国，西汉宣帝时大臣，为廷尉，九卿之一，掌刑狱。《汉书·于定国传》："其决疑平法，务在哀鳏寡，罪从轻。朝廷称之。"时称"于定国为廷尉，民自以无冤"。　张：张释之，西汉初法律学家，文帝时为廷尉。曾要求文帝严格按法处刑，认为"法者，天子所与天下公共"，而廷尉为"天下之平"，不能任意高下。时人赞道："张释之为廷尉，天下无冤民。"（《汉书·张释之传》）

〔73〕农政：指典农中郎将，秩比二千石。

〔74〕野王：县名，在今河南沁阳。杨肇为野王典农中郎将。

〔75〕庾（yǔ 雨）：露天粮仓。在邑叫仓，在野叫庾。　亿：形容极多。

〔76〕煌煌：炽盛。　文后：指晋文帝司马昭，三国时魏国大臣，河内温县（今河南温县西）人。司马懿之子。继兄司马师为大将军，专断国政，阴谋代魏。杀曹髦，另立曹奂为傀儡皇帝。自称晋公，后为晋王。死后数月，其子司马炎代魏称帝，建立晋朝，追尊为文帝。

〔77〕鸿渐：像鸿雁之渐渐飞高，指司马昭登上晋王的高位。

〔78〕兼资：兼有文武之才。

〔79〕参戎：参与军事。指杨肇任司马昭的参军之职。　弼：辅佐之臣。

〔80〕用：以，因。　锡（cì 赐）：通"赐"。　土宇：土地，封地。指东武县。杨肇被封为东武伯。

〔81〕膺：当，得。　显秩：高官。

〔82〕青社：祀东方土神处，借指东方。青色代表东方，社指土神。　白茅：多年生草。古代常用以包裹充祭祀的土。

〔83〕朱：使变成朱红色。　绂（fú 服）：通"黻"。

〔84〕魏氏：指三国魏元帝。　顺天：顺应天命。指魏元帝被迫让位于司马炎。

〔85〕圣皇：指晋武帝司马炎。　受终：承受帝位。终，指魏帝终而晋帝始。

〔86〕烈烈：威武的样子。

〔87〕禁戎：禁军，皇帝的亲兵。

〔88〕司：主管。　管：管籥。　阊阖：洛阳城之西门名。

〔89〕清：使清静。

〔90〕苛慝（tè 特）：暴虐邪恶。　作：产生。

〔91〕穆：温和。

〔92〕督：通"笃"，厚，重。《左传·僖公十二年》："谓督不忘。"

〔93〕班命：颁布命令。李善注："《肇碑》曰：'以清宫勋劳，进封东武伯。'"　弥：甚。

〔94〕海岱：指东海与泰山之间的地方。岱，泰山。

〔95〕玄化：至德的教化。　周：周遍。

〔96〕疆埸（yì 易）：边疆，边界。　分流：河流分道流淌。这里指分裂，分割。

〔97〕秉：持，具有。

〔98〕时：当时。　惟：只。

〔99〕东莞（guǎn 管）：县名，在今山东。李善注："《肇碑》曰：'领东莞相。'"

〔100〕牧：官名，称州官为牧。杨肇曾做荆州刺史。

〔101〕折冲：使敌人的战车后撤，即击退敌军。冲，战车的一种。这里指杨肇所任之折冲将军。

〔102〕对扬：称扬。　王休：帝王的美德。

〔103〕雠：仇。

〔104〕伐：征伐。　柔：怀柔。

〔105〕吴夷：指三国孙吴政权。　凶侈：凶恶放纵。《晋书·羊祜传》："孙皓之暴，侈于刘禅。"

〔106〕伪师畏逼：指吴国西陵督步阐因害怕孙皓的迫害而投降晋国之事。《晋书·羊祜传》："吴西陵督步阐举城来降。""孙皓恣情任意，与下多忌，名臣重将不复自信，是以孙秀之徒皆畏逼而至。"梁章钜《文选旁证》："伪师畏逼，陈曰：'师当改帅，谓步阐也。师乃晋讳（避景帝司马师之讳），似不应用。'"

〔107〕雠衅:敌人的嫌隙,指步阐投降事。

〔108〕席卷南极:指杨肇想一举攻下孙吴之地。步阐投降后,陆抗率吴军来攻打。晋武帝命令羊祜(当时羊祜为都督荆州诸军事,假节)营救步阐。羊祜派荆州刺史杨肇进攻陆抗。南极,指南方孙吴政权所据之地。

〔109〕褰(qiān 千):缩,指杨肇败退。《三国志·吴书·陆抗传》:"荆州刺史杨肇至西陵。抗(陆抗)……身率三军,凭围对肇。""肇至月余,计屈,夜遁。抗使轻兵蹑之,肇大破败。"杨肇因此而被贬为平民。

〔110〕神谋不忒(tè 特):指杨肇是因粮尽而撤退,不是由于计谋出了差错。此于史有据。《晋书·羊祜传》载,杨肇失败后,"有司奏:'祜所统八万余人,贼众不过三万。祜顿兵江陵,使贼备得设。乃遣杨肇偏军入险,兵少粮悬,军人挫衄。'"羊祜被贬为平南将军。

〔111〕引曲推直:吕延济注:"君子引曲于己,推直于人。言肇不推粮尽之过,乃引罪于己也。"

〔112〕食:蚀。

〔113〕咎:过错,罪过。

〔114〕功:功业。　让:责备。

〔115〕旋旆(pèi 配):军队回国。旆,旗帜,代指军队。

〔116〕黜(chù 触):罢免。指杨肇被罢官成为平民。

〔117〕丘茔:坟墓。

〔118〕杜:闭。

〔119〕典坟:《三坟》《五典》,泛指经书。

〔120〕儒术:儒家学说。

〔121〕祁祁:众多。　搢绅:士大夫。

〔122〕升堂入室:指去拜访请教于杨肇。

〔123〕靡:无。　咨:问,请教。

〔124〕质:问。

〔125〕穷:不得志,没做官。　逸:超绝。

〔126〕图:谋。

〔127〕寝:卧。

〔128〕昊(hào 号)天:天,上帝。　吊:悲伤,怜悯。

〔129〕景命:大命。　卒:终,死。

〔130〕子囊:春秋时楚国公子,名贞,字子囊。

〔131〕遗言城郢:〔子囊〕遗言一定要在郢地筑城。《左传·襄公十四年》:"楚子囊还自吴,卒。将死,遗言谓子庚:'必城郢!'君子谓'子囊忠。君薨(死),不忘增其名(不忘记谥他为"共");将死,不忘卫社稷,可不谓忠乎?'"

〔132〕史鱼:春秋末卫国史官,名鳝,字子鱼,以正直著称。 卫:指卫君灵公。

〔133〕以尸显政:史鱼临死时,嘱咐家人不要"治丧正堂",以此劝戒卫灵公进贤〔蘧伯玉〕去佞〔弥子瑕〕。后人称为"尸谏"。

〔134〕伊:助词,无实义。 君:指杨肇。

〔135〕蓐:草席。

〔136〕厥:其,他的。

〔137〕殒:死。

〔138〕圣王:指晋武帝。

〔139〕衾(qīn 亲):覆盖尸体的单被。 襚(suì 遂):向死者赠送的衣被,是助死之礼。

〔140〕诔德:累述死者的功德以示哀悼。 策勋:记功。

〔141〕谥:谥号。李善注:"《肇碑》曰:肇薨。天子愍焉,遣谒者祠以少牢,谥曰戴侯。"

〔142〕辟:君,天子、诸侯君主的通称。这里指侯王之类的大官。

〔143〕邦族:国家和同姓之人。

〔144〕孤嗣:指杨肇之子,无父曰孤。 疚:病,久病曰疚。

〔145〕寮属:僚属。 悴:忧伤。

〔146〕赴者:讣者,吊丧者。赴,同"讣"。

〔147〕欷:欷歔。

〔148〕顽蔽:愚鲁。

〔149〕覆露:覆被雨露,喻恩泽庇荫。 重(chóng 虫)阴(yìn 印):双重荫庇。指潘岳之父与杨肇是好友而杨肇又是潘岳的岳父。

〔150〕先考:先父。

〔151〕知己:潘岳《怀旧赋》:"余十二而获见于父友东武戴侯杨君,始见知名,遂申之以婚姻。"

〔152〕承讳:接到了死讯。杨肇死时,潘岳远在外地,故说"承讳"。讳,死。

忉怛(dāo dá 刀达):忧伤,悲苦。

〔153〕奔:奔丧。

〔154〕沉:深,重。

〔155〕省(xǐng 醒):视,探望。

〔156〕临(lìn 吝):哭吊。

〔157〕举声:放声,指痛哭。 恸(tòng 痛):大哭,极悲哀。

今译

咸宁元年夏四月初九日,前折冲将军、荆州刺史、东武戴侯、荥阳杨使君病故。呜呼哀哉!

天子建立国,诸侯建立家,推选贤才举荐能人,政事因此而和顺。周王依赖尚父姜望而兴国,商王依赖阿衡伊尹而安邦。威武杨侯是捍卫国家之武将,忠诚无比,节操高尚,建立了丰功伟绩。正要大展王图,肃清荒远边地之时,不幸寿命短促,在满头青丝尚未花白之时,含恨病逝。这真是命啊,有什么办法!呜呼哀哉!

自古以来,有生必有死。身死而名留,是先贤所赞美的。逝者的业绩靠追赠谥号而更加彰明,德行靠作诔文而更加显著。出殡时在灵柩前的幡旗是用来书写德行的,我敬写此诔文,书于其上。其文辞是:

久远啊,杨侯之先祖,始自有周。子孙繁多,旁支分流。始祖伯乔,氏出杨侯。累世显贵,遵行王道。天厌汉德,群雄争斗。君之父祖,鏖战未休。鸟择树栖,臣选明君。归心魏朝,出仕事君。如骐骥奔驰于大路,如蛟龙跃动于深渊。建立功业,直上青云,祖父为骁骑将军,父亲任领军将军。

贵生戴侯,盛德继业,扩展宏图,构筑基业。二十闻道,无与伦比。孝心笃厚,交友和顺。多才多艺,强记博闻。明察秋毫,心算如神。工于草书,隶书兼善。书信于人,藏之如珍。足不停步,手不释文。笔动若飞,纸落如云。

学优而仕,为王从政。璞玉闪光,轵县为令。教化风行,惠遍百姓。破格升官,整肃朝命。惟此大理,国家宪章。君列其位,视民如伤。断案明慎,审讯周详。学习皋、吕,名齐于、张。改授典农,在县野王。仓廪盈满,国富兵强。

赫赫文帝,如雁高翔,扩展实力,位登晋王。君有高德,才兼文武。任职参军,为王佐辅。得此高官,封地东武,立社东方,白茅裹土,封伯显宦,朝服染朱。魏君让位,顺应天意。圣皇有德,登基为帝。威武杨侯,统辖禁兵。主管宫门,清我帝宫。暴虐邪恶,不得产生。施行仁政,穆如和风。劳苦功高,得此殊荣。茫茫大地,教化未遍。滔滔江汉,沿界分流。文武全才,只此杨侯。既守东莞,又治荆州。万里杀敌,宣扬王德。闻一善言,惊若得士;痛恨邪恶,如同见仇。武力示威,文德怀柔。

孙皓凶恶,放纵任意。伪帅步阐,心存畏惧,率众降晋,顺从天意。吴将陆抗,攻之甚急。杨侯奉命,深入险区。本欲乘机,席卷吴地。败因粮尽,计谋不错。君子之德,推功揽过。如同日月,到时则蚀。身负其罪,被责不力。军队已回,杨侯罢黜。退守祖坟,闭门不出。遍览经典,潜心儒术。众士大夫,升堂入室。无事不问,无疑不质。虽贬为民,心志高尚。不思不想,卧病在床。上天不怜,大命丧亡。呜呼哀哉!

子囊贤臣,辅佐楚王。临死留言,必筑郢城。史鱼正直,尸谏灵公。杨侯临终,不忘忠敬。重病床席,心在朝廷。朝上忠言,夕死其命。圣王悲伤,惠赠衣被。叙德记功,谥号为戴。众官痛哭,家人挥泪。孤子久病,僚属含悲。吊者哀伤,路人欷歔。呜呼哀哉!

我性迂鲁,蒙受重恩。上念先父,执友之心;下感知己,识我之深。闻知死讯,涕泪沾襟。岂忘奔丧,忧病深沉。在您病时,不能探视。在您亡时,不得哭临。失声痛哭,哀有余音。呜呼哀哉!

(陈延嘉译注并修订)

杨仲武诔一首

潘安仁

题解

杨经，字仲武，潘安仁（岳）的妻侄，不幸在二十九岁的盛年病逝。白发人给黑发人送葬，这本身就是反常的，更何况潘岳与杨经情同父子，怎能不使潘岳痛彻心肺！读此文，我们深为潘岳的真情所感动，仿佛看到他“临穴永诀，托榇尽哀”，声泪俱下的情景。

这篇诔文，除“述祖宗”之外，主要写了三方面的内容。一是“幼秉殊操”。杨经出身于官僚世家，但八岁丧父，家道中落。“虽舅氏隆盛”，而他能“孤贫守约，心安陋巷”，说明他从小就是一个有骨气的孩子。在艰难的处境中，他不断地学习，“盛德日新”。二是在“寝疾弥留”之际，他还能“守兹孝友”，是一个笃行孝道的儿子。三是写了潘岳与杨经的亲密友情。潘岳特别回忆了他们“丧服同次，绸缪累月”的情景。杨经没有进入仕途，无政绩可颂，也没有很高的文才，无传世之文可赞，可以说是一个平平常常的人。而潘岳能从自己与杨经的交往中，抓住杨经生命中的闪光之点，“论其人也，暧乎若可觌；道其哀也，凄焉如可伤”（《文心雕龙·诔碑》）。韩愈对《文选》之选虽多所讥弹，然而他的《祭十二郎文》实在是与《杨仲武诔》一脉相承。

原文

杨经〔1〕，字仲武，荥阳宛陵人也〔2〕，中领军肃侯之曾孙〔3〕，荆州刺史戴侯之孙〔4〕，东武康侯之子也〔5〕。八岁丧父。其母郑氏，光禄勋密陵成侯之元女[6]，操行甚高，恤养幼孤[7]，以保乂夫家[8]，而免诸艰难[9]。戴侯康侯多所论著，又善草隶之艺[10]。子以妙年之秀[11]，固能综览义旨[12]，而轨式模范矣[13]。虽舅氏隆盛[14]，而孤贫守约[15]，心安陋巷[16]，体服菲薄[17]。余甚奇之[18]。若乃清才俊茂[19]，盛德日新[20]，吾见其进，未见其已也[21]。既藉三叶世亲之恩[22]，而子之姑，余之伉俪焉[23]，往岁卒于德宫里[24]，丧服同次[25]，绸缪累月[26]。苟人必有心[27]，此亦款诚之至也[28]。不幸短命，春秋二十九[29]，元康九年夏五月己亥卒[30]。呜呼哀哉！乃作诔曰：

伊子之先[31]，奕叶熙隆[32]。惟祖惟曾[33]，载扬休风[34]。显考康侯，无禄早终[35]。名器虽光[36]，勋业未融[37]。笃生吾子[38]，诞茂淑姿[39]。克岐克嶷[40]，知章知微[41]。钩深探赜[42]，味道研机[43]。匪直也人[44]，邦家之辉[45]。子之遘闵[46]，曾未龀髫[47]。如彼危根[48]，当此冲猋[49]。德之休明[50]，靡幽不乔[51]。弱冠流芳[52]，俊声清劭[53]。尔舅惟荣[54]，尔宗惟瘁[55]。幼秉殊操[56]，违丰安匮[57]。撰录先训[58]，俾无陨坠[59]。旧文新艺[60]，罔不必肄[61]。潘杨之穆[62]，有自来矣。矧乃今日[63]，慎终如始[64]。尔休尔戚[65]，如实在己。视予犹父，不得犹子[66]。敬亦既笃[67]，爱亦既深。虽殊其年，实同厥心[68]。日昃景西[69]，望子朝阴[70]。如何短折[71]，背世湮沉[72]。呜呼哀哉！

寝疾弥留[73]，守兹孝友[74]。临命忘身[75]，顾恋慈母。哀哀慈母，痛心疾首。嗷嗷同生[76]，凄凄诸舅[77]。春兰擢茎[78]，方茂其华[79]。荆宝挺璞[80]，将剖于和[81]。含芳委耀[82],毁璧摧柯[83]。呜呼仲武,痛哉奈何!德宫之艰[84],同次外寝[85]。惟我与尔,对筵接枕[86]。自时迄今[87],曾未盈稔[88],姑侄继陨[89],何痛斯甚[90]!呜呼哀哉!

披帙散书[91],屡睹遗文。有造有写[92],或草或真[93]。执玩周复[94],想见其人。纸劳于手,涕沾于巾[95]。龟筮既袭[96],埏隧既开[97]。痛矣杨子[98],与世长乖[99]。朝济洛川[100],夕次山限[101]。归鸟颉颃[102],行云徘徊。临穴永诀[103],抚榇尽哀[104]。遗形莫绍[105],增恸余怀[106]。魂兮往矣[107],梁木实摧[108]。呜呼哀哉!

注释

〔1〕杨经:李善注本作“杨绥”,据六臣本改。《胡氏考异》:“袁本、茶陵本‘绥’作‘经’,是也。此尤本误字。何、陈校皆改‘经’。”

〔2〕荥阳:郡名,治所在荥阳(河南荥阳东北)。　宛陵:县名,治所在今安徽宣城。

〔3〕中领军:官名。东汉建安四年,曹操为丞相,相府自置领军,旋改为中领军,与护军皆领禁兵,魏晋领军金章紫绶,中领军则银章青绶。　肃侯:杨暨,字休先。

〔4〕戴侯:杨肇,字秀初。

〔5〕东武:县名(今山东诸城)。　康侯:杨潭,字道元,杨肇的长子。

〔6〕光禄勋:官名,九卿之一,掌管宫殿门户。汉时居宫中,魏晋后不再居宫中。　密陵成侯:李善注:“贾弼之《山公表注》曰:郑袤为司空、密陵元侯,生默,为光禄勋密陵成侯。默女适荥阳杨潭。潭生仲武。”　元:长。

〔7〕恤养:抚养。

〔8〕保乂(yì 义):治理,安定。

〔9〕诸:之乎,之于。

〔10〕草隶:草书隶书。

〔11〕妙年:少壮时期。　秀:特异的天资。

〔12〕综览:总览。　义旨:要旨。

〔13〕轨式：遵循，依照。　模范：榜样。

〔14〕舅氏：指郑默家。

〔15〕守约：保持俭约。

〔16〕陋巷：狭窄的街巷，指贫家所居之处。

〔17〕菲薄：微薄，指微薄的衣食。

〔18〕奇之：以之为奇。奇：奇特。

〔19〕俊茂：才华出众。

〔20〕盛德：盛大的德行。《周易·系辞上》："日新之谓盛德。"

〔21〕已：止。

〔22〕藉：借，凭。　叶：代。

〔23〕伉俪：配偶，妻子。

〔24〕往岁：去年，指元康八年，299 年。　德宫里：洛阳里名。里，居民基层行政组织。

〔25〕丧服：为潘岳妻服丧期间。　同次：同住在一起。

〔26〕绸缪（móu 谋）：指情意殷切。

〔27〕必：果真。　心：指爱心。

〔28〕款诚：诚恳，忠诚。

〔29〕春秋：年岁。

〔30〕元康九年：300 年。元康：晋惠帝司马衷年号。　五月己亥：梁章钜《文选旁证卷四十四》："六臣本无夏字卒字。（按：应为五臣本。）按：《通鉴目录》元康九年三月是丁卯朔；六月是丙辰朔，推之五月，不得有己亥。《晋书·惠帝本纪》是年六月戊戌，太尉陇西王泰薨，益可证五月无己亥矣。此亦是传写有误也。"

〔31〕先：祖先。

〔32〕奕叶：世世代代。　熙隆：兴盛。

〔33〕惟：语助词，无义。

〔34〕载扬：发扬。　休风：美德，指家传之美德。

〔35〕显考：指亡父。　无禄：犹言"不幸"。

〔36〕名器：封建社会表示等级的称号和车服仪制等。

〔37〕融：明显。

〔38〕笃：厚，贵。

〔39〕诞茂:大美,非常美好。 淑:善,美。

〔40〕克:能。 岐:能分辨事物。 嶷(nì 逆):通“嶷”,能识别事物。 张铣注:“幼而有知曰岐嶷。”语出《诗经·大雅·生民》。

〔41〕章:彰,彰明。

〔42〕钩深:探索深奥的道理。 赜(zé 责):精微,深奥。

〔43〕味道:体察大道。 研机:深入研究事物的微细之处。

〔44〕匪:非,不。 直:只。 人:指一般的人。

〔45〕邦家:国家。

〔46〕遭闵:此指遭遇父丧。

〔47〕龀(chèn 趁):小孩子换牙。 髫(tiáo 条):孩子下垂的头发。

〔48〕危根:不稳固的根苗。

〔49〕冲猋(biāo 标):猛烈的风,暴风。猋,通“飙”,暴风。李善注本作“焱”(yàn 焰)。

〔50〕休明:美善旺盛。

〔51〕靡幽不乔:语出《诗经·小雅·伐木》:“出自幽谷,迁于乔木。”靡,无。幽,原指深。此指幽暗即困难的处境。乔,高,指德行高洁。

〔52〕弱冠:二十岁。

〔53〕俊声:美好的名声。 清劭(shāo 韶):优美。

〔54〕荣:兴盛。

〔55〕瘁:通“悴”,衰败。

〔56〕秉:持。 殊操:特出的操守。

〔57〕违:避。 丰:盛,指舅父家的富裕生活。 匮:缺乏,指自家的贫困生活。

〔58〕撰录:收集著录。 先训:祖、父之旧作。

〔59〕俾:使。

〔60〕新艺:新作品。

〔61〕罔:无。 必:通“毕”,全。 肄:学习。

〔62〕穆:通“睦”,友好。

〔63〕矧(shěn 沈):况且。

〔64〕慎终:谨慎小心,始终到底。

〔65〕休:欢乐。 戚:悲伤。

〔66〕不得犹子:“予不得视犹子”之省。李善注:“《论语》曰:颜回死,门人欲厚葬之。子曰:‘回也视予犹父,予不得视犹子也。’”

〔67〕笃:诚,厚。

〔68〕厥:其。

〔69〕昃(zè 仄):太阳偏西。　景(yǐng 影):同“影”。

〔70〕朝阴:早晨的时候,比喻杨仲武正处于盛年之时。

〔71〕短折:早死。李善注:“孔安国曰:短,未六十,折,未三十也。”

〔72〕湮沉:埋没,指死。

〔73〕弥留:久病不愈。此指重病将死。

〔74〕孝:孝顺父母。　友:友爱兄弟。

〔75〕临命:将死。

〔76〕噭(jiào 叫)噭:哭声。　同生:兄弟。

〔77〕凄凄:悲伤的样子。

〔78〕擢:抽,拔。

〔79〕方:将。　华:同“花”。

〔80〕荆宝:楚国得于荆山的宝玉,即和氏璧。　挺:出。　璞:未经雕琢的玉石。

〔81〕和:楚国人卞和。相传他于荆山之旁得宝玉,献之楚王。

〔82〕委耀:积聚光辉。

〔83〕柯:枝条。

〔84〕德宫:里名。

〔85〕次:住。　外寝:中门外的房屋,治丧者所居。

〔86〕对筵:在席间相对而坐,指同吃。　接枕:枕头挨着枕头,指同睡。

〔87〕时:指服丧之时。

〔88〕盈稔(rěn 忍):满一年。稔,年。

〔89〕陨:死。

〔90〕斯甚:甚于斯。

〔91〕披帙(zhì 至):打开书函。书一函称一帙。　散书:翻开书页。

〔92〕造:创造,指自作之文。　写:指抄录之文。

〔93〕草:草书。　真:真书,即楷书。

〔94〕玩:玩赏,欣赏,　周复:反复,一遍又一遍。

〔95〕涕:泪。　巾:衣襟。

〔96〕龟筮:占卦。古时占卜用龟甲,筮用蓍,视其象与数而定吉凶。既袭:已经一致,即卜和筮都得了吉兆。

〔97〕埏(yán 延)隧:墓道。

〔98〕矣:五臣本作"哉"字。

〔99〕乖:背离,指死。

〔100〕济:渡。　洛川:水名,即洛水。

〔101〕次:驻,指埋葬。　山隈(wēi 徽):山的转弯处。

〔102〕颉颃(xié háng 协航):鸟上下翻飞。颉,向下飞。颃,向上飞。

〔103〕穴:墓穴。　永:五臣本作"长"。

〔104〕抚榇:手摸棺材。

〔105〕遗形:犹遗体,古称己身为父母的遗体,此指杨仲武。　绍:承继。张铣注:"遗形莫绍,谓无嗣也。"

〔106〕恸:极悲哀。

〔107〕往:去。这里是祝祷杨仲武的魂灵早日升天。

〔108〕梁木:栋梁之材。

今译

杨经,字仲武,荥阳宛陵人,中领军肃侯杨暨之曾孙,荆州刺史戴侯杨肇之孙,东武康侯杨潭之子。八岁丧父。母亲郑氏是光禄勋密陵成侯郑默的长女,操行特别高尚,抚养年幼孤儿,维持夫家生活,使其免受艰难困苦。戴侯康侯多有论著,又善长草书隶书。你以少年的优异天资不仅能博览群书,体察精义,而且能以祖父和父亲为学习的榜样。虽然舅父家日子过得很兴旺,但是作为一个孤儿的你宁肯过贫困的生活,也不求照顾。住在狭窄的胡同里,粗衣粗食,却心安理得。对此,我甚感惊奇。你才华出众,品德修养一天天提高,我看着你进步,从未见过你停止不前。我凭借着潘杨两家三代友好交往的恩泽,而你的姑母我的爱妻,在她去年死于德宫里的服丧期间,你我住在一起一个多月,情深意切。如果人真的有真诚和爱心,这也就达到极点了。可你不幸短命,在二十九岁,元康九年

夏五月己亥日病故了。唉呀,真使我痛心呀!为此,我为你作了一篇诔文。诔文说:

你的先祖世代兴隆,曾祖祖父发扬美名。亡父康侯不幸早终。名号虽荣,未建大功。贵生我甥,健壮英俊。从小明理,知大知小。体味大道,探索精微。智慧超群,国家光耀。幼遭父丧,尚未垂髫。如那稚根,遭遇狂飙。虽处困境,道德崇高。刚满二十,美名远扬。你家衰败,舅家兴旺。年纪虽小,操行高尚。不靠富亲,安于贫困。收集著录,父祖遗训,使不遗失,眷眷孝心。无不学习,旧典新文。潘杨两家,世代相亲,何况今日,友情更深。你的忧乐,如在我身。视我如父,不敢当真。敬我爱我,感情甚深。年岁不同,实有同心。我如夕阳,业已西沉。你如朝日,前途无垠。为何夭折,永别至亲。呜呼哀哉!

卧病在床,久病不愈。善待母亲,关心兄弟。临对死神,忘记自身。眷恋慈母,为母担心。悲哀慈母,疾首痛心。兄弟悲哭,诸舅伤心。春兰拔茎,花将繁茂。卞和献宝,璞玉待雕。剖璞得璧,传世之宝。春兰含芳,和璧闪耀。为何璧毁,茎折花凋!唉呀仲武,我心悲伤,无可奈何!你姑丧期,同居外寝,只我与你,同吃同住。那时至今,未过一年,姑母侄儿,相继命殒。何种痛苦,比这更甚!呜呼哀哉!

打开书函,屡见遗文。有作有录,或草或真,反复欣赏,想见其人,翻阅不停,泪落沾襟。用龟占象,用蓍求数,象数已合,墓道已开。亲爱侄子,与世长辞。朝渡洛川,夕埋山弯。归鸟乱飞,行云徘徊。面对墓穴,伤心永诀,抚摸棺木,无限悲哀。你无后嗣,恸我胸怀,你的魂灵啊,升入天堂吧,如何摧折栋梁之才!呜呼哀哉!

(陈延嘉译注并修订)

夏侯常侍诔一首

潘安仁

题解

夏侯常侍名夏侯湛，字孝若，谯郡(今安徽亳县)人，生于魏正始四年(243)，卒于晋惠帝元康元年(291)，年四十九岁。据《晋书》记载："湛幼有盛才，文章宏富，善构新词，而美容观。与潘岳友善，每行止同舆接茵，京都谓之连璧。"

潘岳与夏侯湛是从小就要好的而且是长期交往的"良执"，所以当夏侯湛逝世后，潘岳连日："愊抑失声，迸涕交挥"，进而"抚孤相泣"。潘岳在这篇诔中所迸发的深沉而悲痛的情感，读后确实令人十分感动。此文主要写了两方面的内容。一方面赞美夏侯湛的高尚品德和优秀才华。他对父母"孝齐闵参"；对兄弟"和如瑟琴"，对君主处以"直道"；对朋友言而有信；对百姓"惠训不倦，视民如伤"。他口才敏捷，文章也写得漂亮，"飞辩摛藻，华繁玉振。如彼随、和，发彩流润；如彼锦缋，列素点绚。"但是长期得不到重用，任野王县令多年，"朝野多叹其屈。"(《晋书·夏侯湛传》)但"人见其表，莫测其里，徒谓吾生，文胜则史。"实际上是"人恶隽异，俗疵文雅"。作者以扬雄和贾谊的遭际安慰他，而他也能正确对待。另一方面赞美他通达生与死的不同。夏侯湛出身于贵族，活着的时候"甘食美服，重珍兼味"；临死之前却要求薄葬，表现了他脱俗的品格。

原文

夏侯湛字孝若，谯人也。少知名，弱冠辟太尉府掾[1]，贤良方正徵[2],仍为太子舍人[3],尚书郎,野王令[4],中书郎,南阳相。家艰乞还。顷之,选为太子仆,未就命而世祖崩,天子以为散骑常侍,从班列也。春秋四十有九,元康元年夏五月壬辰[5],寝疾卒于延喜里第,呜呼哀哉!乃作诔曰:

禹锡玄珪[6],实曰文命[7],克明克圣,光启夏政。其在于汉,迈勋惟婴[8],思弘儒业,小大双名[9]。显祖曜德[10],牧兖及荆。父守淮岱[11],治亦有声。

英英夫子,灼灼其俊,飞辩摛藻[12],华繁玉振[13]。如彼随和[14],发彩流润;如彼锦缋[15],列素点绚[16]。人见其表,莫测其里,徒谓吾生,文胜则史[17]。心照神交,唯我与子,且历少长,逮观终始。子之承亲,孝齐闵、参[18],子之友悌,和如瑟琴[19]。事君直道[20],与朋信心。虽实唱高,犹赏尔音。弱冠厉翼,羽仪初升[21],公弓既招[22],皇舆乃徵[23]。内赞两宫[24],外宰黎蒸[25],忠节允著,清风载兴。泱彼乐都[26],宠子惟王,设官建辅,妙简邦良[27],用取喉舌,相尔南阳。惠训不倦,视民如伤。乃眷北顾,辞禄延喜。余亦偃息[28],无事明时。畴昔之游,二纪于兹,斑白携手[29],何欢如之?居吾语汝[30]:"众实胜寡,人恶隽异,俗疵文雅。执戟疲扬[31],长沙投贾[22]。无谓尔高,耻居物下。"子乃洗然[33],变色易容,慨焉叹曰:"道固不同,为仁由己,匪我求蒙[34],谁毁谁誉,何去何从?莫涅匪淄[35],莫磨匪磷[36],予独正色[37],居屈志申。"虽不尔以[38],犹致其身。献替尽规[39],媚兹一人[40]。谠言忠谋[41],世祖是嘉,将仆储皇,奉辔承华[42]。先朝末命[43],圣列显加,入侍帝闱,出光厥家[44]。我闻积善,神降之吉,宜享遐纪,长保天秩。如何斯人，而有斯疾？曾未知命，中年陨卒，呜呼哀哉！

唯尔之存，匪爵而贵，甘食美服，重珍兼味。临终遗誓，永锡尔类[45]，敛以时袭，殡不简器。谁能拔俗，生尽其养？孰是养生，而薄其葬？渊哉若人[46]，纵心条畅，杰操明达[47]，困而弥亮。柩辂既祖[48]，容体长归，存亡永诀，逝者不追。望子旧车，览尔遗衣，愊抑失声，迸涕交挥。非子为恸，吾恸为谁？呜呼哀哉！

日往月来，暑退寒袭，零露沾凝，劲风凄急。惨尔其伤，念我良执，适子素馆[49]，抚孤相泣。前思未弭[50]，后感仍集，积悲满怀，逝矣安及？呜呼哀哉！

注释

〔1〕弱冠：古时男子二十岁时加冠为成人，初加冠时体尚未壮，故称弱冠。可以说成是刚到二十岁。　辟：征召。　掾：李善本无。此依六臣本。

〔2〕方正："方正贤良"为汉代的选举科目之一，据《史记·平准书》："当是之时，招尊方正贤良文学之士，或至公卿大夫。"

〔3〕仍：乃，于是。六臣本无"仍"字。

〔4〕野王：地名，今河南沁阳县。《晋书·夏侯湛传》："出为野王令……政务清闲，优游多暇……居邑多年，朝野多叹其屈。"

〔5〕元康：晋惠帝司马衷的年号，元康元年为291年。

〔6〕锡：通赐，赏赐。　玄珪：黑色的玉，是古代帝王举行典礼时所用的一种玉器。据《书·禹贡》："禹锡玄圭，告厥成功。"孔安国注："禹功尽加于四海，故尧赐玄珪以彰显之，言天功成。"这里是追溯夏侯湛的始祖是禹。刘良注："禹初封夏，为侯，遂为氏也。"

〔7〕文命：文德教命。文命又是禹的名。

〔8〕婴：人名，即夏侯婴，汉代沛县人，曾随刘邦抗击项羽，因功封汝阴侯，任太仆，号称滕公。

〔9〕双名：指汉代的夏侯胜与夏侯建二人。据李善注引《汉书》："夏侯胜，字长公，少好学，从夏侯始昌受《尚书》。胜从父兄子建，字长卿，自师事胜，由

是《尚书》有大小夏侯之学。”

〔10〕显祖:指夏侯湛的祖父夏侯威。晋初曾任荆州兖州刺史。

〔11〕淮岱:淮即淮南,岱即乐陵。夏侯湛的父亲夏侯庄曾任淮南乐陵郡太守。

〔12〕飞辩:敏捷的口才。 摛藻:铺陈辞藻。

〔13〕华繁:(春天)百花繁茂。 玉振:即金声玉振,比喻人的声名洋溢广布。

〔14〕随和:随指随侯珠,和指和氏璧,皆古代瑰宝。

〔15〕锦缋:绸缎上的花纹。

〔16〕列素:陈列出白色的绢绸。

〔17〕史:《论语》:“子曰:‘文胜质则史。’”此处的“史”字形容浮夸的情况。

〔18〕闵参:即闵子骞和曾参,皆为孔子的弟子,是我国古代著名的孝子。

〔19〕瑟琴:两种乐器名,合奏时声音和谐动听。常用以比喻夫妻、兄弟、朋友间的亲密和睦关系。

〔20〕直道:正直之道。据《论语·卫灵公》:“斯民也,三代之所以直道而行也。”

〔21〕羽仪:羽饰,引申为典范、表率的意思。

〔22〕弓:本是射箭的武器,古代聘士以弓为信物,故引申为礼聘的意思。

〔23〕皇舆:国君所乘坐的马车。后喻指国君或朝廷。

〔24〕两宫:皇帝和太子的并称。 赞:助。

〔25〕黎蒸:老百姓。

〔26〕乐都:又称南都,即指南阳。据张衡《南都赋》:“於显乐都,既丽且康。”

〔27〕妙简:善于选择。 邦良:地方上的贤良官吏。

〔28〕偃息:安卧的意思,引申为不担任官职。

〔29〕斑白:头发花白。

〔30〕居:平时。

〔31〕疲扬:疲乏劳累的扬雄。扬雄字子云,汉蜀郡成都人,著名文学家,曾于汉成帝时为郎。王莽时,扬雄任大夫,校书天禄阁,以事被株连,投阁自杀,未死。

〔32〕投贾:贾谊投奔(长沙王)。贾谊,汉代洛阳人,汉文帝时召为博士,迁

太中大夫,数上疏陈政事,言时弊,为大臣所忌,出为长沙王太傅。

〔33〕洗(xiǎn 显)然:敬肃的样子。

〔34〕蒙:童蒙,指幼童。由于幼童于事多暗昧,故用以比喻那些知识浅薄的人。

〔35〕涅:黑色的染料,也可以当染讲。据《淮南子·俶真》:"今以涅染淄,则黑于涅。" 淄:黑色。

〔36〕磷:变薄、受到损伤。据《论语·阳货》:"不曰坚乎?磨而不磷。"

〔37〕正色:表情端庄严肃。引申为不惰慢,不阿谀奉迎。

〔38〕以:用。

〔39〕献替:"献可替否"的略语,意思是臣子对君主进献可行者,除去不可行者,即诤言进谏之意。

〔40〕媚:爱戴或喜爱的意思。

〔41〕说:直。

〔42〕奉辔:古代马车,驾车人与坐车人并坐,关系十分亲近,这里比喻夏侯湛深受太子的信任。 承华:古代太子宫门名称,后用以代称太子。

〔43〕末命:皇帝的临终遗言。

〔44〕厥:其,做人称代词。 家:吕延济注:"卿大夫称家。出光其家,谓为南阳相也。"

〔45〕类:法式、榜样。《方言》:"类,法也。"一说当"善"讲,法与善,义亦相近。

〔46〕渊:如深渊之不可测。

〔47〕杰操:出众的品德。

〔48〕柩辂:运载棺材的灵车。据李善注引《周礼》:"小丧供柩辂。郑玄注曰:'柩辂,载柩车也。'" 祖:祭名。出行之前,祭祀路神。

〔49〕适:往,到。 素馆:旧居。

〔50〕弭:停止。据《左传》:"自今以后,兵其少弭矣!"

今译

夏侯湛字孝若,谯郡(安徽亳县)人,还在少年的时候,他就很有名气了。刚刚二十岁,就受到太尉府的征召,做太尉府掾,以方正贤

良文学之士被推选而聘用为郎中，于是补做太子舍人，后转为尚书郎，出任野王县令。回京做中书侍郎，又出京到南阳王府任南阳相。因遭父母之丧而辞去官职。不久，被选为太子仆，但尚未到任，晋武帝就逝世了。晋惠帝即位后，拜为散骑常侍，同朝中百官一起受到召见。只有四十九岁，在晋惠帝元康元年五月壬辰这一天，病故于延喜里的府第中。啊！这是多么令人悲伤呀！为了悼念他，特作了这篇诔文。诔文是这样的：

夏禹因大功而被赐予玄圭，文德教命行于天下。大禹既光明正大，又神圣崇高，创立夏王朝，开启夏王朝之政教。夏侯家的人，在汉朝首推夏侯婴，他辅佐汉高祖，建立了卓越的功勋。其次要数夏侯胜和夏侯建，他们弘扬儒学大业，有《尚书》大小夏侯之学的美称。夏侯湛的祖父有过显赫的地位和崇高的德行，曾任过荆州和兖州刺史；父亲担任过淮南乐陵郡太守，博得美好的政声。

夏侯湛先生英姿焕发，体貌威武，光彩照人，才思敏捷，不仅口才好，而且文章华美，就像春天的百花一样繁茂，像金声玉振一样动人，就像随侯珠那样光彩夺目，像和氏璧那样温润人心，就像在雪白的绢底上绣着的绚丽的花纹。但人们只是看到他的外表，不了解他的内心，只说他的文章文采多于朴实，未免虚浮。能以道义相交又推心置腹的，唯有我和夏侯湛呀！何况我与他从小一块长大，亲眼看到他一生的所作所为。夏侯湛呀，作为儿子，你的孝行可以同闵子骞、曾参相比美；作为兄长，你对待兄弟就像琴瑟合奏那样和谐；作为臣子，你侍奉君主讲究正直之道；作为朋友，你总是奉献出一颗赤诚的心。虽然曲高和寡，但还是有欣赏你的知音。在刚到二十岁的时候，你就像大雁一样展翅高飞，开始成为人们学习的榜样。你在被太尉府礼聘之后，又被皇帝征召。在朝内，辅助皇帝和太子，在地方，主管民政。忠诚之节非常显著，廉洁之风大为振兴。在广阔的南阳，宠爱你的是秦王。他设职任官，善于挑选治理地方的贤良，用你做他的代言人，任命你为南阳相。你对百姓的教诲和施行恩惠,从没有感到厌倦,百姓的忧苦如同自己的感受。由于遇父母之丧,你辞去官职回到了延喜故里。我那时也正值没有担任官职,在圣明的时代无所事事。想起昔日的交游已经过去二十四个年头,如今发鬓斑白而又能携手同游,有什么欢乐,能同此相比呢?平时我曾对你说:"多数人的议论总是压倒少数人的看法。人们嫉恶才智出众、品貌超群的人,对高雅的文章进行攻击。扬雄虽然是汉成帝的大臣,后来也被逼得投阁自杀;贾谊不也受到群臣的猜忌,而被贬去投奔长沙王吗?你不要觉得自己如何清高,而耻于居人之下。"这时,你改变了脸色,严肃起来,叹息说:"人们所走的路本来就不同,是否以仁义为本,完全是由自己决定的。并非我请求那些什么也不懂的人来理解我,谁愿意去诋谤,谁愿意去夸奖,随他们的便吧!不用黑色的染料去染,是不会变为黑色的;不用磨石去磨,也不会变薄的。只要我自己不怠惰,不阿谀奉迎,虽然受点委曲,但我坚贞的心志却可以得到伸张。"即使得不到重用,你还是献出自己的忠诚。你对君主诤言进谏,竭力按朝廷的原则办事,只忠心爱戴君主一人。你的谋划和策略,曾受到晋武帝的赞赏,所以派你任太子仆,去辅佐太子,为太子陪乘。武帝临终,把更显要的官职加封。在宫内,你侍奉皇帝,忠心耿耿,在地方,你荣任南阳相,颇有政声。我常听说,做好事的人,天上的神灵会赐予他吉祥,能长命百岁,永享老天的保佑。可是,像你这样的人为什么会得这样的病,还没有到五十岁,仅及中年,就离开人世!啊,这是多么令人悲痛!

你在没有爵位的时候,就生活得非常豪华。活着的时候,你非常讲究丰盛的美味和华丽的衣饰,而在临终的时候,你却留下遗言,以薄葬之礼作为最后的善行赐予子孙,要求子孙在你入殓的时候只给你穿普通的衣服,殡葬的棺木也要从简。谁能超脱时俗,活着的时候尽情享受,而临死的时候却要求简简单单的埋葬?这个人真像深渊一样不可测呀!你人情通达,才智超群,在病重之时,品格更放射出灿烂的光辉。将棺木抬上马车后,又举行路祭,送你上路。棺木中装着你的身躯，那里成了你永久的归宿，生和死永远地诀别，像流水一样的逝去，再也无法追回来了。望着你曾经乘过的马车，看着你遗留下来的衣物，只有强迫自己不要哭出声音来，但却止不住夺眶而出的泪水。我不为你而痛哭，为谁痛哭呢？啊！真是令人悲痛！

一天天的过去，一月月的交替，炎热的夏天渡过，又将是寒冬侵袭，露水已凝成水珠，强劲的寒风是那样的刺骨，你的逝世使我感到无比的悲切，时刻怀念着你呀，我的好友！我重到你的故居，与你的儿子拥抱在一起，伤心地哭泣。对旧事的思念还没有结束，新的感怀又涌泉般聚集。悲伤积满我的胸怀，你已经走远了，让我还如何去追及呢？真是令人悲痛呀！

（王存信译注并修订）

马汧督诔一首

潘安仁

题解

马敦,西晋扶风郡(在今陕西省)人,为汧(qiān 千)县督守。汧县(治所在今陕西陇县南)属雍州,是羌、氐(dī 低)、胡等少数民族聚居区。惠帝元康四年(294),匈奴人郝散率众造反,后归降,被冯翊都尉所杀。元康六年,郝散之弟郝度元率领冯翊郡、北地郡之马兰羌和卢水胡等民族造反,屡败官军。是年八月,雍州刺史解系为度元所败,秦州、雍州之氐、羌等皆反叛,推氐人齐万年为帅,齐万年并称帝号。元康七年,雍州发生大饥荒和瘟疫。"米斛万钱。诏'骨肉相卖者不禁'"(《晋书·惠帝纪》)。汧县城小而贮粮极多,速成为叛军攻占的目标。

当时的情况如"累卵之危,倒悬之急",县城被隔于重围之中,是名符其实的"孤城",城小而矮,兵少武器又不足。叛军之箭"四面雨射城中",以至人们不得不"凿穴而处,负户以汲"。而且"木石将尽,樵苏乏竭",吃饭都成了大问题,更不要说御敌了。"惴惴士女,号天以泣",写出人们那种恐惧又无可奈何的处境和心情。但马敦处险不惊,"乃奋其奇"。"奇"在何处?一、"猛烈秋霜,棱威可厉",威震敌胆,使"懦夫克壮"。二、"沾恩抚循",与士兵同甘苦,使士兵如"寒士挟纩"。上下同心,才能克敌致胜。三、当柴草烧光面临断炊的情况下,以"陈焦之麦"为燃料,拆房木当柴烧,保证了"人畜取给",不仅稳定了军心,而且使敌人"骇而疑"。四、在"木石将尽"的情况下,他拆下房梁,系以铁链,制造了"既纵礧"以击敌,又可以收回的"机关”。五、敌人正面进攻受阻，又挖地道企图偷袭。马敦命令在城内挖深沟，沟底放上壶瓶之类的瓦器，派人侦听，以便及时发现敌人的动向而消灭之。这一切都充分显示了他的科学头脑、创造才能和指挥艺术。

但是，这样一位固守孤城、保全了群众性命和数百万石粮食的功臣，却被打了败仗的州司所嫉恨，抓住一点，无限扩大，必欲置之死地而后快。马敦无比悲愤，竟屈死于狱中！

潘岳在叙述写此诔文的动机时，曾提到鲁庄公为县贲父作诔和汉文帝为司马叔持作诔两件事，但此诔之作与前二者不同，一是所诔之对象的情况不同，二是潘岳是主动写作，不是受命而为，大有不平则鸣之慨，是切迫得不能已于言者。千载之后，仍令人激动和感叹不已。文中以“语曰：或戒其子：‘慎无为善。’”这样的典故来提醒那些善良的人们，可谓恨与痛俱深。忌妒是人类最恶劣的情感之一，此文以令人信服的事例再一次证明嫉妒能产生什么样的恶果，其中不能不包含着作者的体验。

诔文熔记事、议论、抒情于一炉，波澜起伏，淋漓酣恣，这在比较呆板的四言中是很难得的。无怪乎孙执升赞道：“氐羌之横，守御之奇，憸(xiān 先)人之毒，烈士之愤，曲曲写出，却是一气呵成，腾骧磊落，其筋骨自不同。”(《重订文选集评》卷十四)

原文

惟元康七年秋九月十五日[1]，晋故督守、关中侯、扶风马君卒[2]。呜呼哀哉！

初，雍部之内[3]，属羌反[4]，未弭[5]，而编户之氐又肆逆焉[6]。虽王旅致讨[7]，终于殄灭[8]，而蜂虿有毒[9]，骤失小利[10]，俾百姓流亡[11]，频于涂炭[12]。建威丧元于好畤[13]，州伯宵遁乎大谿[14]。若夫偏师裨将之殒首覆军者[15]，盖以十数;剖符专城纡青拖墨之司[16],奔走失其守者,相望于境[17]。秦陇之僭[18],巩更为魁[19],既已袭汧[20],而馆其县[21]。子以眇尔之身[22],介乎重围之里[23],率寡弱之众,据十雉之城[24],群氐如猬毛而起[25],四面雨射城中[26],城中凿穴而处[27],负户而汲[28]。木石将尽,樵苏乏竭[29],刍荛罄绝[30],于是乎发梁栋而用之[31],罚以铁锁机关[32],既纵礧而又升焉[33]。爨陈焦之麦[34],柿梠桷之松[35],用能薪刍不匮[36],人畜取给[37],青烟傍起,历马长鸣[38]。凶丑骇而疑惧[39],乃阙地而攻[40]。子命穴浚堑[41],置壶镭瓶瓶以侦之[42]。将穿响作[43],内焚秆火薰之[44],潜氐歼焉[45]。久之,安西之救至[46],竟免虎口之厄[47]。全数百万石之积[48],文契书于幕府[49]。圣朝畴咨[50],进以显秩[51],殊以幢盖之制[52]。

而州之有司[53],乃以私隶数口[54],谷十斛[55],考讯吏兵[56],以槚楚之辞连之[57]。大将军屡抗其疏[58],曰:"敦固守孤城,独当群寇,以少御众,载离寒暑[59],临危奋节[60],保穀全城[61]。而雍州从事[62],忌敦勋效[63],极推小疵[64],非所以褒奖元功[65],宜解敦禁劾假授[66]。"诏书遽许[67]。而子固以下狱,发愤而卒也[68]。朝廷闻而伤之[69],策书曰[70]:"皇帝咨故督守、关中侯马敦[71],忠勇果毅[72],率厉有方[73],固守孤城,危逼获济[74],宠秩未加[75],不幸丧亡,朕用悼焉[76]!今追赠牙门将军印绶[77],祠以少牢[78]。"魂而有灵,嘉兹宠荣[79]。然絜士之闻秽[80],其庸致思乎[81]?若乃下吏之肆其噤害[82],则皆妒之徒也[83]。嗟乎!妒之欺善[84],抑亦贸首之雠也[85]。语曰:"或戒其子:慎无为善[86]。"言固可以若是[87],悲夫[88]!

昔乘丘之战[89]，县贲父御鲁庄公[90]，马惊，败绩[91]。贲父曰："他日未尝败绩，而今败绩，是无勇也[92]。"遂死之[93]。圉人浴马[94]，有流矢在白肉[95]。公曰："非其罪也。"乃诔之[96]。汉明帝时，有司马叔持者，白日于都市手剑父雠[97]，视死如归，亦命史臣班固而为之诔。然则忠孝义烈之流，慷慨非命而死者，缀辞之士未之或遗也[98]。天子既已策而赠之，微臣托乎旧史之末[99]，敢阙其文哉[100]？乃作诔曰：

知人未易，人未易知。嗟兹马生[101]，位末名卑[102]。西戎猾夏[103]，乃奋其奇[104]。保此汧城，救我边危。彼边奚危[105]？城小粟富[106]。子以眇身，而裁其守[107]。兵无加卫[108]，墉不增筑[109]。婪婪群狄[110]，豺虎竞逐[111]。巩更恣睢[112]，潜跱官寺[113]。齐万虓阚[114]，震惊台司[115]。声势沸腾，种落煽炽[116]。旍旗电舒[117]，戈矛林植[118]。彤珠星流[119]，飞矢雨集。惴惴士女[120]，号天以泣[121]。爨麦而炊，负户以汲。累卵之危[122]，倒悬之急[133]。马生爰发[124]，在险弥亮[125]。精冠白日[126]，猛烈秋霜。棱威可厉[127]，懦夫克壮[128]。沾恩抚循[129]，寒士挟纩[130]。蠢蠢犬羊[131]，阻众陵寡[132]。潜隧密攻[133]，九地之下[134]。惬惬穷城[135]，气若无假[136]。昔命悬天，今也惟马。惟此马生，才博智赡[137]。侦以瓶壶，剡以长堑[138]。锸未见锋[139]，火以起焰。薰尸满窟[140]，掊穴以敛[141]。木石匮竭，其杆空虚[142]。睭然马生[143]，傲若有余[144]。罚梁为礌，柿松为刍。守不乏械，历有鸣驹。哀哀建威[145]，身伏斧质[146]。悠悠列将[147]，覆军丧器[148]。戎释我徒[149]，显诛我帅[150]。以生易死，畴克不二[151]？圣朝西顾[152]，关右震惶[153]。分我汧庾[154],化为寇粮。实赖夫子,思谟弥长[155]。咸使有勇[156],致命知方[157]。

我虽末学[158],闻之前典[159]。十世宥能[160],表墓旌善[161]。思人爱树[162],甘棠不翦[163]。矧乃吾子[164],功深疑浅[165]。两造未具[166],储隶盖鲜[167]。孰是勋庸[168],而不获免?猾哉部司[169],其心反侧[170]。斲善害能[171],丑正恶直[172]。牧人逶迤[173], 自公退食[174]。闻秽鹰扬[175],曾不戢翼[176]。忘尔大劳[177],猜尔小利[178],苟莫开怀[179],于何不至[180]!慨慨马生[181],琅琅高致[182]。发愤囹圄[183],没而犹眡[184]!呜呼哀哉!

安平出奇[185],破齐克完[186]。张孟运筹[187],危赵获安[188]。汧人赖子,犹彼谈单[189]。如何吝嫉[190],摇之笔端[191]?倾仓可赏,矧云私粟!狄隶可颁[192],况曰家仆?剔子双龟[193],贯以三木[194]。功存汧城,身死汧狱。凡尔同围[195],心焉摧剥[196]。扶老携幼,街号巷哭。呜呼哀哉!

明明天子,旌以殊恩。光光宠赠,乃牙其门[197]。司勋颁爵[198],亦兆后昆[199]。死而有灵,庶慰冤魂[200]。呜呼哀哉!

注释

〔1〕元康七年:297 年。元康,晋惠帝司马衷年号。

〔2〕督守:官名。 关中侯:是表示恩宠的虚衔,没有实际意义。 扶风:郡名,属雍州,在今陕西省。

〔3〕雍部:指雍州所属之部。《晋书·地理志》:“晋初于长安置雍州,统郡国七、县三十九。”

〔4〕属羌反:所属的羌民造反。《资治通鉴》卷八十二:“元康四年(294),夏五月,匈奴郝散反,攻上党,杀长吏。秋八月,郝散帅众降,冯翊都尉杀之。是

岁,大饥。""六年夏,郝散弟度元与冯翊、北地马兰羌、卢水胡俱反(北地有马兰山,羌居其中,因为种落之名。又按:马兰山,唐时属同州界,时盖属冯翊、北地二郡界也。卢水胡居安定界)。杀北地太守张损,败冯翊太守欧阳建。"羌,我国古代西部民族之一。

〔5〕弭:息,平息。

〔6〕编户:编入户籍的平民。　氐(dī 低):古族名,又称西戎。　肆逆:恣行叛逆。《资治通鉴》卷八十二:元康六年"秋八月,解系(雍州刺史)为郝度元所败,秦、雍氐羌悉反,立氐帅齐万年为帝,围泾阳。"

〔7〕王旅:王师,晋朝军队。　致讨:进行讨伐。《资治通鉴》卷八十二:元康六年"冬十月,诏……安西将军夏侯骏,以讨齐万年。"

〔8〕殄(tiǎn 忝)灭:消灭。《资治通鉴》卷八十二:元康九年"春正月,孟观大破氐众于中亭(《水经注》:扶风美阳县有中亭水,亦谓之中亭川,在美阳县西),获齐万年。"

〔9〕蜂虿(chài):蜂与蝎。

〔10〕骤:屡次,多次。

〔11〕俾:使。

〔12〕涂炭:烂泥和炭火,比喻极困苦的境遇。

〔13〕建威丧元:指周处战死。元,头。《资治通鉴》卷八十二:"御吏中丞周处,弹劾不避权贵,梁王肜(róng 容)尝违法,处按劾之。冬十月,诏以处为建威将军,与振威将军卢播俱隶安西将军夏侯骏,以讨齐万年。中书令陈准言于朝曰:'骏及梁王皆贵戚,非将帅之才,进不求名,退不畏罪。周处吴人,忠直勇果,有仇无援。宜诏积弩将军孟观,以精兵万人为处前锋,必能殄寇;不然,梁王当使处先驱,以不救而陷之,其败必也。'朝廷不从。"又:元康七年"春正月,齐万年屯梁山(《前汉志》扶风好畤县有梁山。)梁王肜、夏侯骏使周处以五千兵击之。处曰:'军无后继,必败。不徒亡身,为国取耻。'肜、骏不听,逼遣之。癸丑,处与卢播、解系攻万年于六陌(六陌,在马嵬中)。处军士未食,肜促令速进。自旦至暮,斩获甚众。弦绝矢尽,救兵不至。左有劝处退,处按剑曰:'是吾效节致命之日也!'遂力战而死。朝廷虽以尤(谴责)肜,而亦不能罪也。"　好畤(zhì 志):县名,属扶风郡。

〔14〕州伯:指雍州刺史解系。　宵遁:趁黑夜逃跑。　大豁:地名。

〔15〕偏师:全军的一部分。　裨将:副将。　覆军:五臣本军作"车"。

〔16〕剖符:古时帝王授与诸侯和功臣的凭证。竹制,剖分为二,帝王与诸侯各执其一,故称剖符。　专城:专守一城。　纡(yū 迂)青拖墨:佩系印绶,指地方官。汉制,九卿青绶,比六百石以上墨绶。李善注:“云剖符专城,则青墨是也。墨或为紫,非。”五臣本墨作“紫”。　司:主持政务者。

〔17〕相望:互相能看见,形容接连不断。

〔18〕秦陇:秦州之陇西郡。　僭(jiàn 建):超越本分,指地位低的冒用地位高的名义或礼仪。

〔19〕巩更:羌族人名,姓巩,名更。　魁:首领。

〔20〕袭:偷袭,进攻。

〔21〕馆:占据。

〔22〕眇尔:渺小的样子。

〔23〕介:隔。

〔24〕十雉之城:言城小。城墙高一丈长三丈为一雉。

〔25〕氐:五臣本作“羌”。

〔26〕雨射:箭射如雨。

〔27〕处:居。

〔28〕负户:顶着门板。　汲:打水。

〔29〕樵苏:柴草。

〔30〕刍荛:牲口草。

〔31〕发:拆下。

〔32〕罚(dì 地):“即《方言》之佻,今通作钓、吊。”(黄侃《文选平点》325页)　铁锁:铁锁链,以铁环相钩连。　机关:机所以发,关所以闭,凡设有机件而能制动的器械,皆称为机关。

〔33〕纵礌(léi 雷):抛掷石块。礌,防守时用以投掷的石块。　升:指使机关升起。李善注:“言以铁锁系木为机关,既纵之以礌敌,又收上焉。”

〔34〕爨(cuàn 窜):烧火做饭。

〔35〕柿(fèi 肺):削下的木片。此处用做动词。　梠(lǚ 吕):屋檐。此指房木。　桷(jué 觉):方形的椽子。

〔36〕用:因。　薪刍:柴草和饲草。　匮:缺乏。

〔37〕给:供应。

〔38〕历:五臣本作“枥”。

〔39〕凶丑：指进攻的氐羌之兵。

〔40〕阙：通“掘”。

〔41〕子：指马敦。　穴：挖穴。　浚堑：深沟。

〔42〕置：五臣本无“置”字。　镭：瓶，壶。　甒（wǔ 五）：瓦制酒器，形如酒坛，有盖。

〔43〕穿：五臣本“穿”下有“城”字。　响：敌兵挖地道发生的声音。

〔44〕穬（kuàng 旷）：脱壳的大麦。

〔45〕潜氐：指在地道里的氐兵。

〔46〕安西：指安西将军夏侯骏。

〔47〕厄：灾难。

〔48〕全：保全。　积：指粮食。

〔49〕幕府：大将军府。

〔50〕圣朝：指惠帝。　畴咨：访问、访求之意。

〔51〕显秩：显赫的官位。秩，官吏的职位或品级。

〔52〕殊：殊恩，给以特殊的恩宠。　幢（chuáng 床）盖：旌旗和伞盖。李周翰注：“刺史仪制也。”

〔53〕州之有司：张铣注：“州，雍州。有司，谓法官也。”

〔54〕私隶：私家之奴隶。

〔55〕谷：粮食。五臣本“谷”字下有“数”字。　斛（hú 胡）：量器，方形，口小，底大，容量本为十斗，后改为五斗。

〔56〕考讯：拷问。

〔57〕槚（jiǎ 假）楚：用槚木荆条制成的鞭挞刑具。槚，树名，即榎，一名山楸。楚，荆。　连之：张铣注：“考问军吏兵士，辞连马敦也。”

〔58〕大将军：指梁王肜，为征西大将军。　抗其疏：上疏直言。

〔59〕离：通“罹”，遭遇。

〔60〕奋节：发扬节操。

〔61〕全城：保全城池。

〔62〕从事：官名，州郡长官的佐吏。晋设武猛从事员，由州郡长官自行任免。

〔63〕勋效：大功。

〔64〕极推：五臣本作“推极”。　疵：小错。

〔65〕元功:大功。

〔66〕假授:授之以官,即升马敦之官。

〔67〕遽:立刻。

〔68〕发愤:愤懑郁结。

〔69〕朝廷:指惠帝。　伤之:为之悲伤。

〔70〕策书:皇帝命令之一种。

〔71〕咨:叹息。

〔72〕果毅:果敢坚毅。

〔73〕率厉:统率督厉。厉,五臣本作"励"。

〔74〕济:成功。

〔75〕宠秩:高级官职。

〔76〕朕:皇帝自称。　悼:伤心。

〔77〕牙门将军:官员,也称牙门将,冠服与将军同。牙门,官署,即衙门。《南史·侯景传》:"景之为丞相,居于西州,将率谋臣,朝必集行列门外,谓之牙门。"

〔78〕少牢:猪和羊各一头。

〔79〕嘉:美。　宠荣:恩宠荣耀。

〔80〕絜(jié 洁)士:品行端正的士人。絜,洁。　秽:指恶行。

〔81〕庸:用。　致思:思考。吕延济注:"言清絜之士闻己有秽行,其用能致思虑乎?必自绝也。"

〔82〕嗛害:李善注:"口不言,心害之为嗛害也。"

〔83〕妒:嫉妒。

〔84〕善:善良之人。

〔85〕抑亦:还是。　贸首:交接头颅。刘良注:"言嫉妒之人欺其善行,当以己首易人之首为雠也。"　雠:仇。

〔86〕慎无为善:千万小心,不要做好事。李善注:"《淮南子》曰:人有嫁其子而教之曰:'尔行矣,慎无为善。'曰:'不为善,将为不善邪?'应之曰:'善且犹弗为,况不善乎?此全其天器者也。'高诱曰:器,犹性也。"

〔87〕若是:如此。

〔88〕夫:语气词,啊。

〔89〕乘丘之战:李善注:"《礼记》曰:鲁庄公及宋人战于乘丘。"乘丘在今山

东兖州县境。

〔90〕县贲父(xuán bēn fǔ 悬奔甫):人名,鲁庄公的御手。 御:驾车。

〔91〕败绩:大败。

〔92〕是:这。

〔93〕死之:为之而死。

〔94〕圉(yǔ 雨)人:官名。掌管养马放牧等事。 浴:洗刷。

〔95〕矢:箭。 白肉:张铣注:“股里也。”

〔96〕诔之:为之作诔。

〔97〕手剑:亲手用剑刺杀。

〔98〕缀辞之士:写文章的人,文士。

〔99〕史:指史臣。 末:后,末位。刘良注:“岳时为著作郎,不敢正当史官,故云末也。”

〔100〕敢:怎敢。 阙:缺。

〔101〕生:先生的略语。

〔102〕卑:低下。

〔103〕西戎:西部少数民族的泛称。 猾:扰乱。 夏:指汉人。

〔104〕奇:奇策和奇节。

〔105〕奚:为什么。

〔106〕粟富:粮多。吕向注:“城小多贮粟,为贼所窥,故危也。”

〔107〕裁:制裁,决定。

〔108〕兵不加卫:不增加防卫之兵。

〔109〕墉(yōng 拥):城墙。

〔110〕婪婪:贪婪的样子。 狄:北方的民族。

〔111〕竞逐:竞相逐利。

〔112〕恣睢(zì suī 字虽):任意胡为。

〔113〕跱(zhì 志):止,占据。 官寺:官府。

〔114〕齐万:齐万年。 虓阚:愤怒的样子。虓(xiāo 消),虎怒吼。阚(hǎn 喊):虎怒的样子。

〔115〕台司:三公。指朝廷。

〔116〕种落:部落。 煽炽:如火被煽动而炽烈。

〔117〕电舒:挥动如电光。

〔118〕林植:如树林一样密集。

〔119〕彤珠:烧红的铁珠。张铣注:“贼为炉销铁,灌城中,散如流星。”李善注:“《司马兵法》曰:火攻有五,斯为一焉。”

〔120〕惴惴:惊恐不安的样子。

〔121〕号天:呼叫苍天。

〔122〕累卵:一层层堆起来的蛋,比喻局势极不稳定,随时可以垮台。

〔123〕倒悬:头向下脚向上地悬挂着,比喻处境极困苦、危急。

〔124〕爰:于是。　发:刘良注:“谓发其智谋。”

〔125〕弥:更。

〔126〕精冠白日:精诚之气笼罩太阳。李善注:“《战国策》唐雎曰:聂政之刺韩傀也,白虹贯日。”

〔127〕棱威:威严,威势。棱,威势。厉:严厉。

〔128〕克:能。

〔129〕抚循:安抚。

〔130〕挟纩(kuàng 矿):穿棉衣。纩,丝绵。

〔131〕蠢蠢:蠢动。　犬羊:指反叛的氐羌之人。

〔132〕阻:悖。　陵:欺陵。

〔133〕潜隧:地道。隧,地道。

〔134〕九地:指地的深处。

〔135〕惬惬:忧惧。　穷城:困苦之城。

〔136〕气不可假:人死气绝,不可借助他人之气而生存。假,借助。

〔137〕赡:富,多。

〔138〕剟(liè 列):掘。　堑:坑,沟。

〔139〕锸(chā 叉):挖土的工具,铁锹。　锋:指锹刃。

〔140〕窟:洞穴,指地道。

〔141〕掊(póu):培土。　敛:通“殓”,指埋葬。

〔142〕萁:豆秸。

〔143〕㒚(xián 贤)然:英武的样子。

〔144〕余:余力。

〔145〕哀哀:悲伤不已。　建威:指建威将军周处。

〔146〕斧质:铁砧,古刑具,置人于砧上,以斧砍之。质,通“锧”。

〔147〕悠悠:众多的样子。　列将:各将领。列,李善本、六臣本作“烈”,非。今从文会堂《重订文选集评》本。

〔148〕器:军器。

〔149〕释:放。

〔150〕显:大。　诛,杀。

〔151〕畴:谁。　克:能。　不二:无二心。

〔152〕圣朝:指皇帝。　西顾:向西看,指挂念西部雍州的战事。

〔153〕关右:关西。

〔154〕庾(yǔ 雨):谷仓。

〔155〕思谟:考虑,计划。　弥长:久长。

〔156〕咸:全,都。

〔157〕致命:交出生命,即为保卫汧城而死。　方:所,指汧城。

〔158〕末学:后学,潘岳自谦之称。

〔159〕典:经典。

〔160〕十世:言其长久。　宥:赦免罪过或减轻其刑。　能:有才能的人。李善注:“《左氏传》曰:宣子囚叔向,祁奚闻之而见宣子,曰:‘夫谋而鲜过。叔向有焉,社稷之因也。犹将十世宥之以劝能者。今一不免其身以弃社稷,不亦惑乎?’”

〔161〕表墓:建立坟墓做标记。　旌善:表彰善行。旌,表彰。

〔162〕思人爱树:思念其人而爱护其所植之树。

〔163〕甘棠:树名,也叫白棠、棠梨、杜梨。落叶乔木,春夏开白花,果实似梨而小,味酸甜。古代常植于社前,称为社木。　翦:砍伐。《诗·召南·甘棠》:“蔽芾甘棠,勿翦勿伐。”

〔164〕矧(shěn 审):况且,何况。

〔165〕深:大。　浅:小。

〔166〕两造:诉讼双方,即原告和被告。　具:具备。

〔167〕储:所储之粮,即上文之“谷十斛”。　隶:所养之奴隶,即上文之“私隶”。　鲜:少。

〔168〕孰:谁。　勋庸:立大功者。

〔169〕猾:狡诈。　部司:部的主管。

〔170〕反侧:反复无常。

〔171〕斲(zhuó 浊):砍,害。

〔172〕丑正:以正为丑。 恶直:以直为恶。

〔173〕牧人:治理众民。 逶迤:从容自得的样子。

〔174〕自公退食:从朝门出来,回家吃早餐。《诗经·召南·羔羊》:"退食自公,委蛇委蛇。"

〔175〕鹰扬:像鹰一样飞去。

〔176〕戢(jí 吉)翼:收敛翅膀。

〔177〕尔:你。

〔178〕猜:恨。

〔179〕开怀:敞开胸怀,指原谅别人的过错。

〔180〕何:什么,指害人的手段。 至:到来,有。

〔181〕慨慨:慷慨。

〔182〕琅琅:坚强的样子。六臣本作"硠硠"。 高致:高卓的情趣。

〔183〕囹圄:监狱。

〔184〕没:死。 眂:古"视"字。

〔185〕安平出奇:田单,战国时齐人。燕攻齐,下七十余城,仅莒、即墨二城未下。即墨守将战死,城中人推田单为将军。田单用反间计,使燕撤换其名将乐毅,用火牛突阵大破燕军,收复齐七十余城,以功封安平君。奇,奇计,指火牛阵。

〔186〕完:保全,指保全齐国。

〔187〕张孟:张孟谈,战国时赵之谋士。

〔188〕危赵获安:李善注:"《战国策》曰:智伯从韩、魏兵以攻赵,围晋阳,决晋水以灌之。襄子谓张孟谈曰:'士大夫病,吾不能守矣。'孟谈于是阴(暗中)见韩、魏之君曰:'今智伯率二君而伐赵,赵亡则君次之。'二君曰:'我知其然。'即与张孟谈阴约三军,与之期日,夜遣人入晋阳,赵氏杀守堤之吏,而决水灌智伯,智伯军救水而乱。韩、魏翼(从两侧)而击之,襄子将卒犯其前,大败智氏军,而擒智伯。智伯身死国亡,地分为三。"

〔189〕谈单:张孟谈和田单。

〔190〕吝嫉:嫉恨。刘良注:"吝,恨也。"

〔191〕摇之笔端:指写诬告之词。

〔192〕狄隶:把战争中俘虏的狄人当做奴隶。 颁:发,赏赐。《左传》宣公

十五年:“晋侯赏桓子狄臣千室。”杨伯峻注:“狄臣,狄人之为奴隶者。室为其居住之处,故用做计算单位。此赏之以奴隶,则其所耕土地宜一并赏之。”

〔193〕剔:除掉,夺去。　双龟:马敦是汧城督守和关中侯,故有两个龟印。

〔194〕贯:戴(木枷)。三木:古代加在犯人颈、手、足上的木制刑具。

〔195〕同围:一同被围在汧城的人。

〔196〕摧剥:犹摧残。剥,五臣本作“割”。

〔197〕牙其门:即“牙门”,指牙门将军。

〔198〕司勋:官名。主管功赏事务。

〔199〕兆:问,慰问。　后昆:后代。

〔200〕庶:庶几,也许,差不多。

今译

元康七年秋九月十五日,晋故督守、关中侯、扶风马君卒。呜呼哀哉!

当初,雍州所属之羌族造反,未能平息,氐族又恣行叛逆。虽经王师讨伐,终于被消灭,但蜂蝎有毒,屡次小有失利,使百姓流亡,处于水深火热之中。建威将军周处战死于好畤,雍州刺史解系夜遁于大谿。至于偏师副将之身首异处使军队覆没者,可以十数;接受命符、佩系青墨印绶的地方长官逃亡失守者,一个接一个。秦州之陇西郡擅用王号者,以巩更为首,既而偷袭汧城,又占据其县地。先生以渺小之身,被隔于重围之中,率领寡弱之众,据守十雉之小城,氐人如刺猬之张刺,飞箭如雨从四面八方射入城中。城中人只好挖地穴而居,顶着门板去打水。木石将尽,柴草乏竭。于是乎拆房梁而用之,以铁链吊梁木制造机械,既能用来发射石块以杀敌,又可以用完收回。以年久发霉的麦子烧火做饭,把房门劈了当柴烧,因而使柴草和饲料不缺,供应人畜。青青的炊烟四起,厩中的战马长鸣。敌人惊骇又疑惧,就掘地道妄图偷袭。先生命令挖深沟,在沟底放置瓶壶之类的瓦器,派人伏在瓦器上侦听,以便确定敌人挖掘地道的方向和进攻的出口。当地道将要挖穿之时,传来了挖掘声,马敦就命令士兵焚烧大麦，用烟薰坑道中的敌人，把敌人都薰死了。很久以后，安西将军夏侯骏的救兵到了，终于使汧城免于虎口之难，保全了数百万石粮食，其功绩记载于大将军府的文件里。惠帝征求群臣意见，决定给先生晋升显赫的官爵，赏赐以旌旗和伞盖等特殊的恩宠。

而雍州官员竟以几个家奴、十斛粮食这样的小事，拷问士兵，以刑讯逼供之词株连先生，把先生逮捕入狱。征西大将军梁王肜多次上疏直言，说："马敦固守孤城，独当群寇，以少敌众，经历寒暑。临危不惧，气节高卓，保全粮食，守住城池。而雍州从事嫉恨马敦之大功，无限夸大其小过，这不是褒奖大功的办法，应该解除对马敦的监禁而升其官职。"诏书立即恩准。而先生因遭监禁，悲愤而亡。皇帝听说后很悲痛，下策书说："皇帝悲叹故汧城督守、关中侯马敦，忠勇坚毅，统率督厉有方，固守孤城，在十分危急的情况下获得成功，可恩宠未加，不幸丧亡，我因此而悲伤。今追赠马敦为牙门将军，用猪羊祭祀。"马敦魂而有灵，当以此恩宠为荣。然而，品格高尚的士人当发觉自己有了恶行之后，早已自杀，还用得着考虑吗？而在下之官吏胡作非为，不说什么就把人坑害了，都是一些嫉贤妒能之徒。唉呀！嫉妒之徒欺压善良的人，都是以头换头的仇敌。传言说："有个人告诫他将出嫁的女儿：千万小心，不要做好事！"话竟说到这地步，真令人痛心呀！

从前乘丘之战时，县贲父为鲁庄公驾车，马受惊而失败。贲父说："以前从未失败，而今日失败了，这是没有勇气呀。"于是自杀了。主管马匹的官员在洗刷马匹时，发现在马腿深处有一只箭头。鲁庄公说："这不是县贲父的罪过呀。"就为他写了诔文。汉明帝时，有个叫司马叔持的人，白天在市场里把父亲的仇人杀了，视死如归。明帝也命令史臣班固为他写诔文。既然如此，那么忠孝节义之流，为正义而死于非命者，文学之士无不为之写诔。天子既已颁布策书，又赏赐恩荣，微臣我虽在旧史臣之末位，怎敢不写诔文呢？于是写

诔文一篇,其文辞是:

知人不易,人不易知。嗟叹马君,名位卑微。西戎乱夏,发扬神威。保此汧城,救我边危。为何边危?城小粮多。君以小官,而掌守城。守军不增,城矮如故。贪婪群狄,如狼竞逐。巩更胡为,窃占官府。敌主万年,吼如猛虎。皇帝忧心,三公震惊。部落骚乱,声势沸腾。敌旗遍野,挥动如电。刀枪剑戟,密集如林。赤铁星流,飞箭如雨。城中士女,呼天而泣。燃麦而炊,顶门而汲。危如累卵,急似倒悬。马君镇定,遇险不惊。精贯白日,猛如秋霜。威慑群敌,懦夫气壮。同甘共苦,安抚激励。将士同心,如寒得衣。蠢动犬羊,恃众欺寡。妄想偷袭,地道之下。忧惧围城,如人气断。昔命系天,今也在马。惟此马君,才博智丰。挖掘深沟,以壶侦听。锹未见刃,火已起焰。敌被熏死,铲土而殓。木石缺乏,豆秆烧尽。英武马君,傲有余心。折梁卸栋,系以铁链,投石击敌,劈门为薪。守不乏械,厩马精神。悲哀建威,将军周处,杀敌立功,宁死不辱。众多将帅,覆军丧兵。敌释我众,诛杀将领。以生换死,谁无二心?皇帝忧思,关西惊惶。开我谷仓,变为寇粮。实赖先生,计划久长。激励士众,勇敢杀敌,保卫汧城,为国捐躯。

我虽后学,曾闻经典:功臣后代,小错赦免;为之建墓,表彰良善。行之长久,国泰民安。思人爱树,甘棠不翦。何况先生,功深疑浅。被告未言,粮奴有限,谁立大功,而不获免?狡猾部司,心怀叵测,陷害忠良,颠倒善恶。马君治民,从容不迫,公而忘私,心安理得。闻有瑕疵,自杀自责,犹如鹰飞,远离罪恶。忘你大功,恨你小利。欲加之罪,何患无词!慷慨马君,情趣高尚,悲愤而死,死不瞑目!呜呼哀哉!

燕国攻齐,兵围即墨。田单为将,计留史册。火牛冲阵,燕兵大破。赵有谋士,名为孟谈。离间韩魏,计用水淹。生擒智伯,地分为三。赵襄遇危,反获平安。汧城之民,依靠马君,犹如齐赵,仰赖谈单。为何嫉恨,摇弄笔端?倾仓可赏,何况私谷?战俘可赐,况曰家仆？反夺官印，加身桎梏。功存汧城，身死汧狱。同被围者，心如刀割。扶老携幼，街号巷哭。呜呼哀哉！

英明天子，旌以殊恩。荣耀赏赐，赠以牙门。司勋颁赏，慰问子孙。死而有灵，可慰冤魂。呜呼哀哉！

（陈延嘉译注并再修订）

阳给事诔一首

颜延年

题解

这篇诔文作于南朝宋文帝(刘义隆)元嘉初年(424),为哀悼南朝宋与拓跋魏滑台之战中抗敌牺牲的民族英雄阳瓒而作。其中歌颂阳瓒临难不苟、坚贞不屈的高尚节操。

永初三年(422)五月,宋武帝(刘裕)崩,北魏之主拓跋嗣断绝与宋和亲,乘宋之危,大举进犯。十月亲率数万之众,进至方城(今河南省境内)。十一月宋魏滑台之战爆发,敌势凶猛,战事惨剧,守军主将宁远将军王景度弃城出逃,司马阳瓒壮烈战死。滑台陷落。十二月,拓跋嗣又连续攻陷宋之另一军事要塞虎牢(今河南汜水县境内)。守将王德祖被俘。北魏军随即掘破许昌,毁坏钟离而还。这场民族间的南北战争,连续数月,直至同年末拓跋嗣死,方告一段落。南朝宋失掉了作为北面屏障的一系列军事重镇,领土愈益缩小,军民涂炭,尤其不可言状。

在这场反侵略战争中,滑台一战最为关键。在强敌压顶、主将出逃、士卒溃散的危急中,阳瓒则巍然屹立,凛然大义,视死如归。"虏悉力攻滑台城,城东北崩溃,王景度出奔,景度司马阳瓒坚守不动,众溃,抗节不降,为虏所杀"。故少帝即位发诏嘉奖,追赠为给事中,"尚书令傅亮议,瓒家在彭城,宜即以入台绢一百匹、粟三百斛赐给。文士颜延之为之诔焉"。

但是,对于这样一位为民族捐躯的烈士,少帝既未赐予显爵美谥,史家也未曾特书勋绩,作为正史之沈约《宋书》,并无阳瓒个人纪传,以上片断只在《索虏传》中叙述此次战役及其结果时顺便提及。这不能不是千古憾事。而颜延之未经朝廷指令,独以他的文章为英雄树立了一座彪炳千古的纪念碑,再现了其人的功德风范,颂美了他的熠熠正气。诔文开头为序,记述阳瓒抗敌御侮的业绩,交代作诔的时间与动机。没有依循诔文惯例敷衍其家世渊源,而是直接记述阳瓒本人誓死抵抗侵略的情景。这就与一般作诔者不尽相同。其次为诔辞正文,歌颂阳瓒在强敌凶焰,生死考验面前的崇高节操。其中叙述阳处父荐贤遇害之忠,苫夷名子行阵之壮,以敷衍其家世渊源,但至春秋晋其族业已衰落,证明阳瓒并无祖先荫庇,只以个人功德名世。叙述面前形势之险恶,强敌进逼之凶残,皆在于反衬阳瓒的崇高爱国精神。"力虽可穷,气不可夺;义立边疆,身终锋栝"十六个字,正是这位民族英雄胸襟信念人生归宿之高度完美的概括。结尾以春秋贲父、西晋马敦皆得表彰为喻,告慰死者已得到朝廷的嘉奖。

文章渲染气氛,令人屏息;描写人物,形神欲生;造语工巧,警策迭出。以华彩之笔,写壮烈之事,正到好处。

颜延之一生写了许多诗篇,其中有许多富有个性情辞动人之作,与谢灵运并称于时。但是,他的文章也绝不在其诗作之下,而超于灵运之上。仅这篇《阳给事诔》,足可称为一千五百年前的民族正气歌,其情志辞采也足以光芒万丈于后世。

原文

惟永初三年,十一月十一日[1],宋故宁远司马[2]、濮阳太守彭城阳君卒[3]。呜呼哀哉!瓒少禀志节[4],资性忠果[5],奉上以诚[6],率下有方[7]。朝嘉其能[8],故授以边事[9]。永初之末,佐守滑台[10]。值国祸荐臻[11],王略中否[12]。獯虏间衅[13],劘剥司兖[14];幽并骑弩[15],屯逼巩洛[16]。列营缘戍[17],相望屠溃[18]。瓒奋其猛锐,志不违难[19],立乎将卒之间,以缉华裔之众[20]。罢困相保[21],坚守四旬[22],上下力屈[23],受陷勍寇[24]。士师奔扰[25],弃军争免。而瓒誓命沉城[26],佻身飞镞[27],兵尽器竭[28],毙于旗下[29]。非夫贞壮之气[30],勇烈之志[31],岂能临敌引义[32],以死徇节者哉[33]!景平之元[34],朝廷闻而伤之,有诏曰:"故宁远司马、濮阳太守阳瓒,滑台之逼,厉诚固守[35],投命徇节[36],在危无挠[37],古之烈士,无以加之。可赠给事中,振恤遗孤[38],以慰存亡[39]。"追宠既彰[40],人知慕节[41],河汴之间[42],有义风矣。逮元嘉廓祚[43],圣神纪物[44],光昭茂绪[45],旌录旧勋[46],苟有概于贞孝者[47],实事感于仁明[48]。末臣蒙固[49],侧闻至训[50],敢询诸前典[51],而为之诔。其辞曰:

贞不常佑[52],义有必甄[53]。处父勤君[54],怨在登贤[55]。苦夷致果[56],题子行间[57]。忠壮之烈[58],宜自尔先[59]。旧勋虽废[60],邑氏遂传[61]。惟邑及氏[62],自温徂阳[63]。狐续既降[64],晋族弗昌[65]。之子之生[66],立绩宋皇[67]。拳猛沉毅[68],温敏肃良[69]。如彼竹柏[70],负雪怀霜[71]。如彼骓驷[72],配服骖衡[73]。

边兵丧律[74],王略未恢[75]。函陕堙阻[76],瀍洛蒿莱[77]。朔马东骛[78],胡风南埃[79]。路无归辖[80],野有委骸[81]。帝图斯艰[82],简兵授才[83]。寔命阳子[84],佐师危台[85]。憬彼危台[86],在滑之垧[87]。周卫是交[88],郑翟是争[89]。昔惟华国[90],今实边亭[91]。凭巘结关[92],负河萦城[93]。金柝夜击[94],和门昼扃[95]。料敌厌难[96],时惟阳生[97]。

凉冬气劲[98],塞外草衰。遏矣獯虏[99],乘障犯威[100]。

鸣骥横厉[101],霜镝高翚[102]。轶我河县[103],俘我洛畿[104]。攒锋成林[105],投鞍为围[106]。翳翳穷垒[107],嗷嗷群悲[108]。师老变形[109],地孤援阔[110]。卒无半菽[111],马实钳秣[112]。守未焚冲[113],攻已濡褐[114]。烈烈阳子[115],在困弥达[116]。勉慰痍伤[117],拊巡饥渴[118]。力虽可穷,气不可夺。义立边疆,身终锋栝[119]。呜呼哀哉!

贲父殒节[120],鲁人是志[121]。汧督效贞[122],晋第攸记[123]。皇上嘉悼[124],思存宠异[125]。于以赠之,言登给事。疏爵纪庸[126],恤孤表嗣[127]。嗟尔义士,没有余喜。呜呼哀哉!

注释

〔1〕永初:南朝宋武帝(刘裕)年号。

〔2〕司马:官名。宁远司马,即宁远将军司马。宁远将军,指王景度;司马为其佐吏。

〔3〕太守:官名。掌一郡政事。濮阳太守,指阳瓒曾任官职。　彭城:今江苏铜山县境内。指阳瓒籍贯。

〔4〕禀:禀承,承受。　志节:志向节操。

〔5〕资性:资质,天性。　忠果:忠诚果决。

〔6〕奉上:谓奉行长官之命。

〔7〕率下:领导下属。

〔8〕嘉:嘉奖,奖励。

〔9〕边事:边防之事。

〔10〕佐守:辅佐主帅防守。　滑台:城名。在今河南滑县境内。此句谓阳瓒佐主帅王景度守卫滑台,以抗御北魏统治者之侵犯。

〔11〕国祸:国家的祸难。　荐臻:频至。荐,重,频。永初三年五月宋武帝崩,十月北魏统治者进犯,故谓"国祸荐臻"。

〔12〕王略:帝王的谋略。　中否(pǐ 匹):中途阻塞不通。否,阻隔。此句谓宋武帝崩,国事中辍。

〔13〕獯(xūn 勋)虏:即索虏。　间衅:乘隙,伺机。衅,隙,空隙。

〔14〕劘(mó 摩)剥:伤害,侵犯。　司兖(yǎn 演):司州与兖州。司州,南朝宋武帝从北方统治者手中收复河南,置司州,治虎牢,今河南汜水县西北。兖州,南朝宋武帝收复河南,置兖州,治滑台,今河南滑县境内。

〔15〕幽并(bīng 兵):幽州和并州。幽州,指今河北境内。并州,指今内蒙古与山西、河北部分地区。　骑弩:战马与强弓。弩,一种用机械力发射利箭的弓。李善注引《物理论》:"幽州之骑,冀州之弓,劲悍之上。"

〔16〕屯逼:驻扎迫近。　巩洛:巩县与洛水。巩县,今河南境内,在洛水之间,四面皆山,可以巩固,故名。

〔17〕缘戍:谓哨所相连。戍,戍边,防守边疆,指边哨。

〔18〕屠溃:杀戮击溃。

〔19〕违难:逃避祸患。

〔20〕缉:聚集,招募。　华裔:指中原与边远地区。

〔21〕罢(pí 皮)困:疲惫困倦。

〔22〕四旬:四十天。

〔23〕上下:指将帅与士卒。　力屈(jué 决):力尽。

〔24〕勍(qíng 晴)寇:强敌。

〔25〕士师:士卒。　奔扰:奔逃窜乱。

〔26〕誓命:发布誓言。　沉城:谓走下城垒。又,张凤翼注:"沉城,已陷之城也。"(《文选纂注》,卷十二)

〔27〕佻(tiāo 挑)身:谓独自而行。佻,独行的样子。　飞镞(zú):射箭。镞,箭头。

〔28〕器:兵器。　竭:尽。

〔29〕毙:死。

〔30〕贞壮:忠贞雄壮。

〔31〕勇烈:勇敢刚强。

〔32〕引义:援引道义。此谓发扬正气。

〔33〕徇(xùn 训)节:为坚持节操而赴死。徇,通"殉"。

〔34〕景平:南朝宋少帝(刘义符)年号。

〔35〕厉诚:激励忠诚。

〔36〕投命:舍弃生命。

〔37〕无挠：谓坚贞不屈。李善注引《左传》： “师徒挠败。”杜预注：“挠，败也。”败，也有屈服之义。

〔38〕振恤：救济，抚恤。李善注引郑玄《礼记注》：“振，收也。”梁章钜谓：“然此正文振恤，似当从《周礼》‘振穷恤贫’。郑注：‘振穷，拯救天民之穷者。’”（《文选旁证》，卷十五） 遗孤：死者的子女。

〔39〕存亡：存，指瓒之妻子；亡，指阳瓒。

〔40〕追宠：谓追授予死者的宠荣。此指追授阳瓒为给事中的荣衔。彰：昭著，显明。

〔41〕慕节：仰慕其节操。

〔42〕河汴（biàn 变）：黄河与汴水。河汴之间，指黄河与汴水流域。

〔43〕逮（dài 代）：及。 元嘉：南朝宋文帝（刘义隆）年号。 廓祚（zuò 作）：开拓福祚。谓广施福佑。

〔44〕圣神：圣明神灵。此指宋文帝。 纪物：治理万物。纪，理。

〔45〕光昭：显耀。 茂绪：美善的德业。

〔46〕旌录：表彰记载。 旧勋：旧日的功勋。

〔47〕有概：有节概。概，节操，风范。 贞孝：忠贞孝顺。

〔48〕仁明：仁爱明智。此谓宋文帝之心怀。

〔49〕末臣：延之自谦之词。 蒙固：蒙昧固陋。

〔50〕侧闻：从旁闻知。 至训：至上的教训。此谓制定谥号之事。

〔51〕询：咨询。 前典：前代的谥法。典，法。此指谥法。

〔52〕佑：保佑，佑助。或作“祜”，福。

〔53〕甄（zhēn 真）：表明，表彰。

〔54〕处父：阳处父，春秋晋国太傅。 勤君：为君主尽力。李善注引《谷梁传》：“晋将与狄（春秋时北方国名）战，使狐夜姑（晋将）为中军将，盾（赵盾，晋将）佐之。阳处父曰：‘不可。古者君之使臣也，使仁者佐贤者，不使贤者佐仁者。今盾贤，夜姑仁，其不可。’襄公（晋君）曰：‘诺。’公谓夜姑曰：‘吾使汝佐盾矣。’处父主境上之事，夜姑使人杀之。”

〔55〕怨：恨。谓遭嫉恨。 登贤：举荐贤者。

〔56〕苫（shān 山）夷：即苫越，春秋时鲁国季氏臣。 致果：获致战果。谓春秋鲁定公八年，鲁对齐的阳州之役中苫夷有所俘获。

〔57〕题子：谓给孩子命名。 行间：行阵之间。李善注引《左传》：“苫越生

子，将待事（战事）而名之，阳州（地名）之役获（有所俘获）焉，名之曰阳州（以地名为其子命名）。”梁章钜谓：“何曰：‘阳州乃地名，与阳氏何与而诔及之？’林先生曰：‘按此以阳州为阳氏食邑，因苦夷而名始见耳。下旧勋仍指处父。不指苦夷也。’”（《文选旁证》，卷十五）

〔58〕忠壮：忠，谓阳处父之勤王；壮，谓苦夷之致果。 烈：功绩。

〔59〕尔先：你的祖先。此句谓以阳为姓氏自你祖先开始。

〔60〕旧勋：指阳处父昔日的功勋。 废：止。

〔61〕邑氏：以先代封邑为自己的姓氏。

〔62〕邑：封邑。 氏：姓氏。

〔63〕温：地名。 徂：往。 阳：阳州。晋封处父于温，后改封阳。

〔64〕狐续：狐，狐夜姑；续，续鞫（或作“鞠”）居，人名，狐夜姑之同族。春秋鲁文公六年，狐夜姑以怨易其中军帅为佐，而使续鞫居杀阳处父。 既降：以后。

〔65〕晋族：指在晋的阳氏之族。李善注：“言狐射姑、续鞠居诛处父之后，在晋之族（阳氏）不复昌盛也。”

〔66〕之子：指阳瓒。

〔67〕宋皇：指南朝宋王朝。

〔68〕拳猛：有力而勇猛。 沉毅：深沉而刚毅。

〔69〕温敏：温厚而通达。 肃良：恭敬而良善。

〔70〕竹柏：喻其坚贞不屈。

〔71〕负雪：与“怀霜”喻其高洁无瑕。

〔72〕骓（fēi 飞）：辕马旁侧的马。 驷：一驾车上的四匹马。

〔73〕服：指驾辕两马。 骖（cān 参））：辕马旁侧的马。 衡：车辕上的横木。李善注：“服，服马也；衡，车衡也。言翼赞宋朝，如彼骓之为驷，乃配服而参衡也。服谓中央两马夹辕者，在服之左曰骖，右曰骓，四马曰驷。”

〔74〕边兵：边防军队。 丧律：谓违反军法。《周易·师》：“初六，师出以律，否臧凶。”高亨注：“师，军队也。孔颖达曰：‘律，法也。’……兵出必以律，不然，其师虽壮亦凶……”（《周易古经今注》，卷一）

〔75〕王略：帝王的谋略。 未恢：未得发扬。

〔76〕函陕：函，函谷关，秦关名，在今河南省灵宝县南；陕，陕县，春秋时为虢之地，今属河南省。 堙（yīn 因）阻：阻塞。

〔77〕瀍（chán 缠）洛：瀍水与洛水。瀍，源出河南洛阳西北谷城山，经洛阳

而入洛水。此指瀍洛流域。 蒿莱:青蒿与藜草。指杂草。以上两句谓函陕瀍洛一带受北魏统治者侵犯,人烟断绝,田园荒芜。

〔78〕朔马:北方之马。 东骛:向东急驰。

〔79〕胡风:胡地之风。胡,指北方边远地区的少数民族。 南埃:向南刮起尘埃。以上两句谓北魏统治者对南朝宋的侵略气焰。

〔80〕归辖(wèi 卫):指运回战死者尸体的棺柩。李善注引《汉书》:"高祖令曰:'士卒从军死者,为椟,归其县。'"应劭曰:"辖,小棺也。"服虔曰:"辖与椟,古字通。"

〔81〕委骸:委弃的尸骸。

〔82〕帝图:与"王略"义同。此指宋帝之业。

〔83〕简兵:选拔士兵。 授才:授任有贤才者。

〔84〕阳子:指阳瓒。

〔85〕危台:指滑台。

〔86〕憬(jǐng 景):远行。速至。

〔87〕滑:春秋国名,周王同姓。在今河南境内。 坰(jiōng 扃):遥远的郊野。

〔88〕周卫:周,周王朝,此指东周,在今河南洛阳;卫,周代诸侯国之一,在今河南北部与河北南部。 交:结交,联盟。李善注:"交,党与也。"

〔89〕郑翟(dí 敌):郑,春秋诸侯国之一,在今河南境内;翟,通"狄",指古代北方地区一个民族。以上两句谓周卫曾于滑台结盟,郑翟曾于滑台争战,此地自古以来就是诸侯必争之所。李善注引《史记》:"郑入滑,滑听命,已而反与卫(同卫结好),于是郑伐滑。周襄王使伯犕(人名)请滑,郑文公不听襄王请,而囚伯犕。王怒,与翟伐郑,不克。"

〔90〕华国:华夏之国,指滑国。

〔91〕今:指南朝宋时。边亭:边防哨所。

〔92〕凭巘(yǎn 眼):凭借山峰。 结关:构筑关防。

〔93〕负河:依靠黄河。 萦城:修筑城垒。

〔94〕金柝(tuò 唾):金,即刁斗,古时军用铜器,白昼用以做饭,夜晚敲击用以打更;柝,即木柝,古时打更用的木梆子。李善注引卫宏《汉旧仪》:"昼漏尽,夜漏起,城门击刁斗,周庐(皇宫四周的警卫哨所)击木柝。"

〔95〕和门:军门。李善注引《周礼》:"大阅,以旌为左右和之门。" 扃:关闭。

〔96〕厌难：谓平定祸难。张凤翼谓："厌难，犹定乱也。"(《文选纂注》，卷十二)

〔97〕阳生：指阳瓒。

〔98〕气劲：谓寒气凛冽。

〔99〕逷(tì 替)：远。　獯(xūn 勋)虏：即索虏，指北魏拓跋嗣。

〔100〕乘障：登上城垒。李善注引《汉书》："上遣狄山(西汉博士)乘障。"《苍颉(篇)》曰："障，小城也。"

〔101〕鸣骥：鸣叫的骏马。　横厉：谓纵横驰骋，气势凶猛。

〔102〕霜镝(dí 敌)：锋利闪光的箭头。　高翚(huī 灰)：高飞。

〔103〕轶(yì 义)：超越，越过。　河县：河，黄河；县，指国都千里之内的地区。

〔104〕洛畿(jī 基)：指洛阳及其周围地区。畿，指京都附近地区，洛阳为东汉、魏、晋时的都城，故谓其周围地区为洛畿。

〔105〕攒(cuán)锋：谓剑戟攒聚。锋，指剑戟的锋刃。

〔106〕投鞍：谓将马鞍投放于地。

〔107〕翳翳(yì 义)：掩蔽。　穷垒：被围困的城垒。指滑台。

〔108〕嗷嗷：悲愁之声。

〔109〕师老：谓劳师已久。吕向注："老，久也。"　变形：谓形势变化。

〔110〕援阔：援救阔远。

〔111〕半菽：谓乏粮。菽，豆。

〔112〕钳(qián 前)秣：谓以木衔马口，使之不食。谓缺乏饲料。

〔113〕冲(衝)：古时战车。

〔114〕濡(rú 如)褐：谓浸湿马衣，以防火攻。褐，马衣。吕延济注："言守者未焚敌车，而攻者已濡马衣也。"以上两句谓敌人强盛，攻势猛烈，守卫者难以防卫。

〔115〕烈烈：形容壮伟的样子。

〔116〕弥达：愈益豁达。达，豁达，心胸宽阔。

〔117〕痍(yí 夷)伤：创伤。

〔118〕拊(fú 伏)巡：安慰巡视。

〔119〕身终：身死。　锋栝(kuò 扩)：锋，指剑戟；栝，箭末扣弦处，指箭。

〔120〕贲(bēn 奔)父：即县贲父，春秋鲁庄公御者。　殒(yǔn 允)节：为节操而死。李善注引《礼记》："鲁庄公及宋人战于乘丘(地名)，县贲父御。马惊败绩，公坠。县贲父曰：'他日不败绩，而今败绩，是无勇也。'遂死之。圉人(养马者)浴马，有流矢在白肉(马大腿里)。公曰：'非其(指贲父)罪也。'遂诔之。

士之有诔,自此始也。”

〔121〕志:记述。此谓作诔。

〔122〕汧(qiān 迁)督:汧城(晋时地名,今陕西省境)之督军,指马敦。 效贞:为贞节而献身。李善注引臧荣绪《晋书》:“汧督马敦,立功孤城,为州司所枉,死于囹圄(牢狱),岳(潘岳)诔之。”

〔123〕晋策:指《晋书》。 攸记:所记。

〔124〕皇上:此指宋少帝。 嘉悼:嘉许哀悼。

〔125〕思存:思念存恤。 宠异:宠爱优待,使之不同于众人。

〔126〕疏爵:分赐爵号。疏,分。 纪庸:记录功勋。庸,功。

〔127〕恤孤:抚恤遗孤。 表嗣:表彰后代。

〔128〕义士:有节操的人。

今译

永初三年十一月十一日,宋故宁远将军司马、濮阳太守阳君卒。啊,哀呀!瓒少时既有高尚节操,天性忠诚果决。侍奉尊长诚实可靠,统率部属符合方略。朝廷嘉奖其贤能,故授予边防重任。永初末年,佐助宁远将军防守滑台。正值国家祸难相继而至,王朝谋略中途受挫。北方强敌伺机挑衅,骚扰进犯司兖二州。幽并之地马壮弓强,屯驻迫近巩县洛水。营寨成列,哨所接连,前后相望,杀人破坏。瓒乃发扬勇猛锐气,意志坚定不避祸难,巍然屹立将士之间,挥手召集各方兵众。不顾疲惫相互保卫,坚守阵地直达四旬。将帅士卒精疲力尽,阵地陷落强寇逼近。士卒奔散,四处乱窜,离弃军阵,争相逃命。而瓒发布誓辞,驰下城垒,独自出行,猛发利箭。兵器用尽,死于旗下。若非忠贞壮伟之气概,勇敢刚烈之意志,岂能面临强敌激扬正气,坚持节操毅然而死吗?景平元年,朝廷闻奏而为之哀伤,下诏曰:“故宁远将军司马、濮阳太守阳瓒,滑台之难忠诚固守,牺牲生命而坚持气节,身在危难而忠贞不屈,古昔烈士无以超越。可赠予给事中,抚恤阳氏子女,以慰生者与死者。”追赐宠荣,既已昭明,世人皆知敬慕节操,黄河汴水之间,忠义德风得以发扬。及元嘉之际，广施福佑，皇帝神明治理万物，发扬光大美善德业，记载表彰旧日功勋。假如确有忠贞孝顺之节概，事实必能感动皇帝仁爱圣明之心。小臣愚昧浅陋，曾闻至善教训，冒昧查阅前代谥法，而为之作诔。其辞曰：

忠贞不常得福，大义必得表彰。处父效命君主，被恨由于举贤。苫夷大获战果，子名起于行阵。忠诚壮烈之功，应归君之祖先。昔日功勋虽废，封邑姓氏得传。封邑以及姓氏，自温改赐为阳。狐续谋杀以后，晋国阳氏衰落。先生应运而生，建立功绩于宋。强壮勇猛，深沉刚毅；温厚通达，恭敬善良。如那高竹翠柏，怀抱白雪严霜。如那骓马驾车，配合服马驰骋。

边境军事失利，朝廷谋略受挫。函关陕县阻塞，瀍洛流域荒凉。北方战马东驰，塞外风沙南扬。路无棺柩回运，野有委弃尸骸。大宋帝业艰难，选兵授予贤才。命令司马阳瓒，佐助守卫滑台。远行速达滑台，在那滑国野外。周卫于此结盟，郑翟于此争战。昔乃华夏之国，今为大宋边境。凭山构筑关防，依河修为城垒。刁斗木柝夜击，军门白昼常关。料敌平定祸难，实为阳君功勋。

严冬寒气凛冽，塞外野草衰败。远方强敌窜扰，攻城侵犯国威。骑兵横冲直撞，箭头高处乱飞。越过我方领土，俘虏我方居民。剑戟聚集如林，鞍辔投下成围。层层困我营垒，嗷嗷士卒伤悲。久战形势多变，地远孤立无援。士卒无粮充饥，马匹断绝饲料。守者未焚敌车，攻者浸湿马衣。阳君英勇豪壮，在困愈发乐观。慰勉重伤体残，探问饥渴病弱。力量虽可穷尽，志气不可侵夺。正义显扬边疆，身躯牺牲沙场。啊，哀呀！

贲父死于气节，鲁人为之作诔。汧督献身贞操，晋史述其壮烈。皇上褒奖阳君，思念宠爱优待。于是追赠荣衔，升任为给事中。封其爵记其功，抚恤表彰后代。唉唉忠义之士，死后尚有荣幸。啊，哀呀！

（陈复兴译注并修订）

陶征士诔一首

颜延年

题解

南朝宋元嘉四年(427),诗人陶渊明卒。颜延之特作此诔,颂其贤德而哀悼之。征士,谓不应征聘,隐退自守之士。

延之经历宋武帝(刘裕)至孝武帝(刘骏)四朝,先后官中书侍郎、太子中庶子、御史中丞与金紫光禄大夫,实属于刘氏王朝上层人物。渊明在晋只暂任过州祭酒与彭泽令之类的小官,皆少日弃职。晋末征著作郎而未就。入宋,则绝弃世务,躬耕自资,闲静守志,确为以诗酒自娱的隐者。颜、陶两人的身份、阅历、价值观与文学观,截然不同。但是,如此的延之怎么为如彼的渊明作诔呢?这首先因为他们都是文人,虽说一是雕金镂彩,一是清新自然,毕竟有共同的志趣爱好。其次两人的性格与处世态度也有许多彼此契合之处:其一,两人皆鄙弃权要,绝不屈下。延之面斥权臣刘湛曰:"我名器不升,当由作卿家吏!"渊明则拒见郡遣督邮曰:"我岂能为五斗米折腰向乡里小儿!"延之先后两次触怒权贵,被放远郡。渊明也曾拒见江州刺史王弘。其二,两人皆嗜酒好醉,任性率真。"延之性既偏激,兼有酒过,肆意直言,曾无遏隐"。"又好骑马,遨游里巷,遇知旧辄据鞍索酒,得酒必颓然自得"。渊明"性嗜酒,而家贫不能恒得。亲旧知其如此,或置酒招之。造饮则尽,期在必醉"。故两人以酒相知,情谊甚笃。延之曾为刘柳后军功曹,在寻阳与渊明情款,后为始安郡守经过寻阳,日日造访,每往酣饮致醉。其三,两人皆生活寒素,乐道安贫。渊明自谓"环堵萧然,不蔽风日,短褐穿结,箪瓢屡空，晏如也”。而延之外放之时，则“居常罄匮”，不得不受中书令名公子王球的救济。即使恢复显位，也“居身清约，不营财利，布衣蔬食，独酌郊野”，出入“常乘羸牛笨车”。此说明延之虽为贵宦，其情趣则与寒素相近。（以上均见《宋书》颜、陶本传）以此可见，延之为渊明作诔，实有义气相投情志相同做基础。故李善特别指明两人共饮相契与颜作陶诔的关系，注引何法盛《晋中兴书》曰：“延之为始安郡，道经寻阳，常饮渊明舍，自晨达昏。及渊明卒，延之为诔，极其思致。”

诔文体式与常格不同，开头为序，议论古昔高行峻节之风已日渐衰绝，后世隐逸之士多属貌合神离，深为慨叹。其次叙述渊明的性情经历，突出其弃世自隐，好书嗜酒，安贫乐道的品格。再次为诔辞正文，颂扬其高洁超逸的德风和对吉凶生死的达观态度，深表哀悼之情。最后追忆与渊明生前互为交往、彼此警诫的情景，并以仁智皆有终死，渊明与古贤精神混同安慰死者，意味格外深长。

文中充满延之对渊明的钦敬礼赞之情，同时也将作者自身的遭际情志融化其中，处处流露出个人的体验与慨叹。例如，“依世尚同，诡时则异，有一于此，两非默置，岂若夫子，因心违事”之句，则显露出延之与庐陵王相交被疑为同异，以及每犯权要而遭嫉恨的体验。“孰云与仁，实疑明智。谓天盖高，胡愆斯义。履信曷凭，思顺何置”之句，是就渊明不幸而责问先哲与上天，也是作者个人以其不平对人世的抨击。昔日相诲之辞，“独正者危，至方则碍”，“违众速尤，迕风先蹶”之句，正是渊明与延之共同的人生教训。延之的人生体验与渊明生前的怀抱志趣已经浑然合一。

延之的风格向以锦绣雕绘闻名，但是这篇《陶征士诔》则稍有所异。除开头之序仍属延之惯用技法，后三部分则近乎朴真清新的格调，有似于渊明之人格与文格。故方伯海谓：“作忠烈人诔文出色易，作恬退人诔文出色难。英气故易，静气故难也。陶靖节胸怀高迈，性情潇洒，作者能以静气传之。”（于光华《重订文选集评》，卷十四)确实点到了本文的艺术特征。

原文

夫璇玉致美[1],不为池隍之宝[2];桂椒信芳[3],而非园林之实[4]。岂其深而好远哉[5]? 盖云殊性而已[6]。故无足而至者[7],物之藉也[8];随踵而立者[9],人之薄也[10]。若乃巢高之抗行[11],夷皓之峻节[12],故已父老尧禹[13],锱铢周汉[14],而绵世浸远[15],光灵不属[16],至使菁华隐没[17],芳流歇绝[18],不其惜乎! 虽今之作者[19],人自为量[20],而首路同尘[21],辍涂殊轨者多矣[22]。岂所以昭末景[23],泛余波[24]!

有晋征士寻阳陶渊明[25],南岳之幽居者也[26]。弱不好弄[27],长实素心[28]。学非称师[29],文取指达[30]。在众不失其寡[31],处言愈见其默[32]。少而贫病,居无仆妾。井臼弗任[33],藜菽不给[34]。母老子幼[35],就养勤匮[36]。远惟田生致亲之议[37],追悟毛子捧檄之怀[38]。初辞州府三命[39],后为彭泽令[40]。道不偶物[41],弃官从好[42]。遂乃解体世纷[43],结志区外[44],定迹深栖[45],于是乎远。灌畦鬻蔬[46],为供鱼菽之祭[47];织絇纬萧[48],以充粮粒之费[49]。心好异书,性乐酒德,简弃烦促[50],就成省旷[51]。殆所谓国爵屏贵[52],家人忘贫者与[53]? 有诏征为著作郎[54],称疾不到。春秋若干[55],元嘉四年月日[56],卒于寻阳县之某里[57]。近识悲悼[58],远士伤情[59]。冥默福应[60],呜呼淑贞[61]!

夫实以诔华[62],名由谥高[63],苟允德义[64],贵贱何筭焉[65]? 若其宽乐令终之美[66],好廉克己之操[67],有合谥典[68]，无愆前志[69]。故询诸友好[70]，宜谥曰靖节征士[71]。其辞曰：

物尚孤生[72]，人固介立[73]。岂伊时遘[74]，曷云世及[75]？嗟乎若士[76]！望古遥集[77]。韬此洪族[78]，蔑彼名级[79]。睦亲之行[80]，至自非敦[81]。然诺之信[82]，重于布言[83]。廉深简絜[84]，贞夷粹温[85]，和而能峻[86]，博而不繁[87]。依世尚同[88]，诡时则异[89]。有一于此[90]，两非默置[91]。岂若夫子[92]，因心违事[93]？畏荣好古，薄身厚志[94]。世霸虚礼[95]，州壤推风[96]。孝惟义养[97]，道必怀邦[98]。人之秉彝[99]，不隘不恭[100]。爵同下士[101]，禄等上农[102]。度量难钧[103]，进退可限[104]。长卿弃官[105]，稚宾自免[106]。子之悟之[107]，何悟之辩[108]？赋诗归来[109]，高蹈独善[110]。亦既超旷[111]，无适非心[112]。汲流旧巘[113]，葺宇家林[114]。晨烟暮蔼[115]，春煦秋阴[116]。陈书辍卷[117]，置酒弦琴。居备勤俭，躬兼贫病[118]。人否其忧[119]，子然其命[120]。隐约就闲[121]，迁延辞聘[122]。非直也明[123]，是惟道性[124]。纠缠斡流[125]，冥漠报施[126]。孰云与仁[127]？实疑明智[128]。谓天盖高[129]，胡諐斯义[130]？履信曷凭[131]？思顺何寘[132]？年在中身[133]，疢维痁疾[134]。视死如归，临凶若吉。药剂弗尝[135]，祷祀非恤[136]。傃幽告终[137]，怀和长毕[138]。呜呼哀哉！

敬述靖节[139]，式尊遗占[140]，存不愿丰[141]，没无求赡[142]。省讣却赙[143]，轻哀薄敛[144]。遭壤以穿[145]，旋葬而窆[146]。呜呼哀哉！

深心追往[147]，远情逐化[148]。自尔介居[149]，及我多暇[150]。伊好之洽[151]，接阎邻舍[152]。宵盘昼憩[153]，非丹非驾[154]。念昔宴私[155]，举觞相诲[156]。独正者危[157]，至方则碍[158]。哲人卷舒[159]，布在前载[160]。取鉴不远[161]，吾规子佩[162]。尔实愀然[163]，中言而发[164]。违众速尤[165]，迕风先蹶[166]。身才非实[167]，荣声有歇[168]。睿音永矣[169]，谁箴余阙[170]？呜呼哀哉！仁焉而终[171]，智焉而毙[172]。黔娄既没[173]，展禽亦逝[174]。其在先生[175]，同尘往世[176]。旌此靖节[177]，加彼康惠[178]。呜呼哀哉！

注释

〔1〕璇玉：美玉。传说璇玉藏于山谷深水之中。李善注引《山海经》："升山（山名），黄酸（水名）之水出焉，其中多璇玉。" 致美：极美。

〔2〕池隍（huáng 黄）：护城河。有水为池，无水为隍。

〔3〕桂椒：两种美木名。传说桂椒长于高山之上。李善注："宋均曰：'桂椒芬香，美物也。'《山海经》曰：'招摇之山多桂。'又曰：'琴鼓之山多椒。'"

〔4〕园林：古时帝王贵族游乐之所。

〔5〕其深：谓璇玉藏于水。 好远：谓桂椒长于山。

〔6〕殊性：谓与众迥异的天性。

〔7〕至者：谓池隍之石与园林之木，即与璇玉桂椒相反者。

〔8〕藉：资藉，资用，利用。李善注："言物以希为贵也。藉，资藉。《韩诗外传》：'晋平公游于河而乐，曰：安得贤士与之乐此也？舡人（船夫）盖胥跪而对曰：夫珠出于江海，玉出于昆山，无足而至者，由主君之好也。士有足而不至者，盖君主无好士之意也。何患无士乎？'"

〔9〕随踵：谓脚步相接，形容众多。踵，脚后跟。

〔10〕薄：贱薄。李善注："言人以众为贱也。薄，贱薄也。《战国策》：'齐宣王曰：百世一圣，若随踵而生也。'此亦不以文而害意。" 黄侃谓："注非也，此及下文同意，言物因藉而至，人随踵而立，皆不足贵也。无足而至即承璇玉不畜池隍，桂椒不入园林，而反言之。此四句承上关下。下云，物尚孤生，则无足而至者，亦不足贵也。"（《文选黄氏学》，264 页）李注与黄注皆可通，又未免曲折不够明晰。揆之上下文意，物为泛指，藉为特指，物之藉，即谓物之为俗世所资用

者,故不足为贵;人为泛指,薄为特指,人之薄,即谓人之为高士所贱薄者,故也不足为贵。

〔11〕巢高:巢,巢父,传说为尧时隐士;高,伯成子高,传说为禹时隐士。李善注引皇甫谧《逸士传》:"巢父者,尧时隐人也。"又引《庄子》:"尧治天下,伯成子高立为诸侯。尧授舜,舜授禹,伯成子高弃为诸侯而耕。" 抗行:高行。高尚的品行。

〔12〕夷皓:夷,伯夷,周时隐士。与其弟叔齐,为古孤竹君之二子,为逃王位而出走。武王伐纣,则叩马而谏。及殷亡,二人避于首阳山,不食周粟,采薇而食,终至饿死。皓,四皓,汉时四位隐士,即东园公、绮里季、夏黄公、角里先生。四人须眉皆白,故称四皓。传说四皓原为秦博士,汉时不应高祖召,而隐于熊耳山。 峻节:高尚的节操。

〔13〕父老:指年高有德者。 尧禹:唐尧夏禹,传说古帝名。

〔14〕锱铢(zī zhū 兹朱):古代最小的重量单位。形容微小。 周汉:周朝汉代。指周武王与汉高祖。以上两句谓巢高把尧禹视同普通老前辈,未觉其不凡之处;夷皓把周汉看得很微小,未以为尊崇威严。

〔15〕绵世:历世。 浸远:渐远。

〔16〕光灵:光辉神灵。谓巢高夷皓的高尚德风。 不属(zhǔ 主):不相连贯,不能传承。

〔17〕菁华:英华,光华。

〔18〕芳流:美好的遗风。

〔19〕作者:指为隐逸之行者。若巢高夷皓之辈。

〔20〕量:器量,度量。

〔21〕首路:开始上路。 同尘:谓与古之隐者和光同尘。《老子》:"和其光,同其尘。"王弼注:"无所特显,则物无所偏争也。无所特贱,则物无所偏耻也。"

〔22〕辍涂:辍止于中途。涂,同"途"。 殊轨:辙迹各异。谓与古隐逸之行相悖谬。

〔23〕昭:明,显耀。 末景:余光。

〔24〕泛:浮,泛浮。 余波:与"末景"皆喻隐逸之德的影响。

〔25〕有晋:指东晋。

〔26〕南岳:南山。指庐山。黄侃谓:"南岳,灊霍也。何云庐山,缪。"(《文

选黄氏学》,265 页)仅录以备考。

〔27〕弱:少时。　弄:戏,游戏。

〔28〕素心:清白朴素之心。谓无荣禄之欲。

〔29〕称师:被称扬为师。

〔30〕指达:意旨畅达。刘良注:“学虽可为人师,终不称其德;文章但取指适为达,不以浮华为务也。”

〔31〕寡:谓清心寡欲的天性。

〔32〕处言:发言。　默:指静默不言。

〔33〕井臼(jiù 旧):谓于井旁汲水舂米。臼,舂米之具。

〔34〕藜菽:藜,柴草;菽,豆,贫者之食。

〔35〕母:梁章钜谓:“林先生曰:‘母’字疑是‘父’字误,靖节年十二丧母,三十七乃丧父也。”(《文选旁证》,卷四十五)

〔36〕就养:就,谓侍奉,就母言;养,谓养育,就子言。　勤匮:苦乏。

〔37〕田生:指田过,战国时齐人。　致亲:奉侍双亲。致亲之议,指田过回答齐宣王关于君父孰重的议论。李善注引《韩诗外传》:“齐宣王谓田过曰:‘吾闻儒者亲丧三年,君之与父孰重?’田过对曰:‘殆不如父重。’王忿曰:‘则曷为去亲而事君?’田对曰:‘非君之土地,无以处吾亲;非君之禄,无以养吾亲;非君之爵,无以尊显吾亲;受之于君,致之于亲。凡事君者亦为亲也。’宣王悒然无以应之。”

〔38〕毛子:指毛义,东汉庐江人。　捧檄:手捧官府公文。谓受命任职。捧檄之怀,指毛义为奉侍老母而委屈就职事。李善注引范晔《后汉书》:“庐江毛义,字少卿。家贫,以孝称。南阳人张奉慕其名,往候之。坐定而府檄适到,以义守令。义捧檄而入,喜动颜色。奉者志尚之士,心贱之,自恨来,固辞而去。及义母死,去官行服。数辟公府,为县令,进退必以礼。后举贤良,公车征,遂不至。张奉叹曰:‘贤者固不可测,往日之喜,为亲屈也。’”

〔39〕三命:多次征召之命。

〔40〕彭泽:县名。今属江西省。彭泽令,官名。

〔41〕道:谓坚守正道。　偶物:谓与俗世相谐。

〔42〕从好:任随本心之所好。谓归返自然。

〔43〕解(xiè 谢)体:厌倦,灰心。　世纷:尘世纷扰。

〔44〕结志:谓心志专注,内心向往。　区外:俗世之外。谓与世隔绝之自

然。

〔45〕定迹：行迹定止，不与俗世往来。

〔46〕灌畦：灌园。为菜畦浇水。 鬻（yù 玉）蔬：卖菜。

〔47〕鱼菽：祭祀用鱼豆，以示简朴。

〔48〕织絇（qú 渠）：编织鞋头上的装饰。李善注引郑玄《仪礼注》："絇，状如刀，衣履头也。" 纬萧：用艾蒿织帘子。萧，艾蒿。李善注引司马彪曰："萧，蒿也，织蒿为薄。"

〔49〕粮粒：粮食。

〔50〕烦促：颓劳紧迫。谓俗务。

〔51〕省旷：简约旷达。谓闲适。

〔52〕国爵：一国的爵位。 屏（bìng 病）：摒除，鄙弃。 贵：至贵，至尊至贵者。此句谓至尊至贵者于一国的爵位，可以鄙弃而不顾。《庄子·天运》："夫孝悌仁义，忠信贞廉，此皆自勉以役其德（真性）者也，不足多（称美）也。故曰，至贵，国爵并（弃）焉；至富，国财并焉；至显，名誉并焉。是以道不渝（变）。"

〔53〕贫：贫穷，困穷。此句谓明哲之士即使身处困穷之中，也可以使其家人忘掉贫困而安乐其道。《庄子·则阳》："故圣人，其穷也，使家人忘其贫，其达（通达）也，使王公忘爵禄而化卑（变得谦卑）。"

〔54〕诏：朝廷的诏命。 征：征聘。 著作郎：官名。掌编纂著述之事。

〔55〕春秋：谓年龄。

〔56〕元嘉：南朝宋文帝（刘义隆）年号。

〔57〕里：古时民户居处名。二十五家为里。张凤翼谓："本传卒年六十三。白乐天诗：'慕君遗荣利，老死此丘园。柴桑古村落，栗里旧山川。'则知终年卒所，皆有可据。今不应言'若干'、'某里'。"（《文选纂注》，卷十二）

〔58〕近识：亲近相知者。

〔59〕远士：疏远而不相知者。

〔60〕冥默：暗昧静默，谓死。 福应：福祥报应。

〔61〕淑贞：美善纯正。

〔62〕实：谓贤德。 华：谓显扬。

〔63〕谥（shì 市）：谥号。人死后依其德行业迹加予的称号。

〔64〕允：信，实。

〔65〕筭：计算，计较。筭，同"算"。

〔66〕令终:善终。

〔67〕克己:谓克制自己的物欲。

〔68〕谥典:谥法。周汉以来所制,据以为定谥。

〔69〕无愆(qiān 迁):无违。　前志:前书所记。谓《谥法》所记。

〔70〕询:咨询,询问。

〔71〕靖节:陶渊明生前友好为其所赠谥号。李善注引《谥法》:"宽乐令终曰靖,好廉自克曰节。"

〔72〕孤生:独立而生。

〔73〕介立:特别而立。

〔74〕时遴:时遇。于时可遇。

〔75〕世及:于世可及。以上两句以反诘语气强调孤生介立之士于现实中难得相遇,于人世间也难得相及。

〔76〕若士:指陶渊明。

〔77〕望古:谓仰望古隐逸之士。　遥集:谓遥与之为侣。张凤翼谓:"集,谓侣也。望古人而远与之为侣也。"(《文选纂注》,卷十二)

〔78〕韬:韬晦,不炫耀。　洪族:大族。渊明曾祖陶侃为东晋大司马,故谓洪族。

〔79〕蔑:轻视。　名级:声名阶级。

〔80〕睦亲:和睦亲厚。谓亲睦九族。

〔81〕非敦:谓非由敦迫,而出于自然。

〔82〕然诺:许诺。然诺之信,谓坚守信约,绝不食言。

〔83〕布:季布,楚人。初为项羽将,数困刘邦。羽灭,匿于鲁朱家处。灌婴劝刘邦赦布,拜为郎中。其人以重信著称于时。有谚曰:"得黄金百斤,不如得季布一诺。"

〔84〕简絜:简朴清洁。

〔85〕贞夷:正直平易。　粹愠:纯粹温雅。

〔86〕和:谓与人共处能和谐一致,恰合道义。《论语·子路篇》:"子曰:'君子和而不同,小人同而不和。'"(此用杨伯峻说,见《论语译注》,149 页)　峻:严峻,严肃。

〔87〕博:谓待人博大宽宏。博,同"博"。　繁:繁杂,繁多。

〔88〕依世:依附尘世。　同:与上"和"义相对立,谓与人共处则盲从苟合,

同流合污,违背道义。

〔89〕诡时:违背时俗。　异:与"同"义相反,谓标新立异,特立独行,固执偏激。此句与上"和而能峻"句皆用《论语》句意。《论语·子路篇》:"子曰:'君子和而不同,小人同而不和。'"此参用杨伯峻说(《论语译注》,149页)。

〔90〕有一:有一种偏向,谓或尚同,或好异。

〔91〕两非:尚同必遭讥议,好异亦遭讥议,故谓两非。　默置:静默弃置。谓超脱非议之外。以上两句谓尚同或好异有一于身,必遭讥议,两种非议皆不能静默弃置,而超脱于外;从而反衬下句所言夫子善于因心违事,而达到不同不异的境界。

〔92〕夫子:指陶渊明。

〔93〕因心:任随心性自然,不为时世所牵。　违事:谓超脱世务。李善注:"言为人之道,依俗而行,必讥之以尚同;诡违于时,必讥之以好异。有一于身,必被讥论,非为默置。岂若夫子因心而能违于世事乎?言不同不异也。"黄侃则谓:"言依世则尚同,诡时则尚异,二者皆有可议,不如默置也。注非。"其实李、黄二说皆可通,善注不误。

〔94〕薄身:谓居身俭约。　厚志:谓道德笃厚。

〔95〕世霸:当世之霸者。指东晋执权柄者。　虚礼:虚位礼聘之。

〔96〕州壤:州土。指州郡长官。　推风:谓褒扬其德风。张凤翼谓:"世霸者刘裕,州壤谓王弘辈也。"(《文选纂注》,卷十二)

〔97〕义养:善养。谓奉养双亲。

〔98〕怀邦:谓关心国家。刘良注:"言潜为养亲而就彭泽令也。"

〔99〕秉彝(yí 夷):秉承常道。

〔100〕不隘:不为偏狭之行。　不恭:不为不敬之举。李善注:"《孟子》:'伯夷隘,柳下惠不恭。隘与不恭,君子不由也。'綦毋邃曰:'隘,谓疾恶太甚,无所容也;不恭,谓禽兽畜人,是不敬。然此不为褊隘,不为不恭。'"　以上两句谓陶渊明为人秉承正直大道,品行不偏隘,也无不恭,处于伯夷柳下惠诸贤之间。

〔101〕爵:爵位,等级。　下士:为古时下级官职。上古天子诸侯皆设有士,分上中下三级。

〔102〕禄:俸禄。　上农:上等农户。以上两句谓位卑禄薄。

〔103〕度量:器量,胸怀。　难钧:谓深不可测。钧,古时重量单位。此谓测

量。

〔104〕进退:谓动静行止。　可限:适于限度。谓合乎礼法。《孝经·圣治章》:“容止可观,进退可度。”《注》:“容止,威仪也,必合规矩,则可观也;进退,动静也,不越礼法,则可度也。”

〔105〕长卿:司马相如字,西汉蜀成都人,辞赋作家,景帝时曾为武骑常侍。以病辞官,客游于梁,得与梁之诸文士交游。

〔106〕稚宾:郇相字,西汉太原人,以清正闻于时。举州郡茂才,数以病辞官。王莽时曾征为太子四友,死前遗言,勿受师友之送。莽太子赠以衣衾,其子以父命拒之。以上两句以长卿、稚宾比喻渊明之高洁自守。

〔107〕子:指陶渊明。　悟:体悟。悟之,谓体悟去官归隐之理。

〔108〕辩:明,明辩。

〔109〕归来:指《归去来辞》。

〔110〕高蹈:高步远行。谓避世隐居。　独善:谓自我完善,修养自身品德。

〔111〕超旷:超脱旷世,谓不为世务所拘。

〔112〕无适:无往。　非心:谓不合心性之自然。

〔113〕汲流:汲水,取水。　旧巘(yǎn 演):旧山,故乡之山。

〔114〕葺(qì 气)宇:用茅草盖屋。

〔115〕暮蔼:傍晚的云雾。蔼,通“霭”。

〔116〕春煦:春日的阳光。　秋阴:秋日的阴气。

〔117〕陈书:谓置书于案。　辍卷:中止阅读。

〔118〕躬:自身。

〔119〕否:不堪。不能忍受。

〔120〕命:运命。此句谓运命自然如此。李善注引《论语》:“子曰:‘贤哉回也!一箪食,一瓢饮,在陋巷,人不堪其忧,回也不改其乐。’”　以上两句以古贤颜回比喻渊明的安贫乐道。

〔121〕隐约:俭素,朴素。　就闲:归向清静。

〔122〕迁延:退避,辞让。　辞聘:拒绝征聘。

〔123〕非直:不只。　明:辩明。谓辩明去官归隐之理。

〔124〕是:此。　道性:由天道形成的自然之性。

〔125〕纠纆(mò 墨):三合绳,绳索。纆,或作“缠”,缠绕。比喻祸福倚伏,互为转化。　斡(wò 握)流:旋流,旋转。比喻义与“纠纆”同。李善注引《鹏鸟

赋》:“斡流而迁,或推而还。夫祸之与福,何异纠缠?”

〔126〕冥漠:暗昧寂寞,不可测知。 报施:报应施予。以上两句谓祸福倚伏,互为转化,神灵报应暗昧难知,未必善有善报,恶有恶报。

〔127〕与仁:谓天道常帮助仁爱之士。与,亲近,帮助。李善注引《老子》:“天道无亲,常与善人。”

〔128〕明智:指先哲老子。李善注:“言谁云天道常与仁人,而我闻之,实疑于明智。”

〔129〕盖:疑同副词。此句用《诗经·小雅·正月》文:“谓天盖高,不敢不局。谓地盖厚,不敢不蹐。”李善注引《史记》:“子韦(春秋宋景公司星)曰:‘天高听卑。’”意谓上天神明,善察下界最为卑微之处。本文句中所含即此义。

〔130〕胡:何。 諐:过错,失误。諐,同“愆”。 斯义:指天高听卑之义。李善注:“言天高听卑,而报施无爽(错);何故爽于斯义,而不与仁乎?”

〔131〕履信:谓履行忠信之道,必得人之助。 曷凭:何所凭据。谓不足据。

〔132〕思顺:谓不忘顺应天道,必得天之助。 何寘:与“曷凭”同义。

《周易·系辞上》:“《易》曰:‘自天佑之,吉无不利也。’子曰:‘佑者,助也。天之所助者,顺也;人之所助者,信也。履信,思乎顺,又以尚贤也,是以自天佑之,吉无不利。’” 以上两句用《周易·系辞》文,意谓履信思顺必得天人之助之论,并不足为据;渊明信于人顺乎天,却是身兼贫病,天佑人助何在?

〔133〕中身:指中寿。古时谓上寿百二十,中寿六十。

〔134〕疢(chèn 趁):病。 痁(shān 珊)疾:疟疾。

〔135〕药剂:药物。剂,调和。

〔136〕祷祀:祈祷祭祀。谓求助鬼神。 非恤:不忧。

〔137〕傃(sù 素)幽:归向幽冥。傃,向;幽,幽冥,指鬼神。 告终:谓死亡。

〔138〕怀和:心怀平和。 长毕:长逝。指死亡。

〔139〕敬述:尊敬地追述。

〔140〕式尊:尊重,崇尚。式,语首助词。 遗占:遗书。李善注:“占,谓口隐度其事,令人书也。”

〔141〕丰:富裕。

〔142〕赡:充足。

〔143〕讣(fù 富):谓人死报丧之事。 赙(fù 富):送财物助人办丧事。李善注引《周礼》:“丧则令赙补之。”

〔144〕轻哀:谓不过分哀伤。　薄敛:谓俭约地办丧事。敛,装殓。

〔145〕遭壤:逢地。　穿:谓挖掘墓穴。此句谓随地可掘墓埋葬。

〔146〕旋葬:谓下棺。　窆(biǎn 贬):埋葬。以上六句皆为遗占所言。

〔147〕深心:内心深处。　追往:追忆往日。

〔148〕远情:情谊久远。　逐化:谓追忆其生前情景。化,变化,指生与死。李善注引《庄子》:"既化而生,又化而死。"

〔149〕介居:独居。

〔150〕暇:闲暇。

〔151〕伊:惟,语助词。　洽:和洽,融洽。

〔152〕接阎:谓里巷相接。阎,里巷之门。　邻舍:屋舍相近。

〔153〕盘:乐。　憩(qì 气):息。

〔154〕非舟:谓不乘舟船。此句谓不乘车船,携手而行。

〔155〕宴私:宴饮而畅叙友情。李善注引《毛诗》:"诸父兄弟,备言燕(宴)私。"《笺》:"祭祀毕,归宾客豆俎,同姓则留与之燕,所以尊宾客亲骨肉也。"

〔156〕觞(shāng 伤):古时饮酒用的器具。　相诲:相互教诲。

〔157〕独正:独特方正。独正者,指信守方正之道而与时俗不合者。危:倾危,危殆。

〔158〕至方:与'独正'义同。　碍:阻碍。李善注引《孙卿子》:"方则止,圆则行。"　以上两句谓特立独行信守方正之道者,则不容于俗,必有危殆;至善至美正道直行者,则不合于时,难以畅行无阻。

〔159〕哲人:明哲之人。指春秋时卫大夫蘧伯玉。　卷舒:屈伸。谓迟隐与出仕。《论语·卫灵公篇》:"子曰:'……君子哉蘧伯玉!邦有道,则仕;邦无道,则可卷而怀之。'"

〔160〕布:谓记载。　前载:前代载籍。

〔161〕取鉴:取为借鉴。

〔162〕规:劝诫。　佩:佩服。以上六句为延之追述对渊明的劝诫。

〔163〕愀(qiǎo 巧)然:表情严正的样子。

〔164〕中言:谓由衷之言。

〔165〕速尤:很快遭到指责。尤,罪过,指责。

〔166〕迕(wǔ 午)风:违背时俗。迕,逆。　蹶(jué 绝):跌倒,受挫。

〔167〕身才:身份才智。

〔168〕歇：止。李善注："言身及才不足为实，荣华声名有时而灭。恐己恃才以傲物，凭宠以陵人，故以相诫也。" 以上四句为延之回忆渊明生前对自己的劝诫。

〔169〕睿(ruì 瑞)音：智慧的话语。 永：永远。谓永远沉寂了。

〔170〕箴(zhēn 真)：规箴，劝告。 阙：过失，错误。

〔171〕终：死。

〔172〕毙：死。以上两句谓自古圣贤或仁或智，皆不免于死。

〔173〕黔娄：古时高贤之士。李善注引皇甫谧《高士传》："黔娄先生死，曾参与门人来吊。曾参曰：'先生终，何以为谥？'妻曰：'以康为谥。'曾子曰：'先生存时，食不充虚，衣不盖形；死则手足不敛，傍无酒肉。生不得其美，死不得其荣，何乐于此而谥为康哉？'妻曰：'昔先君尝欲授之国相，辞而不为，是所以有余贵也；君尝赐之粟三十钟，先生辞不受，是其有余富也。彼先生者，甘天下之淡味，安天下之卑位，不戚戚于贫贱，不遑遑于富贵，求仁而得仁，求义而得义，其谥为康，不亦宜乎！'"

〔174〕展禽：春秋时鲁大夫，即柳下惠(其居于柳下，谥惠)。以贤名于世，为士师而屡被黜，却并无怨气，说："直道而事人，焉往而不三黜？枉道而事人，何必去父母之邦？"(《论语·微子篇》)

〔176〕同尘：谓混同。李善注引《老子》："和其光而同其尘。" 往世：昔时。指黔娄与展禽。闵齐华注："尘，迹也。与黔娄、展禽同其迹也。"(《文选瀹注》，卷二十九)

〔177〕旌：表彰。

〔178〕加：超过。 康惠：康，指黔娄；惠，指展禽。

今译

水中璇玉最美好，不能为城池之宝；山上桂椒实芳香，却并非园林之树。岂是因其有意深藏而好高远吗？大概是出于特异的天性而已。故无足而至池林之木石，则为俗世所利用者；接踵而立朝廷之士人，则为高贤所鄙薄者。若巢父、子高品德高尚，伯夷、四皓节操清峻，原已把唐尧、夏禹视为平凡父老，把周武、汉高看得微不足道。而其经历时世日益久远，其光辉神灵不得传承，致使圣贤光华逐渐隐没，美善德风不得发扬，岂不可惜吗？虽然当今行隐逸之道者，人人自以为器量博大；但是开端与古贤精神相通，而中途则貌合神离者太多了。岂能以此辈炫耀圣贤余光，推动道德波澜吗？

东晋征士寻阳陶渊明，为庐山之隐居者。少时不好尘世游玩，及长而有素朴脱俗之心。学问渊博而不被称扬为人师，文章只求旨意畅达而不求浮华。身在众人之中而依然清心寡欲，众人谈论而愈见静默纯真。年少而贫困多病，居家无仆役美妾。汲水舂米而不胜苦辛，打柴拾豆而不能供给。母老子幼，奉养常亏。远思田生奉侍双亲之议论，追想毛子捧檄就职之心怀。当初屡辞州府征召之命，后来被迫暂为彭泽县令。信守正道与俗世不合，弃官退隐而从心所好。于是超脱俗世的纷扰，返归尘外的自然。行迹深栖于草野，心灵隔世于是乎远。灌园卖菜，为供鱼豆之祭；织鞋编帘，以充粮食之费。心好异书，性乐美酒。弃绝俗务，归向闲适。大概这就是所谓摒弃国爵之至贵，令家人忘贫之明哲吧！有诏命征聘为著作郎，称病而不到任。年岁若干，元嘉四年月日，卒于寻阳县之某里。亲近相知者为之悲悼，疏远不知者为之伤情。归入冥默必得福祥，何等美善纯正！

美善以诔文而显扬，名声由谥号而崇高。假如确实贤德仁义，身份贵贱何须计较？假如其人有宽乐善终之美德，好廉克己之操行，则合乎谥法，无违于前书所记。故询问诸友好，谥号宜称靖节征士。其辞曰：

物尚孤独生长，人重特立独行，岂得遇时而有，何能世代相承？唉呀有道之士！仰望古昔隐逸，心灵遥与呼应。隐藏望族出身，轻视等级名声。亲睦九族之行，并非出于勉强。一诺千金之信，重于季布之言。清廉深厚简洁，正直平易纯真，宽和而能严峻，博大而不琐繁。依世讥为尚同，违时讥为好异。有一偏向于此，必遭俗世非议。面对两种非议，不尚同不好异。岂如夫子，任随心性自然，超然脱离俗事？鄙薄荣禄，爱好古道；居身俭约，心志淳朴。当朝虚位礼聘,州郡褒扬德风。孝乃善养双亲,忠在关心国邦。为人遵循常道,不偏狭无不敬。官职同于上士,俸禄等于上农。度量难以测知,举止不越礼法。长卿弃官远游,稚宾辞职还家。夫子体悟其道,体悟何其精深!赋诗《归去来辞》,隐退自我完善。既得超世旷达,身心闲静自然。汲水故山之泉,筑屋家乡之林。晨烟夕雾缭绕,春光秋云变幻。读书中止而息,悠然饮酒弹琴。生活格外勤俭,兼遭贫穷疾病。俗人不堪其忧,夫子顺应天命。归入朴素清静,退避官府征聘。不只明辨事理,此乃出自天性。祸福倚伏转化,难知善恶报应。谁说天助仁人?实疑先哲神明。古谓天高公正,为何违背此义?忠信人助何凭?顺天神助何据?其人年在中寿,久病乃患疟疾。精神视死如归,心境临凶若吉。未曾服用药剂,人不祈求神鬼。归向幽暗告终,心怀和静长别。唉呀悲啊!

敬述靖节之德,尊崇夫子遗书:生前不愿富贵,死时无求丰赡;免除讣告丧礼,节制哀哭装殓;随地挖掘墓穴,下棺掩埋即完。唉唉悲啊!

内心追忆往事,真情怀念生前。自君独自隐居,及我多得余闲。友好交往融洽,里门屋舍相邻。夜乐昼息相共,行游不乘车船。昔日宴饮畅叙,彼此举杯相勉:独特耿直必危,至善方正遭难。哲人或隐或仕,皆载前代史编。教训历时不远,我劝夫子佩服。君实面容严肃,言辞发自肺腑:违众速遭指责,背俗先自受挫。身才并非实在,荣名终归虚无。美言永远沉寂,谁来规诫我错。唉唉悲呵!仁者不免有终,智者不免有死。黔娄仁义既没,展禽博达也逝。其人之于先生,昔日精气混同。表彰靖节之谥,超越康惠之荣。唉唉悲啊!

(陈复兴译注并修订)

宋孝武宣贵妃诔一首

谢希逸

题解

这是一篇谢庄为哀祭宋孝武帝宠姬殷淑仪之死所作的诔文。堪称得上"缠绵而凄怆"(陆机《文赋》)。但他万万想不到,在父子兄弟相残的宫廷斗争中,他的这篇谀词溢美之文,险些惹来杀身之祸!

暴君孝武帝死后,太子刘子业继位,是为前废帝。因此诔中有"赞轨尧门"一句,他衔恨已久,这时遣人责问谢庄:"卿昔作《殷贵妃诔》,颇知有东宫不?"幸亏有人不欲他速死,向前废帝进言,要拘禁他使之活受罪后再杀掉,才得免一死。后来刘彧杀了前废帝,才放他出狱。

原文

惟大明六年[1]夏四月壬子,宣贵妃薨[2]。律谷罢暖[3],龙乡辍晓[4]。照车去魏[5],联城辞赵[6]。皇帝痛掖殿之既阒[7],悼泉途之已宫[8];巡步檐而临蕙路,集重阳而望椒风[9]。呜呼哀哉!

天宠方隆,王姬下姻[10];肃雍揆景,陟屺爰臻[11]。国轸丧淑之伤,家凝贳庇之怨[12],敢撰德于旂旒,庶图芳于锺万[13]。其辞曰:

玄丘烟煴,瑶台降芬[14];高唐渫雨,巫山郁云[15]。诞发兰仪，光启玉度[16]。望月方娥，瞻星比婺[17]。毓德素里，栖景宸轩[18]；处丽絺绤，出懋蘋蘩[19]；脩诗贲道，称图照言[20]。翼训姒幄，赞轨尧门[21]。绸缪史馆，容与经闱[22]；陈《风》缉藻，临《象》分微[23]。游艺殚数，抚律穷机[24]；踌躇冬爱，怊怅秋晖[25]。展如之华，实邦之媛[26]。敬勤显阳，肃恭崇宪[27]。奉荣维约，承慈以逊[28]；逮下延和，临朋违怨[29]。祚灵集祉，庆蔼迎祥[30]；皇胤璇式，帝女金相[31]。联跗齐颖，接萼均芳[32]；以蕃以牧，烛代辉梁[33]。视朔书氛，观台告祲[34]；八颂扃和，六祈辍渗[35]。衡总灭容，翚翟毁袆[36]；掩綵瑶光，收华紫禁[37]。呜呼哀哉！

帷轩夕改，軿辂晨迁[38]；离宫天邃，别殿云悬[39]。灵衣虚袭，组帐空烟[40]；巾见馀轴，匣有遗弦[41]。呜呼哀哉！

移气朔兮变罗纨，白露凝兮岁将阑[42]；庭树惊兮中帷响，金釭暖兮玉座寒[43]。纯孝擗其俱毁，共气摧其同栾[44]；仰昊天之莫报，怨《凯风》之徒攀[45]。茫昧与善，寂寥馀庆[46]。丧过乎哀，棘实灭性[47]；世覆冲华，国虚渊令[48]。呜呼哀哉！

题凑既肃，龟筮既辰[49]；阶撤两奠，庭引双辀[50]；维慕维爱，曰子曰身[51]。恸皇情于容物，崩列辟于上旻[52]；崇徽章而出寰甸，照殊策而去城闉[53]。呜呼哀哉！

经建春而右转，循阊阖而径渡[54]；旌委郁于飞飞，龙逶迟于步步[55]。锵楚挽于槐风，喝边箫于松雾[56]；涉姑繇而环回，望乐池而顾慕[57]。呜呼哀哉！

晨辒解凤，晓盖俄金[58]；山庭寝日，隧路抽阴[59]。重扃闷兮灯已黯，中泉寂兮此夜深[60]；销神躬于壤末，散灵魄于天浔[61]。响乘气兮兰驭风，德有远兮声无穷[62]。呜呼哀哉！

注释

〔1〕大明：宋孝武帝刘骏的年号（457—464）。大明六年，即公元462年。

〔2〕宣贵妃：原为孝武帝的殷淑仪，死后追进为贵妃，班亚皇后。因谥号为宣，故史称宣贵妃。

〔3〕律谷罢暖：因邹衍吹律使之温而生黍禾的山谷，又失去了温暖。

〔4〕龙乡辍晓：以出鸣鸡著称的种龙乡，鸡不叫了，不再有灿烂的黎明。此二句，极言悲悼的气氛。

〔5〕照车：魏有十枚径寸之珠，每一枚都可照亮前后十二辆车。

〔6〕联城：赵国有价值连城的和氏璧。

〔7〕掖殿：即掖庭，为后妃宫嫔之所居。　阒（qù）：寂静，此指冷清。

〔8〕宫：玄宫，此指坟墓。

〔9〕步檐：走廊。　蕙：汉之蕙草殿，代指殷贵妃住处。　重阳：九重天，指高处。　椒风：汉后妃宫殿名，借指殷贵妃居舍。

〔10〕天宠方隆：殷贵妃受皇帝宠幸正盛。　王姬下姻：贵妃的女儿（王姬）下嫁。

〔11〕肃雍：《诗经·何不秾矣》："曷不肃雍？王姬之车。"此以"肃雍"代"王姬之车"。　揆景：选择出嫁之日。　陟屺：《诗经·陟岵》："陟彼屺（qǐ起）兮，瞻望母兮。"指王姬登高望母，哀母之丧。

〔12〕轸：悲痛。　淑：指殷贵妃。　贳：通"殒"。　庇：庇护。

〔13〕旂旒：旗帜类的彰表之物。　锺万：勒铭记勋于大钟，流芳于《万舞》。

〔14〕玄丘：典出"玄鸟生商"，契母简狄所浴之"玄丘之水"。　瑶台：简狄在瑶台上食燕卵而生契。

〔15〕高唐渫（xiè谢）雨，巫山郁云：典出宋玉《高唐赋》："妾在巫山之阳，高丘之阻，旦为朝云，暮为行雨，朝朝暮暮，阳台之下。"此处以巫山之女比喻宣贵妃。渫雨，飘落的雨。

〔16〕兰仪：美好的容貌。　玉度：如玉美好的风度。

〔17〕方娥：比如月中嫦娥。　比婺：犹如天宫之婺女星。

〔18〕栖景宸轩：栖身于宫庭。景，同"影"，身影。

〔19〕絺（chī吃）：细葛。　绤（xì细）：粗葛。　懋：勤勉。　蘋蘩：皆草名，

可用于祭祀。

〔20〕贲(bì)道:美化道德。　称图:谓贵妃容貌可与图画相比。　照言:善言可与典籍比照。

〔21〕翼训姒幄:对子女教训可与夏禹妻涂山氏教育儿子启相比。姒,禹之姓。　赞轨尧门:汉武帝赵婕妤怀胎十四个月生昭帝。传说尧十四个月而生,故命名生昭帝之门为尧母门。此赞美殷贵妃如尧母。

〔22〕绸缪史馆:通晓《史记》、《汉书》、《东观汉纪》。　容与经闱:娴熟六经。

〔23〕风:代《诗经》。　象:代《易经》。

〔24〕艺:六艺。　律:六律。指通晓六艺、六律。

〔25〕"踌躇"二句:指在冬秋(代一年)之时写作诗文。踌躇、怊怅皆指构思。冬爱,冬日可爱,代冬天。

〔26〕展如之华:容貌诚如花一样美。展,诚。

〔27〕显阳:皇太后所居显阳殿。　崇宪:皇太后之宫曰崇宪宫。

〔28〕奉荣维约,承慈以逊:言其俭朴、谦恭。

〔29〕逮下延和,临朋违怨:言其宽和、友爱。

〔30〕祚灵集祉,庆蔼迎祥:言祖宗神灵庇佑,内外祥和。

〔31〕璇式、金相:言皇子帝女如金玉之质。

〔32〕接萼均芳:承花者为萼,一并芬芳。

〔33〕代:指代王。　梁:指梁王。均为汉文帝所立。此代二皇子。

〔34〕祲:妖氛,不祥之灾兆。

〔35〕八颂:占卜八事。六祈:太祝所掌六种祈祷形式——曰类、曰造、曰禬,曰禜、曰攻、曰说,以同鬼神示。

〔36〕总:此指马勒子的饰物。　容:此谓幨车。　翟:此指王后六服之一的褕翟,即祎衣画翚者。　衽:衣衿。

〔37〕瑶光:虚拟殿名,代贵妃所居。紫禁:帝王之宫以像紫徽,故称之为紫禁。

〔38〕帷轩、軿辂:均指妇人所乘有帷之车,即衣车。

〔39〕离宫:此指别寝之宫。

〔40〕袭:重衣。

〔41〕巾:巾箱。　匣:琴匣。

〔42〕移气朔、白露凝:均是天将寒冷。指季节推移。

〔43〕金釭暧:华丽的灯,光线却幽暗不明。

〔44〕纯孝:指皇子。　共气:指贵妃兄弟姐妹。　擗其俱毁:言哀伤使之羸弱不堪。　摧其同栾:栾,消瘦的样子。

〔45〕凯风:《诗经·邶风》篇名,美言孝子尽孝道以感化母心。

〔46〕与善、庆余:即积善之家庆有余之意。

〔47〕“丧过”二句:指皇子云过于哀痛而死。棘,通“急”。

〔48〕冲华:至美,此指妇德。　渊令:极美善。

〔49〕题凑:在墓室中棺椁之外用木头搭成的框架。

〔50〕辅:此指灵柩之车。

〔51〕曰子曰身:李善注曰:“大明六年子云薨。潘岳妹哀辞曰:‘庭祖两柩,路引双辖,尔身尔子,永与世辞。’”今查殿本《二十五史·宋书》:大明六年秋七月之末“立第十九皇子子云为晋陵王。”似不当与“夏四月壬子薨”的宣贵妃同葬。

〔52〕容物:指容仪、衣物。　上旻(mín 民):上天。

〔53〕徽章:丧车之上的旗帜。寰甸:寰内,天子之封畿。周代王城周围五百里以外千里之内谓甸。　殊策:特殊之策命,指进淑仪为贵妃。

〔54〕建春、阊阖:均为洛阳城城门名。　渡:当作“度”。

〔55〕逶迟:又作倭迟,谓行进缓慢。

〔56〕楚挽:辛楚的轮歌。　边箫:远去的箫声。

〔57〕姑繇:穆天子丧盛姬所环行丧车之水名。　乐池:穆天子西征,奏乐三日之玄池。

〔58〕晨辒解凤:指丧毕,解去辒车之上的凤凰形饰物。　晓盖俄金:倾斜了羽盖上的金华爪,意即卸车。史载:“丧给辒辌车。”

〔59〕山庭:指陵冢。　隧路:指墓道。

〔60〕扃闼:墓门关闭。

〔61〕壤末、天浔:即地角、天涯。

〔62〕兰驭风、声无穷:言其芳誉、德行将传之久远。

今译

大明六年四月壬子日，宣贵妃逝世。好像律谷失去温暖，不再长五谷；种龙乡的鸣鸡也不报晓，永处黑夜。又似魏国失去照车宝珠，赵国失去连城之璧。陛下深感掖庭冷清，痛悼赴黄泉之路的宣贵妃。沿长廊来到蕙草殿之路，登上高处而望椒风殿。呜呼哀哉！

皇帝对贵妃的恩宠正隆盛，他们的女儿正要选日下嫁，忽闻母丧，她只能登高招魂。举国悲痛贵妃去世，家庭凝结着失去母亲庇护的哀怨。我斗胆地撰写表彰其德于旗旒的诔文，希望能像刻于鼎锺之上的铭文和如万舞一样百世流传。其辞曰：

玄丘瑞气弥漫，瑶台降临芬芳。高唐飘洒细雨，巫山郁积浓云。容仪如兰散芳香，风度如玉放光彩。可比月中嫦娥，堪如星空婺女。养德于故里，栖身于皇宫。居家时勤学女工，出嫁后勉行祭祀。学《诗经》而美其道德，容貌美如画，言语合经典。像大禹之妻善教子女，如汉钩弋夫人生帝子于尧母之门。热爱历史之书，徜徉六经之路。看《诗经》而缉丽词，观《易经》而解机微。于六艺无所不精，于音律无所不通。冬日徘徊构思，秋晖沉吟诗章。真正如花之美，实是邦国淑女。孝敬居于崇宪宫的皇太后，显阳殿里做好儿媳。承奉陛下恩荣而生活俭约，得到太后慈爱而更加孝顺。对待下人总是态度和霭，对待朋友诚恳而不结怨。先祖英灵常来保佑，内外和谐，一片吉祥。皇子如璇玉一样，帝女如金质之相，同根相生，并蒂芬芳。二子出任藩王州牧，像汉文帝二子代王和梁王，德政大放光芒。陛下于初一临朝听政，观象之官报告凶象。八次占卜，皆非吉兆；六次祈祷，福气不降。送殡车马头上红色总绳饰物被撤掉，贵妃再也不能穿绣有五彩雉鸟的衣裳。瑶光殿为之失去光彩，紫禁城为之暗淡无光。呜呼哀哉！

容车于傍晚改换了装饰，翌日清晨送殡出葬。离宫天空深邃苍苍，别殿上空阴云茫茫。灵衣袭袭虚设，帐内空空荡荡。巾箱尚见您的书卷,匣内之琴谁再弹响。呜呼哀哉!

季节转啊罗衣换,白露凝啊又一年。风吹树而心惊啊,帷帐在寒风中震颤,金灯暗啊座位寒。子女痛心疾首,兄弟悲伤消瘦。仰思天一样的母恩不能报答,下怨《凯风》孝子之心空言。行善之人偏偏死去,积德有余庆之古语毫无应验。皇子子云过于悲痛,不胜其哀又丧事接连。世上亡故了贤淑之母,国家失去了美德之人。呜呼哀哉!

墓室棺椁已庄重准备就绪,龟筮占卜已选定下葬日期。台阶上撤除母子的奠仪,两驾灵车从庭院中出离。思念啊惋惜啊!皇子皇妃。目睹仪容衣物,陛下痛心不已,晋陵王子云又魂归天际。陛下特下诏命,淑仪为贵妃,创立新庙而破例。灵车上高悬旗旒,出城门而向远方。呜呼哀哉!

经建春门而向右转,沿阊阖门而径直前行。仪仗旌旗飘飞,灵车缓缓前移。唱起酸楚的挽歌,歌声飘入槐树林梢,吹奏悲伤的箫笛,乐曲远入松林雾里。像当年穆天子送葬盛姬回环于姑繇水滨,遥望乐池而充满哀思。呜呼哀哉!

丧毕,翌日清晨解下辒辌车的凤盖,卫士所执之金华瓜倾斜在晨曦里。陵冢庭室永无天日,幽暗墓道寒气袭袭。重重墓门紧闭啊灯光暗淡,黄泉中一片冷寂啊黑夜永闭。神女一般的身躯长埋地底,灵魂消散于无穷天宇。如兰之音容笑貌乘云驭风而去啊,德行美名将永远活在人们的记忆里。呜呼哀哉!

(郭殿忱译注 陈延嘉修订)

哀永逝文一首

潘安仁

题解

潘岳(247—300),字安仁,是西晋时期与陆机并称的大诗人,特善诉情叙悲。《文选》所录《寡妇赋》、《悼亡诗》与此篇《哀永逝文》皆其抒写悲情的代表作。刘勰赞赏此类作品说:“潘岳敏给,辞自和畅,钟美于《西征》,贾余于哀诔,非自外也。”(《文心雕龙·才略》)并以“虑善辞变,情洞悲苦,叙事如传,结言摹诗”(《文心雕龙·哀吊》)之语评论其所作哀辞。

本篇与《悼亡诗》同为哀悼亡妻杨氏而作。诗作于妻亡周年,潘岳离别故居返回任所之时;文则作于诗前,亡妻丧礼之末。

哀文选取由启殡、祖奠、发引至入葬之间的情事,而剔除关于亡妻生前的贤德才艺、彼此钦慕礼敬等等的回忆,作者个人的情思意绪及其流动变化则构成哀文的主要内容。启殡时直诉难离难舍之痛,祖奠时直诉渴望亡妻灵魂再现之想,发引时写一路景物皆呈黯淡寂寥之象,是说个人之悲已化做天地万物之悲。“谓原隰兮无畔,谓川流兮无岸。望山兮寥廓,临水兮浩汗。视天日兮苍茫,面邑里兮萧散”。这里说亡妻永逝,天地空虚,万物哀戚,借外物色变表达自我哀情。入葬时则为亡妻永处黑暗而忧。反哭时复生亡妻形影重现之望。“重曰”则为悲痛至极,无可如何,故作达观,心理逆反之语。

何焯评曰:“会悲引泣,文以情变。”(《义门读书记》,第五卷)确实道出了本篇及潘岳同类篇章的艺术特征。

原文

启夕兮宵兴[1],悲绝绪兮莫承[2]。俄龙輀兮门侧[3],嗟俟时兮将升[4]。嫂侄兮慞惶[5],慈姑兮垂矜[6]。闻鸣鸡兮戒朝[7],咸惊号兮抚膺[8]。逝日长兮生年浅[9],忧患众兮欢乐鲜[10]。彼遥思兮离居,叹《河广》兮宋远[11]。今奈何兮一举,邈终天兮不反[12]。

尽余哀兮祖之晨[13],扬明燎兮援灵辅[14]。彻房帷兮席庭筵[15],举酹觞兮告永迁[16]。凄切兮增欷[17],俯仰兮挥泪。想孤魂兮眷旧宇[18],视倏忽兮若髣髴[19]。徒髣髴兮在虑[20],靡耳目兮一遇。停驾兮淹留,徘徊兮故处。周求兮何获[21]?引身兮当去[22]。

去华辇兮初迈[23],马回首兮旋旆[24]。风泠泠兮入帷[25],云霏霏兮承盖[26]。鸟俛翼兮忘林[27],鱼仰沫兮失濑[28]。怅怅兮迟迟[29],遵吉路兮凶归[30]。思其人兮已灭,览余迹兮未夷[31]。昔同涂兮今异世[32],忆旧欢兮增新悲。谓原隰兮无畔[33],谓川流兮无岸。望山兮寥廓[34],临水兮浩汗[35]。视天日兮苍茫[36],面邑里兮萧散[37]。匪外物兮或改[38],固欢哀兮情换[39]。嗟潜隧兮既敞[40],将送形兮长往[41]。委兰房兮繁华[42],袭穷泉兮朽壤[43]。

中慕叫兮擗摽[44],之子降兮宅兆[45]。抚灵榇兮诀幽房[46],棺冥冥兮埏窈窕[47]。户阖兮灯灭,夜何时兮复晓?归反哭兮殡宫[48],声有止兮哀无终。是乎非乎何皇[49]?趣一遇兮目中[50]。既遇目兮无兆[51],曾寤寐兮弗梦[52]。既顾瞻兮家道[53],长寄心兮尔躬[54]。

重曰[55]:已矣!此盖新哀之情然耳。渠怀之其几何[56]?庶无愧兮庄子[57]。

注释

〔1〕启夕:将出殡之前夕。李善注引《仪礼》:"既夕哭,请启期,告于殡,宿兴。"郑《注》:"将葬当迁柩于祖(祖庙),有司于是乃请启肂之期于主人,以告宾,宾宜知其时也。" 宵兴:夜起。此句谓殡葬之扎。高步瀛谓:"晋代丧礼不必悉同古制也。"(《魏晋文举要》,126 页)

〔2〕绝绪:断绝后代。李善注:"绪,胤绪也。"高步瀛谓:"绝绪莫承,喻死者不可复生。"(《魏晋文举要》,126 页)

〔3〕俄:邪,倾斜。 龙輀(ér 儿):画以龙纹的丧车。

〔4〕俟时:待时。

〔5〕嫂侄:指潘岳之嫂与侄。岳兄释为晋侍御史。嫂即释之妻,侄指释之女。 憧(zhāng 章)惶:慌乱。

〔6〕慈姑:婆母,即岳妻之婆母。 垂矜:现出哀怜。

〔7〕戒朝:报告天明。

〔8〕抚膺:捶胸,以示悲恸。

〔9〕逝日:流逝的时日。 浅:暂短。

〔10〕鲜:少。

〔11〕河广:《诗经·卫风》篇名。李善注引《毛诗序》:"宋襄公母归于卫,思而不止,故作此诗也。"又引《诗经》:"谁谓河广?一苇(小舟)杭(通'航')之;谁谓宋远?跂(踮起脚尖)予(我)望之。" 以上两句谓平日夫妻别离,尚思念不已,怎能经受永诀之苦?

〔12〕邈:远。 终天:天之终极,谓无限高远。李善注:"天地之道,理无终极,今云终天不反,长逝之辞。" 以上两句谓如今为何一经高举,即远至天之终极,永不复返呢?

〔13〕祖:祖祭。古出行时祭路神的仪式。此谓将葬而祖于庭,如生时出行而祖祭。

〔14〕明燎:火炬。此指丧事夜为哭者照明的火炬。 灵輴(chūn 春):载灵

柩之车。李善注引《仪礼》:“宵设燎于门内之右。”郑玄曰:“为哭者为明。”

〔15〕房帷:罩棺柩的帷帐。李善注引《礼记》:“士殡帷之仪。” 席:铺设。庭筵:铺设于庭的竹席。

〔16〕酹觞(lèi shāng 类商):举行祭奠杯的酒杯。酹,以酒洒于地表示祭奠之礼。 永迁:永远迁徙。

〔17〕凄切:悲哀的样子。 增欷:愈益歔欷。 欷:歔欷,悲哀之声。

〔18〕旧宇:旧日的屋室。

〔19〕倏(shū 书)忽:形容时间急速。 髣髴:相视而不真切的样子。

〔20〕虑:思虑,思念。

〔21〕周求:四周寻求。

〔22〕引身:起身。以上两句谓四处寻求亡妻的形影而无所见,丧车因而动身将行。

〔23〕华辇:指画有文采的丧车。 初迈:初行。

〔24〕旋旆(pèi 配):随风飘卷的旌旗。

〔25〕泠泠(líng 零):风声。 帷:指车的车帷。

〔26〕霏霏(fēi 飞):云飞的样子。 盖:指丧车的车盖。

〔27〕俛翼:低垂羽翼。俛,同“俯”,低,垂。

〔28〕仰沫:仰首吐沫。 失濑(lài 赖):谓不能弄波戏浪。李周翰注:“言鱼鸟为感伤。俛,低也;濑,波也。”

〔29〕怅怅:悲愁失意的样子。 迟迟:缓行不前的样子。

〔30〕吉路:谓平日夫妻亲睦的生活之路。 凶归:谓人死入葬。吕延济注:“言平常吉路,今以凶归也。”

〔31〕余迹:遗迹。此谓亡妻留下的遗物,即其笔墨文字等。《悼亡诗》曰:“帏屏无髣髴,翰墨有余迹。流芳未及歇,遗挂犹在壁。” 未夷:未灭。

〔32〕同涂:同道。此谓夫妻亲密无间,志同道合。 异世:夫在人世,妻入鬼域,故谓异世。

〔33〕原隰(xí 席):平原与低湿之地。 畔:涯际。

〔34〕寥廓:空旷。

〔35〕浩汗:广阔。

〔36〕苍茫:无光无色的样子。

〔37〕邑里:城镇乡里。 萧散:冷落寂寥的样子。

〔38〕外物：外在之物。此指原隰、川流、天日、邑里等。

〔39〕情换：心情改变。

〔40〕潜隧：墓道。　敞：开。

〔41〕送形：谓将棺柩送入墓道。　长往：永远离去。

〔42〕委：委弃。　兰房：兰香雅静的房舍。此指岳妻生前居室。　繁华：华美。

〔43〕袭：入。　穷泉：指黄泉之下。即墓中。　朽壤：腐土。

〔44〕慕叫：哀叫。　擗摽（pì piāo 辟飘）：拊心而悲。

〔45〕之子：指岳妻。　宅兆：基地。宅，墓穴；兆，或作"垗"，墓地四界。

〔46〕灵榇（chèn 趁）：棺柩。　诀：永别。　幽房：指墓中便房。

〔47〕冥冥：幽暗。　埏（yán 言）：墓道。　窈窕（yǎo tiǎo 咬挑）：深暗。

〔48〕反哭：谓自墓地返回而哭于葬前停灵之所。李善注引杜预《左传注》："自墓反虞于正寝，所谓反哭于寝也。"　殡宫：死后葬前的停放灵柩之所。

〔49〕何皇：何往。皇，"往"之假借字。李善注引郑玄《毛诗笺》："皇之言暀也。"又引："暀，往也。"

〔50〕趣（cù 促）：求，希求。

〔51〕无兆：谓不见其形影。兆，形。

〔52〕寤寐：寤，醒；寐，睡。此谓寤寐之间。

〔53〕顾瞻：思念向往。　家道：治家之道。李善注引《周易》："夫夫妇妇而家道正。"

〔54〕寄心：寄托心志。　尔躬：你本身。此指亡妻。

〔55〕重：结尾用语，情感未尽宣泄，结末重复申诉之。洪兴祖《离骚补注》："《离骚》有乱有重。乱者总理一篇之终，重者情志未申，更作赋也。"

〔56〕渠：发语辞。

〔57〕庶：表希冀之辞。　庄子：指庄周，战国时思想家，主张顺应自然，清静无为。此句谓无愧于庄子妻死而不忧的处世态度。李善注引《庄子》："庄子妻死，惠子（惠施）吊之，则方箕踞（蹲坐）鼓盆（瓦缶，乐器名）而歌。惠子曰：'与人居，长子（生子）老身，死不哭，亦足矣。又鼓盆而歌，不已甚乎？'庄子曰：'不然，是其始死也，我独而能无概（慨）然？察其始，而本无生；非徒无生，而本无形；非徒无形，而本无气。人且偃然（安息）寝于巨室（指天地间），而我噭噭（哀哭声）随而哭之，自以为不通（通达）乎命（生命之理），故止。'"

今译

出殡前夕啊清早即起，悲其永别啊不可复生。龙纹丧车啊停在门侧，等待出行啊将升车上。长嫂侄女啊神情慌慌，慈祥婆母啊哀怜忧伤。雄鸡长鸣啊东方破晓，家人号哭啊顿足捶胸。去日久长啊生年短暂，忧患众多啊欢乐未享。平日相思啊暂有别离，诗篇《河广》啊盼望归程。而今奈何啊高举而去，远达天外啊欲返不能。

倾诉我哀啊祖祭之晨，燃起火炬啊扶持灵棺。撤下帷幔啊布置竹席，举杯祭奠啊告诉永迁。悲切啊哀叹，俯仰啊泪淋。想象孤魂啊眷恋旧居，凝视片刻啊若隐若现，若隐若现啊只因思念，耳目直感啊未曾遇见。停下车驾啊暂且滞留，往来徘徊啊灵室中间。四周寻觅啊毫无踪影，动身出行啊将去不返。

彩饰丧车啊离别初行，骏马回首啊旌旗翻转。冷风凄凄啊吹入帷帐，乌云漫漫啊承接车盖。鸟雀垂翼啊忘记归林，鱼儿仰首啊不再戏水。众人忧愁啊车马迟行，生前亲睦啊今已死别。思念亲人啊形体已灭，观看遗物啊依然未改。昔日同心啊今已异世，回忆旧欢啊更增新悲。广阔原野啊无边无际，川流奔泻啊无涯无岸。眺望远山啊寂寥空廓，临视河水啊浩瀚无边。仰观天日啊无光无色，面对城乡啊萧条冷漠。并非外物啊有所改易，只因欢哀啊心情变换。深暗墓道啊既已敞开，将送形体啊永去不归。兰香居室啊弃置不顾，九泉之下啊黄土掩埋。

心中哀哭啊捶胸顿足，亡妻降入啊墓穴之中。手抚灵柩啊诀别墓室，棺椁暗暗啊墓道阴阴。门户已闭啊灯火已灭，长夜漫漫啊何时清晨？墓地归来啊再哭灵室，哭声有止啊哀情无限。是你非你啊形貌何往？只求一遇啊就在目前。纵然目遇啊无见其形，似睡非睡啊未入梦幻。回顾向往啊治家正道，心志寄托啊永在你身。

重复诉说：算了吧！大概新哀之情皆如此罢了。还要思念至何时呢？恐怕已远胜妻死而无悲的庄夫子了。

（陈复兴译注并修订）

宋文元皇后哀策文一首 颜延年

题解

颜延之(384—456),字延年,南朝宋著名的文学家,诗歌、辞赋、哀策、诔文、祭文皆有所作,其中尤以诗歌成就最高。元皇后驾崩后,颜延年受宋文帝诏命,写了这篇哀策文。

宋文帝元皇后名袁齐妫,陈郡人,左光禄大夫敬公袁湛的庶女,嫁与刘义隆之后,生了太子刘劭。宋文帝对她以礼相待,感情甚笃。

本文虽系奉命之作,但不是官样文章,洗尽陈腐之气,洋溢真情实感。哀策文的中心在一个“哀”字上,其所表达的情感也重在哀情上。本篇可谓在“哀”字上做尽了文章,所抒发的哀情称得上淋漓尽致。全文最后三个自然段均以“呜呼哀哉”作结,并以此四字收束全篇,一唱三叹,悲声回环,哀音渺渺,不绝如缕。其中首写皇帝痛失皇后之哀伤;次写皇子丧母之哀痛;后写国人对皇后的哀悼。最后一段的抒写虽不无浮夸虚饰之情,但作为哀策文的要求,完全合乎情理。

作者把悲痛的心情诉诸哀婉之词,附诸死者生前之事。叙事如写传记,把元皇后一生具有的美德之事,完全记述出来,为引起生者的怀思与追念,不惜笔墨,尽情挥洒。

至于以“八神警引,五辂迁迹”来驰骋联想,以“霜夜流唱,晓月升魄”来借景抒情,以“服马顾辕”做侧面描写,更陪衬出人的悲哀,更是作者常用的笔法,从而增强了哀情的感染力。

原文

惟元嘉十七年七月二十六日[1]，大行皇后崩于显阳殿[2]，粤九月二十六日[3]，将迁座于长宁陵[4]，礼也。龙辀𫄨纬[5]，容翟结骖[6]。皇涂昭烈[7]，神路幽严[8]。皇帝亲临祖馈[9]，躬瞻宵载[10]。饰遗仪于组旒[11]，沦徂音乎珩佩[12]。悲黼筵之移御[13]，痛翚褕之重晦[14]。隆舆客位[15]，撤奠殡阶[16]。乃命史臣[17]，累德述怀[18]。其辞曰[19]：

伦昭俪升[20]，有物有凭[21]。圆精初铄[22]，方祇始凝[23]。昭哉世族[24]，祥发庆膺[25]。秘仪景胄[26]，图光玉绳[27]。昌晖在阴[28]，柔明将进[29]。率礼蹈和[30]，称诗纳顺[31]。爰自待年[32]，金声夙振[33]。亦既有行[34]，素章增绚[35]。

象服是加[36]，言观维则[37]。俾我王风[38]，始基嫔德[39]。惠问川流[40]，芳猷渊塞[41]。方江泳汉[42]，载谣南国[43]。伊昔不造[44]，鸿化中微[45]。用集宝命[46]，仰陟天机[47]。释位公宫[48]，登曜紫闱[49]。钦若皇姑[50]，允迪前徽[51]。孝达宁亲[52]，敬行宗祀[53]。进思才淑[54]，，傍综图史[55]。发音在咏[56]，动容成纪[57]。壶政穆宣[58]，房乐韶理[59]。坤则顺成[60]，星轩润饰[61]。德之所届[62]，惟深必测[63]。下节震腾[64]，上清朓侧[65]。有来斯雍[66]，无思不极[67]。谓道辅仁[68]，司化莫晰[69]。象物方臻[70]，眂祲告沴[71]。太和既融[72]，收华委世[73]。兰殿长阴[74]，椒涂弛卫[75]。呜呼哀哉！

戒凉在律[76]，杪秋即穸[77]，霜夜流唱[78]，晓月升魄[79]。八神警引[80],五辂迁迹[81],噭噭储嗣[82],哀哀列辟[83]。洒零玉墀[84],雨泗丹掖[85]。抚存悼亡[86],感今怀昔[87]。呜呼哀哉!

南背国门[88],北首山园[89]。仆人按节[90],服马顾辕[91]。遥酸紫盖[92],眇泣素轩[93]。灭彩清都[94],夷体寿原[95]。邑野沦蔼[96],戎夏悲讙[97]。来芳可述[98],往驾弗援[99]。呜呼哀哉!

注释

〔1〕元嘉:南朝宋文帝刘义隆的年号。

〔2〕大行:一去不返,臣下因讳言帝、后死亡,故用大行做比喻,指帝、后死。 崩:古代称帝王、王后死。

〔3〕粤:句首语气词。

〔4〕迁座:指移柩。

〔5〕輁(gǒng 拱):运灵柩车。龙輁,辕上画龙的帝王柩车。 缡(lí 离):系。 綍(fú 孚):引棺的大绳索。

〔6〕容翟(dí 敌):饰以雉羽的车,送葬时用来运载死者的衣冠、画像等。 骖(cān 参):辕马外边的马。

〔7〕皇涂:皇家之路。涂,途的古字。 昭烈:明亮。昭烈,李善本作“昭列”;五臣本作“昭烈”,是。

〔8〕神路:也称神道,即墓道,意为神行的道路。 幽严:幽寂肃穆。

〔9〕祖:祭名,出行以前,祭祀路神。 馈(kuì 溃):于殡前祭奠。

〔10〕躬:亲自。 瞻:瞻仰。 载:指灵柩放置于庭。

〔11〕遗仪:遗留下的仪容。 组:丝带。 旒(liú 流):古代旗帜下边悬垂的饰物,此指出殡时灵柩前的幡旗。

〔12〕沦:沉灭。 徂(cú 殂):过去,指消失。 珩(héng 横)佩:玉佩。珩,佩上部的横玉,形如残环,或上有折角。佩,佩带的玉饰物。

〔13〕黼筵(fǔ yán 府严):编有斧形花纹的竹席。黼,古代礼服上绣的黑白相间的斧形花纹。筵,竹制的垫席。 移:改变。 御:指侍奉的所在。

〔14〕翚褕(huī yú 挥鱼):彩绘长尾野鸡图形的华美衣服。翚,五彩山雉。褕,王后的祭服。　晦:隐藏。指皇后的尸体将入墓。

〔15〕降:抬下。　舆:指装载灵柩的车。　客位:西方之位。

〔16〕奠:祭祀。　殡:停柩待葬。　阶:指西阶。殡于西阶,合于宾礼。

〔17〕史臣:史官。

〔18〕累德:指皇后生时积累的德行。

〔19〕辞:哀辞。

〔20〕伦:人伦,父子、君臣等关系。　昭:彰明。　俪(lì 利):成对,配偶,即伉俪。

〔21〕物:物象。　凭:依凭。

〔22〕圆精:天。　铄(shuò 朔):同烁,光明。

〔23〕方祇(qí 其):地。　凝:成。以上两句说天地始成。

〔24〕世族:世代显贵的家族。

〔25〕祥发:等于说发祥,有祯善。　庆膺:等于说膺庆,当有福。膺,受,当。

〔26〕秘:闭藏。　仪:容止仪表。　景胄(zhòu 宙):大族之家。景:大。胄:帝王和贵族的后代。

〔27〕图:度,希冀。　光:容光。　玉绳:南朝宋的一个宫殿名。

〔28〕昌:昌盛。　晖:光辉。　阴:指为妻之道。

〔29〕柔:温顺。　明:明智。

〔30〕率:遵循、服从。　蹈:遵循、实行。

〔31〕称:称颂。　诗:指《诗经》。　纳:交纳,此指呈现。

〔32〕爰:句首语气词。　待年:待嫁。

〔33〕金声夙振:比喻声名早已广布。夙,早。

〔34〕行:品德。

〔35〕素:没有染色的丝绸。　章:有花纹的纺织品。　绚:有文采,绚丽。

〔36〕象服:王后及王侯夫人以绘画为饰之服。

〔37〕言:言谈。　则:准则。

〔38〕俾(bǐ 笔):使。　风:教化,感化。

〔39〕基:奠定。　嫔(pín 贫):古代宫廷里的女官。

〔40〕惠:柔顺,柔和。　问:通闻,名声。

〔41〕芳:美好的名声或德行。　猷(yóu 由):礼法。　渊:深远。　塞:充

满。

〔42〕方:筏子,用做动词渡水。　江:长江。　汉:汉水。

〔43〕载:充满。　谣:歌谣。　南国:泛指南方。

〔44〕伊昔:从前。　不造:不幸。指少帝“穷凶极悖”而被废。

〔45〕鸿化:宏大的教化。鸿,通“洪”。　中微:中途衰落。

〔46〕集:成功。　宝命:对神命、天命、帝命的美称。

〔47〕陟:登。　天机:星名,即斗宿,此喻帝位。

〔48〕释:置。　公宫:诸侯的公共场所。

〔49〕曜:指七曜,日、月及金、木、水、火、土五星。　紫闱(wéi 围):帝王宫禁。以紫微垣比喻帝居。　闱:宫中小门。

〔50〕钦若:敬顺。　皇姑:指皇太后。姑:妇称夫之母为姑。

〔51〕允:诚实。　迪:遵循。　前徽:指太后之美。徽:美好。

〔52〕达:通达,做到。　宁亲:使父母安宁,此指省亲。

〔53〕宗祀:祭祀。

〔54〕才:才华,才能。　淑:善良。

〔55〕傍:同“旁”,广泛,普遍。　综:综理。　图史:图书、史籍。

〔56〕发音:说话。

〔57〕动容:举止仪容。　成纪:成其纪纲,合乎法度。

〔58〕壸(kǔn 捆)政:后宫中的政事。壸,宫中道路,引申指后宫。　穆:和畅,美好。　宣:明达。

〔59〕房乐:房中乐的省称,乐歌名。房中乐,弦歌《诗经》中《周南》、《召南》之诗,王后、夫人讽诵以事君子,故称房中。　韶:继承。　理:理乐,此指演奏、歌唱。

〔60〕坤:女性的。　则:法则。此句说,能以女德为法则而成柔顺之道。

〔61〕星轩:指轩辕星,古星象家以轩辕星为女主的征象。　润饰:点缀修饰。

〔62〕德:指后德。　届:至。指后德无远而不至。

〔63〕测:测度。指后德无深而不测。

〔64〕下:指地。　震:大地震动。　腾:指百川沸腾。

〔65〕上:指月。此指后妃之象。　清:明朗。　朓(tiǎo 窕):古称夏历月底月亮在西方出现。　侧:也称侧匿,古称夏历月初月亮在东方出现。这两句说,

地震水涌,月行失度,上天发出警示,此为皇后将死不祥之兆。

〔66〕斯:则。　雍:和谐。此句说,皇后所处之事必尽和谐之理。

〔67〕极:中,中正的准则。

〔68〕道:指天道。

〔69〕司化:司造化者。司:掌管。造化:自然的创造化育。　晣(zhé 哲):明白。此句说,造化者不明,而使皇后至于此病。

〔70〕象物:指麟凤龟龙四灵物,传说德不和,则象物不至。　臻:至。

〔71〕眂祲(shì jìn 视近):古官名,掌望气预言灾祥之事。眂:古视字。　沴(lì 利):灾害不祥之气。此句说:天下太平之时,皇后的死兆却出现了。

〔72〕太和:天下太平。　融:明朗。

〔73〕委世:弃世,指皇后崩。

〔74〕兰殿:宫殿名。　阴:幽暗。

〔75〕椒涂:皇后居住的宫室,用椒和泥涂壁,取温暖、香馥、多子之意。弛:废弛。　卫:侍卫。

〔76〕戒凉:秋时。　肂(sì 四):临时埋葬在道侧。

〔77〕杪(miǎo)秋:晚秋。　穸(xī 西):深夜,指葬墓中阴暗如同深夜。

〔78〕流唱:指挽歌。流:转。

〔79〕升魄:神灵升天。

〔80〕八神:八方之神。

〔81〕五辂(lù 路):古代帝王使用的五种车子,玉、金、象、木、革。王后的五辂为:重翟、厌翟、安车、翟车、辇车。　迁迹:指发丧。

〔82〕噭噭(jiào 叫):悲哭声。　储嗣:太子。

〔83〕列辟:诸王。列,众多。辟,君主。

〔84〕洒零:指落泪。　玉墀(chí 迟):宫殿前台阶上面用玉装饰的空地。

〔85〕泗:鼻涕。此指眼泪,从鼻中流出之泪。　丹掖:泛指宫中的旁门,旁舍。丹:漆成红色。掖:旁、边。

〔86〕抚:抚慰。　存:活着的。

〔87〕怀:想念。沈约《宋书》云:“哀策既奏,上自益此八字,以致其意焉。”

〔88〕国门:都城之门。

〔89〕首:向。　山园:指陵墓。

〔90〕按节:指扣紧马缰,使马慢步前行。

〔91〕服马:古代一车四马,中间夹辕的马称服马,此泛指乘马。

〔92〕酸:悲伤。　紫盖:指覆有紫色车盖的车。

〔93〕眇(miǎo 秒):远。　素轩:素车。

〔94〕彩:彩色的丝织品。　清都:帝王所居的都城。

〔95〕夷:泰然,安定。　体:躯体。　寿原:天子生前所造的陵墓。

〔96〕邑:都邑。　沦:沉没,此指丧失。　蔼:繁华。

〔97〕戎:戎狄。　夏:华夏。　讙(xuān 宣):喧哗。

〔98〕来:以往。　述:追述。

〔99〕驾:指灵车。　援:引拉。

今译

元嘉十七年七月二十六日,宋文帝元皇后驾崩于显阳殿,九月二十六日,灵柩将要迁移至长宁陵,按着礼仪进行。柩车绘龙拴系绳索,饰羽之车套上边马。皇家道路庄严明亮,陵中墓道幽寂肃穆。皇帝亲祀路神殡前祭奠,夜间亲去瞻仰灵柩。按仪节法式装饰幡旗丝带,玉佩饰物已失去往日音响。斧纹的竹席转移了侍奉的所在令人悲伤,绘雉的华服收藏在皇后的陵墓叫人哀痛。灵柩抬下丧车置于西方之位,宾阶停柩的祭奠已经撤除。于是命令史臣秉笔,追述怀念皇后众多的德行。其辞为:

浑沌初开,天升地降,即已成双成对,已有夫妻之义,上天垂象,有凭有据。苍天始现光明,大地凝结成形。显赫呀!世代高贵之家,享有祥和福庆。望族之女,闭藏仪容,嫁于皇家,希冀光大玉绳之宫。为妻之道,光辉灿烂;温顺明智,日日提升。遵从礼法躬行和睦,称颂《诗经》呈现柔顺。闺门待嫁之时,美名早传宫庭。养成美德善行,如同白绢增添绚彩。身穿刺绣雉羽之服,言谈举止符合准则。出嫁之前,奠定嫔妃之德。声誉卓著如水长流,美好善谋似渊深博。如船驰长江汉水,民歌民谣之赞满布南国。

从前国遭不幸,少帝荒淫凶恶,宏大教化中途衰落。明帝荣集天命,登上皇座。明帝离开王宫,成为天子,夫人亦离王宫,登耀紫阁。敬顺太后,诚实遵行太后美德。孝顺达理归家省亲,恭敬进行宗庙祭祀。进思有德才女献于宣帝,广泛整理女图女史,作为镜鉴。言谈有韵,抑扬如歌。举手投足,动成准则。后宫之政和穆明达,《房中》之乐继承先德。坤德柔顺成为纲纪,轩辕星主润心有得,后妃之德无远不至,影响所及无深不测。

地震水涌,月行失常。皇后之行必合大道,所思之事必合中庸。皆说天道助仁辅义,司命之神为何不明。麟凤龟龙四瑞已现,怎奈天象之官报告不祥。天下太平风清月朗,皇后弃世失去华光。兰殿之门长闭幽暗,椒兰之宝撤除警卫。呜呼哀哉!

秋凉时节暂葬道边,临近晚秋墓如深夜。霜飞夜深挽歌哀绝,神灵升天正逢晓月。八方之神值警引导,五种后车齐来发丧。太子痛哭悲声塞野,诸王送殡沉痛哀伤。泪流如雨洒湿玉墀,眼泪成河淌满丹掖。抚慰生者哀悼死者,感念今日思怀往昔。呜呼哀哉!

向南背靠国都之门,向北对着皇后陵园。车夫缓舒马缰,乘马回顾车辕。紫盖远去令人心酸,遥望素车泣涕涟涟。帝王之都减去色彩,陵墓之中躯体安然。都邑郊野失去光彩,戎狄华夏悲声齐喧。往日美名仍可追述,灵车起驾难以回牵。呜呼哀哉!

(吕庆业译注并修订　陈延嘉再修订)

齐敬皇后哀策文一首　谢玄晖

题解

谢朓,字玄晖。他短短的一生,主要活动在南朝齐皇家的事务圈内,对皇室情况颇为熟悉,参与了齐敬皇后的迁葬活动。所以为其写哀策文就得心应手,驾轻就熟,也自然文自心涌,情真意切。

齐敬皇后名刘惠端,彭城(今江苏铜山县)人,南朝齐光禄大夫刘道弘孙女。齐高帝萧道成为萧鸾纳为王妃。卒于永明七年,葬于江乘县张山。萧鸾即位,是为齐明帝,追尊刘惠端为敬皇后。明帝死,敬皇后与其合葬于兴安陵。本篇是为齐敬皇后的改葬而写的哀策文。

本文在内容上以称美德行圣善为主,兼抒哀悼之情。由于敬皇后本身没有什么政绩,作者只能就封建社会的妇道加以称颂,所以叙德行难免空泛,所用词语大都一般化。叙表哀情倒有缠绵悱恻之处。抒写幼子丧母的境况和情怀的几句,确是真实写照,缘情入笔,会使读者洒下一掬同情之泪。

作者的思想感情融会在悲哀之中,所以遣词用语皆为哀婉,避免了华而不实、丽而不哀的毛病。所描写的景象、环境、宫室、器物,无不围绕"哀"字落笔,则景景有情,物物含悲,收到睹物思人的效果。

句式多变也适应于哀情的表达。前半部分用四言句式,音节紧促;后半部分改用长句,且句句嵌以"兮"字,增强了长吁短叹的哀悼之感。

原文

惟永泰元年秋九月朔日[1]，敬皇后梓宫启自先茔[2]，将祔于某陵[3]。其日，至尊亲奉奠某皇帝[4]，乃使兼太尉某设祖于行宫[5]，礼也。翠帟舒皁[6]，玄堂启扉[7]。俎彻三献[8]，筵卷六衣[9]。哀子嗣皇帝[10]，怀蹙卫而延首[11]，想鹥辂而抚心[12]。痛椒涂之先廓[13]，哀长信之莫临[14]。身隔两赴[15]，时无二展[16]。旋诏左言[17]，光敷圣善[18]。其辞曰：

帝唐远胄[19]，御龙遥绪[20]。在秦作刘[21]，在汉开楚[22]。肇惟淑圣[23]，克柔克令[24]。清汉表灵[25]，曾沙膺庆[25]。爰定厥祥[27]，徽音允穆[28]。光华沼沚[29]，荣曜中谷[30]。敬始纮綖[31]，教先穜稑[32]。睿问川流[33]，神襟兰郁[34]。

先德韬光[35]，君道方被[36]。于佐求贤[37]，在谒无诐[38]。顾史弘式[39]，陈诗展义[40]。厚下曰仁[41]，藏往伊智[42]。十乱斯俟[43]，四教罔忒[44]。思媚诸姑[45]，贻我嫔则[46]。化自公宫[47]，远被南国[48]。轩曜怀光[49]，素舒伫德[56]。

闵予不祐[51]，慈训早违[52]。方年冲藐[53]，怀袖靡依[54]。家臻宝业[55]，身嗣昌晖[56]。寿宫寂远[57]，清庙虚归[58]。呜呼哀哉！

帝迁明命[59]，民神胥悦[60]。乾景外临[61]，阴仪内缺[62]。空悲故剑[63]，徒嗟金穴[64]。璋瓒奚献[65]，褕袆罔设[66]。呜呼哀哉！

冯相告祲[67]，宸居长往[68]。贻厥远图[69]，末命是奖[70]。怀丰沛之绸缪兮[71],背神京之弘敞[72]。陋苍梧之不从兮[73],遵鲋隅以同壤[74]。呜呼哀哉!

陈象设于园寝兮[75],映舆镂于松楸[76]。望承明而不入兮[77],度清洛而南游[78]。继池綍于通轨兮[79],接龙帷于造舟[80]。回塘寂其已暮兮[81],东川澹而不流[82]。呜呼哀哉!

籍闳宫之远烈兮[83],闻缵女之遐庆[84]。始协德于蘋蘩兮[85],终配祀而表命[86]。慕方缠于赐衣兮[87],哀日隆于抚镜[88]。思寒泉之罔极兮[89],托彤管于遗咏[90]。呜呼哀哉!

注释

〔1〕永泰:南齐明帝年号。　朔:阴历的每月初一。

〔2〕梓宫:皇后的灵柩。　先茔:指张山旧陵。

〔3〕祔(fù 付):合葬。　某陵:指兴安陵。

〔4〕至尊:最尊贵的地位,多作帝王的尊称,此指东昏侯萧宝卷。　奉:进献。　奠:用酒食祭祀死者。　某:指明帝,因其崩而未谥,故称某。

〔5〕太尉:官名,掌军事,其尊与丞相等。　祖:祭名,出行以前,祭祀路神。　行宫:京城以外供帝王出行时居住的宫殿。

〔6〕翠:绿色。　帟(yì 义):帐篷中座上承尘的平幕。　舒:分布。　皇:土山。

〔7〕玄堂:指墓室。　扉:门。

〔8〕俎(zǔ 祖):祭祀时盛牛羊等祭品的礼器,类似于几。　彻:通"撤",撤去,五臣本作"撤"。　三献:古代郊祭时的仪式,陈祭品后要三次献酒,即初献爵、亚献爵、终献爵。

〔9〕筵(yán 延):竹制的垫席。　六衣:王后的六种衣服,即袆衣、褕狄、阙狄、鞠衣、展衣、褖衣。

〔10〕哀子:古称居父母丧的人。　嗣皇帝:继承皇位的人,此指东昏侯萧宝卷。

〔11〕蜃(shèn 甚)卫:蜃车,丧车,其车在四轮上装柳,近地而行,有似于蜃,故名。　延首:举头远望。

〔12〕翳辂(yì lù 义路):装载棺柩的车。翳:青黑色。辂:大车。　抚心:以手摸胸,此指极度悲哀。

〔13〕椒涂:皇后居住的宫室,因用椒和泥涂壁,故名。　廓:空寂,空虚。

〔14〕长信:长信宫,汉太后所居之处,此代指后妃之宫。

〔15〕隔:隔断。　赴:赴丧。

〔16〕展:省视。这两句说,一身不得于两处赴丧,一时不能到二所省视。

〔17〕旋:随即。　左言:史官的代称,古有右史记事、左史记言之说。

〔18〕敷:陈述,铺陈。　圣善:聪明贤良,对母亲的美称。

〔19〕帝唐:指帝尧。尧初居于陶,后封于唐,故称陶唐。　胄(zhòu 宙):后代。

〔20〕御龙:复姓,传说夏时刘累学养龙,以事孔甲,孔甲赐姓为御龙氏。绪:世系。吕向注:刘姓自虞以上为陶唐氏,在夏为御龙氏。

〔21〕在秦作刘:陶唐后裔居秦始为刘氏。

〔22〕在汉开楚:汉高祖封同父少弟交为楚元王。敬皇后的高祖为楚元王之后。

〔23〕肇:开始。　淑:善良。　圣:通达事理。

〔24〕柔:善。　令:善,美好。

〔25〕清汉:天河。　表灵:呈现出灵异。

〔26〕曾沙:据《汉书·元后传》:昔春秋沙麓崩,晋史卜之,曰:后六百四十五年,宜有圣女兴。　膺:受。　庆:福。

〔27〕爰:句首语气词。　厥:其。

〔28〕徽音:德音。徽:美,善。　允:确实。　穆:美好,和畅。

〔29〕光华:光彩明丽。　沚:小洲。《诗经·召南·采蘩》:“于以采蘩,于沼于沚。”沼沚指代《采蘩》一诗。《毛诗序》:“《采蘩》,夫人不失职也。”

〔30〕荣曜:光荣显要,也作荣耀。　中谷:《诗经·周南·葛覃》:“葛之覃兮,施于中谷。”中谷指代《葛覃》一诗。《毛诗序》:“《葛覃》,后妃之本也。”

〔31〕纮(hóng 红):古代冠冕上着于颔下的带子,带子两端上结于笄。　綖(yán 延):古代覆在冠冕上的玄布,是一种装饰。

〔32〕穜稑(tóng lù 童路):禾名,指穜与稑。穜是早种晚熟的谷;稑是晚种早熟的谷。《周礼·天官·内宰》:“上春,诏王后帅六宫之人,而出穜稑之种,而献之于王。”

〔33〕睿(ruì 锐):通达,明智,后常用于称颂皇帝的套语。　川流:如川之流,形容广大。

〔34〕襟:胸怀。　兰郁:芳盛。

〔35〕先德:祖先的德行,后来用以称别人的父亲,此指齐明帝。　韬光:指人藏才不露。韬,藏。此指齐明帝封西昌侯尚未即帝位之时。

〔36〕君道:为君之道。　被:加于……之上。

〔37〕佐:辅助。　求贤:进荐贤才。

〔38〕谒:请。　诐(bì 闭):偏颇,邪僻。

〔39〕顾:视。　史:史书。　弘:光大。　式:法式。

〔40〕陈:陈列。　展:伸展。

〔41〕厚:宽厚。　下:指在下之人。

〔42〕藏往:藏己从前之善。　伊:句中语气词。

〔43〕十乱:指周武王十个有治国才能的大臣。乱:治。　俟(sì 四):等待。

〔44〕四教:封建社会宣扬的妇德、妇容、妇言、妇功,称为四教。　罔:无。忒(tè 特):差错。

〔45〕媚:爱戴。　诸姑:指先太后。姑:女子对丈夫母亲的称呼。

〔46〕贻(yí 遗):送给。　嫔则:为妇之法则。　嫔(pín 频):妇女。

〔47〕化:教化。　公宫:诸侯的公共场所。

〔48〕南国:泛指南方。

〔49〕轩曜:指轩辕星,古星象家以轩辕星为女主的征象。

〔50〕素舒:月的别称。　伫(zhù 住):通“贮”,积储。

〔51〕闵:哀怜。　予:我,指东昏侯萧宝卷。　祐:保佑。

〔52〕慈训:母亲的教训。　违:背离,此指死。

〔53〕冲藐:幼小。

〔54〕怀袖:怀抱。　靡:无。

〔55〕宝业:帝位。

〔56〕嗣:继承。　昌晖:昌盛光辉。

〔57〕寿宫:神祠,因祠祀皆欲得寿而得名。

〔58〕清庙:宗庙的通称。清:肃穆清静。《诗经·周颂》有《清庙》篇,《诗序》以为祀文王之歌,郑玄注以清庙为祀文王之宫。

〔59〕帝:指齐明帝。　迁:升,指即帝位。　明命:显示天命。

〔60〕胥:相。

〔61〕乾景:指齐高宗。乾,指君。景,日光。

〔62〕阴仪:指帝王后宫的事务。

〔63〕故剑:汉宣帝少时,娶许广汉之女平君,即位后,平君为婕妤。当时公卿议更立霍光之女为皇后,宣帝乃下诏求“微时故剑”,大臣知宣帝意图,乃议立许婕妤为皇后。后因称旧妻为故剑。

〔64〕徒:空。　金穴:称富有之家。《后汉书·皇后纪》载:郭皇后之弟郭况迁大鸿胪,帝数幸其第,会公卿诸侯亲家饮燕,赏赐金钱缣帛,丰盛莫比,京师号况家为金穴。

〔65〕璋瓒(zàn 赞):古代祭祀时所用的以璋为柄的酒勺。璋,玉器名,其形犹如圭之上端斜削去一角。瓒,古礼器,祼(guàn 灌)祭所用盛灌鬯酒之勺。祼,祭时酌酒敬宾客。璋瓒为帝王、夫人所执。　奚:何。

〔66〕袆(huī 挥)、褕(yú 于):都是古代王后的祭服。　罔:无。

〔67〕冯(píng 凭)相:指冯相氏。周代官名,掌天文。　祲(jìn 近):阴阳二气相侵所形成的征象不祥的云气。

〔68〕宸(chén 辰):北极星所在为宸,后借为帝王的代称。　居:胡克家《文选考异》:袁本、茶陵本“居”作“驾”。案:此尤改之,盖二本是。

〔69〕贻(yí 遗):遗留。　厥:其。　远图:长远之谋。

〔70〕末命:帝王临终时的遗命。　奖:勉励,劝勉。

〔71〕丰沛:沛县丰邑,为汉高祖刘邦故乡,后以丰沛泛指帝王的故乡。　绸缪(móu 谋):缠绵,情意殷勤。

〔72〕神京:帝都。　弘敞:宏大宽阔。

〔73〕陋:鄙薄。　苍梧:山名,又名九疑山。相传舜葬于苍梧之野,他的两个妃没有从葬。　从:跟从,此指从葬。

〔74〕遵:遵循,遵守。　鲋隅(fù yú 付鱼):山名,在今河南省清丰县顿邱故城西北,一名高阳山,又名青冢山。鲋隅,或作鲋鱼、鲋鰅。相传颛顼与九嫔葬在这里。　壤:地区,区域。

〔75〕象:图像。　园寝:建在帝王墓地的庙。

〔76〕映:映衬。　鏓(zōng 宗):据胡克家《文选考异》,袁本、茶陵本“鏓”作“鋄”(wàn 万),是也。鋄,马首的饰物,高广各五寸,上如玉华形。　松楸:松树和楸树,因多植于墓地,常用为墓地的代称。

〔77〕承明：天子左右路寝（帝王的正室）称承明，因承接明堂之后，故名。

〔78〕度：渡过，越过。　清洛：清澈的洛水。

〔79〕继：紧接。　池：承霤，屋檐下承接雨水的天沟，此指葬车像承霤的棺饰。在车覆鳖甲之下，墙帷之上，编竹为之，其形如笼，罩以青布，以承鳖甲，以像重霤。　綍（fú服）：引棺的大绳。　通轨：大路。

〔80〕龙帷：覆盖天子棺木的装饰，上绘绣龙形图案。帷：围在四周的幕布。造舟：连船为桥，即今之浮桥。

〔81〕回：迂回。　塘：堤岸。

〔82〕澹（dàn淡）：平静。

〔83〕籍：据胡克家《文选考异》，袁本、茶陵本"籍"作"藉"，是也。藉：凭借。　閟（bì闭）宫：周人祖先帝喾正妃弃（后稷）之母姜嫄之庙，后世亦以泛指祠堂，此指姜嫄。　远烈：古人的事业、功绩。

〔84〕缵（zuǎn纂）：继承。　庆：庆贺，祝贺。

〔85〕协：合作，和睦。　蘋（pín频）蘩（fán繁）：《诗经·召南》有《采蘋》、《采蘩》二篇，写女子采蘋、采蘩参加祭祀。

〔86〕配：祭祀时配享。　祇：据胡克家《文选考异》，袁本、茶陵本"祇"作"祀"，此尤改之，是。　表：显扬。　命：爵号。

〔87〕慕：追慕。　缠：缠绵，情深意厚。　赐衣：《东观汉记》载，上赐东平王苍书曰：今以光烈皇后假结帛巾各一枚，衣一箧遗王，可瞻视，以慰《凯风》、《寒泉》之思。

〔88〕隆：盛。　抚镜：《西京杂记》载：宣帝被收系郡邸狱，臂上犹带史良娣古印度宝镜一枚，及即大位，每持此镜，感咽移时。

〔89〕寒泉：《诗经·邶风·凯风》中有"爰有寒泉，在浚之下。有子七人，母氏劳苦"之句，后用做子女孝顺母亲的典故。　罔：无。

〔90〕托：寄托。　彤管：赤管笔。《诗经·邶风·静女》："静女其娈，贻我彤管。"毛传："古者后夫人必有女史彤管之法。"后来相沿称女史记事所用的赤管笔为彤管。　遗：死人遗留下来的。

今译

永泰元年秋天九月初一，齐敬皇后的灵柩从先前的茔地里运出，将要合葬于兴安陵。移灵那天，当今皇帝亲奉祭品祭祀先帝，派遣兼职太尉某人在行宫安排祭祀路神之祭，按着礼仪进行。绿色帐篷布于土山，皇陵墓室开启门扇。祭器已撤祭酒三献，皇后六衣也已席卷。居丧的哀子，继位的皇帝，怀想着远去的丧车而举头遥望，思念着载柩的大车而手拍胸膛。悲痛涂椒的宫室先已空寂，哀伤皇后的宫殿无人临房。一身不能两处赴丧，永不再能省视高堂。随即诏命记言史官，光大母后圣明善良。辞曰：

唐尧大帝远世后代，御龙家族遥传世系。在秦之时始为刘氏，在汉之际封于楚地。和善通达，既能柔顺又能美善。天河清辉呈现灵异，沙麓占卜受福应验。由此定下吉利庆祥，德音确实美好和畅。妇人之德明丽光彩，后妃之行荣耀千载。严肃始于织冠结带，教化先从稼穑展开。明智通达如川宽广，思想胸怀似兰香海。

遥想先帝韬光养晦，为君之道泽被四方。辅佐之时举荐贤才，对待请求无偏无党。回顾历史光大法式，勤学诗书显示道义。对下宽厚可谓仁德，藏己之善当称明智。十名贤臣待命于此，遵奉四教没有差错。殷勤侍奉长辈公婆，严谨遵守为妇法则。教化始自帝王宫室，远远遍及南方泽国。宫中女主胸怀光彩，如月清朗身存美德。

可怜小子无人护佑，慈母教训竟早失去。正是年龄幼小，竟失慈母怀抱。高宗已践帝王之位，我身继承昌盛光辉。神祠寂寞遥远，虚归祀庙灵位。呜呼哀哉！

帝升宝座显示天命，百姓神灵无不喜悦。高宗如日照耀天外，母后却已不在。皇后已逝空余悲切，富贵之家徒留叹嗟。祼祭璋瓒向谁奉献，王后祭服无人再穿。呜呼哀哉！

掌天之官禀告不祥，皇后车驾永逝不返。留下她的宏图大愿，临终遗命满含劝勉。怀念故乡的情意殷勤啊，永离帝都的宏大宽敞。鄙薄舜妃没有从葬苍梧啊，遵循九嫔与颛顼一起葬在鲋隅之壤。呜呼哀哉！

陈列图像设置在帝王陵庙啊，车马饰物辉映在墓地松楸。望见承明门而不能进入啊,渡过清清洛水而向南奔去。牵引灵棺的绳索在大路之上啊,承接灵柩的帷幕在浮桥通过。曲折的堤岸空寂无声已暮色苍茫啊,东边的河川波平浪静而凝滞不流。呜呼哀哉!

凭借周祖姜嫄远古的功业啊,听到继嗣之母后美善远播。在祭祀祖宗时就表现出和睦的美德啊,在配享之后终于显扬了爵号。追慕帝王赐衣正情深意厚啊,就像汉宣帝抚镜思史良娣而哀伤一天天加重。对母亲的孝心没有尽头啊,借笔墨书写下悼念之文。呜呼哀哉!

(吕庆业译注并修订　陈延嘉再修订)

郭林宗碑文一首

蔡伯喈

题解

蔡邕(132—192),字伯喈,陈留圉(今河南杞县南)人,东汉末、建安前的著名学者和文学家。

邕少博学,好词章、数术、天文,深通音律,善鼓琴。桓帝时,以疾不应朝廷征召。闲居玩古,不交当世。灵帝熹平四年,与五官中郎将堂谿典等,奏求正定六经文字。邕自书之于碑,使工镌刻,立于太学门外,后儒晚学皆取为正。碑初立,观视摹写者,车乘日千辆,街巷为之阻塞。六年,以《上封事》一文谴责奸佞,褒扬贤良,而遭宦官曹节及其同党的诬陷,几被处死,乃流放朔方(今内蒙古自治区境内)。邕以撰补《后汉纪》未成,上书自陈,翌年遇赦,归本郡。中平六年灵帝死,董卓当政,邕受礼敬,举高第。献帝初平元年,拜左中郎将,复为侍中,封高阳乡侯。董卓被诛,邕因而下狱死。年六十一。

蔡邕诗、赋、文俱佳。其最高成就则在于骈体文,尤在于碑文。《文选》所录《郭有道碑文》与《陈太丘碑文》为其代表作。

郭有道,即郭泰,字林宗,为东汉末太学生的精神领袖。其人博通经典,善谈论,美音制。游洛阳,与河南尹李膺友善,名震京师,屡辞征召。性明知人,奖训士类。在贤士大夫中间,深得慕仰。时人范滂评之曰:“隐不违亲,贞不绝俗,天子不得臣,诸侯不得友,吾不知其它。”东汉末,朝廷腐败,阉宦专权。灵帝建宁元年,太傅陈蕃、大将军窦武,与李膺、范滂等知名之士数百人,皆被阉宦所杀。泰不避险患,恸哭于野。翌年卒于家。四方会葬者千有余人,乃共刻石立碑,由蔡邕作文。

本文赞颂郭泰的学问、品德及其处世态度与风范影响。四六为句,淡雅自然,通脱超拔;又出语有据,不做繁冗叙事。作者的颂扬之词与被颂者的德行之实基本一致,迥非一般谀墓之文。故邕曾谓涿郡卢植曰:“吾为碑铭多矣,皆有惭德,唯郭有道无愧色耳。”碑文之中,作者最得意的当属此篇。

原文

先生讳泰,字林宗,太原界休人也[1]。其先出自有周,王季之穆[2],有虢叔者[3],寔有懿德[4],文王咨焉[5]。建国命氏[6],或谓之郭[7],即其后也。

先生诞应天衷[8],聪睿明哲[9],孝友温恭[10],仁笃慈惠[11]。夫其器量弘深[12],姿度广大[13],浩浩焉[14],汪汪焉[15],奥乎不可测已[16]。若乃砥节厉行[17],直道正辞[18],贞固足以干事[19],隐括足以矫时[20]。遂考览六经[21],探综图纬[22]。周流华夏[23],随集帝学[24]。收文武之将坠[25],拯微言之未绝[26]。于时缨緌之徒[27],绅佩之士[28],望形表而影附[29],聆嘉声而响和者[30],犹百川之归巨海,鳞介之宗龟龙也[31]。尔乃潜隐衡门[32],收朋勤诲[33],童蒙赖焉[34],用祛其蔽[35]。州郡闻德[36],虚已备礼[37],莫之能致。群公休之[38],遂辟司徒掾[39],又举有道[40],皆以疾辞。将蹈鸿涯之遐迹[41],绍巢许之绝轨[42],翔区外以舒翼[43],超天衢以高峙[44]。禀命不融[45],享年四十有二,以建宁二年正月乙亥卒[46]。

凡我四方同好之人，永怀哀悼，靡所寘念。乃相与惟先生之德，以谋不朽之事。佥以为先民既没[47]，而德音犹存者[48]，亦赖之于见述也[49]。今其如何而阙斯礼！于是树碑表墓[50]，昭铭景行[51]，俾芳烈奋于百世[52]，令问显于无穷[53]。其辞曰：

於休先生[54]，明德通玄[55]。纯懿淑灵[56]，受之自天。崇壮幽浚[57]，如山如渊[58]。礼乐是悦[59]，诗书是敦[60]。匪惟摭华[61]，乃寻厥根[62]。宫墙重仞[63]，允得其门[64]。懿乎其纯[65]，确乎其操[66]。洋洋搢绅[67]，言观其高。栖迟泌丘[68]，善诱能教。赫赫三事[69]，几行其招[70]。委辞召贡[71]，保此清妙[72]。降年不永[73]，民斯悲悼。爰勒兹铭[74]，摛其光耀[75]。嗟尔来世，是则是效。

注释

〔1〕太原：汉郡名。今山西省境内。　界休：汉县名。故地在今山西介休县东南。

〔2〕王季：周太王子，文王之父。　穆：指亲子。古代宗庙或墓地始祖居中，二世、四世、六世居左，称昭；一世、三世、五世居右，称穆。昭穆，后来泛指家族的辈分。

〔3〕虢(guó)叔：周文王同母弟，文王卿士。李善注引《左传》："晋侯假道于虞(春秋侯国名)以伐虢。宫之奇(虞大夫)谏曰：'虢亡，虞必从之。'公(虞国君)曰：'晋，吾宗也，岂害我哉？'对曰：'虢叔，王季之穆，为文王卿士。将虢是灭，何爱于虞？'"

〔4〕懿(yì 义)德：美善之德。

〔5〕咨：咨询，商议。此谓谋划国事。

〔6〕命氏：谓以封地之名为姓氏。

〔7〕郭：古文"虢"字。高步瀛注引《元和姓纂》："周文王季弟虢叔，受封于

虢,或曰郭公,因以氏焉。”(《两汉文举要》,280 页)

〔8〕诞:大。　天衷:天意,天命。

〔9〕聪睿:聪明睿智。

〔10〕孝友:孝父母爱兄弟。

〔11〕仁笃:爱人忠厚。

〔12〕器量:才能度量。

〔13〕姿度:姿容风度。

〔14〕浩浩:水势盛大的样子。

〔15〕汪汪:水势广阔的样子。

〔16〕奥:深奥,深沉。

〔17〕砥(dǐ 抵)节:磨练节操。　厉行:修养品行。厉,与“砥”同义。砥砺,磨练,修养。

〔18〕直道:正直的道理。　正辞:正确的言辞。

〔19〕贞固:正直而坚守正道。　干事:谓善于主持大事。李善注引《周易》:“贞固足以干事。”

〔20〕隐括:古时矫正竹木弯曲的器具。　矫:矫正。李善注引《孙卿子》:“拘木必将待隐括然后直。”又引刘熙《孟子注》:“隐,度也。括,犹量也。”张凤翼谓:“隐,占也;括,度也。矫,正也。言占度事理,足以矫正时俗之非。”(《文选纂注》,卷十二)

〔21〕六经:即六艺,指《诗》、《书》、《礼》、《乐》、《易》、《春秋》。

〔22〕探综:探求搜集。　图纬:图,河图;纬,六经诸纬和《孝经纬》,都是两汉以来附会经义以占验术数为主要内容的书。

〔23〕周流:周行,走遍四方。　华夏:指中国。

〔24〕帝学:国学,京师官学。

〔25〕文武:周文王、武王。指文武以仁德治世之道。　坠:坠落,衰亡。

〔26〕微言:幽微精妙之言。指儒家的经典。李善注引《论语谶》:“子夏(孔子学生)六十四人共撰仲尼微言。”

〔27〕缨緌(ruí):缨,系冠丝带;緌,缨饰。缨緌之徒,指在朝百官及儒学之士。

〔28〕绅佩:绅,指士大夫所系大带;佩,玉佩,指大带上的玉佩。皆士大夫所服。绅佩之士,与“缨緌之徒”所指同。

〔29〕形表:形貌。　影附:谓影依附形。

〔30〕嘉声:美善之声。　响和:谓回响应和声音。

〔31〕鳞介:指有鳞与甲的水生动物。　宗:尊奉,尊崇。　龟龙:指鳞介之尊贵者。李善注引曾子曰:"介虫之精者曰龟,鳞虫之精者曰龙。"

〔32〕衡门:以横木为门。谓住宅简陋。

〔33〕收朋:会集友朋。　勤诲:勤于教诲。

〔34〕童蒙:知识未开的儿童。此指暗于礼义者。

〔35〕用:因此。　祛(qū 区):除去。　蔽:蔽塞。谓不通礼义。

〔36〕州郡:指州郡的长官。

〔37〕虚己:谓虚心。李善注引《汉书·李寻传》:"王根(西汉元后弟,封曲阳侯)辅政,数虚己问寻。"　备礼:谓备征召的礼品(干肉与丝织品之类)。

〔38〕群公:指朝中百官。　休:善。

〔39〕司徒:东汉时三公之一,主管教化。司徒掾,为司徒属下之官。

〔40〕有道:汉代选举科目之一。谓才德有所称道者。

〔41〕鸿涯:或作"洪涯",古传说仙人名。　遐迹:避世远隐的行迹。李善注引《神仙传》:"卫叔卿(人名)与数人博(博弈,围棋),其子度曰:'向与博者为谁?'叔卿曰:'是洪涯先生。'"

〔42〕绍:继续。　巢许:巢父、许由,传说隐者名。　绝轨:绝远避世的轨迹。李善注引皇甫谧《逸士传》:"巢父者,尧时隐人也。及尧之让位于许由也,由以告巢父焉,巢父责由曰:'汝何不隐汝光,何故见若身也?'"

〔43〕区外:方外,世俗之外。

〔44〕天衢(qú 渠):天路。此指京师、通显之地。李善注引李陵书:"策名于天衢。"衢,四通八达的大路。　高峙:高立。

〔45〕禀命:禀受天命。　融:长。

〔46〕建宁:东汉灵帝(刘宏)年号。　乙亥:干支名,以纪日。

〔47〕佥:皆。　先民:先人。指古时贤德之人。

〔48〕德音:美德声誉。

〔49〕见述:谓德音被后代述之于碑文。

〔50〕表:表彰,显扬。

〔51〕昭明:宣扬。　景行:高尚的德行。

〔52〕俾:使。　芳烈:美善的德业。　奋:发扬。

〔53〕令问:美好的声誉。五臣本“问”作“闻”。

〔54〕於(wū 乌)休:赞美之词。休,美。

〔55〕明德:完美的德性。 玄:玄道,幽深精妙的自然之道。

〔56〕纯懿:纯朴美善。 淑灵:贤良聪慧。

〔57〕幽浚:沉静深邃。

〔58〕渊:深潭。

〔59〕礼乐:皆为儒家经典名。 悦:喜悦,爱好。

〔60〕诗书:皆为儒家经典名。 敦:敦厚,笃爱。

〔61〕摭(zhí 直)华:摘取英华。

〔62〕厥根:指《诗》、《书》、《礼》、《乐》的根本。厥,其。

〔63〕重仞:数仞。极言其高。古长度单位,七尺或八尺为仞。

〔64〕允:实。李善注引《论语》:“子贡(孔子学生)谓叔孙武叔(鲁大夫)曰:‘夫子之墙数仞,不得其门而入,不见宗庙之美,百官之富;得其门者或寡矣。’” 以上两句谓孔子之道高深莫测,而郭泰确然能入其门,通晓其精义。

〔65〕纯:质,品质。

〔66〕确:坚,坚强。 操:节操。

〔67〕洋洋:盛伟的样子。 搢(jìn 进)绅:指在朝百官。搢,插;绅,大带。谓将笏插于带者。

〔68〕栖迟:栖止,止息。 泌(bì 必)丘:丘名,隐者所居。李善注引《毛诗》:“衡门之下,可以栖迟;泌(或以为水名)之洋洋,可以疗饥。”

〔69〕赫赫:盛伟的样子。 三事:指三公(东汉时指太尉、司徒、司空)之事。此指郭泰被任为司徒掾。

〔70〕几行:数次施行。 招:犹召。征聘。

〔71〕委辞:委弃而辞之。 召贡:征召荐举。

〔72〕清妙:清静微妙之道。此谓隐居生活。李善注引《后汉书》:“司徒黄琼辟(召聘)泰太常(官名),赵典(东汉桓帝时为大鸿胪)举泰有道,并不应。”

〔73〕降年:上天下降之年岁。谓生年。 永:长。

〔74〕爰:语首助词。 勒:雕刻。 铭:刻在石碑上以记述功德的文字。

〔75〕摛(chī 吃):传布,发扬。

今译

先生讳泰，字林宗，太原介休人。其祖先出于周朝王季之子，号称虢叔，实有善美之德，文王曾与之谋划国事。封赐其国土而以地名为姓氏，或称为郭，先生即为虢叔后代。

先生应合天命，聪颖睿智，明达多才，孝顺友爱，温良恭谨，仁德笃厚，慈祥施惠。其器量宏阔深邃，其风度宽广博大；如长河浩荡，如巨海汪洋，其深沉而不可测度。磨砺节操，修养品德，正直坚定足以主持大事，规范楷模足以矫正时俗。于是阅览六经，综合图纬；周游于华夏，聚集于国学。振兴将衰的文武治世之道，拯救未绝的孔子精妙之言。于是儒门之徒、朝堂之士，仰望其形貌而衷心依附，聆听其美声而虔诚响应，有如百川之归巨海，虫鱼之尊龟龙。至于隐居柴门之内，集合友朋而辛勤教诲，暗于道义者幸赖先生，因而摆脱愚昧。州郡长官闻其贤德，虚心献礼，而不能招至。在朝百官皆以为美善，于是征聘为司徒掾，又举荐为有道，先生皆以疾病推辞。将重蹈鸿涯先生隐退的足迹，继续巢父许由离俗的路轨，翱翔于世外而舒展羽翼，超越天路而高耸屹立。禀受天命其时不长，享年四十有二，以建宁二年正月乙亥日卒。

凡我四方同好之人，永远深怀哀悼，无所表达思念，乃一起追想先生善德，而考虑先生长存不朽之事，皆以为古时圣贤既没、而善德美誉尚存，也是依赖于碑文的记述。而今对于先生为何而缺此礼呢？于是树立石碑而显耀于墓前，表彰其高尚德行，使其善德发扬于百世，美誉辉煌于无穷。其辞说：

何其美善啊先生，完美德性，通达玄道。纯朴懿美，贤良聪慧；出于自然，受于天赋。崇高壮伟，沉静深邃；如山之峰，如水之潭。礼乐之经，内心喜好；诗书之典，笃爱不厌。不只摘取英华，而且探寻根源。儒学高深，宫墙数仞；先生钻研，实入其门。懿美啊那品质，坚韧啊那节操。堂堂威严，在朝百官；仰观其人，崇尚德高。栖止隐居，在那泌丘；善诱善导，长于施教。显赫光耀，三公之事；屡次发命，以示征召。委弃推辞，官方荐举；保持本性，坚守清妙。天降寿命，可惜不长；天下万民，无不悲悼。于是立碑，刻此铭文；铺展文彩，光辉闪耀。唉唉嗟叹，期望来世；引为准则，永远仿效。

（陈复兴译注并修订）

陈仲弓碑文一首

蔡伯喈

题解

本篇是蔡邕为陈寔所作碑文。

陈寔(104—187),字仲弓,为东汉桓、灵之际的高尚贤德之士。桓帝时遭党锢之祸,时人多逃避求免,寔则请自囚于狱,成为贤士大夫的精神支柱。遇赦得免。灵帝时复诛党人,寔独得宽宥。后朝廷屡次征召,皆婉辞不就。屏居乡里,民望特高。民有争讼,则求判正,辨别是非,众人倾服,叹曰:"宁为刑罚所加,不为陈君所短。"甚至以其德风使盗贼反善,所在一县无复盗窃者。范晔评论其人格说:"据于德故物不犯,安于仁故不离群。行成乎身而道训天下,故凶邪不能以权夺,王公不能以贵骄,所以声教废于上,而风俗清乎下也。"(《后汉书,陈寔传》)

本文先写陈寔生前的德行风范,次写死后所受哀悼赞美,结尾为铭文。此篇内容与《郭林宗碑文》一致,都是对民族传统文化中人格理想的肯定与赞扬,对物欲横流、礼义沦丧的世界永不失其光彩。两篇碑文形式上都体现出清新典雅、平允切实的特征,代表了骈文作家蔡邕的最高成就。

故刘勰评曰:"自后汉以来,碑碣云起,才锋所断,莫高蔡邕。观杨赐之碑,骨鲠训典;陈郭二文,词无择言;周乎众碑,莫非清允。其叙事也该而要,其缀采也雅而泽;清词转而不穷,巧义出而卓立。察其为才,自然而至。"(《文心雕龙·诔碑》)不仅指明了蔡邕在骈文史上的地位,也恰当地评定了郭陈碑文的价值。

原文

先生讳寔[1],字仲弓,颍川许人也[2]。含元精之和[3],应期运之数[4]。兼资九德[5],总脩百行[6]。于乡党则恂恂焉[7],彬彬焉[8],善诱善导,仁而爱人,使夫少长咸安怀之[9]。

其为道也[10],用行舍藏[11],进退可度[12],不徼讦以干时[13],不迁贰以临下[14]。四为郡功曹[15],五辟豫州[16],六辟三府[17],再辟大将军[18],宰闻喜半岁[19],太丘一年[20]。德务中庸[21],教敦不肃[22],政以礼成[23],化行有谧[24]。会遭党事,禁固二十年[25],乐天知命,澹然自逸[26]。交不谄上[27],爱不渎下[28]。见机而作[29],不俟终日[30]。及文书赦宥[31],时年已七十,遂隐丘山[32],悬车告老[33],四门备礼[34],闲心静居。大将军何公[35],司徒袁公[36],前后招辟[37],使人晓喻,云欲特表[38],便可入践常伯[39],超补三事[40],纡佩金紫[41],光国垂勋[42]。先生曰:"绝望已久,饰巾待期而已[43]。"皆遂不至[44]。弘农杨公[45],东海陈公[46],每在衮职[47],群寮贺之[48],皆举手曰:"颍川陈君[49],绝世超伦,大位未跻[51],惭于臧文窃位之负[52]。"故时人高其德,重乎公相之位也[53]。

年八十有三,中平三年,八月丙午[54],遭疾而终。临没顾命[55],留葬所卒[56],时服素棺[57],椁财周榇[58],丧事惟约,用过乎俭[59]。群公百寮[60],莫不咨嗟;岩薮知名[61],失声挥涕。大将军吊祠[62],锡以嘉谥[63],曰:"征士陈君[64],禀岳渎之精[65],苞灵曜之纯[66]。天不慭遗老[67],俾屏我王[68],梁崩哲萎[69],于时靡宪[70],搢绅儒林[71],论德谋迹[72],谥曰文范先生。"传曰:"郁郁乎文哉[73]。"《书》曰[74]:"洪范九畴[75],彝伦攸叙[76]。"文为德表[77],范为士则[78],存诲没号[79],不亦宜乎!三公遣令史祭以中牢[80]。刺史敬吊[81]。太守南阳曹府君命官作诔曰[82]:"赫矣陈君[83],命世是生[84]。含光醇德[85],为士作程[86]。资始既正[87],守终又令[88]。奉礼终没[89],休矣清声[90]!"遣官属掾吏[91],前后赴会[92],刊石作铭[93]。府丞与比县会葬[94]。荀慈明[95]、韩元长等五百余人[96],缌麻设位[97],哀以送之。远近会葬,千人已上。河南尹种府君临郡[98],追叹功德,述录高行,以为远近鲜能及之,重部大掾[99],以时成铭[100]。斯可谓存荣没哀,死而不朽者已。乃作铭曰:

峨峨崇岳[101],吐符降神[102]。於皇先生[103],抱宝怀珍[104]。如何昊穹[105],既丧斯文[106]。微言圮绝[107],来者曷闻[108]。交交黄鸟[109],爰集于棘[110]。命不可赎[111],哀何有极[112]!

注释

〔1〕讳:指已故尊长者之名。

〔2〕颍川:汉郡名。今河南省境内。　许:汉县名。今河南许昌县西南。李善注:"《魏志》曰:'文帝黄初二年,改许县为许昌县。'然蔡邕之时,惟有许县,或云许昌,非也。"

〔3〕元精:指人受之上天的精气。李善注引《论衡》:"天禀元气,人受元精。"　和:合,混和。

〔4〕期运:运数,气数。古人认为历史每经五百年必有贤人出世,故谓期运。李善注引孟子谓充虞(人名)曰:"五百年必有王者兴,其间必有名世者。由周而来,七百有余岁矣。当今之世,舍我而谁?"　数:运数。此谓五百年必有王者生之数。

〔5〕兼资:兼备,并有。　九德:九种品德。李善注引《尚书》:"皋陶(舜臣)

曰:‘都,亦行有九德。’禹曰:‘何?’皋陶曰:‘宽而栗,柔而立,愿而恭,乱而敬,扰而毅,直而温,简而廉,刚而塞,强而义。’”

〔6〕总脩:全面修养。脩,同“修”。　百行:多种品行。此谓君子所具备的品行。

〔7〕乡党:乡里。　恂恂(xún 旬):恭敬谨慎的样子。

〔8〕彬彬:文质彬彬,文采品德合一的样子。

〔9〕安怀:安逸怀念。此句谓对年长者事以孝敬,使之安逸;对年少者施以恩德,使之怀念。李善注引《论语》:“老者安之,少者怀之。”

〔10〕道:道理,原则。此指陈寔的为人之道。

〔11〕行:行己之道。做事。　舍:舍弃,不被任用。　藏:藏己之道,谓退隐。李善注引《论语》:“子谓颜渊曰:‘用之则行,舍之则藏。’”

〔12〕进退:进,出仕,做官;退,退守,隐居。　可度:谓可为法度。

〔13〕徼讦(jiǎo jié 饺洁):徼,徼名,谓抄袭他人的成就而骗取名誉;讦,攻讦,谓揭发别人阴私并加以攻击。　干时:违背时势。干,抵触。李善注引《论语》:“子贡曰:‘恶徼以为智者,恶讦以为直者。’”

〔14〕迁贰:迁,迁怒,谓把怒气发泄于他人身上;贰,贰过,谓再犯同样的错误。　临下:处于下位。李善注引《论语》:“哀公问弟子孰为好学。孔子对曰:‘有颜回者好学,不迁怒,不贰过。’”

〔15〕功曹:官名。汉时为州郡牧守的佐吏。

〔16〕辟:征召,聘用。　豫州:汉时州名。今河南省境内。颍川为豫州所辖郡国之一。高步瀛谓:“《续汉·郡国志》:‘豫州刺史部,郡国六:颍川、汝南、梁国、沛国、陈国、鲁国。’”(《两汉文举要》,272 页)

〔17〕三府:三公之府。三,三公,汉时指太尉、司徒、司空。

〔18〕再:两次。　大将军:指窦武。

〔19〕宰:主宰。谓做一县之长。　闻喜:县名。今山西闻喜县。

〔20〕太丘:县名。今河南永城县西北。陈寔先后为闻喜、太丘之长,深得民望。《后汉书·陈寔传》谓:“补闻喜长,旬月,以期丧去官。复再迁除太丘长,修德清静,百姓以安。……以沛相赋敛违法,乃解印绶去,吏人追思之。”

〔21〕中庸:指儒家的道德准则。中,折中调和,无过,也无不及。庸,平常。李善注引《论语》:“中庸之为德,其至矣乎!民鲜久矣。”

〔22〕敦:厚,注重。　不肃:谓不待肃戒,顺应天地之自然。《孝经·三才

章》:“则天之明,因地之利,以顺天下,是以其教不肃而成,其政不严而治。”《疏》:“故须则天之常明,因依地之义利,以顺行于天下,是以其为教也,不待肃戒而成也,其为政也,不假威严而自理也。”

〔23〕政:政治,政事。　礼:礼仪、礼法。

〔24〕化行:教化推行。化,教化。谓以教育感化之法改变人心与风俗。有谧:清静,清静无为,任其自然。

〔25〕禁固:谓禁止做官或参加政治活动。　以上两句谓东汉桓帝时宦官迫害贤士大夫李膺等的事件,陈寔株连入狱,并遭禁固。《后汉书·桓帝纪》:“延熹九年冬十二月,司隶校尉李膺等二百余人,受诬为党人,并坐(犯罪)下狱,书名王府。永康元年六月,大赦天下,悉除党锢。”《后汉书·陈寔传》:“及后逮捕党人,事亦连寔。余人多逃避求免。寔曰:‘吾不就狱,众无所恃。’乃请囚焉,遇赦得出。灵帝初,大将军窦武辟以为掾属。”　二十:此举成数而言,实为十八年。高步瀛引顾广圻曰:“大将军之辟太邱(指陈寔),意在中平二年,故前碑称十有八年,纪其实耳。是文称禁锢二十年者,举成数而言之。然则年已七十,当作已八十也。”(《两汉文举要》,273 页)

〔26〕澹然:恬静安闲的样子。　自逸:自我逸乐。　以上两句谓陈寔遭党事而入狱中,以为天命所定,不忧不悔,恬静自乐。

〔27〕交:交往,交谊。　谄上:以花言巧语媚事在上位者。

〔28〕爱:施以恩德。　渎(dú 独)下:轻慢在下位者。李善注引《周易》:“君子上交不谄,下交不渎。”

〔29〕机:五臣本作“几”,机微,征兆。　作:行动。

〔30〕不俟:不待。李善注引《周易》:“君子见机而作,不俟终日。”　以上两句谓凡事发现预兆就行动,不被动等待。

〔31〕文书:指皇帝所下诏书。　赦宥:赦免宽宥。

〔32〕丘山:指山野。

〔33〕悬车:把为官时所乘车悬挂起来,以示不用。

〔34〕四门:四方之门。指四方。　备礼:谓备征聘之礼品,广招贤士。刘良注:“言当时在位者皆欲征贤于四方,而备脩、束帛之礼聘先生,先生闲心静居,终不复应也。”

〔35〕何公:指何进。字遂高,南阳宛人,灵帝中平元年任大将军。

〔36〕司徒:官名,东汉时为三公之一。　袁公:指袁隗。字次阳,汝南汝阳

人，灵帝光和五年为司徒。

〔37〕招辟：征召，任用。

〔38〕特表：谓破格表荐。

〔39〕践：登。 常伯：周官名，即侍中。李善注引应劭《汉官仪》："侍中，周官号曰常伯，选于诸伯，言其道德可常尊也。"

〔40〕三事：即三公。东汉时指太尉、司徒、司空。

〔41〕纡佩：环佩，环带。 金紫：金印紫绶。李善注引《汉书》："大司徒、大司马、大司空皆金印紫绶。"

〔42〕垂勋：谓功勋永在。

〔43〕饰巾：整饰头巾，谓不戴冠冕。 待期：谓等待临终之期。

〔44〕不至：谓不赴征召。

〔45〕弘农：汉郡名。约在今河南境内并连接陕西一部地区。 杨公：指杨赐。字伯猷，弘农华阴人，灵帝师傅，任太尉。

〔46〕东海：汉郡名。今山东郯城县。 陈公：指陈耽。字汉公，灵帝时曾任司徒。李善注引范晔《后汉书》："太尉杨赐、司徒陈耽，每拜公卿，群寮毕贺，赐等常叹寔大位未登，愧于先之也。"

〔47〕衮（gǔn 滚）职：指三公之职。衮，三公的礼服，因以代三公。

〔48〕群寮：公卿百官。寮，通"僚"。

〔49〕陈君：指陈寔。

〔50〕绝世：超越当世。 伦：辈。

〔51〕大位：指公卿之位。 跻（jī 基）：登。

〔52〕臧文：臧文仲，春秋鲁大夫臧孙辰，官庄、闵、僖、文四朝。 窃位：谓居官位而不谋政事。 负：负担，愧疚。李善注引《论语》："臧文仲其窃位者欤？知柳下惠（鲁国贤者）之贤，而不与立（立朝做官）也。"

〔53〕公相：公卿将相。

〔54〕中平：东汉灵帝年号。 丙午：干支名，以纪日。

〔55〕临没：临终。 顾命：遗命。李善注引孔安国《尚书传》："临终之命曰顾命。"

〔56〕所卒：谓所卒之地。刘良注："谓遗令葬于所卒之地，不归本属故也。"

〔57〕时服：常时之服。 素棺：不加彩饰之棺。

〔58〕椁（guǒ 果）：棺外的套棺。 财：通"才"，仅。 周榇（chèn 趁）：谓仅

取其足以容身。榇,棺。

〔59〕用:用度,用财。　俭:节俭,俭约。《易传·小过》:“君子以行过乎恭,丧过乎哀,用过乎俭。”以上五句皆为顾命内容。

〔60〕群公:诸公卿。　百寮:百官。

〔61〕岩薮:谓居于岩穴草泽。指避世不仕者。

〔62〕吊祠:吊唁祭祀。

〔63〕锡:通“赐”,赐予。　嘉谥:美好的谥号。谥,古时人死后,依其生平、德业给予的称号。

〔64〕征士:不应朝廷征聘之士。

〔65〕禀:受。　岳渎:五岳四渎。五岳,指嵩山、泰山、华山、衡山、恒山;四渎,指长江、黄河、淮水、济水。　精:精气。李善注:“《孝经援神契》曰:‘五岳之精雄圣,四渎之精仁明。’又《钩命决》:‘五岳吐精。’宋均曰:‘吐精,生圣也。’”

〔66〕苞:含。　灵曜:指天。　纯:纯朴。

〔67〕憖(yìn 印):忧伤,怜惜。　老:国老,老臣。此指陈寔。

〔68〕俾:使。　屏:蔽,保护,辅佐。　我王:此指东汉灵帝。　以上两句借用鲁哀公诔孔子语。李善注引《左传》:“孔丘卒,公(鲁哀公)诔之曰:‘昊(传文作“旻”)天不吊(善),不憖遗一老(指孔子),俾屏予一人(哀公自称)以在位。’”

〔69〕梁:梁木,栋梁之木。　崩:朽坏。　哲:智,明智之士。　萎:病,死。

〔70〕靡宪:无所效法。宪,法,法则。以上两句用《礼记·檀弓》语。《礼记·檀弓上》:“孔子早作(起身),负手曳杖,逍遥于门,歌曰:‘泰山其颓(坍塌)乎!梁木其坏乎!哲人其萎乎!’既歌而入,当户而坐。子贡问之,曰:‘泰山其颓,则吾将安仰(瞻仰)?梁木其坏,哲人其萎,则吾将安放(效仿)?夫子殆将病也。’”

〔71〕搢(jìn 进)绅:搢笏于绅。指士大夫。搢,插;绅,大带。　儒林:儒生之群。

〔72〕谋迹:商讨其功业。

〔73〕郁郁:文采丰富的样子。《论语·八佾篇》:“子曰:‘周监于二代(指夏、商两朝),郁郁乎文哉!’”

〔74〕书:指《尚书》。

〔75〕洪范:大法。　九畴:九类。畴,品类。

〔76〕彝(yí 夷)伦:常理。 攸叙:有次序。李善注引《尚书》:"箕子(殷贤臣)谓武王曰:'天乃锡(赐)禹洪范九畴,彝伦攸叙。'" 以上两句引用经典,说明谥曰"文范"之所本。

〔77〕德表:道德的标志。

〔78〕范:模范,楷模。此谓行为业绩。 士则:士人的准则。

〔79〕存诲:谓生前以文范教育人。 没号:谓死后以文范为谥号。

〔80〕三公:东汉时指太尉、司徒、司空。 令史:官名。掌文书,职位次于郎。 中牢:祭品名。用猪羊二牲。太牢则用牛羊猪三牲。

〔81〕刺史:一州的军政长官,居郡守之上。

〔82〕太守:一郡的行政长官。 南阳:郡名。今河南省南阳市。 府君:汉时对太守的尊称。 诔:诔文,谓累述死者德业并哀悼之。

〔83〕赫:盛大,盛美的样子。

〔84〕命世:名世。谓贤智者之世。李善注引《广雅》:"命,名也。"

〔85〕醇(chún 纯)德:淳厚之德。

〔86〕作程:作为规范。程,法程,规范。

〔87〕资始:谓依赖天道而生长。《易传·乾》:"大哉乾元(天道之善),万物资(依赖)始。"

〔88〕守终:守正道而终。 令:善。

〔89〕奉礼:奉行先圣之礼教,谓存约葬俭。 终没:死亡。

〔90〕休:美。 清声:清廉俭约的声誉。

〔91〕官属:属官,属吏。 掾吏:指太守下属的办事官吏。

〔92〕赴会:谓赶去参加会葬。

〔93〕刊石:刻石。 铭:铭文。刻于石以记功德的文字。

〔94〕府丞:官名。高步瀛谓:"太守曰府君,故郡丞亦曰府丞。《续百官志》曰:'每郡置太守一人,丞一人。'" 比县:近县。

〔95〕荀慈明:东汉贤德之士。《后汉书·荀淑传》:"(淑)颍川颍阴人也。"淑子爽。又《荀爽传》:"爽字慈明,一名谞。遭党锢,隐于海上,又南遁汉滨,以著述为事,遂称为硕儒。党禁解,五府并辟(征召)。后公车征为大将军何进从事中郎。进恐其不至,迎荐为侍中。"

〔96〕韩元长:东汉贤德之士。《后汉书·韩韶传》:"(韶)颍川舞阳人也。"韶子融。《韩融传》:"融字元长,少能辨理,而不为章句学,声名甚盛,五府并

辟，献帝初至太仆（官名）。”

〔97〕缌（sī 思）麻：用疏织细麻布制成的丧服，服丧三月。死者远属、远亲皆服缌麻。　设位：设置死者的灵位。

〔98〕尹：古代的长官。河南尹，河南郡的长官。　种府君：即种拂，河南洛阳人。《后汉书·种拂传》：“拂字颖伯，初为司隶从事，拜宛令。时河南郡吏，好因休沐游戏市里，为百姓所患，拂出逢之，必下车公谒，以愧其心。自是莫敢出者。政有能名，累迁光禄大夫。初平元年代荀爽为司空。”　临郡：到郡。郡，指河南郡。李善注引谢承《后汉书》：“刘翊，颍川人。河南尹种拂尝来临郡，翊为主簿，迎之到官，深敬待之。”

〔99〕重部：重为部署。　大掾：指河南尹的下属官吏。

〔100〕成铭：完成铭文。高步瀛谓：“部当如《汉书·高帝纪》部属诸将之部，谓重部属大掾，以按时成铭也。”（《两汉文举要》，278 页）

〔101〕峨峨：高峻的样子。　崇岳：指五岳。

〔102〕吐符：吐出符命。符：符命，显示天命的征兆。　降神：降下神灵。谓陈寔乃五岳之精所吐符瑞、所降神灵。

〔103〕於（wū 乌）皇：叹美之词。

〔104〕抱宝：喻怀抱才德。

〔105〕昊（hào 耗）穹：上天。

〔106〕斯文：指文德之士。此指陈寔。

〔107〕微言：指精微奥妙之道。　圮（pǐ 匹）绝：毁坏断绝。

〔108〕来者：后人。　曷：何。

〔109〕交交：微小的样子。或谓鸟鸣声，亦通。

〔110〕爰：语首助词。　棘：荆棘。李善注：“《毛诗·国风》文，喻仕于乱时也。”

〔111〕赎：赎回，换回。

〔112〕有极：有限。以上四句用《诗经·秦风·黄鸟》义，谓：“交交黄鸟，止于棘。”又谓：“如可赎兮，人百其身。”

今译

先生讳寔，字仲弓，颍川许县人。含有上天精气的混合，适应贤

者出世的运数。兼备九种美德，总修多样品行。身处乡里则恭敬谨慎，文质彬彬，善诱善导，仁而爱人，使年长者得以安逸，使年少者感戴深思。

其为人之道，任用则行事，不用则藏匿；出仕则奉公，退隐则安闲。不为骗取名誉，攻击他人，而违背时势；不迁怒于人，重犯错误，而不满于下位。四为郡功曹，五聘于豫州，六任于三府，两次征召于大将军，做闻喜长半年，太丘长一年。道德崇尚中庸，教导注重宽容，政事以礼义完成，感化实行以清静。遭遇党祸，禁锢二十年，乐天安命，恬淡自乐。交友而不谄媚位高者，爱众而不轻慢位低者。预见吉兆而行动，不待终日而贻误。及下诏赦免，时年已七十，于是隐于山野，闭门养老。四方长官以礼征聘，先生则闲心静居。大将军何公，司徒袁公，先后招聘，使人劝说，欲破格举荐，便可登常伯之位，超补三公之职，佩带金印紫绶，国家光耀，功勋永传。先生说："为官之望断绝已久，如今只是整饰衣巾等待临终罢了。"于是皆不应聘。弘农杨公，东海陈公，每升三公之职，百官皆来庆贺，二公皆摆手说："颍川陈君，才超当世，德高同辈，未登大位，我们深以臧文仲窃位之嫌而惭愧。"因此时人崇敬先生之德，重于卿相之位。

年八十有三，中平三年八月丙午，因病而卒。临终遗书：留葬亡故之所，常服素棺，椁仅容身，丧事省约，用费节俭。公卿百官，无不感叹；隐居名人，失声挥泪。大将军吊唁祭祀，赠予美善谥号说："征士陈君，禀受五岳四渎之精气，含有上天降临之纯朴。天神不予哀怜而留国老，使之保护我王；栋梁毁坏，明哲病故，时人痛失楷模。官宦诸儒，论其贤德，评其业迹，谥为文范先生。"《论语》说："那文采啊，何等美盛！"《书经》说："大法九种，常理有序。"文采为仁德的标志，楷范为士人的准则。生前以之教诲于人，死后以之称谓自身，不也合乎情理吗？三公派遣令史，祭以中牢之礼。刺史敬礼吊唁。太守南阳曹府君，命属官作诔文说："荣耀啊陈君，贤圣治世出生。含有神光美德，可做士人榜样。仰赖天道生长纯正，守道至终又为善良。奉行礼制而卒，美善啊清高声望。”派遣属下官吏，先后赶赴会葬，刻石制作碑铭。府丞与邻县共同参加葬礼。荀慈明、韩元长等五百余人，身着细麻丧服，各依尊卑位次，哀悼而送之。远近参加葬礼者，千人以上。河南尹种府君到所任之郡，追念感叹先生功德，叙述著录先生高行，以为远近贤士很少及之，特为部署办事官吏，按时完成碑铭。此可谓生前荣耀卒后哀悼，虽死而不朽。乃作铭文说：

巍峨崇高五岳，降下祥瑞神灵。啊啊美善先生，道德智慧内藏。为何上天英明，偏使贤士丧亡。精微妙理断绝，后代何所继承。黄鸟交交长鸣，群集荆棘树丛。生命不可赎回，哭诉无限哀情。

（陈复兴译注并修订）

褚渊碑文一首

王仲宝

题解

王俭，字仲宝(452—489)，琅玡临沂人。南朝宋明帝时，历官太子舍人，秘书丞。入齐，迁尚书右仆射，领吏部。他擅长礼学，熟悉朝仪。曾与褚渊先后任过同一职务，对褚渊的经历、品格、才能、官职都十分熟悉，因而碑文写得翔实、具体，既具有切实感受，又具有真情实感。读来令人感到真实得体，毫无夸饰。

《褚渊碑文》由序文和碑文两部分组成，其写法完全符合“碑”的基本要求。“碑”是为死者所写的，目的是为死者树碑立传，加以表彰颂扬。本篇的序文篇幅很长，占了全文的绝大部分，这是与内容相适应的，也是与碑主的身份相吻合的。序文的写法要求接近于史书的纪传之体，记述人物一生之大略。本碑的撰写当然也不能离其规范。作者先从褚渊的远祖写起，按时间顺序依次记述，以明其身世渊流。这一部分写得相当简洁，各用一句，一笔带过。待叙到褚渊本人，则浓墨重彩详加记述，以突出碑主的事迹。但也不是事无巨细叙写无余，而是择其一生之大端，详叙密写，略其无关紧要之细行。人生的关键之处，不仅没有缺漏，而且施以重墨，写得眉目清晰，辞采洋溢。为封建官吏作碑文，不能不记死者曾任过的各种职务，这是传体本身所需，也为死者之后代所重。所以，满篇屡见官职名称，也就不奇怪了。

序文之后的“碑文”，是序文内容的提炼、概括与升华。因其在写法上要求接近于赞与铭，因而这一部分，全用四字韵语。在用韵上不拘一格，而是根据内容的变换，灵活转韵。共四十句，分为五韵，八句一韵，自然妥帖，声调抑扬。由于不恪守一韵到底，在遣词上则准确，生动，在造句上则依义而构。

碑文要记叙碑主的盛德，阐述死者的优点，表现其美好的清风，显示其宏伟的功绩。本文虽长达二千五百余言，又字字叙德，句句记功但无重复之词，雷同之语。文章巧妙地运用同义词，恰当地选用近义语，做到义近而词异，情同而语殊，显示了作者词汇的丰赡，和驾驭语言的高超能力。

原文

夫太上有立德[1]，其次有立功[2]，此之谓不朽[3]。所以子产云亡[4]，宣尼泣其遗爱[5]；随武既没[6]，赵文怀其余风[7]。于文简公见之矣[8]。

公讳渊[9]，字彦回，河南阳翟人也[10]。微子以至仁开基[11]，宋段以功高命氏[12]。爰逮两汉[13]，儒雅继及[14]；魏晋以降[15]，奕世重晖[16]。乃祖太傅元穆公[17]，德合当时[18]，行比州壤[19]。深识臧否[20]，不以毁誉形言[21]；亮采王室[22]，每怀冲虚之道[23]。可谓婉而成章[24]，志而晦者矣[25]。

自兹厥后[26]，无替前规[27]，建官惟贤[28]，轩冕相袭[29]。公禀川岳之灵晖[30]，含珪璋而挺曜[31]，和顺内凝[32]，英华外发[33]。神茂初学[34]，业隆弱冠[35]。是以仁经义纬[36]，敦穆于闺庭[37]，金声玉振[38]，寥亮于区宇[39]。孝敬淳深[40]，率由斯至[41]；尽欢朝夕[42]，人无间言[43]。逍遥乎文雅之囿[44]，翱翔乎礼乐之场[45]。风仪与秋月齐明[46]，音徽与春云等润[47]。韵宇弘深[48]，喜愠莫见其际[49];心明通亮[50],用人言必由于己[51]。汪汪焉[52],洋洋焉[53],可谓澄之不清[54],挠之不浊[55]。袁阳源才气高奇[56],综核精裁[57],宋文帝端明临朝[58],鉴赏无昧[59]。袁既延誉于遐迩[60],文亦定婚于皇家[61]。选尚余姚公主[62],拜附马都尉[63]。汉结叔高[64],晋姻武子[65],方斯蔑如也[66]。

释褐著作佐郎[67],转太子舍人[68]。濯缨登朝[69],冠冕当世[70],升降两宫[71],实惟时宝[72]。具瞻之范既著[73],台衡之望斯集[74]。出参太宰军事[75],入为太子洗马[76],俄迁秘书丞[77]。赞道槐庭[78],司文天阁[79]。光昭诸侯[80],风流籍甚[81]。以父忧去职[82],丧过乎哀[83],几将毁灭[84]。有识留感[85],行路伤情[86]。

服阕[87],除中书侍郎[88]。王言如丝[89],其出如纶[90]。恪居官次[91],智效惟穆[92]。于时新安王宠冠列藩[93],越敷邦教[94],毗佐之选[95],妙尽国华[96]。出为司徒右长史[97],转尚书吏部郎[98]。执铨以平[99],御烦以简[100],裴楷清通[101],王戎简要[102],复存于兹[103]。泰始之初[104],入为侍中[105]。曾不移朔[106],迁吏部尚书[107]。是时天步初夷[108],王途尚阻[109],元戎启行[110],衣冠未缉[111]。内赞谋谟[112],外康流品[113]。制胜既远[114],泾渭斯明[115]。赏不失劳[116],举无失德[117]。绩简帝心[118],声敷物听[119]。事宁[120],领太子右卫率[121],固让不拜[122]。寻领骁骑将军[123]。以帷幄之功[124],膺庸祇之秩[125],封雩都县开国伯[126],食邑五百户[127]。既秉辞梁之分[128],又怀寝丘之志[129],所受田邑[130],不盈百井[131]。

久之,重为侍中,领右卫将军。尽规献替[132],均山甫之庸[133];缉熙王旅[134],兼方叔之望[135]。丹阳京辅[136],远近攸则[137]。吴兴襟带[138],实惟股肱[139];频作二守[140],并加蝉冕[141]。政以礼成[142],民是以息[143]。明皇不豫[144],储后幼冲[145],贻厥之寄[146],允属时望[147]。征为吏部尚书[148],领卫尉[149],固让不拜。改授尚书右仆射[150]。端流平衡[151],外宽内直[152]。弘二八之高谟[153]。宣由庚而垂咏[154]。太宗即世[155],遗命以公为散骑常侍[156]、中书令、护军将军[157]。送往事居[158],忠贞允亮[159]。秉国之均[160],四方是维[161]。百官象物而动[162],军政不戒而备[163]。公之登太阶而尹天下[164],君子以为美谈[165],亦犹孟轲致欣于乐正[166],羊职悦赏于士伯者也[167]。

丁所生母忧[168],谢职[169]。毁疾之重[170],因心则至[171]。朝议以有为为之[172],鲁侯垂式[173];存公忘私,方进明准[174]。爰降诏书[175],敦还摄任[176]。固请移岁[177],表奏相望[178]。事不我与[179],屈己弘化[180]。属值三季在辰[182],戚蕃内侮[182];桂阳失图[183],窥窬神器[184]。鼓棹则沧波振荡[185],建旗则日月蔽亏[186]。出江派而风翔[187],入京师而雷动[188]。鸣控弦于宗稷[189],流锋镞于象魏[190]。虽英宰临戎[191],元渠时殄[192];而余党寔繁[193],宫庙忧逼[194]。公乃总熊罴之士[195],不贰心之臣[196],戮力尽规[197],克宁祸乱[198]。康国祚于缀旒[199],拯王维于已坠[200]。诚由太祖之威风[201],抑亦仁公之翼佐[202]。可谓德刑详[203],礼义信[204],战之器也[205]。以静难之功[206],进爵为侯[207],兼授尚书令、中军将军[208],给班剑二十人[209]。功成弗有[210],固秉㧑邑[211]。改授侍中、中书监[212],护军如故[213]。又以居母艰去官[214]。虽事缘义感[215],而情均天属[216]。颜丁之合礼[217]，二连之善丧[218]，亦曷以逾[219]！

天厌宋德[220]，水运告谢[221]。嗣主荒怠于天位[222]，强臣凭陵于荆楚[223]。废昏继统之功[224]，龛乱宁民之德[225]，公实仰赞宏规[226]，参闻神筭[227]。虽无受脤出车之庸[228]，亦有甘寝秉羽之绩[229]。乃作司空[230]，山川攸序[231]；兼授卫军[232]，戎政辑睦[233]。

既而齐德龙兴[234]，顺皇高禅[235]。深达先天之运[236]，匡赞奉时之业[237]。弼谐允正[238]，徽猷弘远[239]，树之风声[240]，著之话言[241]，亦犹稷契之臣虞夏[242]，荀裴之奉魏晋[243]。自非坦怀至公[244]，永鉴崇替[245]，孰能光辅五君[246]，寅亮二代者哉[247]！大启南康[248]，爰登中铉[249]；时膺土宇[250]，固辞邦教[251]。今之尚书令，古之冢宰[252]，虽秩轻于衮司[253]，而任隆于百辟[254]。暂遂冲旨[255]，改授朝端[256]。迩无异言[257]，远无异望[258]。帝嘉茂庸[259]，重申前册[260]。执五礼以正民[261]，简八刑而罕用[262]。故能骋绩康衢[263]，延慈哲后[264]。义在资敬[265]，情同布衣[266]；出陪銮躅[267]，入奉帷殿[268]。仰南风之高咏[269]，餐东序之秘宝[270]。雅议于听政之晨[271]，披文于宴私之夕[272]。参以酒德[273]，间以琴心[274]。暖有余晖[275]，遥然留想[276]。君垂冬日之温[277]，臣尽秋霜之戒[278]。肃肃焉[279]，穆穆焉[280]。于是见君亲之同致[281]，知在三之如一[282]。太祖升遐[283]，绸缪遗寄[284]，以侍中、司徒录尚书事[285]。禀玉几之顾[286]，奉缀衣之礼[287]。择皇齐之令典[288]，致声化于雍熙[289]。内平外成[290]。实昭旧职[291]，增给班剑三十人。物有其容[292]，徽章斯允[293]。位尊而礼卑[294]，居高而思降[295]。自夏徂秋[296]，以疾陈退[297]。朝廷重违谦光之旨[298]，用申超世之尚[299]，改授司空，领骠骑大将军，侍中录尚书事如故。

景命不永[300]，大渐弥留[301]。建元四年八月二十一日薨于私第[302]，春秋四十有八[303]。昔柳庄疾棘[304]，卫君当祭而辍礼[305]；晏婴既往[306]，齐君趍车而行哭[307]。公之云亡[308]，圣朝震悼于上[309]，群后恇动于下[310]，岂唯哀缠一国[311]，痛深一主而已哉[312]！追赠太宰[313]，侍中录尚书如故，给节羽葆鼓吹班剑为六十人[314]，谥曰文简[315]，礼也[316]。

夫乘德而处[317]，万物不能害其贞[318]；虚己以游[319]，当世不能扰其度[320]。均贵贱于条风[321]，忘荣辱于彼我[322]。然后可兼善天下[323]，聊以卒岁[324]。经始图终[325]，式免祇悔[326]。谁云克备[327]，公实有焉[328]。是以义结君子[329]，惠沾庶类[330]。言象所未形[331]，述咏所不尽[332]。故吏某甲等[333]，感逝川之无舍[334]，哀清晖之眇默[335]。餐舆诵于丘里[336]，瞻雅咏于京国[337]。思卫鼎之垂文[338]，想晋钟之遗则[339]。方高山而仰止[340]，刊玄石以表德[341]。其辞曰：

辰精感运[342]，昴灵发祥[343]。元首惟明[344]，股肱惟良[345]。天鉴璇曜[346]，踵武前王[347]。钦若元辅[348]，体微知章[349]。永言必孝[350]，因心则友[351]。仁洽兼济[352]，爱深善诱[353]。观海齐量[354]，登岳均厚[355]。五臣兹六[356]，八元斯九[357]。内谟帷幄[358]，外曜台阶[359]。远无不肃[360]，迩无不怀[361]。如风之偃[362]，如乐之谐[363]。光我帝典[364]，缉彼民黎[365]。率礼蹈谦[366]，谅实身干[367]。迹屈朱轩[368]，志隆衡馆[369]。眇眇玄宗[370]，萋萋辞翰[371]，义既川流[372],文亦雾散[373]。嵩构云颓[374],梁阴载缺[375]。德猷靡嗣[376],仪形长递[377]。怊怅余徽[378],锵洋遗烈[379]。久而弥新[380],用而不竭[381]。

注释

〔1〕太上:最高。 立德:树立圣人之德。

〔2〕立功:树立圣人的功业。

〔3〕此之谓:这就叫做。

〔4〕子产:春秋时有名的政治家,郑大夫,姓公孙,名侨,字子产。执政二十余年,使处在晋楚双重压迫之下的弱小郑国获得安定。 云:助词,无义。

〔5〕宣尼:汉元始元年追谥孔子为褒成宣尼公,后因称孔子为宣尼。 遗爱:《左传·昭公二十年》:"及子产卒,仲尼闻之,出涕曰:'古之遗爱也。'"杜预注:"子产见爱,有古人之遗风。"爱,仁爱。

〔6〕随武:春秋时晋大夫士会,字季,食采邑于随及范,也称随会、随季、范季。辅佐晋文公、襄公、成公、景公。景公七年,升任为中军元帅,执掌国政,修订法制,死后称随武子、范武子。

〔7〕赵文:指赵文子,春秋时晋大夫。 余风:遗留的风教。指随武子"利君不忘其身,谋身不遗其友"。

〔8〕文简公:褚渊逝世以后,谥号为"文简"。

〔9〕公:对人的尊称,此指褚渊。 讳:封建社会称死去了的帝王或尊长的名字。

〔10〕河南阳翟(dí 敌):今河南禹县。

〔11〕微子:商纣王庶兄,名启。因数谏纣不听,去国。周灭商,称臣于周。封于宋,为宋国的始祖。 开:开创。 基:基业。

〔12〕宋:指春秋时宋国。 段:指宋国褚师(官名)段(共公之子子石)。氏:表明宗族的称号,上古时代,氏是姓的分支,此指褚师段命为褚氏。

〔13〕爰(yuán 援):句首语气词。

〔14〕儒雅:博学的儒士。此指西汉的褚大(他曾为博士)和东汉的褚禧,都"博闻广见,聪明智达"(《后汉书》)。

〔15〕降:之下,之后。

〔16〕奕世：累世，一代接一代。 重(chóng)：重叠。

〔17〕乃：其，他的。 太傅：官名，古三公之一，位次于太师。 元穆公：李善注引《晋中兴书》："褚褒，字季野，侍中、卫将军，薨，赠太傅元穆侯。"

〔18〕合：符合。 当时：当代。

〔19〕比：合，适合。 州壤：乡里，州里。州：古代的行政区划。壤，地区，区域。

〔20〕深识：见识深远。 臧否(zāng pǐ 赃匹)：善恶，得失。

〔21〕毁誉：诽谤和赞誉。 形言：形于言。形：表现、表露。

〔22〕亮采：确实能办事立功。亮，信实。采，事情。

〔23〕冲虚：冲淡虚静，无所拘系，指虚怀接士。冲，空虚。

〔24〕婉：婉转屈曲。 章：通彰，彰明，此指能明其政事。

〔25〕晦：幽微深远，此指不自夸矜。

〔26〕兹：此。 厥(jué 决)：他的。

〔27〕替：废，弃。 前规：前人遗留下来的规范。

〔28〕建：立。

〔29〕轩冕(miǎn 免)：卿大夫的轩车和冕服，也指官位爵禄。 相：递相。袭：承袭。

〔30〕禀：受，承受。 岳：高峻的大山。 灵晖：神异的光彩。

〔31〕含：怀有。 珪(guī 规)璋：珪与璋都是朝会所执的玉器，比喻美德。曜：光芒。

〔32〕和顺：和协顺从。 内：指内心。

〔33〕英华：神采之美。 发：表现，显露。 外：指言语形貌。

〔34〕神：人的意识和精神。 茂：繁盛，俊茂。

〔35〕业：学业。 弱冠：古时男子二十成人，行加冠礼，体还未壮，故称弱。后沿称未成年为弱冠。

〔36〕经：织布的纵线叫"经"，横线叫"纬"。经纬，比喻以仁义为原则。

〔37〕敦穆：敦厚和睦。 闺庭：内室。

〔38〕金声玉振：原指孔子之德，如同作乐先撞钟，以发众声，乐将止，击以收众音。后来用以比喻声名洋溢广布。

〔39〕寥亮：声音清越高远，此指声誉高。 区宇：天下，疆土境域。区，指疆域。宇，指上下四方。

〔40〕淳:朴实敦厚。

〔41〕率由:遵循成规旧事。率由是“率由典常”、“率由旧章”之省。 斯:则。

〔42〕朝夕:天天,时时。

〔43〕间(jiàn 见):离间。

〔44〕逍遥:安闲自得。 文雅:艺文礼乐。 囿(yòu 又):本指畜养禽兽的园地,喻指事物聚集的地方。

〔45〕翱翔:本指鸟飞,此指钻研学习。 礼乐:礼与乐的合称。

〔46〕风仪:风度仪表。

〔47〕音徽:系琴弦之绳叫“徽”,后又称琴面的音位标志为“徽”,也叫“音徽”,借指琴,此引申指人的美德遗教。 等:相同,一样。

〔48〕韵宇:器量,气度。 弘深:宏大深广。

〔49〕愠(yùn 运):怨恨。 际:边缘处。

〔50〕通:整个,全部。

〔51〕由:从。

〔52〕汪汪:深广的样子,此引申用以形容人的气度宽弘。 焉:词尾,……的样子。

〔53〕洋洋:广远无涯的样子。

〔54〕澄(dèng 邓):澄清,使液体里的杂质沉淀下去。

〔55〕挠:搅动。

〔56〕袁阳源:沈约《宋书》载:袁淑,字阳源,少有风气,迁尚书吏部郎。他主管考核官员,将要选褚渊为驸马。 高奇:高超奇伟。

〔57〕综核(hé):综合事物加以考核。 精裁:精确裁决。

〔58〕宋文帝:刘义隆。 端明:端庄英明。 临朝:当朝处理国事。

〔59〕鉴赏:等于说鉴识,精辟的见识,多指识别人才。

〔60〕袁:指袁阳源。 延誉:播扬名誉。 遐迩(xiá ěr 狭尔):远近。

〔61〕文:指宋文帝。 定婚:订立婚约,此指宋文帝欲把公主嫁给褚渊。

〔62〕选:挑拣,选择。 尚:娶公主为妻。

〔63〕拜:授给官职。 驸马都尉:官名,汉武帝时设置,掌副车之马。至三国何晏,汉大将军何进孙,以主婿授驸马都尉。魏晋以后,帝婿例加驸马都尉称号。

〔64〕结:结交,此指结亲。 叔高:窦叔高,以经术闻名。据挚虞说:叔高名玄,以明经为郡上计吏,仪状绝众,天子异其貌,打算把公主嫁给他。叔高当时已有妻子,正打算拒绝,而诏已下,叔高无奈成婚。

〔65〕姻:结成婚姻。 武子:李善引王隐《晋书》:王武子少知名,有俊才,尚武帝姊常山公主。

〔66〕方:比拟。 斯:此,指褚渊。 蔑如:没有什么了不起,轻视之意。

〔67〕释褐:脱去布衣,换着官服,指做官。 著作佐郎:官名,三国魏明帝始置著作郎,属中书省,掌编修国史,著作佐郎为其属官。

〔68〕转:迁职。 太子舍人:官名,秦置,为太子属官。

〔69〕濯缨:洗涤冠缨,比喻超脱尘俗,操守高洁。

〔70〕冠冕:古代官吏礼服的通称。冕:大夫以上的贵族所戴的礼帽。此指做官。 当世:当代。指褚渊为官之声誉高出当代。

〔71〕升降:上下。 两宫:皇帝和太子之宫。入天子宫为上,入太子宫为下。

〔72〕实:的确。 时:当时。 宝:视……为宝,珍爱。

〔73〕具瞻:为众人所瞻仰。《毛诗》曰:“赫赫师尹,民具尔瞻。” 范:规范,模范。 著:卓著,显盛。

〔74〕台衡:台,三台星;衡,玉衡,北斗的三星。皆为位于紫微宫帝座前之星名,用以喻宰辅大臣。 望集:把担重任的希望集于褚渊身上。

〔75〕出:指出皇宫。 太宰:官名,相传殷始置太宰,周亦名冢宰,相当于宰相。

〔76〕入:指入东宫内。 太子洗马:太子官属,秦置,职掌如谒者,太子出行则为前导。晋以后改为掌管图籍。

〔77〕俄:不久。 秘书丞:掌典籍或起草文书之官。

〔78〕赞:辅佐。 道:方法,措施。 槐庭:三公宰辅的官署。周时,朝廷种三槐九棘,公卿大夫分坐其下,面三槐为三公之位。

〔79〕司:主管。 文:文史。 天阁:即天禄之阁。天禄,阁名,收藏秘书,秘书丞在此任职。

〔80〕光昭:发扬光大。 诸侯:古代对中央政权所分封各国国君的统称。

〔81〕风:指美好名声。 流:传布。 籍甚:盛大,盛多。

〔82〕忧:指父母的丧事。

〔83〕过:过分。　哀:悲伤。

〔84〕几:将近,接近。　毁灭:因丧亲而哀伤过度,至于毁形灭性。

〔85〕有识:熟识之人。　留感:感情有所倾注。

〔86〕行路:行路之人。　伤情:伤心,形容极其悲痛。

〔87〕服阕(què 确):古丧礼规定,父母死后,服丧三年,期满除服,称服阕。阕,终了。

〔88〕除:解除旧职,任命新职。　中书侍郎:中书省的属官,掌管天子诏令。

〔89〕王言:古帝王的诏敕。

〔90〕纶(lún 伦):比丝粗的绳子,喻皇帝旨意。

〔91〕恪(kè 课):恭谨。　官次:官吏办事的处所。

〔92〕效:功效,此指胜任。　穆:和畅,美好。

〔93〕于时:在此时。　新安王:南朝宋始平孝敬王刘子鸾,孝武帝第八子,初封新安王。母殷叔仪,宠倾后宫,子鸾爰冠诸子。　宠:光宠,荣耀。　冠:位居第一。　列藩:诸王子。

〔94〕越:发扬,宣扬。　敷:布施。　邦教:国家的教化。

〔95〕毗(pí 皮):辅助。

〔96〕妙:美好。　国华:国家的精华,指杰出的人才。

〔97〕司徒右长史:官名。司徒,主管教化的官,为六卿之一。东汉时为三公之一。长史是司徒的属官。

〔98〕尚书吏部郎:官名,主管官吏的选任铨叙勋阶等事。

〔99〕铨(quán):秤锤。

〔100〕御:驾御,控制。　烦:繁多,烦琐。

〔101〕裴楷:西晋时人,祖籍河东,为尚书郎。　清通:高洁通达。

〔102〕王戎:晋琅玡临邑人,曾任荆州刺史,安丰侯。　简要:简明切要。裴楷、王戎都曾任吏部郎。

〔102〕复:回复。

〔104〕泰始:宋明帝刘彧的年号。

〔105〕侍中:官名。秦始置,为丞相属官,因侍从皇帝左右,出入宫廷,应对顾问,地位渐形贵重,魏晋以后,实际上已相当于宰相。

〔106〕移:移动,改变。　朔:农历每月初一。

〔107〕尚书:官名,秦始置,为少府属官,掌殿内文书。汉以后地位渐高。

〔108〕天步:国运,时运。　夷:平定。天步初夷,指寿寂之弑宋少帝刘义符,后被平定。

〔109〕王途:皇家的路径。　阻:路难走,艰险。

〔110〕元戎:古代的大型战车。　启行:起程。此指建安出征。

〔111〕衣冠:士大夫,官绅。　缉:通辑,和睦。

〔112〕谟(mó):谋划。

〔113〕康:平安,安乐。　流品:本指官阶,此指百官、百姓。

〔114〕制胜:制服对方以取胜。

〔115〕泾渭:指泾水和渭水,泾清渭浊,后以泾渭比喻人品的清浊。

〔116〕失:放弃。　劳:功劳。

〔117〕举:举荐。　失德:不丢掉有德之人。

〔118〕绩:功劳。　简:检阅,此指感动。　帝心:皇帝之心。

〔119〕敷:传布。　物:万物,此指人群。

〔120〕宁:安定、安宁,指战乱已息。

〔121〕领:兼任。　卫率:官名,秦始置,汉沿设,属詹事,主门卫,晋泰始五年分为左右卫率。

〔122〕让:辞让。

〔123〕骁(xiāo)骑将军:武官名。

〔124〕帷幄:军中的帐幕。

〔125〕膺:受。　庸:用。　祇(zhī 只):恭敬。　秩:官吏的俸禄。

〔126〕雩(yú 于)都县:属江西省,1957 年改为于都县。　伯:五等爵之一。

〔127〕食邑:卿大夫的封地,即采邑,收其赋税而食,故名食邑。

〔128〕秉:持守。　辞:辞让。　梁:地名,在春秋时楚国北境。　分:本分。据《国语》,楚惠王把梁地赐予鲁阳文子(楚平王之孙,司马子期之子),鲁阳文子因其过分之赏而拒受。

〔129〕寝丘:春秋时楚邑名,在今河南固始、沈丘两县之间。相传楚令尹孙叔敖临死时告诫其子勿受楚王所封的美地,而请封于条件较差的寝丘,可以长保不失。

〔130〕田邑:封地。

〔131〕盈:有余。　井:井田,分九区,形如井字,每区百亩。

〔132〕规:谋划。　献替:指献可行之理,废不可行之事。

〔133〕均:同。　山甫:指仲山甫,周樊侯,宣王时为卿士,能补缺王事。

〔134〕缉熙:光明。　王旅:帝王的军队。

〔135〕方叔:周宣王时卿士,受命北伐猃狁,南征荆楚,有功于周。

〔136〕丹阳:地名,熊绎所封地,叫西楚,《汉书·地理志》作丹杨,在今湖北秭归县东。胡克家《文选考异》:何校“阳”改“杨”,陈同,是也。　京辅:即京畿,国都所在地及其行政官署所管辖的地区。

〔137〕攸:所。　则:效法。

〔138〕吴兴:古郡名,今浙江湖州市地区。　襟带:指山川屏障环绕,如襟如带,比喻地势险要。

〔139〕股肱(gōng 公):大腿和胳膊,比喻辅佐君王的大臣。

〔140〕频:先后。　作:担任。　守:官名,郡一级的最高长官。褚渊曾任丹阳尹和吴兴太守。

〔141〕蝉冕:相当于蝉冠,汉代侍从官员之冠以貂尾蝉文为饰,后作为显贵的通称。意谓侍中官职不变。

〔142〕礼:规定社会行为的法则、规范、仪式的总称。

〔143〕息:休息,平安无事。

〔144〕明皇:指宋明帝刘彧。　豫:安乐。不豫:指患病。

〔145〕储后:太子的别名。后,君。此指宋后废帝刘昱。　幼冲:年纪小。冲,幼。

〔146〕贻厥之寄:指太子。

〔147〕允:的确,确实。　属(zhǔ 煮):委托。　时望:指当时有威信、著声望的人。

〔148〕征:召,征召。

〔149〕卫尉:官名,汉时为九卿之一,掌管宫门警卫。

〔150〕仆射(yè 夜):官名,秦始置,汉建始元年设尚书五人,以一人为仆射,汉末分置左右仆射。

〔151〕端流:端庄正直。　平衡:本指衡器两端所承受重量相等而处于水平状态,后泛指两种以上事物所处位置相当,或事物得以均等。

〔152〕宽:宽宏,度量大。

〔153〕弘:光大。　二八:八元、八恺的合称。八元,古代传说中的八个才子。《左传·文公十八年》:“高辛氏有才子八人:伯奋、仲堪、叔献、季仲、伯虎、

仲熊、叔豹、季狸,……天下之民,谓之八元。"八恺:古史相传高阳氏有才子八人:苍舒、隤敳、梼戭、大临、龙降、庭坚、仲容、叔达。　谟:谋划。

〔154〕宣:宣扬,发扬。　由庚:《诗经·小雅》笙诗篇名,《诗序》:"由庚,万物得由其道也。……有其义而亡其辞。"　垂:流传。

〔155〕太宗:指宋明帝。　即世:死,去世。

〔156〕遗命:临终的命令。　散骑常侍:官名,侍从皇帝左右,掌规谏。

〔157〕中书令:官名,掌传宣诏命。南北朝时,任中书令者多为当时有文学名望的人。　护军将军:官名,魏始置,主武官选。南朝亦有之。

〔158〕往:离去者,指明帝。　居:任职者,指少主。

〔159〕允亮:诚信正直。亮,通谅,诚信。

〔160〕秉:掌握。　均:通钧,古代秤叫"钧",此喻政权。

〔161〕四方:泛指天下各地。　维:维系,维持。

〔162〕百官:泛指众官,此指军中官员。　象:依据。　物:本是旌旗之一种,此借为旌旗的通称。百官各建旌旗,其旌旗表明其地位与职司,并依此而行动。

〔163〕戒:约敕号令。　备:备办,完备。

〔164〕太阶:高等的官阶。　尹:治理。

〔165〕君子:泛指有才德的人。　美谈:人们乐于称道的好事。

〔166〕犹:如同。　孟轲(kē 科):战国邹人,后人尊称孟子。　致:表达。乐正:复姓。指乐正克。《孟子·梁惠王下》:鲁欲使乐正子为政,孟子喜而不寐。公孙丑曰:"奚喜?"曰:"其为人也好善。"

〔167〕羊职:即羊舌职,春秋晋臣,任中军尉佐之职(即副中军尉)。士伯:士子贞,晋大夫。据《左传》:晋侯赏士伯以瓜衍之县,羊舌职悦之。

〔168〕丁:旧时称遭父母之丧为丁忧。

〔169〕谢职:辞职。

〔170〕毁疾:因居丧过哀而像得病。

〔171〕因心:亲心,仁心。

〔172〕朝议:在朝廷中商议国政。　有为:有原因。

〔173〕鲁侯:指鲁伯禽。　垂式:留给后人的法式。鲁伯禽遭遇丧事,恰有徐戎作乱,伯禽则卒哭出征,以王事为重。

〔174〕方进:指翟方进,汉丞相,母终,葬,三十六日除服,起视事,以为身备

汉相,不敢逾国家之制。　准:准则。这几句说,朝臣商议欲使褚渊依从前人之先例。

〔175〕降:下。　诏书:皇帝的命令。

〔176〕敦:敦促。　摄:代理。

〔177〕移岁:过一年。

〔178〕表奏:臣下给皇帝的奏章。　相望:一个连一个。

〔179〕事不我与:事不与我。这句说固辞而得不到允准。

〔180〕屈己:使自己委屈。　弘化:推广教化。

〔181〕属:恰好。　值:遇到。　三季:三季王,指夏桀、商纣、周幽王。季:末代。　此指少帝之世祸乱如三季之时。

〔182〕戚蕃:指诸王。　蕃:通藩,藩属。　侮:侮辱,此指作乱。

〔183〕桂阳:指桂阳王刘休范,宋文帝之子。　失图:错打主意。

〔184〕窥窬(yú 鱼):伺隙而动。此相当于"觊觎",非分的冀望或希图。神器:指帝位。这两句说,宋太宗驾崩,桂阳王举兵反叛,中军将军入卫殿省。

〔185〕鼓:摇动。　棹(zhào 照):划船的一种工具,类似桨。　沧:暗绿色(指水)。

〔186〕建:树起。　亏:欠缺。

〔187〕江派:江水。派:水的支流。　风翔:疾行如飞。

〔188〕京师:国都。　雷动:雷震动,比喻声势雄壮,声音洪大。

〔189〕控弦:拉弓。　宗稷:即宗社。宗,宗庙;社,社稷。

〔190〕流:飞动。　锋镞(zú 族):兵刃和箭头。泛指兵器。　象魏:宫廷外的阙门。

〔191〕英宰:英武的统帅,指平南将军齐王。　临戎:从军,对阵。

〔192〕元渠:魁首。指桂阳王。渠,渠帅。　殄(tiǎn 舔):消灭。

〔193〕余党:剩余的党羽,指杜墨蠡。桂阳王谋叛时,其同党杜墨蠡攻入朱雀门,宫省怖扰。　寔(shí 实):通实。　繁:多。

〔194〕宫庙:皇宫和太庙。　逼:受到威胁。

〔195〕总:统领。　熊罴(pí 皮):熊和罴,都是猛兽,比喻勇士。

〔196〕贰心:有异心。

〔197〕戮力:并力。

〔198〕克:制胜。　宁:平定。

〔199〕康:使平安。　国祚(zuò 坐):帝王之位。　缀旒(liú 流):即赘旒,指君主为臣下挟持,大权旁落。旒,古旗帜下悬垂的饰物。

〔200〕王维:即王纲,朝廷纲纪。维:系物的绳子,引申指国家法度。

〔201〕诚:的确。　太祖:通称开国皇帝为太祖。此指齐王。

〔202〕抑:表示轻微的转折。　仁公:古时对有名位者的尊称,此指褚渊。翼佐:帮助辅佐。

〔203〕刑:惩罚。　详:审慎。

〔204〕礼义:合宜的道德行为。

〔205〕战之器:必胜之道。

〔206〕静难:平定叛乱。静,通靖。

〔207〕进:升级。

〔208〕中军将军:武官名。

〔209〕班剑:饰有花纹的剑。班,通斑。南朝谓之象剑,以为仪仗。

〔210〕功成:取得功绩。

〔211〕㧑挹(huī yì 灰义):谦退,谦逊。挹,通抑。

〔212〕中书监:官名,三国魏黄初初年,设中书监、令,参预政事。

〔213〕如故:像过去一样。

〔214〕居:处于,此指在直系亲长吴郡公主的丧期中,非生母。　艰:遭父母之丧。

〔215〕缘:因为。　义感:合乎道义的事。

〔216〕天属:天性。

〔217〕颜丁:鲁人。李善注引《礼记》:颜丁善居丧,始死,皇皇焉如有求而弗得;及殡,望望焉如有从而弗及。

〔218〕二连:李善注引《礼记》:少连、大连善居丧,三日不怠,三月不懈。

〔219〕曷:何。　逾:超越。

〔220〕厌:讨厌,嫌恶。　德:此指国运。

〔221〕水运:即水德,指刘宋。　运:命运,气数。古代方士有五德之说,以宋帝受命正值五行的水运。　告:预告,宣示 。　谢:衰亡。

〔222〕嗣王:继位的国君,此指宋后废帝,明帝长子刘昱。胡克家《文选考异》:袁本、茶陵本“王”作“主”,是也。　荒怠:荒废政务,怠惰事业。　天位:王位,帝位。

〔223〕强臣:擅权的大臣,此指荆州刺史沈攸之。　凭陵:侵凌,进逼。

〔224〕昏:指昏君。指废除少帝刘昱为苍梧王。　继统:指立顺帝。继:使继承。统,皇统。

〔225〕龛乱:平定叛乱。龛,通戡。

〔226〕仰:抬头,此指事上。　宏规:宏大的计划。

〔227〕参:参预。　神筭(suàn算):神妙的计算。筭,通算。

〔228〕脤(shèn甚):古代祭社稷用的生肉。古代有军事行动有"受脤"之举。　庸:功劳。

〔229〕甘寝:安寝,安睡。　秉羽:摇羽扇,扇指修礼乐。这句说,褚渊安寝修礼而有折冲千里之胜。

〔230〕司空:官名,主管建造工程等。

〔231〕序:依次序排列。

〔232〕卫军:指卫军将军。

〔233〕戎政:军政。　辑睦:和睦,和谐。

〔234〕齐:南朝齐。　龙兴:比喻新王朝兴起。

〔235〕顺皇:指宋顺帝刘準。　禅(shàn扇):禅让,古代帝王让位给别人。此指让位于齐武帝萧道成。

〔236〕达:通晓。　先天:先于天时而行事。

〔237〕匡赞:辅佐,辅助。　奉:遵循。　时:天时。

〔238〕弼谐:辅佐协和。　允正:公平正直。

〔239〕徽猷:高明的谋略。　弘远:广大深远。

〔240〕风声:风教,好的风气。

〔241〕著(zhuó茁):附着。　话言:言语。

〔242〕稷(jì计):周族的始祖弃,尧举他为农师,舜封他于邰(今陕西武功),号曰后稷。　契(xiè谢):商族的始祖,曾协助禹治水有功,舜任命他为司徒。　臣:臣服。　虞:传说中舜为君主的朝代名。　夏:朝代名,第一代君主是禹。

〔243〕荀:指荀攸,魏太祖曹操封荀攸为亭侯,转为中军师。魏国初建时为尚书令。　裴:指裴秀,魏时任尚书仆射,晋武帝司马炎受禅即位,任左光禄大夫。　奉:尊奉。

〔244〕自非:如果不是。　坦怀:坦露胸怀,比喻真诚待人。

〔245〕鉴:借鉴。　崇替:兴亡。

〔246〕光辅:普遍辅佐。光,广阔。　五君:指宋文帝、明帝、顺帝、齐高帝、武帝。

〔247〕寅亮:恭敬诚信。　二代:指南朝宋、齐两代。

〔248〕启:开发,开拓。　南康:褚渊曾被封为南康郡公。

〔249〕中铉(xuàn 眩):指三公。铉为举鼎之具,鼎为三公之象,鼎以铉举,因以铉指三公。褚渊于建元元年进位司徒。

〔250〕膺:受。　土宇:土地和屋宅。这句说,封褚渊南康郡公。

〔251〕邦教:指司徒一职,司徒掌管邦教。

〔252〕冢宰:周代官名,为六卿之首,掌管邦教。

〔253〕秩:官吏的俸禄。　衮司:指三公的职位。

〔254〕任:职责。　隆:高。　百辟:本指诸侯。辟,君。后泛指公卿大官。

〔255〕暂:初,刚。　遂:成就,顺利地做到。　冲旨:初时的旨意。

〔256〕朝端:位居首席的朝臣,指尚书省的长官。

〔257〕异言:不同的意见。

〔258〕异望:不同之想。

〔259〕嘉:赞美,嘉奖。　茂庸:盛大的功绩。

〔260〕前册:指前次授司徒的诏令。册:皇帝对臣下封土授爵或免官的文书。

〔261〕执:掌握。　五礼:指吉、凶、军、宾、嘉五种典礼。

〔262〕八刑:相传为周代统治者对所谓不孝、不睦、不姻、不弟、不任、不恤、造言、乱民等八种人所加的刑罚,后用来泛指刑法。

〔263〕骋:发挥,施展。　康衢:四通八达的大路。

〔264〕延:伸展,播扬。　哲后:贤明的君主。

〔265〕资:供给,用。

〔266〕布衣:百姓。

〔267〕銮(luán 峦)躅:相当于銮舆,天子的车驾,也用来代天子。天子之车有銮铃。躅,踏。

〔268〕奉:侍奉。　帷殿:张设帷幔的宫殿。

〔269〕仰:仰慕。　南风:古诗名,相传虞舜作五弦琴,歌《南风》之诗。

〔270〕餐:美。　东序:东边的厢房。　秘宝:稀奇的宝物。李善注指天球

(玉名)、河图。

〔271〕雅议:风雅的议论。　听政:处理政务。

〔272〕披文:翻阅文章。　宴私:也作燕私,公宴之外的私宴。

〔273〕酒德:晋刘伶有《酒德颂》,指以饮酒为德,后亦指饮酒的旨趣品德。

〔274〕间(jiàn 涧):间或,偶而。　琴心:琴曲名,李善注引《列仙传》:涓子作《琴心》三篇。亦指寄心思于琴声。

〔275〕暧(ài 爱):昏暗。

〔276〕留:存留。

〔277〕垂:施,赐。这句说,君施恩犹如冬日送暖。

〔278〕秋霜:秋季之霜,比喻严肃。

〔279〕肃肃:恭敬。

〔280〕穆穆:肃敬,恭谨。

〔281〕君亲:君主和双亲。　同致:对待相同。

〔282〕在三之如一:李善注引《国语》:"人生于三,事之如一。父生之,师教之,君食(饲)之。非食不长,非教不智,生之族也,故一事之。"指对父母、老师、君主都同样服事。

〔283〕太祖:指齐高帝萧道成。　升遐:指帝王的死。

〔284〕绸缪(móu 谋):本指天未下雨先把窗户紧缠密绕,此指事先做好准备。这句说太祖遗诏以褚渊录尚书事。

〔285〕录:总领。

〔286〕禀:受,承受。　玉几:可供扶倚的玉饰小案,古代帝王的用具,后用以指帝王。　顾:顾命,临终遗命。

〔287〕缀衣:陈衣于庭。指天子死。

〔288〕令典:国家的宪章法令。

〔289〕声化:声威和教化。　雍熙:和乐的样子。

〔290〕成:和解,不打仗。

〔291〕昭:昭明,发扬。　旧职:原有的职务。

〔292〕容:形状,指等级差别的标志。

〔293〕徽章:旌旗上不同的花纹装饰,示等级贵贱。　允:得当。

〔294〕位尊:地位尊显。　卑:谦卑。

〔295〕居:处于。　降:降低。

〔296〕徂(cú 殂):往。

〔297〕陈:陈述,请求。 退:辞去官职。

〔298〕重:难。 谦光:因谦让而愈有光辉,后用以形容谦逊礼让的风度。旨:意图。

〔299〕申:陈述。 超世:超出当世。 尚:风尚。

〔300〕景命:上天授予的寿命。

〔301〕大渐:病危。 弥留:本指病久不愈,后称病重濒死为弥留。

〔302〕建元:齐高帝萧道成年号,建元四年为公元482年。 薨(hōng):古代称侯王死。 私第:官员的私人住宅。

〔303〕春秋:年龄。

〔304〕柳庄:春秋时卫国太史。病重时,卫公为其祷告。柳庄死后,卫公不换祭服而往,把祭服盖在柳庄身上。 棘:危急,通急。

〔305〕辍:停,中止。

〔306〕晏婴:春秋齐人,后相景公,以节俭力行,名显诸侯。 往:指死。

〔307〕齐君:指齐景公。 趋车:用力赶马。

〔308〕云:句中助词。

〔309〕圣朝:封建时代称当代王朝,也作皇帝的代称。 震悼:惊悸悲痛。

〔310〕群后:诸侯,公卿。 恇(kuāng 匡)动:恐慌不安。恇,惊惧。

〔311〕缠:笼罩。

〔312〕痛:悲痛。这两句说,褚渊之死,岂如柳庄、晏婴之死的哀痛只笼罩一国、痛深一主而已。

〔313〕追赠:给死者赠官。

〔314〕节:符节。 羽葆:仪仗名,以鸟羽为饰。 鼓吹:乐名,主要乐器有鼓钲箫笳,赐与有功之臣。

〔315〕谥:给古代帝王、大臣、贵族死后加上带有褒贬意义的称号。

〔316〕礼:按着礼仪的要求。

〔317〕乘:凭借,据守。

〔318〕害:损害,伤害。 贞:正。

〔319〕虚己:等于说虚心。 游:游于世。

〔320〕扰:打扰,侵扰。 度:度量,气量。

〔321〕条风:春天的东北风,八风之一。

〔322〕荣辱:荣耀耻辱。

〔323〕兼善:不仅求得自身的善,而且使别人达到善的境界。

〔324〕聊:姑且。　卒岁:终年。

〔325〕经始:开始营建。　图终:谋划结束。

〔326〕式:句首助词。　祇悔:大悔。祇,当作衹(qí 齐),大。

〔327〕云:句中助词。　克:能。

〔328〕实:句中语气词,用以加强语意。

〔329〕结:结交。　君子:指统治者。

〔330〕沾(zhān 毡):恩德遍及。　庶类:众多的物类,指百姓。

〔331〕言象:话语和形貌。

〔332〕述:记述,陈述。

〔333〕故吏:旧时属吏。

〔334〕感:感慨。　逝川:流过去的水。此指时间流逝。　舍:停止。

〔335〕清晖:清亮的光辉,光彩,此指仪容。　眇(miǎo 秒)默:永远晢去,不得再见。

〔336〕餐:这里指听。　舆诵:众人的议论。　丘里:乡里。

〔337〕雅咏:美好的赞颂。　京国:京都。

〔338〕卫鼎:指春秋时卫人孔悝所作的《鼎铭》,其文是:“公曰叔舅,予与汝铭,若纂乃考服。”

〔339〕晋钟:春秋时秦攻晋,晋将魏颗退秦师,其勋铭于景钟。　遗则:遗留下的准则。

〔340〕方:比拟,相比。　仰止:仰望,向往。

〔341〕刊:刻,雕刻。　玄石:指墓碑,以黑石为之。　表德:表彰德行。

〔342〕辰精:指辰星,水星的别名。按五行之德,宋属水,齐属木德。

〔343〕昴灵:昴星之精。传说汉相萧何为昴星之精降生。后用来称颂显贵之词。　发祥:出现祯祥,庆流子孙。

〔344〕元首:君主。　明:英明。

〔345〕股肱(gōng 公):大腿和臂膊,指辅佐之臣。

〔346〕天:指君主。　鉴:照。　璇(xuán 旋):璇玑,指北斗。　曜:七曜,日月和水火木金土五星的总称。

〔347〕踵武:比喻继承前人的事业。武,足迹。这句说,齐受禅于宋。

〔348〕钦若:敬顺。　元辅:宰相,以其辅佐皇帝而居大臣首位,故称元辅。

〔349〕体微:体察细微。　知:现,表现。　章:彰,明。

〔350〕永:永远。

〔351〕因:依据。　友:友爱。

〔352〕仁洽:仁慈和谐。　济:成。

〔353〕善诱:善于诱导、教诲。

〔354〕齐量:数量相等。

〔355〕均厚:厚度相等。

〔356〕五臣:指武王之佐五人:周公旦、召公奭、太公望、毕公高、苏公忿生。六:变成六个。五臣加上褚渊就成为六臣了。

〔357〕八元:见注〔153〕。　九:变成九个。

〔358〕帷幄:军中的帐幕。

〔359〕曜:照耀。　台阶:三台星,后以台阶指三公之位。

〔360〕肃:敬肃。

〔361〕怀:思念。

〔362〕如风之偃:好像风吹草倒,比喻教化的普及。偃,倒伏。

〔363〕如乐之谐:像音乐一样和谐,比喻臣民融洽。

〔364〕光:光大。　帝典:帝王的法制。

〔365〕缉:团聚,和合。　民黎:百姓。

〔366〕率礼:循守礼法。　蹈谦:信守谦逊。蹈:实行。

〔367〕谅实:诚实。　身干:指礼敬。李善注引《左传》:礼,身之干也;敬,身之基也。

〔368〕迹:脚印,痕迹。　屈(jué 决):竭,尽。　朱轩:古代王侯或朝廷使者所乘的红漆车。

〔369〕衡馆:简陋的房屋,指士庶或隐者居住的地方。

〔370〕眇眇(miǎo 秒):高远。　玄宗:玄妙的道理。

〔371〕萋萋:茂盛。　辞翰:辞藻,文笔。

〔372〕义:道义。　川流:像河川一样地奔流。

〔373〕文:文章,文采。

〔374〕嵩构:高大的建筑。　颓:塌坠。

〔375〕梁阴:房屋的栋梁。　载:则。　缺:坏,指摧折。

〔376〕德猷:令德徽猷,美好的德行、高明的谋略。　靡:没有人。

〔377〕仪形:容仪形体。　递:传送,此指离去。

〔378〕怊怅(chāo chàng 超倡):相当于惆怅,失意感伤的样子。　徽:美,善。

〔379〕锵洋:德音,歌功颂德的音乐之声。　遗烈:遗留的功业。

〔380〕弥:更。

〔381〕竭:尽。

今译

最高的是树立圣人之德,其次是树立功业,这就叫做不朽。所以子产逝世,孔夫子哭泣他是古之遗爱;随武死后,赵文子怀念他遗留的风教。这些美德和功业在文简公身上都表现出来了。

褚公讳渊,字彦回,河南阳翟人。微子因其最高的仁德开创宋国基业,宋段因为做褚师官功劳卓著命为褚氏。到了西汉东汉,博学之士相继产生;魏朝晋朝以来,代代光彩迭现。他的祖父元穆公,道德寇绝当代,品行为州郡之首。对善恶得失认识深远,不把毁谤或赞誉在言谈中表露出来。多为朝廷办事立大功,却每每怀抱着平淡虚静的处世之道。可算是婉曲行事而明其政务,志向高远而不自矜夸啊。

从此以后,不废前人所留规范。当官任职惟有贤明,爵位俸禄递相提升。褚公秉承巨川峻山的灵异神采,怀有珪璋般的美行高德而光芒四射。和谐之善凝聚在内,神采之美显露在外。少年初学之时精神旺盛,年方二十学名崇隆。因此以仁义为法则,在深闺内室敦厚和睦,如金声玉振,在疆域之中传播高远。孝顺礼敬朴实敦厚,遵循成规完全做到。天天时时父子尽欢,男女老幼皆无怨言。在艺文之所安然自在,在礼乐之场自由翱翔。风度仪表与秋月同放光彩,容范遗教和春天之云一样润泽。胸怀器量宏大深广,喜悦怨恨不现端倪。洞察事物明辨是非,采用人言必像出自己心。气度宽宏深厚呀,德行广远无涯呀,称得上沉淀也澄清不了,搅动也不会浑浊。袁阳源才能气概高超奇伟，综核事物精确裁决（建议宋文帝选褚公为婿）；宋文帝处理国事端庄英明，鉴别人才不受蒙蔽。袁阳源既声誉播扬于远近，宋文帝与褚遂公订立婚约。选择娶配余姚公主，封为驸马都尉。汉帝把公主嫁与叔高，晋武帝把武子招为驸马，他们二人与褚渊相比都不如啊。

初任著作佐郎，迁职太子舍人。操守高洁入朝任职，道德崇高为当代之冠。出入皇殿东宫，确实成为当代珍宝。众人瞻仰的典范早成共识，担任宰辅大臣的声望集于其身。出宫参预辅佐军事，入东宫任太子洗马。不久转任秘书丞，在宰辅官署协助筹划，在尚书台掌管文书。光彩显扬于诸侯，美名传布于广远。因为父亲丧事退离职守，过分的悲痛哀伤，几乎毁形灭性。相识之友倾注哀感，行路之人亦极悲痛。

服丧三年期满除服，被任命为中书侍郎。皇帝诏令始如蚕丝之细，经他宣布似绶带之粗。处理政事恪守官职，贡献才智恭敬严肃。在这时新安王光宠荣耀位居诸公子之首，宣扬传布国家的教化，辅佐扶助荐选人才，国家精华尽皆擢拔。出任司徒左长史，迁职尚书吏部郎。公平地执掌权柄，简要地处理繁难。裴楷的高洁通达，王戎的简明切要，重新现于他的身上。刘宋明帝泰始初年，进入宫廷担任侍中，不到一个月，就迁升为吏部尚书。这时国运维艰叛乱刚平，皇家之路尚险阻难行。大型战车起程出征，大夫官绅不够和睦。褚公在朝内参赞谋划，在朝外安抚各级官员。制服敌人取胜远方，品鉴清浊泾渭分明。施奖行赏不弃一功，举荐提拔不遗一德。功绩符合帝王之心，声誉传布，臣民顺从。国事安定之后，兼任太子右卫率，坚决辞让不受职务。不久兼任骁骑将军。由于运筹帷幄的功劳，恭敬享受应得的俸禄，被封为雩都县开国伯，赐食邑五百户。既持守鲁阳公辞让过分奖赏的本分，又胸怀孙叔敖诫子之言的志向。接受所封之邑，不满百井之地。

过了很久，重新担任侍中，兼任右卫将军。全面谋划进善废恶，完全尽了仲山甫的才用,统率军队使成劲旅,同时兼有方叔的声望。楚地丹阳乃京都辅卫之所,远远近近全都效法。吴兴在京都之南,如人之衣襟,实在如同人之手足;先后担任二地长官,皆加蝉冕而侍中如故。政事按礼法做成,百姓平安无事。明帝刘彧病情沉重,太子刘昱年纪幼小,太子命运有所寄托,完全交付望重之人。褚公被征召为吏部尚书,兼任卫尉,却坚决辞让不受封拜。改授任尚书右仆射。端庄正直处事公平,对人宽宏对己严正。光大了八元八恺的高超谋划,发扬了《诗经·由庚》而流传歌唱。宋明帝驾崩,临终诏命褚公为散骑常侍、中书令、护军将军。送走先帝服事少主,忠贞坚毅诚信正直。掌握国家军政大权,安定天下各地。文武百官依据号令而行动,军事政教不待命令而完成。褚公登上最高的官阶而治理天下,君子把此当做乐于称道的美事,这就如同孟子对于乐正执政表示喜悦,羊舌职对于士伯得赏表示高兴一样的呀。

遭受生母之丧,辞去职务。因居丧过哀而致毁形灭性,内心爱母之情达无与伦比。朝廷商议认为因国家大事而不守亲丧古有先例,鲁伯禽给后人留下法式;心存公事忘却私事,翟方进很明白为官准则。于是皇帝颁发诏书,敦促返回代理官职。坚决请求再过一年,上递奏章本本相连。国事不依个人,只好委屈自己推广教化。恰好遇到祸乱有如夏桀、商纣、周幽王末年之时,亲戚藩属发动内乱;桂阳王错打主意,伺隙而动觊觎帝位。叛军摇动船桨波翻浪涌河川动荡,树起旌旗则天昏地暗日遮月缺。杀出长江如风冲进,进入京都如雷震动。宗庙社稷成为战场,弓弦鸣响,宫外门阙兵刃飞动。虽然英武的统帅亲临战阵,叛军魁首及时消灭;但是残余的党羽实在众多,皇宫太庙受到威胁。于是褚公统领骁勇的兵士、毫无二心的大臣,齐心协力极尽筹划,制胜叛贼平定战乱。使帝王之位稳定,使国家纲纪得以拯救。确实由于太祖的声威气势,不过也是先生的辅翼帮助。可谓行德施罚审慎,讲礼行义有信,这是战胜的根本呀。因为平定叛难的功绩,晋升为侯爵,同时授予尚书令、中军将军,赐给仪仗二十人。取得功劳却不受赏,坚决持守谦逊辞让。改授侍中、中书监,像过去一样担任护军。又因为嫡长母亲丧期而离去官职。虽然不是生母而是出于道义,但是亲情孝心等同全系天然。颜丁的居丧合于礼法,二连的居丧严格不懈,又怎么能够超越!

苍天嫌恶刘家德行,宋朝命运预示衰亡。继位的国君后废帝荒废怠惰,擅权的大臣在荆州地区侵凌进逼。废除昏君使顺帝继皇统的功勋,平定叛乱使民安定的美德,褚公确实助成了宏大的计划,参与了神机妙算。虽然没有带兵出征的功劳,却像酣睡之人,或像摇着羽毛扇,有运筹帷幄而折冲千里的功绩。于是担任司空,山山水水依次安排;兼任卫军将军,军旅国政谐调和睦。

不久,齐朝应运兴起建国,宋朝顺帝禅让帝位。褚公深深通晓先于天时的命运,辅佐赞助遵循天命的事业。佐助协和公平正义,谋略高明广大深远。因地制宜,树立良好的风气,扬其美好的名声善言德政,记载流传。就如同后稷商契臣服虞舜夏禹,荀攸裴秀尊奉魏朝晋朝。如果不是襟怀坦诚非常公正,永远借鉴兴亡之原因,谁还能够辅佐五代君主,恭敬诚信于宋齐两朝呢!光大开拓南康之郡,于是荣登三公之位;当时接受土地屋宅接受南唐郡公之封,坚决辞让司徒一职。今天的尚书令,古代的冢宰,虽然俸禄低于三公之职,但是职责重于诸侯公卿。刚刚接受皇帝的旨意,重又授予首席朝臣司徒。近臣没有不同意见,远官没有不同之想。皇帝嘉奖盛大功绩,重申前次授爵封册。掌握五种典礼以纠正百姓,简化八种刑罚而很少使用。所以能够在四通之路建功立业,为贤明之君招揽人才。臣之奉君,义在用敬谨之心,君之待臣,情同百姓之交;出宫陪伴天子车驾,入宫侍奉设幔金殿。仰奉明君如《南风》诗歌颂虞舜的高德,赞美圣时则寄托于东厢的珍宝天球、河图。在处理政务的早晨与天子议论德政,在与皇帝私宴之傍晚讨论文章。具有饮酒的旨趣,亦偶有弹琴曲《琴心》的雅兴。在温暖的夕照的余光里,共存遥远深深的安危之思。国君施恩犹如冬日送暖,臣子戒惧似对秋天的严霜。肃敬呀,恭谨呀,在这里表现出对国君和双亲同样对待,知道对父母老师君主都同样服侍。

太祖道成驾崩升天,事先安排留下遗诏,命褚公以侍中、司徒官职总领尚书职事。承受帝王的临终顾命,尊奉重臣的辅幼主之礼。选择皇家萧齐的宪章法令,达到声威教化于和乐之中。国内安定国外和平,是发扬原有职责。又增加仪仗三十人。各种物体容貌不同,旌旗飘扬花纹装饰十分允当。地位尊显却执礼谦卑,身处高位却屡思降职。从夏天到深秋,以病为由请求退职。天子难以违背谦逊礼让的意图,以便展现褚公超出当世的高风亮节。改授司空,兼任骠骑大将军,侍中总领尚书职事如散。

天授大命不能长久,病疴危重濒临死境。建元四年八月二十一日在私人官邸逝世,享年四十八岁。从前柳庄患病死去,卫国君主情急不换衣服就去奔丧;晏婴死去之后,齐国君主驱车奔丧而一路哭泣。褚公之死,圣明皇帝在朝上惊悸悲痛,诸位公卿在朝下哀伤不安,岂止哀痛笼罩一个朝廷,悲戚深陷一位君主啊!追赠太宰,侍中总领尚书照旧,赐予符节羽葆鼓吹仪仗队六十人,谥号文简,这是符合礼的。

据守德行而处理事务,千品万物不能够损害他的正直,自己虚心而遨游世间,当今之人不能够扰乱他的度量。看待富贵贫贱如同春风过眼,在你我之间忘却尊荣耻辱。那之后可以使天下之人达到善界,且以此尽享天年。建树之始,谋划之终,方可免除大的悔恨。谁能如此完备,先生确实有此美德。因此以道义结交达官贵人,恩德遍及平民百姓。其德其行用话语不能表达,以歌唱也不能完全颂扬。旧时属吏某甲等人,感慨河水奔流一去不返,哀痛光彩仪容遥远不见。在乡里听见众人的颂扬,在京都看见美好的赞誉。怀思卫国鼎铭流传的文字,想念晋国景钟留下的准则。譬如高大山峰而令人仰望,雕刻黑石墓碑以表彰德行。其辞说:

齐属木德正合天运,萧何的功业福延子孙。国家君主实属英明，辅佐之臣确是优良。君主映照璇玑七曜，承继先王受禅于宋。首辅大臣褚公钦敬恭顺，体微知著。一定做到永远尽孝，发自内心与人友好。仁慈和谐同时具备，爱得深沉善于教诲。观海知其与海等量，登山知其与山同高。五名贤臣加他成六，八位才子加他变九。运筹帷幄军中谋划，三台之位照耀四方。远方之人无不肃敬，近地之人无不怀想。普及教化如风吹草伏，军民融洽似乐歌和畅。光大帝王法制典章，黎民百姓欢乐和畅。遵循礼法信守谦逊，忠诚老实躬行恭敬。不欲为官而屈己出仕，志向实在居住平民草舍。道理玄妙高远，文笔辞藻华美繁盛。义理既如河川奔流，文采也似朝雾四散。高大建筑坍塌坠落，房屋栋梁破败摧折。美德高谋没人继承，容仪形体永远离去。所留美德令人感伤，所遗功业令人歌颂。时间愈久美德愈新，处处可用永不枯竭。

（吕庆业译注并修订　陈延嘉再修订）

头陀寺碑文一首

王简栖

题解

王巾，字简栖，琅玡临沂（今山东临沂）人，学问渊博，主要活动在南齐时期，生年不详，卒于梁天监四年(505)。曾任南齐的郢州从事、征南记室、录事参军。头陀寺建在鄂州（治所在江夏，今武汉市武昌），其碑为王巾所制。隋改鄂州。王巾任官之所建有头陀寺，他刻碑记载了该寺的兴废经过。

寺以头陀为名，取其喻义。梵语用头陀以称僧人，义为抖擞。意思是少欲知足，去离烦恼，如衣抖擞，能去尘垢。

碑文完整地记叙了头陀寺从初建到繁盛中经衰败再度复兴的全过程，全面而扼要，可以说事博文约。

此文不仅有佛教史料的价值，而且是一篇优秀的记叙文和说理文，历来评价甚高。钱钟书说："余所见六朝及初唐人为释氏所撰文字，驱遣佛典禅藻，无如此碑之妥适莹洁者。叙述教义，亦中肯不肤；窃谓欲知彼法要旨，观此碑与魏收《魏书·释老志》便中，千经万论，待有馀力可耳。""刻画风物"之语"均绝妙好词"，"运使释氏习语，却不落套"。多用对比、设喻。以挹池仰天喻佛界佛理，以《易》理与佛理对比，既说二者不同，又说二者之同，熔儒释道为一炉。

此文对后代有较大影响。其"亘丘被陵，因高就远；层轩延袤，上出云霓，飞阁逶迤，下临无地"之句，王勃《滕王阁序》"层峦耸翠，上出重霄，飞阁流丹，下临无地"，就脱胎于此。

原文

盖闻挹朝夕之池者[1]，无以测其浅深[2]，仰苍苍之色者[3]，不足知其远近[4]。况视听之外[5]，若存若亡[6]；心行之表[7]，不生不灭者哉[8]！是以掩室摩竭[9]，用启息言之津[10]，杜口毗邪[11]，以通得意之路[12]。然语彝伦者[13]，必求宗于九畴[14]；谈阴阳者[15]，亦研几于六位[16]。是故三才既辨[17]，识妙物之功[18]；万象已陈[19]，悟太极之致[20]。言之不可以已[21]，其在兹乎[22]。然爻系所筌[23]，穷于此域[24]；则称谓所绝[25]，形乎彼岸矣[26]。彼岸者，引之于有[27]，则高谢四流[28]；推之于无[29]，则俯弘六度[30]。名言不得其性相[31]，随迎不见其终始[32]，不可以学地知[33]，不可以意生及[34]，其涅盘之蕴也[35]。

夫幽谷无私[36]，有至斯响[37]；洪钟虚受[38]，无来不应[39]。况法身圆对[40]，规矩冥立[41]；一音称物[42]，宫商潜运[43]。是以如来利见迦维[44]，托生王室[45]。凭五衍之轼[46]，拯溺逝川[47]。开八正之门[48]，大庇交丧[49]。于是玄关幽揵[50]，感而遂通[51]；遥源浚波[52]，酌而不竭[53]。行不舍之檀[54]，而施洽群有[55]；唱无缘之慈[56]，而泽周万物[57]；演勿照之明[58]，而鉴穷沙界[59]；导亡机之权[60]，而功济尘劫[61]。时义远矣[62]，能事毕矣[63]。然后拂衣双树[64]，脱屣金沙[65]。惟恍惟忽[65]，不皦不昧[67]，莫系于去来[68]，复归于无物[69]。因斯而谈[70]，则栖遑大千[71]，无为之寂不挠[72]；焚燎坚林[73]，不尽之灵无歇[74]。大矣哉[75]！

正法既没[76]，象教陵夷[77]。穿凿异端者[78]，以违方为得一[79]；顺风辩伪者[80]，比微言于目论[81]。于是马鸣幽赞[82],龙树虚求[83],并振颓纲[84],俱维绝纽[85]。荫法云于真际[86],则火宅晨凉[87];曜慧日于康衢[88],则重昏夜晓[89]。故能使三十七品有樽俎之师[90],九十六种无藩篱之固[91]。既而方广东被[92],教肆南移[93]。周鲁二庄[94],亲昭夜景之鉴[95];汉晋两明[96],并勒丹青之饰[97]。然后遗文间出[98],列刹相望[99]。澄什结辙于山西[100],林远肩随乎江左矣[101]。

头陀寺者,沙门释慧宗之所立也[102]。南则大川浩汗[103],云霞之所沃荡[104]。北则层峰削成[105],日月之所回薄[106]。西眺城邑[107],百雉纡余[108]。东望平皋[109],千里超忽[110]。信楚都之胜地也[111]。宗法师行絜珪璧[112],拥锡来游[113]。以为宅生者缘[114],业空则缘废[115];存躯者惑[116],理胜则惑亡[117]。遂欲舍百龄于中身[118],殉肌肤于猛鸷[119],班荆荫松者久之[120]。宋大明五年[121],始立方丈茅茨[122],以庇经像[123]。后军长史江夏内史会稽孔府君讳觊[124],为之薙草开林[125],置经行之室[126]。安西将军郢州刺史江安伯济阳蔡使君讳兴宗[127],复为崇基表刹[128],立禅诵之堂焉[129]。以法师景行大迦叶[130],故以头陀为称首[131]。后有僧勤法师[132],贞节苦心[133],求仁养志[134],纂脩堂宇[135],未就而没[136]。高轨难追[137],藏舟易远[138]。僧徒阒其无人[139],榱椽毁而莫构[140]。可为长太息矣[141]!

惟齐继五帝洪名[142],纽三王绝业[143]。祖武宗文之德[144],昭升严配[145];格天光表之功[146],弘启兴复[147]。是以惟新旧物[148],康济多难[149];步中《雅》《颂》[150],骤合《韶》《护》[151];炎区九译[152],沙场一候[153]。粤在于建武焉[154],乃诏西中郎将郢州刺史江夏王[155],观政藩维[156],

树风江汉[157],择方城之令典[158],酌龟蒙之故实[159]。政肃刑清[160],于是乎在[161]。宁远将军长史江夏内史行事彭城刘府君讳喧[162],智刃所游[163],日新月故[164];道胜之韵[165],虚往实归[166]。以此寺业废于已安[167],功坠于几立[168],慨深覆篑[169],悲同弃井[170]。因百姓之有余[171],间天下之无事[172],庀徒揆日[173],各有司存[174]。

于是民以悦来[175],工以心竞[176]。亘丘被陵[177],因高就远[178]。层轩延袤[179],上出云霓[180]。飞阁逶迤[181],下临无地[182]。夕露为珠网[183],朝霞为丹雘[184]。九衢之草千计[185],四照之花万品[186]。崖谷共清[187],风泉相涣[188]。金姿宝相[189],永藉闲安[190];息心了义[191],终焉游集[192]。法师释昙珍业行淳脩[193],理怀渊远[194],今屈知寺任[195],永奉神居[196]。夫民劳事功[197],既镂文于钟鼎[198];言时称伐[199],亦树碑于宗庙[200]。世弥积而功宣[201],身逾远而名劭[202]。敢寓言于雕篆[203],遮髣髴于众妙[204]。其辞曰[205]:

质判玄黄[206],气分清浊[207]。涉器千名[208],含灵万族[209],淳源上派[210],浇风下黩[211]。爱流成海[212],情尘为岳[213]。皇矣能仁[214],抚期命世[215]。乃眷中土[216],聿来迦卫[217]。奄有大千[218],遂荒三界[219]。殷鉴四门[220],幽求六岁[221]。亦既成德[222],妙尽无为[223]。帝献方石[224],天开渌池[225]。祥河辍水[226],宝树低枝[227]。通庄九折[228],安步三危[229]。川静波澄[230],龙翔云起[231]。耆山广运[232],给园多士[233]。金粟来仪[234],文殊戾止[235]。应乾动寂[236],顺民终始[237]。法本不然[238],今则无灭[239]。象正虽阑[240],希夷未缺[241]。於昭有齐[242],式扬洪烈[243]。

释网更维[244],玄津重枻[245]。惟此名区[245],禅慧攸托[247]。倚据崇岩[248],临睨通壑[249]。沟池湘汉[250],堆阜衡霍[251]。朊朊亭皋[252],幽幽林薄[253]。

媚兹邦后[254],法流是挹[255]。气茂三明[256],情超六入[257]。眷言灵宇[258],载怀兴葺[259]。丹刻翚飞[260],轮奂离立[261]。象设既辟[262],睟容已安[263]。桂深冬燠[264],松疏夏寒[265]。神足游息[266],灵心往还[267]。胜幡西振[268],贞石南刊[269]。

注释

〔1〕盖:大概,句首助词,多用于句首。 挹(yì 义):舀,把液体盛出来。朝夕之池:即朝夕池,海的别名。朝夕,即潮汐。《汉书·枚乘传》注引苏林:“吴以海水朝夕为池也。”

〔2〕无以:没有什么用来,此指没有办法。 测:度量水的深浅。

〔3〕仰:抬头,脸向上。此指仰视。 苍苍:深青色。苍苍之色,指天空。

〔4〕足:能够。

〔5〕视听:视力和听力。

〔6〕存:存在。 亡:不在。

〔7〕心行:佛教用语。指内心活动,又指善恶之念。 表:外表。

〔8〕不生:不灭。

〔9〕掩室:关门拒人不说法。 摩竭(mó jié 模洁):摩竭陀的略称,古印度国名,也作摩竭提摩伽陀,其地在今印度比哈尔邦南部。《华严经》:“佛在摩竭提国,寂灭道场,始成正觉。”寂灭是梵语涅槃的意译。其体寂静,此句指佛祖释迦牟尼涅槃。涅槃指超脱一切烦恼,进入不生不灭之门。

〔10〕启:开发,开拓。 息言:停止言说。按佛教说法,佛学之理最高深幽微,不是语言能达到它的深妙的。

〔11〕杜口:闭口不言。 毗邪(pí yé 皮爷):古印度城名(一说国名),相传为释迦牟尼逝世地。

〔12〕得意:得到真谛。意,意思,此指佛理。这两句是说,言的目的在于表

意,既已得“意”则不必言。《维摩经》:“文殊师利问维摩诘:‘何等是菩萨入不二法门?’时维摩诘嘿然无言。文殊师利叹曰:‘善哉善哉,乃至无有文字语言,是真入不二法门。’”

〔13〕彝伦:天地人之常道。

〔14〕宗:主旨,宗旨。　九畴:传说禹治理天下的九类大法。　畴:品类。

〔15〕阴阳:古以阴阳解释万物化生,凡天地、日月、昼夜、男女,以至腑脏、气血等皆分属阴阳。

〔16〕几:细微的征兆。　六位:《周易》称重卦六爻的位置,自下而上、阳爻自初九、九二、九三、九四、九五至上九;阴爻自初六、六二、六三、六四、六五至上六。六位中一二为地道、三四为人道、五六为天道。这几句是说语言的作用。佛教认为佛家真实的道理不能用语言阐释,而世俗的道理则凭借语言来说明。

〔17〕三才:天、地、人。　辨:分别,辨别。

〔18〕识:了解、认识。　妙物:天地造化即神使万物神妙。

〔19〕万象:指自然界的一切事物、景象。

〔20〕悟:理解,明白。　太极:指原始混沌之气。气运动而分阴阳,由阴阳而生四时,因而出现天、地、风、雷、水、火、山、泽八种自然现象,推衍为宇宙万事万物。　致:达到。此指产生的作用。

〔21〕之:泛指一切。　已:停止。

〔22〕其:恐怕、大概。这两句是说,识妙物,悟太极,皆须借言明之,所以不可能不用语言。

〔23〕爻:《周易》中组成卦的符号叫爻。“—”是阳爻,“- -”是阴爻。含有交错和变化之意。八封每卦有三画,重卦六画,故称六爻。　系:系辞,《周易》的篇名,本名《系辞传》,汉代人称为《易大传》,全篇泛论《周易》之理,以一阴一阳之谓道为主旨,阐述事物变化。　筌(quán 全):用竹或草编制的捕鱼器。所筌,用来达到某种目的手段或工具。

〔24〕域:一定的区域。此域:即此岸。佛教谓生死为此岸。

〔25〕称谓:言语。

〔26〕形:表现,表露。　彼岸:佛教语。梵语“波罗”的意译。烦恼苦难,譬曰中流;超脱生死,即涅槃的境界,譬曰彼岸。

〔27〕引:招引。

〔28〕高:向上。　谢:辞谢。　四流:四种欲望及诸多诱惑。李善注引《大

智度论》:欲流,有流,无明流,有见流。有情欲而为此四法漂流不息,所以名为流。

〔29〕推:推移。

〔30〕俯:低头,此指向下。　弘:扩大,推广。　六度:即六波罗蜜。佛教用语。波罗蜜,意思是渡过到彼岸。《唐六典·礼部尚书·祠部郎中》:"以布施、持戒、忍辱、精进、禅定、智惠(慧)为宗,所谓六波罗蜜者也。"佛经有《大乘理趣六波罗蜜多经》,简称《六度经》。吕向注:"布施以广仁义也,持戒以守信也,忍辱以为谦也,精进以思敬也,禅定以守静也,智慧以通其理也。"这几句阐述的是佛教关于"有"和"无"的关系。僧释肇《维摩经》注:不可得而有,不可得而无。何则?欲言其有,无相无名,欲言其无,方德斯行。故虽无而有,虽有而无。

〔31〕名:称名,命名。　其:代法。佛教泛指宇宙的本源、道理、法术为法。梵语达摩、昙无,意译为法。　性:指法性,佛教诸法的本性,即佛法。　相:指法相,佛教指宇宙一切事物的形象。

〔32〕终始:事物的结局和开始。这两句阐述的是,法脱离了有和无,不是称名、言语所能说明的,法没有形象,无论追随、相迎都不可见,

〔33〕学地:三果,即三种因产生的三种果。包括善恶因生善恶果,福因福果,智因智果。

〔34〕意生:生于意,言能变化生死,随意往生。

〔35〕涅盘:后写做"涅槃",梵语,意译为灭度。意思是脱离一切烦恼,进入自由无碍的境界。　蕴(yùn 运):深奥之处。

〔36〕幽谷:深谷。　私:私心。李善注引《尚书大传》孙子曰:"夫山生材用,而无私为焉;四方皆伐,而无私与焉。"

〔37〕斯:则。　响:回声。

〔38〕洪钟:大钟。　虚受:内中空虚而可接受扣击。

〔39〕应(yìng 映):应和。这几句比喻佛道对于人世也是如此无私。

〔40〕法身:佛教称佛的真身为法身。　圆对:有感则完满应对。

〔41〕规矩:校正圆形方形的器具。此指准则。　冥(míng 名)立:李善注引《维摩经·序》:"冥权无谋而动与事会。"即不谋而合,自然确立。

〔42〕一音:佛教称佛说法的音为一音。　称物:言佛道合众人。

〔43〕宫商:指宫、商、角、徵、羽五声。上二句说,佛以一音讲佛法,就像五声的乐曲,众人各有不同,却各有领会,有解脱,喻普度众生。

〔44〕如来:释迦牟尼十种法号的第一种。《金刚经》:"如来者,无所从来,亦无所去,故名如来。" 利见:一见即将显达。《周易·乾卦》:"见龙在田,利见大人。"后称得见君主为利见。 迦(jiā 加)维:古天竺国名,梵语劫毘罗筏窣睹城,也作迦维罗卫国、迦毘罗,省作迦维或迦卫。为佛祖释迦牟尼出生地。

〔45〕托生:佛教指人或高等动物(多指家畜家禽)死后,灵魂转生世间。 王室:帝王之家。佛祖转生为迦维国王之子。

〔46〕五衍:即五乘:人乘、天乘、声闻乘、缘觉乘(辟支佛乘)、菩萨乘。乘,指乘载者修行而达到悟佛法之位。 轼(shì 式):车箱前横木。此指车。

〔47〕溺:淹没。此指淹没的人。比喻沉溺于欲望的人。 逝川:流动的河流。这几句说,如来化救,使众生安渡。

〔48〕八正:佛教以正见、正思惟、正语、正业、正命、正精进、正念、正定为八正道。

〔49〕庇:荫庇,庇护。 交:都,一并。 丧:失去。交丧,指都失去正道者。

〔50〕玄关:佛教指入道之门。玄,玄妙。关:门闩。 幽揵(jiàn 建):比喻深邃的道法。幽,深奥。揵,通楗,关门的木锁。玄关幽揵,比喻法藏,即佛所说的教法。

〔51〕感:感化。 通:通过。

〔52〕遥源浚波:比喻法海,佛教称佛法广大如海,故称法海。浚,深。

〔53〕酌(zhuó 茁):舀取。 竭:干涸。

〔54〕不舍:不是为了施舍的施舍,只有心爱众生者才能如此。 檀:即檀那,梵语译音,佛教用语,意为布施。此指宣讲佛法。

〔55〕施:加惠。 洽:广博,普遍。 群有:等于说万物。

〔56〕唱:同"倡",倡导。 缘:因缘,佛教语,梵语尼陀那,指产生结果的直接原因及促成这种结果的条件。无缘之慈,不以求得某种结果为目的的慈悲。

〔57〕泽:恩惠。 周:周遍,遍及。

〔58〕演:传布。 勿照之明:指大明。常理是有光有明,无光则无明。佛理是不用光照而有明,是为大明,即佛光普照。勿,通"无"。

〔59〕鉴:镜子,此指照。 沙界:即佛教所谓恒河沙数三千大千世界。

〔60〕亡:通"无"。 机:指机心,智巧变诈的心计。 权:权变,此指佛教用语方便,指因人施教,诱导之使领悟佛之真义。这句的意思是:用没有智巧变诈而因人施教的方法,诱导人们领悟佛之真义,人们也就去掉了机心。

〔61〕功:功业,功效。　济:渡。　尘劫:佛教称一世为一劫,无量无边劫为尘劫。

〔62〕时义:随时之义,顺应时势的意义。《周易大传·随卦》:"大'亨贞无咎',而天下随时,随时之义大矣哉。"

〔63〕能事:能做到的事。这句说,天下之能事尽在佛理中。

〔64〕拂衣:提衣,振衣,表示决绝之义。　双树:娑罗双树,亦称双林。是释迦牟尼寂灭之处。《大般涅槃经一》:"一时佛在拘施那城,力士生地,阿利罗拔提河边,娑罗双树间。……二月十五日大觉世尊将欲涅槃。"

〔65〕脱屣(xǐ 洗):比喻看得很轻,不足介意。屣,鞋。　金沙:阿利罗拔提河一名金沙河。

〔66〕惟恍惟惚:即恍惚,若有若无。

〔67〕皦(jiǎo 皎):光明。　昧:阴暗。

〔68〕系:继续,连接。　去来:去来今的省略,佛教用语,指过去、未来、现在。李善注引《维摩经》:"法无去来,常不住故。"

〔69〕复归:还原。　无物:不是一无所有,它是指不具任何形象的实存体。"无"是对于我们的感官来说的,任何感官都不能知觉它(佛法),所以用"无"字形容它的不可见。

〔70〕因:根据。

〔71〕栖遑(xī huáng 西皇):奔忙不定。　大千:大千世界的省称。佛教语,指广大无边的世界。佛教以须弥山为中心,以铁围山为外郭,是一小世界,一千个小世界合起来就是小千世界;一千个小千世界合起来就是中千世界;一千个中千世界合起来就是大千世界。总称三千大千世界。

〔72〕无为:佛家之无因缘造作,无生住异灭四相之造作称无为。"为"是造作之意。　寂:指寂灭常静之道。寂灭,佛教语,"涅槃"的意译。意思是超脱一切境界入于不生不灭之门,故称寂灭。　挠:扰乱。

〔73〕焚燎:据《涅槃经》,释迦牟尼以千叠缠裹其身,积众香木,以火焚之。燎:放火焚烧草木。　坚林:坚固林的省称,娑罗树的别名,此树冬夏不凋,故意译为坚固。相传释迦牟尼在拘夷城力士生地、熙连河侧坚固林双树间说《泥洹(涅槃)经》。

〔74〕不尽:佛教指常住之意,常住谓恒久不变。　灵:神灵。　歇:休息。这两句说释迦牟尼在坚固林双树间涅槃后,实际上永不死亡,常在此说佛法。

〔75〕大:伟大。

〔76〕正法:佛教指释迦牟尼的佛法,以别于外道而言。　没:隐没。李善注引《昙无罗谶》:“释迦佛正法住世五百年,像法一千年,末法一万年。”

〔77〕象教:释迦牟尼既离世,诸大弟子想慕不已,刻木为佛,以形象教人,所以佛教又叫做象教。　陵夷:衰落。

〔78〕穿凿:于理不可通者,强求其通。等于说牵强附会。　异端:不合正统者为异端,此指非正统的佛教学说。

〔79〕方:方法,此指佛法。　为:当做。　一:指道,学说,思想。

〔80〕顺:顺应。　辩:巧辩。　伪:虚假。

〔81〕微言:精妙之言,指深奥的佛法。　目论:见人不见已,比喻见识短浅。

〔82〕马鸣:梵名阿湿缚瞿沙,北印度人,生于公元约一至二世纪时。先奉婆罗门教,逢胁尊者,即归依佛教。至迦湿弥罗,受迦腻色迦王保护,与法教、世友等一起昌盛大乘。其著作经中国译出的有:《佛所行赞》、《大庄严论经》、《大乘起信论》等。李善注引《摩诃摩耶经》:“正法衰微,六百岁已,九十六种诸外道等,邪见竞兴,破灭佛法,有一比丘,名曰马鸣,善说法要,降服一切诸外道辈。七百岁已,有一比丘,名曰龙树,善说法要,灭邪见幢,燃正法炬。”　幽赞:深刻的赞美、阐明。

〔83〕龙树:印度古代高僧,南天竺人,释迦牟尼涅槃后七百年出世。他母亲在树下生下他,于是起名阿周陀那,阿周陀那为梵语树名,以龙成道,所以以龙配字号,号曰龙树,也叫龙猛,龙胜。是马鸣弟子迦毘摩罗尊者的弟子,提婆菩萨之师。初奉婆罗门教,后归依佛教,大大弘扬了佛法,摧伏了外道,使大乘教大行于南天竺。佛教传说,曾入龙宫送《华严经》,开铁塔传密藏,为显密八宗之祖师。所著《大智度论》、《中观论》、《十二门论》等,都是佛教经典著作。虚求:虚心探索。

〔84〕颓(tuí):衰败。　纲:事物的主体,指佛法。

〔85〕维:系,连结。　纽:纽襻,器物上用以提携的部分,比喻事物的根本。此指佛法之要。

〔86〕荫(yìn 印):遮盖。　法云:佛教用语,意思是真如之界的佛法如云,覆盖一切。真际:指不生不灭的宇宙本体,即佛教指永恒常在的真如之界。

〔87〕火宅:佛家比喻烦恼的俗界,意思是人有情爱纠缠,如居火坑之中。《法华经·譬喻品》:“三界无安,犹如火宅……众苦所烧,我皆拔济。”　晨凉:

像早晨一样凉爽。

〔88〕曜:照耀。　慧日:佛教用语。意思是佛的智慧有如太阳普照世间。　康衢:四通八达的大路。

〔89〕重(chóng 虫)昏:昏昏,昏而又昏,比喻十分黑暗。　夜晓:半夜天亮。

〔90〕三十七品:佛教指三十七种修行的内容,其中包括四念处、四勤正、四如意足、五根、五力、七觉分、八正道分。　樽俎(zūn zǔ 尊组):古代盛酒肉的器皿。樽为酒器,俎为载肉的器具。樽俎之师,李善注:言义徒精锐,有樽俎之深谋。

〔91〕九十六种:泛指佛教正宗以外的多种旁道的论议,并非实数。　藩篱:用竹木编成的篱笆,是房舍的屏障,此喻设防。

〔92〕方广:大方广佛华严经的省称。　被:覆盖。

〔93〕教:教化。　肄:修习。

〔94〕周鲁二庄:指周庄王、鲁庄公,二人处于同一时代。

〔95〕亲:亲自。　昭:使明亮。　夜景:夜光。　鉴:镜子。此指明亮的夜光。据李善注,鲁庄公七年,释迦牟尼出生之时,是夜通明。《瑞应经》:"到四月八日夜,明星出时,佛从右胁堕地,即行七步。"

〔96〕汉晋两明:指汉明帝刘庄、晋明帝司马绍。

〔97〕勒:雕刻,此指绘画。　丹青:泛指绘画用的颜色。丹青之饰,指绘画的佛像。据《牟子》记载:汉明帝梦见神人,身有日光,飞在殿前。大臣傅毅对答说:"天竺有佛,大概就是那位神。"后来绘制了佛像。《晋书》载:王纮以晋明帝好佛的名义,亲手绘画了佛的形象。

〔98〕遗文:亡失的文章,此指佛教经典。　间(jiàn 见):断断续续。

〔99〕列刹(chà 诧):众多的佛寺。刹,梵语,原义土或田,转为佛寺。

〔100〕澄:指佛图澄。晋代僧人(232—348),是天竺罽宾小王的长子。西晋怀帝永嘉四年,东来洛阳,取得后赵石勒、石虎的信任,称为大和尚,死于邺。由于他和二石的倡导,佛教大为盛行,建佛寺达八百九十三所。　什:指鸠摩罗什(344—413),东晋时高僧,天竺人。曾在西域各国讲授佛学。前秦苻坚命吕光伐龟兹,回师时与摩罗鸠什一起东来,居凉州十八年。弘始三年,姚兴迎入长安,待以国师之礼,率弟子僧肇等八百余人,翻译佛经七十四部,对我国佛教发展有重要影响。　结辙:车迹交叠。形容车辆络绎不绝。　山西:战国、秦、汉称崤山或华山以西为山西,即关西。

〔101〕林:指支遁(314—366),字道林,本姓关氏,晋陈留人,隐居余杭山,二十五岁出家,通《庄子》及《维摩经》,拜释道安为师。　远:指惠远,又写作慧远(334—416)。东晋雁门楼烦人。俗姓贾。师事释道安。太元九年入庐山,居东林寺,与刘遗民、宗炳等十八人结白莲社,净土宗推尊为初祖,著有《法性论》、《匡山集》。　肩随:与人并行而略后,以表敬意。江左:长江下游以东地区。古人叙地理以东为左。

〔102〕沙门:僧徒,也作"桑门"。梵语室罗摩拿的音译,意译为勤息,勤修善法,止息恶行之义。　释:僧称释。起初,魏晋的僧徒依师为姓。道安认为最尊崇的是释迦牟尼,就以释为姓。

〔103〕浩汗:水势广大辽阔的样子。

〔104〕沃:流动,飘摇。

〔105〕削成:如同巨斧劈成一样。

〔106〕回:旋转。　薄:迫近。

〔107〕邑:城市。大的叫都,小的叫邑。

〔108〕雉:计算城墙面积的单位。长三丈、高一丈为一雉。　纡(yū 迂)余:曲折延伸的样子。

〔109〕平皋(gāo 高):水边平地。　皋:水岸。

〔110〕超忽:空旷遥远的样子。

〔111〕楚都:此指鄂州。

〔112〕宗法师:指释慧宗。法师,对僧侣的尊称。　行絜(jié 洁):品行端正。絜,通"洁"。　珪璧(guī bì 归闭):比喻美德。珪,帝王诸侯所执的长形玉版,上圆或尖,下方,表示信符。璧,平圆形、中心有孔的玉器。也作为玉的通称。

〔113〕拥:持。　锡:锡杖,僧侣所持之杖,亦称禅杖。其形制为杖头有一铁卷,中段用木,下安铁纂,振时作声,梵名隙弃罗,取锡锡作声为义。

〔114〕宅生:出生。此表示依个人的缘分而生。

〔115〕业:梵语"羯磨"的意译。佛教认为在六道中生死轮回,是由业决定的。业包括行动、语言、思想意识三方面,分别称身业、口业(或语业)、意业。业有善恶。　空:佛教认为因缘所生而无实体。

〔116〕存躯:躯体存在。　惑:烦恼。李善引《涅槃经》:"要因烦恼而得有身。"

〔117〕理:道理,此指佛法。

〔118〕百龄:百年,一百岁。　中身:中年,人寿大计百年,中身指五十岁上下。

〔119〕殉(xùn 讯):为了某种目的而死。　猛:凶暴。　鸷(zhì 至):猛禽。

〔120〕班荆:扯草铺于地,聊以代席,借以为坐。班,铺。荆,草名。　荫(yìn 印)松:以松为树荫。

〔121〕宋:指南朝宋。　大明:宋孝武帝刘骏的年号。

〔122〕方丈:佛寺长老及住持说法之处。长一丈、高一丈见方的斗室,言其小。　茅茨(cí 瓷):茅草屋顶,也指草屋。

〔123〕庇(bì 必):遮盖,此指保护。　经像:佛经和佛像。

〔124〕后军长(zhǎng 掌)史:南朝宋时的郡府官,掌兵马。　江夏:郡名,南朝郢州,在今湖北境内。　内史:官名,诸王国置内史,掌政务。　会稽(kuài jī):郡名,在今江苏东南部、浙江西部。　府君:汉魏时尊称太守为府君。　讳:古时称死去了的帝王或尊长的名,在其前加"讳"字。　孔觊(jì 冀):初举扬州秀才,补主簿,后任冠军长史。

〔125〕薙(tì 替):除草。

〔126〕经行:佛教徒因养身散除郁闷,旋回往返于一定之地叫经行。

〔127〕郢(yǐng 影)州:州名,南朝宋孝建元年分荆、湘、江、豫四州之八郡为郢州,州治故地在今湖北武昌。　刺史:官名。刺,检举不法;史,皇帝所使。南朝宋时重要的州、郡由都督兼任刺史。　江安:县名,属四川省。　伯:公侯伯子男五等爵位的第三等。　济阳:郡名,故址在今河南兰考县境。　使君:汉以后对州郡长官的尊称。　蔡兴宗:南朝宋时济阳人,为使持节都督郢州诸军事。

〔128〕崇:加高。　基:房屋墙壁等的基础。　表:外面,此指装修外表。

〔129〕禅(chán):梵语"禅那"的省称,意译"思维修",静思息虑之意。　堂:殿。多指正房而言。此指佛堂。禅诵之堂,参禅诵经之所。

〔130〕景行:景仰。《诗经·小雅·车舝》:"高山仰之,景行行止。"　大迦叶:释迦牟尼大弟子摩诃迦叶,汉名饮光胜尊。古印度摩竭陀国人,本事外道,后归佛教,释迦死后,传正法眼藏,成为佛教长老。禅宗奉为西土二十八祖之始祖。

〔131〕头陀(tuó 沱):梵语称僧侣为头陀,义为抖擞,意思是少欲知足,去离烦恼,如衣抖擞,能去尘垢,故以此比喻为名。　称首:称第一。

〔132〕僧:和尚,梵语僧迦的省称。

〔133〕贞节:坚守节操。　苦心:费尽心思。

〔134〕养志:涵养高尚的志趣、情操。

〔135〕纂脩(zuǎn xiū 缵修):继承推进修治。脩,通"修"。　宇:屋宇。

〔136〕就:完成。　没:死。

〔137〕高轨:高尚的法则,此指佛法。

〔138〕藏舟:比喻事物不断变化,不可固守。《庄子·大宗师》:"夫藏舟于壑,藏山于泽,谓之固矣。然而夜半,有力者负之而走,昧者不知也。"

〔139〕徒:同一类的人。　阒(qù 去):空静。

〔140〕榱(cuī 崔):椽子。　椽(chuán 船):放在檩子上架屋瓦的木条。　构:建造。

〔141〕太息:出声长叹。

〔142〕齐:朝代名。南朝萧道成废宋,自称帝,国号齐,史称南齐。　五帝:据《史记·五帝纪》,相传中的古代五帝是:黄帝、颛顼、帝喾、尧、舜。　洪名:即鸿名,崇高的名声。

〔143〕纽:纽襻。比喻连接。　三王:夏禹、商汤、周文王。　绝业:中断的事业。

〔144〕祖、宗:祖先,引申为尊崇。　武:周武王。　文:周文王。

〔145〕昭:彰明。　升:上升于天。　严:尊敬。指尊敬的父亲。　配:祭祀天时以祖先配享。《孝经·圣治》:"孝莫大于严父,严父莫大于配天。"

〔146〕格天:古代统治者自称受命于天,凡所作为,感通于天,叫格天。格,通。　光表:光被四表,光明覆盖四方极远的地方。

〔147〕弘启:指开辟国土。《诗经·鲁颂·閟宫》:"俾侯于鲁,大启尔宇。"　兴复:振兴光复。

〔148〕惟新:反对旧的,提倡新的。　旧物:先代的典章制度。

〔149〕康济:安民济众。

〔150〕步:缓行。　中(zhòng 重):符合。　雅颂:《诗经》"雅"、"颂"的合称。后借以称盛世之乐。

〔151〕骤:疾走。　韶:传说舜所作乐曲名。　护:传说商汤时的乐曲。

〔152〕炎区:指炎洲,传说为南海中的洲名。据中原一万二千里。　九译:多次辗转翻译,后也作为殊方远国的通称。

〔153〕沙场:沙漠。　候:古时迎送宾客的官吏。

〔154〕粤:助词。　建武:南齐明帝萧鸾即位改年号为建武。

〔155〕诏:皇帝下命令。　中郎将:皇帝侍卫军的统率官员,位次于将军。江夏王:萧宝玄,齐明帝第三子,封江夏郡王,持节都督郢司二州。

〔156〕观政:主持政务。　藩维:藩屏王室之地。藩,藩国。维,维城以卫国。

〔157〕风:风气。　江汉:长江与汉水。

〔158〕方城:山名,在古楚国境内,此指楚地。　令典:国家的宪章法令。

〔159〕酌:斟酌,经过衡量决定取舍。　龟蒙:山名,即今山东龟山和蒙山。此指鲁地。　故实:足以效法的旧事。

〔160〕肃:严肃。　刑:刑罚。　清:公正。

〔161〕于是乎:连词,表示后一事紧接前一事。

〔162〕行事:处理政事,代行州府事。　彭城:郡名,治所在今江苏彭山县。刘暄:为江夏王郢州行事,因王年幼,内史代其行事。"暄",《南齐书》作"谊"。

〔163〕智:谋略。　游:转动。此句源于《庄子》庖丁解牛、游刃有余的典故,意思是:谋略有如利刃在骨节间转动,得到充分发挥。

〔164〕日新:每日都有新风。　月故:每月都有变化。故,变故。

〔165〕道:指佛道。　韵:神韵。

〔166〕虚往:空虚而来。　实归:满载而归。

〔167〕寺:僧众供佛、居住之所。　业:指佛业。　废:衰败。

〔168〕坠:失。　几(jī 机):几乎。

〔169〕覆:倾倒。　篑(kuì 溃):盛土的竹筐。覆篑:倒下一筐土,表示事情的开始,积少成多。

〔170〕悲:哀痛。　弃井:废井。李善注引《孟子》:"有为者譬若掘井,掘井九仞而不及泉,犹弃井也。"

〔171〕因:趁着。　有余:指有余粮有余柴。

〔172〕间:吕向注:"间,伺也。"　无事:无战事,指海内清平。

〔173〕庀(pǐ 匹)徒:具备了劳作之人。庀,具备。徒:众,指服劳役的人。揆(kuí 葵)日:测量太阳出入以定方向。揆,测度。

〔174〕有司:专司其职的官吏。古代设官分职,事各有专司。

〔175〕悦:喜悦。

〔176〕心竞:务德尽忠。

〔177〕亘(gèn 艮):连接。 丘:土山。 被:覆盖。 陵:大土山。

〔178〕因:凭借。 就:趋向。

〔179〕轩:有长廊的厅堂。 延袤(mào 帽):连绵,延伸。袤,南北长曰袤。

〔180〕云霓:指云和虹。

〔181〕飞阁:架空建筑的阁道,俗称天桥。 逶迤(wēi yí 危移):弯曲而长的样子。

〔182〕临:从高处往低处看。这句说,因为飞阁是架空的,又高,所以人们觉得好像看不见地。

〔183〕夕露:傍晚的露水。 为:结成。 珠网:用珍珠缀串而成的网。

〔184〕丹雘(huò 货):油漆用的红色颜料。丹,朱砂。雘,赤色石。

〔185〕九衢(qú 瞿):四通八达的道路,此处形容草木枝茎茂密交错。

〔186〕四照之花:一种树,叫迷榖,其花光芒四射,佩之不迷(《山海经》)。

〔187〕崖谷:悬崖和深谷。 清:清静。

〔188〕风泉:清风和飞泉。 涣:流散。

〔189〕金姿:即金身。佛教认为释迦牟尼如紫金光聚,其明照耀,世人于是用金装饰佛的塑像,称为金身。 宝相:佛教称庄严的佛像。李善注引《金光明经》:如来之身“光明炽盛,无量无边,犹如无数珍宝大聚”。

〔190〕藉:也作“籍”,凭借。 闲安:幽闲安乐。

〔191〕息心:排除杂念。 了义:佛教认为能够准确地理解阐明佛教的教义,叫了义。

〔192〕终:自始至终。 游:云游。 集:停留。

〔193〕业行:学业品行。 淳脩:敦厚美好。脩,通“修”。

〔194〕理:思想,修养。 怀:胸襟。 渊远:精深广大。

〔195〕屈:委屈。 知:主持。

〔196〕奉:尊奉。 神居:供奉神灵的居所。

〔197〕劳:功绩。 事功:做事的功劳。

〔198〕镂(lòu 漏):雕刻。 文:文字。 钟鼎:古代铜器的通称。为文刻于器物之上,称述生平功德,使传扬于后世。古多刻于钟鼎,秦汉以后或刻于碑石。

〔199〕言时:言时计功之省。动合时宜,计数功绩。 称伐:记载劳绩。

〔200〕树:建立。 宗庙:天子、诸侯祭祀祖先的处所。

〔201〕弥:更加。 积:积累,多。 宣:宣扬。

〔202〕身:身体。 逾(yú 鱼):更、越发。 远:指离开的时间久。 名:名声。 劭(shào 绍):美好。

〔203〕敢:谦词,有冒昧的意思。 寓:寄托。 雕篆(zhuàn 撰):雕虫篆刻的略称。语本汉扬雄《法言·吾子》,本指雕刻文饰,比喻小技。后用做称自己文章的谦词。

〔204〕庶:表示可能或期望。 髣髴(fǎng fú 仿佛):约略的形迹。 众妙:万物的玄理。此指佛教,为众妙之门的省称。

〔205〕辞:指碑文后面的四字韵语。

〔206〕质:本体,指混沌时期,天地未开辟以前之元气状态。 判:分开。玄黄:黑色与黄色。《周易·坤卦》:"夫玄黄者,天地之杂也,天玄而地黄。"后来就以玄黄指天地。

〔207〕气:元气。古人常把气指为构成万物的物质。 清浊:清轻和浊重。李善引《列子》:"清轻者上为天,重浊者下为地。"

〔208〕涉:相关连。 器:物品。 名:事物的称号。此指种类。

〔209〕含:包括。 灵:珍奇神异的生物。 族:类。

〔210〕淳:质朴,敦厚。 源:水流起头的地方。指根源,出发点。 派:水的支流。

〔211〕浇风:浮薄的社会风气。浇,浮薄,与"淳"相对。 黩(dú 读):污浊。

〔212〕爱流:即爱水、爱河,佛教把情欲比做江河,以爱流喻情欲。佛教以情欲为害,如河水之可以溺人,所以称爱流。 海:指爱海,极言其深。

〔213〕情尘:迷恋世间之欲望。 为:积成。 岳:高大的山。此喻爱欲之多之广。

〔214〕皇:伟大。 能仁:释迦牟尼佛。意译为能仁寂默。

〔215〕抚:据有。 期:指期运,运数,气数。 命世:名世,闻名于当世。

〔216〕眷(juàn 卷):反顾,怀念。 中土:天地之中央。佛教认为迦维罗卫国在天地之中央。

〔217〕聿(yù 玉):语气词。 迦卫:即迦维。

〔218〕奄(yǎn 眼):覆盖,包括。常"奄有"连用。

〔219〕荒:包有。　三界:佛教语。佛教把生死流转的人世间分为三界,即欲界、色界、无色界。

〔220〕殷鉴:指可作鉴戒的前事。本指殷灭夏,殷后代应以夏亡为鉴戒。四门:四方之门。李善注引《瑞应经》:“太子至十四,启王出游。始出城东门,天帝化作病人,即回车,悲念人生俱有此患。太子出城南门,天帝化作老人,回车而还,悯念人生,丁壮不久。太子出城西门,天帝化作死人,回车而还,悯念天下有此三苦。太子出城北门,天帝化作沙门(僧人)。太子曰:‘善哉,唯是为快。’即回车还,念道清净,不宜在家。”

〔221〕幽:幽闲。　求:探求。李善引《瑞应经》:“佛既历深山,到幽闲处,菩萨即拾稿草以布地,正箕坐,月食一麻一麦,端坐六年。”

〔222〕德:功德。

〔223〕妙:美好,善。　尽:达到极点。

〔224〕帝:天帝。　献:奉献。李善注引《瑞应经》:“佛还树下,道见弃衣,取欲浣之,天帝知佛意,即颇那山上,取四方成理泽好石,来置池边。白佛言,可用浣衣。”

〔225〕天:指天帝。　渌(lù 鹿):清澈。据《瑞应经》:“明日食时,佛持钵到迦叶家受饭而还,于屏处食已,欲澡漱。天帝知佛意,即下以手指地,水出成池,令佛得用,名为指地池。”

〔226〕祥:吉利。　辍(chuò 啜):停止。《瑞应经》说:“尼连河水流甚疾,佛以自然神通,断水涌起,高出人头,令底扬尘,佛在其中。”

〔227〕宝树:指神树。《瑞应经》说:“佛后日入指地池,澡浴毕,欲出,无所攀,池上素有树,名迦和,绝大修好,其树自然曲枝,下就佛,佛牵而出。”

〔228〕通:通过。　庄:四通八达的大路。　九折:九折坂,在今四川省,地势险峻。

〔229〕三危:山名。今甘肃敦煌有三危山。这两句说,佛的神通广大,山险皆通,安步而行。

〔230〕澄(chéng 呈):水清。

〔231〕翔:盘旋地飞。古人认为云从龙,风从虎。

〔232〕耆(qí 其)山:山名,耆阇崛山的省称,梵文音译。耆阇,意译为鹫,崛为头,以山顶形如鹫而名,一名鹫峰山,灵鹫山,在印度阿耨达王舍城东北,又省称耆阇,相传为释迦牟尼说法处。　广运:佛法大行。

〔233〕给园:给孤独园的省称,又叫祇园,全称祇树给孤独园。古中印度憍萨罗国舍卫城长者给孤独购置,为佛说法地。　多士:士子众多,指众比丘。

〔234〕金粟:佛名,即维摩诘大士。　来仪:《尚书·益稷》:"凤凰来仪。"古代传说逢到太平盛世,就有凤凰飞来,以后比喻特出人物的出现。

〔235〕文殊:菩萨名。梵语文殊师利的简称。也译做曼殊室利。意译为妙德,妙吉祥。与普贤常侍于佛之左右。文殊塑像,头顶有五髻,象征大日五智,手持剑,驾狮子。　戾(lì 利)止:来到。

〔236〕乾(qián 钱):《周易》八卦中的首卦,代表天。　寂:静止。

〔237〕顺:顺应。　终:死。　始:生。

〔238〕法:佛法。　本:以为根本。　不然(燃):指佛教语寂灭。意思是超脱一切境界入于不生不灭之门。

〔239〕灭:佛家语。指涅槃、圆寂的境界。《大乘义章二》:"涅槃无为恬泊名灭。"

〔240〕象正:指正法、象法。　阑(lán 兰):衰落。

〔241〕希夷:无声曰希,无色曰夷。形容虚寂微妙,指佛教。　缺:衰败。

〔242〕於(wū 乌):叹词。　昭:昭著。　有齐:指南齐。

〔243〕式:句首助词。　扬:称颂,宣扬。　洪烈:盛大的功业。

〔244〕释网:佛法。　更:调换。　维:结物的大绳,此指法度。

〔245〕玄津:玄妙的津途,此指佛教教理。李善注引僧睿《师十二法门序》:"奏希声于宇宙,济溺丧于玄津。"　枻(yì 义):楫,短桨。这几句说,佛法将坏,南齐举其大业,使之复存。

〔246〕名区:著名的区域,指设寺之所。

〔247〕禅(chán 蝉):指禅定,佛家语,意思是坐禅时住心于一境,冥想妙理。禅定是六度之一。　慧:指智慧,佛教指破除迷惑证实真理的识力。梵语般若之意译,有彻悟意。六度之一。　攸(yōu 优):相当于"所"。　托:寄居。

〔248〕据:靠。　岩:高峻的山。

〔249〕睨(nì 昵):斜视。　通:全部,整个。　壑(hè 贺):山沟。

〔250〕沟池:护城河。　湘汉:湘江和汉水。

〔251〕堆:小土丘。　阜:土山。　衡霍:衡山和霍山。衡山,即五岳之一的南岳,在湖南省。霍山,即天柱山,在安徽霍山县西北。

〔252〕朊朊(wǔ 武):膏腴。　亭皋:水边的平地。亭,平。皋,水边地。

〔253〕幽幽：深远的样子。　林薄：草木丛杂的地方。丛木曰林，草木交错曰薄。

〔254〕媚：爱戴。　后：帝王，指江夏王。

〔255〕法流：即法水。佛教认为佛法能洗涤众生心中的烦恼尘垢，像水洗净污垢一样，所以称法水。

〔256〕茂：旺盛。　三明：佛教以天眼明、宿命明、漏尽明为三明。

〔257〕超：超出，胜过。　六入：佛教称眼入色，耳入声，鼻入香，舌入味，身入触，意入法为六入。

〔258〕眷：顾念。　言：助词，无义。　灵宇：佛寺。

〔259〕载：助词，无义。　怀：思念。　兴：发动。　葺（qì 气）：用茅草盖屋，引申为维修。

〔260〕丹：红色。　翚（huī 灰）飞：《诗经·小雅·斯干》："如鸟斯革，如翚斯飞。"疏："言檐阿之势，似鸟飞也。"后以翚飞形容宫室的高峻壮丽。这种檐阿似鸟飞举翼的建筑形式，俗称飞檐，近代建筑学称"翚飞式"。

〔261〕轮奂：高大华美。　离：火离，指凤。

〔262〕象设：佛像的设置。

〔263〕睟（suì 碎）容：容貌温和润泽。此指佛的塑像。　安：放置。

〔264〕桂：木犀，别称桂花、丹桂。　深：茂盛。　燠（yù 玉）：暖。张铣注："桂气辛而冬暖。"

〔265〕疏（shū 书）：稀。

〔266〕神足：神佛的脚步。　游息：游览憩息。

〔267〕灵心：神灵之心。　往还：出入，往返。

〔268〕胜幡：幡名。幡（fān 帆），挑起来直着挂的长条形旗子。　振：飘动。

〔269〕贞石：坚固之石。多作碑石的美称。　刊：雕刻。

今译

听说盛舀大海的，没有办法度量它的深浅；仰视蓝天的，不可能测知它的远近。况且视力听力之外，好像存在又好像不存在；内心活动的表现，不生不灭无始无终啊！因此释迦牟尼在摩竭提国敛心入静，用来开启不用言说显示佛理的渡口，在毗邪城闭口不言，用来

开通不以阐述而得到真谛的道路。然而述说天地人的常道的,一定从治理天下的九类大法寻求主旨;谈论阴阳变化的,也从重卦六爻的位置探讨隐微。所以天地人分清之后,就了解造化使万物精妙的功能;一切景象都已经陈列出来,就明白了混沌之气化生出的万事万物的作用。言不尽意但不能不用的原因,大概就在此。然而爻辞系辞所表明的《易》理,是穷尽于有生有死的此岸;陈述言谈一概废止,是表现在超脱生死的彼岸。彼岸,从“有”中招引他们,就向上辞谢四种欲望;向“无”境推移他们,就向下扩大六项成佛的基本功夫。称名言语说不出法的本性和法相,追随相迎看不见法的结局和开始。不能凭借三果了解它,不能依赖变化生死得到它,这就是涅槃的深奥之处。

幽深的山谷没有私心,有音传来则报回声;巨大中空的悬钟可击,没有槌至而不发声。况且佛的真身有感则应对完满,准则自然确立;佛祖说法一音而合于众人心,如五声变奏普度众生。因此如来坐迦维国,转生于帝王之家。驾驶五乘的车辆,援救淹没于苦海之人,打开八正的门扇,庇护完全丧失佛道之辈。于是入道之门,因受感化而得以通过。佛法广大如海,随其舀取而永不干涸。实行不是为了施舍的布施,恩惠普播万众;倡导不为寻求还报的慈悲,德泽遍及一切;照耀无光明的大光明,何止照彻三千大千世界;以没有变诈的权宜之法诱导人们领悟佛之真义,功业达于无边之世。顺应时势的意义深远啊,天下之能事尽在佛理中了。然后在娑罗双树下振衣以示决绝而涅槃,于金沙河水边如脱鞋毫不介意而寂灭。恍恍惚惚,若有若无,既不明亮,也不阴暗,不连接过去现在未来,重归于无形象无物的世界。据此而论,如来佛在大千世界里奔忙不定,超脱一切,不生不灭,不再受到扰乱,于娑罗树林间积木焚身,神灵常住恒久不变,说法布道永不歇息。伟大啊!

佛法已经隐没,佛教走向衰落。异端邪说牵强附会,如五声变奏普度众生。把违背佛法当做得到佛家之道;顺应错误以虚假善辩之人，用短见比拟精妙深奥的佛法。在这时，马鸣深刻地阐明佛法，龙树虚心地探索教义，相继振兴衰败的佛教，连续维系断绝的佛法。用如云的佛法覆盖永恒常在的宇宙本体，烦恼的俗界如居火坑中，就会变得早晨一样凉爽。让如同太阳的佛的智慧普照四通八达的大路，昏而又昏十分黑暗的人间，就会在半夜大放光明。所以能使三十七种修行的内容培养出精英的义徒，九十六类旁门左道不再存在坚固的屏障。不久大方广佛华严经传遍东方，宣扬教化修习佛理移到南部。周庄王、鲁庄公，亲见佛降生的夜光；汉明帝、晋明帝，全都绘制了佛像。然后亡失的佛教经典断断续续复出，众多的佛教寺庙彼此能够望见。佛图澄、鸠摩罗什在关西往来频繁车迹交叠，释道林、庐山慧远于江东先后而游。

头陀寺，是僧徒释慧宗创立的。寺南大河水势辽阔，彩霞流动映水飘摇。寺北山峰重叠巨斧劈成，太阳月亮旋转迫近。向西眺望大都小城，长长的城墙曲折延伸。往东遥看水边平地，千里之远空旷辽阔。的确是鄂州的名胜之地。宗法师品德高尚如珪如璧，手持禅杖前来游历。他认为出生于世就有因缘，善恶之业既空因缘也就废弃；躯体存在就有烦恼，事佛之理取胜烦恼也就消失。于是就要在身正中年而舍弃百年大寿，为凶禽猛兽而献出肌肉皮肤，铺草代席借松为荫的境况一直持续了很久。到南朝宋时大明五年，才建立了一丈见方的茅草小屋，用来保护佛经和佛像。后军长史江夏内史会稽郡守孔觊，给这里芟除杂草开辟山林，为僧众设置了养身往返所居之屋。安西将军郢州刺史江安伯济阳郡守蔡兴宗，又加高了台基装修了佛寺的外观，还建立了参禅诵经的殿堂。由于法师景仰摩诃迦叶，所以用头陀作为寺庙的名称。后来有僧人勤法师，坚守节操费尽心思，追求仁爱涵养高尚志趣，继续修治禅堂寺宇，没有完成而就死去。高尚的佛理难以追求，事物常变化易于消逝。僧徒走空寺中不再有人，櫄椽毁坏无人重新建造。真令人长叹哪！

南齐继承了五帝崇高的名声，接续了三王中断的事业。尊崇文王崇尚武王的美德，彰明升天配享祖先；感通于天光被四表的功业，开辟国土振兴光复。因此刷新先代的典章制度，救济多难的国家人民；慢走符合《雅》、《颂》之乐，疾行合于《韶》、《护》之曲；炎州遥远须多次辗转翻译，沙漠荒旷常有官员迎送宾客。到了南齐明帝建武年间，就命令西中郎将郢州刺史江夏王，在藩屏之地主持政务，于江汉地区树立民风，选择楚地的宪章法令，取舍鲁地足以效法的旧事，政事严肃刑罚公正，赫然存在。宁远将军长史江夏内史行事彭城郡守刘喧，治量政务的智慧游刃有余，每日都有新风每月都有变化，佛道优越美好的神韵，空虚而来满载而归。他为这座寺庙的佛业在国家安定之时衰败，功业在接近完成之时丧失，深深感慨功亏一篑，哀痛寺庙形同废井。趁着百姓家有余粮，利用海内清平之时，备齐了劳作之人，测量了建筑方位，各项事务都有专职官员管理。

于是民工高兴地前来，匠人们尽心竭力。寺庙连接丘陵覆盖大山，凭借高峰趋向远方。厅堂重叠长廊连绵，向上刺破云霞虹霓。架空阁道曲折绵长，向下俯视似不见地。傍晚的露水结成珍珠串缀的网络，早晨的彩云有如鲜艳的朱砂赤石。枝茎茂密交错的草木上千种，花朵光照四射的奇树达万类。悬崖和深谷都很清静，清风和飞泉交互流散。紫金装饰的佛身，庄严肃穆的佛像，永远凭借此地安闲快乐。众僧排除杂念私心准确阐明教义，四处云游见庙停留最后聚此。法师释昙珍学业高深品行敦厚，思想精深胸襟博大，如今屈身主持佛寺之事，永久尊奉供神之所。百姓的勋劳做事的功绩，已经在钟鼎上刻文称述；诸侯的功勋、大夫的劳绩，也在宗庙里立碑记载。时代积累越久而功业越得到宣扬，身体离世越长而美好名声越流传。我冒昧地把拙文雕刻在寺碑上，希望能约略地表达佛教的玄机。赞词曰：

混沌本体分为天地，元气化解轻清重浊。关连物品器用千种，包括珍奇生物万类。质朴源头自上分流，浮薄风气下传浊垢。情欲之河汇流成海，恋世之欲积聚为山。释迦牟尼真仁爱呀，把握运数闻名于世。于是眷顾天地中央，就来到迦维罗卫国。覆盖三千大千世界，包有欲界色界无色界。四门景象得到鉴戒，幽坐六年探求真义。已经成就功德佛业，无比美好尽达无为。天帝献石让佛浣衣，又开清池由佛洗浴。佛断河水流停露底，树枝下曲佛牵出浴。曲折小路如行康庄，陡峭高山轻松走过。河流平静水波澄清，神龙腾飞祥云涌起。耆山说法广大深远，众多士子听法给园。凤凰飞来金粟出现，文殊菩萨降临人间。应和天时活动静止，顺从民意有终有始。佛法根本不生不灭，如今已入涅槃境界。正法象法虽然衰微，佛教源远并未败落。啊啊南齐彰明佛法，称颂宣扬盛大功业。释教如网调换法纲，玄妙津途重扬短桨。只有这个著名区域，禅定智慧寄托之所。佛寺背倚峻岭高山，俯视旁观山沟溪涧。湘江汉水当成沟池，衡山霍山看做土丘。水边平地膏腴润泽，草木丛杂幽深杳远。

爱戴这个邦国帝王，舀取法水复兴佛业。心气比三明还旺盛，感情已经超出六入。顾念灵光佛寺，想着修葺庙宇。红彩雕画飞檐壮丽，高大华美凤凰耸立。设像的佛堂已开辟，佛像容貌温和润泽。桂树茂密严冬送暖，松树扶疏盛夏乘凉。神佛脚步游览憩息，神灵之心任意出入。舒展的旗幡向西招展，坚固的石碑在南刻镌。

（吕庆业译注并修订　陈延嘉再修订）

齐安陆昭王碑文一首 沈休文

题解

齐安陆昭王萧缅，字景业，南兰陵（今江苏常州市西北）人。父萧道生。高帝萧道成之侄，明帝萧鸾之弟。初做秘书郎、宋邵陵王文学。齐建元元年（479）封安陆侯，转太子中庶子，迁侍中。武帝萧赜（zé 则）继位，迁五兵尚书，领前军将军。出为辅国将军、吴郡太守，颇有政声。竟陵王子良与萧缅书赞美说："窃承下风，数十年来，未有此政。"转持节、郢州刺史。永明五年（487）还为侍中，领骁骑将军。永明六年，转散骑常侍、太子詹事。出为会稽太守。迁使持节、雍州刺史。"留心辞讼，亲自隐恤，劫抄度口，皆赦还，许以自新，再犯乃加诛，为百姓所畏爱"。永明九年卒于官，享年三十七。"丧还，百姓缘沔水悲泣，设祭于岘山，为立祠。"（以上引文，均见《南齐书·萧缅传》）谥昭侯。萧鸾即位，改封为王。

这篇碑文前有"序"，后有"铭"。"序"是死者生平的传记。首写世系，引殷、周、汉、魏，而明齐之得天下乃奉天承运。次赞萧缅之德，"天经地义之德，因心必尽；简久远大之方，率由斯至"。再次记萧缅入仕至死亡的经历。其中重点记了任会稽太守和雍州刺史的政绩。会稽郡地理位置重要，但难于治理，"南山群盗，未足云多；渤海乱绳，方斯易理"。萧缅恩威并用，不到一年，"老安少怀，涂歌里咏"。去官之时，百姓"行悲道泣。攀车卧辙之恋，争涂忘远；去思一借之情，愈久弥结"，充分表现了萧缅在会稽士民心中的威望。雍州地处少数民族聚居区。由于大汉族主义作祟，历代统治者都鄙视少数民族,采取高压政策。萧缅则反其道而行之,"扇以廉风,孚以诚德",因而深得民心。当其病重之时,"耕夫释耒,桑妇下机。参请门衢,并走群望";当其亡故之时,"男女老幼,大临街衢","夷群戎落,幽远必至。望城拊膺,震动郛邑,并求入奉灵梀";当灵柩启运之时,"号送逾境,奉觞奠以望灵,仰苍天而自诉"。虽多夸张的谀词,但也会有某些事实为依据。第四写恤典,谥曰昭侯。第五写明帝亲情,"闻凶哀震,感绝移时,因遘沉痾,绵留气序","独居不御酒肉,坐卧泣涕沾衣",竟"若此移年,癯瘠改貌",写得凄宛动人。最后补叙前文所未及,极尽颂美之词。全文阿谀的意味很浓,亦为此类文体的通病。铭文用四言韵语,质朴而庄重。虽为概括序文之意,而别撰新词,充分显示了作者高超的语言艺术。

刘勰《文心雕龙·诔碑》说:"标序盛德,必见清风之华;昭纪鸿懿,必见峻伟之烈。此碑之制也。"可以说沈约此文完全达到了这个要求。孙月峰评曰:"此与《王文献集序》、《褚渊碑》及后《竟陵王行状》,格局一同,而此篇特响,语亦多踈俊,当为特胜。"应该说是很中肯的评价。严可均校辑之《全上古三代秦汉三国六朝文·全梁文》有沈约碑文七篇,其中写人者四,而以此文为最,《文选》录入,是很有眼光的。

原文

公讳缅,字景兴,南兰陵人也[1]。

稷、契身佐唐、虞[2],有大功于天地,商武、姬文所以膺图受箓[3]。萧、曹扶翼汉祖[4],灭秦、项以宁乱[5]。魏氏乘时于前[6],皇齐握符于后[7]。灵源与积石争流[8],神基与极天比峻[9]。祖宣皇帝雄材盛烈[10],名盖当时。考景皇帝含道居贞,卷怀前代[11]。公含辰象之秀德[12],体河岳之上灵[13];气蕴风云[14],身负日月[15];立行可模[16],置言成范[17];英华外发[18],清明内昭[19];天经地义之德,因心必尽[20],简久远大之方,率由斯至[21]。挹其源者[22],游泳而莫测[23],怀其道者[24],日用而不知[25]。昭昭若三辰之丽于天[26],滔滔犹四渎之纪于地[27]。六幽允洽[28],一德无爽[29]。万物仰之而弥高[30],千里不言而斯应[31]。若夫弹冠出仕之日[32],登庸莅事之年[33],军麾命服之序[34],监督方部之数[35],斯固国史之所详,今可得而略也[36]。

水德方衰[37],天命未改。太祖龙跃俟时[38],作镇淮泗[39];如仁夕惕之志[40],中夜九回[41],龛世拯乱之情[42],独用怀抱;深图密虑,众莫能窥。公陪奉朝夕,从容左右[43],盖同王子洛滨之岁[44],实惟辟疆内侍之年[45],起予圣怀[46],发言中旨。始以文学游梁[47],俄而入掌纶诰[48]。兰桂有芬,清晖自远。

帝出于震[49],日衣青光[50]。方轨茅社[51],俾侯安陆[52];受瑞析珪[53],遂荒云野[54]。

式掌储命[55],帝难其人[56]。公以宗室羽仪[57],允膺嘉选[58]。协隆三善[59],仰敷四德[60];博望之苑载晖[61],龙楼之门以峻[62]。

献替惟扆[63],实掌喉唇[64],奉待漏之书[65],衔如丝之旨[66];前晖后光,非止恒受[67]。公以密戚上贤[68],俄而奉职[69],出纳惟允[70],剑玺增华[71]。伊昔帝唐[72],九官咸事[73];熊、豹、临、戭[74],纳言是司[75]。自此迄今,其任无爽[76]。

爰自近侍[77],式赞权衡[78]。而皇情眷眷[79],虑深求瘼[80]。姑苏奥壤[81],任切关河[82]。都会殷阜[83],提封百万[84]。全赵之袨服丛台[85],方此为劣;临淄之挥汗成雨[86]，曾何足称。乃鸿骞旧吴[87]，作守东楚[88]。弘义让以勖君子[89]，振平惠以字小人[90]。抚同上德[91]，绥用中典[92]。疑狱得情而弗喜[93]，宿讼两让而同归[94]。虽春申之大启封疆[95]，邓攸之缉熙萌庶[96]，不能尚也[97]。

夏首藩要[98]，任重推毂[99]。衿带中流[100]，地殷江汉[101]。南接衡巫[102]，风云之路千里，西通鄾邓[103]，水陆之涂三七[104]，是惟形胜[105]，阃外莫先[106]。建麾作牧[107]，明德攸在[108]。乃暴以秋阳[109]，威以夏日[110]。泽无不渐[111]，蝼蚁之穴靡遗[112]；明无不察[113]，容光之微必照[114]。由近而被远，自己而及物[115]，惠与八风俱翔[116]，德与五材并运[117]。远无不怀[118]，迩无不肃[119]。邑居不闻夜吠之犬，牧人不睹晨饮之羊[120]。誉表六条[121]，功最万里[122]。

还居近侍[123]，兼飨戎秩[124]。候府寄隆[125]，储端任显[126]。东西两晋，兹选特难。羊琇愿言而匪获[127]，谢琰功高而后至[128]。升降二宫[129]，令绩斯俟[130]。禁旅尊严[131]，主器弥固[132]。

禹穴神皋[133]，地埒分陕[134]，江左已来[135]，常递斯任[136]。东渚钜海[137]，南望秦、稽[138]。渊薮胥萃[139]，萑蒲攸在[140]。货殖之民，千金比屋[141]，郛鄽之内[142]，云屋万家[143]。刑政繁舛[144]，旧难详一[145]。南山群盗[146]，未足云多；渤海乱绳[147]，方斯易理[148]。公下车敷化[149]，风动神行。诚恕既孚[150]，钩距靡用[151]；不待赭污之权[152]，而奸渠必翦[153]；无假里端之籍[154]，而恶子咸诛[155]。被以哀矜[156]，孚以信顺[157]。南阳苇杖[158]，未足比其仁；颍川时雨[159]，无以丰其泽[160]。公揽辔升车[161]，牧州典郡[162]，感达民祇[163]，非待期月[164]。老安少怀[165]，涂歌里咏[166]，莫不欢若亲戚[167]，芬若椒兰[168]。麾旆每反[169]，行悲道泣[170]。攀车卧辙之恋[171]，争涂忘远；去思一借之情[172]，愈久弥结[173]。

方城汉池[174]，南顾莫重[175]。北指崤、潼[176]，平涂不过七百[177]；西接峣武[178]，关路曾不盈千[179]。蛮陬夷徼[180]，重山万里，小则俘民略畜[181]，大则攻城剽邑[182]。晋宋迄今，有切民患[183]，烽鼓相望[184]，岁时不息。椎埋穿掘之党[185]，阡陌成群；慠法侮吏之人[186]，曾莫禁御[187]。累藩咸受其弊[188]，历政所不能裁[189]。加以戎羯窥窬[190]，伺我边隙[191]。北风未起，马首便以南向；塞草未衰，严城于焉早闭[192]。永明八载[193]，疆埸大骇[194]。天子乃心北眷[195]，听朝不怡[196]。扬旆汉南[197]，非公莫可，于是驱马原隰[198]，卷甲遄征[199]。威令首涂[200]，仁风载路[201]，轨躅清晏[202]，车徒不扰[203]。牛酒日至[204]，壶浆塞陌[205]。失义犬羊[206]，其来久矣，征赋严切[207]，唯利是求，首鼠疆界[208]，灾蠹弥广[209]。公扇以廉风[210]，孚以诚德[211]；尽任棠置水之情[212]，弘郭伋待期之信[213]。金如粟而弗睹[214]，马如羊而靡入[215]。雏雉必怀[216]，豚鱼不爽[217]。由是倾巢举落[218]，望德如归；椎髻鬘首[219]，日拜门阙；卉服满涂[220]，夷歌成韵[221]。礼仪既敷[222]，威刑具举[223]，强民犷俗[224]，反志迁情[225]。风尘不起[226]，囹圄寂寞[227]；富商野次[228]，宿秉停菑[229]；蝝蝗弗起[230]，豺虎远迹[231]；北狄惧威[232]，关塞谧静；侦谍不敢东窥[233]，驼马不敢南牧[234]。

方欲振策燕、赵[235]，席卷秦、代[236]，陪龙驾于伊洛[237]，侍紫盖于咸阳[238]，而遘疾弥留[239]，歘焉大渐[240]。

耕夫释耒[241]，桑妇下机[242]，参请门衢[243]，并走群望[244]。维永明九年夏五月三十日辛酉薨[245]，春秋三十有七[246]。城府飒然[247]，庶寮如贳[248]。男女老幼，大临街衢[249]，接响传声，不逾时而达于四境。夷群戎落[250]，幽远必至[251]，望城拊膺[252]，震动郛邑[253]。并求入奉灵榇[254]，藩司抑而不许[255]。虽邓训致剺面之哀[256]，羊公深罢市之慕[257]，对面为言，远有惭德[258]。神驾东还[259]，号送逾境[260]，奉觞奠以望灵[261]，仰苍天而自诉[262]，震响成雷，盈涂咽水[263]。

公临危审正[264]，载贻话言[265]。楚囊之情[266]，惟几而弥固[267]；卫鱼之心[268]，身亡而意结。二宫轸恸[269]，遐迩同哀。追赠侍中、领卫将军，给鼓吹一部[270]，谥曰昭侯[271]。

时皇上纳麓在辰[272]，登庸伊始[273]，允副朝端[274]，兼掌屯卫[275]；闻凶哀震，感绝移时[276]，因遘沉痾[277]，绵留气序[278]。世祖日夜忧怀[279]，备尽宽譬[280]，勉膳禁哭[281]，中使相望[282]。上虽外顺皇旨，内殷私痛[283]，独居不御酒肉[284]，坐卧泣涕沾衣。若此移年，癯瘠改貌[285]，天伦之爱，振古莫俦[286]。及俯膺天眷[287]，入纂绝业[288]，分命懿亲[289]，台牧并建[290]，对繁弱以流涕[291]，望曲阜而含悲[292]。改赠司徒，因谥为郡王，礼也。

惟公少而英明，长而弘润[293]，风标秀举[294]，清晖映世。学遍书部[295]，特善玄言[296]；鞶帨之丽[297]，篆籀之则[298]，穷六艺于怀抱[299]，究八体于毫端[300]。弈思之微[301]，秋储无以竞巧[302]；取睽之妙[303]，流睇未足称奇[304]。至公以奉上，鸣谦以接下[305]。抚僚庶尽盛德之容[306]，交士林忘公侯之贵[307]。虚怀博纳[308]，幽关洞开[309]。宴语谈笑,情澜不竭[310]。誉满天下,德冠生民[311],盖百代之仪表,千年之领袖。曾不憖留[312],梁摧奄及[313],岂唯侨终蹇谢[314],兴谣辍相而已哉[315]!凡我僚旧,均哀共戚[316],怨天德之无厚,痛棠阴之不留[317],思所以克播遗尘[318],敝之穹壤[319],乃刊石图徽[320],寄情铭颂。其辞曰:

天命玄鸟[321],降而生商[322]。是开金运[323],祚始玉筐[324]。三仁去国[325],五曜入房[326]。亦白其马[327],侯服周王[328]。本枝派别[329],因菜命氏[330]。涉徐而东[331],义均梁徙[332]。自兹以降[333],怀青拖紫[334]。崇基岩岩[335],长澜浵浵[336]。

惟圣造物,龙飞天步[337]。载鼎载革[338],有除有布[339]。高皇赫矣[340],仰膺乾顾[341]。景皇蒸哉[342],实启洪祚[343]。乔岳峻峙[344],命世兴贤[345]。膺期诞德[346],绝后光前[347]。几以成务[348],觉在民先。位非大宝[349],爵乃上天[350]。

爰始濯缨[351],清猷濬发[352]。升降文陛[353],逶迤魏阙[354]。惠露沾吴[355],仁风扇越[356]。涉夏逾汉[357],政成期月。用简必从[358],日新为盛[359]。在上哀矜[360],临下庄敬[361]。草木不夭[362],昆虫得性[363]。我有芳兰[364],民胥攸咏[365]。群夷蠢蠢[366],岩别嶂分[367]。倾山尽落[368],其从如云[369]。挈妻荷子,负戴成群[370]。回首请吏[371],曾何足云。

昔闻天道,仁罔不遂[372]。彼苍如何[373],兴山止篑[374]。四牡方驰[375],六龙顿辔[376]。斯民曷仰[377],邦国殄瘁[378]。齐殒晏平[379],行哭致礼[380]。赵徂昌国[381],列邦挥涕[382]。况我君斯[383],皇之介弟[384]。哀感徒庶[385],恸兴云陛[386]。阶毁留攒[387],川泛归轴[388]。竞羞野奠[389],争攀去毂[390]。遵渚号追[391],临波望哭[392]。无绝终古[393],惟兰与菊[394]。涂由帝渚[395],朱轩靡驾[396]。东首茔园[397],即宫长夜[398]。逝川无待[399],黄金难化[400]。钟石徒刊[401],芳猷永谢[402]。

注释

〔1〕南兰陵:郡名,东晋初侨置。治所在兰陵(今江苏常州市西北),南朝宋改名南兰陵。六臣本无"兰"字。五臣本有"郡"字。

〔2〕稷:后稷,周部族始祖。　契:商部族始祖。据说他治水有功,被舜任命为司徒,掌教化。　唐:唐尧,传说中陶唐氏部落长,部落联盟首领。　虞:虞舜,传说中有虞氏部落长,部落联盟首领,唐尧的继位人。

〔3〕商武:商朝建立者。原名履、天乙,子姓。灭夏后,又称武汤、成汤或成唐。他原为商部族首领,重用伊尹为相,吊民伐罪,先后经十一战而灭夏。　姬文:周文王,西周奠基者。姬姓,名昌,受商封为西伯,又称伯昌。　膺:受。　图:河图。古代儒家迷信传说,谓伏羲氏时,有龙马从黄河出现,背负河图,是天授神物。汉·孔安国认为,河图即八卦(《周易》卦象)。　箓:帝王自称其符命之书,即以所谓"祥瑞"附会成君主得到天命的凭证之书。

〔4〕萧:萧何,西汉初大臣,沛(今江苏沛县)人,辅佐刘邦建立汉朝。　曹:曹参,西汉初大臣,沛人。从刘邦起兵,屡建战功。后继萧何为汉惠帝丞相,悉遵萧何旧制,创造了一个相对安定的局面,故有"萧规曹随"之说。　汉祖:汉高祖刘邦,西汉开国皇帝。

〔5〕秦:指秦王朝。　项:项羽,与刘邦争天下,历时四年。前202年,被刘邦困于垓下(今安徽灵璧东南),后突围至乌江(今安徽和县东北),自刎而死。

〔6〕魏氏:曹魏。把曹操附会为曹参之后代。　乘时:乘天时。六臣本作"时乘"。梁章钜《文选旁证·卷四十六》云:"乘时当作时乘。"此句与下句"握符"相对,当以"乘时"为是。

〔7〕皇齐:大齐,指齐帝萧道成。齐帝为萧何之后代。　符:符命,古时以所谓"祥瑞"的征兆附会成君主得到天命的凭证为符命。张铣注:"萧何曹参有大

功于汉,垂仁德于下,故魏主乘天时而为天子,齐帝又握天符而为人主。”

〔8〕灵源:神灵之源,即黄河的源头。此指萧齐福祚之源远流长。 积石:山名,即大积石,今大雪山,在青海南部,禹导河自此。

〔9〕神基:神灵之基,意与“灵源”同,也指萧齐之福祚深厚。 极天:天的最高处。 峻:高。

〔10〕祖宣皇帝:萧承之,字嗣伯,高帝萧道成即位后追尊为宣皇帝,安陆昭王之祖父。 盛烈:伟大的功绩。

〔11〕考景皇帝:高帝即位后追封其兄萧道生为始安贞王,明帝萧鸾即位后追尊其父萧道生为景皇帝。考,已死之父。 含道居贞:保有正道。贞,正。卷怀:怀念先王之德业。

〔12〕公:指萧缅。 辰象:日月星辰。

〔13〕河岳:黄河五岳。 上灵:精灵。

〔14〕蕴:积。 风云:比喻才气豪迈或行事壮烈。

〔15〕负:有。 日月:比喻明智。

〔16〕立行:五臣本作“立身”。 模:做模范。可模,五臣本作“从才”。

〔17〕范:模范,榜样。

〔18〕英华:草木之美者,指美好的品德。 外发:在外貌上表现出来。

〔19〕清明:谓神志思虑清朗。 内昭:内心昭著。五臣本昭作“照”。

〔20〕天经地义之德:指孝于父母、友于兄弟之德。 因心:发自内心。尽:尽有。

〔21〕简久远大之方:简单永久远大的正道。方,道。此句出自《周易》。李善注:“《周易》曰:‘乾以易知,坤以简能。易则易知,简则易从。易知则有亲,易从则有功。有亲则可久,有功则可大。可久则贤人之德,可大则贤人之业。’”这段话的意思是:乾主始物似乎很神密,其实道理很平易,是可知的;坤主生物似乎很奥妙,其实道理很简单,是能懂的。由于乾主始物的道理很平易,所以人人都容易了解;由于坤主生物的道理很简单,所以人人都容易遵从。容易了解则求知者多,对它就亲近;容易遵从则求能者众,就可以发挥作用。对它亲近,就可使之永远不断绝;能发挥作用,就可使之发扬光大。掌握了永恒不绝的这一道理就具备了“贤人”的德性;掌握了可发扬光大的这一道理就能创造出“贤人”的业绩。 率:遵循。 斯:此,指上文之“心”。

〔22〕挹(yì 义):汲取,此为探索之意。

〔23〕莫测:莫测其深。

〔24〕怀:有。

〔25〕日用:每日用其道。　不知:不知道是什么。

〔26〕昭昭:光明,明亮。　三辰:日月星。　丽:附着。

〔27〕滔滔:水势盛大。　四渎:古人对四条独流入海的大川的总称,即江(长江)、河(黄河)、淮、济。　纪:纲纪,此处用做动词,做纲纪。《诗经·小雅·四月》:"滔滔江汉,南国之纪。"

〔28〕六幽:指天地四方。　允洽:和美。

〔29〕一德:纯一之德。　爽:差错。

〔30〕仰之而弥高:此句出自《论语》,是颜回赞美孔子的话,这里用来比喻萧缅。弥,更。

〔31〕应:应和。

〔32〕弹冠出仕:《汉书·王吉传》:"吉与贡禹为友,世称王阳在位,贡公弹冠,言其取舍同也。"王吉字子阳,故称王阳。意谓王吉做官,贡禹也准备出仕。

〔33〕登庸:选拔重用。庸,用。　莅事:临事。指做官到职。

〔34〕军麾:军中的大旗。麾,军旗。　命服:爵命之服,即古代官员按其等级所穿之礼服。按周代官员的品秩有一命至九命之差,官员的衣服因命数不同而各有一定之制,故名。　序:次序。

〔35〕监督:指监督军事。　方部:四方州郡。　数:等级次第。

〔36〕此从五臣本。李善本"得"下无"而"字。

〔37〕水德:指宋。

〔38〕太祖:齐高帝萧道成。　龙跃:比喻帝王兴起。　俟时:等待时机。此时萧道成为宋明帝之假冠军将军,正等待时机,夺取政权。

〔39〕淮泗:二水名。

〔40〕夕惕:一天到晚警惕发生危难之事。

〔41〕中夜:半夜。　九回:多次反复地思虑。

〔42〕龛世:平定世乱。龛,通"戡"。

〔43〕从容:行动,意同上句之"陪奉"。

〔44〕王子:王子乔,周灵王太子晋。李善注:"《周书》(指《逸周书》):晋平公使叔誉于周,见太子,与之言,五称而三穷。归告公曰:'太子晋行年十五,而臣不能与言。'《列仙传》曰:王子乔者,周灵王太子晋也,好吹笙,作凤鸣,游伊

雒之间。” 洛滨:洛水之滨。

〔45〕辟强内侍之年:辟强,留侯张良子。吕向注:“王子晋初游洛滨,年十五,张辟强为侍中,年十五;言安陆之见委任同此年也。”

〔46〕圣怀:指齐高帝萧道成之心意。

〔47〕文学:官名。萧缅曾为宋邵陵王文学。 游梁:指司马相如从游于梁孝王刘武。《汉书·司马相如传》:司马相如“事孝景帝,为武骑常侍,非其好也。会景帝不好辞赋,是时梁孝王来朝,从游说之士齐人邹阳、淮阴枚乘、吴严忌(严忌本姓庄,因避汉明帝讳而改姓严。)夫子(庄忌被尊称为“夫子”)之徒,相如见而说(即“悦”字。)之,因病免,客游梁,得与诸侯游士居,数岁,乃著《子虚之赋》。”此处用以比喻萧缅为宋邵陵王文学如司马相如之游于梁王之门。

〔48〕俄而:不久。 入掌纶诰:指萧缅为齐邵陵王文学之后,不久又做中书郎事。中书郎为中书侍郎之省称,官名,为中书监、令之副职,助监、令掌尚书奏事。纶诰,古代君王的诏书。诰为帝王任命或封赠的文书,《礼记》有“王言如丝,其出如纶”之语,故称为“纶诰”。

〔49〕帝:万物生机的主宰者。此处指齐高帝萧道成。 出于震:《周易·说卦》:“帝出乎震……震,东方也。”此震,指震卦。万物初生从震卦开始。以八卦配八方,配四时,震卦方位为正东,于时为正春。春雷震动,万物胚胎萌发,皆有勃勃之生机。刘良注:“震,东方,木也。言齐为木德,将登帝位,故云‘帝出于震’。”

〔50〕日衣青光:李善注:“《春秋元命苞》:孔子曰:扶桑者,日所出,房(星名,二十八宿之一,即房宿,亦称“天龙”)所立。其耀盛,苍神(即传说为主东方的青帝神)用事。精感姜原(即姜嫄,传说中周始祖后稷之母。),卦得震。震者动而光,故知周苍,代殷者为姬昌,人形龙颜,长大,精翼日,衣青光。”日衣青光即太阳笼罩着一层青色的光。五行中之木,色青。日比君王,指齐高帝。齐为木德,故取木色而曰“青光”。

〔51〕方轨:两车并行。 茅社:即“茅土”,谓受封为王侯,指下句封萧缅为安陆侯。古代帝王社祭之坛以五色土建成,分封诸侯时,按封地所在方向取坛上一色土,以白茅包之,称为茅土,给受封者在国内立社。

〔52〕俾:使。侯安陆:做安陆侯。 安陆,宋孝建元年(公元454)分江夏郡所置郡名。治所在安陆(今湖北安陆县)。辖境相当今湖北安陆、云梦、应城等县。

〔53〕受瑞:接受玉符。瑞,玉瑞,即玉符。符为古代朝廷用以传达命令、调兵遣将的凭证。以竹木或金玉为之。上书文字,剖而为二,各存其一,用时相合以为征信。　析珪:古时封诸侯,按爵位高低,分颁珪玉,叫析珪。珪为长形玉版,上圆或尖,下方,表示信符。珪,通"圭"。依《汉书·司马相如传》"析圭而爵"如淳注:珪中分为二,白的一半藏于天子,青的一半给诸侯。

〔54〕荒:据有。　云野:云梦之野。云梦属安陆郡。

〔55〕式:无义。　储命:太子之命。储指储君,即太子。当时萧缅为太子中庶子,故云"掌储命"。中庶子,太子属官,职如侍中,侍从左右,掌机密,传命令等。

〔56〕难其人:以中庶子之人选为难得。

〔57〕羽仪:义同"羽翼",即辅佐之人。

〔58〕允:信,实。　膺:当。

〔59〕协隆:协同而使发扬光大,　三善:亲亲、尊君、长长,封建社会提倡的三种道德规范。

〔60〕敷:布化。　四德:《周易》称元、亨、利、贞为四德。《周易·乾·文言》:"君子行此四德者,故曰:'乾:元、亨、利、贞。'""元"是生物的开始。天地生物无偏私,泛爱众,这就是天地的"元"德。君子体现天地之"元"德而爱人,就足以为君、为师。"亨"为万物生长繁茂亨通,犹如大亨之礼使诸物会聚,这就是天地的"亨"德。君子体现天地之"亨"德,待人接物就能合乎礼仪。"利"为天地阴阳相和,从而使万物生长各得其宜,这就是天地的"利"德。君子体现"利"德,以利物之心与人相和而不争,就能处事得宜而合乎义。"贞"为天地阴阳保持相和而不偏,以使万物能够得正位而持久,这就是天地的"贞"德。君子体现"贞"德,信守正道而不改变,正己然后正物,则无事不得其正,足以干万事。行仁能得众,行礼能合众,行义能利众,行事能事正。行此四者,即能合乎乾卦"元亨利贞"之四德,故曰:"乾:元、亨、利、贞。"

〔61〕博望之苑:汉武帝为太子戾所置之苑名"博望"。　载:有。　吕良注:"汉武帝为戾太子置博望苑,使通宾客,从其所好。言缅赞助太子,是博望苑之载有光辉也。"

〔62〕龙楼之门:《汉书·成帝纪》:"上尝急召,太子出龙楼门。"张晏注:"门楼上有铜龙,若白鹤、飞廉之为名也。"　峻:高。

〔63〕献替:"献可替否"的略语,进献可行者,除去不可行者,即静言进谏之

意。　帷扆(yǐ 以):犹言屏帷之内。扆,门窗之间画有斧形的屏风。

〔64〕喉唇:同"喉舌",比喻掌握机要、出纳王命的重要官员。

〔65〕待漏:漏,古代的计时器。百官清早入朝,准备朝拜皇帝,称为待漏。

〔66〕如丝之旨:指王言。《礼记》:"王言如丝。"

〔67〕恒:常,一般。　受:五臣本作"授"。

〔68〕密戚:关系密切的亲属。　上贤:上等贤人。

〔69〕奉职:做侍中之职。侍中,官名,从侍皇帝左右,掌机要。

〔70〕出纳:出纳天子之言。　允:信,诚。

〔71〕剑玺:李善注:"应劭《汉宫仪》曰:侍中,殿上称制,出则陪乘,佩玺把剑。"玺,皇帝印章。　增华:增加光华。

〔72〕伊昔:从前。　帝唐:尧。

〔73〕九官:传说虞舜置九官,即:伯禹作司空,弃为后稷,契作司徒,皋陶作士,垂为共工,益作朕虞,伯夷作秩宗,夔为典乐,龙为纳言。

〔74〕熊:指仲熊,高辛氏(即帝喾)的八个才子之一。　豹:指叔豹,高辛氏八才子之一。　临:大临,高阳氏(即颛顼)八个才子之一。　戭(yǐn 引):梼戭,高阳氏八才子之一。

〔75〕司:主管。

〔76〕爽:差错。

〔77〕爰:于是。　近侍:指担任五兵尚书之职。

〔78〕式:用。　赞:助。　权衡:衡量,比较。这里是处理政务之义。

〔79〕眷眷:一心一意。

〔80〕瘼:病苦。指百姓之疾苦。

〔81〕姑苏:今苏州市。旧属吴地,此指萧缅任吴郡太守。　奥壤:腹地,重要地区。

〔82〕切:切要,重要。　关河:泛指关隘山川,这里指整个国家。

〔83〕殷阜:盛大。阜,李善本作"负"。

〔84〕提封:提,五臣本作"隄"。百万:百万井之省。一井九家。指封地之广大人口众多。

〔85〕全赵:全盛之时的赵国。赵,战国七雄之一。　袨(xuàn 炫)服:炫目的盛服。　丛台:赵王之台,在邯郸。

〔86〕临淄:古邑名。故址在今山东淄博市东北。周初封吕尚于齐,建都于

此。　挥汗成雨：比喻人多。

〔87〕鸿骞（qiān 牵）：鸿雁高飞。骞，飞。

〔88〕守：太守，郡之长官。　东楚：亦指吴地。吕向注："东楚亦吴也，谓吴经吞并楚故也。"

〔89〕弘：弘扬。　义让：正义谦让。勖（xù 序）：勉励。

〔90〕振：发扬。　平惠：公平之恩惠。　字：养育。

〔91〕抚：安抚。　上德：《老子》："上德不德，是以有德。"上德，指得"道"很深的人。意谓这样的人并不显示自己有"德"，所以才真正有"德"。

〔92〕绥：安，安抚。　中典：常行的法律。

〔93〕疑狱：疑难的案件。　情：实际情况。

〔94〕宿讼：长期争讼不休。　两让：双方各做让步。

〔95〕春申：春申君黄歇，战国四君子之一。受任为相，曾封于江东，以吴（今江苏苏州）为都邑，门下食客三千。在任时，曾发兵救赵却秦，解邯郸之围，一度为纵约长。后又发兵灭鲁。　启：发，开拓。　封疆：疆域。

〔96〕邓攸：晋人，字伯道，曾为吴郡太守。　缉熙：光明。此处用做使动，使得到光明。　萌庶：百姓。萌，通"氓"，民。邓攸做吴郡太守时，发生灾荒，人饿死。邓攸上表，请求开仓救济，而朝廷不许。他就不领俸禄，开仓济民。

〔97〕尚：上，超过。《南齐书·安陆昭王传》："仍出为辅国将军、吴郡太守。少时，大著风绩。竟陵王子良与缅书曰：'窃承下风，数十年来，未有此政。'"

〔98〕夏首：即夏口，古城名，在今湖北武汉市黄鹄山上。背山临江，形势险要，历来为争战要地。曾为荆州治所，南齐为郢州治所。　藩要：保卫国家的要地。《南齐书·州郡志》："郢州，镇夏口，旧要害也。……宋孝武置州于此，以分荆楚之势。"

〔99〕推毂（gǔ 古）：推车前进。毂，车轮轴。吕向注："谓特出为荆州（当为郢州）牧也。古之遣将，而天子皆亲为推车毂送之。镇荆州，并有军故也。"

〔100〕衿带：衣服之领和带，比喻形势回互环绕的险要之地。　中流：长江中游。张铣注："谓荆州以江流为之衿带，其地正当江之阻也。"

〔101〕殷：居中，当于。

〔102〕衡：衡山，在湖南省，跨旧长沙、衡州二郡。　巫：巫山，在四川巫山县东。此二山在郢州之南。

〔103〕鄾（yōu 优）：古地名，在今湖北襄阳西北。　邓：古县名。春秋邓国，

秦置县。治所在今湖北襄樊市北。

〔104〕三七:二千一百里。

〔105〕形胜:地理形势优越。

〔106〕阃(kǔn 捆)外,京城之外,指统兵在外。阃指郭门的门槛。阃外即郭门之外。《史记·张释之冯唐列传》:“臣闻上古王者之遣将也,跪而推毂,曰:‘阃以内者,寡人制之;阃以外者,将军制之。’”后因称军事职务为阃外。

〔107〕建麾:树立军旗。麾,古代用以指挥军队的旗帜。　作牧:指萧缅做郢州刺史。牧,州的长官,即刺史。南北朝时,重要州、郡的刺史由都督兼任,权力很大。《南齐书》本传:“世祖嘉其能,转持节、都督郢州、司州之义阳军事,冠军将军、郢州刺史。”

〔108〕明德:光明之德,美德。　攸:所。

〔109〕暴:同“曝”,晒。　秋阳:秋日阳光。张铣曰:“言思育下人,如秋日之和,人晒其光,爱其温也。”

〔110〕威:通“畏”,使敬畏。张铣注:“又如夏日之盛,人皆畏其猛也。”

〔111〕泽:恩德。　渐(jiān 尖):浸润,指逐渐受到感染。

〔112〕靡:无。

〔113〕明:明亮的眼光。

〔114〕容光:仅能透过光线的小空隙。

〔115〕物:指人。

〔116〕惠:恩惠。六臣本作“慧”。　八风:八方之风。

〔117〕五材:金木水火土五种物质。材,李善本作“才”。

〔118〕怀:念。

〔119〕迩:近。　肃:恭敬。

〔120〕晨饮之羊:牧人上早市卖羊前,使羊饮水来增加份量。此时没有这种现象,说明诚信无欺。

〔121〕表:外,超过。　六条:汉制,颁行给刺史的六条诏书,以考察官吏。《汉书·百官公卿表上》注引《汉官典职仪》:“一条,强宗豪右田宅逾制,以强凌弱,以众暴寡;二条,二千石不奉诏书遵承典制,背公向私,旁诏守利,侵渔百姓,聚敛为奸;三条,二千石不恤疑狱,风厉杀人,怒则加罚,喜则淫赏,烦扰刻暴,剥戮黎元,为百姓所疾,山崩石裂,祆祥讹言;四条,二千石选署不平,苟阿所爱,蔽贤宠顽;五条,二千石子弟恃怙荣势,请托所监;六条,二千石违公下比,阿附豪

强,通行货赂,割损政令也。”又李善注:“《汉书音义》曰:书刺史所察有六条:察民疾苦冤失职者;察墨绶长吏以上居官政状;察盗贼为民之害及大奸猾者;察犯田律四时禁者;察民有孝悌、廉洁、行脩正、茂才异等者;察吏不簿入、钱谷放散者。所察不得过此。”

〔122〕最:最大,最多。

〔123〕近侍:指侍中之官。《南齐书》本传:“永明五年,还为侍中,领骁骑将军。”

〔124〕飨:通“享”,受,担当。　戎秩:指武职骁骑将军。

〔125〕候府:候察于府,意即负责宿卫,指中领军。中领军掌禁卫宫掖。萧缅由侍中迁为中领军。　寄隆:寄托大任。

〔126〕储端:太子的幕僚,指太子詹事。储,储君,太子。端,南北朝时称幕僚之职曰端。《南齐书》本传:“明年,转散骑常侍、太子詹事。”太子詹事掌太子家事。

〔127〕羊琇(xiù 秀):张铣注:“晋羊琇与武帝同年相爱,尝谓武帝曰:‘若得天下,用我为领护军、太子詹事。’武帝戏许之。后武帝即位,琇但为左卫将军,不得詹事。故云‘愿言匪获’也。”

〔128〕谢琰(yǎn 眼):字瑗度,谢安少子。征氐有功,为辅国将军、左仆射,领太子詹事。

〔129〕二宫:指齐武帝萧赜(zé 则)和太子文惠。宫,五臣本作“君”。

〔130〕令绩:美绩,卓越的功绩。　俟:待。

〔131〕禁旅:禁卫军。　尊严:庄重而有威严。

〔132〕主器:指太子的地位。　弥固:更加稳固。

〔133〕禹穴:地名,在浙江绍兴县之会稽山。传说为夏禹葬地。　神皋(gāo 高):良田,肥沃的土地。

〔134〕埒(liè 列):等同。　分陕:相传周初周公、召公分陕而治,周公治陕以东,召公治陕以西。陕即今陕西陕县。后来封建王朝的中央官员出任地方长官,也称分陕。此指萧缅由京官出任会稽太守。

〔135〕江左:南齐建都于建康(今南京市)。长江在芜湖、南京间作西南南、东北北流,隋、唐以前,是南北往来主要渡口所在,习惯上称自此以下的长江南岸为江东。古人在地理上以东为左,以西为右,故江东又称江左。此处之江左指建康。

〔136〕递:更替。

〔137〕东渚(zhǔ 煮):东部面临。渚,水边,此处用做动词,面临。钜:大,通“巨”,五臣本作“巨”。

〔138〕秦稽:二山名,秦望山和会稽山。

〔139〕渊薮:鱼和兽类聚居的地方,比喻人或物类聚集的处所。 萃:会聚。

〔140〕雚(guàn 贯)蒲:二草名。刘良注:“言会稽郡旧多盗贼……昔者郑国多盗,聚人雚蒲之泽也……言会稽有盗,亦如在于雚蒲也。”

〔141〕千金:拥有千金之巨商大贾。

〔142〕郛鄽(chán 蚕):城区居民。 郛,外城。鄽,同“廛”,民居。

〔143〕云屋:如云高之屋。

〔144〕繁舛:多而乱杂。

〔145〕详一:吕向注:“难以详正而使其一也。”

〔146〕南山:终南山。李善注:“《汉书》曰:王尊为高陵令,会南山群盗傰宗数百人,为吏民害。”

〔147〕渤海:渤海郡,治所在浮阳(今河北沧县东南东关)。乱绳:比喻盗贼。汉宣帝时,渤海郡发生饥荒,“盗贼并起”,丞相御史推举龚遂前去治理。龚遂说:“臣闻治民犹治乱绳,不可急也;唯缓之,然后可治。”(《汉书·龚遂传》)

〔148〕方:比。 斯:此。

〔149〕下车:指官吏刚到任。 敷化:布行教化。

〔150〕恕:己不所欲,勿施于人。 孚:信用。

〔151〕钩距:犹反复调查。《汉书·赵广汉传》:“尤善为钩距,以得事情。钩距者,设欲知马贾(价),则先问狗,已,问羊,又问牛,然后及马,参伍其贾,以类相准,则知马之贵贱,不失实矣。”《注》引晋灼:“钩,致;距,闭也。使对者无疑,若不问而自知,众莫觉所由以闭,其术为距也。”

〔152〕赭(zhě 者)污之权:指使用欺骗手段。李善注:“《汉书》曰:张敞守京兆尹,召见诸偷酋长数人,因贳(shè,通“赦”,赦免)其罪,把其宿负,令致诸偷以自赎。偷长曰:‘今一旦召诣府,恐诸偷惊骇,愿一切受署。’敞皆以为吏,遣归休。置酒,小偷悉来贺,饮醉,偷长以赭污其衣。吏坐里间,阅出者污赭,辄收缚之,一日捕得数百人,尽行法罚。”(见《张敞传》)赭,红色。污,染。

〔153〕奸渠:坏头头。渠,大。

〔154〕假:用。　里端:犹里正。　籍:登上簿籍。

〔155〕恶子:有劣迹之子弟。《汉书·尹赏传》:"长安中奸猾浸多,闾里少年群辈杀吏,受赇报仇……城中薄暮尘起,剽劫行者,死伤横道,枹鼓不绝。赏(尹赏)以三辅高第选守长安令,得一切便宜从事……乃部户曹掾史,与乡吏、亭长、里正、父老、伍人,杂举长安中轻薄少年恶子……悉籍记之……分行收捕。"

〔156〕被:加。　哀矜(jīn 今):犹怜悯。

〔157〕孚:敬。　信顺:信任。

〔158〕南阳:指东汉南阳太守刘宽。　苇杖:用苇子打犯人,表示宽大仁慈。李善注:"刘宽……迁南阳太守,吏民有过,但用蒲鞭罚之,示辱而已,然终不加苦。""老蒲为苇"。

〔159〕颍川:指颍川太守郭伋。　时雨:比喻德政。李善注:"赵岐《三辅决录》曰:茂陵郭伋为颍川,化如时雨。"

〔160〕丰:多,增。　泽:恩惠。

〔161〕揽辔升车:"揽辔澄清"之略。《后汉书·范滂传》:"时冀州饥荒,盗贼群起,乃以滂为清诏使,按察之。滂登车揽辔,慨然有澄清天下之志。"后以"揽辔澄清"指官吏初到职任即能澄清政治,稳定乱局。

〔162〕牧:治理。　典:掌管。

〔163〕祇:神。

〔164〕期(jī 鸡)月:一年。

〔165〕安:安定,安稳。　怀:想念。《论语·公冶长》:"子曰:'老者安之……少者怀之。'"

〔166〕涂:道路。　里:居民区。张铣注:"歌咏其德也。"

〔167〕亲戚:父母。

〔168〕椒兰:椒与兰都是芳香之物,用以比喻所敬爱之人。《荀子·议兵》:"而其民之亲我,欢若父母;其好我,芬若椒兰。"

〔169〕麾旆:军旗。　反:返。吕良注:"麾旆,旗之类也。古者刺史行,皆执物以行。反谓去官也。"

〔170〕行道:行路之人。

〔171〕攀车卧辙:牵挽车辕,躺在车道上,不让车子走。旧时用为挽留所谓贤明官吏的谀词。李善注:"《东观汉记》曰:秦彭,字国平,为开阳城门候,后拜

颍川太守，老弱攀车，啼号填道。又曰：侯霸，字君房。王莽败，霸保守临淮。更始元年，遣谒者侯盛赍玺书征霸。百姓号呼哭泣，遮使者，或当道卧，皆曰，愿复留霸期年。”

〔172〕去思一借：官吏要离任，恳请挽留一年。李善注：“《东观汉记》曰：寇恂为河内太守，征入为金吾（官名）。颍川盗贼群起。车驾南征，恂从至颍川，盗贼悉降。百姓遮道曰：愿从陛下复借寇君一年。上乃留恂。”

〔173〕弥：更。

〔174〕方城：山名。在河南叶县南、方城县东北，西连伏牛山脉。春秋时楚国所筑方城（长城）经此山东麓。　汉池：汉水。《左传·僖公四年》：“楚国方城以为城，汉水以为池。”

〔175〕顾：看。　莫：没有什么。

〔176〕崤：山名，在河南省西部，秦岭东段支脉，分东西二崤，延伸黄河、洛河间。　潼：水名。在陕西潼关县。

〔177〕涂：路。　七百：七百里。

〔178〕峣：关名。在陕西蓝田县东南。因关临峣山而得名。　武：关名。在陕西丹凤县东南。

〔179〕盈：满。　千：千里。

〔180〕蛮：古代对少数民族的泛称。　陬（zōu 邹）：角落。　夷：对少数民族的泛称。　徼（jiào 叫）：边界，边塞。

〔181〕略：抢劫。

〔182〕剽（piào 票）：抢劫。

〔183〕切：关。

〔184〕烽鼓：烽火与战鼓，指战乱。

〔185〕椎埋：杀人埋尸；一说盗墓。　穿掘：穿墙掘墓，指盗窃。　党：为私利而勾结在一起的人。

〔186〕慠：同“傲”，倨傲。

〔187〕曾：竟然。　禁御：禁止。

〔188〕累藩：各藩国。

〔189〕历政：历任为政于此者。　裁：制。

〔190〕戎：对少数民族的泛称之一。　羯（jié 竭）：古代民族名。源于小月氏，曾附属匈奴。魏晋时，散居于上党郡（今山西潞城附近各县）。窥窬（yú

鱼）：犹言觊覦，谓窥伺可乘之隙。窬，通“覦”。

〔191〕伺：窥伺，探察。 隙：漏洞，机会。

〔192〕严城：高城。

〔193〕永明八载：公元 490 年。永明，齐武帝年号。《南齐书·武帝纪》：“永明八年秋七月辛丑，以会稽太守安陆侯缅为雍州刺史。”李善注：“吴均《齐春秋》曰：永明八年，匈奴寇朐（xū 虚）山。”梁章钜《文选旁证》云：“姜氏皋曰：“齐永明之八年，魏太和之十四年也。《魏书·孝文纪》，是年并无出师南侵之事。其《岛夷传》‘梁郡王嘉破道成将于朐山下’云云，《魏本纪》载于太和四年。《南齐书·魏虏传》亦云太和三年之明年，伪南部尚书托跋等十万众围昫山。太和四年是齐建元二年。《齐本纪》于是年亦云索虏寇淮泗及寇寿阳。其永明八年无出师御敌之事。南、北史《本纪》同。此文及注当别有所本。”

〔194〕疆埸（yì 易）：边界。 骇：惊扰。

〔195〕眷：顾念。

〔196〕怡：悦。

〔197〕扬旆：扬旗，调出征。 汉南：汉水之南。

〔198〕原隰（xí 席）：广平低湿之地。

〔199〕卷甲：卷起盔甲。卷，收藏，卷起。《孙子兵法》：“卷甲而趋。”遄（chuán 传）征：迅速出征。遄，速。

〔200〕威令：威严的命令。 首涂：首路，行军开始的路途。

〔201〕仁风：仁德之风。 载路：充满道路。

〔202〕轨躅（zhú 烛）：车迹。 清晏：清静安宁。

〔203〕车徒：兵车及步卒。 扰：乱。

〔204〕牛酒：牵牛载酒。 日至：每天都有人来到。指犒劳兵将。

〔205〕壶浆：“箪食壶浆”之略，用筐盛着饭，用壶盛着浆。浆，用米熬成的酸汁，汉朝人叫做截（zài 在）浆，古人用以代酒。此处即指酒。《孟子·梁惠王下》：“箪食壶浆以迎王师。” 塞陌：阻塞道路，形容人多。

〔206〕犬羊：吕延济注：“言夷狄如犬羊之畜。”

〔207〕严切：严厉而急促。

〔208〕首鼠：踌躇，进退不定。

〔209〕蠹（dù 杜）：李善注：“《说文》曰‘蠹，木虫。’以喻残贼。”吕向注：“蠹，害也。”

〔210〕扇:扇扬,播扬。

〔211〕孚:取得信任。

〔212〕任棠置水:任棠,东汉汉阳人,有奇节,隐居教授。太守庞参往访,棠不与语,但以薤一大本、水一杯置屏前,自抱孙儿伏在门下。参悟,说:"棠是欲晓太守也。水者,欲吾清也;拔大本薤,欲吾击强宗也。抱儿当户,欲吾开门恤孤也。"于是叹息而还。庞参在职果能抑豪助弱,以惠政而得民心。

〔213〕郭伋待期:郭伋,东汉扶风茂陵人。王莽时为并州牧。建武中,由颍川太守复调并州牧。郭伋前在并州,素结恩德,及再至,所到县邑,老幼相携,逢迎道路。至西河美稷,有童儿数百,各骑竹马,道次迎拜,郭伋问:你们为何从远处来迎?众儿道:闻使君到,心喜,故来迎。又送郭伋出外城,并问何日当还,郭告以归期。回到美稷时,比约定早一日,郭想到与众儿之约,止于野亭,至期乃往。

〔214〕金如粟:视金如粟之贱。

〔215〕马如羊:视马如羊之贱。李善注:"范晔《后汉书》曰:张奂,字然明,敦煌人也。迁安定属国都尉,破薁鞬,豪帅感奂恩,上马二十匹。先零酋长又遗金鐻(qú,金首饰名)八枚。并受之,而召主簿于诸羌前,以酒酹地,曰:'使马如羊,不以入厩;金如粟,不以入怀。'悉以金、马还之。"吕延济注:"言虽贱如羊粟,亦不用也,况于贵乎?"

〔216〕雏雉必怀:指鲁恭以德化为政,不任刑罚之事。鲁恭,东汉扶风平陵人,字仲康,章帝时拜中牟令。当时郡国闹螟虫,伤稼,中牟县虽与邻县犬牙交错,但螟虫不入中牟。河南尹袁安闻而不信,派仁恕掾肥亲前去考察。鲁恭随肥亲行于道路,俱坐于桑树下休息。有一雉落其身旁。身旁有一儿童,肥亲问:"你为何不捕它?"小儿言"此雉方才正带领幼雉飞。"肥亲对鲁恭说:"我来,是为了考察您的教化情况。螟虫不犯县境,此一异也;德化及于鸟兽,此二异也;小儿有仁心,此三异也。"肥亲向袁安如实报告。雏雉:带雏之雉。雉,野鸡。

〔217〕爽:李周翰注:"爽,差。言其有信于豚鱼,亦不差失也。"李善注:"《周易》曰:信及豚鱼。"豚鱼,鱼名,河豚。

〔218〕倾巢:与"举落"义同,整个村落。举,全。落,村庄。

〔219〕椎髻:椎形发髻。 髽(zhuā 抓)首:以麻束发的人。 张铣注:"椎髻髽首,蛮夷结发之形。"

〔220〕卉服:穿着草编衣服的少数民族。

〔221〕夷歌：少数民族之歌。指蜀西的一个少数民族白狼，汉明帝时，他们用自己的语言写成三首诗歌，颂扬汉的功德。左太冲（思）《蜀都赋》："陪以白狼，夷歌成章。"李善注：范晔《后汉书》曰：益州刺史朱辅上疏曰："白狼王唐菆等慕化归义，作诗三章也。"

〔222〕敷：布。

〔223〕具：俱，都。

〔224〕强民：强悍之民。　犷（guǎng 广）俗：凶悍蛮横之俗。

〔225〕反志：返归本志，即回复人的善良本性。"迁情"义同。

〔226〕风尘：比喻战乱。

〔227〕囹圄（yǔ 雨）：监狱。　寂寞：清静，无声。指无犯人。

〔228〕野次：露宿田野。张铣注："言不遇盗也。"次，停留。

〔229〕宿秉：已成熟收割的农作物。秉，禾穗。　菑（zī 资）：初耕的田地，此处泛指田地。

〔230〕蝝（yuán 原）：未生翅的蝗子。

〔231〕豻虎远迹：李善注："范晔《后汉书》曰：宋均，字叔平，南阳人也。迁九江太守。郡多虎暴，数为民患，常设槛阱，而犹多伤害。均到，下记属县，可一去槛阱，除削课制，其后传言，虎相与东渡江。后山阳楚沛多蝗，其飞至九江东界者，辄东西散去。"

〔232〕北狄：狄，古代民族名，因主要居于北方，故又称"北狄"。秦汉以后，"狄"或"北狄"是中原人对北方各族的泛称之一。

〔233〕侦谍：侦探。　窥：伺察。

〔234〕驼马：指胡人之牲畜。贾谊《过秦论》："胡人不敢南下而牧马。"

〔235〕振策：扬鞭。策，鞭子。　燕（yān 烟）：古国名。指河北省一带。赵：古国名。指山西、河北一带。

〔236〕秦：古国名。指陕西省一带。　代：古国名。指河北蔚县一带。

〔237〕龙驾：皇帝的车驾。　伊洛：伊水和洛水，都在河南省。

〔238〕紫盖：皇帝的车驾。　咸阳：古都名。在今陕西咸阳市东北二十里。当时为北魏都城。张铣注："言将陪侍天子伐魏也。"

〔239〕遘疾：得病。　弥留：久病不愈，后称病重将死。

〔240〕欻（xū 虚）焉：忽然。　大渐：病危。

〔241〕释耒：放下农具不耕作。耒（lěi 垒），古代翻土工具。

〔242〕桑妇:织女。　机:纺织机。吕延济注:“言耕夫桑妇感缅之仁惠,恐其将薨,皆释去作具,以相惊惜。”

〔243〕参请:参见问候。李周翰注:“谓问疾也。”　衢:道路。

〔244〕群望:意为祈祷。望为祭名,祭名山大川为望。群望,李周翰注:“谓山川所有祈祭之所也。人皆并走往祈祀之,以求其福,望缅之疾瘳(chōu 抽,病愈)也。”

〔245〕永明九年:491 年。　薨:死。

〔246〕春秋:年岁。

〔247〕飒然:零落的样子。

〔248〕庶寮:众僚属。　霣(yǔn 允):同“陨”,坠落。吕向注:“言众官如零落有所失也。”

〔249〕临(lìn 吝):哭。

〔250〕夷群:少数民族群众。　戎落:少数民族村寨。

〔251〕幽远:极远处的人。

〔252〕拊膺:拍胸。

〔253〕郛邑:城邑。

〔254〕灵榇:盛死者的棺木。

〔255〕藩司:南北朝时以宗室诸侯王为州刺史,称藩司。此指藩司下属主事之官。　不:六臣本作“弗”。

〔256〕邓训致剺(lí 梨)面之哀:剺面,用刀划脸。我国古代匈奴、回鹘等民族的风俗,凡遇大忧大丧,就用刀划脸,表示悲愁。剺,割,划。李善注:“范晔《后汉书》曰:邓训,字平叔,迁护乌桓校尉。病卒,官吏民羌胡爱惜,旦夕临者数千人。戎俗,父母死,耻悲泣,皆骑马歌呼。至闻训卒,莫不号咷,或以刀自割,又刺杀其犬马牛羊曰:‘邓使君已死,我曹亦俱死耳。’”“剺”李善本、六臣本皆作“劈”,今据梁章钜《文选旁证·卷四十六》改。梁云:“按《注》引《训传》但云‘或以刀自割’,无‘劈面’字。‘劈’当作‘剺’。《说文》:‘剺,划也。’‘剺’与‘劈’字形相似。剺,一作‘㓯’,一借作‘梨’。《后汉书·耿秉传》‘匈奴闻秉卒,举国号哭,或至梨面流血’。《唐书·回纥传》亦有‘剺面哭’之语。此宜兼引《秉传》。”

〔257〕羊公:指羊祜,西晋大臣,字叔子,泰山南城(今山东费县西南)人。魏末司马昭专权,拜相国从事中郎。司马炎代魏,加散骑常侍、卫将军,迁尚书

左仆射,后都督荆州诸军事,抚士庶,垦田积粮。 罢市:李善注:"《晋诸公赞》曰:羊祜薨,赠太傅。南州以市日闻丧,即号哭罢市。"

〔258〕惭德:因行事有缺点而惭愧。

〔259〕神驾:指丧车。 东还:自雍州回江东。

〔260〕逾境:越过州境。《南齐书》本传:"丧还,百姓沿沔水悲泣。"

〔261〕奉觞:指设祭。 望灵:指在岘山(在湖北襄阳南,东临汉水)祭灵之事。《南齐书》本传:"百姓设祭于岘山。"望,祭山川,此处为在山而祭。

〔262〕诉:告诉,向上天诉说痛苦。

〔263〕盈涂:祭奠哭送的人充满路途。涂,途。 咽水:吕向注:"悲泣之声哽咽如水之不通流也。"

〔264〕临危:临死。 审正:指精神正常清醒。

〔265〕贻话言:留下遗嘱。

〔266〕楚囊:楚公子囊,即公子贞,楚庄王子。《左传·襄公十四年》:"楚子囊还自伐吴,卒。将死,遗言谓子庚(子庚,即公子午,继子囊为令尹):'必城郢!'君子谓'子囊忠'。君薨,不忘增其名(谓楚共王死时谥其为"共");将死,不忘卫社稷,可不谓忠乎?" 情:指子囊临死不忘卫社稷之情。六臣本作"请"。

〔267〕几:危险,指病危。

〔268〕卫鱼:卫国大夫史鱼。李善注:"《韩诗外传》曰:昔卫大夫史鱼病且死,谓其子曰:'我数言蘧伯玉之贤而不能进,弥子瑕不肖而不能退。死不当居丧正堂,殡我于室足矣。'卫君问其故,子以父言闻。君召伯玉而贵之,弥子瑕退之,殡于正堂。"

〔269〕轸恸:非常痛苦而哭泣。轸,痛。

〔270〕鼓吹:乐名。主要乐器有鼓钲箫笳,出自北方民族,本为军中之乐。其初用于卤簿,又或赐以有功之臣。

〔271〕谥:人死后的封号。

〔272〕皇上:指齐明帝萧鸾,萧缅亲兄。 纳麓:《书·舜典》:"纳于大麓,烈风雷雨不迷。"麓,本谓山足。伪孔《传》训麓为录,言尧纳舜使大录万机之政。后袭伪《传》,以"纳麓"指总揽大政。当时萧鸾任尚书右仆射。 辰:时候。

〔273〕登庸:进用。登,升,进。庸,用。 伊始:开始。张铣注:"先试用

也。”

〔274〕允:信,实。 朝端:位居首席的朝臣。萧鸾在永明七年做尚书右仆射。

〔275〕掌屯卫:萧鸾在永明八年加领卫尉之官。卫尉,掌宫门卫屯兵。屯卫,驻兵守卫。

〔276〕移时:谓时间久。

〔277〕遘沉痾(ē 阿):得重病。痾,病。

〔278〕绵留:延续不绝。 气序:季节的推移,犹言时序。

〔279〕世祖:指齐武帝萧赜。

〔280〕宽譬:宽慰。

〔281〕勉膳:劝慰进食。

〔282〕中使:帝王宫廷中派出的使者,多由宦官担任。

〔283〕殷:盛,多。

〔284〕御:进。

〔285〕癯瘠(qú jí 渠吉):瘦。

〔286〕振古:自古,往昔。振,自。 俦:比。

〔287〕俯膺:承受。俯,对上级的敬词。 天眷:上天的恩眷,指太后对萧鸾的恩宠。

〔288〕纂:继承。 绝业:中断的事业。《南齐书·明帝纪》:“太后废海陵王,以上入纂太祖。”

〔289〕懿亲:至亲,指皇室宗亲。

〔290〕台:台辅,古代对三公的别称。 牧:州牧。

〔291〕繁弱:古代良弓名。 流涕:吕延济注:“昔黄帝升仙,遗其弓,而群臣对之流涕也。”此处指明帝对着萧缅的遗物而流泪。

〔292〕曲阜:周公封地。此代指萧缅封地安陆。 含悲:吕延济注:“言思昭王如望周公而含悲。”

〔293〕弘润:宏大而光辉。

〔294〕风标:风度,仪态。 秀举:秀异出众。

〔295〕书部:书籍。

〔296〕玄言:精微玄妙之言,指道家之言。

〔297〕鞶(pán 盘)帨(shuì 税):大带和佩巾。吕向注:“喻礼乐衣冠之美丽

也。"

〔298〕篆籀(zhòu 宙):篆文和籀文,两种书体名,前者指小篆,后者指大篆。

〔299〕六艺:指《诗经》之六义:一曰风,二曰赋,三曰比,四曰兴,五曰雅,六曰颂。

〔300〕八体:文字之八种:一曰大篆,二曰小篆,三曰刻符,四曰虫书,五曰摹印,六曰署书,七曰殳书,八曰隶书。按八体中大篆、小篆、虫书、隶书为字体,刻符等四种是书的用途。梁章钜《文选旁证·卷四十六》:"窦众《述书赋》论齐高帝、梁武帝、简文帝、元帝及萧子良,不及安陆。大约休文此作亦所谓谀墓而已。"

〔301〕弈思:关于围棋的思考。　弈:围棋。

〔302〕秋储:弈秋关于围棋所积累的绝妙技法和精深思虑。弈,弈秋,上古围棋高手。储,储蓄精思。

〔303〕取睽:吕延济注:"射也"。《周易·系辞传下》:"弦木为弧(用丝弦加于木上使之弯曲而成为弓),剡木为矢(将竹木削尖而做成箭),弧矢之利(有了锋利的弓箭),以威天下(就能威服天下),盖取诸睽(这大概是从睽卦卦象取得的)。"睽卦卦象为䷥,二体为下兑上离。虞翻注:"离为矢。"《说卦传》曰:"兑为毁折。"高亨注:"兑又为竹,竹亦小木之类也。"以矢加于曲木之上有弓矢之象,故"取睽"引申为射箭。

〔304〕流睇:斜视一眼。指养由基之善射。养由基,春秋楚人,善射。蹲甲而射,可以射穿七札;又去柳叶百步而射,百发百中。李善注:"《幽通赋》曰:养(养由基)流睇而猿号。"

〔305〕鸣谦:谓谦德表著于外。《易·谦》:"鸣谦,贞吉。"王弼注:"鸣者,声名闻之谓也。"后亦谓态度谦虚为"鸣谦"。

〔306〕抚:抚慰。

〔307〕士林:旧指学术界,知识界,有文士身份的人。

〔308〕博纳:博取。纳,李善注本作"约"。《文选旁证·卷四十六》:"作'纳'是也,此传写误。"

〔309〕幽关:幽,深;关,门闩。比喻心胸。

〔310〕情澜:情如大浪之澎湃。澜,大波浪。

〔311〕冠:超过,压倒。　生民:人。

〔312〕慭(yìn 印)留:爱惜而使存活。　刘良注:"慭,惜也。"《诗经·小雅·

十月之交》:“不憖遗一老,俾守我王。”

〔313〕梁摧:房梁摧折。李善注:“《礼记》曰:孔子早起,负手杖逍遥于门,歌曰:‘太山其颓乎,梁木其坏乎!’” 奄及:忽及。

〔314〕侨终:子产死。侨,郑国大夫,字子产,一字子美,又名公孙侨,郑公族子国之子。辅佐简公二十余年,对内主张惠民去奸,不毁乡校,开放议政风气;对外注意利用时机,积极开展小国外交,给郑国带来新气象。 蹇谢:蹇叔死。蹇,蹇叔,秦国大夫。谢,死。

〔315〕兴谣:李善注:“《左氏传》曰:产从政一年,舆人诵之曰:取我衣冠而褚(用棉絮装)之,取我田畴而伍之。孰杀子产,吾其与之。及三年,又诵之曰:我有子弟,子产诲之;我有田畴,子产殖之。子产而死,谁其嗣之?”辍相:舂米者不再用杵舂米。李善注:“五羖(gǔ 古)大夫死,舂者不相杵。”

〔316〕戚:悲伤。

〔317〕棠阴:传说落棠山为日入之处。后因以棠阴指傍晚。“棠阴之不留”,吕向注:“言其光阴不复留也。”

〔318〕克播:能传播。 遗尘:遗迹。

〔319〕敝:败,朽。李善注本作“弊”。孙志祖《文选李注补正》卷四:“金云:按鲁连遗燕将书曰:名与天壤相敝。敝字用意本此。” 穹壤:天地。

〔320〕刊:刻。 图徽:记载美好之事。

〔321〕玄鸟:燕子。

〔322〕商:指殷商始祖契。《诗经·颂·玄鸟》:“天命玄鸟,降而生商。”商为东夷旁支,以鸟为图腾。后人为神化契,才有其母简狄氏“吞玄鸟卵而生契”的说法。李周翰注:“商则殷也。萧氏,殷后,故述也。”

〔323〕金运:吕延济注:“殷以金德王,故曰金运也。”

〔324〕祚:天赐之福。 玉筐:玉制之筐。李善注:“《吕氏春秋》曰:有娀氏有二佚女,为九成之台,饮食以鼓。帝(天帝)命燕往视之,鸣若謚謚,二女爱而争搏之,覆以玉筐。少选,发而视之,燕遗卵而北飞,遂不反。高诱曰:帝,天也。天命燕降卵于有娀氏女,吞之生契。”

〔325〕三仁:指殷末奴隶主贵族微子、箕子、比干三人。《论语·微子》:“微子去之,箕子为之奴,比干谏而死。孔子曰:‘殷有三仁焉。’”

〔326〕五曜:金木水火土五星。 房:星名,二十八宿之一,即房宿。李善注:“《春秋元命苞》曰:殷纣之时,五星聚房。房者,苍神之精,周据而兴。”吕向

注:“周室木德而兴焉。”

〔327〕白其马:其马白。指微子乘坐之白色马。《诗经·周颂·有客》:“有客有客,亦白其马。”周武王灭殷纣王以后,封微子于宋。微子乘白马来周拜宗庙,表示臣服。

〔328〕侯服:于是服从。侯,乃,于是。《诗经·大雅·文王》:“侯服于周,天命靡常。”

〔329〕本枝:本,树干,指直系大宗。枝,树枝,指旁系小宗。《诗经·大雅·文王》:“文王孙子,本支百世。” 派别:水的分流。刘良注:“本枝谓与殷同根支,如木之生焉。后乃分族,如水同源而分流。”

〔330〕菜:通“采”,古代卿大夫封地。刘良注:“其萧氏之先萧叔大心因食菜于萧,命为萧氏焉。”别本作“采”。

〔331〕徐:徐州。

〔332〕义均:义同。 梁徙:李善注:“刘向曰:战国时,刘氏自秦获于魏,秦灭魏,迁大梁,都丰。故周市说雍齿曰:丰,故梁徙也。颂高祖云:涉魏而东,遂为丰公。”李周翰注:“言迁居(指萧氏迁到兰陵县)之义与刘氏徙大梁、移居于丰同也。”

〔333〕以降:以后。

〔334〕怀:戴。 青:指青色绶。 紫:指紫色绶。汉制,印绶,公侯紫绶,九卿青绶。

〔335〕岩岩:山石堆积高峻的样子。

〔336〕浟(nǐ 你)浟:水势大而长流不断。张铣注:“言其祖宗德高而祚长也。”

〔337〕龙飞:比喻升帝位。 天步:时运,命运。

〔338〕载:又。 鼎:六十四卦之一,䷱,下巽上离。《易·鼎》:“象曰:木上有火,鼎。”又《杂卦》:“鼎,取新也。”因有更新之意。 革:六十四卦之一,䷰,下离上兑。《易·革》:“象曰:泽中有火,革。”《杂卦传》:“革,去故也。”义为变革,即对陈腐故旧的东西的铲除。

〔339〕除:除旧。 布:布新。李善注:“《汉书音义》文颖曰:孛星多为除旧布新,改易君上也。”

〔340〕高皇:高帝萧道成。 赫:显耀盛大。

〔341〕膺:当。 乾(qián 钱):天。

〔342〕景皇：指萧缅之父，明帝萧鸾即位后所追封。　蒸：盛，多。

〔343〕启：开启。　洪祚：大福。

〔344〕乔岳：高山。乔，高。

〔345〕命：名。　兴贤：出现贤者。李善注："《孟子》曰：五百年必有王者兴。"

〔346〕膺期：李善注："膺五百岁之期也。"　诞德：诞生贤德之人。

〔347〕光前：刘良注："其贤德光于祖考，故云先也。"

〔348〕几：先兆，事物运动的细微变化。六臣本作"机"。

〔349〕大宝：帝位。

〔350〕爵乃上天：即天爵。李善注："《孟子》曰：有天爵，有人爵。仁义忠信，乐善不倦，此天爵也。公卿大夫，此人爵也。"

〔351〕濯缨：洗涤冠缨。缨，系冠的丝带。此处指萧缅初入仕。

〔352〕清猷：高明的谋略。猷，计谋。濬发：深谋远虑地提出。濬，深。李善本作"浚"。《胡氏考异卷一〇》："袁本茶陵本'浚'作'濬'是也。"

〔353〕文陛：张铣注："文陛，天子殿阶也，以文石砌之。"

〔354〕逶迤：从容行走的样子。　魏阙：古代宫门上有巍然高出的楼观，其下两旁为悬布法令的地方，因以为朝廷的代称。

〔355〕惠露：仁慈的雨露。　沾吴：指萧缅做吴郡太守而使吴郡百姓沾惠露。

〔356〕仁风扇越：指萧缅任会稽太守而行仁德之政。

〔357〕夏：夏水。　汉：汉水。吕延济注："夏谓荆州，汉谓襄阳，缅皆曾理也。"

〔358〕简：简单平易的办法。《易·系辞上》："简则易从。""易从则有功"。

〔359〕日新为盛：《易·系辞上》："日新之谓盛德。"（日日推陈出新，因而说它德性隆盛。）盛，大，指盛大之功业。

〔360〕哀矜：同情。

〔361〕庄敬：吕向注："恭俭礼敬也。"

〔362〕夭：夭折。李善注："《毛诗序》曰：周家忠厚，仁及草木。"张铣注："草木不以时不伐之。"

〔363〕得性：能依其本性生长繁育。李善注："《毛诗序》曰：民乐其有灵德，以及鸟兽昆虫焉。"张铣注："禽兽不以时不杀之，故不夭而得性也。"

〔364〕芳兰:刘良注:“喻其德盛馨香。”

〔365〕胥:相。　攸:所……的。

〔366〕蠢蠢:虫蠕动的样子。

〔367〕岩:山岩。　嶂:高而险的山。

〔368〕落:村落。

〔369〕从:来从萧缅。　如云:形容多。

〔370〕负戴:指手提肩扛生活物品。

〔371〕回首:回头,指面向内地即中央政府,表示臣服。　请吏:请求中央政府任命官吏,表示臣服。李善注:“《汉书》曰:邛筰之君长,闻南夷与汉通,请吏比南夷。”

〔372〕罔:无。　遂:顺。

〔373〕苍:上天。

〔374〕兴:造。　止篑:少一筐土而止。吕向注:“止篑谓起土为山而未成,少一篑之土而止作也。言缅有开国成务之志,未遂而死。”

〔375〕四牡:四匹雄马。

〔376〕六龙:古代传说指驾日车的“六龙”。　顿辔:放下缰绳。李善注:“喻死也。”

〔377〕曷:何。

〔378〕殄(tiǎn 忝)瘁:病困。《经义述闻》卷七:“殄、瘁皆病也。殄瘁之同为病,犹劳瘁之同为病。”吕向注:“言邦国之人尽如病也。”

〔379〕齐:春秋时之齐国。　殒:死。　晏平:张铣注:“晏子,名平仲,故云晏平也。”

〔380〕行哭致礼:李善注:“《晏子》曰:“齐景公游于淄,晏子死。公繁驵而驰,自以为迟,下车而趋。知不如车之驶(kuài,同“快”),则又乘之,比至国,四下而趋,至则伏尸而哭,曰:百姓(百官)谁复告我恶邪。”

〔381〕赵:赵国。　徂:死。　昌国:指乐毅。乐毅,战国时燕国将领。统率秦、韩、赵、魏、燕五国军队伐齐,大破齐兵于济西。又率燕军长驱直入,攻破临淄,连下七十余城,以功封于昌国(今山东淄博东南),号昌国君。燕昭王死,惠王新立,误信齐国田单反间计,把他调走,以骑劫代将。他被迫出奔赵国,受封于观津,号望诸君。后死于赵国。

〔382〕挥涕:挥泪。李善注:“潘岳《太宰鲁公碑》曰:赵丧望诸,列国同伤。”

〔383〕斯:啊。

〔384〕介弟:介,大。旧称地位高的弟弟。

〔385〕徒庶:徒众。

〔386〕云陛:如云高之阶陛,指天子殿陛。李周翰注:“不言天子而云陛者,不指斥言也,亦言陛下也。”

〔387〕阶毁:阶,指梯子。死后招魂,招魂者登梯上房顶。招魂结束,招魂者从房顶下来,撤掉梯子叫毁。　留攒(cuán):棺木装入尸体,抬上輴(chūn 春,载棺之车),在輴车四周用木材围起来,木材头向棺,像外椁,高至棺上,如屋形。仪式毕,拆除木材,輴车启动,而木材留在原地,叫留攒。攒,丛聚的木材。这里指送殡。

〔388〕川泛:在河上行驶。　轴:载棺之具。这里通“舳”,即舟。川泛归轴,指用船把灵柩运回祖庙。

〔389〕竞羞:争着进献祭品。羞,滋味美的食物,这里指祭奠的食物。奠:祭奠。参见注〔261〕。

〔390〕攀:攀住灵车,不让离去。　毂:代灵车。

〔391〕遵渚:沿着水中的小洲(追送)。

〔392〕望:祭奠山川。

〔393〕终古:久远,永远。

〔394〕兰与菊:刘良注:“皆草名也。喻人德如此物之香,不绝至于终古也。”

〔395〕涂:途。　帝渚:李周翰注:“帝渚谓湘江也。帝尧之女娥皇、女英没于此,故云缅柩路由此水而过也。”

〔396〕朱轩:古代公侯贵族及朝廷使者所乘的红漆车。此指萧缅生前所乘之车。　靡:无,不。李周翰注:“言平生朱车之荣,今则无此驾。”

〔397〕首:向。　茔园:墓地。

〔398〕即:就。　宫:居,住。　长夜:指墓中。

〔399〕逝川:流逝的水。《论语》:“子在川上曰:逝者如斯夫,不舍昼夜。”

〔400〕黄金难化:张铣注:“黄金难可化为神丹,以致神仙长生也。”

〔401〕钟石:钟鼎和碑石,指碑石。　刊:刻。

〔402〕芳猷:美好的道术。　谢:去。

今译

萧公名缅，字景业，南兰陵人。

稷、契辅佐唐尧虞舜，有大功于天地，这是商汤王周文王接受河图和符箓而登上天子之位的原因。萧何、曹参扶掖汉高祖，消灭秦王朝和项羽而平定世乱。曹魏乘时机于前，大齐掌天命于后。萧氏的福祚如黄河之源与积石山争流，神灵之基业与九天比高。祖父宣皇帝（萧承之）的雄才伟业，声名压倒当代之人。父亲景皇帝（萧道生）保有正道，眷怀前代父祖品德功业。萧公怀有日月星辰之美德，体现大河五岳之精灵；蕴藏风云之气，背负日月之光；行动可为楷范，出言可成师表；俊秀的形象如鲜花而外放，高尚的情操如阳光而内彰；孝顺父母、友于兄弟的天经地义之德，因虔诚而尽有，简单平易、永久远大的正道，都因此而掌握。探其源流的人，如游于水面而莫测其高深；怀有其道的人，每日遵行却不知是什么。昭昭如日月星辰运行于天空，滔滔如江、河、淮、济为纲纪于大地。天地四方自然和谐，萧公之德完美无瑕。万人敬仰而更加崇高，萧公不言而千里应和。至于弹冠出仕之日，到官任职之年，树军旗穿命服的次序，监督各方军事的情况，国史固有详细记载，就可略而不言了。

宋王朝水德方衰，而天命未改。齐太祖（萧道成）如龙腾跃于深渊而等待时机，坐镇淮河泗水。仁人夕惕之情，夜半九回，拯世平乱之志，独藏内心；深谋远虑，众人不能窥伺。萧公朝夕陪奉，侍从左右，年方十五，如同王子乔游于洛水之岁，张辟疆为侍中之时。启迪我皇高帝之胸怀，发言切中圣意。初做宋邵陵王文学侍从，如同司马相如从游于梁孝王。不久做中书郎，掌尚书奏事。如兰桂之花多芬芳，圣洁清辉照远方。

高帝兴起于东方，白日笼罩青色之光。登上帝位，分封侯王。萧公被封为安陆郡侯，接受玉符，分得玉圭，据有大泽云梦之乡。

中庶子掌太子之命，任重道远，高帝难选其人。萧公以皇室至亲,荣当此任。协同发扬三种善行,敬仰布化四种美德。使博望苑增辉,使龙楼门高峻。

侍中之官在帝室屏帷以内,进献可行之策,否定不妥之计,出纳王命,执掌机要,持奏章朝见皇帝,奉王命宣布政令,前有光辉,后有荣耀,朝廷重任,非同一般。萧公以至亲和俊异的德才,不久奉职。出纳天子之命忠实谨慎,陪乘帝驾,掌玺持剑,无比荣耀。往昔帝尧设置九官,都忠于职守。帝喾之仲熊、高辛之叔豹、颛顼之大临、高阳之梼戭都主管王言,从古至今,萧公为上。

自从担任近侍五兵尚书之后,协助皇上处理政务。而陛下远虑深谋,关心百姓疾苦。姑苏乃国家重地,关系政权安危。都会繁盛,人口众多。赵国丛台之下,武士丽人熙熙攘攘如市场,比此为劣;齐国临淄之人挥汗而成雨,何足称道!萧公如鸿雁高飞,任吴郡太守。弘扬义让之风以勉励君子,光大恩惠之德以养育小人。安抚百姓,因上德而有德;绥靖地方,仁慈而不用重刑。疑难大案细加审理,得到真实情况而不沾沾自喜,使争讼不休的双方各做让步而喜归家门。就连春申君救赵却秦、大规模开拓疆域,邓伯道开仓济民,使饥民重见天日,也不能超过。

夏口形势险要,是保卫国家的重地。历代遣将镇守,天子都亲自推车送行。以长江中流为衿带,正当长江汉水中间。南接衡山巫山,风云之路千里;西通鄾地邓县,水陆之途两千一。地理形势优越,将帅之任莫重于此。萧公建军旗,做州牧,光明之德大发扬。恩育下民,如秋日之和;威猛兼施,如夏阳之烈。德泽遍施,蝼蚁之穴不遗;明察秋毫,容光之隙必照。自近而达远,由己而及人。惠泽与八方之风俱翔,恩德与金木水火土并行。远地之人无不怀念,近处之人无不敬仰。官不扰民,不闻夜吠犬声;吏不察看,牧人卖羊前不给羊饮水增加重量。光辉的荣誉超过"六条",建立的功勋称雄万里。

还归京城,担任侍中,兼任骁骑将军。又迁中领军,负责宫廷宿卫,关系重大。又任太子詹事,职位显要。东西两晋,此选特难。羊琇请职而不能如愿,谢琰功高而后任以此职。萧公往来于二宫,卓越的政绩待他完成。近卫军因之而更有威严,太子地位由此而更加稳固。

神壤会稽郡良田万顷,任重如分陕而治,郡守多由中央官员出任。定都建康以来,此官经常变换。东临大海,南望秦望山和会稽山。渊薮聚鸟兽,萑蒲多盗贼。经商之人,千金巨富户挨户;城区之内,高楼入云多万家。刑法与政令多而杂,历代历朝难统一。终南山群盗,比之未足称多;渤海乱贼,比此容易治理。萧公下车伊始,施行教化,如风动神行。诚信忠恕之道既取信于百姓,处理案件不用"钩距"之心。不待"赭污"权诈之计,首恶必除;不借里正登记之法,偷贼皆诛。加以哀怜,敬以信任。南阳太守刘宽以苇鞭惩罚罪犯,不足比其仁慈;颍川太守郭伋如及时雨之德政,无以增其恩惠。萧公到任即澄清吏治,理顺州政,不到一年,就感动百姓和上帝,老者安心,少者怀念。途歌街咏,莫不欢爱如对父母,芳芬似嗅椒兰。萧公离任,行道之人悲泣,牵阻车辕,躺在路上,留恋之情难以言表,恳请留任之心愈久愈牢。

方城、汉水,南方要地莫此为重。北指崤山潼水,平途不过七百;西接峣关武关,道路不满千里。蛮夷边塞,重山万里。小则抢人夺畜,大则攻城占地。晋宋至今,有关民患。烽火相望,战乱年年不息。杀人越货之徒,路上成群;轻法辱吏之人,无从禁止。藩国皆受其患,历任官员所不能治。加以戎羯之众窥伺我边防,北风未起,马首便以南向;塞草未衰,高城于是早闭。永明八年,边疆大乱。天子顾念北方,忧思不乐。出征汉水之南,非萧公不可。于是驱马平川,轻装疾进。威严的命令颁行于出征之始,仁德的风气满载于进军之路。兵车整肃,士卒不乱。百姓犒劳的酒肉天天送到,箪食壶浆塞满道路。夷狄之民如失去道义的犬羊,由来已久,后魏君主征收赋税严厉而急促,唯利是求,在边疆首鼠两端,造成的灾害很广。萧公播扬以仁德之风，取信以诚实之德。极尽任棠置水清廉之情，弘扬郭伋约期必至之信。视黄金如粟米，比牛马如弱羊，廉洁奉公，一尘不染。如鲁恭德化孩童，不伤带雏之雉，诚信著天，不失信于河豚。因此村村寨寨，望德如归，椎髻束发之民日拜门阙，穿草编衣服之人往来道路，颂赞之歌此起彼伏。礼仪既已布化，严刑同时采用。强悍之民，蛮横之俗，返归本志，恢复人性。战乱不起，监狱空虚。富商露宿山野，不遇强徒；收割的庄稼搁置地里，无人偷盗。蝗灾不起，豺虎远避。北狄惧威，关塞静肃，侦探不敢东向窥伺，驼马不敢南下放牧。

正要扬鞭燕赵，席卷秦代，陪龙驾于伊洛，侍帝辇于咸阳，而染疾不愈，忽然病危。农夫放下耕具，织妇走下布机，问病于门庭，设祭于山川，祈祷上苍，护佑康复。在永明九年夏五月三十日，不幸亡故，享年三十七岁。

城府萧索，僚属如失父母。男女老幼，在街痛哭，哭声接传，不多时而达于四境。夷村戎寨，虽远必至，望城拍胸，震动城乡。人人请求入奉灵柩，而藩司之官不许。虽邓训致割面之哀，羊祜有罢市之荣，相对而言，远远不如。灵车东还，百姓号哭追送越过州境，设路祭而哭灵，仰苍天而自诉，震响成雷，泪水盈途。

萧公病危之时，神志清醒，留下遗嘱。楚公子囊死而不忘保卫社稷之情，临危而弥固；卫大夫史鱼死前荐贤之心，身亡而意结。二宫悲恸，远近同哀。追赠侍中、领卫将军，给鼓吹一部，谥曰昭侯。

当时明帝萧鸾任尚书右仆射，总揽朝政，重用伊始，兼掌宫廷守卫。闻恶耗而震惊，昏厥多时，因而得了重病，季节推移而身体不见康复。武帝日夜忧怀，极尽劝慰之言，勉励他进餐，劝止他哭泣，派出慰问的使者不绝于道路。明帝外顺皇旨，内多私痛，独处不食酒肉，坐卧泣涕沾衣。若此经年，瘦削改貌。兄弟之爱，自古无比。等到仰承上天眷爱，入继中断的大业，乃分封至亲，台辅州牧同时任命。对繁弱之弓而流泪，望曲阜之地而念悲。改赠萧公为司徒，谥为郡王,这是合于礼的。

萧公少而英明,长更增辉,风仪出众,清晖映世。博览群书,特善玄言。衣冠之丽,篆文之法,尽六艺于怀抱,穷八体于笔端。围棋布局之细密,弈秋精思无以与之争巧;拉弓射箭之准确,养由基百步穿杨未足称奇。大公无私以奉上,谦恭温良以待下。安抚僚属尽仁德之容,交接士人忘公侯之贵。虚怀若谷,心胸洞开。宴语谈笑,感情如潮。誉满天下,德压众人,乃百代之楷模,千年之领袖。上天竟不珍惜,忽使栋梁摧折!岂只是子产谢世、蹇叔亡故,百姓悲咏歌颂、农夫不再舂米而已呢!凡我僚属,同哀共戚,怨上天之薄情,恨光阴之不留,思宣扬萧公之美德与善政,使与天地同在,乃刻石记事,寄情于铭颂。其辞曰:

上天命玄鸟,简狄生契商。从此开金运,天福始玉筐。三仁离国去,五星聚入房。微子乘白马,臣服于周王。干支生于根,源同分支派。食邑在萧地,姓氏由此来。渡徐向东迁,定居于兰陵。同如刘氏后,离魏为丰公。此后至于今,公侯代接代。德高基深如泰山,福祚长流似江海。

上帝造万物,龙飞登天步。鼎革两卦象,立新除旧物。高帝真显赫,仰承苍天顾。景帝多兴旺,实开齐天福。高山峻天极,名世出圣贤。应期生贵子,绝后又空前。萧公察细微,觉悟在民先。职务非帝位,仁德赐于天。

萧公初入仕,谋略超众贤。出入天子堂,来往朝廷间。吴郡任太守,仁惠百姓沾。德政如和风,会稽开笑颜。治夏又理汉,政成不满年。政令简而易,百姓乐服从。日新又月异,功德大盛隆。在上哀黎民,对下多礼敬。草木不夭折,昆虫得本性。德盛如芳兰,万民作歌颂。夷民喜蠢动,散居高山岭。村村又寨寨,都来从萧公。携妻带子女,人背车装载。邛笮表臣服,何足称道哉!

往昔闻天道,仁人无不遂。苍天竟为何,造山少一篑。四牡正驰骋,六龙突停辔。万民何所仰?国人如病颓。齐国晏子死,景公哭致哀。赵国乐毅亡,列国同挥泪。况我萧缅公,明帝之亲弟。众人多哀感,陛下甚悲戚。登屋招魂毕,撤梯更流涕。灵柩启运后,空留停柩迹。陆路连水路,舟载又车输。野奠献珍羞,争阻灵车毂。临川设祭品,无不失声哭。不绝至终古,唯有兰菊花。舟沿湘水下,朱轩不再驾。埋葬祖茔地,即住长夜中。逝水不停留,人世无长生。黄金难化丹,神仙实虚名。徒刻钟石颂,殒落我萧公。

(陈延嘉译注并修订)

刘先生夫人墓志一首 任彦升

题解

刘先生指刘瓛(huán 还),南朝齐人,誉为"关西孔子",梁朝天监初年,诏谥贞简先生。《南齐书·刘瓛传》说他性至孝,四十岁尚未娶妻,后经齐高帝和褚渊做主,才娶了王法施的女儿为妻。王氏是晋代丞相王导的后代,家风久远,有良好的妇德。但由于"王氏栎壁挂履,土落孔氏(刘瓛母)床上,孔氏不悦,瓛即出其妻。"对《刘瓛传》的说法,有不同意见,此篇《墓志》就是代表。既为"合葬",就不可能在"出妻"之后发生。孰是孰非,已无从断定。

这是《文选》所收的唯一一篇墓志。程章灿先生指出,此文只有铭文而无传文,却题为"墓志",是南朝惯例。刘夫人没有突出的事迹。任昉刻意结构,排列典故,较好表现了王氏"夫唱妇随"的封建妇德,但都是比喻性的语言,没有一件事能落实,给人以空空洞洞的感觉。歌颂妇人之德大多如此,是妇女地位之时代使然,不可怨任昉。萧统录入,既符合选文标准,又表示对受害妇女的同情。

清赵翼《陔余丛考》卷三十二《碑表志铭之别》:"又夫妇合葬墓志,……唐宋书法,则并无'合葬'二字,但云'某君墓志'而已。其妻之祔(fù,副),则于志中见之。此书法之宜审者也。"

原文

既称莱妇〔1〕,亦曰鸿妻〔2〕,复有令德〔3〕,一与之齐。实佐君子,簪蒿杖藜〔4〕,欣欣负载,在冀之畦〔5〕。居室有行〔6〕,亟闻义让,禀训丹阳〔7〕,弘风丞相。籍甚二门〔8〕,风流远尚〔9〕,肇允才淑,阃德斯谅〔10〕。

芜没郑乡〔11〕,寂寞扬冢〔12〕,参差孔树,毫末合拱〔13〕。暂启荒埏〔14〕,长扃幽陇〔15〕。夫贵妻尊,匪爵而重。

注释

〔1〕莱妇:即老莱子的妻子。老莱子是春秋时楚国的隐士,楚王闻其贤,欲用之,老莱听妻子劝说至江南,隐居不出。据李善注引《列女传》:“老莱子逃世,耕于蒙山之阳,或言之楚王,楚王遂驾车至老莱之门。楚王曰:‘守国之孤,愿变先生。’老莱曰:‘诺。’妻曰:‘妾闻之,居乱世为人所制,此能免于患乎?妾不能为人所制者。’投其畚而去,老莱乃随之。”

〔2〕鸿妻:梁鸿的妻子。梁鸿是东汉扶风人,家贫好学,不求仕进,与妻以耕织为业。鸿妻为孟氏女,每次为鸿备食,皆举案齐眉,后用以形容夫妻相敬有礼。据李善注引《列女传》:“梁鸿妻者,同郡孟氏之女也,德行甚修,鸿纳之,共逃遁霸陵山中。后复相将至会稽,赁舂为事,虽杂佣保之中,妻每进食常举案齐眉,不敢正视。以礼修身,所在敬而慕之。”

〔3〕令德:美好的品德。

〔4〕簪蒿:以蒿草做簪子,用来比喻人虽穷困但志不渝的品德。据李善注引《东观汉记》:“梁统与杜林书曰:‘君非隗器,不降志辱身,至簪蒿席草,不食其粟。’” 杖藜:以藜茎为拐杖,引申为扶杖而行。据《庄子·让王》:“子贡乘大马,往见原宪,原宪华冠纵屦,杖藜而应门。”

〔5〕欣欣负载:李善注:“《汉书》曰:朱买臣常刈樵,其妻亦负载相随。” 在冀之畦:冀,地名;畦,田垅。据《左传》:“初,臼季(胥臣)使,过冀,见冀缺(冀缺,人名)耨(锄田除草),其妻馌之,敬,相待如宾。”后来以“在冀之畦”比喻妻子给耕作中的丈夫送食物的情景。

〔6〕居室:古代指夫妇关系。据《孟子·万章》:“男女居室,人之大伦也。”

〔7〕丹阳:即丹阳尹。据史载,刘瓛为刘惔的六世孙,而刘惔曾在晋时任丹阳尹。

〔8〕籍甚:盛大的意思。据《汉书·陆贾传》:“贾以此游汉廷公卿间,名声籍甚。”

〔9〕风流:指遗风。据《汉书·赵充国辛庆忌传赞》:“今之歌谣慷慨,风流犹存耳。” 远尚:久远的意思。

〔10〕阃德:妇德。

〔11〕郑乡:地名,郑玄的故乡,指郑玄的墓地。据李善注引《后汉书》:“郑玄,字康成,北海人也。国相孔融深敬玄,屣履造门,告高密县为玄特立一乡。曰:‘齐置士乡,越有君子军,皆异贤之意也,今郑君乡宜曰郑公乡。’”

〔12〕扬冢:汉代扬雄的坟墓。据李善注引《七略》:“扬雄卒,弟子侯芭负土作坟,号曰玄冢。”

〔13〕孔树:指孔子墓前所种的树。合拱:两手合围。

〔14〕荒埏:埏,墓道。这里代指被荒草掩没的坟墓。

〔15〕扃(jiōng):关门上闩,引申为封闭的意思。

今译

既可以称为是老莱子的妻子,也可以说是梁鸿的夫人,王氏具有的美德,完全可以与她们比美。认真地辅佐丈夫求得贤良的名声,就是穷得以蒿草为簪、以藜为杖,也不改变志向。就像朱买臣的妻子一样,高高兴兴地背着柴草跟在丈夫后面;就像冀缺的妻子一样,到田里给丈夫送饭。在夫妻关系上有良好的品行,听到很多关于她遵守礼仪、讲究谦让的事情。刘夫人承受着刘瓛的六世祖、丹阳尹刘惔留传下来的教诲,宏扬其祖先、晋代丞相王导制定的家风。两家的名声都非常盛大,两家的遗风都十分久远。刘夫人是一个端庄贤淑的才女,她良好的妇德是确实无疑的!

荒草已长满了郑玄的坟墓,扬雄的墓地也变得异常寂寞,孔子坟前的树苗早已长成双手合抱的大树。暂时打开那被荒草掩没的坟墓,让刘夫人同她丈夫合葬而永远封闭于地下吧!丈夫受到朝廷的器重,妻子也享受尊荣,虽然没有爵位,同样要受到隆重的对待。

(陈延嘉译注并修订)

齐竟陵文宣王行状一首 任彦升

题解

《文选》是分类选集,入选的本身就是一种肯定的评价。而"行状"类只收此一篇文章,可见《文选》编者对《齐竟陵文宣王行状》的评价是很高的。

文中提及的竟陵文宣王,是齐武帝的第二个儿子萧子良,字云英。在萧道成废宋立齐后,曾封他为闻喜县公;萧赜即位后,封他为竟陵郡王、扬州刺史、中书监等职。据说萧子良礼才好士,天下才学之士,皆游集其门。他本身的文才也是不错的。

任昉曾是萧子良的记室,后迁中书侍郎,深得竟陵王的赏识,按照写行状"多出门生故吏亲旧之手"的惯例,任昉是很适合的。所以在这篇行状中,任昉除了能较详细地叙述萧子良的经历和各方面的生活外,还生动地描绘了萧子良的才学、品德,以及"从谏如顺流,虚己若不足"的高尚风格。

全文采用夹叙夹议的表现手法,在以时间为顺序记叙萧子良生平事迹的同时,把萧子良的思想品德、治政谋略、文学修养、著作情况等通过评述议论的方法,一一表现出来。

文章语言极富文采,在骈体中夹以散体,错落有致,使全文显得生动活泼。但也存在着言过其实的现象,明代吴讷在《文章辨体序说》中指责它“辞多矫诞，识者病之”，是有道理的。

原文

祖太祖高皇帝，父世祖武皇帝。

南徐州南兰陵郡县都乡中都里萧公年三十五行状[1]：

公道亚生知[2]，照邻几庶[3]。孝始人伦，忠为令德，公实体之，非毁誉所至。天才博赡[4]，学综该明。至若曲台之《礼》[5]；九师之《易》[6]；《乐》分龙、赵[7]，《诗》析齐、韩[8]；陈农所未究[9]，河间所未辑[10]；有一于此，罔不兼综者与！昔沛献访对于云台[11]，东平齐声于扬史[12]，淮南取贵于食时[13]，陈思见称于七步[14]，方斯蔑如也。

初，沈攸之跋扈上流[15]，称乱陕服[16]，宋镇西晋熙王、南中郎邵陵王[17]，并镇盆口[18]。世祖毗赞两藩，而任总西伐[19]。公时从在军，镇西府版宁朔将军[20]，军主、南中郎版补行参军，署法曹。于时景烛云火[21]，风驰羽檄。谋出股肱，任切书记。迁左军邵陵王主簿、记室参军[22]，既允棼林之求[23]，实兼仪形之寄。刀笔不足宣功[24]，风体所以弘益[25]。除邵陵王友，又为安南邵陵王长史。

东夏形胜[26]，关河重复，选众而举，敦悦斯在[27]，除使持节，都督会稽、东阳、临海、永嘉、新安五郡诸军事，辅国将军、会稽太守。

太祖受命，广树藩屏，公以高昭武穆，惟戚惟贤，封闻喜县开国公，食邑千户，又奏课连最[28]，进号冠军将军。

越人之巫，睹正风而化俗；篁竹之酋[29]，感义让而失险。邪叟忘其西戾[30]，龙丘狭其东皋[31]。

会武穆皇后崩，公星言奔波，泣血千里，水浆不入于口者，至自禹穴[32]。逮衣裳外除，心哀内疚，礼屈于厌降[33]，事迫于权夺[34]。而茹戚肌肤[35]，沉痛创钜，故知钟鼓非乐云之本，缞粗非隆杀之要。[36]

改授征虏将军、丹阳尹。良家入徙[37]，戚里内属[38]，政非一轨，俗备五方。公内树宽明，外施简惠，神皋载穆[39]，毂下以清[40]。

武皇帝嗣位，进封竟陵郡王，食邑加千户[41]。复授使持节、都督南徐兖二州诸军事，镇北将军，南徐州刺史。迁使持节、侍中、都督南兖、徐、北兖、青、冀五州诸军事、征北将军、南兖州刺史。兖徐接壤，素渐河润[42]，未及下车，仁声先洽，玉关靖柝[43]，北门寝扃[44]。朝旨以董司岳牧[45]，敷兴邦教[46]，方任虽重[47]，比此为轻。

征护军将军，兼司徒、侍中如故；又授车骑将军，兼司徒、侍中如故；即授司徒，侍中又如故。上穆三能[48]，下敷五典[49]，辟玄闱以阐化[50]，寝鸣钟以体国。翼亮孝治[51]，缉熙中教[52]，夺金耻讼[53]，蹊田自嘿[54]。不雕其朴，用晦其明，声化之有伦，繄公是赖[55]。庠序肇兴[56]，仪形国胄，师氏之选，允师人范。以本官领国子祭酒，固辞不拜。八座初启[57]，以公补尚书令，式是敷奏[58]，百揆时序。夫国家之道，互为公私，君亲之义，递为隐犯[59]。公二极一致，爱敬同归，亮诚尽规[60]，谋猷弘远矣！又授使持节、都督扬州诸军事，扬州刺史，本官悉如故，旧惟淮海，今则神牧，编户殷阜[61]，萌俗繁滋，不言之化，若门到户说矣。顷之，解尚书令，改授中书监，余悉如故。献纳枢机，丝纶允缉[62]。武皇晏驾，寄深负图[63]。公仰惟国典，俯遵遗托。俯擗天伦[64]，踊绝于地，居处之节，复如居武穆之忧。

圣主嗣兴[65]，地居旦奭[66]，有诏策授太傅，领司徒，余悉如故。坐而论道，动以观德，地尊礼绝，亲贤莫二。又诏，加公入朝不趋，赞拜不名，剑履上殿[67]，萧傅之贤[68]，曹马之亲[69]，兼之者公也。复以申威重道，增崇德统，进督南徐州诸军事，余悉如故。并奏疏累上，身殁让存，天不憖遗[70]，梁岳颓峻，某年某月日薨，春秋三十有五。

诏给温明秘器[71]，敛以衮章[72]，备九命之礼[73]，遣大鸿胪监护丧事[74]，朝夕奠祭，太官供给[75]，礼也。故以恸极津门[76]，感充长乐[77]，岂徒舂人不相[78]，倾廛罢肆而已哉[79]？乃下诏曰："褒崇庸德，前王之令典；追远尊戚，沿情之所隆。故使持节、都督扬州诸军事、中书监、太傅、领司徒、扬州刺史、竟陵王、新除进督南徐州，体睿履正[80]，神监渊邈[81]，道冠民宗[82]，具瞻惟允。肇自弱龄，孝友光备。爰及赞契，协升景业，燮和台曜[83]，五教克宣。敷奏朝端[84]，百揆惟穆，寄重先顾，任均负图。谅以齐徽《二南》[85]，同规往哲。方凭保祐，永翼雍熙[86]。天不憖遗，奄见薨落。哀慕抽割，震动于厥心。今先远戒期[87]，龟谋袭吉[88]，茂崇嘉制，式弘风猷[89]。可追崇假黄钺[90]、侍中、都督中外诸军事、太宰、领大将军、扬州牧，绿綟绶[91]，具九锡服命之礼[92]，使持节、中书监、王如故。给九旒銮辂[93]，黄屋左纛，辒辌车[94]，前后部羽葆鼓吹[95]，挽歌二部，虎贲班剑百人[96]，葬礼一依晋安平献王孚故事[97]。"

公道识虚远，表里融通，渊然万顷，直上千仞。仆妾不睹其喜愠，近侍莫见其倾弛。他人之善，若己有之；民之不臧，公实贻耻。诱接恂恂，降以颜色。方于事上[98]，好下规己。而廉于殖财，施人不倦。帝子储季[99]，令行禁止。国网天宪[100]，置诸掌握，未尝鞠人于轻刑[101]，锢人于重议。人有不及，内恕诸己[103]，非意相干[103]，每为理屈。任天下之重，体生民之俊[104]，华衮与缊绪同归[105]，山藻与蓬茨俱逸[106]。

良田广宅，符仲长之言[107]；邛山洛水，协应叟之志[108]。丘园东国[109]，锱铢轩冕[110]，乃依林构宇，傍岩拓架，清猿与壶人争旦[111]，缇幕与素濑交辉[112]。置之虚室[113]，人野何辨？高人何点[114]，蹑屩于钟阿；徵士刘虬[115]，献书于衡岳。赠以古人之服，弘以度外之礼，屈以好士之风，申其趋王之意。乃知大春屈己于五王[116]，君大降节于宪后[117]，致之有由也。其卉木之奇，泉石之美，公所制《山居四时序》，言之已详。

文皇帝养德东朝[118]，同符作者，爰造《九言》[119]，实该百行[120]。导衿褵于未萌[121]，申炯戒于兹日，非直旦暮千载，故万世一时也[122]。命公注解，卫将军王俭缀而序之。

山宇初构，超然独往，顾而言曰："死者可归，谁与入室？尚想前良，俾若神对。"乃命画工图之轩牖，既而缅属贤英，傍思才淑，匹妇之操，亦有取焉。有客游梁朝者[123]，从容而进曰："未见好德，愚窃惑焉！"即命刊削，投杖不暇[124]。公以为出言自口，骥騄不追，听受一谬，差以千里。所造箴铭，积成卷轴[125]，门阶户席，寓物垂训。先是震于外寝，匠者以为不祥，将加治葺。公曰："此天谴也，无所改修，以记吾过，且令戒惧不怠。"从谏如顺流，虚己若不足，至于言穷药石，若味滋旨，信必由中，貌无外悦。

贵而好礼，怡寄《典坟》[126]，虽牵以物役[127]，孜孜无怠。乃撰《四部要略·净住子》[128]，并勒成一家，悬诸日月,弘洙泗之风[129],阐迦维之化[130]。

大渐弥留,话言盈耳,黜殡之请[131],至诚恳恻,岂古人所谓立言于世,没而不朽者欤?易名之典[132],请遵前烈。谨状。

注释

〔1〕行状:记述死者生平行事的文章。

〔2〕生知:生而知之的略语。

〔3〕照邻:被周围的人看做……　几庶:近似的意思,又称殆庶,后引申为近乎圣贤的人。据《宋书·武帝纪》:"张子房道亚黄中,照邻殆庶。"

〔4〕赡:充足、丰富的意思。据《后汉书·班彪传论》:"迁文直而事核,固文赡而事详。"

〔5〕曲台:秦汉时宫殿名。汉时曾为天子射宫(天子行大射礼处,也是考试贡士的场所),又立为署,置太常博士弟子,故自汉以来,有关《礼》的著疏,常以"曲台"代称。

〔6〕九师:即九师说。据《易·淮南道训·注》:"淮南王安,聘明《易》者九人,号为九师说。"

〔7〕乐:指乐器,这里专指名叫雅琴的乐器。　龙赵:人名,即龙德与赵定,都是古代善于弹奏雅琴的乐师。据李善注引《汉书》:"雅琴,赵氏七篇,名定,渤海人,宣帝时丞相魏相所表。"又"雅琴,龙氏九十九篇,名德,梁人也。"龙德又称龚德。

〔8〕诗:指《诗经》。　齐韩:传诗者。汉代传诗者有齐鲁韩毛四家,齐诗、鲁诗先后亡于魏和西晋时期,韩诗亦仅存外传。

〔9〕陈农:人名,汉代人。据李善注引《汉书》:"成帝时以书颇散亡,使谒者陈农求遗书于天下。"

〔10〕河间:汉河间王刘德,为汉景帝第三子。据李善注引《汉书》:"河间献王德,从民得善书,必为好写与之,留其真,加金帛赐以招之。由是,或有先祖旧书,多奉以奏献王者,故得书多与汉朝等。"

〔11〕沛献:即汉沛献王刘辅。　云台:汉代宫殿中的高台名。据李善注引《东观汉记》:"沛献王辅,永平五年秋,京师少雨,上御云台,召尚席取卦具自

卦，以《周易》卦林占之，其繇曰：‘蚁封穴户，大雨将集。’明日大雨，上即以诏书问辅曰：‘道岂有是耶？’辅上书曰：‘案，《易》卦震之蹇，蚁封穴户，大雨将集。艮下坎上，艮为山，坎为水，出云为雨，蚁穴居而知雨，将云雨，蚁封穴者，故以蚁为兴文。’诏报曰：‘善哉！’”

〔12〕东平：即汉东平王刘苍。　扬史：扬雄和史岑。

〔13〕淮南：即汉淮南王刘安。据李善注引《汉书》：“淮南王刘安，上使为《离骚传》，旦受诏，日食时上。”

〔14〕陈思：即三国魏陈思王曹植。据《世说新语·文学》：“文帝（曹丕）尝令东阿王（曹植）七步中作诗，不成者行大法，应声便为诗曰：‘煮豆持作羹，漉菽以为汁，萁在釜下燃，豆在釜中泣，本是同根生，相煎何太急。’帝深有惭色。”

〔15〕沈攸之：人名，字仲达，南朝宋明帝时宁朔将军，后进号为辅国将军，监郢州诸军事，封贞阳县公，移镇荆州。宋顺帝即位，萧道成专政，沈攸之发兵反叛，后被诛杀。　上流：即上游。指荆州治江陵（今湖北江陵），宋建都建康（今南京），江陵在其上游。

〔16〕陕服：古代把镇守地方的最高长官称为陕服，由分陕引申而来。

〔17〕镇西晋熙王：封号，即南朝宋的刘燮，字仲绥，为宋明帝的第六子，封晋熙王，进号镇西。　南中郎邵陵王：封号，为宋明帝第七子，名刘友，字仲贤，五岁时封为南中郎将、江州刺史、邵陵王。

〔18〕盆口：地名，今江西九江境内。

〔19〕毗赞：辅佐。　伐：《全梁文》卷四作“戎”，是。

〔20〕版：笏版，即古代官吏的手板，奏事记在板上，后引申为授给官职。

〔21〕景烛：光亮照耀。　云火：高举的火把。

〔22〕记室参军：官职名。职务是为藩王或大将军掌管章表书记文檄等的撰写。

〔23〕焚林之求：烧焚树林求取贤才，后引申为难得的人才。据李善注引《文士传》：“太祖（曹操）雅闻阮瑀名，辟之不应，连见逼促，乃逃入山中。太祖使人焚山得瑀，送至召入。太祖时在长安，大筵宾客，怒不与语，使就伎人列。瑀善解音，能鼓琴，遂抚弦而歌，因造歌曲曰：‘弈弈天门开，大魏应期运，青盖巡九州，在西东人怨。士为知己死，女为悦己玩，恩义苟潜畅，他人焉能乱。’为曲既捷，音声殊妙，当时冠坐，太祖大悦，署为记室。”

〔24〕刀笔：古代的书写工具，后引申为写文章。

〔25〕风体:仪态和气质的表现。

〔26〕东夏:地名,即会稽。

〔27〕敦悦:笃信厚爱。

〔28〕奏课:向天子报告考查官吏的成绩。 连最:第一的意思。

〔29〕篁竹:竹林。这里代指越地的少数民族。据《汉书·严助传》:“臣闻越非有城郭邑里也,处溪谷之间,篁竹之中,习于水斗,便于用舟。”

〔30〕邪叟:邪指若邪山谷。邪叟意为德高望重的老人。据李善注引《汉书》:“刘宠拜会稽太守,征为将作大匠。山阴有五六老叟,自若邪山谷出,送宠曰:‘闻当见弃,故自扶奉送。’” 西昃:太阳西下。

〔31〕龙丘:即龙丘苌,东汉时隐者。据李善注引《后汉书》:“任延,字长孙,南阳人,拜会稽都尉,年十九。吴有龙丘苌者隐居,志不降辱。四辅三公连辟不到,掾史白请召之,延曰:‘龙丘先生躬德履义,有原宪、伯夷之节,都尉洒扫其门,犹惧辱焉,召之不可使。’功曹奉谒修书,致医药,吏使相望于道。积一岁,苌乃乘辇诣府门,愿得先死备录,延辞让再三,遂署议曹祭酒。”

〔32〕禹穴:即会稽郡内的大禹陵,代指会稽。

〔33〕厌降:古代丧礼名。母亲死后,按丧礼儿子应守孝三年,但父在母亡则减服一年丧,称为厌降。

〔34〕权夺:变通的意思。

〔35〕茹戚:将悲哀咽进肚子里,也可以说成强忍悲痛。

〔36〕乐云:音乐。云,助词,无义。 缞粗:居丧者披于胸前的粗糙的麻布带,表示哀情之重,一般是臣为君,子为父,妻为夫服三年丧时用。 隆杀(shài晒):丰厚和省少。此处只取“丰厚”义。

〔37〕良家:清白的人家。

〔38〕戚里:帝王家外戚聚居处。据《史记·万石君(石奋)传》:“于是高祖召其姊为美人,以奋为中涓,受书谒,徙其家长安城中戚里。”

〔39〕神皋:京城一带的良田,代指京城附近。 载穆:和平安宁。

〔40〕毂下:皇帝乘坐的马车为毂下,毂下意即天子脚下,代指京城。

〔41〕加千户:六臣作“如干户”。据《南齐书·竟陵文宣王子良传》:“世祖即位,封竟陵郡王,邑二千户。”前为“千户”,此又“加千户”,正合二千户。

〔42〕河润:比喻施恩惠于人就像河水浸润土地一样。据《庄子·列御寇》:“河润九里,泽及三族。”

〔43〕玉关:即玉门关,今甘肃省敦煌县西北。吕延济注:“此言后魏在北,故比之匈奴玉关也。” 靖柝:靖,止息的意思;柝,巡夜敲击的木梆,以防外敌突然侵袭。靖柝,巡夜的木梆也不敲了。

〔44〕北门:指国家的北方重镇。吕延济注:“北门谓润州,为国之北门也。” 寝扃:停止封闭。扃(jiōng):自外关闭门户用的门闩。

〔45〕董:督察。据《书·大禹谟》:“董之用威。” 岳牧:太守。

〔46〕敷兴邦教:指任司徒之官。邦教,国家的政令和教化。李善注引《尚书》:“司徒掌邦教。”

〔47〕方任:一方的重任,指太守。

〔48〕三能(tái 台):即三台,指朝中三公:太尉、司徒、司空。

〔49〕五典:即五教:父义、母慈、兄友、弟恭、子孝。

〔50〕玄闱:佛教的门户。玄,这里指佛教。

〔51〕翼亮:辅佐光大。据《三国志·魏书·高堂隆传》:“镇抚皇畿,翼亮帝室。”

〔52〕缉熙:积渐至光明。据《诗·大雅·文王》:“穆穆文王,于缉熙敬止。” 中教:中庸的教化。

〔53〕夺金:抢夺别人的金子。据李善注引《吕氏春秋》:“齐人有欲得金者,清旦衣冠,之鬻金者之所,见人操金,攫而夺之,吏捕而束缚之,问曰:‘人皆在焉,子攫人之金何故?’对吏曰:‘殊不见人,徒见金耳。’”这里泛指偷窃。

〔54〕蹊田:踩踏耕地。据《左传》:“牵牛以蹊人之田,而夺之牛。牵牛以蹊者信有罪矣!而夺之牛,罚以重矣!” 嘿:同“默”,沉默,指不争吵。

〔55〕繄:语气助词。

〔56〕庠序:古代的学校。

〔57〕八座:指封建时代的八位高级官员。南朝指五曹尚书、左右仆射、令。

〔58〕敷奏:陈述奏进。据《书·舜典》:“敷奏以言,明试以功。”

〔59〕隐犯:隐瞒或公开。据李善注引《礼记》:“事亲有隐而无犯,事君有犯而无隐。有谏净之意。”隐谓不称扬其过,犯谓犯颜色而谏也。

〔60〕尽规:竭尽谋划。

〔61〕编户:编入户籍的平民。

〔62〕丝纶:指皇帝的诏书。据《礼·缁衣》:“王言如丝,其出如纶。”

〔63〕负图:辅佐幼主。《汉书·霍光传》:“征和二年……上(汉武帝)年老,

宠姬钩弋(yì 义)赵婕妤有男,上心欲以为嗣,命大臣辅之。察群臣,唯光(霍光)任大重,可属社稷。上乃使黄门画者画周公负成王朝诸侯以赐光。后元二年春……病笃,光涕泣问曰:'如有不讳,谁当嗣者?'上曰:'君未谕前画意邪?立少子,君行周公之事。'"

〔64〕俯擗:低头捶胸,伤心的样子。

〔65〕圣主:指郁林王萧昭业,为文惠太子长子,武帝之孙。

〔66〕旦奭:指周公旦、召公奭(shì 士),皆周初功臣,曾辅佐幼主成大业。

〔67〕剑履上殿:封建帝王赐给亲信大臣的一种特殊待遇,受赐者可以佩剑穿履上朝见皇帝。

〔68〕萧傅:指萧何,汉代贤臣。李善注引《汉书》曰:"上赐萧何带剑履上殿,入朝不趋。"

〔69〕曹马:曹真与司马懿。曹真为魏太祖族子,魏明帝即位,赐其剑履上殿,入朝不趋。司马懿上殿朝见皇帝可以乘舆。

〔70〕天不慭遗:老天不从人愿。后用做哀悼大臣的专用语。慭(yìn 印),愿的意思。

〔71〕温明秘器:古代葬器名。据《汉书·霍光传》:"光薨……赐……东园温明秘器。"《注》:"服虔曰:'东园(官署名,专门制作供丧葬用的器物,属少府)处此器,形如方漆桶,开一面,漆画之,以镜置其中,以悬尸上,大敛并盖之。'"因藏在棺材里,所以叫秘器。

〔72〕衮章:绣有龙形图案的礼服。

〔73〕九命:指古代官爵的九个等级。根据封建礼法,他们的宫室、车旗、衣服、礼仪等都有具体规定。"上公九命为伯"是最高等级。

〔74〕大鸿胪:掌管接待宾客的礼官。

〔75〕太官:掌管皇帝饮食宴会的官吏。

〔76〕津门:汉代宫门名。东汉时洛阳有十二门,西面的头门称津门,又名津阳门,门内有亭,称津门亭,皇帝后死由津门亭发丧,后以津门代指皇家的丧礼。

〔77〕长乐:即汉代的长乐宫,因为这是太后居住的地方,所以又是太后的代称。

〔78〕舂人:舂谷子的人。　相:舂谷子时的号子声。据《礼·曲礼上》:"邻有丧,舂不相。"《注》:"相,谓送杵声也。"

〔79〕倾廛:家家户户空无一人。廛(chán 缠),古代称一家所居的房地。据

《孟子·公孙丑上》:“市廛而不征,法而不廛。”《注》:“廛,市宅也。”

〔80〕履正:行为端正。履是鞋子,可作踏步行走讲,引申为行为。

〔81〕神监:又作神鉴,指人的深切洞察和鉴别能力。

〔82〕道冠:品德是众人之冠。 民宗:人民尊仰的对象。

〔83〕燮和:治理的意思。 台曜:代指三公的位置。《南齐书》本传作“燮曜台陛”。

〔84〕朝端:朝廷。

〔85〕齐徽:与之比美。 二南:指《诗经》中的《周南》和《召南》,这里代指周公和召公,他们曾辅佐幼主成就帝业。

〔86〕雍熙:和平安乐。

〔87〕先远:对已死的尊长者的称呼。 戒期:安葬的日子。

〔88〕龟谋:占卜。由卜卦选择日期,据李善注引《尚书》:“谋及卜筮。”《南齐书》本传“龟谋袭吉”在“先远戒期”之前。

〔89〕风猷:风格和道义。《南齐书》本传“猷”作“烈”。

〔90〕黄钺:帝王的仪仗,以黄金装饰的钺。封建时代皇帝对亲信大臣、出征的统帅、或追悼已经死亡的大臣,可以假以黄钺以示威重。

〔91〕绿綟绶:三公或贵族所佩带的青黄色的绶带。据《后汉书·舆服志》:“诸国贵人相国皆绿绶。”《注》:“徐广曰:‘金印绿綟绶。’”

〔92〕九锡(cì 赐):传说古代帝王尊礼大臣所给的九种器物,从汉末开始掌政大臣夺取政权、建立新王朝前,都加九锡。九绢内容各有不同,据《韩诗外传》:“车马、衣服、虎贲、乐器、纳陛、朱户、弓矢、铁钺、秬鬯。”

〔93〕九旒:旗名,为天子仪仗之一。据《礼·乐记》:“龙旂九旒,天子之旌也。” 銮辂:天子之车。銮为车铃。

〔94〕辒辌(wēn liáng 温凉)车:像衣车,旁有窗,关上就温暖,打开就凉爽,所以叫辒辌车。这本是供人卧息的车,后因用来载丧,于是成为丧车。据李善注引《汉书》:“载霍光尸以辒辌车。”

〔95〕羽葆:天子仪仗的一种,以鸟羽为装饰。据《礼·杂记》:“匠人执羽葆御柩。”

〔96〕虎贲:持剑勇士。

〔97〕孚:人名,司马孚。据李善注引《晋书》:“孚字叔达,宣帝次弟也。封安平王。薨,谥曰献,诏丧事一依汉东平献王苍故事。”

〔98〕方:正的意思,引申为正道。

〔99〕储季:皇太子的弟弟。

〔100〕天宪:国家的法令。据《后汉书·朱穆传》:"当今中官近习,窃持国柄,手捏王爵,口含天宪。"

〔101〕鞫人:审讯犯人。

〔102〕内恕:心存宽厚。据《汉书·高惠高后文功臣表序》:"是以内恕之君,乐继绝世。"

〔103〕非意相干:无故闹事。

〔104〕俊:指才智出众的人。

〔105〕华衮:华丽多彩的贵族服装。据《抱朴子·博喻》:"华衮灿烂,非只色之功。" 缊绪,由破麻旧絮所做的袍服,为贫贱的人所用。

〔106〕山藻:山节藻棁的省略语。意思是雕成山形的斗拱和画着水草的短柱,这是豪华房屋的装饰。 蓬茨:用蓬蒿茅草盖成的屋子。

〔107〕仲长:人名。据李善注引《后汉书》:"仲长统,字公理,山阳人也。少好事,博涉书记。每州郡召命,辄称疾不就,欲卜居清旷以乐其志。尝论之曰:'使居有良田广宅,背山临流,沟池环匝,竹木周布,足以息四体之役。'"

〔108〕应叟:人名,名应璩,字休琏,三国时魏人。据李善注引《应璩与程文信书》:"故求远田在关之西,南临洛水,北据邙山,托崇岫以为宅,因茂林以为荫。"

〔109〕东国:指东都洛阳。

〔110〕锱铢:古代最小的计量单位,比喻轻微细小。 轩冕:马车和官服,代表爵位官职。

〔111〕清猿:即猿猴的叫声。 壶人:掌管滴漏计时的人。

〔112〕缇幕:橘红色的帐幕。 素濑:水的波光。

〔113〕虚室:空室。比喻室内没有摆设和装饰。

〔114〕何点:人名。据李善注引《齐书》:"何点,字子晳,庐江人也。隐居东离门,卞忠贞墓侧,豫章王命驾造门,点后门逃去。竟陵王子良闻之曰:'豫章王命尚不屈,非吾所议。'遗点、嵇叔夜酒杯,徐景山酒铊以通意。"又《高士传》:"何点常蹑草履,时乘柴车。"

〔115〕刘虬:人名。据李善注引《齐书》:"刘虬字虚豫,南阳人也。豫章王为荆州牧,辟虬为别驾,遗书礼请,虬修书答不应命。子良致书通意,虬答书后,

以江陵沙洲人远,乃徙居之。”

〔116〕大春:人名。据李善注引《后汉书》:“井丹字大春,扶风人。建武末,沛王辅等五王居北宫,皆好宾客,更遣请丹不能致。信阳侯阴就,光烈皇后弟也,以外戚贵盛,乃诡五王,求钱千万约能致丹,别使人要劫之。丹不得已,既至,就故为设麦饭葱菜之食,丹推去之曰:‘以君侯能供甘旨,故来相过,何其薄乎?’更致盛馔,乃食。”

〔117〕君大:人名。据李善注引《东观汉记》:“荀恁字君大,雁门人也。永平中,骠骑将军东平宪王苍,辟恁署祭酒,敬礼焉。后朝会上戏之曰:‘先帝徵君不至,骠骑辟而来,何也?’对曰:‘先帝秉德惠下,臣故不来,骠骑将军执法检下,臣故不敢不来。’” 宪后:即东平宪王刘苍。

〔118〕文皇帝:指齐武帝的长子萧懋,曾封为文惠太子,早死,其子萧昭业即位后,追尊为文皇帝。

〔119〕九言:言德、言贤、言亲、言生、言静、言昭、言真、言节、言义。据李善注《九言》为文惠太子萧懋所著,竟陵王作注。

〔120〕百行(xìng 性):多方面的品行。

〔121〕衿褵:古代女子出嫁前的衣带和佩巾。

〔122〕万世一时:极为难得的机会。据《史记·吴王濞传》:“彗星出,蝗虫数起,此万世一时,而愁劳圣人之所以起也。”

〔123〕梁朝:梁孝王。据张铣注:“梁朝,谓梁孝王,好贤。今假设有客游梁朝者,以发后词。”

〔124〕投杖:扔掉拐杖。据李善注引《礼记》:“子夏丧其子,而丧其明,弟子吊之,子夏曰:‘天乎!予之无罪。’曾子怒曰:‘丧尔亲,使人未有闻,丧尔子,丧尔明,汝何无罪?’子夏投其杖而拜之。”后来引申为知过立改。不暇:来不及。

〔125〕卷轴:古代的帛书或纸书,因用轴卷束,故称卷轴,后代称书籍。

〔126〕典坟:三坟五典的省略语,是传说中古代的书籍。

〔127〕物役:指国家大事。

〔128〕净住子:佛教经名。据李善注引《净住序》:“所谓净住,身口意身絜意如戒而住,故曰净住。子者,绍续为义,以沙门净身口七支,不起诸恶,长养增进菩提善根,如是修习,成佛无差,则能绍续三世佛种,是佛之子,故云净住子。”

〔129〕洙泗:水名,孔子讲学之所,代指孔子之教。

〔130〕迦维:古天竺国名,又称迦维罗卫国,是佛祖释迦牟尼诞生地。

〔131〕黜殡：死后以殡葬方式给君主提意见，或称尸谏。据李善注引《韩诗外传》："昔卫大夫史鱼病且死，谓其子曰：'我数言遽伯玉之贤，而不能进；弥子瑕不肖，而不能退。死不当居丧正堂，殡我于室足矣！'卫君问其故，子以父言闻。君召遽伯玉而贵之，弥子瑕退之。徙殡于正堂。成礼而后去。生以身谏，死以尸谏。"

〔132〕易名：为死者立谥，改本名而称其谥。据《礼·檀弓下》："公叔文子卒，其子戍请谥于君曰：'日月有时，将葬矣！请所以易其名者。'"

今译

祖父是齐太祖高皇帝，父亲是齐世祖武皇帝。

南徐州南兰陵郡县都乡中都里萧公，年龄三十五岁，今记叙其生平行事如下：

萧公对圣贤之道，只差一点儿就是生而知之了，所以他周围的人都认为他已经近乎圣人。孝为人伦之始，忠是人之美德，萧公实际上都身体力行了，不是由别人的赞誉而获得的虚名。他天赋的才智广博而丰富，精通各种典籍，对事物有全面深刻的理解。至于《易经》有九师之说，乐曲《雅琴》有龙德的九十九篇和赵定的七篇之别，《诗经》有齐鲁毛韩四家，汉代专门收集遗书的陈农所没有见过的书籍，河间献王未找到的善本，对这些问题的每一个方面，萧公无不有全面深入的研究。当年汉明帝上云台为求雨的事问过沛献王刘辅，刘辅对答如流；东平王刘苍上书汉明帝，大家都称赞他的文章可以与扬雄和史岑比美；汉武帝命淮南王刘安作《离骚传》，天亮时下的诏书，吃早饭时就撰写完毕，因而受到尊重；魏文帝限陈思王曹植在七步之内写出诗篇，曹植如期完平而备受后人称赞，这些人却都赶不上萧公啊！

当初，荆州刺史沈攸之骄横无理，在荆州治所江陵骄横无比，竟然起兵叛乱，宋朝晋熙王和邵陵王一起镇守盆口，当时世祖齐武帝辅佐两位藩王，担任讨伐沈攸之的任务。萧公当时也随军出征，在镇西将军府，被授予宁朔将军称号；军中主将、南中郎将邵陵王又授予他行参军的官职,总管军情传递的事务。那时候高举的火把就如同烈日当头照耀,来往传递军情的人骑着马像疾风般奔驰。计谋出自萧公,任重关乎文檄。萧公又接受邵陵王的委任,担任主簿和记室参军的职务。魏太祖曹操曾焚烧树林来求取贤才,让阮瑀为记室,萧公担任这个职务既证明他有过人的才能,又表现出他卓尔不群的风范。但是,写写文章不足以充分显示他的功绩,他的品德和风范更大有益于社会。授予邵陵王友的官职后,萧公又成为邵陵王的长史。

会稽地势优越,风景优美,山河重叠,需要在众多官吏中选择一个能干的人去担任太守,厚爱集中在萧公身上。于是,萧公被授给使持节官职,总管会稽、东阳、临海、永嘉、新安等五地的军事指挥权,封辅国将军兼会稽太守。

齐太祖高皇帝接受天命而即天子位后,广泛地设立藩镇,作为中央政权的屏障。萧公是世祖齐武帝的儿子,既是亲眷又是非常贤德之人,被封为闻喜县开国公,享有千户的赋税收入。对官吏考查的报告送给皇帝,萧公被评为第一名,又加封号为冠军将军。

会稽地方风俗很崇拜巫术,萧公提倡正派的作风,改变那些不良的习俗。生活于深山竹林中的少数民族头人,受到萧公仁义和谦逊的教化,放弃了据险反抗的打算。就像汉朝刘宠作会稽太守时,德高望重的若邪山老人们,与他会晤,竟忘了太阳已经偏西。就像汉朝任延做会稽都尉时,终于使隐士龙丘苌放弃耕种而出仕为国效力一样。

正在这个时候,萧公的母亲裴皇后逝世了。他得到消息后,立即星夜而行,千里奔丧,一路痛哭,直至眼中流出了血。从会稽出发后,就再也没吃过什么,连一口水浆也没有入口。等到除去丧服后,由于内心的悲哀痛苦而病倒了。为了国家的需要,只好为裴皇后减服一年丧期,虽然在感情上是不愿这么做,可只有根据需要来变通。这样亲密的人死去了,就如同割肉一般的痛苦,这是多么沉重的创伤啊！但是，悲痛只能强忍着。所以知道：撞钟击鼓以示哀悼，并不是礼乐的最好形式，披麻带孝也不能表达最深厚最隆重的哀伤之情。

除丧以后，任命萧公为征虏将军、丹阳太守。这时许多良民百姓都随萧公搬迁，皇室的亲戚也都聚居在这里。管理政事并不只靠一种方法，风俗习惯也要考虑多种方面。萧公对内胸怀宽大，明察秋毫；对外则施行简单易做的而对人有益的政策，皇帝统辖之下的地方平安稳定，京城以内更是清静安宁。

世祖齐武帝即位以后，萧公被加封为竟陵郡王，增加千户赋税收入，又授予他使持节称号，总管南徐州、兖州二地的军事总指挥，镇西将军兼任南徐州刺史。接着又升为使持节、侍中，总管南兖州、南徐州、北兖州、青州和冀州五地的军事，征北将军兼任南兖州刺史。兖州和徐州是互相接壤的，平时萧公的恩泽就像河水浸润土地一样，使这里受惠不少，所以尚未到任，仁义和贤德的声名就已经传遍了。从此，玉门关的巡夜木梆不用再敲了，北方的重镇也撤除了守备。朝廷又下令，给予萧公督察各地官吏政绩的权力，以使国家的教化能够兴旺发达。作为一方大员太守的职务虽然很重要，但与督察百官、执掌邦教相比，还是比较轻的。

又召为护国将军，兼任司徒、侍中的职务如故；又加封为车骑将军，照旧兼任司徒、侍中，紧接着担任正位司徒，仍兼侍中。萧公在朝廷，能使三公和睦，对百姓则提倡父义、母慈、兄友、弟恭、子孝的伦理道德。大开佛教之门，以宣扬向善的释教之化，停止钟鸣鼎食之盛，以体现国家崇尚节俭之德。辅佐天子，发扬以孝治天下的美德，使中庸之道大放光明。在萧公的治理下，即使发生了像抢夺别人财物的事情，当事人也耻于打官司，发生了耕牛踩踏别人耕地的事情，当事人也一笑置之。作风朴实，不尚雕琢，英明之德深藏于内心，礼乐教化都能遵照正常的次序进行，这都依靠萧公啊！学校开始兴办起来，培养典范的人才是国家大事，选择出来的老师，一定是人们的楷范，于是朝廷决定萧公的本身职务不变，再担任国子监祭酒的职务，但是萧公坚决推辞而不接受这项任命。开始任命八座高级官职时，萧公又补任为尚书令，并将他作为官吏的榜样奏进于皇帝，于是朝廷的所有政事都变得井然有序。治理国家的方法，公与私互为表里，对于君主的过错一定要谏诤，而对于亲人长辈的错误则不应该去宣扬。萧公在这两个方面能够使其相反相成，爱心和敬意都得到归宿。以坦荡的胸怀，将自己的谋划全部上奏君主，所想的谋略是多么远大啊！皇帝又授予他使持节、扬州各路兵马的总指挥，原来各项官职保留不变，萧公原来不过管辖淮海一带，现在则是扬州大地的总管了。百姓富裕，新风滋荣。用不着多说什么去进行教化，就好像每家每户都有人去宣讲过一样。不久，解除了他尚书令的官职，而任命他为中书监，其它官职照旧。进献给皇帝的都是重要的意见，因而下达的诏书都符合实际情况和切中事理。齐武帝逝世的时候，对他寄托厚望，让他全力辅佐幼主。萧公遵照国家的法典，俯伏在地接受武皇帝的遗嘱。当兄长文惠太子死时，萧公抚胸顿足，哀伤痛哭，就像对待当年裴皇后的丧事一样悲痛。

郁林王继位，萧公的地位如同周公旦、召公奭一样，有诏书封萧公为太傅兼司徒，其它官职照旧。以太傅的身份可以坐着与幼主谈论治国的道理，他的一举一动都可以使人看到他高尚的品德。地位是如此的尊贵，并享有特殊的礼遇，无论是至亲或是贤人再没有第二个了。幼主又下诏书，赐给萧公不必快步走，不必叩拜，不必先报姓名，并可以佩带宝剑，穿着鞋子上殿的特殊待遇。受到这种待遇的有汉代的萧何，魏朝的曹真，他们有的是贤臣，有的是皇帝的至亲，而萧公则既是贤臣又是至亲。为了增加萧公的威信和尊仰他的品德，更加使人们听从他的统一指挥，又在现有官职上，加封为南徐州诸路兵马总指挥，其它一切照旧。萧公多次上表，请求免去这些封号，就是死了，这种谦让的美德也还是存在的呀！老天为什么不能听从人愿呢？终使大厦的屋梁倒塌了，巍峨的高山崩溃了，某年某月某日，萧公逝世了，享年三十五岁。

皇帝下诏书，赐给萧公附有温明秘器的棺材，入殓的时候要穿上龙袍，按照最高等级来筹办他的丧礼，派朝中的大鸿胪来主持丧礼的进行，早晚都要按典礼进行祭祀，一切费用都由宫廷中的太官供给。这都是朝廷的礼节呀！所以痛哭的声音来自皇宫的津门亭，哀伤的感情出自长乐宫，不单单是舂谷的人停止舂谷，市场停止营业，家家户户的人都悲伤流泪呀！于是，皇帝下诏书说："赞扬和推崇有大功和品德高尚的人，是古代帝王制定的好法令，追念先祖尊敬亲属，是出于感情的需要。已故使持节，都督扬州诸军事、中书监、太傅兼司徒、扬州刺史、竟陵郡王，新近又任命的南徐州兵马总指挥，为人圣明，行为端正，鉴别能力深而远，品德高尚，受到万民的景仰，这是所有的人都看到的。从幼小的时候开始，他就具备了对父母尽孝，对兄弟友爱的美德，并不断地发扬。后来辅助皇帝成就大业，并以三公的地位处理政务，发扬五常伦理。他能及时向朝廷陈述报告大事，使百官和睦。负有执行先帝遗嘱的重任，受到托付要辅佐幼主，他确实具有像周公和召公一样的美德，和过去的圣贤是可以比美的。国家依靠他才得到保护，能够永远得到和平与安宁。但是老天不能从人愿，太傅却突然去世了，悲哀和痛苦就像刀割和鞭子抽一样，心里受到很大的震动。现在尊敬的竟陵王的安葬日期，一定要占卜选择个吉祥的日子，一定要用完美的仪式来表示尊崇，以发扬他的品德和道义。为了追念他的崇高业绩，赐予他天子的仪仗，追封他为侍中、全国兵马总指挥、丞相兼大将军、扬州太守，赐给金印和青黄色绶带，加九锡和玉圭龙服，使持节和中书监的职务不变。赐给竟陵王使用天子的旗帜和车马，以黄绫作为车盖，以牦牛尾旗装饰竟陵王的丧车，运灵柩用辒辌车，车前车后都要用羽毛装饰的仪仗队，随后是专管吹打的乐车，要有两班唱挽歌的队伍在灵车前开路，另外用百名持宝剑的武士，作为灵车的护卫。整个葬礼一概依照晋朝安平王司马孚的葬礼进行。"

萧公对事物的理解和认识，是非常深刻和精远的，无论是现象或实质都做到了融会贯通，犹如万顷碧水广而深，又如高山的青松直立于万仞之上。萧公的仆人和妾侍从来没有看到过他高兴和发怒的情状，就是经常跟他在一起的侍从也没有见过他有不遵礼法的行为。他对别人做的好事，总像是自己做的一样高兴，如果百姓中有了坏人，他就感到是自己的耻辱。对待贤德的人才，总是和颜悦色，降低自己的身份。能以正直的态度去侍奉君主，喜欢下级官吏给自己提意见，廉洁勤俭并善于管理财政，给予别人好处从不感到厌倦。竟陵王是皇帝的儿子，太子的弟弟，但总是有令则行，有禁则止。国家的纲纪、朝廷的法令，都在他的手中掌握着，可是他从没有在审讯犯人时动用刑罚，而给犯人定罪名时也都是从轻发落。别人有做不到的事，总是采取宽恕的态度来对待，对于意想不到的干犯，总是坚持用道理去说服。他担负着天下的重任，要求他随时去发现百姓中才智出众的人。无论是穿着华丽多彩的衣服的那些贵人，还是穿着破旧袍服的那些出身贫寒的人，都一样得到他的接待；无论是住在高楼大厦里的人，还是住在茅草房里的人，都感到很快乐。

萧公希望能像仲长统所说的有良田广宅，背山临水，竹木周布，息四体之役；或者像应璩所说的依托高山建立房舍，南临洛水，北据邙山。在萧公看来，洛阳再大不过像庄园一样，高官厚禄和华丽的马车也不足为贵。于是，背靠树林建筑房舍，屋架就在高山岩石的旁边。山中猿猴的叫声和报时人的喊声，在清晨一起响，好像争着报告又一天的来临，橘红色的帐幕和水波的光亮交相辉映。坐在这毫无装饰与摆设的房间里，和山野之人有什么区别呢？道德和才学都高人一等的何点，穿着草鞋隐居于钟山，拒绝征召的读书人刘虬，从衡山给萧公寄来书信，都不愿担任官职。萧公以礼相待，赠给他们古人使用过的物品，并允许他们可以和平常的人不一样，享有特殊的礼遇，以降低自己的身份，提倡礼贤下士的风气，并表示如有贤人来访，必当在门前迎接。通过这两件事可以知道，井大春委屈自己的意志，接受汉代五王召聘；荀君大不得不接受东平王刘苍的召聘，都是有原因的啊！萧公选择的地方，花草树木之奇，岩石清泉之美，在他的《山居四时序》中都写得很详细了。

文惠太子在东宫修养自己的品德，有所著述，写了《九言》，全面深刻地论述了为人处事所应遵循的各种美德。它可以引导妇女遵守妇道，使错误消灭于未萌芽之时，也可以作为人们行为的警戒而行于今世。《九言》不仅是千载一遇，而且是万世难得的杰作啊！文惠太子让萧公为《九言》作注释，并由卫将军王俭为《九言》作序赞。

山中住宅刚建成的时候，萧公摆脱俗事的干扰，独自一人前去，参观了整个房舍以后说："已经死去的贤人还会回来吗？那么谁与我同住呢？当我想起前代圣贤人物时，就让我和他们神魂相对吧！"于是命令画工们，把前代的圣贤图像，画在窗旁的墙壁上。过了不久，在怀念圣贤和才智出众的人物时，萧公也想到了才貌出众的美女，就让画工又画上贤德妇女的图像。有人议论说："远方的客人曾经在梁孝王的府邸游览，边看边随便地说：'没见过好德如好色的，我感到迷惑不解呀！'"萧公听到以后，马上命令把美女的画像铲掉。从前，曾子指出子夏的错误，子夏立刻扔掉拐杖而拜，感谢他的批评。而萧公改正错误心情之急，连扔掉拐杖的一瞬间也等不及。他认为一言既出，驷马难追，听取一句错话，结果会谬误千里。他所写的箴文和铭文，汇集成厚厚的一本书，门户、台阶、坐席等处都写有表示警戒的短文。以前，寝室的外屋曾受雷击而有震塌的地方，工匠们认为这是不吉利的，准备把它修理好。萧公说："这是老天的惩罚呀！不要修理和改动，这可以使我记住所犯的错误，让我感到恐惧而不再放松自己。"听取不同的意见就像流水一样流畅，谦虚谨慎总感到自己有许多不足，到了能听取任何不同意见的地步，就像吃尽所有能治病的药，反而觉得是在品尝美味一样。萧公诚心诚意地接受他人的意见，而不表现出愉悦的样子。因为他认为，如果外表装得很高兴，内心却不接受，有什么用呢？

萧公虽是富贵之人，却很重视礼节，最喜欢的就是古籍。虽然时时牵挂着国家大事，孜孜不倦地忙于政务，但是仍然撰写了《四部要略净住子》。这部书自成一家之言，传于后世，可以和日月同在，它既宏扬了孔门的儒家之道，又阐发了佛教释迦牟尼的教化。

萧公在病危弥留状态下，所留下的善言还充盈在我们耳边，至死也没有忘了给君主治国提出好的意见，诚恳的感情是多么的令人感动啊！这不就是古人所说的，以正确的言论留于世间，就可以死而不朽吗？给萧公改称谥号的典礼，希望能遵照以前古人的做法进行。谨以这份行状呈上。

（王存信译注并修订）

吊屈原文一首

贾　谊

题解

贾谊《吊屈原文》，萧统编进《昭明文选》列为吊文类第一篇。朱熹《楚辞集注》作《吊屈原》。刘勰《文心雕龙·哀吊》说："贾谊浮湘，发愤吊屈，体同而事核，辞清而理哀，盖首出之作也。"明代徐师曾的《文体明辨序说》亦支持刘勰之说。云："贾谊之《吊屈原》，则吊之祖也。"刘勰将"吊"归为两大类：一类是对国家蒙受重大灾害的吊问；一类是对个人遭遇不幸的吊问。前者是口头的，后者是书面的。"古者吊生曰唁，吊死曰吊"（《文体明辨序说》）。吊之对象："或骄贵而殒身，或狷忿而乖道，或有志而无时，或美才而兼累，后人追而慰之，并名为吊。"

屈原属"有志而无时"。"其辞"前的一段话，为史家之笔，《史记》、《汉书》大同小异。贾谊与屈原有诸多相似之处，故过湘水触景生情，吊屈自喻。贾谊才华横溢，博通"诸家之书"。二十余岁即被汉文帝征为博士。"每诏令下，诸老先生未能言，谊尽为之对，人人各如其意所出。诸生于是以为能。文帝说之，超迁，岁中至太中大夫。"当时"诸法令所更定，及列侯就国，其说皆谊发之。"能而遭妒，于是在天子"议以谊任公卿之位"时，包括周勃、灌婴在内的元老和新贵群起而攻之，毁谤他"洛阳之人年少初学，专欲擅权，纷乱诸事。”于是天子疏远他，不再让他参与朝政，且贬出朝廷，做长沙王太傅。

长沙地方偏远，低洼潮湿。长沙王，又是仅存的异姓王侯，地位风雨飘摇。贾谊贬此做王太傅，处境和心情是可想而知的。因为与屈原遭遇不乏相似之处，故《离骚》终篇“已矣哉！国无人，莫我知兮！”引起了贾谊强烈的共鸣。于是以丰富的比喻，强烈的对比，抒发了自己满腔的愤懑。

这是一首用骚体写成的抒情短赋。仿楚辞而趋于散文化，成为汉初赋体形成阶段的重要代表作之一。

原文

谊为长沙王太傅〔1〕，既以谪去〔2〕，意不自得〔3〕，及渡湘水〔4〕，为赋以吊屈原〔5〕。屈原，楚贤臣也，被谗放逐，作《离骚赋》〔6〕，其终篇曰：“已矣哉！国无人兮，莫我知也〔7〕。”遂自投汨罗而死〔8〕。谊追伤之，因自喻〔9〕。其辞曰：

恭承嘉惠兮〔10〕，俟罪长沙〔11〕。侧闻屈原兮〔12〕，自沉汨罗。造托湘流兮〔13〕，敬吊先生〔14〕。遭世罔极兮〔5〕，乃殒其身〔16〕。呜呼哀哉〔17〕！逢时不祥〔18〕！鸾凤伏窜兮〔19〕，鸱枭翱翔〔20〕。阘茸尊显兮〔21〕，谗谀得志〔22〕。贤圣逆曳兮〔23〕，方正倒植〔24〕。世谓随夷为溷兮〔25〕，谓跖跻为廉〔26〕。莫邪为钝兮〔27〕，铅刀为铦〔28〕。吁嗟默默〔29〕，生之无故兮〔30〕！斡弃周鼎〔31〕，宝康瓠兮〔32〕。腾驾罢中〔33〕，骖蹇驴兮〔34〕。骥垂两耳，服盐车兮〔35〕。章甫荐履〔36〕，渐不可久兮〔37〕。嗟苦先生，独离此咎兮〔38〕！

讯曰〔39〕：已矣！国真莫我知兮，独壹郁其谁语〔40〕？凤漂漂其高逝兮〔41〕，固自引而远去〔42〕。袭九渊之神龙兮〔43〕，沕深潜以自珍〔44〕。偭蟂獭以隐处兮〔45〕，夫岂从虾与蛭蟥[46]？所贵圣人之神德兮，远浊世而自藏[47]。使骐骥可得系而羁兮[48]，岂云异夫犬羊。般纷纷其离此尤兮[49]，亦夫子之故也[50]，历九州而相其君兮[51]，何必怀此都也[52]？凤凰翔于千仞兮[53]，览德辉而下之[54]。见细德之险征兮[55]，遥曾击而去之[56]。彼寻常之汙渎[57]，岂能容夫吞舟之巨鱼[58]？横江湖之鳣鲸兮[59]，固将制于蝼蚁[60]。

注释

〔1〕长沙王：汉初所封的异姓王之一。所辖之地为今湖南东部，都临湘，在今长沙附近。　太傅：与三公之一的太傅不同，此职仅对诸侯王有辅导之责，没有实际权力。

〔2〕谪(zhé 哲)：古代官吏因罪而被降职或流放。长沙王太傅，与贾谊原任的太中大夫为同一级，然由中央到地方当时认为是被贬。

〔3〕意不自得：谓不得志。

〔4〕湘水：水名，又名湘江。湖南省最大的河流。

〔5〕为赋：指写此篇《吊屈原文》。

〔6〕《离骚赋》：即屈原所作的《离骚》。《史记·屈原贾生列传》："屈平疾王听之不聪也，谗言之蔽明也，邪曲之害公也，方正之不容也，故忧愁幽思而作《离骚》。离骚者，犹离忧也。"离，遭遇；忧，忧愁。

〔7〕终篇：指《离骚》完篇。《汉书·贾谊传》："已矣！国亡人，莫我知也。"引文与此稍不同。　莫我知：莫知我。

〔8〕汨(mì 密)罗：汨罗江。汨水发源于江西修水，西南流入湖南，与发源于岳阳的罗水合流。故称汨罗江。《史记·屈原贾生列传》："(屈原)于是怀石，遂自投汨罗以死。"

〔9〕自喻：自比。因其遭遇有同屈原相类之处。

〔10〕恭：敬。　嘉惠：皇恩。指谪为长沙王太傅。

〔11〕俟罪：待罪。

〔12〕侧闻：从旁闻知，谦词。

〔13〕造：到。　托：寄身。此句言至湘水，托流而吊。

〔14〕先生：指屈原。

〔15〕罔极：言无中正。中正，正直。

〔16〕殒（yǔn 陨）身：丧命。

〔17〕呜呼哀哉：旧时祭文中常用的感叹之辞，表示对死者的悲悼。

〔18〕祥：吉利。

〔19〕伏窜：逃避潜匿。

〔20〕鸱枭（chī xiāo 吃消）：猫头鹰之类的猛禽。俗谓不祥之鸟。

〔21〕阘茸（tà róng 挞荣）：无能之辈。

〔22〕谗谀：进谗言、阿谀奉承的人。李善注引胡广曰："阘茸不才之人，无六翮翱翔之用，而反尊显，为谄谀得志于世也。"

〔23〕逆曳：横拖倒拽。

〔24〕方正：品行正直不阿的人。　倒植：指本末倒置。李善注引胡广曰："倒植者，贤不肖颠倒易位也。"

〔25〕随、夷：指卞随与伯夷。卞随，商朝贤臣，商汤欲让位于卞随，卞随不受。伯夷反对武王伐纣，不食周粟。古人认为他们是高尚的人。　溷（hùn 诨）：浊。

〔26〕跖（zhí 直）：柳跖，春秋时鲁国人。　蹻（qiāo 敲）：庄蹻，战国时楚人。跖蹻皆因反抗当时统治者而诬为"盗"。

〔27〕莫邪（yé 爷）：古代有名的宝剑。李善注引《吴越春秋》："干将者，与欧冶同师，俱作剑。阖闾得而宝之，以故使干将造剑二枚，一曰干将，二曰莫邪。莫邪，干将妻之名也。"

〔28〕铦（xiān 先）：锋利。

〔29〕吁嗟：嗟叹。　默默：不得意。

〔30〕生：先生，此指屈原。黄侃《文选平点》："先生或省称先，或省称生。"　无故：李善注引邓展曰："言屈原无故遇此祸也。"一说无罪。《文选平点》："故即辜也。"

〔31〕斡（wò 握）：转过来。　鼎：古代以为立国的重器。如"定鼎"、"问鼎"。周鼎，比喻宝器。

〔32〕宝：珍重，以……为宝。　康瓠（hù 户）：空瓦器。《尔雅·释器》："康瓠，谓甈（qì 气）。"甈，瓦器。

〔33〕腾驾：驰车，快车。　罢：疲。

〔34〕骖（cān 参）：车辕之外的马。古代车辕内套两马，车辕外再加马匹曰

骖。　蹇(jiǎn 简)驴:瘸驴。蹇,跛。

〔35〕骥(jì 纪):千里马。　服:驾御。李善注引《战国策》:“汗明曰:夫骥服盐车上太行,中坂迁延,负辕不能上。”骥服盐车上太行,为古之俗谚。刘良注:“言御车者,但奔驾其疲敝之牛,乘其蹇跛之驴,使良马驾盐车,亦犹贤人在野,小人在位。”

〔36〕章甫:古代士阶层之冠。《仪礼》:“士冠章甫。”　荐履:垫鞋。荐,垫。冠当加首,而以荐履,比喻不肖在上而贤人在下。

〔37〕渐不可久:张铣注:“此为乱之渐也,其国不可久居也。”渐,事物发展的开始,即防微杜渐之“渐”。

〔38〕嗟:咨嗟。　苦,劳苦。　离:遭遇。　咎(jiù 救):灾难。

〔39〕讯(xùn 训)曰:卒章总括之词,类《楚辞》之“乱曰”。讯,《汉书》作“谇”。谇,通“讯”。

〔40〕壹郁:抑郁。　谁语:语谁,对谁说。

〔41〕漂漂:高飞的样子。　逝:往。

〔42〕自引:自己引退。

〔43〕袭:察。　九渊:深渊。

〔44〕沕(mì 密):潜藏的样子。　自珍:自己保全自己。李善注引《庄子》:“千金之珠,必九重之渊而骊龙颔下。”

〔45〕偭(miǎn 免):背,离。　蟂(xiāo 消):食鱼之水兽。　獭(tǎ 塔):食鱼之水兽。　隐处:隐居。

〔46〕蛭(zhì 至):水虫。　螾(yǐn 引):同“蚓”,蚯蚓。李善注上二句:“缅然自绝于蟂獭,况从虾与蛭螾也?”谓隐居不可与小人从仕。

〔47〕自藏:保全自己。

〔48〕使:假使。　骐骥:骏马。　羁(jī 机):马络头,此用如动词,羁绊。

〔49〕般:盘桓。　纷纷:形容乱状。般,五臣本作“盘”。　尤:罪过。刘良注:“言屈生盘桓于乱时,不能避去,遂及此罪,亦屈生自为亡故也。”

〔50〕夫子:指屈原。　故:《文选平点》:“亦夫子之故也句,故亦辜也。”又李善注:“言般桓不去,离此愆尤,亦夫子自为之故,不可尤人也。”故,原故。

〔51〕相:考察,选择。一说辅佐。　君:指国君。

〔52〕此都:指楚都郢。李善注:“知时之乱,当历九州,相贤君而事之,何必思此都而遭放逐。”

〔53〕千仞:极言其高。仞,古代以八尺为一仞。

〔54〕德辉:德政的光辉。

〔55〕细德:苛细的贪婪追求,此指奸佞之辈的行为。 险征:危险的征兆。

〔56〕曾:高高上飞之意。

〔57〕寻常:八尺为寻,十六尺为常。寻常,形容短小。 汙渎(dú 独):浊水沟。汙同“污”。

〔58〕吞舟:形容鱼大,能吞下船。

〔59〕鳣(zhān 毡):鳇鱼,无鳞,长达四五米。

〔60〕制:辖制。 蝼:蝼蛄。李善注引《庄子》:“弟子谓庚桑楚曰:夫寻常之沟,巨鱼无所还其体,而鲵鳝为之制也。”意犹俗谓“龙入泥潭遭虾戏。”“以况小朝主暗,不容受忠佞之言,亦为谗贼小人所见害也。”(用晋灼说)

今译

贾谊任长沙王太傅,既然是被贬离京,很不得志,到渡湘水时,作赋吊祭屈原。屈原,是楚国的贤臣,被谗流放,作《离骚赋》,他完篇后说:“算了吧!国内无贤人,没人了解我。”于是自己投汨罗江而死。贾谊追悼他,借以自喻。吊辞说:

承蒙皇恩啊,待罪长沙,侧闻屈原啊,自投汨罗。来到湘水托付流波啊,敬吊先生。生逢没有正直可言的浊世啊,才投江自尽。呜呼哀哉!遇时不祥!鸾凤到处逃避隐匿啊,猫头鹰却漫天翱翔。无能之辈位尊名显呵,进谗阿谀之徒却得志猖狂。圣贤被横拖倒拽啊,贤与不肖位置颠倒。世上说卞随、伯夷污浊呵,大盗跖、蹻反而廉洁。说宝剑莫邪钝而不快啊,铅刀反而锋利善割。慨叹失志,先生无辜遭此灾祸。舍弃国宝周鼎啊,却珍视粗糙的瓦器。驾快车用疲惫的老牛,坐骖乘使瘸腿的毛驴。千里马耷拉两耳,吃力地挽着盐车。头上的帽子用来垫鞋,帽子的毁坏不会很久。嗟叹劳苦的先生啊,单单有这不幸的遭遇。

讯曰:国人无人了解我啊,自己抑郁可对谁说?凤凰飘飘远走高飞啊,本来是自己引退离去。考察九渊之下的神龙啊,深深潜伏是为保全自己。与蟂獭绝决而隐匿啊，又怎能同虾和蛭螾为伍？可贵的圣人神德啊，是远离浊世而隐居。假使给骏马套上羁绊啊，又能说它与犬羊何异？盘桓于乱世遭此灾祸，也怨屈原自己。考察九州选择明君啊，何必苦恋郢都不肯离去！凤凰翱翔于万仞高空啊，见到圣德的光辉才肯下栖。发现奸佞的危险征兆啊，在遥远的高空便奋翼而去。那个短小的水沟啊，怎能容下吞舟大鱼？横跨江湖的鳣鲸啊，当然要受制于蝼蚁。

（赵福海译注并修订）

吊魏武帝文一首并序　陆士衡

题解

晋惠帝元康八年(298),陆机迁著作郎,得便见秘阁收藏魏武帝遗令,视为珍贵史料。竟窥见操临终时,亦有“凄凄惨惨切切”悲剧尾声。由盛年戎马倥偬,气吞宇宙,而急转直下,到了衰年,呻吟病榻,眷恋亲情,悲伤人生,前后思想反差,判若两人。机这年三十八岁,虽说正值盛年,但已饱经忧患:二十岁上遭受国破家亡之痛,二十九岁入洛为官以来,亲戚朋友多遭不幸,凋落殆尽,而本人早已身不由已,被卷入“八王之乱”旋涡,生死未卜,凶多吉少。披览遗令,有感于人世盛衰存亡无常,不免感伤系之,于是就写下了《吊魏武帝文并序》,于悼念伟人曹操之中,蕴涵身逢乱世的自我哀叹。

序文五六五字,可分两部分:第一部分,扼要交代得见操遗令的时间、地点、感受。第二部分,详细剖析、评说史料遗令的主要内容,阐明产生特殊感受“愤懑”的原因。

吊文六四五字,可分四段:第一段,概括称赞操武功卓著,德业显赫。第二段,主要写操晚年仍不忘统一天下,与其诗句的思想完全一致:“烈士暮年,壮心不已。”第三段,由盛极而骤衰,侧重写操临终时悲哀情景。第四段,写作者对操遗令的感受、评价、嘲讽,着重点明操死后遗令执行情况,空具形式而已,实在多此一举。

序文、吊文在思想内容上有不少可取之处。除了表现吊古伤怀永恒主题之外,从一个侧面反映了动乱时代给人们带来数不尽的忧患,令人愤懑不已。作者评价历史人物曹操,力求全面公平,实事求是,褒贬颇有分寸。尽可能充分表现操“生荣死哀”(《论语·子张》),生前雄才大略颂扬备至,“以天下自任”的博大胸怀,“拔山盖世”的威武气势,暮年仍然“壮心不已”,“志希九鼎”(黄侃《文选平点》),真不愧为“天下英雄”(《三国志·蜀志·先主传》曹操自许)。反复赞美高明的政治策略,杰出的军事才能,文治武功的卓越成就。然而对其临终遗令恋念家庭琐细亦多微辞,委婉讥讽“分香卖履”之类,纯属世俗牵累,无谓之举,多情多累,有害无益,实在可悲,“雄心摧于弱情,壮图终于哀志”。作者义正辞严地宣告:“同乎尽者无馀,而得乎亡者无存。”这正是继承了王充《神灭论》光辉思想,“形存则神存,形谢则神灭”。自然规律不以人们意志为转移,给后人以深刻启迪。当时难能可贵,至今仍然有现实意义。

在艺术形式上表现出卓越技巧。虽然受到贾谊《吊屈原并序》的影响,但是并非完全依傍,而多有创新。如巧妙地从遗令入手,突出第一手史料,多直接引用原文,穿插要言不烦的评说,有理有据,令人信服。序文、吊文主线分明,都能围绕人世盛衰骤变带来难言悲伤来写。序文夹叙夹议得心应手,援引遗令要旨,酌加品评,信手写来,错落有致,哀婉感人。善于运用对比手法揭示主题,盛年雄心壮举与临终悲伤酸苦鲜明对照,遗令内容琐屑与执行大打折扣鲜明对照,都可见作者独具匠心。序文一气呵成,吊文则一段一换韵,构思工巧,行文极富变化。

原文

元康八年[1],机始以台郎出补著作[2],游乎秘阁[3],而见魏武帝遗令[4],忾然叹息[5],伤怀者久之[6]。

客曰:“夫始终者,万物之大归[7],死生者,性命之区域[8]。是以临丧殡而后悲[9],睹陈根而绝哭[10]。今乃伤心百年之际[11],兴哀无情之地[12],意者无乃知哀之可有,而未识情之可无乎[13]?”机答之曰:“夫日食由乎交分[14],山崩起于朽壤[15],亦云数而已矣[16]。然百姓怪焉者,岂不以资高明之质而不免卑浊之累[17],居常安之势而终婴倾离之患故乎[18]?夫以回天倒日之力而不能振形骸之内[19],济世夷难之智而受困魏阙之下[20]。已而格乎上下者,藏于区区之木[21],光于四表者,翳乎蕞尔之土[22]。雄心摧于弱情[23],壮图终于哀志[24]。长筭屈于短日[25],远迹顿于促路[26]。呜呼!岂特瞽史之异阙景[27],黔黎之怪颓岸乎[28]?观其所以顾命冢嗣[29],贻谋四子[30],经国之略既远[31],隆家之训亦弘[32]。又云:"吾在军中,持法是也[33],至小忿怒,大过失,不当效也[34]。"善乎达人之谠言矣[35]!持姬女而指季豹[36],以示四子曰:"以累汝[37]!"因泣下。伤哉!曩以天下自任[38],今以爱子托人[39]。同乎尽者无馀[40],而得乎亡者无存[41]。然而婉娈房闼之内[42],绸缪家人之务[43],则几乎密与[44]!又曰:"吾婕妤妓人[45],皆著铜爵台[46]。于台堂上施八尺床、穗帐[47],朝晡上脯糒之属[48]。月朝十五[49],辄向帐作妓[50]。汝等时时登铜爵台,望吾西陵墓田[51]。"又云:"余香可分与诸夫人[52],诸舍中无所为[53],学作履组卖也[54]。吾历官所得绶[55],皆著藏中[56]。吾余衣裘,可别为一藏[57]。不能者,兄弟可共分之[58]。"既而竟分焉。亡者可以勿求,存者可以勿违,求与违不其两伤乎[59]?悲夫!爱有大而必失,恶有甚而必得[60];智惠不能去其恶[61],威力不能全其爱[62]。故前识所不用心[63],而圣人罕言焉[64]。若乃系情累于外物[65],留曲念于闺房[66],亦贤俊之所宜废乎[67]!于是遂愤懑而献吊云尔[68]。

接皇汉之末绪[69],值王途之多违[70]。伫重渊以育鳞[71],抚庆云而遐飞[72]。运神道以载德[73],乘灵风而扇威[74]。摧群雄而电击[75]，举勍敌其如遗[76]。指八极以远略[77]，必翦焉而后绥[78]。厘三才之阙典[79]，启天地之禁闱[80]。举脩网之绝纪[81]，纽大音之解徽[82]。扫云物以贞观[83]，要万途而来归[84]。丕大德以宏覆[85]，援日月而齐晖[86]。济元功于九有[87]，固举世之所推[88]。

彼人事之大造[89]，夫何往而不臻[90]？将覆篑于浚谷[91]，挤为山乎九天[92]。苟理穷而性尽[93]，岂长筭之所研[94]？悟临川之有悲[95]，固梁木其必颠[96]。当建安之三八[97]，实大命之所艰[98]。虽光昭于曩载[99]，将税驾于此年[100]。惟降神之绵邈[101]，眇千载而远期[102]。信斯武之未丧[103]，膺灵符而在兹[104]。虽龙飞于文昌[105]，非王心之所怡[106]。愤西夏以鞠旅[107]，溯秦川而举旗[108]。逾镐京而不豫[109]，临渭滨而有疑[110]。冀翌日之云瘳[111]，弥四旬而成灾[112]。咏归途以反旆[113]，登崤渑而朅来[114]。次洛汭而大渐[115]，指六军曰念哉[116]！

伊君王之赫奕[117]，寔终古之所难[118]。威先天而盖世[119]，力荡海而拔山[120]。厄奚险而弗济[121]，敌何强而不残[122]，每因祸以禔福[123]，亦践危而必安[124]。迄在兹而蒙昧[125]，虑噤闭而无端[126]。委躯命以待难[127]，痛没世而永言[128]。抚四子以深念[129]，循肤体而颓叹[130]。迨营魄之未离[131]，假馀息乎音翰[132]。执姬女以嚬瘁[133]，指季豹而漼焉[134]。气冲襟以呜咽[135]，涕垂睫而汍澜[136]。违率土以靖寐[137]，戢弥天乎一棺[138]。

咨宏度之峻邈[139]，壮大业之允昌[140]。思居终而恤始[141]，命临没而肇扬[142]。援贞吝以惎悔[143]，虽在我而不臧[144]。惜内顾之缠绵[145]，恨末命之微详[146]。纡广念于履组[147],尘清虑于余香[148]。结遗情之婉娈[149],何命促而意长[150]? 陈法服于帷座[151],陪窈窕于玉房[152]。宣备物于虚器[153],发哀音于旧倡[154]。矫戚容以赴节[155],掩零泪而荐觞[156]。物无微而不存,体无惠而不亡[157]。庶圣灵之响像,想幽神之复光[158]。苟形声之翳没,虽音景其必藏[159]。徽清弦而独奏,进脯糒而谁尝[160]? 悼穗帐之冥漠,怨西陵之茫茫[161]。登爵台而群悲,眝美目其何望[162]? 既晞古以遗累,信简礼而薄葬[163]。彼裘绂于何有? 贻尘谤于后王[164]。嗟大恋之所存,故虽哲而不忘[165]。览见遗籍以慷慨,献兹文而凄伤[166]。

注释

〔1〕元康:晋惠帝年号(291—299)。其八年(298)。

〔2〕台郎:官名,指尚书郎,在皇帝左右处理政务。　出补:出任官职。著作:官名,指著作郎,晋元康中改属秘书省,掌编纂国史等。

〔3〕游:行走。　秘阁:古代宫中收藏珍贵图书的地方。

〔4〕魏武帝:曹操(155—220)。子曹丕称帝,追尊曹操为武帝,史称魏武帝。史事见《三国志·魏书·文帝纪》。　遗令:临终前的告诫、嘱咐。

〔5〕忾(kài)然:感慨的样子。

〔6〕伤怀:伤心。

〔7〕客曰:假设客人问。　始终:指产生与死灭。　大归:谓必然趋向。

〔8〕性命:生命。　区域:界限。

〔9〕丧殡:丧葬。

〔10〕陈根:逾年的宿草,喻人死一周年。

〔11〕伤心:心灵受伤,形容极其悲痛。　百年:死去已久的婉词。操死于220年,距机写此文298年,还不足八十年,此举成数。

〔12〕无情之地:指秘阁之地无缘产生哀伤已故武帝之情。

〔13〕意者:表示测度,大概。　无乃:相当于恐怕是,表示委婉测度语气。识:知。

〔14〕日食:同日蚀,古人以为日月运行交会,日光为月所蔽,就发生日蚀。

〔15〕山崩:悬崖、陡坡上岩石和砂石突然破裂崩落现象。　朽壤:腐土。

〔16〕数:运数,命运。

〔17〕高明:指日月。　质:本体。　浊:卑污。　累:连累。

〔18〕常安:常久安定。　婴:遭受。　倾离:谓崩塌,喻乱离。

〔19〕回天:权大势重。　倒日:使太阳返行。　形骸:人的躯体。

〔20〕济世:救世。　夷难:平定祸乱。　受困:犹言受窘,陷入为难境地。魏阙:古代宫门上建筑的巍然高出的楼观,此借代朝廷。

〔21〕已而:然后。　格:至。　上下:指天地。　区区之木:谓小小的棺材。

〔22〕光:通"广",充满。　四表:指四方极远之地,泛指天下。　翳:翳藏,安葬。　蕞(zuì 罪)尔:形容小。

〔23〕雄心:犹壮志,宏大的志向。　摧:坠毁。　弱情:儿女之情。

〔24〕壮图:宏伟的谋划。　哀志:犹哀心,悲伤的心情。

〔25〕长筭:深远的谋略。筭,计谋。　屈:穷尽。　短日:谓来日不多,指寿命已尽。

〔26〕远迹:远大的功业。　顿:停止。　促路:短途,喻短促的人生。

〔27〕呜呼:感叹词,表示悲伤。　瞽史:此偏指太史官,魏晋以后,太史专管天文历法。　阙景:谓日蚀。阙,亏缺。景,太阳。

〔28〕黔黎:黔首、黎民的合称,指百姓。　颓岸:谓山崩。颓,崩塌。岸,高地,此指山。

〔29〕顾命:谓临终遗命。　冢嗣(zhǒng sì 种四):嫡长子,此指曹丕。

〔30〕贻谋:谓为其四子的将来做好安排。　四子:指曹丕以下的四王。

〔31〕经国:治理国家。

〔32〕隆家:使家兴盛。　弘:大。

〔33〕持法:执法。

〔34〕忿怒:愤怒。　过失:因疏忽而犯的错误。　效:效法。

〔35〕达人:通达事理的人。　谠(dǎng 党)言:正直的话。

〔36〕姬女、季豹:指魏武帝杜夫人所生的高城公主、沛王豹。季,少小,年纪轻。

〔37〕累:托付。

〔38〕曩(nǎng 攮):以前。　以天下自任:犹言以天下为己任,把国家的兴

衰治乱作为自己的责任。

〔39〕子:子女,指姬女、季豹。

〔40〕尽:死。　无馀:谓精神不存在。

〔41〕亡:死。　无存:谓意识不存在。

〔42〕婉娈(luán 孪):依恋的样子。　房闼(tà 榻):宫闱,此指家庭。

〔43〕绸缪(móu 谋):形容缠绵不解。　务:指琐事。

〔44〕几乎:近于。　密:细致。

〔45〕婕妤(jié yú 捷于):宫中女官名。　妓人:歌舞女艺人。

〔46〕著(zhuó 酌):常住。　铜爵台:同铜雀台,在今河北省临漳县西南古邺城的西北隅。《三国志·魏书·武帝纪》载,建安十五年(210),冬,做铜雀台。

〔47〕堂:正厅。　施:安放。　穗帐:用细而疏的麻布制成的灵帐。

〔48〕朝晡(zhāo bū 招逋):谓早上与下午。　上:上供。脯糒(fǔ bèi 辅辈):供祭奠的干肉与干粮。

〔49〕月朝(zhāo 昭):指旧历每月初一。　十五:指旧历每月十五日。

〔50〕作妓:同作伎,谓表演歌舞。

〔51〕西陵:陵墓名,指三国时魏武帝陵寝,在今河北省临漳县西。　墓田:坟地。

〔52〕"分香"的典故出此,后用以比喻临死不忘妻妾。

〔53〕舍中:犹言家中人。

〔54〕履组:犹言鞋带,指鞋上彩色丝织系带。"卖履"的典故出此,后用以比喻临死依恋妻妾。后多见"分香卖履"连用。

〔55〕历官:先后连任官职。　绶(shòu 受):绶带,古代用以系官印等物的丝带。

〔56〕藏(zàng 葬):指储存东西的地方或箱子、柜子之类的器物。

〔57〕衣裘:夏衣、冬裘。　藏(cáng):收藏。

〔58〕不能:谓不必要。

〔59〕两伤:指双方都受到损伤。曹操求藏,难免鄙吝伤廉;操诸子瓜分无余,不免贪欲害义。

〔60〕爱、恶:爱谓生,恶谓死(依黄侃《文选平点》)。　大:"太"的古字,谓太贪。　失:谓失义。　甚:过分,谓过分奢求。　得:谓得到讥诮。

〔61〕智惠:同智慧,聪明才智。

〔62〕全:保全。

〔63〕前识:谓前代有识之士(依黄侃《文选平点》)。　用心:使用心力。

〔64〕罕:少。

〔65〕情累:感情上的牵累。　外物:身外之物。

〔66〕曲念:深切的怀念。　闺房:谓内室妻妾。

〔67〕贤俊:才德出众的人。　废:抛弃。

〔68〕愦懑(mèn 闷):抑郁烦闷。

〔69〕皇汉:犹大汉,指汉朝。　末绪:谓前人遗留的功业。

〔70〕王途:犹王道,儒家提出的一种以仁义治天下的政治主张。　多违:多违背。

〔71〕伫(zhù 注):企盼。　重渊:深潭。　鳞:鳞虫,指龙。

〔72〕抚:同拊,轻击。　庆云:五彩云,古人以为喜庆、吉祥之气。遐:高远。

〔73〕神道:神明之道。　载德:成就大德。

〔74〕灵风:谓好风。　扇(shān 山):传播。

〔75〕摧:挫败。　群雄:割地称雄的豪强。　电:闪电,喻迅速。

〔76〕举:攻克。　勍(qíng 情)敌:强敌。　如遗:"如拾遗"之略语,喻轻而易举。

〔77〕八极:八方极远之地,指天下。　远略:深远的谋略。

〔78〕翦:消灭。　绥:安抚。

〔79〕厘:整治。　三才:天、地、人。　阙:同"缺",缺失。

〔80〕启:开拓。　禁闱:宫廷门户,此喻诸侯割据各立门户壁垒。

〔81〕举:复兴。　脩网:长网,指国家大法。　绝:继绝。　纪:纲纪。

〔82〕纽:连结。　大音:谓至大至美的音乐。　解:破裂。　徽:琴徽,系琴弦的绳。

〔83〕云物:天象云气之色,喻群凶扰扰。　贞观:谓以正道示人。

〔84〕要:使。　万途:犹万方,指天下各方诸侯。

〔85〕丕:奉。　大德:大恩大德。　宏覆:普遍覆盖,谓普天之下无不受其庇护。

〔86〕援:攀缘。　齐:同等。

〔87〕济:成就。　元功:大功。　九有:犹九州,指天下。

〔88〕举世：普天下。　推：推重。

〔89〕人事：人力所能及的事。　大造：大恩德。

〔90〕臻：达到。

〔91〕覆篑（kuì 馈）：倒一筐土，谓积小成大。　浚谷：深谷。

〔92〕挤：通“跻”，升。　为山：谓积土成山，喻建立功业。　九天：谓天最高处。

〔93〕理穷性尽：同穷理尽性，彻底研究天地万物的原理、本性。

〔94〕研：思考。

〔95〕悟：觉悟。　临川有悲：化用孔子川流不息典故，叹息时光永无休止地流逝。《论语·子罕》：“子在川上曰：‘逝者如斯夫！不舍昼夜。’”临川，面对川流。

〔96〕梁木其颠：犹梁木其坏，谓栋梁倒塌、毁坏。《礼记·檀弓上》：“泰山其颓乎！梁木其坏乎！哲人其萎乎！”皆喻先哲去世。

〔97〕建安：东汉献帝年号（196—220）。　三八：古代称数法，谓建安二十四年（219）。

〔98〕大命：天命。　艰：艰难，指临危。

〔99〕光昭：彰明显扬。　曩载：往年。

〔100〕税（tuō 脱）驾：谓停车休息，指安息。

〔101〕降神：谓降生神人。　绵邈（miǎo 秒）：悠远。

〔102〕眇（miǎo 秒）：通“渺”，久远。　千载：千年。形容岁月长久。远期：谓期望时间长远。

〔103〕武：谓神武，指曹操。　未丧：谓未泯灭。

〔104〕膺：膺受，承受。　灵符：神灵符命。　在兹：在此，指在曹操。

〔105〕龙飞：喻帝王的兴起。　文昌：宫殿名，三国魏邺都正殿。

〔106〕非王心之所怡：言志希九鼎不以王位为足（依黄侃《文选平点》）。谓操胸有大志以统一天下为己任，不以魏王为满足而沾沾自喜。

〔107〕西夏：晋代指河西及荆襄一带，此借代蜀刘备。　鞠旅：谓誓师。鞠，告诫。旅，军队。

〔108〕秦川：古地区名，此借代渭河流域。　举旗：谓举起军旗兴兵西征刘备。

〔109〕镐（hào 浩）京：借代长安。　不豫：君王有病的讳称。

〔110〕渭滨:渭河之滨,借代长安。　疑:疑忌。史事见《三国志·魏志·武帝纪》载,建安二十四年(219),五月,引军还长安。

〔111〕冀:希望。　翌(yì 异)日:明天。　瘳(chōu 抽):病愈。

〔112〕弥:满。　旬:十天。　灾:个人遭遇不幸。

〔113〕归途:返回的路程。　反旆(pèi 配):回师。

〔114〕崤渑(xiáo miǎn 淆免):谓崤底一带,在今洛阳西,此借代洛阳。史事见《三国志·魏书·武帝纪》载,建安二十四年(219),十月,军还洛阳。　朅(qiè 切)来:犹去来,此指归来。

〔115〕次:至。　洛汭(ruì 锐):原指洛水入黄河处,在今洛阳市境,此借代洛阳。　大渐:谓病危。

〔116〕六军:统称全军。　念哉:谓念念不忘各自使命。史事见《三国志·魏书·武帝纪》载,遗令曰:天下尚未安定,其将兵屯戍者,皆不得离屯部。

〔117〕赫奕(yì 亦):形容显赫。

〔118〕终古:自古以来。

〔119〕先天:谓在天下之先。　盖世:谓才能、功绩等高出当代之上。

〔120〕荡:震荡。　拔山:喻威力大。

〔121〕厄(è 遏):困厄,艰难窘迫。　险:险阻。　济:越过。

〔122〕残:摧毁。

〔123〕因祸禔(zhī 支)福:犹因祸为福,谓祸既来,因为处理得当,转而为福。禔福,安宁幸福。

〔124〕践危:谓身处于险境。

〔125〕蒙昧:谓神智迷糊。

〔126〕噤闭:闭口不做声。　无端:谓无缘无故。

〔127〕委躯命:犹委命,谓临终之际,听任命运支配。　待难:谓等待死难。

〔128〕没(mò 末)世:死。　永言:谓咏叹。　永,通“咏”。

〔129〕深念:深深思考。

〔130〕循:抚摩。　颓叹:谓悲叹欲绝。

〔131〕迨(dài 待):趁着。　营魄:魂魄。

〔132〕馀息:谓将死的人仅余的喘息。　音翰:此指作遗令。

〔133〕嚬(pín 贫)瘁:皱眉而忧伤。

〔134〕漼(cuǐ 璀):流泪的样子。

〔135〕呜咽(yè 业):低声哭泣。

〔136〕涕:泪。　垂:落下。　睫:睫毛。　汍(wán 丸)澜:泪疾流的样子。

〔137〕率土:为“率土之滨”的略语,谓普天下。《诗·小雅·北山》:“率土之滨,莫非王臣。”　靖寐:犹安寐,安眠。靖,通“静”,安静。

〔138〕戢(jí 吉):藏匿。　弥天:喻志气高远。　一棺:为“一棺之土”的省语,谓墓穴。

〔139〕咨:叹息。　宏度:大度量。　峻邈(miǎo 秒):崇高远大。

〔140〕大业:大功业。　允:确实。

〔141〕居:谓遵守。　终:谓正终,指老死在古都洛阳。　始:谓正始,合乎礼仪、法度之始。语本《穀梁传·定公元年》:“昭公之终,非正终也;定之始,非正始也。”

〔142〕命:犹末命,谓临终遗命。　临没(mò 末):犹临终。　扬:谓导扬,导达显扬。语本《汉书·叙传下》:“博陆堂堂,受遗武皇,拥毓孝昭,末命导扬。”

〔143〕贞吝:谓是与非、善与恶。　惎(jì 忌)悔:教导悔悟。

〔144〕不臧(zàng 葬):不善。

〔145〕内顾:谓顾念妻妾子女。　缠绵:情意深厚。

〔146〕末命:临终遗命。　微详:细碎详尽。

〔147〕纡(yū 迂):萦绕。

〔148〕尘:污染。　清虑:谓思虑,敬词。

〔149〕结:固结不解。　遗情:留下情思。　婉娈(luán 峦):依恋的样子。

〔150〕命:人命。　促:短促。　意:情意。　长:深长。

〔151〕法服:古代根据礼法规定的不同等级的服饰。　帷座:谓帷幔内的灵座。

〔152〕窈窕(yǎo tiǎo 杳挑):此指婕妤妓人。　玉房:谓华丽的房屋,此喻铜雀台。

〔153〕宣:尽。　备物:此指祭祀所用器物。　虚器:犹明器,古代专为随葬所做器物。

〔154〕哀音:悲伤之音。　旧倡(chāng 昌):旧时表演歌舞的女艺人。

〔155〕矫:矫揉,故意做作。　戚(qī 期)容:忧伤的面容。　赴节:应和着节拍。

〔156〕掩:犹掩面,遮住面孔。 荐觞(shāng 商):犹献觞,献酒。觞,古代称酒杯。

〔157〕体:谓人。 惠:通“慧”,指有智慧的人。 语本《孔子家语·五仪》:“孔子曰:君子入庙如右,登自阼阶,仰视榱桷,俯察机筵,共器皆存,而不睹其人。君以此思哀,则哀可知矣。”

〔158〕庶:希望。 圣灵、幽神:都指已故魏武帝。 响像:声音与形象。复光:重新照耀。

〔159〕翳没(yì mò 义末):湮灭。 景(yǐng 影):“影”的古字。

〔160〕徽:通“挥”,弹奏。 清弦:指琴瑟一类的弦乐器。 奏:进献。尝:品尝。

〔161〕冥漠:空无所有。 怨:悲伤。 茫茫:渺茫。

〔162〕爵台:即“铜雀台”的略称。 眝(zhù 住):张目远望。 美目:借代婕妤妓人。

〔163〕睎古:犹希古,仰慕古人。睎(xī 西),通“希”,向往。 遗累:谓抛弃世俗之累。 简礼:简单的礼仪。 薄葬:葬具及丧礼简单、节俭。史事见《三国志·魏书·武帝纪》载,令曰:古之葬者,必居瘠薄之地,其规西门豹祠西原上为寿陵,因高为基,不封不树。遗令曰:天下尚未安定,未得遵古也。葬毕,皆除服。敛以时服,无藏金玉珍宝。

〔164〕裘绂(fú 幅):衣裘与印绶。 贻(yí 移):遗留。 尘谤:背后议论。后王:指后来的君王。

〔165〕大恋:指对人生的眷恋。 存:留意。 哲:谓哲人,指智慧卓越的人。

〔166〕览:览见。 遗籍:此指遗令。 慷慨:感叹。 献:进献。凄伤:痛苦哀伤。

今译

晋惠帝元康八年,陆机我以尚书郎出任著作郎,行走在秘阁,而得见阁藏魏武帝遗令,感慨叹息,久久伤心不已。

客人提出疑问:“产生与死灭,为天下万物必然趋向;生与死,是生命的界限。因此亲临殡丧而后悲泣,看见朋友死后一年坟上的宿草就不再哭了。现在还为已故百年之时的人悲痛，在无缘引起伤怀之情的秘阁而兴起哀伤，大概只知悲哀可以有，而不知情理之中可以没有吧?”陆机答辩说:“日食由于日月交会，日光为月亮所遮蔽，山崩起因于腐土，亦可说是命运如此而已。然而百姓认为奇怪，岂不凭高高在上的日月本体，而不免低下卑污牵累，山势似乎处于长久安定，而终竟遭遇崩塌祸患吗?倚仗回天倒日的威力，而不能使衰老身躯振作盛年雄风，凭着救世平乱的智谋，而老病于朝廷而陷入为难困境。既而功绩充满天地，而埋葬于小小的棺材里；明德广及四面八方，而安葬在小小的坟墓内。壮志毁于儿女之情，宏图终结在悲伤之中。深远谋略竭尽于寿限将尽，远大功业终止在短促人生。呜呼!难道只是太史认为日蚀奇异，百姓以为山崩奇怪吗?观察他用来遗嘱太子、为其他四子的将来做好安排的话，可见治国谋略已长远，使家兴盛的教诲亦宏大。他又说:“我在军队里，执法严明是正确的。至于小愤怒，大过失，不应当效法。”通达事理的人所说正直的话多好啊!扶着年幼的高城公主，指着小儿子曹豹，向四子示意说:“托付你们了!”因而落泪。悲伤啊!以前以天下为己任，现在把心爱的幼小子女托付人。人形体与精神同归于心，精神不单独存在，身心死亡，意识不独自存在。然而依恋家庭之内，缠绵家人亲情琐事，就近于周到细致了。他又说:“我的宫中女官、歌女，都常住铜雀台。在台正厅上安置八尺床、细布灵帐，每天早上、下午，上供干肉、干粮之类，旧历每月初一、十五日，就向灵帐表演歌舞。你们时时登上铜雀台，远望我西陵坟地。”他又说:“剩余香料，可以分给我诸位夫人，众位家中人无所作为的，可学做丝织彩色鞋带去卖。我先后连任官职所得绶带，都放置在储柜之类的器物中。我下余的夏衣冬裘，可以分别收藏。不必要保存的，你们兄弟们可以共同分了。”后来，竟然都瓜分了。死者可以不必要求收藏，生者可以不要违背遗嘱，要求与违背不是使双方都蒙受损伤吗?可悲呀!贪生过分的，而一定丧失道义，怕死太甚的，而一定得讥诮。智慧不能免去其死,威力不能保全其生。所以前代有识之士不在生死上使用心力,而圣人很少谈到他。至于说感情牵累系念在身外之物上,深切怀念留恋在内室妻妾,亦是德才出众者所应抛弃的吧!于是抑郁烦闷而进献这篇吊文表示伤悼之意。

承接汉朝遗留功业,遭遇王道多有违背。企盼深潭成长神龙,轻击五彩云而远飞。运行神道成就大德,凭借好风播扬武威。挫败群雄如闪电攻击,攻克强敌如同拾遗。指着天下运思深远谋略,一定消灭诸侯安抚宇内。整治三才缺失经典,打开天地之间诸侯壁垒。复兴长网断绝纲纪,连结大音残破琴徽。扫清云气显现正道,使万方诸侯心服来归。奉行大德普遍覆盖,高攀日月同等光辉。在九州成就大功德,本来为天下所赞美。

人力所为巍巍功德,前往哪里而不能达到?将一筐一筐倒土填平深谷,将积土成山要上升到达九天。如穷理尽性以至于命运,岂长远计谋所能预料?觉悟面对川流不息而有悲伤,本来栋梁一定有毁坏的一天。正当建安二十四年,实为天命所遭遇的艰难。虽然彰明显扬在往昔,而将停车安息在此年。只是降生神人时代悠远,千年一出而久远期盼。诚然武功不会泯灭,承受神灵符命正在此人。虽然进封魏王在文昌大殿,心中不以王位为足而怡然自得。愤怒西夏刘备不服而誓师讨伐,上溯渭河举起军旗西行。经过长安而不幸染病,面临渭河之滨而有疑忌。希望明天就能病愈,已满四十天而酿成灾患。吟咏归途而权且回师,登上崤底而归来。到达东都洛阳而病危,指令全军严阵以待。

魏王武功显赫,诚然自古以来难见。威武领先天下功绩高出当代,威力震荡大海而拔山。有何艰难不能逾越,有何强敌不可摧残?每每因祸为福,常常处于险境而一定平安。走到此时此地而神智迷糊,口紧闭思虑无故停止运转。听任命运支配而等待死难,痛惜辞世而悲哀吟叹。抚爱四子而深沉思念,抚摩体表而悲叹将要气断。趁着魂魄尚未离开形体,利用短暂喘息把遗令写完。拉着幼女皱眉忧伤，指着小儿落泪心酸。抽泣气息冲击衣襟，老泪纵横将要流干。抛开统一天下大志而安眠，高远志气收藏在小小一棺。

叹息博大气度崇高遥远，宏伟大业确为昌盛辉煌。想到遵守正终而忧念着后继正始，遗命临终开始导达显扬。援引是与非教导悔悟，虽然存在我身亦是不良。可惜顾念妻妾子女过于缠绵，遗憾临终遗令有失周详。萦绕广泛思念在鞋带琐事，烦劳思虑于细碎余香。固结不解留下情思缱绻，奈何人命短促而情深意长！陈列礼服于帷幔内的灵座，使能歌善舞的美人陪伴在玉房。尽力备办各种器物为明器，让旧日女乐抒发哀音悼念已故君王。做作忧伤面容应和节拍起舞，遮住脸上落泪奉献酒浆。没有一个细小器物不存在，没有一个聪明人不死亡。但愿圣灵声音形象再现，心想幽神雄姿重新闪光。如果形体声音湮灭，即使回声影子亦一定隐藏。弹奏弦乐独自进献，进奉干肉干粮谁来品尝？面向帐幔哀悼而空无死者，远望西陵墓地悲伤而一片渺茫。登上铜雀台而众人悲愁，美人张目远视而有什么指望？既然仰慕古人抛弃世俗拖累，信从简单礼仪而实施薄葬。那衣裘印绶收藏有什么意义？只遗留非议于后来帝王。可叹对人生眷恋过于留意，纵然哲人亦在所不忘。阅览遗令感慨不已，奉献此吊文而抒发凄怆。

（张厚惠译注 陈复兴修订）

祭古冢文一首

谢惠连

题解

谢惠连(397—433),南朝宋阳夏(今湖北汉阳夏口)人。少时即以善属文知名于世,深得尚书仆射殷景仁赏识。居父丧期而有违礼法,被远徙废塞。殷为之辩护得免,而通于朝。《祭古冢文》作于宋文帝元嘉七年(430),作者时年二十七岁。此文与其所著《雪赋》(《文选》已录),同被当世赞为美文。

李善注引沈约《宋书》:"元嘉七年,惠连为司徒彭城王义康(武帝四子)法曹参军。义康脩东府城,城堑中得古冢,为之改葬,使惠连为祭文,留信待成也。"

文章开头为序,交代发现古冢经过,以及冢内随葬之物。中间为正文:先交代祭冢时间;再具体描写冢内随葬物之种类与状态,设问死者生前的情况;后描写改葬与祭祀经过。在描述事件中表达生者对死者的哀悼敬奠之情,显示我们民族古代礼俗的一个美善方面。

选词造句简洁明快,毫无刻意骋辞之弊。故孙月峰评曰:"即事写来,调响而语俊,句句醒快,真是妙作。"(于光华《文选集评》,卷十五)

原文

东府掘城北堑[1],入丈余,得古冢[2]。上无封域[3],不用砖甓[4]。以木为椁[5],中有二棺,正方,两头无和[6]。明器之属[7],材瓦铜漆,有数十种,多异形,不可尽识。刻木为人,长三尺,可有二十余头,初开见,悉是人形,以物枨拨之[8],应手灰灭。棺上有五铢钱百余枚[9]。水中有甘蔗节,及梅李核瓜瓣,皆浮出,不甚烂坏。铭志不存[10],世代不可得而知也。公命城者改葬于东冈[11],祭之以豚酒[12]。既不知其名字远近,故假为之号曰冥漠君云尔。

元嘉七年九月十四日,司徒御属领直兵令史[13]、统作城录事[14]、临漳令亭侯朱林[15],具豚醪之祭[16],敬荐冥漠君之灵[17]:

忝总徒旅[18],板筑是司[19]。穷泉为堑[20],聚壤成基[21]。一椁既启,双棺在兹。舍畚凄怆[22],纵锸涟而[23]。刍灵已毁[24],涂车既摧[25]。几筵糜腐[26],俎豆倾低[27]。盘或梅李,盎或醢醯[28]。蔗传余节[29],瓜表遗犀[30]。追惟夫子[31],生自何代?曜质几年[32]?潜灵几载[33]?为寿为夭[34]?宁显宁晦[35]?铭志湮灭,姓字不传。今谁子后?曩谁子先[36]?功名美恶,如何蔑然[37]?

百堵皆作[38],十仞斯齐[39]。墉不可转[40],堑不可回[41]。黄肠既毁[42],便房已颓[43]。循题兴念[44],抚俑增哀[46]。射声垂仁[46],广汉流渥[47]。祠骸府阿[48],掩骼城曲[49]。仰羡古风[50],为君改卜[51]。轮移北隍[52],窀穸东麓[53]。圹即新营[54],棺仍旧木。合葬非古[55],周公所存[56]。敬遵昔义,还祔双魂[57]。酒以两壶,牲以特豚[58]。

幽灵髣髴[59],歆我牺樽[60]。呜呼哀哉!

注释

〔1〕东府:即东府城。李善注引《丹阳记》:“东府城,西则简文会稽王(晋司马道生)时第,东则孝文王道子(简文帝第七子)府。道子领扬州,仍住先舍,故俗称东府。”东晋义熙中刘裕镇守于此。今江苏江宁县境内。　堑:壕沟,护城河。

〔2〕古冢(zhǒng 肿):古坟墓。

〔3〕封域:指古冢坟堆与界墙。

〔4〕甓(pì 辟):指砖。

〔5〕椁(guǒ 果):棺材外面套的大棺材。

〔6〕和:指棺前额。吕向注:“棺题曰和。”

〔7〕明器:神明之器。古代以竹木或陶土制作的随葬之物。

〔8〕枨(chéng 成)拨:拨动。李善注:“《说文》:‘枨,杖也,宅庚切。’然南人以物触物为枨也。”

〔9〕五铢(zhū 朱):古币名。汉武帝元狩初,始铸五铢钱,魏晋六朝皆曾铸五铢。刘良注:“五铢,谓上有五铢字,盖汉朝所用也。”

〔10〕铭志:刻于墓碑的文字,记述死者的生平功德,以传扬后世。

〔11〕公:指彭城王刘义康。　城者:筑城的人。

〔12〕豚:小猪,猪。

〔13〕令史:官名。掌文书之类,职位次于郎。司徒御属领直兵令史,当指司徒下属事务官。

〔14〕录事:官名。即录事参军,掌文书、纠察之事。

〔15〕临漳:地名。今河南临漳县西南。临漳令,为临漳县一级的官吏。亭侯:指食禄于乡、亭的列侯。《后汉书·百官志》:“列侯……以赏有功,功大者食县,小者食乡、亭。”

〔16〕醪(láo 劳):浊酒,酒。

〔17〕敬荐:敬献。　冥漠:暗昧寂寞,指死亡。冥漠君,指无名死者。

〔18〕忝总:统领,统率。忝,愧,表谦之词。　徒旅:徒众。

〔19〕板筑:板,筑墙之板;筑,筑墙的木杵。　司:主管。

〔20〕穷泉:掘地及泉。　壍:同“堑”,沟壕。

〔21〕基:城墙之基。

〔22〕畚(běn 本):用蒲草编织的盛土之器。李善注引杜预《左传注》:"畚,篑笼也。" 凄怆(chuàng 创):悲哀。

〔23〕纵锸(chā 差):谓把铁锹竖插在地上。 涟而:流泪的样子。

〔24〕刍灵:以束草而成的人马之类,用于送葬。

〔25〕涂车:以泥塑之车。刍灵、涂车,即明器。

〔26〕几筵:几,陈放物品或依靠休息的小矮桌;筵,竹制的垫席。

〔27〕俎(zǔ 阻)豆:皆礼器名。几,祭祀时陈置牺牲之几;豆,盛干肉一类的器皿。

〔28〕醢醯(hǎi xī 海西):醢,肉酱;醯,醋。

〔29〕传:表现,显示。

〔30〕遗犀:残留的瓜瓣。

〔31〕追惟:追想。

〔32〕曜质:显耀其形体。谓生。

〔33〕潜灵:潜藏其灵魂。谓死。

〔34〕寿:长寿。 夭:短命。

〔35〕显:显达,显赫。谓做官。 晦:隐晦,隐逸。谓为民。

〔36〕曩(nǎng):往日,昔时。 先:祖先。

〔37〕蔑然:无有。

〔38〕百堵:指城墙之高。堵,指墙长高各一丈。

〔39〕十仞:指城墙之高。吕延济注:"七尺曰仞,五版曰堵,皆谓墙高下长短。"

〔40〕墉(yōng 庸):城墙。

〔41〕回:回转,回避。以上两句谓城墙与护城河皆已完成,不可弯曲,以回避此古冢。

〔42〕黄肠:以柏木黄心累于棺外的装饰之物。

〔43〕便房:墓中供吊祭者休息的小室。

〔44〕题:题凑。指棺椁之室,以其用厚木累积而成,木皆内向,故谓题凑。

〔45〕俑:木刻或陶制的人形,古时用以随葬之物。李善注:"《汉书》:'霍光薨,赐便房、黄肠、题凑各一具。'苏林曰:'以柏木黄心致累棺外,故曰黄肠;木头皆内向,故曰题凑。'如淳曰:'便房,冢圹中室也。'《埤苍》曰:'俑,木送人葬

也。……俑或为偶。偶,木刻以像人形……。'"

〔46〕射声:射声校尉,官名。　垂仁:施予仁爱。此句谓东汉曹褒掩埋无主棺柩事。李善注引范晔《后汉书》:"曹褒迁射声校尉。射声营舍有停棺不葬百余所,褒亲履行,问其意,故吏对曰:'此等多是建武(东汉光武帝年号)以来,绝无后者,故不得埋掩。'褒为买空地,悉葬其无主者,设祭以祀之。"

〔47〕广汉:广汉太守,官名。　流渥(wò 握):流布恩泽。此句谓东汉陈宠掩埋无葬骸骨事。李善注引《东观汉纪》:"陈宠,字昭公,沛国人也。转广汉太守。先是洛阳城南,每阴,常有哭声,闻于府中。宠使案行,昔岁仓卒时,骸骨不葬者多。宠乃敕县葬埋,由是即绝也。"

〔48〕祠骸:祭祀死者的骸骨。　府阿:府中一角。阿,曲隅,角落。

〔49〕骼:骨骼,尸骨。　城曲:城中一隅。以上两句紧承上"射声"、"广汉"句,谓射声校尉、广汉太守祭遗骸于府阿,埋枯骨于城曲,述其垂仁、流渥之实;以下则始谓义康为无主古墓改葬事。

〔50〕古风:古代的德风。吕延济注:"《礼记·月令》:孟春之月,掩骼埋胔(腐肉)。此为古风也。"

〔51〕改卜:谓改葬。

〔52〕轮:车轮。此指载棺柩之事。　北隍(huáng 黄):即北堑。隍,城池无水曰隍。

〔53〕窀穸(zhūn xī 谆西):墓穴。李善注引《说文》:"穸,葬下棺也。"　东麓:即东府之东冈。

〔54〕圹(kuàng 矿):墓穴。

〔55〕合葬:谓夫妇合葬于一墓。

〔56〕周公:姓姬名旦,周武王弟。武王死,成王年幼,周公辅政。传周代的礼乐制度,皆周公所制定。李善注引《礼记》:"武子曰:'合葬非古,自周公以来,未之有(下当有"改"字)也。'"

〔57〕祔(fù 富):重新合葬。李善注引郑玄《礼记注》:"祔,谓合葬也。"　双魂:指夫妻之魂。

〔58〕特:一。

〔59〕幽灵:指死者的灵魂。　髣髴:似有若无的样子。

〔60〕歆:谓请鬼神享用祭品。　牺樽:牛形的酒器。

今译

东府开掘城北河，深入丈余，得一古墓。其上无坟堆与界墙，不用砖瓦。以木为椁，中有二棺，正方，棺两头无额面。明器之类，用木瓦铜漆制成，有数十种，色彩各异，不可尽识。刻木为人，长三尺，约有二十余头，开棺视见，皆成人形，以木杖拨动，应手为灰而灭。棺上有五铢钱百余枚。水中有甘蔗节，及梅李核瓜瓣，皆浮出水面，不甚烂坏。死者铭志已不存，其生世代不可得而知。公命筑城者将其改葬于东山，以酒肉祭祀之。既不知其名字及其世代远近，故假定其号称冥漠君。

元嘉七年九月四日，司徒御史领直兵令史、统作城录事、临漳令亭侯朱林，备酒肉之祭，敬献于冥漠君之灵：

鄙人统领部属，建筑东府之城。凿泉开通河道，积土堆为墙基。掘地既见一椁，双棺皆在于此。弃置篮筐心悲，放下锹镐流泪。刍灵已经败坏，泥车完全摧毁。几席腐败朽烂，俎豆倾倒低垂。盘中或盛桃李，坛中或装酱醋。甘蔗残留余节，瓜果现出碎瓣。今日追想夫子，生活当自何代？在世究有几年？去世究有几载？寿终还是夭折？仕宦还是隐逸？碑铭墓志湮灭，姓氏名字不传。今谁为君后代？昔谁为君祖先？功业名望好恶，如何无所考见？

百堵之城筑起，十仞之高平齐。墙正不能绕弯，河直不可回转。黄肠既已毁坏，便房也已倒塌。环绕题凑生悲，抚摸木俑增哀。射声校尉施仁，广汉太守布德。祭骸骨于府中，埋棺柩于城曲。仰慕古昔德风，为君改葬遗骨。灵车离开城北，下葬东山之麓。墓穴既已新造，棺椁仍为旧木。合葬非自远古，周公所存制度。遵循古昔道义，重又夫妇同墓。美酒献上两壶，牲口供上一猪。灵魂似乎降临，享用我进祭品。呜呼哀呀！

（陈复兴译注并修订）

祭屈原文一首

颜延年

题解

本文约作于南朝宋少帝(刘义符)景平二年。

颜延之以其学问文辞,深得宋武帝(刘裕)赏识,时有雁门人周续之,隐于庐山,以儒学著称,征入京师,开馆讲学。武帝亲幸,朝臣毕至。延之官阶卑下,却引入上席,受命与续之辩论学术。延之言约理畅,每折续之。于是益受信重,徙尚书仪曹郎、太子中舍人。尚书令傅亮自以文义之美,无人可及,延之自负其才藻,不为之下,为傅所嫉恨。庐陵王刘义真爱重文学之士,延之深受其礼遇。司空徐羡之又甚为猜忌。

因而少帝即位,傅、徐专权,延之被徙为员外常侍,外放始安郡(今广西桂林一带)太守。赴任途中,经过汨罗江,为湘州刺史张邵作《祭屈原文》。

战国末楚屈原忠而被谤,贤而遭忌,被奸邪陷害,流放远域,终至自沉汨罗。延之身处少帝之时,遭傅、徐忌恨,远放外郡,恰与屈原有相近之处。此文哀悼屈原,也以屈原自况,字里行间寄托个人的遭遇与感慨。开头为序,交代祭奠之事。中间两层感叹屈原生不逢时,为奸邪妒害,并颂扬其才德高尚美善。结尾颂扬屈原芬芳广传,光辉远照,深致祭奠之意。

原文

惟有宋五年月日[1],湘州刺史吴郡张邵[2],恭承帝

命[3],建旟旧楚[4]。访怀沙之渊[5],得捐佩之浦[6]。弭节罗潭[7],舣舟汨渚[8]。乃遣户曹掾某[9],敬祭故楚三闾大夫屈君之灵[10]:

兰薰而摧[11],玉缜则折[12]。物忌坚芳[13],人讳明洁[14]。曰若先生[15],逢辰之缺[16]。温风怠时[17],飞霜急节[18]。

嬴芊遘纷[19],昭怀不端[20]。谋折仪尚[21],贞蔑椒兰[22]。身绝郢阙[23],迹遍湘干[24]。比物荃荪[25],连类龙鸾[26]。

声溢金石[27],志华日月[28]。如彼树芳[29],实颖实发[30]。望汨心欷[31],瞻罗思越[32]。藉用可尘[33],昭忠难阙[34]。

注释

〔1〕有宋:指南朝宋。 五年:指景平二年。

〔2〕湘州:南朝宋继东晋复置,今湖南长沙一带。 刺史:官名。东汉以来为一郡之军政长官。 吴郡:地名。约当今江苏长江以南地区,及江北之南通、海门一带。 张邵:字茂宗。晋时曾任琅玡内史,刚正不阿。入宋,以功封临沮伯。

〔3〕帝命:此指宋少帝诏命。

〔4〕建旟(yú 鱼):竖立军旗。刘良注:"旟,旗幡之流也。以鸟毛为之,刺史则建之,行则引之于前。" 旧楚:指湘州,原为旧楚之地。

〔5〕怀沙:怀沙石自沉以绝命。怀沙之渊,指诗人屈原怀沙绝命之水。

〔6〕捐佩:捐弃佩饰之物,表必死之念。 浦:水边。李善注引《楚辞》:"怀沙砾而自沉兮,不忍见之蔽壅。"又:"捐余玦兮江中,遗余佩兮澧浦。"

〔7〕弭(mǐ 米)节:谓停车。弭,止;节,行车进退之节,或训策,马鞭。 罗潭:指汨罗江。在今湖南省境,为屈原怀沙自沉之水。

〔8〕舣(yǐ 以)舟:谓拢船靠岸。 汨(mì 密)渚:与"罗潭"所指同。

〔9〕户曹:官署名。户曹掾,官名,掌户口等事。掾,属官的通称。

〔10〕三闾大夫:春秋时楚官名。屈原曾任此职。　屈君:指屈原。

〔11〕兰:香草名。　薰:花草芬香。

〔12〕缜(zhěn 枕):细致,细腻。李善注引郑玄《礼记注》:"缜,致也。"　以上两句谓兰草芳香,故人多采摘,美玉细腻,故人常琢磨,喻人多贤才必遭世嫉妒。

〔13〕坚芳:坚,指玉;芳,指兰。

〔14〕明潔:谓高尚忠直。潔,同"洁"。

〔15〕先生:指屈原。

〔16〕逢辰:逢时。　缺:缺失。谓君主有所缺失,奸佞当道。

〔17〕温风:哺育万物的春风。　怠时:误时。

〔18〕急节:谓于寒冷季节之前即来到。急,速。李善注:"温风长物,飞霜杀物也。"

〔19〕嬴:秦王姓。　芈(mǐ 米):应作"芈",楚王姓。　遘纷:造成祸乱。

〔20〕昭:秦昭王。　怀:楚怀王。　不端:不正。谓听信奸佞,君道不正。李善注引王逸《楚辞序》:"是时秦昭王使张仪谲诈怀王,令绝齐交,又使诱怀王请与俱会武关(地名),遂胁与俱归,拘留不遣,卒客死于秦。"

〔21〕谋:谋略。此谓屈原主张联齐抗秦的谋略。　折:挫折,失败。仪:张仪,战国时魏人,以连横之术说六国以事秦。　尚:靳尚,即上官靳尚,楚大夫,奸邪之臣,进谗言于楚王,陷害屈原。

〔22〕贞:正直。此谓屈原。　蔑:轻蔑。　椒:楚大夫子椒,奸邪之臣。李善注引《楚辞》:"椒专佞以慢谄兮,极又欲充夫佩纬。"　兰:司马子兰,楚怀王少弟,奸邪之臣。李善注引《楚辞》:"余以兰为可恃兮,羌无实而害长。"

〔23〕郢阙:指楚京郢都。阙,宫廷。

〔24〕湘干:湘水岸边。湘,湘水,在今湖南境内。

〔25〕比物:以物类做比较。　荃荪:皆为香草名。

〔26〕连类:连缀物类以为比较。　鸾:一种祥瑞之鸟。李善注引王逸《楚辞序》:"善鸟香草,以配忠贞;虬龙鸾凤,以托君子。"

〔27〕金石:指钟磬之类。李善注:"金石,乐也。金曰钟,石曰磬。"

〔28〕日月:谓光明。李善注引《史记》:"太史公曰:'屈原蝉蜕于浊秽,以浮游尘埃之外。推此志也,与日月争光可也。'"

〔29〕树芳:种植香草。

〔30〕颖:颖秀,谓抽穗开花。

〔31〕心欷:心中悲戚。

〔32〕思越:思念遥远。

〔33〕藉用:代指祭品。李善注引《周易》:“藉用白茅(祭祀之物),何咎(罪)之有?夫茅之为物薄,而用可重也。” 可尘:可久。

〔34〕昭忠:指代祭品。李善注引《左传》:“君子曰:‘《风》有《采蘩》、《采蘋》,《雅》有《行苇》、《泂酌》,昭忠信也。’”黄侃谓:“‘藉用’、‘昭忠’皆代祭品也。六朝好用代语,而自颜彪益多,其用字上非故训,下异方言,大抵赏抚之类,须以意摸索之也。”(《文选黄氏学》,276 页)

今译

大宋五年月日,湘州刺史吴郡张邵,恭受皇帝诏命,建旗旧楚之地。寻访怀沙自沉之水,觅得捐弃玉佩之岸。停车于罗水之潭,拢舟于汨水之畔。乃派户曹椽某,敬祭故三闾大夫屈君之魂。

兰草芳香而遭采摘,宝玉细腻而被琢磨。物类忌讳坚实芳香,人生隐避聪明贤德。先生才智高尚不凡,可惜时世正道沦落。温风误时动植未生,严霜超前万物摧折。

秦嬴楚芈构成祸乱,昭王怀王奸邪不端。智谋败于张仪靳尚,正直诬于子椒子兰。自身绝别故居郢都,行迹遍及湘水之源。才智可比荃荪芳香,仁德恰如龙鸾飞天。

声誉远播,钟磬齐鸣;情志高扬,日月辉光。才德美善,香草茂盛;开花吐穗,灿烂繁荣。凝望汨水,心内忧伤;瞻视罗江,思绪深长。呈献祭品,精神永存;敬表忠信,德风日广。

(陈复兴译注并修订)

祭颜光禄文一首

王僧达

题解

颜光禄即颜延之，字延年，与王僧达同为琅玡临沂人。曾任光禄勋，故人称颜光禄，卒于宋孝武帝孝建三年(456)，年七十三岁。王僧达与颜延之年差三十九岁，但性格颇近，故为“忘年交”。

这篇祭文有两点是值得注意的。其一，作者避开了祭文的一般写法，既没有对死者家世的追述，也没有对死者生前言行的具体描绘，而是用作者与死者生前交往所获得的感受，衬托出对死者的无限悼念之情，故感情凄惋、深沉。全文字数不多，但字字都流露出作者对死者的尊仰和哀伤，可谓是“文短意长”。

其二，以均匀整齐的短句取得艺术上的美，从“夫德以道树”开始，每句四字，每四句为一节。在用韵方面有交差错落之感，使节奏平缓，既有一韵只作两句，也有隔句连押，如“气高叔夜，严方仲举，逸翮独翔，孤风绝侣。流连酒德，啸歌琴绪”等。由于句式的工稳，更加深了作者的哀悼之情，读来不由人不感叹万分。

原文

维宋孝建三年〔1〕，九月癸丑朔十九日辛未，王君以山羞野酌，敬祭颜君之灵。呜呼哀哉！

夫德以道树，礼以仁清，惟君之懿，早岁飞声〔2〕。义穷几象〔3〕，文蔽班扬〔4〕，性婞刚洁〔5〕，志度渊英。登朝光国，实宋之华，才通汉魏，誉浃龟沙〔6〕。服爵帝典〔7〕，栖志云阿〔8〕，清交素友，比景共波[9]。气高叔夜[10]，严方仲举[11]，逸翮独翔[12]，孤风绝侣。流连酒德，啸歌琴绪[13]，游顾移年[14]，契阔燕处。

春风首时[15]，爰谈爰赋，秋露未凝，归神太素[16]。明发晨驾，瞻庐望路，心悽目泫，情条云互[17]。凉阴掩轩，娥月寝耀[18]，微灯动光，几牍谁炤[19]？衾袵长尘，丝竹罢调，揽悲兰宇[20]，屑涕松峤[21]。古来共尽，牛山有泪[22]，非独昊天，歼我明懿[23]。以此忍哀，敬陈奠馈，申酌长怀，顾望歔欷。呜呼哀哉！

注释

〔1〕孝建：（南朝）宋孝武帝年号。孝建三年即456年。

〔2〕飞声：声名传播。

〔3〕几象：又作机象，指对《易经》的深辟理解和研究，有时又代指易经。彖（tuàn），卦彖。据《易·乾疏》："彖，断也，断定一卦之义，所以名为彖也。"

〔4〕班扬：班固和扬雄，俱为汉代著名的文学家。

〔5〕婞：（xìng 幸）：性格刚直、刚强。

〔6〕浃：及，达到的意思。　龟沙：古代龟兹（qiū cí 秋词）国，国内大部分是沙漠，故称龟沙，在今新疆地区的天山南麓。也代指西域。

〔7〕服爵：即爵服，按照官职品位穿戴。据李善《注》引《管子》："将立朝廷者，则爵服不可贵也。"

〔8〕云阿：高山弯曲处。比喻隐居的地方。

〔9〕比景（yǐng 影）：身影相接，指与友人在一起。　共波：共同在水边游览。

〔10〕叔夜：人名，嵇康，字叔夜，三国时魏国人，为人性高气傲，是著名的文学家，竹林七贤之一。

〔11〕仲举：人名，陈蕃，字仲举，东汉桓帝时任豫章太守，为人严峻，不接宾客。据《后汉书》记载，陈蕃少年时独居一室，任庭院荒秽，友人劝他说："何不洒扫，以接宾客？"他说："大丈夫当扫除天下，安事一室！"士大夫皆钦敬其气

节，后被宦官杀害。

〔12〕逸翮：意为自由自在。逸，放纵；翮，鸟翼。

〔13〕琴绪：琴声远扬。

〔14〕移年：越过年岁，即多年。

〔15〕首时：一年四季之始。语见《公羊传》：“《春秋》虽无事，首时过则书。”

〔16〕太素：古代指构成宇宙的物质。语见汉班固《白虎通·天地》：“始起之天，始起先有太初，后有太始，形兆既成，名曰太素。”这里代指宇宙。

〔17〕情条云互：情绪纷乱。

〔18〕寝耀：失去光辉。

〔19〕炤：通“照”。

〔20〕揽悲：含有悲痛。揽，把持，引申为含有。

〔21〕松峤：据张铣《注》：“松峤谓墓所也。”

〔22〕牛山：山名，在山东淄博市东。据李善《注》引《晏子春秋》：“景公游于牛山，北临其国，流涕曰：‘若何去此而死乎？’艾孔、梁丘据皆泣，唯晏子独笑。公收涕而问之，晏子曰：‘使贤者常守，则太公桓公有之，使勇者常守，则庄公有之。吾君安得此泣而为流涕，是曰不仁也。见不仁之君一，谄谀之臣二，所以独笑也。’”后用“牛山有泪”一语，表示人都是要死的，不必为此哀伤。

〔23〕明懿：明美的品德，这里代指颜延年。

今译

在宋孝武帝孝建三年，九月癸丑朔，十九日辛未，我王僧达以野味、蔬菜和家酿的薄酒，敬献于颜老先生的灵前。啊！我是多么地悲痛呀！

人的品德依靠道理的教化，慢慢树立起来的；人的礼仪依靠仁义的薰陶，成为洁身的根本。唯有你颜先生的美德，早就名声远播了。你对《易经》有精辟的理解和研究，文学成就超过了班固和扬雄，性格刚直而又洁身自好，心胸宽厚而才智深远。在朝廷供职是国家的光荣，事实上你是宋朝的精华。你博学多才，可与汉魏人物比美，声誉远扬，直至西域的龟兹国。按照品级爵位而穿戴，符合帝王的典章制度，但志向却极为高远，向往隐居的生活。交往之人都是情谊纯洁的朋友，常常并肩携手，尽兴做快畅的游览。你性情高傲恰似嵇叔夜，严峻公正很像陈仲举，像自由自在的飞鸟独自翱翔，心性孤高耿介不群。以饮酒为德，乐而忘返，长啸歌吟，琴声悠扬。我与颜先生交游多年，即使分别也如同在一起一样。

春风吹起春天来临，我们还在议论吟诗，而秋天的露水还没有降临，先生却魂归宇宙了。天刚刚亮，先生的灵车就出发了，我抬头瞻望先生居住过的地方，再遥望灵车将要驰去的大路，心中无限悲痛凄凉，忍不住眼泪如雨而下，心绪纷乱就如天空的云彩流动。荫凉的气息掩蔽了长廊，天上的月亮也失去光辉，微弱的灯光在轻轻摇动，可谁还需要它来照明读书呢？衣服和被褥将永远为尘土封盖，乐器也再没有人来弹奏了。在芳香高雅的居室强忍悲哀，可到了先生的墓前眼泪又纷纷下落。从古至今，人总是要死亡的，并非老天有意要来毁灭具有美好品德的人。强忍住心中的哀伤，仅以这微薄的祭品敬献于灵前。举起斟满的酒杯，望着先生的墓地，怀念之情使我一再发出叹息。啊！真让我悲伤呀！

（王存信译注并修订）

后 记

《昭明文选译注》共六册，三百二十万字，历经十有二年，终于杀青了。虽说如释重负，然而我们的心情并不轻松。

开始制定体例的时候，对写作困难估计不足，而实行起来，方感作茧自缚，步步维艰。以题解而论，《文选》选篇，时间跨度大，资料不凑手，甚至很缺乏，要弄清每篇的写作背景与动机，不很容易，再就注释来说，李善注与五臣注可谓广博浩瀚，要把古注变为今注，需要辩证、选择、通俗、补充，特别是前贤未注而今又非注不可的地方，尤费斟酌。至于今译，遇到的麻烦就更多了。《文选》是一部雅文学，典雅是其最重要的风格特征。译得过分口语化，失之于“俗”；译得过分书面化，又难免于“涩”。虽然体例要求今译“赋类赋，诗类诗，文类文(指骈体)”，但实践起来却常如刘勰所云：“气倍辞前，半折心始。”(《文心雕龙·神思》)书是已经完稿了，然而留下了不少的遗憾。假如今天从头搞起，或许不是现在这个样子。

《译注》开始撰写的时候，我们这个集体还是青年和中年；而今，都已步入中年和老年了。那时，我们很有自信，首先相信自己年富力强。记得 1983 年春，在北京中国人民大学招待所修改第一册书稿的时候，一次休息，我们和宏天三人不约而同地做了一个显示自己健康实力的体育动作。陈宏天先生做的是投手倒立，坚持足有一分多钟，面不改色，心不跳。然后他用拳头有力地敲击我们两人的肩膀说:“咱们三个谁也不准在署名上画黑框。”屋里一阵朗声大笑。心说:黑框离我们还远着呢!然而,一、二册刚出完,三、四册尚未动笔,宏天就于1989年春离我们而去了。业未竟,人先亡,念故友,泪沾裳。我们是用颤抖的手为宏天的署名划上黑框的。宏天为《译注》倾注了大量心血,为振兴选学做出了自己的贡献。

《昭明文选译注》的撰写与出版,得到有关领导和前辈专家的支持与帮助。近代著名选学家黄季刚先生的嫡传弟子、中国著名训诂学家陆宗达教授,生前亲自跟我们讨论《文选》的价值和选学的意义,鼓励我们坚持在振兴选学的道路上努力探索,并为《文选译注》做了长序。不意,此序竟成了陆宗老的绝笔之作。

1988年8月,在全国高校古籍整理研究工作委员会支持下,由北京大学、北京师范大学、复旦大学、中南海职工大学和长春师范学院联合在长春举办了首届《昭明文选》国际学术研讨会。全国高校古籍整理研究工作委员会主任周林先生亲自到会,并讲了话。中外五十多位选学家在会上做了学术交流。出版了《昭明文选研究论文集》。1992年8月,长春师范学院又与日本敬和学园大学联合在长春举办了第二届《昭明文选》国际学术研讨会,大陆、港台以及外国专家学者七十余人参加会议,仅台湾就来了七位学者。出版了《文选学论集》。《昭明文选译注》一、二册和三、四册,分别作为两次大会的学术交流成果,受到与会专家的肯定与鼓励。无疑,这对我们奋力完成全书是个极大的推动。

近年来,中外选学研究都有新的进展,《译注》在撰写过程中特别注意吸收中外专家的新成果,在此,谨向多所请益的专家和同行衷心致谢。

在目前学术著作出版非常困难的条件下,《昭明文选译注》能够顺利问世,还应特别感谢吉林文史出版社的支持和长白山学术著作出版基金会的资助。《昭明文选译注》能够全部告竣,还应衷心感谢责任编辑左振坤、孙宝文二位先生,书中倾注了他们大量心血。

尽管我们做了艰苦的努力，但是限于学术水平，《译注》的缺点、疏漏，甚至错误肯定不少，期望专家读者不吝赐教。

陈延嘉先生参加了第五、六册的部分统稿工作，在此说明。

赵福海　陈复兴

1994 年 7 月 10 日于长春

修订后记

《昭明文选译注》经过几位原著作者整整一年的艰苦细致的修订，现在即将以新的面貌面世了。我们颇感欣慰与激动。

上溯二十五年以前，即上世纪八十年代初，我们的国家与社会重又呈现出自由、宽松与蓬勃向上的氛围。“尊重知识，尊重人才”的口号，开始成为人们的共识，在极“左”路线的低气压下蛰伏有年的知识界，皆有一种跃然欲试的情怀。我们几位普通的人文知识者，时已迈入中年，也紧迫地感到，应该根据自己的基础与志趣为民族文化做一点事情。于是，我们想到了长期以来遭遇冷落、很少有人问津的《昭明文选》，想到了若以李善注与五臣注为根据，再汲取有清直到近现代学者的相关学术成果，撰写一部《昭明文选译注》，当是有益而且可行的。这就是我们在本书第一版《前言》中曾经表示过的：当时，“很多古典名著都有现代的注本译本，为广大读者继承民族文化遗产提供方便，而《昭明文选》这部重要而难读的文学典籍，至今尚无一部今注今译本。我们撰写这部《昭明文选译注》，就是想填补这一空白，为振兴‘选学’贡献绵薄之力”。

我们至今感念不忘的，是当时尚健在的前辈学者的热情赞许与真诚勉励。当代说文训诂学泰斗陆宗达教授及其助手王宁教授，是我们最早的而且一贯的支持者。王宁教授得知我们计划以现代的观点、方法、话语为《昭明文选》做出今译今注本，即表示了发自内心的赞赏与喜悦，并且很快地报告了陆先生。不久陆先生就在自己的寓所亲切地会见了我们。那是上世纪八二年春，一个明朗的下午，王宁教授引导我们轻敲一下陆宅的门,随着洪亮的回应声音门就敞开了。没等王宁教授介绍,陆先生就知道我们是拟撰写《文选译注》的三位晚生。陆先生蓄着老一代学者惯常的短发,身着藏青色的中式裤褂,与我们没有丝毫的客套与矜持,恰如对待阔别积年的故交。其时,陆先生已届八旬的高龄,但是谈起《昭明文选》与李善注,可谓意兴滔滔,如数家珍。那天谈得最多的是章炳麟(太炎)与黄侃(季刚)两先生的学术源流,季刚先生从师治学的高风雅闻,以及陆先生追随季刚先生升堂入室的逸趣美谈。陆先生畅论文选李注与章黄学术,声若洪钟,目光炯炯,意气风发,中气十足,让我辈二三子如沐春风,如润甘雨,深深感悟到前辈学人对于我们民族文化的恒久不衰的赤诚之情。那天本拟会见半小时,但是主人谈经述典,论道追贤,足可谓开学养正,昭明有融,我辈完全忘记了时间。太阳偏西,我们方才意识到不能不辞别了。陆先生意犹未尽,拿出老酒壶,放在乌黑锃亮的八仙桌上,还要留我们饮酒。此情此景,一直留在记忆中,催我们奋进。著名中国文化史家阴法鲁教授同样是我们工作一贯的支持者。我们的《文选译注》筹划伊始,阴先生就表示赞赏与鼓励,曾温和而亲切地说,为现存的第一部文学总集做今注今译,是古代文献整理研究的重要课题,困难大,意义更大,这样一部巨制鸿裁做起来难免出现错误,只要坚持到底,就是提高,就是成就。阴先生并且毫无迟疑地答应为《昭明文选译注》担任审订。经阴先生审阅过的书稿,或做直接的修正,或提出商榷意见,或以圈圈点点表示激赏。阴先生具体地帮助我们纠正了许多错误,使我们获得了切实的提高。陆、王、阴三位先生那种视学术为天下公器,视后进为可教并可交的美德,足为当今学界楷范,我们永远不能忘怀。

《昭明文选译注》的撰写,自 1982 年开笔,至 1994 年全书六册出齐,前后历十二个春秋。其间可以说,备尝艰辛烦恼,虽也饱味甘甜。特别是《文选》中录入的汉晋大赋与骈文,多以广征事典炫耀辞采见长,涉及到广泛的历史文化内涵。而解读《文选》正文又步步离不开李善注。李善做注,重在指示典据以证词义,直接疏通义理的章句,只是间或可见。他征引的书典有些已经亡佚,无法核对原作,而其征引的方法多为摘其大略,并非原文,跳跃性灵活性很大。又有一些词句,以其为汉魏以来的习惯用语,李善则空阙不注,或云"其义未详"。因此,通读《文选》及李善注绝非易事。若以规范化的现代汉语注明其字词的含义,疏解其章句的典实,再以文学性的语言将其翻译出来,既让今日的读者感到明白晓畅,琅琅上口,又能多少保留原作的典雅韵味,那就尤其不易。我们在撰写《译注》的进程中,一事一典之解,一句一章之译,长时不得畅然敲定,辗转熬煎,甚至于寝食难安,则是时时有过的。当然,这些难解的困惑,有时一夜觉醒之后,却蓦然灵通,则跃然而起,霍然落笔,琅然诵读,豁然快哉!但是这总是在辗转徘徊烦恼熬煎之后的一种情境。

《文选译注》撰写进程中,古近贤哲的教诲,也时或震响于心。刘勰说:"若夫注解为书,所以明正事理;然谬于研求,或率意而断。《西京赋》称中黄育获之畴,而薛综谬注谓之阉尹,是不闻执雕虎之人也。又《周礼》井赋旧有疋马,而应劭释疋,或量首数蹄,斯岂辩物之要哉?"(《文心雕龙·指瑕篇》)范文澜先生更于注中发挥说:"按《论说篇》云:'若夫注释为词,解散论体,杂文虽异,总会是同。'据此,注解为文,所以明正事理,尤不可疏忽从事,贻误后学。……"二氏之论启示我们:从事注解,当以明正事理为准的,不敢轻率妄断;从事今译,实为一种再创作,力求信达雅;锤炼题解,力求准确交代正文的背景与本事,扼要表征出文本义理与辞章的精要之点。一篇译注煞尾,总禁不住自我拷问:我是否率意而断了?我是否贻误后学了?我是否接近著论的要求了?那些京殿苑猎述行序志的汉晋大赋,多无现当代前辈学者的可资借鉴的成果,我们只能依赖古贤的相关著作,反反复复地研读李善与五臣之注,再以自己的慎思明辨功夫刻苦钻研文本而后落笔。《昭明文选》全六册出版之后,虽然《光明日报》、香港《大公报》与《东方杂志》等报刊相继发表过书评,多有称许鼓励之辞，但是，面对这样一部厚重的典籍，以我们的菲薄功力与识力给以现代的解说，其误读与阙漏，我们确实寸心有知有明。因此，学界大贤与读者朋友的批评指正，一直是我们求之若渴的。

但是，不管还有多少错误与疏漏，我们无怨无悔，可以说，我们是尽心了，尽力了，尽情了。本书 1994 年出齐不久，台北建宏出版社即以竖排繁体字十六开本在台湾刊行。两岸两种版本皆在数年内售罄。而今其修订版即将付梓面世，我们即此也禁不住生发一种充实之感，也算是知足了。

这次《文选译注》的修订，距其初版面世，间隔又是一个十二春秋。这给了我们一次改正错误的机会，让我们心头的重负多少减轻了一些。不过参加修订者业已不是译注者全体了。其中有的已经离世多年，有的由于健康或其他原因不能亲预其事了，不禁感慨系之。这次参加修订者为赵福海、魏淑琴、王同策、吕庆业、刘琦、吴科元、李晖、陈延嘉、周奇文与陈复兴等。修订的重点在于，纠正错别字，修正注释、译文、题解方面不准确或谬误之点。陈延嘉先生个人研究与写作颇为忙迫，但是除去按时完成自己撰写篇章的修订，还协助主编为其他几位译注者认真地完成了修订任务，特予说明。

吉林文史出版社徐潜社长本人就是一位术业有成的人文学者，在中华文化全面振兴的今日，他主动提出不惜投入巨资，以较短的时间出版《昭明文选译注》修订本，这令我们感动而且感激。没有徐先生的促进，我们是意想不到还可能出修订版的。责任编辑王非先生为此版的编辑出版也表现出了高度的热忱与辛劳，他其实是直接参与了修订工作，他的敬业精神令人感佩，兹一并致以谢意。

我们早期的合作伙伴陈宏天先生是本书的策划者、主编与主要撰稿者之一。他于 1989 年不幸英年早逝，年仅 51 岁。他为本书所做出的贡献将与本书的人文生命同在。他逝世即将十八周年，兹以本书修订版作为对宏天先生的祭奠之礼。

三版修订后记

一

《昭明文选译注》初版于1988年，2006年修订再版。古人云30年为一世，而世事难料。回首陈宏天、赵福海、陈复兴三位主编于1982年擘画《文选译注》之时，皆富于春秋，欲应改革开放昭明之势，鸿鹄展翅。不料，陈宏天先生1989年春半空折翼；第一次修订后，赵福海先生又积劳而殒；惟复兴兄健在，笔耕不辍，但移居北京，金兰之情犹存，促膝之景不在。“亲友多零落，旧齿皆凋丧”，“慷慨惟平生，俛仰独悲伤”（陆机）。应读者之需，吉林文史出版社决定再次修订出版《昭明文选译注》。健在者和已故主编遗孀吕桂珍、魏淑琴教授（她们亦为作者）命我代为修订。我已耄耋，须发如雪。本性愚鲁，所学多缺，深惧辜负重托，而责无旁贷。聊以自慰者，虽记忆衰减，而视力颇佳，尚辨鱼鲁三豕；虽思维不敏，而心绪未乱，犹别燕石和璧。思故旧，恍如昨，情弥笃，心似灼。唯勉力为之，尽心尽责而后已。

二

《文选》是经典，是美文，是百科全书；中华文化之隋侯珠，读者审美之和氏璧。从泱泱李唐始，成专门之学；改革开放后，选学亟兴，复成显学。《昭明文选译注》是第一次以现代汉语注释和翻译的尝试，甫一问世，即广受好评，证其质量颇佳；已过30年，仍发行不断,得经时间检验。读《文选》如登山,我们愿作导游,“会当凌绝顶,一览众山小”。笔者体会不深,愿把浅见贡献于诸君,或有所助益。

《文选》囊括八代英华,七百馀篇诗文,乃中叶之词林,前修之笔海,一部在手,美不胜收。有些篇章,中学课本就有。遥想附中当年,王孙贻先生讲《与陈伯之书》“暮春三月,江南草长,杂花生树,群鹦乱飞”,恩师音容宛在,而斯人已逝,“岂不怆悢”!这从一个侧面说明《文选》之无穷魅力。这样的诗文很多。其他艰深者,《译注》扫除了障碍,变难为易,可读性大增。读《文选》也要讲究方法。可先易后难,即先读诗、短赋,后读大赋和他文。对一般读者言,某些大赋亦不可死扣字句,知其大意、感受氛围即可。试想一下日本人。日本足利学校藏《文选六臣注》本有日本古人阅读标识,难道我们还不及他们吗?阅读《文选》的具体问题和应注意之处,简介如下:

第一,生字多。这是第一道坎。至汉代,文字数量骤增。司马相如、张衡等皆为训诂学家,作赋是展示才华最佳途径,故多用僻字怪字。你不识,我识,就是学问。刘勰1500年前就批评说:“(作者)多赋京兆,假借形声,是以前汉小学,率多玮字,非独制异,乃共晓难也。暨乎后汉,小学转疏,复文隐训,臧否大半。及魏代缀藻,则字有常检,追观汉作,翻成阻奥。”(《文心雕龙·练字》)我们的“阻奥”就更多了。再想想日本人,难道他们比我们认识的还多吗?再想中国古人,自比我们 认识的多,把《文选》当作今日高考时的教科书,会用心学。但士子是为科举作官,对科举无用之处,不会十分在意;今日更如此。对译注者,必须注释清楚。对一般读者,极生僻字,或死字,浏览而知其大意即可,也不必记住,这会减少许多困难。当然,对研究者另作别论。

还有另一面。有些字词常见,却易误解。如齐字,有齐等义,又有分量义,读 jì,后作“剂”。如马融《长笛赋》:“各得其齐,人盈所欲。”前文是“尊卑都鄙,贤愚勇惧”之人听笛声,后文是“屈平适乐国,介推还受禄”云云,李善注“各得”句曰:“乐(yuè)者乐(lè)也。

君子乐得其道,小人乐得其欲。齐,分限也。在细切。"李善特别用反切注音,我们可知此"齐",即"剂"。另如屈原《离骚》:"亦余心之所善兮,虽九死其犹其未悔。""九死"常被误解为多次死亡,应作支解讲。《战国策·秦三》:"(吴起)功已成矣,卒支解。"又作肢解。"九死"一种极为残酷的死刑,就如今日说的大解八块。再如谢灵运《拟邺中咏》八首,并序:"天下良辰美景赏心乐事四者难并。""赏心",赏心朋友,即知心人,与赏心悦目之"赏心"指自己不同。上述易误解之词,《译注》皆有注。

第二,用典多。用典是好事,太多就成麻烦。古文用典是必然的,一是增加作品厚度,更富文采;二是不直说,以典故表意,耐人寻味。如刘孝标《辨命论》:"空桑之里,变成洪川;历阳之都,化为鱼鼈。"用两个神话来说命运(参见该文注),生动有趣,可增加我们的知识;三是作者自保。作者面对专制者特别是皇帝,一言可定生死,提谏言,不能伤上司特别是皇帝颜面,就以典故委婉表达,让他们自己去体会,以免触怒上司,招来灾祸。即使不满,也抓不住把柄。赋作劝百讽一,原因在此。如同为国家安定,司马相如《上书谏猎》说:"鄙谚曰:家累千金,坐不垂堂。"意谓千金之子,不坐在堂檐下,以免瓦落而伤己。千金之子实指汉武帝。武帝亲自逐猎熊兽,太危险,司马相如上书谏之,完全是从爱护武帝出发,故武帝喜。《魏志·文帝纪》黄初元年"长水校尉戴陵谏不宜数行弋猎,帝大怒;陵减死罪一等",因为太直白。

用典太多确为读者带来困难。如曹子建《情诗》:"游子叹黍离,处者歌式微。"黄侃说:"黍离但取行迈之义,式微但取望归之义,而或者妄传以禅代之际发服悲哭之事,不知断章赋诗之旨矣。"(《文选平点》)《诗经·黍离》有"闵(悲)周室之颠覆,彷佛(páng huáng)不忍去"之意。但《情诗》"但取行迈、望归"之意,"或者"之解释求之过深。求之过深,事事皆与国家兴亡联系,是古人通病。"断章赋诗"是周代行人(外交官)应对诸侯国官员时常用的手法。即以《诗经》的某句表达己意,所以孔子 说:“不学诗,无以言。”而所言诗句,或许并非该句的主要意思,此所谓“断章”,即断章取义。所取之义是什么,须据对话内容来确定。后代作家写诗文亦采用此方法。此其一。其二,用典故之半。如陆机《叹逝赋》:“怨具尔之多丧。”具尔,指兄弟。原自《诗经·大雅·行(háng)苇》:“戚戚兄弟,莫远具尔。”戚戚,亲密的样子。远,疏远。具,俱,都。尔,通“迩”,近。意谓亲密的兄弟,不要疏远,都要亲近。后人用此典,截取“具尔”,指代兄弟。其三,用典不误,目的何在?向秀《思旧赋》:“昔李斯之受戮兮,叹黄犬而长吟。悼嵇生之永辞兮,顾日影而弹琴。”《文心雕龙·指瑕》说:“向秀之赋嵇生,方罪于李斯,不类甚矣。”骆鸿凯反驳:“此以李相之临死张皇,反形叔夜之从容就戮,正言叔夜胜于李相,非以叹黄犬偶影弹琴也。彦和说误。”刘勰之说误,教训是:须小心谨慎,反复琢磨用典之意。刘勰尚且有误,何况我辈?有误难免,但不是原谅自己,而是不必气馁。更重要的是,诸如此类,我们已尽可能地解决了。

第三,偶句多。对偶句多是汉语特点使然,就像人有双手、双足,天生为偶,非刻意追求。后来有意为之,是追求语言美的表现。对偶句结构整齐,有建筑美;节奏和谐,有音乐美。魏晋南北朝是骈偶发展成熟期,故《文选》骈文很多,后形成四六文。骈文有一问题是为满足偶句字数,在今日看来不可省而省。如潘岳《西征赋》:“重戮带以定襄。”重(chóng),晋文公重耳。带,周襄王的庶弟太叔带。襄,周襄王。是说太叔带以狄之军队伐周,襄王逃到郑国。重耳杀太叔带,救周襄王复位。下一句:“灵壅川以止斗,晋演义以献说。”灵,周灵王。晋,太子晋。是说穀、洛二水争相出现洪水,欲淹王宫,灵王欲用土堵塞,太子晋以为不可。不过,类似问题皆已注明,障碍已扫除,尽可安心地读下去。此类写法今日仍在用,如“曹(曹魏)马(司马氏)之争”。故学习《文选》亦有助今日。

四、深奥难明。《文心雕龙·练字》“陈思称扬(雄)马(司马相

如)之作,趣幽旨深,读者非其师传不能析其辞,非博学不能综其理,岂直才悬,抑亦字隐。”字隐,上文已述。此处说“趣幽旨深”。了解作品,一须知其大的时代背景,二须知作者的具体情况。作品深奥难读,除字外,主要指章旨,这主要分两种情况:

1. 字可识,而章旨难求。阮籍《咏怀诗十七首》可为代表。就时代背景言,这是一个政治混乱、杀伐不断,又是思想解放、个性觉醒的时代。阮籍生活在魏晋易代之际,玄学大兴,儒学独尊不再。二者张力大增,知识精英面临选择。曹魏腐朽无能,司马氏欲行篡夺。虽曰禅让,实为“革命”,干宝《晋武帝革命论》一针见血。凡持不同意见者,难以保全首领,嵇康被杀是一典型。阮籍名气大,司马氏极力拉笼。他既不想做官,为司马氏效力,又担心不测,痛苦煎熬,辗转反侧,只好虚与委蛇。内心感情以诗宣泄,又不敢明言,指东说西,故意隐藏真意。追求言外之意本是中国人思维特点决定的,但阮籍乃不得已而为之。刘良注曰:“籍于魏末晋文之代,常虑祸患及己,故有此诗。多刺时人无故旧之情,逐势力,而观其体趣,实谓幽深,非夫作者不能探测之。”最后一句话已揭示其“幽深”难解。正因此,才更引起读者探究兴趣。先有大文学家颜延之、沈约等注,收入《文选》,影响很大,后人亦不断解释。这正是其魅力所在。

2. 涉及玄佛而意难明。此以王巾《头陀寺碑文》为典型。信佛人众多,而深通佛理者罕见。《碑文》所用佛典,黄侃《文选平点》指出有 104 个,其实不止此数。李善注引用很多佛学典籍,但仅靠这些,亦不足以深入其内涵。比如“引之于有,则高射四流”,“四流”,李善注引《大智度论》:“欲流,有流,无照流,有见流。”如深入了解、弄明白这四流的含义,还要解释,而在《译注》里是不可能做到的。还有“六度”、“三果”等等。即使做到了,仅从字面了解,也很难知词与词、句与句之间的关系和底蕴,非佛学家不能体会。但又不可不谈,因为这是《文选》唯一专论佛学之作,而且在佛学中占有重要地位,文辞也好,符合萧统“事出于沉思,义归乎翰藻”的选文标准。钱钟书说："余所见六朝及初唐人为释氏所撰文字，驱遣佛典禅藻，无如此碑之妥适莹洁者。叙述教义，亦中肯不肤；窃谓欲知彼法要旨，观此碑与魏收《魏书·释老志》便中，千经万论，待有馀力可耳。"（《管锥编》）对一般读者，略知其意，斯可矣。

从另一角度看，后来者有表达个人意见的权利。接受美学的观点认为，作品写毕，并未完成，待读者读后才算完成，而每个时代每个读者看法会不同，所以这是一个永不停止的过程。解释古典，必须以古还古，循环阐释，力争符合原意。此后，读者则可以提出意见。如谢惠连《七月七日夜咏牛女》，是一个熟知的爱情故事。清何焯批评说："不为高格，后半尤秽亵。"黄侃反驳道："殊无秽亵之语。何若读《诗》，敢谤《蔓草》《溱洧》之篇否？"我们赞成黄氏意见。

以上仅个人浅见，如对读者有些许启发，愿足矣。

李善是一位伟大的学者，其《文选注》是四大名注之一。以李善之博学强识，孜孜矻矻四十年，尚且有疏漏，何况我辈？此次修订时间紧迫，未及与译注者、二版修订者沟通，具体问题之是非，自当笔者负责。敬待贤者批评是正。

三

最后，特别感谢吉林文史出版社，感谢王尔立总编和程明女士，给我们再修订的机会。我与吉林文史出版社交往四十春秋。我的第一本书及主要著述都由文史社出版发行。此景此情，历历在目；殷勤之意，铭感五内。谨祝吉林文史出版社多出好书，锦上添花。

陈延嘉

2018 年 12 月

附：

选圣昭明赞

陈延嘉

萧统昭明，储君楷模。千古选圣，成就斯卓。生于乱世，长于治国。武帝厚望，悉心琢磨。精择隽逸，殷勤辅佐。

少阳之位，事或抚监。为臣为子，义薄云天。助父谳狱，明审忠奸。量核然否，抗论察言。体恤民瘼，菲衣减膳。亡无可敛，为备槥棺。

出自天性，《孝经》是耽。出宫不乐，恒加思恋。一起一坐，面向西南。时更未五，城门立站。宿夜被召，危坐达旦。生母有疾，寝食难安。衣不解带，子心惓惓。慈薨恸绝，十围减半。

有纵生知，过目不忘。沉潜儒典，横决大江。泛滥百家，溯潮而上。辞章篇翰，心游目想；二谛法身，夜半钟响。

总揽时才，琢磨商量。殚极丘坟，遍该缃缃。摛文敷藻，泛酥飞觞。文学之盛，丕植堪当。

握牍持翰，风飞电起。字无点窜，手不辍笔。综辑辞采，文华错比。宏文廿卷，兼备众体。日升松茂，偕长天地。

渊明全集，有传有文。莫与之京，田园诗魂。先知先觉，陶氏功臣。钟情总集，《英华》《善文》。文质彬彬，犹有遗恨。《文选》是撰，儒典攸根。沉思翰藻，八代美文。化为天下，金声玉振。一书成学，烛耀古今。

《文选》著者索引

（各篇目后斜线前为《文选》60 卷本之卷数，括号内为《昭明文选译注》的册数，括号后为所在册的页数。）

七　画

十　画